Srta. Flequis

NOSOTROS NUNCA

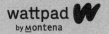
wattpad **W**
by Montena

Papel certificado por el Forest Stewardship Council®

MIXTO
Papel | Apoyando la
silvicultura responsable
FSC® C117695
www.fsc.org

Penguin
Random House
Grupo Editorial

Primera edición: junio de 2024

© 2024, Natalia López (Srta. Flequis)
© 2024, Penguin Random House Grupo Editorial, S. A. U.
Travessera de Gràcia, 47-49. 08021 Barcelona
Imágenes de interior: iStock

Printed in Spain – Impreso en España

ISBN: 978-84-19848-65-9
Depósito legal: B-7.835-2024

Compuesto en Grafime, S. L.
Impreso en Liberdúplex
Sant Llorenç d'Hortons (Barcelona)

GT 48659

Querido miedo:
¿Por qué?

Para todos los que alguna vez han pedido
ayuda a gritos, en silencio

Por todas las mujeres y niñas
a las que alguna vez les arrebataron la voz

Lista de reproducción

1. *Matilda*, **Harry Styles**
2. *Bed of Roses*, **Bon Jovi**
3. *Snow on the Beach*, **Taylor Swift (feat. Lana Del Rey)**
4. *Fine Line*, **Harry Styles**
5. *Wings*, **Birdy**
6. *The Climb*, **Miley Cyrus**
7. *Daydreaming*, **Harry Styles**
8. *Just the Way You Are*, **Bruno Mars**
9. *This Is the Life*, **Amy Macdonald**
10. *Champagne Problems*, **Taylor Swift**
11. *Style*, **Taylor Swift**
12. *Falling*, **Harry Styles**
13. *Happier Than Ever*, **Billie Eilish**
14. *Dusk Till Dawn*, **Zayn (feat. Sia)**
15. *Sign of the Times*, **Harry Styles**
16. *August*, **Taylor Swift**
17. *This Town*, **Niall Horan**
18. *Strong*, **One Direction**
19. *The Reason*, **Hoobastank**
20. *Only Angel*, **Harry Styles**
21. *Creep*, **Radiohead**
22. *Say Don't Go*, **Taylor Swift**
23. *Lifetime*, **Justin Bieber**
24. *When You Look Me in The Eyes*, **Jonas Brothers**

25. *Mirrorball*, **Taylor Swift**
26. *Angels Like You*, **Miley Cyrus**
27. *'Tis the Damn Season*, **Taylor Swift**
28. *Love of My Life*, **Harry Styles**
29. *Used to Be Young*, **Miley Cyrus**
30. *Infinity*, **One Direction**
31. *Boyfriends*, **Harry Styles**
32. *Last Kiss*, **Taylor Swift**
33. *All I Ask*, **Adele**
34. *Sweet Creature*, **Harry Styles**
35. *Hesitate*, **Jonas Brothers**
36. *I'll Never Love Again*, **Lady Gaga**
37. *Always*, **Bon Jovi**

NOTA DE LA AUTORA

Este libro contiene contenido sensible: relaciones de abuso, malos tratos y enfermedades mentales. Cuenta la realidad de muchos niños y mujeres.

Te animo a sentir, incluso a llorar. No tienen por qué ser emociones bonitas, a veces las malas también son necesarias y, con el tiempo, entenderás que eran parte de un proceso.

Al igual que las personas de carne y hueso, cada personaje que habita en los libros tiene un pasado, un presente y un futuro, pero esas solo son excusas para escribir la trama que quiero hacerte llegar.

Si durante el proceso de lectura te sientes identificada con la protagonista, como persona y mujer que ha permanecido callada mucho tiempo, te animo a hablar. Pide ayuda. Ríe, si es lo que necesitas, pero nunca te niegues a llorar. En terapia aprendí que no es más débil el que llora, ni el que grita de dolor, sino el que se crece ante la posibilidad de hacer débil a quien mira.

Al igual que hay personas que viven en sociedad con nosotros, pero no conviven, hay otras que pueden ver más allá. Hay montones y montones de gente bonita. Es justo recalcar, cuando la oscuridad azota tu vida, que el mundo está plagado de personas que querrán ayudarte, incluso es posible que por el camino te topes con algunas que se hayan sentido como tú, otras que lo estén sintiendo ahora y muchas otras que todavía no puedan hablar.

No estás sola.

Todas esas personas están contigo.

Yo estoy contigo.

1

COMO ABEJAS A LA MIEL

Natalia

—¿Crees que podrás sobrevivir?

—Sí —miento.

—¿Por qué te da miedo conocer gente nueva?

—No es la gente, son los hombres.

Zack aprieta los labios y asiente con la cabeza. Los tirabuzones de su largo cabello rubio se ondean cuando mueve cualquier parte de su cuerpo. Los músculos de su cuello se tensan y su mandíbula se marca más que de costumbre cuando muestra gesto serio. Creo que con esas palabras será suficiente. No quiero hablar más. En su rostro se dibuja una amplia sonrisa, pero al ver que no la recibe de vuelta guarda mi mano entre las suyas y se coloca de cuclillas enfrente de mí. Mi pulso se acelera. No me gusta el contacto físico y, aunque me repito mentalmente que él no es el monstruo de las pesadillas, a la parte de mí que aún vive a merced del miedo no parece importarle. Tengo que hacer algo antes de que mis emociones se desborden.

Encojo los brazos y me libero de cualquier cercanía a un cuerpo ajeno.

—No tienes por qué hacerlo sola si no estás preparada —se apresura a decir.

—Quiero hacerlo.

—Puedo pedirle a Agus que me deje entrar al despacho contigo. Es el director de la película. Nadie manda más que él.

Esbozo una sonrisa sarcástica.

Permanezco sentada en la sala de espera y mi pierna tiembla de manera incesante. Zack se ha dado cuenta, pero sabe que colocar su mano sobre mi rodilla solo empeoraría la situación. Nos conocemos desde hace una semana, pero nos hemos vuelto inseparables. Después de Lara, mi mejor amiga de la infancia, él es la segunda persona que más me hace reír.

De algún modo, este rubio de ojos azules procedente de la costa de California y con pinta de surfista ocupa ahora su lugar.

Me encantaría que Lara estuviera aquí a mi lado, pero nos separan cientos de kilómetros, un océano y las ganas por vivir la vida que merezco. No es lo mismo hablar con ella por teléfono y que me cuente su día y yo a ella el mío, que experimentar nuevas sensaciones de su mano. Pero al menos, gracias a Zack y al proyector que siempre lleva en la mochila, la puedo sentir más cerca, como si ella no estuviera en Madrid disfrutando del verano y yo en Nueva York a punto de interpretar en la gran pantalla a la protagonista de la trilogía de libros que un día escribí y autopubliqué, una historia que cuenta mi vida y que recoge todo cuanto anhelo.

Los libros siempre han sido mi escapatoria. En ellos me refugio del dolor que acarrea vivir en el mundo real. La vida es mucho más bonita cuando creces pensando que en algún momento podrás ser partícipe de una historia fantástica repleta de seres sobrenaturales, hadas con poderes, bosques encantados, ciudades que se sostienen en el aire y densa niebla que sirve como muralla entre reinos enemigos.

El problema llega el día que soplas las velas de tu duodécimo cumpleaños y te das cuenta de que ya eres demasiado mayor para ser la futura heredera de un reino pero demasiado pequeña para vivir una historia de romance con el heredero al trono del reino enemigo. El romance se resistía entre mis manos. No era capaz de leer más de dos páginas sin mandar el libro al otro lado de la cama. Cada frase me parecía absurda.

Si el amor existe, ¿por qué el monstruo no se comporta como uno de esos personajes que regalan flores a la protagonista? Pese a no entenderlo, lo prefería. Que apareciera con un ramo de flores solo era señal de que había pasado algo muy malo.

Años más tarde caí en el embrujo de Jane Austen y, aunque seguía sin creer en el amor, algo cambió en mi interior. Desde entonces, escribir se convirtió en la única forma de vivir el romance que el monstruo nunca me dejaría experimentar.

Llevo siete días esquivando malos recuerdos, como si taparme los oídos fuera suficiente para dejar de oír. No debería sentirme así. Por primera vez en años la vida me sonríe. Estoy enfrente de una persona que, según Lara, tiene el poder de transportarme a casa. Y aunque no quiero volver —porque regresar a casa significaría enfrentarme a todo aquello de lo que huyo desde que tengo uso de razón— echo de menos el olor de los bizcochos de mamá, las escapadas con mi mejor amiga y el peluche que dejé recostado en la cama cuando me fui de casa sin decir adiós. Extraño a mamá, su perfume, y la sensación de sentirme protegida aun estando más en peligro que nunca.

Zack tiene la capacidad de sacar lo mejor de mí. Y a Lara le han bastado seis noches de largas videollamadas entre los tres para darse cuenta. No lo considera una amenaza, sino una oportunidad de crecimiento.

En mi caso, acostumbrada a tener su amistad asegurada desde preescolar, hacer nuevas amistades nunca se me ha dado bien.

Algunos lo llaman timidez. Yo lo llamo miedo a que me hagan daño. Y creo que estoy empezando a sentir esa sensación en el estómago. Ladeo la cabeza y observo desde la distancia y a través de la cristalera que nos separa al chico de pelo negro que permanece de brazos cruzados frente al director de la película, doblando los pliegues de su chaqueta de cuero.

Agus me señala estirando el dedo y Dylan Brooks, el actor que comparte nombre con el personaje del que se enamora mi protagonista en la película, se vuelve con un movimiento de cuello trazado en el aire con lentitud. Tiene el rostro repleto de pequeños lunares. Me fijo en que también comparte mirada con el chico que describí en la tirada de páginas de papel. Sus ojos marrones se clavan en mí. Espero que me haga un repaso y se canse, pero ese momento no llega. Zack sigue intentando convencerme para que termine con esta situación cuanto antes y entre en ese despacho para conocerlo. Sin embargo, yo sigo bloqueada, y los metros que nos separan no evitan que vea con exactitud que su mirada baila por mi rostro y se centra en un punto concreto. Mi pómulo.

Me gustaría afirmar que mira mi pómulo con detenimiento porque es una táctica para ligar conmigo y que el moratón no es visible. Pero no puedo. Me llevo la mano a la mejilla y cubro el trozo de piel que puedo abarcar con la mano.

Me estoy poniendo nerviosa. Temo que las emociones que llevo días reprimiendo en mi interior viajen más allá de mi cuerpo. Lo último que necesito es que se den cuenta de que tengo la boca seca, el pulso acelerado y la respiración entrecortada, que me sudan las manos, me tiembla la pierna derecha y me palpita el párpado izquierdo.

Aprieto el puño y me clavo las uñas en la mano para reprimir la ansiedad que, de un momento a otro, se apodera de mí. Sé que más tarde me arrepentiré de haberlo hecho. En mi piel habrá marcas en forma de semilunas que escocerán y que tendré que curar para que no se infecten.

Cierro los ojos y trato de evadirme de la realidad por unos segundos, conectar con la parte consciente de mi cerebro y no hacer caso a los malos recuerdos, pero cuando los abro, me doy cuenta de que soy el centro de atención de todos.

Lily, la actriz que faltaba del elenco principal, regresa de la cafetería con una bandeja repleta de cafés. Interpreta a una de las amigas de la protagonista, la inteligente chica de mirada oscura, facciones marcadas y pelo rubio que acompañaría al personaje al fin del mundo. Aron, el asistente de dirección, está a su lado. Ella pone los ojos en blanco y Aron camina hacia mí, pero en un instinto por proteger mi integridad física me desplazo de silla en silla arrastrando mi cuerpo hasta el final de la sala. Sus ojos grises me observan. Parece asustado. Se pasa la mano por la cabeza frotando su pelo rapado. Zack se pone de pie y me mira con los ojos muy abiertos. Estoy llorando. Todos me están mirando. Agus sale del despacho a toda velocidad y mira al resto en busca de explicaciones.

Finjo que no me importa, que me es indiferente cómo sus ojos se clavan en mí y me juzgan. Observan con detenimiento cada pequeño detalle, cada defecto.

—Me tengo que ir —anuncio, agachando la cabeza.

Echo a correr como si el fin del mundo me respirara en la nuca, pero una poderosa fuerza me retiene. Tengo la mano de Lily rodeando mi brazo. Levanto la cabeza y frunzo el ceño. Ella entrecierra los ojos mientras yo me libero con un movimiento brusco.

—No vuelvas a ponerme una mano encima —mascullo, con rabia.

Mis compañeros son testigos de la situación. Niego con la cabeza y corro. Mis piernas adelantan a mi cuerpo. Soy un peligro. No puedo pensar.

—¡Madre mía! ¡Cómo se ha puesto! —exclama Lily.

Presiono la puerta de la salida de emergencia y la alarma comienza a sonar. La sirena suena a todo trapo en el edificio y se activan las luces de emergencia a la vez que se apagan las de uso común. Bajo los dos pisos trotando por las escaleras como si fuera inmortal. Al salir a la calle mantengo la velocidad.

He olvidado que estoy en la ciudad que, debido al trajín de gente que viene y va, al tráfico y a la velocidad de vida, más se asemeja a Madrid, mi ciudad natal. De pronto, experimento un choque de realidad. Un aviso. Me paro de manera repentina en el borde de la acera manteniendo el equilibrio sobre la punta de mis zapatos para no caer de bruces a la carretera. Agito los brazos. Me alejo con la respiración entrecortada cuando consigo estabilizar mis movimientos.

—Natalia, ¿te encuentras bien?

Una voz familiar me hace salir del trance. Todo cuanto me rodea se paraliza y mis oídos se hacen eco de un silencio ensordecedor.

Es la voz del monstruo. ¿Cómo es posible? Me vuelvo espantada y los veo a todos, incluido al chico de pelo negro al que aún no conozco, enfrente de la puerta de acceso al edificio donde se encuentran las oficinas de la productora. Zack da un paso hacia delante, chocando el hombro con el chico nuevo. Tiene las manos a ambos lados de la cabeza.

—No quiero hacerte daño.

Eso es justo lo que diría el monstruo.

Sin mirar a un lado u a otro antes de cruzar la carretera, me adentro en las vías de circulación esquivando coches, motos y bicicletas. Freno en seco al mismo tiempo que un taxista que hace sonar el claxon. Casi me atropella. Asoma la cabeza por la ventanilla y suelta algo que parece un insulto, pero que no consigo entender. De fondo escucho las voces aterrorizadas de mis compañeros y cuando llego a la acera de enfrente los veo corriendo hacia mí.

Busco una señal en el cielo, cartel o ser infalible que me diga lo que debo hacer, pero finalmente abro la puerta de la primera cafetería que encuentro a mi paso por la ciudad y esquivo mesas, sillas y comensales hasta llegar al baño, chocando el hombro con una de las camareras del local. No me da tiempo a disculparme, aunque eso no me preocupa. Por primera vez solo puedo pensar en mí.

Cierro de un portazo y corro el cerrojo. Me dejo caer sobre la pared, resbalando mi espalda hasta llegar al suelo. Me abrazo las rodillas con fuerza. Oprimo el pecho contra los muslos; necesito que el dolor desaparezca. Mezo mi cuerpo. Las voces en mi cabeza, los platos rotos en el suelo y los golpes a los diferentes elementos que forman un hogar desmoronándose convierten mi mente en una puta condena. Finalmente, me llevo las manos a la cabeza y acabo cubriendo mis oídos con las manos con la esperanza de que el silencio me devuelva la cordura.

Desde abajo, alzo la cabeza y observo los muebles del aseo. Me parecen enormes, como si yo fuera una hormiga en medio de Nueva York, rodeada de rascacielos que hacen cosquillas a las estrellas. En este caso, me hago tan pequeña que me triplican la altura. Afuera cuchichean. Me cuesta distinguir las voces y asociarlas a cada uno de mis compañeros. Quizá tan solo sean desconocidos hablando sobre la loca que acaba de irrumpir con descaro en una tranquila cafetería. No sé si quiero enterarme de lo que están diciendo de mí. Creo que prefiero no saberlo.

La tensión se apodera de mis extremidades y durante unos minutos permanezco inmóvil. Trato de hacerle entender a mi cuerpo que el mal trago pasará, pero no me escucha, o si lo hace, me ignora totalmente. Me digo a mí misma que todo estará bien, que los que me rodean son personas buenas, que valdrá la pena conocerlos, que será bonito el proceso de entablar una amistad, que no tienen por qué pincharse con los trozos de un corazón roto que un demonio con forma humana rompió a conciencia.

Aporrean la puerta. Cubro mis oídos de nuevo y mezo mi cuerpo a mayor velocidad. Las voces no cesan. Los golpes no dejan de sonar y los gritos del monstruo vuelven a apoderarse de mi mente.

Cuando los golpes tras la puerta se intensifican activo de nuevo el mecanismo de defensa provocando que mi cuerpo choque de forma desmedida contra la pared de enfrente. Así me aseguro de que nadie podrá hacerme daño.

En el baño hay luz, pero la oscuridad me atrapa. Puedo ver a la niña que se encerraba en su habitación con la esperanza de que el monstruo nunca la encontrara. Soy capaz de meterme en el cuerpo de la adolescente que aprendió la lección y usaba la silla del escritorio para atrancar el tirador. Lo siento como si hubiera ocurrido la semana pasada. La vida de la joven adulta que olvidó todo lo aprendido y se enfrentó al monstruo, siendo este más fuerte, ágil y malvado que ella, y le propinó el zarpazo que pondría punto y seguido a una historia, para comenzar otra.

No quiero mirarme al espejo, pero consigo alzar la cabeza y hacer que mis ojos se encuentren con mi reflejo. El maquillaje disimula el golpe en la mejilla, no mucho, pero sí lo suficiente para que alguien que no sabe mirar nunca lo descubra. Me gustaría creer que Dylan no lo ha visto, pero en el fondo sé que sí.

Esta mañana mi pómulo era multicolor. Me he levantado a toda velocidad de la cama y he corrido al baño para maquillarlo. Compartir apartamento con dos personas que acabas de conocer, de las que no sabes apenas nada, y que tampoco saben de ti, ha sido más fácil de lo que pensaba. Tan solo tenía que asegurarme de que mi alarma sonara antes que ninguna para tener tiempo de tapar las marcas que el monstruo dibujó en mi piel el último día que pasé en Madrid.

Saco una brocha de tamaño viaje del bolso y me quito la camiseta. Hago una pelota con ella y me la meto en la boca. Muerdo con fuerza, será suficiente para reprimir el dolor que siento al aplicar el maquillaje sobre las zonas más sensibles. Mi respiración se acelera. Gruño y golpeo la pared con el puño. No lo soporto, pero no puedo llorar. El maquillaje no lo resistiría. El dolor que siento se vuelve tan constante que escupo la camiseta y emito un quejido lo suficientemente alto como para que las personas que hay detrás de la puerta se alarmen.

Presionan el tirador con fuerza y guardo el maquillaje a toda prisa en el bolso. Me coloco la camiseta y la estiro. Tiene demasiadas arrugas, aunque quizá por ser una prenda ancha que llega a cubrir mis muslos lo disimule. Bendita moda. Me arreglo el flequillo y dejo caer mi pelo sobre los hombros.

Sonrío, pero el gesto de felicidad no dura demasiado en mi rostro. Lo estoy fingiendo. Es parte de los ensayos de cada día. Si río, quizá las lágrimas no se abran paso. Nadie me preguntará si estoy bien y no tendré que mentir.

Quito el cerrojo y salgo abriéndome paso entre la multitud. Zack y compañía se echan a un lado y me siguen hasta la calle. Allí me encuentro con Dylan Brooks, que, apoyado sobre la fachada del edificio, se lleva un cigarrillo a los labios, da una calada y expulsa el humo. Lo tira al suelo y lo pisa. Me quedo inmóvil. Tengo los ojos muy abiertos y aunque los suyos se centran de nuevo en mi pómulo, esta vez no salgo corriendo. Mis mejillas se encienden, porque ahora se mide en duelo con mi mirada. Se acerca hasta mí y extiende la mano.

—No hemos tenido la oportunidad de presentarnos. Soy Dylan Brooks.

Su cálida voz se cuela en mis oídos y trago saliva. *¿Tengo que darle la mano? ¿Un abrazo? ¿Presentarme?* Abro y cierro la boca con la intención de formular una frase coherente, pero muero en el intento.

—Natalia, ¿verdad? —continúa, levantando el ejemplar de mi libro que sostiene entre las manos y señalándolo.

Asiento con la cabeza.

No tardo en descifrar lo que siento. No estoy nerviosa. Al revés, me encuentro en calma, como si llorar en ese cuarto de baño hubiera liberado las tensiones a las que ha estado sometido mi cuerpo estos días. Porque una persona que acabas de conocer no puede hacerte sentir en paz, ¿no? Eso solo pasa en los libros.

Sin pensarlo, elimino la distancia que nos separa, coloco mi mano en su bíceps y siento cómo sus músculos se contraen bajo la chaqueta. Hundo la mirada en la tela de su camiseta y escalo hasta sus ojos, analizando cada detalle de su piel. Sus lunares formando un cuadrado en la mejilla derecha, los restos de haber afeitado su piel, el grosor de sus labios, las pequeñas grietas de su labio inferior, cómo desliza la lengua por encima de ellos cuando descubre la posición de mi mirada. Me fijo en el lóbulo de sus orejas, en los aros plateados que cuelgan de ellas y en sus largas y oscuras pestañas.

Tiene los ojos color café más bonitos que he visto nunca.

Jamás pensé que estaría frente a la personificación del personaje literario del que me enamoré.

Me veo reflejada en sus pupilas. Me acerco cuanto puedo y rompo la barrera del contacto físico. Pego mi mejilla a la suya y le propino un beso. Repito el gesto en el otro lado. Dylan Brooks se queda ojiplático. Antes de que pueda añadir nada, le digo:

—Un placer, Dylan.

Durante unos segundos permanecemos inmersos en un abismo del que nuestros ojos no encuentran escapatoria. Aún tengo la mano sobre su chaqueta. A él no parece molestarle y a mí no me incomoda. Pero Zack carraspea e interrumpe el momento. Entonces Dylan se rasca la nuca con nerviosismo y yo aparto mi mano. Finjo que no ha pasado nada, que hace unos minutos no estaba encerrada en el baño sufriendo un ataque de ansiedad.

—Merecemos una explicación —dice Agus, que ahora también está a mi lado.

Oscurece la mirada y tras pasar la mano por su oscuro pelo hace una mueca invitándome a hablar. Ahora sí estoy nerviosa. Lo siento en el pecho, en el estómago. No es una persona que me transmita confianza. Lara y Zack lo saben. En realidad, yo se lo conté a mi amiga la segunda noche que pasé en Nueva York, y fue ella quien se lo hizo saber a Zack cuando me levanté a por helado al frigorífico. Mi mejor amiga y yo no entendemos las noches sin helado de chocolate. Aunque falta Kiwi, su gato diabólico arañándome la cara, hacer las mismas cosas que hacíamos en persona me hace pensar que el tiempo no pasará por nosotras y que cuando nos reunamos volveremos a ser las que éramos antes de separarnos.

—Bien. Puesto que vuestra compañera no valora nuestro tiempo, será imposible coger el avión para Vancouver, donde tendrá lugar el rodaje. Deberíamos haber salido hace media hora.

—Hemos perdido unos minutos —me excuso.

Lily chista con aires de superioridad. La miro fijamente.

—Has estado ahí dentro prácticamente dos horas, Natalia —me informa Aron.

¿Qué?

Agus niega con la cabeza y camina calle abajo. Lily se agarra del brazo de Aron y lo siguen, pero este se deshace del contacto de Lily a los pocos metros de emprender el camino. Miro al cielo y me llevo la mano a la boca. El atardecer cae sobre Nueva York y, aunque se ve precioso, nunca los colores del cielo han expresado tanta tristeza como lo hacen ahora. Es cierto que han pasado horas. He perdido la noción del tiempo.

Zack me pone una mano en el hombro y lo aprieta. No me molesta su contacto físico, pero me produce tensión. Con una sonrisa intenta restar importancia a lo sucedido.

—Está forrado. No creo que suponga grandes pérdidas para la productora cambiar los billetes de unos jóvenes inexpertos e irresponsables actores.

Camina tras ellos dándoles la espalda y con los brazos abiertos. Da una vuelta sobre sí mismo y nos invita a acompañarle. Hasta que lo alcanzamos, Dylan y yo caminamos a la par.

—¿Desde cuándo te trata así?

—¿Perdón? —Frunzo el ceño. Dylan señala con la cabeza a Agus—. Ah, es su forma de hablarnos. No me brinda un trato especial.

Dylan se llena los pulmones de aire y lo expulsa todo de golpe.

—¿Aceptas consejos de desconocidos?

Me encojo de hombros.

—No es de fiar. Procura que vuestra relación sea estrictamente profesional.

Permanecemos en silencio durante todo el camino mientras Agus habla de los edificios importantes y nos cuenta curiosidades sobre el barrio, pero yo no puedo dejar de pensar en las palabras de Dylan. Es el único que se atreve a rechistar a cada palabra que el director suelta por la boca como si lo conociera de toda la vida.

Me propina un codazo.

—¿No crees que tiene cara de villano de una película de Disney?

—No me he fijado… —respondo, sin saber qué decir.

Él asiente con la cabeza y gesto chulesco. Levanta la voz para que Agus le escuche.

—¡Él inspiró a Scar en *El Rey León*!

—Vale ya, ¿no? —inquiere Agus, volviendo la cabeza para encararse con él—. ¿Tienes algún problema, Dylan?

—¿Y tú? Mis compañeros llevan dos semanas haciendo vida juntos. La última en llegar fue Natalia hace una semana. ¿Por qué me has dejado para el final si sabes que vivo en la misma ciudad? —Eleva la comisura de los labios con chulería—. ¿Qué tienes que decir?

—Pero ¿quién te crees, guaperas? —inquiere Lily—. No eres el centro del mundo porque el amiguito de tu papaíto te haya hecho un favor enchufándote en la película.

¿No lo han seleccionado en las audiciones?

Frunzo el ceño. Agus cierra los ojos e inspira profundamente. El gesto de su cara me hace sentir un pinchazo en la tripa. Es la mueca de contención que hace el monstruo antes de sembrar el caos. Mira de reojo a Lily y evita encontrarse con la mirada de Dylan.

—¿Que te llames igual que el personaje del libro no es casualidad? —pregunto—. Por lo que tengo entendido las audiciones funcionaban por número asignado. —Miro a Agus—. Si no hubo audiciones para Dylan, ¿por qué me mentiste?

Agus no responde.

—¿Crees en las casualidades? —inquiere Dylan.

—¿Puede alguien darme una respuesta? —digo alzando la voz.

Lily murmura algo inaudible con mala cara.

—Dylan tiene mucho talento —interviene Agus—. Es un poco cabezota e insoportable, pero buen chico. Todos estamos aquí por una razón, sea una u otra. Él no está aquí por ser hijo de uno de mis mejores amigos, sino porque en la lectura del personaje de Dylan lo vi a él reflejado.

Dylan se llena los mofletes de aire y estalla en carcajadas de forma desmedida. Le contagia la risa a Zack, que le sigue el rollo sin saber muy bien por qué.

—¿De qué nos reímos? —pregunta mi amigo por fin.

Dylan devuelve una expresión neutra a su rostro al instante. Avanza un paso y permanece inmóvil enfrente de Agus, rozando la punta de su nariz. Aprieta los puños a ambos lados de su cuerpo y enseguida los relaja.

—No hace falta llegar a las manos —advierte Aron.

—No debí aceptar este papel, ni tú el proyecto. El papel de director te queda grande. Y a mí el de hipócrita pequeño.

Agus intenta decir algo, pero Dylan se lo impide emitiendo un gruñido.

—No voy a fingir que me caes bien. Nos conocemos desde hace mucho tiempo; tú lo sabes todo de mí y yo conozco cada secreto que empaña tu vida. Por el bien de la escritora a la que has prometido la mejor adaptación, por el de mis compañeros, de tu mujer Gia y de la convivencia, no vuelvas a mencionar a mi padre.

La respiración de Agus se vuelve agitada. En cambio, Dylan parece más tranquilo que antes.

—Deberíamos irnos a descansar, jefe. El vuelo sale mañana temprano —informa Aron, que le guiña un ojo a Dylan aprovechando que Agus le da la espalda.

El director nos repasa con la mirada a todos y, sin decir adiós, emprende el camino calle abajo al lado de su asistente.

Lo único que me ha dejado claro la situación que acabamos de vivir es que no estaba equivocada. Nadie es quien dice ser.

Dylan me mira de pasada, pero deja de hacerlo enseguida para dirigirse al resto.

—¿Os apetece cenar?

—Por supuesto —dice Zack.

Sin esperar nuestra respuesta, los chicos empujan la puerta de la hamburguesería que tenemos al lado y nos quedamos Lily y yo a solas. Ella me ignora y camina en dirección a la puerta, pero antes de que pueda entrar le pego una voz. Se vuelve para mirarme.

—¿Por qué te caigo mal?

—No me caes mal —masculla, con la nariz arrugada.

Se da la vuelta de nuevo para, ahora sí, entrar al restaurante, pero añado:

—No me gusta Zack.

Lily se queda con el tirador en la mano. Estática. Se vuelve para observarme sin pestañear.

—He visto cómo lo miras —continúo—. Se ha portado muy bien conmigo desde que llegué y creo que podemos llegar a ser buenos amigos.

—Ese es el problema.

¿El problema soy yo? Intento controlar los pensamientos intrusivos que golpean mi mente y repito las afirmaciones que Lara me recuerda cada noche. No molesto. No soy un estorbo. Y tampoco un problema. ¿Verdad?

Ante mi cara de extrañeza, Lily sigue hablando:

—Desde que te vio aparecer en la productora perdió el culo por ti. Se olvidó de la semana que habíamos pasado juntos —confiesa con nostalgia. Se aproxima hasta mí y con el ceño fruncido me observa más cerca que nunca—. No me gustas. Todo el mundo acude a ti como abejas a la miel. La gente así no me transmite confianza. Mantente alejada de Zack.

Pero ¿y esta quién se cree?

—No he pasado toda una vida pensando en escapar para meterme en una jaula cuando por fin lo he conseguido —alzo la voz, con firmeza, y me sorprende el tono que utilizo; a ella también, porque su gesto cambia por completo, se relaja—. No te tiene que gustar la miel para dejar vivir a las abejas.

2

UNA LUCHA ENTRE EL DESTINO
Y LA CASUALIDAD

Dylan

Es guapa a rabiar.

Tengo que dejar de mirarla si no quiero que se dé cuenta.

No creo en las casualidades. No creo que el primer encuentro del príncipe del cuento con la princesa con la que contraerá matrimonio sea fruto de la casualidad. Antes de que eso ocurra hay un escritor que ha construido una historia de manera premeditada, ha desarrollado la personalidad de los personajes y ha encontrado los factores perfectos que harán que su relato sea el más bonito que un crío de siete años haya leído en su vida.

Las expectativas que estos cuentos generan en los niños son tan altas que cuando llegas a la adolescencia y te encuentras a la que es tu novia enrollándose con uno de tus mejores amigos, comprendes el porqué de las acciones de algunos villanos. Hay quienes se lo llegan a creer tanto que, en ocasiones, no hay diferencias entre el personaje y la persona. Otros, en cambio, simplemente asienten con la cabeza, no se enfrentan a la situación y, por culpa de personas sin corazón, tienden a creer que el amor es una mierda. Sí, durante mucho tiempo he creído que el amor es una mierda para algunos y un lujo para otros, la condena de muchos y la suerte de pocos.

Todo cambió cuando encontré sus libros por casualidad. De un día para otro, trescientas páginas rompieron todos mis esquemas.

Como cuando el profesor arranca una hoja de tu cuaderno para que repitas el trabajo, aprendas la lección, mejores y entiendas que, aunque ese profesor era un capullo, la segunda vez que hiciste el trabajo quedó mejor que la primera. Que cualquiera puede llegar a tu vida y cambiarlo todo. Poner tu puto mundo patas arriba sin necesidad de que la casualidad haga de las suyas, solos esa persona y tú, batallando con el destino.

Agus tenía los libros sobre la mesa del salón de su nueva casa. Se acababa de mudar. Dejaba una casa llena de lujos en uno de los barrios más ricos de Nueva York para vivir en un dúplex en el centro de la ciudad. La mudanza fue caótica. No creo que los cuatrocientos dólares que me pagó compensaran el estrés con el que conviví día y noche durante una interminable semana. Si no hubiera sido por Gia, su mujer, habría acabado chiflado. A su lado es imposible mantenerse cuerdo. Sus frases, las palabras que utiliza, los tonos de voz que pone… Después de tantos años de matrimonio, Gia es inmune a sus estupideces, pero Agus sabe que conmigo no funciona. No puedo hacer como que no existe. Se aprovecha de eso. Sabe cómo sacar de quicio hasta al más fuerte.

Con Natalia ha comenzado a usar esa técnica, que es la que utiliza con todo aquel que prevé que pueda ser una amenaza para él. Ella no lo detecta o si lo hace, disimula bien.

Aquel día Agus y yo tuvimos una discusión muy fuerte. Y yo me vengué. Coloqué el contenido de las cajas de la mudanza en forma de torres por todo el apartamento. Parecían pirámides construidas en el antiguo Egipto. Fue un trabajo cansado pero gratificante. Valió la pena. A Gia le hizo gracia, pero a él… Tuve que esquivar el puto tomo de enciclopedia que me lanzó con la clara intención de darme. Fue una acción desmedida. Nunca lo había visto así. Anuncié mi retirada como trabajador e ignorando sus gritos me senté en el sofá, me crucé de brazos y contemplé con detenimiento el libro que había sobre la mesa. No me había fijado en él antes, mientras acarreaba los cientos de cajas. Lo cogí, miré con detalle la foto de la autora y comencé a leerlo.

—¡Tú a lo tuyo! —ironizó a gritos, para después desaparecer.

Al salir de casa dio un portazo que hizo retumbar las paredes. Gia se llevó las manos a la cabeza. Agarró un segundo libro y lo observó en silencio durante unos segundos. Cerró los ojos e inspiró profundamente.

Sonrió y me lo entregó.

—Será mejor que te marches, cariño. Puedes llevártelos.

Ese título. ¿Quién en su sano juicio llama a un libro *Nosotros nunca*?

Solo alguien que está dispuesto a vivir con lo que eso conlleva y asumiendo el riesgo de salir herido es capaz de llamar a su libro de esa forma. Después de leer el primer capítulo, devoré el segundo. Más tarde vino el tercero y cuando me quise dar cuenta estaba cenando mientras fingía escuchar a mi padre hablar, con todos los sentidos puestos en los protagonistas. Esa noche de sábado renuncié a salir de fiesta para leer las últimas cien páginas.

Esa escritora estaba completamente loca.

¿Quién demonios termina un libro «así»?

Salí de casa a las cuatro de la madrugada dando un portazo, ignorando que el vecindario dormía. Fui hasta la casa de Agus y, de la insistencia con la que pulsé el timbre, quemé el motor. Gia salió con un ojo cerrado y el otro a medio abrir, envuelta en una bata de estar por casa y un moño en lo alto de su cabeza.

Palpó mi rostro con sus manos y tiró de mi brazo hacia ella. En el recibidor me cubrió con una manta y me propinó un beso en la frente.

—Dylan, ¿qué haces aquí? ¿Ha ocurrido algo?

En su cara pude ver el miedo. Hacía años desde la última vez y no la recordaba así. Hundí mis recuerdos en su mirada. La posibilidad de que estuviera en peligro la hizo reaccionar al instante. El terror se adueñó de ella cuando la mente la avisó de que podría estar pasando otra vez lo mismo. Yo negué con la cabeza y sonreí. Era la técnica infalible. Una sonrisa era suficiente para hacerle creer que todo estaba bien.

Subió al piso de arriba sin motivo aparente y aproveché esos instantes para buscar lo que me había llevado hasta su casa. No había ni rastro de la continuación de esos libros. Repasé estanterías, cajones y el bajo de los sofás. ¡No estaba!

Gia se aclaró la garganta detrás de mí. Me di la vuelta y puse las manos a la espalda, exagerando la sonrisa. Ella enarcó una ceja. Tenía un pijama entre las manos. Me lo lanzó y lo cogí al vuelo.

—Hoy dormirás aquí, no voy a dejar que vuelvas a casa a estas horas.

Esta vez la sonrisa no funcionó, así que tomé la segunda vía de escape. Su marido.

—¿Dónde está Agus?

Pregunté porque dar por hecho que es infiel hubiera sido violento hasta para mí.

—Ha salido —respondió atropelladamente.

Se acercó hasta la nevera y sacó un brik de leche. Del armario cogió dos tazas y sin preguntar preparó su mítico chocolate caliente. Ocupé un asiento al otro lado de la isla, justo enfrente de ella. Mientras removíamos el chocolate en círculos con la cucharilla suspiré de manera exagerada.

—Es mi marido —concluyó.

—Es un cabrón. Deberías mandarlo a la mierda.

—«Deberías», querido Dylan, es una palabra que «debería» estar prohibida. Tú lo ves desde fuera tan fácil… Soy su mujer desde hace cinco años y su novia desde que teníamos dieciséis. No quiero vivir una vida que no conozco, no a mi edad. No puedo obligar a Agus a que me quiera y yo tampoco me voy a obligar a tomar una decisión que no me siento preparada para asumir.

—Mereces alguien mejor.

—¿Tú me quieres, cariño? —Su sonrisa siempre ha sido mágica.

—No imaginas cuánto.

—Con eso me basta —repuso, convencida—. Y ahora dime, ¿qué te trae por aquí?

—Necesito el tercer libro de la trilogía que me prestaste.

Su gesto se agrió, pero sin pensarlo mucho abrió uno de los cajones del mueble del salón y lo sacó. ¿Cómo era posible? Había mirado ahí hacía unos minutos... ¿Estaba escondido? Caminando de vuelta le echó un ojo y lo dejó en la encimera. Se me iluminó la mirada.

—Procura que Agus no te vea con él —me advirtió.

—¿Por qué?

—A veces es mejor vivir en la ignorancia que enfrentarte a la cruda realidad.

Me dieron las siete de la mañana leyendo. La luz del sol ya asomaba por el ventanal cuando Agus me derramó un vaso de agua fría en la cara.

—Pero ¡¿qué cojones?! —grité nada más abrí los ojos. Cuando conseguí enfocar y lo vi a él, mirándome con rostro serio y con el arma del crimen en la mano, lo quise desintegrar—. ¡¿Qué te crees que estás haciendo?!

—Ayer te dije que no quería volver a verte en mucho tiempo.

—Mala suerte que sea adicto a ti —ironicé.

—No estoy para tonterías, Dylan.

Me incorporé y, con los brazos sobre mis rodillas, el libro colgando y la cabeza apuntando al suelo contuve una risotada. Agus hizo un gesto de negación y desapareció de mi vista. Lo seguí por las estancias de la casa con su pijama puesto.

—¿No te entiendes con tu amante en la cama? ¿Es eso? —espeté. Él se volvió y tuve que frenar en seco. Casi me pisa—. ¡Oh, venga! ¿En serio crees que no sé que has pasado la noche fuera follando con otra que no era tu mujer?

Agus resopló y me miró fijamente. Estaba reprimiendo las ganas que tenía de mandarme a la mierda. Ojalá lo hubiera hecho. Habría sido la única forma de que desapareciera de mi vida sin tener que dar explicaciones a mi padre, y mi conciencia lo hubiera agradecido. De haberlo hecho, Gia le hubiera mandado a él a la mierda. Pero Agus sabía tensar la cuerda y soltarla antes de que se partiera en dos.

—Gia me ha dicho que anoche preguntaste por mí.

Mierda.

—Por desgracia, eso es verdad. Necesito que me hagas un favor.

—¿Acabas de llamarme infiel y pretendes que te haga un favor?

Hice una breve pausa que aproveché para sostenerle la mirada. Tenía que pensar muy bien cuál sería mi siguiente jugada. Con él nunca se sabe. Y… pese a la advertencia de su mujer, la de que no me viera con estos libros…, tenía que hacerlo. Lo necesitaba.

—Tú sabrás —me limito a decir—. De mí depende que Gia se entere de que le pones los cuernos con la mujer que me dio la vida desde… ¿Hace cuánto tiempo, Agus? ¿Tres? ¿Diez? ¿Doce años? —Reí, con sarcasmo.

Al instante neutralicé la expresión de mi rostro. Agus frunció el ceño y arrugó la nariz. Esta vez estaba conteniendo las ganas de echarme del país.

—Necesito que tires de agenda —añadí—. Tengo que conocer a la escritora de estos libros. —Levanté el tomo, apuntándolo con el dedo; Agus sonrió con malicia y se relamió los labios—. Sé que tienes acciones en la productora Golden Films, te escuché una vez hablar sobre ello. Actualmente las adaptaciones literarias a la gran pantalla dan mucho dinero.

—¿Te has vuelto loco? —inquirió, con los ojos muy abiertos. Al instante, como si a su cerebro le costara procesar la información de golpe, levantó el dedo y lo presionó sobre mi pecho. Había pronunciado la palabra mágica—. ¿De cuánto dinero estaríamos hablando?

—No lo sé. ¿Cuánto crees que puede dar la trilogía más vendida del último año?

Siete meses después estábamos atravesando las nubes de camino a Vancouver.

Me giro sobre el asiento del avión y lo veo al fondo en la zona *business*. A su lado está sentado Aron, el becario. No le gusta que lo llamen así, prefiere asistente de dirección. En cambio yo prefiero llamar a las cosas por su nombre. ¿Quién permanecería con Agus sin cobrar ni un solo dólar? Estoy seguro de que lo tiene amenazado... Al otro lado está Gia, ajena a las circunstancias. Los rodean abogados, gestores y asesores.

No tengo ni puta idea de interpretación. Me apunté a una academia en el mismo momento en el que los ojos de Agus se convirtieron en dos ruletas sacadas de la máquina tragaperras de un casino con el símbolo del dinero. No ha sido fácil convencerlo para que me deje interpretar uno de los papeles protagonistas. Me ha costado largas noches de trabajo sucio. Aparte de su faceta como empresario y cineasta, Agus es agente secreto de la policía de Nueva York. Estos meses infiltrados en bandas de ladrones y traficantes de drogas han servido para afirmar que nunca nada es lo que parece, siempre es mucho peor.

Cualquier trabajo o favor parece darle igual. Me trata de la misma forma o incluso peor que hace unos meses. Si Gia y mi padre estuvieran al tanto de lo sucedido se liaría la mundial: había puesto a un civil en peligro por una recompensa económica. Y es que dentro del cuerpo de policía de Nueva York que dirige mi madre hay muchos chanchullos. Todo lo mueve el dinero. Y ellos se mueven por y para él. Aunque Agus se estuviera aprovechando de mí, por primera vez en mucho tiempo me sentía útil. Estaba siguiendo el ejemplo de mi padre en la sombra. El de la mujer que me dio la vida. Con eso bastaba. Y, aunque una parte de mí sigue pensando que ha nacido para seguir sus pasos y ser policía, la otra no quiere oír hablar sobre ese oficio.

Agus tenía lo que quería y yo también. Estoy sentado al lado de aquella escritora. Y ella al lado de la persona de carne y hueso que da sentido al personaje de su libro. Yo había nacido para ser Dylan.

Sus páginas me acercaron a mí mismo. Sin conocernos, la escritora que ahora sobrevuela el cielo a mi lado, hombro con hombro, creó la composición física y mental de un personaje que podría ser un calco de mí. No fue por él por quien decidí arriesgar mi vida, sino por ella. La protagonista que da sentido a su nombre, Natalia.

En el libro no se hablaba de amor, sino de amar.

Entendí que por mucho amor que el ser humano sienta, si no amas verdaderamente, nunca conocerás la plenitud.

La miro por encima del hombro sin que se percate de ello y cotilleo lo que hace en el móvil. Está viendo fotos. En casi todas sale con una chica pelirroja. Debe de ser su hermana o su mejor amiga. ¿O quizá su madre? Parece que están muy unidas. Me fijo en la forma de sus dedos, en la terminación cuadrada de sus uñas. Lleva hecha la manicura francesa; la mujer que me dio la vida también solía hacérsela en un centro de belleza. Pero ella tiene heridas en la palma de su mano. Contengo el aliento. No quiero que sepa que la estoy mirando más de la cuenta y que ha dejado al descubierto lo que esconde desde ayer. Comió la hamburguesa con cuchillo y tenedor. Zack le prestó sus guantes. Eran unos mitones, con la parte de los dedos al descubierto.

¿Por qué alguien decidiría llevar la luna clavada en su piel?

—Una escritora como tú debe mantener a salvo los lingotes de oro —le comenté, mientras cenábamos. Estaba enfrente de mí. Tenía los codos sobre la mesa y la mirada perdida—. Me refiero a tus manos.

—Tengo frío —se limitó a decir.

—He leído tus libros, son buenos —añadí, en un intento por mantener una conversación con ella. Parecía una chica callada.

—Pues nos tendrás que hacer un resumen… —bromeó Zack.

Natalia le lanzó una patata frita a la cara. No seguí la acción, estaba inmerso en el marrón de sus ojos.

—Nunca me ha gustado la lectura —se quejó Zack—. ¿Qué hay de malo?

Ella puso los ojos en blanco.

—Dinos, Dylan, ¿qué te parecen las estúpidas decisiones que toma la protagonista? —intervino Lily, con una sonrisa cargada de malicia.

Natalia negó sutilmente con la cabeza y apartó la mirada de mí para fijarla en ella. Con el rostro muy serio añadió:

—Es mejor reconocer que no lees libros a quedar de analfabeta. ¿No crees que estúpidos deberían ser los lectores que no entienden algo tan sencillo como lo es un conjunto de palabras?

Lily frunció el ceño y le pegó una patada a Zack por debajo de la mesa. Este, que estaba a mi lado, se quejó y le lanzó la patata que previamente le había devuelto Natalia. La del flequillo contuvo una carcajada y, bajando la cabeza, me regaló una mirada cómplice.

—¡Zack, haz algo! ¡Me ha llamado analfabeta!

—Me preocupa que no te preocupe que te haya llamado tonta —finalizó el rubio.

La miro de reojo. No puedo sacarme de la cabeza el contenido de las últimas páginas de cada libro. Natalia, mucho antes de ser la chica a la que voy a besar con la excusa de un guion, es la segunda mujer que me ha roto el corazón.

Necesitaba ponerle cara y conocer a su protagonista, asegurarme de que la chica de la que me había enamorado en el proceso de lectura de más de novecientas páginas era real y no fruto de mi puta imaginación. Al principio pensé que esto nunca pasaría. Ella tardó tres semanas en darnos una respuesta. Para mi sorpresa, no solo aceptó, sino que puso como condición interpretarse a sí misma. Agus dudó. Aquella tarde destrozó su despacho. Volcó la mesa, tiró los libros de las estanterías y reventó dos jarrones decorativos. Gia y yo lo observábamos desde el otro lado de la cristalera.

—Esto no debería haber pasado, Dylan —dijo ella.

—Es la autora. Está en su derecho de exigir lo que crea conveniente.

—No lo entiendes, cariño. Que tú y ella compartáis escenas lo complicará todo.

Las casualidades no existen. Ella y yo estamos subidos en este avión porque así estaba escrito.

Natalia lleva escuchando la discografía del mismo cantante desde que despegamos. ¿Qué tiene de especial ese en particular que no tenga otro? La curiosidad me mata. Le propino dos toquecitos de forma insistente en el brazo. Se quita los auriculares y me dedica su atención. Me quedaría mirándola todo el día así, con cara de pasmarote y en silencio, observando cada puto detalle de su piel.

—¿Me responderías a una pregunta?

—Sí, claro —contesta con rapidez.

—¿Qué se siente al tener un cantante favorito?

—¿Lo preguntas en serio? —inquiere muy ofendida, con la mano en el pecho.

¿Por qué, si no, iba a hacer semejante pregunta? Levanto las cejas y echo la cabeza hacia delante con un gesto de obviedad.

—Oh, mierda... Hablas en serio —agrega sorprendida—. Pues cada persona siente una emoción distinta, supongo que depende de la canción que escuches. La música es un lugar seguro en el que refugiarte cuando el mundo se desmorona. —Vuelve a colocarse los cascos sin dejar de mirarme—. Espero que eso haya respondido tu pregunta.

Joder. Quiero seguir hablando con ella. Tengo que decir algo antes de que vuelva a reproducir la canción que ahora tiene en pausa. Natalia mira con detenimiento el móvil y hace una especie de baile con el dedo pulgar sobre la pantalla. Se quita los cascos y, esta vez sin mirarme, añade:

—Harry Styles es ese tipo de refugio.

—Qué poético.

Digo lo primero que se me viene a la cabeza. Natalia resopla y hace un gesto de negación, pero no reproduce la canción. *¿Quiere seguir hablando conmigo? Joder, Dylan..., piensa algo.* Como no deje de mirarla va a pensar que soy un psicópata. Comienzo a mover una pierna de forma insistente mientras que con la mano me golpeo el muslo, pero de tanto pensar la acción se esfuma en el silencio. Ella coge aire de manera profunda y finalmente toca la pantalla para continuar la reproducción de la pista. Sube el volumen al máximo y se echa hacia atrás sobre el respaldo del asiento.

Yo imito el gesto. Al ser más alto que ella mi cabeza sobresale del reposacabezas. Como diría Gia..., tanta cabeza para tan poco cerebro...

Algo se acciona dentro de mí.

Eso es. ¡Gia!

Le doy un toque en la pierna a Natalia para que me deje pasar y salgo al pasillo del avión. Recorro el camino hasta llegar a la zona *business* y me peleo con una azafata que me pide que vuelva a mi asiento. Hemos acordado cinco minutos. Me estará observando. Avanzo entre pijos, ricos y estafadores, y me pongo en cuclillas junto a Gia, que permanece tumbada muy tranquilamente con un antifaz cubriendo sus ojos. Es injusto que los actores viajemos en turista y ellos... ¡en una cama! La despierto tocándole el brazo que más cerca me pilla. Sin quitarse el antifaz, pero con una sonrisa, dice:

—¿Qué necesitas ahora, cariño?

Agus se percata de mi presencia y pone mala cara. Le da un toque a Aron en el brazo y este se levanta. Me señala y el becario rodea los asientos de pijos hasta toparse conmigo.

—Debes irte, Dylan —me ordena.

—Vete a la mierda. —Y, efectivamente se va.

¿Así de fácil es mandar a alguien a la mierda?

Sacudo la cabeza con confusión y me centro en Gia.

—¿Cómo has sabido que soy yo? —mascullo en un susurro.

Ella se levanta una parte del antifaz para guiñar el ojo y pongo los míos en blanco. ¿Tan previsible soy?

—Vale. Necesito ayuda con Natalia —continúo—. ¿Puedes fingir que no es obvio? Solo necesito un consejo de mujer... Dime algo de lo que podamos hablar... —Me froto la cara con desesperación ante su absoluto silencio y añado—: Gia, necesito seguir hablando con ella. Nunca he ansiado algo tanto como escucharla hablar durante horas.

Ella me regala una sonrisa y busca mi mano con la suya. La agarro y entrelaza nuestros dedos. Comienza a trazar círculos con el dedo índice de la mano contraria sobre el dorso de la mía. Me quedo embobado mirando los perfectos movimientos.

—Ya no hay vuelta atrás... —Suspira—. Sé tú, cariño.

—¿Qué?

—Has leído su libro. Cómo habla de ella, qué le gusta y qué no… Habrá partes que serán ficción, pero otras tantas… ¡Ay, Dylan! Por lo poco que conozco a esa chica, se ha delatado como una de esas personas que se dejan el alma en todo lo que hacen. Y creo que en esas páginas ha dejado un cachito de su alma mucho más grande de lo que ella cree.

—Y… ¿si no le gusta como soy?

Gia se quita el antifaz por completo con un movimiento rápido. Me mira con ternura y me acaricia la mejilla. Odio que haga eso. No soporto que me mire de la misma forma que lo hacía ella, la mujer con la que Agus comparte noche de secretos y sexo, la mujer que me traicionó.

—Una miradita más y salto al vacío sin paracaídas —le advierto.

Gia se ríe.

—Dylan, eres un chico espectacular.

—¿Pero…?

—No hay peros. El único que los pone eres tú. Échale valor, cariño. Habla con ella, sé sincero. No hace falta que le digas que te mueres de ganas por escuchar su voz durante horas, no queremos asustarla… —Emite una risa nerviosa y pongo los ojos en blanco—. Demuéstrale que puede hablar contigo cuanto quiera, cuando lo necesite. Su protagonista ansiaba ser escuchada. No creo que eso sea solo ficción, Dylan.

—¡Los cinco minutos! —masculla la azafata, que me saca de la zona *business* cogiéndome por el cuello de la camiseta.

Me libero de ella con mala cara al llegar a la clase turista.

De vuelta a mi asiento y con el ego subido después de haber hecho una parada en el baño para mojarme el pelo y lavarme la cara, veo que Natalia enciende la pantalla de su móvil para cambiar de canción. Se lleva la botella de agua a los labios y le da un trago.

Quiero ser esa maldita botella.

Le vuelvo a propinar dos golpecitos en el brazo. Esta vez le pilla por sorpresa, tanto que da un brinco del susto. Se quita los auriculares y me mira con las cejas en alto, expectante.

—¿Va todo bien? —me intereso.

Ella frunce el ceño. No sabe a qué me refiero. ¡Ni yo tampoco! Solo queda improvisar. Señalo su teléfono móvil.

—Llevas una hora escuchando la misma canción. Teniendo en cuenta que cada pista musical tiene una duración media de cuatro minutos… Has escuchado más de quince veces la misma canción. Eso no es digno de una persona… normal. —Intenta rebatir mis palabras, pero me adelanto—. Por si te lo preguntas, no he visto semejante obsesión con algo desde que descubrí que hay una persona en el mundo a la que le pagan cien dólares diarios por ver las películas de Harry Potter sin descanso.

—Hum… Yo no he dicho en ningún momento que sea normal —se limita a decir—. Además, yo también aceptaría ese dinero por ver la saga en bucle.

Asiento con la cabeza, muy atento.

—Bien. ¿Y la explicación? La de tu obsesión con esa…

—No la hay —me interrumpe—. Cuando te sientes identificado con una canción…, siempre serán pocas las veces que la escuches.

Baja la cabeza hasta sus auriculares y mordisquea su labio inferior. Parece dudar. ¿Qué piensa? Por fin se decide. Me tiende los auriculares y me dice:

—¿Quieres probar?

Niego con la cabeza y aunque quiero ponerme esos auriculares y formar parte de la banda sonora de su vida, sé que no es lo correcto. Ella se encoge de hombros. Finge que no le importa, pero sé que en algún lugar de su interior me está odiando con todas sus fuerzas. Siento esa mala energía golpear mi aura. Lo entiendo. Yo también lo haría, pero la lucha que mantengo en mi cabeza es jodidamente insufrible. Una parte de mí quiere confesar, decir la verdad y gritar que me encantaría besarla, aunque eso signifique despertar a la gente que está durmiendo a nuestro alrededor. Quiero besarla aquí y ahora. Aun conociéndonos desde hace unas horas. Me da igual. Pero otra parte de mí… quiere intentar hacerlo bien, desde el principio.

Pero ¿qué cojones? ¿Dónde están escritas las normas del bien y el mal? Solo quiero sentir. Querer de verdad. Y que me quieran. No sé si eso es intentar hacerlo bien o... me estoy colando en un agujero muy oscuro de esos que hay esparcidos por el universo. De ser así, sería el primer agujero negro de la historia de la humanidad que brille en la oscuridad, porque, aunque las luces del avión están apagadas y las ventanillas bajadas, ella tiene luz propia. ¿Estoy ante una constelación?

A la mierda. Voy a hacerlo.

Vuelvo a darle dos toques en el brazo y esbozo una sonrisa.

—No prometo que me vaya a gustar, pero me gustaría intentarlo —le digo.

Natalia enarca una ceja. Puedo leer su mente, como si mantuviera una lucha de egos con su orgullo, pero finalmente me coloca los auriculares en los oídos y, sin decir palabra, le da al «Play». La canción dura más de lo normal y me paro a entender cada palabra de la letra. Cuando termina, le devuelvo los auriculares y ella regresa a su mundo. Pero no se los pone, la música traspasa las almohadillas y se pierde en el silencio del avión. Es mi momento.

—¿Cómo descubriste su música?

—Casualidad, supongo.

—¿Cómo se llama la canción que me has puesto?

—*Matilda*.

—¿Es tu favorita? ¿Habla sobre ti?

—¿No crees que haces demasiadas preguntas?

—Me gusta saber, aprender cosas nuevas.

—A mí no me gusta hablar —dice, con ojos tristes.

Tras unos segundos en silencio, añado:

—Ser tú ha tenido que ser difícil.

EL MONSTRUO DE LAS PESADILLAS
(1)

Quince años

—*Tú y yo vamos a poner el amor de moda en esta ciudad.*

—*Perdona, ¿qué has dicho?* —*pregunto, muy sorprendida.*

—*Lo has escuchado perfectamente. La gente se quedará de piedra cuando se enteren de que somos novios. Querrán tener lo que nosotros tenemos.* —*Me da un toque en la barbilla y me echo hacia atrás. Él frunce el ceño y se acerca a mí deslizándose por el banco—. ¿Qué haces? ¿Por qué te alejas?*

—*Me quiero ir* —*le digo.*

Tyler cierra los ojos e inspira profundamente para después expulsar todo el aire de golpe. Meto el puño en el bolsillo del abrigo y hundo las uñas en la palma de mi mano. Todavía quedan surcos de la pasada noche. Los hago más grandes y, aunque escuecen, no hago muecas ni profiero gemidos de dolor.

—*No te vas a ir a ningún lado, princesa.* —*Su voz resuena con dureza. Ha cambiado.*

Me levanto del banco. Busco a alguien con la mirada, pero el parque está vacío. Me falta la respiración. No sé adónde ir ni cómo salir de aquí sin que él pueda seguirme. Retrocedo dos pasos. Necesito alejarme de él todo lo posible. Retiene mi muñeca entre sus dedos con un movimiento rápido y conciso. Hunde su oscura mirada en mis ojos, llenos de miedos e inseguridades. Me tiemblan las piernas.

—*Eres una calientapollas.*

—*No he hecho nada —le digo, con un hilo de voz.*

—*Me has besado.*

—*Me has besado tú. Yo no quería hacerlo.*

—*Sí que quieres. Vas a querer hacerlo.*

—*¡No! —grito con rabia.*

Su mano me aprieta con más fuerza. Mira a un lado y a otro para asegurarse de que no haya nadie y sonríe.

—*Creo que no te he escuchado bien, princesa. ¿Podrías repetir lo que has dicho?*

3

UN AVIÓN, UNA AMENAZA
DE MUERTE Y UN PRONOMBRE
EQUIVOCADO

Natalia

Nunca me ha gustado la sensación de vértigo antes de caer. Desactivo el modo avión del teléfono y me pongo a husmear entre los mensajes. Entran unos cuantos de golpe. Zack, que está sentado al otro lado del pasillo chista para llamar mi atención. Me aseguro de que Dylan está dormido y flexiono el torso para acercarme a él. No creo que a toda esta gente que nos rodea les hiciera mucha gracia que nos comunicáramos a voces.

—¿Qué me prometiste anoche antes de irte a dormir?

—No puedo hacer como que no existe, Zack. Es un peligro real.

—Lara está en Madrid. Te avisará si ocurre algo —dice despreocupado.

—Zack, es mi vida, ¿crees que en caso de que quiera matarme le pedirá permiso a Lara?

Frunce el ceño y me saca el dedo corazón.

Vuelvo a colocarme bien en mi asiento. De reojo veo a Zack imitar el gesto. Supongo que tiene razón. Estando a kilómetros de distancia, lo sensato sería ignorar la existencia de un criminal. Es lo que suele hacer la protagonista en las películas, ¿no? Aunque… en las películas también terminan descubriendo su paradero y poniéndola contra las cuerdas. No quiero que eso pase. Debo de permanecer en alerta. Él y Lara viven el argumento como espectadores. Incluso, creo que son los típicos críticos de cine que se reúnen en secreto una vez al mes para comentar los filmes en cartelera. El punto de vista se altera cuando eres tú el protagonista y es tu vida la que está en el punto de mira.

Dylan carraspea de manera exagerada. Ladeo la cara para verlo con una ceja en alto.

—¿Sabes que usar internet durante un vuelo puede causar interferencias con la cabina del piloto? Aumenta las posibilidades de que suframos un accidente aéreo. Podríamos morir.

—¿Estabas espiándome?

—Espiar es una palabra fea. ¿Me ves cara de agente del FBI?

Me encojo de hombros.

—No me gustaría morir, Natalia —reconoce, con un tono de voz aterciopelado.

Abro la boca y, ensimismada, lo observo con detenimiento. Dylan ha cerrado los ojos. Tengo la oportunidad de ver de cerca la textura de su piel. El aroma que transmite su ropa. La forma que tienen sus labios de perfil. Contrae la mandíbula y los humedece. Cuando vuelve a abrir los ojos me ve mirándolo, pero no disimulo.

—Tengo muchas cosas por hacer, muchos sueños por cumplir... —continúa.

Me gustaría preguntarle acerca de ellos, indagar, saber cuáles son. ¿Qué le queda por hacer en la vida? ¿De dónde viene su miedo a volar? ¿Lo tendría si tuviera alas? ¿Fue culpa de unos dibujos, una noticia en el periódico o los crueles niños del patio de colegio? El avión lleva unos minutos experimentando turbulencias y, aunque dudo que sea por mi culpa, vuelvo a activar el modo avión. Dylan permanece sujeto a los reposabrazos. Está en tensión. Las venas de sus brazos se marcan y las de su cuello también.

No sé si debo hacerlo. No soy la primera ni la última persona del mundo a la que no le gusta el contacto físico. Él podría ser una de esas personas. No quiero incomodarle. El avión se mueve y Dylan cierra los ojos con fuerza, como si al hacerlo el ruido, las voces de las azafatas por megafonía y el cuchicheo de los pasajeros fueran a desaparecer. Abrocho mi cinturón y acto seguido pongo la mano sobre el dorso de la suya.

Pego la espalda al respaldo y mantengo la calma. Con el rabillo del ojo veo nuestras manos unidas. Dylan se ha aferrado a mi mano con tal velocidad que no he tenido tiempo de reaccionar. Las lunas que dibujé de forma involuntaria en mi piel rozan la palma de su mano. Es suave. Y parece haber sido creada por y para este momento. Cierro los ojos. Tengo que hacerlo si no quiero ponerme nerviosa. Espera, ¿no estoy nerviosa? Me llevo la otra mano al corazón e inspiro profundamente. Mis latidos parecen relajados. No me duele el pecho. En el estómago no siento el revoloteo de las alas de un conjunto de insectos. No tengo miedo.

Dylan deja de temblar a la vez que el avión.

—Creo que no siento la mano —le digo, notando sus dedos adheridos a mi piel con fuerza. Dylan los abre al instante, pero no mueve la mano. Es la mía la que retiene la suya. Lo miro y sonríe. Me aparto avergonzada—. Gracias por devolverme mi mano.

—No se lo cuentes a nadie. Podrán usar mi miedo a volar como arma arrojadiza en caso de tortura —bromea, guiñando un ojo.

No le devuelvo la sonrisa. Esa palabra me hace viajar a lugares en los que solo hay oscuridad. Tengo que cerrar los ojos y clavar las uñas en mi piel para conectar con la realidad. Los recuerdos invaden mi mente. La tortura se vuelve condena cuando dejas de sufrirla para ejercerla sobre ti mismo. Dylan me pone la mano sobre el dorso de la mía imitando mi gesto, pero me aparto con un gesto brusco.

—Queda raro que sea yo el que diga esto, pero a kilómetros del suelo, lo único que puede hacerte daño es el aire chocando con tu piel. Los mortales no son capaces de sobrevivir a las alturas. No temen hacer daño a los demás, pero ¿has probado a reconstruir una ciudad real con juguetes? El malo siempre muere a manos del bueno, por presión, por un dragón o por una caída accidental desde las alturas.

—Tú y yo somos mortales.

—¿Vives matando?

Niego con la cabeza.

—Entonces entiendo que mueres viviendo.

Asiento con la cabeza.

—En ese caso, ni tú ni yo somos mortales. En cambio, Agus sí lo es.

Opto por no añadir nada.

Su chaqueta de cuero cubre sus piernas y parte de la mía. Me fijo en la ajustada y oscura camiseta que se le adhiere a la perfección al torso, también en la pulsera plateada que rodea su muñeca, en los cuatro anillos que cubren sus dedos y en la cadena que cae sobre su cuello. Tiene un tatuaje en el brazo. Es una serpiente. Siento interés por descubrir los secretos de su cuerpo. En el otro brazo asoma desde la muñeca una enredadera con rosas de color rojo. Son bonitas, se parece a la que tengo tatuada en las costillas.

Quedan cuarenta minutos para que aterricemos. El viaje se me está haciendo eterno, pero no más que a Dylan, porque por megafonía anuncian que atravesamos una tormenta. Las turbulencias controlan el avión y se activan las luces de emergencia. Dylan me fulmina con la mirada.

—No ha sido culpa mía —me defiendo.

—Yo no he dicho eso —se excusa y coloca su mano sobre la mía de nuevo.

Eleva la mirada con lo que me parece temor a que vuelva a apartarme, pero esta vez no lo hago. Parece verdaderamente asustado.

—Dame conversación antes de que me tengan que atar al asiento. ¿Tan importante era lo que había en tu móvil para que lo priorices antes que disfrutar de la experiencia de atravesar el cielo?

Dudo unos segundos.

—¿Me harías un favor? —le pregunto, mientras me mordisqueo el labio inferior con el colmillo. Él observa mi gesto con gran detenimiento y asiente con la cabeza—. ¿Leerías unos mensajes por mí?

Dylan se incorpora sobre el asiento y arruga el ceño.

—No quiero leerlos, pero tengo que hacerlo. Mi vida corre peligro —le confieso.

Se queda mudo, con la boca abierta.

Tarda tanto en contestar que a mi mente le da tiempo a trazar todo tipo de ideas retorcidas en mi contra. ¿Qué estará pensando de mí? ¿Me creerá? ¿Me juzgará? ¿Me pedirá explicaciones? ¿Intentará descubrir qué es lo que sucede? ¿Se lo dirá al resto?

—Vale —se limita a decir—. Será suficiente para olvidar que estamos volando.

Asiento con la cabeza sin mirarlo. Enciendo el móvil, me meto en la aplicación de mensajes y se lo entrego. Él me mira con incertidumbre. El tamaño de sus manos es tan grande que el móvil que a mí me queda grande en su palma parece pequeño. Cuando lo veo fijar los ojos en la pantalla, siento un pinchazo en el corazón.

—Es el primer contacto de la lista —le comento.

—Papá —pronuncia con dureza.

—No digas esa puta palabra —mascullo, y le intento arrebatar el móvil, pero él es más rápido. Eleva el brazo y lo aleja de mí.

—No me jodas —murmura mientras lee los mensajes.

Lentamente baja el brazo y le quito el móvil de las manos con un movimiento brusco. Permanece inmóvil con la mirada fija en un teléfono que ya no existe.

—No has visto nada, Dylan. Ha sido un error. Ni una palabra, ¿entendido?

Él ladea la cara para verme con los labios fruncidos.

—¿No quieres saber el contenido de esos mensajes?

—No —respondo atropelladamente—. Solo dime algo. ¿Sabe dónde estoy?

—Las cuentas oficiales en redes sociales de la película han anunciado dónde tendrá lugar el rodaje, el nombre de todos nosotros y los detalles del proyecto.

—Dylan, ¿lo sabe o no? —inquiero con frialdad, y él asiente con la cabeza.

—No tiene derecho a hablarte así.

—Ni tú a meterte en mi vida.

Dylan resopla con frustración. Saca su teléfono de la chaqueta y hunde la mirada en él. Yo hago lo mismo, pero no por mucho tiempo. Le tiendo mi móvil y de nuevo sin mirar añado:

—Por favor, borra el chat por mí.

—Es una prueba, Natalia. No deberías hacerlo.

—¿No decías que no eras un agente del FBI? —pregunto, con indiferencia—. Hazlo.

Usa dos dedos para agarrar el móvil. Toquetea la pantalla y a continuación me lo entrega.

—Las relaciones no deberían sonar como lo hacen esos mensajes. El amor, sea en pareja, amistad o familia, no debería matar.

—Nadie va a morir por amor, Dylan —chisto, con sequedad.

El único que moriría es el amor. Él sería capaz de acabar con él para matarme a mí.

—No puedo hacer como que no he visto nada —me avisa, acercando su boca a mi oído—. Y claro que no soy un agente del FBI, Natalia, pero tengo cerca gente que sí. He aprendido mucho a su lado. Lo que hablemos entre nosotros está a salvo, pero si ese cabrón te pone una mano encima…

—Perdona, ¿te has referido a ti y a mí como «nosotros»? —le interrumpo, con el ceño fruncido. Dylan parece desubicado, pero no le doy tiempo para contestar—. ¿Desde cuándo tú y yo somos… «nosotros»?

Su mirada se oscurece y se muerde el labio inferior con fuerza durante unos segundos. A medida que pasa el tiempo, su labio vuelve a su forma natural, pero algo ha cambiado en él. Su manera de mirar. Esa pequeña sonrisa burlona. La mueca chulesca.

—Nosotros. Tú y yo. El avión. Los pasajeros. La señora de enfrente. El niño de detrás de mí que lleva dando patadas todo el viaje. Los rubios. El becario. Gia y su marido. —Contiene una risotada—. ¿Acaso «nosotros» no es la palabra que mejor nos define?

4

UNA RUBIA, UN MACARRA, DOS POLICÍAS Y UN NARCOTRAFICANTE. ¿QUÉ PODRÍA SALIR MAL?

Dylan

Fingir que no he visto esos mensajes está siendo más difícil de lo que pensaba. No puedo hacer como que no ha pasado nada. Tengo grabados en la retina cada insulto, amenaza y falta de ortografía de ese puto individuo. Están atadas a mi cabeza con una jodida cuerda que cada vez aprieta más y más. Tal como lo hace un niño que no quiere soltar una piruleta, el chicle que accidentalmente se aferra al pelo en un día de verano o la arena de la playa que usa el agua como pegamento para aferrarse a tu piel.

Natalia me evita. Por los pasillos se comenta que me ha rechazado, pero no es cierto. No me importa. Cuando has vivido la mitad de tu vida paseando por las calles de tu ciudad con tapones en los oídos para no escuchar lo que dicen las malas lenguas sobre aspectos de tu vida de los que no tienen ni idea, el piar de una urraca camuflado en el cantar del jilguero pasa desapercibido.

Han sido los siete días más largos de mi vida. Zack y Natalia ya han empezado a grabar. Fuera de cámara son uña y carne, pero cuando el piloto se enciende todo es distinto. En cualquier momento lo va a matar, si no es ella, será alguien más. El surfista de pacotilla no se toma las grabaciones en serio, no para de reírse. Natalia es demasiado perfeccionista. Agus tiene poca paciencia y Gia está a punto de estallar. Aunque es fiel creyente de que sola puede con todo, nunca fue suficiente con una sola viga para mantener en pie a un edificio.

Tira el cuaderno de anotaciones al suelo y le lanza el bolígrafo a Agus. Él no se inmuta, permanece estático en la silla detrás de las cámaras. Su barbilla reposa sobre sus nudillos. Gia bufa enfadada ante la parsimonia de su marido. Se pasa los días diciendo que ya nada la sorprende, pero el gesto de su rostro la delata. Precisamente sus reacciones son las de alguien que sigue esperando la Luna de una persona que nunca prometió darle la Tierra. Él le sostiene la mirada unos segundos y luego pone los ojos en blanco. Sin necesidad de que le digan nada, Aron asiente rápidamente con la cabeza, se coloca enfrente de la cámara con una claqueta en las manos y Agus ordena el inicio de una nueva toma.

—¡No puedo más! —grita Gia.

Y se va corriendo.

Estaba claro que iba a suceder. Me levanto del sofá en el que llevo horas tumbado repasando el guion al mismo tiempo que Agus, que se interpone en mi camino en el intento por ir a consolar a Gia.

—Vuelve a tu puesto de trabajo, Dylan —masculla.

—Se ha marchado llorando. Mi sitio ahora está a su lado, no es mi problema que tú no lo sientas así.

Agus sonríe, relame sus labios y dice:

—El trabajo da dinero, el dinero, comida y la comida, vida. Cuando las lágrimas te den lo que el dinero me da a mí, entonces podrás abandonar tu puesto para lloriquear.

—Va a ser verdad que todo lo malo se pega —digo entre dientes cuando Agus me da la espalda.

Detiene sus pasos, pero no vuelve a mirarme. Sin mencionarla sabe a quién me refiero. Pese a que en este momento somos el centro de atención, evito cruzar la mirada con el resto de mis compañeros y me acerco hasta él para espetarle:

—Primero la obsesión con el dinero, después el odio desmedido hacia mí y ahora lo de ser un capullo con tu pareja. Mi madre y tú sois tal para cual.

Las aletas de su nariz se abren y se cierran al tiempo que su pecho se llena de aire. Lo expulsa de golpe, cada vez con más fuerza. Y como si un demonio se hiciera cargo del funcionamiento motor de su cuerpo, irrumpe en el decorado de lo que es el dormitorio de la protagonista de la película dando berridos y haciendo aspavientos con las manos. Engancha a Zack del brazo y lo desplaza hasta la cruz que hay dibujada en el suelo y que marca su posición en escena y luego va a por Natalia, que cuando lo ve caminando hacia ella con decisión se coloca de cuclillas en el suelo, cierra los ojos y se tapa los oídos. Lily, que masca chicle en una silla, observa la escena con pasotismo. Enrosca el chicle en sus dedos y lo pega debajo de la mesa que tiene al lado. A continuación, da dos golpes en la mesa para llamar la atención.

—¿Cuándo me toca grabar a mí? Me aburro.

Agus la ignora.

—¡Levántate! —grita mirando a Natalia. Busca a Aron con la mirada y este acude a su llamada—. ¿Qué mosca le ha picado?

¡Oh, venga! ¿En serio? No puedo creer que esté diciendo esto… No después de…

Cállate, Dylan. No es el momento de contar esa historia.

Joder, no. La puta conciencia no.

Sí. ¡Haz lo que tienes que hacer! ¡La chica de aquella foto te está mirando!

—Creo que está asustada —murmura Aron.

Su jefe lo mira con incredulidad.

¿Cómo pediría ayuda a gritos alguien que no se atreve a hablar?

Tiro el guion al sofá y camino hacia ellos con paso firme. Agus no me escucha llegar, por eso cuando me hago hueco entre él y Natalia echándole a un lado no le da tiempo a reaccionar. El flequillo de la chica morena que tengo enfrente de mí no le dificulta la visión. Sus ojos me observan con esperanza. Le tiendo la mano y duda unos segundos qué hacer. Su mirada regresa a mis ojos y asiento con la cabeza. Acepta mi ayuda y se incorpora. Sus ojos brillan, no sé si lo hacen porque tiene ganas de llorar o porque la esperanza de no ser invisible ante los ojos de la suerte esta vez ha tenido su fruto.

Quiero preguntarle si está todo bien, pero no puedo hacerlo. Si lo hago, no responderá con sinceridad. Soy capaz de descubrir la mentira camuflada en unos ojos bonitos y ella está a punto de traicionar a la verdad.

Estiro el brazo que está más alejado de Agus y alcanzo a rozar la yema de sus dedos. Busco su dedo meñique y lo guardo en mi mano. Lo aprieto en dos ocasiones. Muevo los labios sin emitir sonido: «¿Todo bien?», le pregunto. Ella asiente con la cabeza.

En sus ojos no hay rastro de mentira, solo verdad.

Durante unos segundos permanecemos inmersos en un duelo de miradas. No sé qué ve en mis ojos, pero no pestañea. Yo tampoco lo hago. No quiero dejar de mirarlos. En sus pupilas me veo reflejado como nunca me he visto antes. Estoy sonriendo. Y ella también.

Zack carraspea y se sitúa a nuestro lado. Baja la mirada al suelo y suspira. Parece que no le gusta lo que ha visto, porque alza la mirada y se da media vuelta. Nuestras manos siguen unidas. No he liberado su dedo meñique. Ella no ha querido escapar. Pero ahora nos separamos. Disimulo rascándome la cabeza. Ella se muerde los labios con nerviosismo.

—¿Por dónde íbamos? —pregunta Natalia.

—Vuestros personajes hablaban sobre la posibilidad de querer a alguien por lo que algún día fue y no por lo que hoy es —interviene ahora Agus—. Zack afirma que vivir de recuerdos del pasado ayuda a reencontrarte contigo mismo, pero tú necesitas escapar de ellos.

Natalia asiente con la cabeza y Zack se coloca en la misma posición en la que me encontraba yo. No tapa la marca que hay en el suelo, sino el rastro de mis huellas. Agus no corrige su postura, ordena al cámara que cambie el plano y me mira en silencio. Esboza una pequeña sonrisa malvada.

Siento un pinchazo en el corazón. No veo la flecha clavada, pero alguien ha atravesado mi pecho con un objeto puntiagudo. Enfrente no hay nadie con un arco, debe de ser mi imaginación. O, por el contrario, el sentimiento de insuficiencia que se instaló a vivir en mí cuando la mujer que más he querido me dejó ir. Es un acto simbólico pero real. Zack ha ocupado mi lugar y el mundo ha continuado. Al final va a ser verdad eso de que todos somos reemplazables. Natalia me busca con la mirada. Son solo unos segundos, pero son suficientes. La comisura de sus labios se ha elevado. No ha recibido un gesto parecido de vuelta. No me ha dado tiempo. Pero ya no siento la flecha. Puede que sea irreemplazable, pero también inolvidable.

Los colores del amanecer cubren el cielo de Vancouver. A mediados de junio el frío del alba aún cala los huesos. Salgo del apartamento poniéndome la chaqueta de cuero y monto en el coche. Siempre encuentro aparcamiento, tengo un don. No conozco la ciudad a la perfección para calcular las distancias que separan la casa de Lily de la mía, así que conduzco hasta allí. Nos ha invitado a desayunar y, aunque descarto comer o beber allí por riesgo a morir envenenado, es el único momento del día fuera de cámaras en el que puedo estar cerca de Natalia sin excusas. Sin cafés a los que invitar, papeles que caen al suelo de manera accidental, chistes, comentarios sobre el mal humor de Agus o preparación de las escenas con Gia.

Mi relación con Zack ha mejorado. La mente me había jugado una mala pasada. ¿Cómo he podido considerarlo una amenaza? Solo es un tipo que adora llamar la atención. Siempre lo consigue, en eso somos bastante parecidos. Creo que la base de nuestra amistad se ha fundado sobre el reto. Él establece un objetivo, y yo apuesto lo que sea a que no lo consigue. Y a la inversa. Hemos aprendido a alimentar nuestro ego y aunque Aron critica el acto cada vez que lo hacemos, ¿desde cuándo se le da voz al asistente del villano de la película? Él ha elegido bando, y yo formo parte del contrario.

El amor une a las personas, el odio consigue que permanezcan unidas en el tiempo. Zack no soporta a Agus. Y Agus no nos soporta a ninguno de los dos. Empiezo a creer que su odio desmedido hacia nosotros aumenta a medida que nos acercamos a Natalia. La odia también, no puede ocultarlo. Y lo entiendo, yo en su lugar también lo haría. Ella quiere justicia, él es su némesis. Cuanto más poder tenga ella, menos tendrá él. Y eso conlleva el uso de armas en lo que puede ser un cuerpo a cuerpo. Me gustaría advertir a Natalia de la realidad. Quiero contarle que solo puede quedar uno, pero no lo hago. Cualquier rastro de violencia la apartaría de él, pero también de mí. Y no quiero arriesgarme a que eso ocurra.

Eres estúpido.

Silencio, solo eres mi conciencia.

¡Necesitas soltarlo! ¡Hazlo ya! ¿No se lo vas a decir?

¿A quién?

A Natalia… ¿No le vas a decir que conoces a su padre?

—¡Cállate! —grito, golpeando el volante.

Respiro hondo y aparco el coche enfrente de la casa de Lily.

La lucha entre el deber, el poder y el querer es una de las batallas más complejas a las que se enfrenta el ser humano.

—¿Café, Brooks? —grita Lily desde la cocina.

No me ha saludado cuando ha abierto la puerta. En cambio, Zack me ha recibido con una sonrisa y nos hemos chocado la mano.

—Un manchado, por favor —respondo, con la mirada perdida.

Ella se da cuenta y cuando enciende la cafetera se acerca hasta mí y me da un pequeño toque en la frente. La observo con precaución. Zack trae las tostadas y las coloca en la mesa que rodeo para sentarme en una de las sillas que hay al otro lado.

—No hemos empezado con buen pie. ¿Podrías resolverme una duda? —pregunta con gesto inocente.

No la creo. Si no es una villana, ¿por qué actúa como el malo de una película de superhéroes? Todo villano nace siendo un simple mortal con aspiraciones de convertirse en héroe. Las personas que lo rodean y las acciones que llevan a cabo cambian el desarrollo del personaje. Para ella yo fui esa persona cuya acción la convirtió en pura maldad. Aun así, asiento con la cabeza bajo la atenta mirada de Zack, que supervisa la conversación.

—¿Es cierto que tu papaíto es amigo del jefe? —pregunta insidiosa, pero no contesto—. ¿Y mamá?

Entrecierro los ojos y le sostengo la mirada. Mi respiración se vuelve entrecortada y el sonido de la cafetera acompaña los borrosos pensamientos que perturban mi cabeza. Zack me pega una patada en el tobillo por debajo de la mesa. No quiere que batalle con Lily. Sabe que saldrá perdiendo, porque yo puedo ser muy cruel. El rubio no quiere que luego ella pague su mal humor con él.

Ella sonríe con maldad, se levanta de la mesa y camina de vuelta a la cocina.

—Ignórala —masculla Zack.

—¡Es insoportable!

—¡No hables así de mi novia!

—Tu novia trata muy mal a tus amigos —argumento—. Además, ¿quién eres tú para decirme nada a mí? ¿Cuándo piensas decirle que no te gusta?

No eres el más indicado para hablar, Brooks. ¿Recuerdas?

Zack finge no escucharme. Y yo finjo no escuchar la voz de mi cabeza.

—¿Natalia sabe que la que te gusta es su mejor amiga? —me mira sin responder—. Ah, genial. ¿No le habéis dicho que tenéis sexo telefónico?

Guardo silencio cuando veo a Lily aparecer con los cafés sobre una bandeja de metal. Parece una camarera. Lo hace aposta. Es el trabajo que tenía antes de conocernos. Su madre era dueña de un bar. Me lo contó sonriendo, días antes de que todo saltara por los aires. Cierro los ojos y me froto la cara. No puedo dejar que los recuerdos del pasado se adueñen de mí. Esto no saldrá bien.

¿Quiere guerra? Tendrá guerra.

Lily se sienta justo enfrente de mí, levanto la mirada y me topo con la suya. Señala la taza, que permanece intacta.

—He echado veneno en tu café —dice mientras finge una sonrisa.

—No pensaba dar ni un trago —imito el gesto y alejo la taza empujándola con un dedo, tal como ha hecho ella.

El timbre suena, debe de ser Natalia. Zack, que permanece ajeno a nuestro enfrentamiento murmura un «ya voy yo» y se va corriendo.

—Dime, Lily, ¿le has contado a Zack dónde nos conocimos?

—Cállate, Brooks —mascula.

¿Y tú a Natalia? ¡Estás siendo muy hipócrita! No te reconozco...

—¿Cómo está tu madre? ¿Sabe que su hija consigue el dinero para saciar su adicción vendiendo esa misma droga que la va matando poco a poco?

—¿Y la tuya? ¿Te quiere tan poco como hace unos meses? Río sarcástico. No me hace ni puta gracia.

—¿Vamos a seguir fingiendo que no nos conocemos de nada?

Lily sonríe con maldad, hinca los codos en la mesa y se acerca hasta mí para murmurar:

—Dylan Brooks Evans, ¿le has contado a tu futura novia que tu madre detuvo a su padre por organización criminal hace unos meses? ¿Y que Agus fue el cabecilla de la investigación y te lanzó a los brazos de un narcotraficante? —Relame sus labios y mira con falso deseo los míos. Frunzo el ceño y resoplo—. ¡Oh, venga! ¿Tampoco le has dicho que tenéis más cosas en común de las que ella cree? Su mayor pesadilla os quiere ver muertos a los dos. Debería saberlo por ti antes de que alguien se lo cuente.

—¿O qué? —escupo—. Conmigo no funcionan las amenazas.

Lily hinca los dientes en su labio inferior y sonríe con malicia.

—O cometerá el mismo error que su padre, Brooks. No debe confiar en la rubia y el macarra —dice, haciendo referencia a los apodos que usó Axel para referirse a nosotros.

Se calla cuando oye a Zack acercarse con Natalia cogida sobre su hombro como un saco de patatas. Grita desatada, pero él no la baja al suelo. Lily no los mira. Se levanta de la mesa y, antes de dirigirse a la cocina, rodea la mesa y susurra en mi oído:

—Tienes razón, Dylan. Siempre dices que las casualidades no existen. ¿Quién me iba a decir que estaría trabajando codo con codo con la hija de mi antiguo jefe y el hijo de la agente que pidió mi cabeza? Sopla con suavidad en mi oreja antes de irse y bufo con rabia.

¿Es el odio el reemplazo del amor cuando este muere?

Lily y yo nos conocimos siendo dos marionetas. Ella trabajaba para Axel, y yo estaba infiltrado en una operación policial para atraparlo. La organización criminal a la que él pertenecía había dado el salto a Estados Unidos. Habían aprovechado un fallo técnico en la torre de control del aeropuerto de Madrid para cargar la mercancía en el avión. A su llegada a Nueva York, parte del cuerpo de policías estaba implicado a cambio de una recompensa económica.

A mis ojos tan solo era un mafioso con el que debía guardar distancias. Agus no me proporcionó información personal sobre los integrantes del clan. Decía que me perjudicaría, que, conociéndome... no llevaría a cabo la misión. Teníamos un trato, no podía negarme; ya le había dado mi palabra.

Pero tenía razón: de haber sabido la verdad, no lo hubiera hecho, aunque cuando quise darme cuenta de lo que realmente estaba ocurriendo ya era demasiado tarde. Me habían pegado un puñetazo en la nariz, tenía una hemorragia en la lengua por la que chorreaba sangre y estaba amenazado de muerte por el padre de la escritora de la trilogía que me tenía por protagonista.

—No podemos hacer esto, son solo niños. Tienen miedo —le había dicho a Lily unas horas antes de conocer a Axel.

No les quitaba ojo, estaban temblando. Uno de ellos lloraba, el otro intentaba tranquilizarle. Teníamos que entregarles varios fardos de droga. Eran hijos de las personas que estaban amenazadas por las mafias; trabajaban para ellos. Era su forma de asegurarse de que no escaparían y pagarían su deuda con intereses.

—Si no lo hacemos, los matarán. ¿Quieres eso, Brooks?

No respondí.

—Eres demasiado débil para este trabajo, ¿no crees? —Me empujó contra la pared y nos resguardamos detrás de un contenedor de basura. Tenía el corazón a mil—. ¿Para qué necesitas el dinero? Hay cientos de trabajos. ¡Yo fui camarera! ¿Recuerdas? —Niega con la cabeza—. No sirves para esto.

Tenía que hacerlo. Tenía que delatarme. Si no era por mí, que fuera por esos niños. Me llevé la mano a los labios pidiendo silencio. Agarré el extremo de mi camiseta y descubrí mi torso. Lily se quedó desconcertada al ver el micrófono. Un instante después frunció el ceño y retrocedió un paso. Presioné el botón de apagado.

—No tengo mucho tiempo. En sesenta segundos este aparato mandará una señal al agente que sigue la operación. —Me froté la cara con desesperación e inspiré profundamente. Lily caminaba hacia atrás atemorizada. Levanté las manos en son de paz y las coloqué a ambos lados de mi cabeza—. No voy armado, ni tampoco soy poli. Soy un imbécil que ha accedido a hacer todo esto por su amor platónico y posiblemente inexistente. Es una larga historia. Te la contaré en otro momento, ¿vale?

Lily permaneció unos segundos en silencio.

—Si se entera nos matará.

—¿Quién? —pregunté.

—Axel.

—Tengo que llegar hasta él. —Lily negó rápidamente y continuó su camino sin mí—. ¡¿No quieres curar a tu madre?! —le grité, y ella se giró de forma brusca, metió la mano en el bolsillo de la chaqueta y sacó una pistola. Frené mis pasos sin perder de vista el arma—. Dándole las migajas de la droga que sobra no la ayudas.

—Bajé las manos poco a poco—. No dejaré que caigas, Lily. Pero necesito que confíes en mí. Puedo darte el dinero que te hace falta para meter a tu madre en una clínica de desintoxicación.

El micrófono comenzó a pitar. Era la alarma. Había olvidado el tiempo que llevaba apagado. Presioné el botón para encenderlo, Lily escondió la pistola y me hizo un gesto con la cabeza para que la siguiera. Hasta ese día todo había transcurrido con normalidad: noches de entregas y confesiones, azoteas y risas. Una de esas madrugadas, llevando dos copas de más intentó besarme, pero me aparté.

No me gustaba. Ella se lo tomó bien, pero cuando le confesé la realidad de lo que estaba pasando pude ver en su mirada algo que no había visto antes. El rencor, la rabia. Había herido su ego. Y ella estaba a punto de herirme a mí

Hicimos la entrega y acompañamos a los niños hasta el local donde los esperaban aquellos monstruos. Antes de entrar les di todo el dinero que llevaba encima para que se lo repartieran. Ambos se abrazaron a mis piernas con efusividad, tal como lo hace el caos con los corazones rotos en periodos de guerra. Lily parecía nerviosa. No apartaba la vista del móvil.

Quería confiar en ella, pero no podía. En la pantalla pude ver el nombre de Axel. Estaba mensajeándose con él mientras me aseguraba que hablaba con su madre.

—¿Qué tal está? —pregunté en la puerta del local donde Axel había reunido a su equipo para asignar las nuevas misiones. Pese a tener trabajadores desde hacía meses en la ciudad, era su primera vez aquí. Quería conocernos en persona.

Lily se volvió con la boca abierta, algo desubicada. Le sostuve la mirada. Había visto los últimos mensajes que habían intercambiado. Ella también llevaba un micrófono. Me había vendido. Me había traído hasta la boca del lobo.

Me acerqué hasta ella y coloqué la mano en su abdomen. Toqué el aparato y tiré de él hacia mí, dejándolo caer al suelo.

—Creí que serías diferente. Me la has jugado.

—No existen ganadores, Dylan. Esto no es un juego. Hoy perdemos los dos.

En el interior del local, en la parte de abajo, estaban reunidos todos sus trabajadores. La mayoría eran chavales jóvenes adictos a las drogas. Le debían dinero. A muchos de ellos les pagaba directamente con droga. Daba pena ver cómo entregaban su vida sin pedir nada a cambio. Era imposible no pensar en Ulises.

A Lily y a mí nos dejó para el final. No sabía que es lo que debía hacer, no tenía idea de que hoy pasaría esto. Por el pinganillo no recibía indicaciones de Agus. ¿Debía aceptar el pago para no levantar sospechas? En esta ocasión a Lily también le pagó con droga. A mí me entregó un sobre con dinero. Fui la única persona a la que se lo entregó en mano, él mismo. De los demás se habían encargado los que parecían unos guardaespaldas. Clavó sus ojos en los míos y sin encomendarme una nueva misión masculló:

—Parecías buen chico, Dylan Brooks.

Y me dio la espalda.

Axel no parecía ser el tipo al que todos temían. No tenía la presencia física de un mafioso de película. No vestía de traje, ni tenía tatuajes. Olía bien, muy bien. A perfume caro. Era alto y fuerte, y la confianza que transmitía la acompañaba de una gran sonrisa. Usaba gafas de cerca e iba perfectamente afeitado. Su pelo era negro y hablaba como lo haría cualquier persona de a pie.

Me coloqué al lado de Lily para irnos y la fulminé con la mirada. Era cuestión de tiempo que me pusiera una pistola en la cabeza y acabara conmigo. El micrófono. Necesitaba saberlo. ¿Desde cuándo llevaban sospechando de mí? ¿Cuántas conversaciones había grabado?

Su voz detuvo nuestros pasos. Se aseguró de hacerlo cuando el resto había abandonado el local. Nos volvimos aterrorizados. De reojo la vi temblar, pero cuando fui a tenderle una mano amiga, se apartó con brusquedad y comenzó a caminar hacia él.

—La rubia y el macarra, los dos, volved aquí —repitió, ante mi negativa.

Cogió una revista que había sobre la mesa y buscó una página concreta. Caminaba hacia mí mientras leía:

—«Natalia, la joven promesa de la literatura juvenil líder en ventas y Dylan Brooks, el desconocido actor neoyorquino hijo de dos miembros de las fuerzas de seguridad, protagonizarán la adaptación cinematográfica del libro *Nosotros nunca*. Una historia de superación, romance y empoderamiento femenino».

Agus había vendido el titular a la prensa pese a que Natalia le había pedido que no lo hiciera público hasta que ella no estuviera fuera del país. Pero ¿qué tenía que ver ella con todo esto? La sangre me hervía por dentro, pero no tanto como lo hizo cuando se plantó frente a mí después de arrojar la revista al suelo. Me puso la pantalla del móvil ante mis narices, enfoqué la vista y la vi. Esa sonrisa, el flequillo, la mirada. Era ella. La escritora. Era Natalia. A ambos lados estaban él y una mujer que podría ser la versión de ella de mayor. Pero yo no podía dejar de mirar a Natalia. Era incapaz de levantar la vista del moratón que coloreaba su pómulo.

Pude comprobar que el monstruo de las pesadillas al que se refería en los libros estaba justo delante de mí. Bloqueó el móvil y lo metió en el bolsillo de su pantalón. Me había quedado petrificado, no podía reaccionar. Tomó mi barbilla con brusquedad y me sujetó la cara con la mano, aplastando mis mofletes. Bufaba como un toro.

—Eres un hijo de puta —le espeté.

—Siempre he pensado que los hijos deben dejar a los adultos resolver sus problemas. Ya veo que tu madre no piensa igual. ¿Verdad, pequeño Evans?

—¿Serena Evans es tu madre? ¡Dijiste que no eras poli! —chilló Lily.

—Y no lo es —se limitó a decir Axel, sin dejar de mirarme—. ¿No te avisó mamá? Los encuentros con menores los cubrimos con cámaras y micrófonos. Somos traficantes, pero antes somos padres. Los protegemos a ellos y a nosotros. Elegiste un mal día para hacer el gesto del año, también para delatar tu realidad. —Sonrió con maldad, levantando mi camiseta para dejar a la vista el micrófono—. No quiero desilusionarte, pero dudo que te den el Nobel de la Paz.

—¡Eres imbécil! —me gritó Agus por el pinganillo, y yo habría querido matarlo.

—Me has traicionado —masculló Lily, con gesto triste.

—¡Déjate de numeritos, Lily! No es el momento —le dije, con rabia. Axel me soltó y el de seguridad me retuvo las manos en la espalda. Axel me dio una bofetada. Una mirada fue suficiente para que el guardaespaldas me las soltara y en aquel lugar solo quedáramos los tres—. ¡¿Qué estás haciendo?!

Se acercó hasta la mesa, sacó la pistola de su funda y la acarició con maldad. Lily retrocedió dos pasos, con los ojos muy abiertos. Tenía que escapar de allí antes de que me matara. Los teléfonos, llaves y pertenencias estaban sobre la mesa. Nos las habían requisado en la entrada para evitar chivatazos, trifulcas o agresiones. Hice lo primero que se me pasó por la cabeza. Me mordí la lengua con fuerza y la boca se inundó de sangre en pocos segundos. Le escupí en la cara y se apartó asqueado, bramando todo tipo de insultos. Corrí a por las llaves y las guardé en mi chaqueta, pero Axel me enganchó de la camiseta y me estampó contra la pared. Mi cabeza golpeó el muro. Intenté defenderme, pero sus brazos eran lo suficientemente robustos como para poder conmigo y con dos como yo. Me propinó un puñetazo en la cara. Después vino el segundo. Y un tercero casi acaba conmigo.

—¡Suéltalo, animal! —gritó Lily, saltando sobre su espalda, pero la apartó de un zarpazo arrojándola contra el suelo.

Chilló dolorida, pero rápidamente se levantó y desde la esquina de la sala me pidió con un gesto que guardara silencio. Con sigilo caminó hasta la mesa.

Apenas podía abrir los ojos, todo me daba vueltas. Sabía que por mucho que gritáramos nadie nos escucharía, nadie salvo Agus, que me hablaba a través del pinganillo. Quería arrancarme las orejas, dejar de escuchar. Sin embargo, no podía. Agus no hacía más que mencionar el dinero, la reputación y las medallas que colgarían de su cuello una vez metiera a Axel entre rejas. Le importaba una jodida mierda lo que pudiera estar ocurriendo en la sala. No habría llorado mi muerte. Yo estaba tirado en el suelo y encima de mí tenía al que se había convertido en el monstruo de mis pesadillas tentando al destino, a ver cuál sería el golpe que acabaría conmigo.

Lo último que recuerdo es a Lily con el teléfono en la oreja. ¿Estaba llamando a la policía? Mi madre no podía verme allí. Sería capaz de reencontrarse con mi padre solo para contarle que su hijo tiene complejo de agente 007. No podía darle ese disgusto.

Axel gritó:

—¿Sabes cuántas familias vivimos de la droga?

—Dylan, tu madre está yendo para allá; la he avisado. Lo tenemos —dijo Agus en mi oído. Hizo una breve pausa y añadió—: Intenta salir de ahí con vida.

Me había dejado solo otra vez.

La rabia se apoderó de mi cuerpo. Ahora no tenía un enemigo, sino dos. Uno en el oído, el otro enfrente de mis narices. Quería darle todos los golpes que la protagonista de esos libros recibió. Porque cuando me enseñó su foto juntos no tuve dudas de quién era. Liberó mi garganta y le quitó el seguro a la pistola para después decir:

—Voy a acabar contigo.

En el momento en que escuché la voz de mi madre ordenando tirar la puerta abajo me levanté del suelo flexionando una pierna para impulsarme hacia arriba y le quité la pistola a Axel con brusquedad. El gas lacrimógeno que habían lanzado comenzaba a hacer efecto, pero no podía irme de allí sin matarlo. Le clavé la base de la culata en la sien y lo estampé contra la pared. Le propiné un puñetazo. Y otro. Y después otro más. Él se resistió y me embistió contra la mesa que teníamos detrás, pero antes de que uno de los dos pudiera rematar al otro un policía lo cogió por el cuello y lo separó de mí.

—Sal por la principal, Dylan. Están todos abajo —indicó Agus.

Me saqué el pinganillo del oído y lo tiré al suelo. Los ojos me escocían, la boca me sangraba y los gritos de Lily manchaban mi conciencia. Se la llevaban detenida. Empujé a un policía contra la pared y corrí hacia la salida. En la puerta estaba Agus esperándome con el coche en marcha. En cuando entré, arrancó y avanzamos, dejando el local atrás. Me tendió una toalla para que limpiara mis ojos, pero hice una pelota con ella y se la lancé a la cara. Él gritó enfadado, dando un volantazo.

—¡Me has usado para llegar hasta él! —grité a mi vez.

—Te voy a hacer llegar hasta ella —me corrigió.

—Para el coche aquí —le exigí con impaciencia.

No lo hizo, pero yo tiré del freno de mano y el coche se paró en seco en medio de la carretera. Agus me increpó mientras yo abría la puerta del coche. Antes de salir añadí:

—Si no crees en Dios, es el momento de que empieces a hacerlo. Reza para que no le pase nada a esa chica, porque si le ocurre algo, ten por seguro que te mataré, Agus.

—Sacaremos a Lily de la cárcel, pagaré su fianza.

—No hablo de ella —le dije, girando sobre el asiento. Agus tragó saliva con dificultad—. Haz que Natalia salga de Madrid cuanto antes. Que su padre no la encuentre.

—Una película no se planifica en dos días. Necesito más tiempo.

—¡Hazlo! —bramé. Él negó con la cabeza y le dio un golpe al volante, pero yo continué—: Mi madre se enfadará contigo, Gia te dejará y mi padre te buscará hasta acabar con tu vida. Claro que lo vas a hacer, Agus.

Zack me saca del trance cuando se vuelve a acercar con Natalia aún sobre su hombro. Grita y patalea. Está completamente despeinada.

—¡Suéltame, descerebrado!

—¿Qué me darás a cambio?

—¡Una patada en las pelotas si no me bajas! —Hace una breve pausa—. Creo que voy a vomitar.

A Zack le falta tiempo para soltarla en el primer sitio que pilla. El suelo. Natalia cae de culo y se tumba, cansada después de una dura lucha con el incansable Zack Wilson, que le tiende la mano para ayudarla. Pero ella declina su oferta, levantándose del suelo con aires de superioridad. Lo mira con gesto serio.

—¡No te enfades! No ha sido para tanto...

Natalia se sienta enfrente de mí y hunde su mirada en mis ojos, que la observan con detenimiento.

—No esperaba verte aquí —dice.

—Me gustan los deportes de riesgo.

—Gilipollas —masculla Lily.

—¿Has dicho algo, rubia? —me mofo.

—¿Café? ¿He oído café? —grita Zack, cambiando de tema.

—¡ColaCao! —pide Natalia.

Lo remueve con la cucharilla. Tiene la mirada fija en el contenido. La observo: su rostro, su piel. No lleva maquillaje, solo los labios pintados con un labial hidratante. Centro la vista en el pómulo derecho cuando se coloca un mechón de pelo detrás de la oreja y contengo el aliento. No puedo respirar. He olvidado cómo se habla. La cucharilla que sostenía se me ha escurrido de entre las manos y ha propiciado un silencio ensordecedor. Zack me mira con el ceño fruncido.

Natalia levanta la vista y me observa con precaución. Un solo cruce de miradas es suficiente para que nos entendamos sin necesidad de hablar. Se pone nerviosa, pero disimula bien. Todos me miran a mí. Se echa el pelo hacia delante y ladea la cabeza para ocultar ese lado de la cara.

¿Existe el colorete de color morado?

No lo sé.

Dylan..., era una pregunta retórica. Es un moratón...

Durante el desayuno intento olvidar lo ocurrido. Charlamos un poco de todo hasta que me desvinculo de la conversación y me fijo en Natalia. Ha permanecido callada todo el rato. Parece estar en otro mundo, en otra galaxia. Quiero preguntarle cómo está, si ha dormido bien, cómo es la decoración de su apartamento, qué tal está llevando el proceso de adaptación, si echa de menos su ciudad... Quiero hacerle tantas preguntas que termino por no hacer ninguna.

—¿Y tú? —pregunta Lily señalando a Natalia.

Ella deja la taza sobre la mesa y la mira, confundida. No es capaz de admitir que no ha escuchado nada de la conversación que estábamos manteniendo, así que no dice nada.

—Dylan y tú sois los que faltáis. Zack ha pedido ser el último —continúa Lily, aunque yo ni siquiera me doy por aludido. He guardado silencio en el mismo momento en el que ha empezado a mentir acerca de su historia—. Háblanos de tu familia, si lo haces, quizá Dylan se suelte.

¡Maldita sabandija!

Ha usado las palabras suficientes para que Natalia se encierre en el lavabo con la excusa de que el desayuno no le está sentando muy bien. Zack entristece el gesto y hace el amago de levantarse, pero me adelanto. Voy a buscarla. Esta vez me toca a mí.

No aporreo la puerta. Golpeo con suavidad y le digo quién soy, como si eso fuera a solucionar algo. Al momento escucho cómo descorre el cerrojo. No abre la puerta, pero me lo tomo como una invitación a pasar.

Está sentada en el suelo, en una esquina. No lo verbaliza, pero ha llorado. Aunque su rostro esté seco, sus mejillas se colorean de rojo y sus ojos me miran con un brillo especial. Sé lo que es estar así, por lo que con una sonrisa cauta le agradezco que me deje entrar en su caos. Me siento en la otra punta del baño. Dejo una pierna estirada y la otra encogida. Me apoyo en la bañera.

Tengo muchas cosas por decir, pero dejo que sea ella la encargada de romper el silencio.

—Valoro tu compañía —dice finalmente.

Es la frase más simple y bonita que me han dicho nunca. Evita mirarme. Hace amagos, hasta que lo consigue. Cuando levanta la cabeza por completo se aparta un mechón de pelo y me deja ver, ahora sí, su piel limpia. Trago saliva y contengo la respiración. No quiero mirar más de lo que me está dejando ver, pero no puedo evitar fijarme en el moratón que colorea su piel.

—He olvidado ponerme maquillaje. No quiero que digas ni preguntes nada al respecto.

—¿Quién te ha hecho eso?

Natalia no responde.

—¿Ha sido Axel?

¡¿Qué estás haciendo, cerebro de mosquito?!

—Quiero decir… ¿Ha sido tu padre?

Natalia no pestañea. Su boca permanece entreabierta y respira de forma agitada.

—¿Cómo sabes su nombre? —No respondo—. ¡Contesta!

—Lo vi en el despacho de Agus —contesto atropelladamente—. Estaba escrito en los papeles. Era una copia de tu carnet de identidad.

—¿Por qué debería creerte?

—¿Por qué iba a mentirte? —contraataco—. No existe otra manera de que conozca el nombre de tu padre.

—Deja de llamarlo así —me pide, con dureza—. No ha sido él. Pero no intentes averiguar quién es el culpable, Dylan. Si dejo que me veas así es porque, de alguna manera, sé que pudiste verlo el día que nos conocimos. —Niega con la cabeza y se pone de pie—. No quiero saber cómo te diste cuenta, ni por qué supiste cómo reaccionar momentos antes de que sufriera un ataque de ansiedad en pleno rodaje, ni siquiera el motivo por el cual no has intentado abrir la puerta como un energúmeno y has asumido que el sonido del cerrojo abriéndose era una invitación a entrar al cuarto de baño o… a mi vida.

Me pongo de pie y la observo a través del reflejo del espejo. Sin hablar, abre el neceser de Lily, saca una esponja de color azul y comienza a aplicarse con pequeños toquecitos una capa de maquillaje en la piel. No cubre el moratón por completo. Al verse, comienza a llorar. El moratón vuelve a ser visible.

—Han pasado muchos días… y no desaparece —se lamenta.

—Deja que lo intente. Lo haré despacio. No lo verás hasta que no esté cubierto por completo.

Natalia se muerde el labio inferior con nerviosismo. Desde aquí puedo escuchar su cabeza. Está llena de dudas, pero por fin se decide a darse la vuelta y me tiende la mano para que tire de ella y me acerque.

La tomo con delicadeza y de reojo veo cómo los músculos de su cuerpo se contraen durante unos segundos. Al instante parecen relajados. Camino con cuidado hasta ella, pero no suelto sus dedos. Antes de hacerlo le acaricio el meñique y lo aprieto en dos ocasiones. Esta vez no obtengo una respuesta visual, pero entrelaza sus dedos con los míos. Encajan a la perfección. Cierro los ojos y de pronto siento un estallido de emociones en mi interior. Como si fuera posible experimentar el jodido Big Bang más de trece mil millones de años después de la creación del universo. Ella permanece cabizbaja. Con un toque en la barbilla hago que alce la mirada hasta mis ojos, pero no sube tanto como yo esperaba. Se queda a mitad de camino. Hunde la mirada en mis labios y dejo escapar un suspiro. Ella cierra los ojos y pega la frente a mi pecho.

No sé cómo reaccionar, ni si debo abrazarla. No sé si se apartará o, por el contrario, se aferrará a mi torso. Quizá me pegue un guantazo. Entierro los dedos en su pelo. Dejo la palma de la mano sobre su nuca y acaricio su piel con delicadeza.

—Respira hondo, morena —murmuro, con el mentón descansando sobre su coronilla.

Ella lo hace y aunque al principio le cuesta, consigue rebajar los niveles de ansiedad siguiendo mis indicaciones. Inspira profundamente por la nariz, aguanta el aire cinco segundos y lo expulsa por la boca poco a poco. Su corazón deja de latir tan deprisa. Ya no retumba entre las paredes del baño.

Despega la frente de mi pecho y me mira a los ojos, mientras que la última lágrima termina su recorrido en el filo de su mandíbula.

—Lo has hecho genial.

Le quito la esponja de la mano y la baño en cosmético. Siento un pinchazo en el corazón. La última vez que hice esto fue en un contexto totalmente diferente, cuando le quitaba las pinturas a mi madre y la ayudaba a maquillarse. Casi nunca sucedía y cuando pasaba no tardaba más de veinte segundos en apartarme. Siempre tenía prisa, siempre molestaba, nunca tenía tiempo. Por lo menos para mí.

Retiro un mechón de pelo y lo coloco detrás de su oreja. Poco a poco, con cuidado de no hacer daño y a pequeños toquecitos, tal como lo estaba haciendo ella, con la tercera capa de maquillaje consigo hacer desaparecer el moratón.

Natalia se da la vuelta y sonríe al mirarse en el espejo.

—Gracias. En unos días habrá desaparecido —dice convencida.

No sé qué versión creerme. Esta o la de hace unos minutos cuando

no veía luz al final del túnel. ¿Pueden ser compatibles?—. Dylan…
No malgastes tus días en averiguar quién ha sido, tampoco si ha
habido más veces y, mucho menos, creas que, porque te haya dejado
verme… así, me conoces.

No me atrevo a decir nada.

—Cuanto más lejos estemos el uno del otro, mejor nos irá
—continúa.

—No me puedes pedir que me aleje de ti. No ahora, no de esta
forma.

—Claro que puedo. Hasta hace unas semanas no me conocías
de nada, por supuesto que puedes mantener las distancias conmigo.
Debes hacerlo. ¿Es que crees que no me he dado cuenta de la forma
en la que me miras? ¿Que tu retina graba cada detalle de mí, por más
mínimo que sea? Sé que le suplicas a Gia ensayar las escenas una vez
más para pasar más tiempo conmigo.

Touché.

Mis esquemas se acaban de ir a la porra. Me he quedado sin
cartas que jugar.

—Para darte cuenta de todo eso, tienes que estar muy pero que
muy pendiente de mí. —Aprieto la mandíbula y siento cómo mi
corazón deja de palpitar al advertir que su mirada vuelve a clavarse
en mis labios. Natalia se gira y, apoyada sobre el lavabo, me mira
con detenimiento, esta vez a los ojos—. No te voy a tratar diferente
por tener un moratón en el pómulo, Natalia. Voy a tratarte como
mereces. No le diré nada a nadie, pero no puedes obligarme a olvidar que, desde la esquina de este baño, abrazando tus piernas con
todas tus fuerzas y entre lágrimas estabas pidiendo ayuda a gritos.

—¡Por favor! —dice poniendo los ojos en blanco—. ¿Qué ayuda ni que…? ¡Agh! ¡Todo esto ha sido un error! ¡Olvídalo! ¡No sé en
qué estaba pensando para creer que era buena idea!

Choca mi hombro con el suyo aposta y sale del cuarto de baño
con paso firme, pero, al hacerlo, desliza la mano y acaricia la mía,
tentando al destino, sintiendo el roce de nuestros dedos hasta que se
deshacen en el ambiente. Me dejo caer sobre la pared, apoyo la

cabeza en el marco de la puerta y por arte de magia se dibuja una sonrisa en mi cara.

Al llegar a la mesa, Zack y Lily me miran con las cejas en alto. No sé qué se les está pasando por la cabeza, pero nada que ver.

—Es mi amiga, te mataré si le haces daño —me advierte el rubio.

—Sobre la conversación de antes... —comienza a decir Natalia—. Somos una familia normal, humilde. Vivimos en un piso en Madrid. Mi madre os caería genial —añade, con una sonrisa—. Y él... él os dejaría sin palabras —finaliza, ampliando la sonrisa.

Sin palabras no sé, pero con la nariz fracturada a lo mejor. Todavía me duele al recordarlo. Sabía pegar como nunca he visto a nadie. Eran golpes secos, en el sitio exacto.

Poco a poco voy conociendo los matices de su sonrisa. No es real. Quizá en la mesa lo han pasado por alto, pero yo no.

Cuando llega mi turno, contesto sin pensarlo dos veces, no vaya a ser que me arrepienta antes de tiempo:

—Lo habéis podido comprobar, Nueva York está bien, siempre y cuando estés dispuesto a perder una hora en llegar a un lugar al que tardarías diez minutos si se tratara de una ciudad como otra cualquiera. Mi padre es la hostia —le dedico una mirada a Lily, que dibuja una sonrisa malvada—, si lo conocierais os caería genial. Durante muchos años fuimos dos más en la familia. Ulises y Eneko, mis mejores amigos eran como hermanos para mí.

—¿Ya no? —se interesa Zack—. ¿Soy el segundo plato?

—Ulises se acostó con la que era mi novia —me limito a decir. Zack junta los dedos índice y pulgar y cierra una cremallera imaginaria en sus labios—. Y años después yo me acosté con la que era novia de Eneko.

El rubio abre los ojos como platos y aunque no me hace gracia, suelto una carcajada que Lily interrumpe con un carraspeo.

—¿Y tu madre, Dylan? Háblanos de ella.

Le sostengo la mirada con los ojos entrecerrados y la mandíbula en tensión. Antes de que mi reacción pueda resultar desmedida, trago saliva y respondo:

—No tengo relación con ella. Mejor eso a tener una madre ausente, ¿no crees?

Lily frunce el morro. Las aletas de la nariz se le agrandan. Zack y Natalia no saben dónde mirar. No puedo perderla de vista, o aprovechará cualquier momento para acercarse a Natalia. Le contará la verdad. Y la alejará de mí. O lo que es mucho peor, la acercará a su enemigo.

Zack añade:

—Mis padres no me quieren. —Se encoge de hombros y se ríe. Nos deja sin habla—. No estaréis esperando a que os cuente en profundidad, ¿verdad? Si lo conocemos todo de todos en un día, ¿qué nos quedará en septiembre?

—¿Qué ocurre en septiembre? —pregunta Natalia.

—¿Te has leído el contrato que firmaste, bonita? —Lily sonríe con falsedad y pone los ojos en blanco. Natalia la mira con la boca entreabierta—. Es la fecha en la que finaliza el rodaje.

—¿Tanto tiempo?

—¿Tres meses te parecen mucho? —pregunto—. Dudo que sin ser un Vengador puedas rodar una película en menos tiempo. Aunque espera…, ¿perteneces a los Vengadores?

—¿Qué coño dice este? —inquiere Lily.

—Inculta —siseo, con indiferencia.

Zack me propina otra patada por debajo de la mesa.

¡Que alguien le quite la venda de los ojos a ese chico!

Cállate. No me incites.

¡Está besando al mismísimo Demonio!

El Demonio, antes de ser lo que es hoy, fue ángel.

—Que la película se termine de rodar en septiembre no quiere decir que tu estancia en Vancouver termine en ese mismo momento —aclaro, ante la mirada perdida de Natalia.

Ella muestra interés, tiene los ojos muy abiertos, como si acabara de abrir una de esas ventanas que hay en las casas encantadas por las que entra la luz que termina con el miedo de los visitantes.

—Puedes quedarte aquí a vivir. Yo lo haré —añado.

—Que una ciudad te parezca bonita no es motivo suficiente para establecer tu vida —me responde.

—¿Y enamorarte? ¿Lo ves un motivo de peso?

Zack carraspea y se levanta de la mesa de forma repentina. Agarra el plato de las tostadas y su taza, y camina hasta la cocina. Desde allí grita:

—¡Deberíamos irnos, vamos a llegar tarde! No me apetece discutir con Agus tan temprano.

Natalia no contesta mi pregunta, rápidamente sigue a Zack.

—Si fuera tú, me andaría con cuidado, Dylan —me murmura Lily en el oído.

Espero a que rodee la isla de la cocina y cuando veo a Zack y a Natalia salir agrego:

—No sé a qué te refieres.

—Estoy segura de que no eres el único que no ve a Natalia como una simple amiga.

Cuando llegamos afuera, ambos nos están esperando junto al coche. Zack da vueltas alrededor de él y se agacha hasta el suelo para mirar con mayor precisión las llantas. Abro las puertas con el mando y, sin preguntar, se vuelve para mirarme y se monta en el asiento del piloto. Natalia observa la situación con estupefacción. El rubio agarra el volante con las dos manos y finge estar conduciendo. Saca la cabeza por la ventanilla y, mirando a Natalia, dice con chulería:

—¿Quieres que te dé una vuelta, nena?

Me quedo sin palabras. Busco a Lily con la mirada y esta se encoge de hombros. Puedo leer su mente. Una frase en círculos recorre su cabeza: «Te lo dije».

¡Zack Wilson no es una amenaza, Brooks!

¿Y tú qué sabes?

¡Él no es Ulises!

—La actuación ha llegado a su fin, levanta el culo —digo con seriedad.

Zack y Lily montan en los asientos traseros. Dejan que Natalia se siente en el del copiloto porque dice marearse en los coches. Antes

74

de arrancar, aprovechando que por el retrovisor veo a esos dos besar-
se, miro a Natalia haciendo que me mire—. ¿Tres meses no te parecen suficientes para enamorarte?

Natalia se moja los labios y clava la mirada en la ventanilla.

—¿Y tú, Dylan? ¿Cuánto tiempo necesitas para enamorarte?

—¿Quién te dice a ti que no esté enamorado?

EL MONSTRUO DE LAS PESADILLAS (2)

Seis años

Una mezcla de olores se cuela en mi nariz.

Ha dejado de oler a incienso para empezar a oler a tabaco. Cuando pasa de largo por mi lado es cuando descubro que el alcohol también tiene aroma, y no me gusta. Si pudiera eliminar de un plumazo las botellas que los mayores no me dejan tocar, lo haría sin pensarlo dos veces. Cada vez que las toman, caen rendidos a ellas, como si sacaran a relucir una persona completamente distinta a la que de verdad son.

Eso no pasa con el monstruo de mis pesadillas.

El alcohol solo incrementa sus acciones, pero estar sobrio no las hace desaparecer. Cuando bebe, o huele a ello, siento aún más miedo.

Guardo todas las pinturas en el estuche nuevo que mamá me ha comprado esta mañana, agarro mi cuaderno en mis diminutas manos y me alejo todo lo posible. Me dejo resbalar por la pared hasta el suelo y ocupo una esquina del salón.

Cuando mamá me encuentra, me regala una media sonrisa. Me parece verla suspirar. No se acerca hasta donde me encuentro, pero con un gesto tranquilizador me indica que no me mueva. No pretendía hacerlo, quiero dibujar, pero para acceder a mi habitación tengo que atravesar el salón y eso significa encontrarme con el monstruo, que me busca entre gritos por cada estancia de la casa.

Hago fuerza y tiro del sofá hacia mí, para cubrirme. Ahora soy algo menos visible, pero da conmigo y me sonríe. El monstruo no sonríe como mamá. Su sonrisa no me gusta.

Encojo las piernas y las abrazo. Entre las rodillas guardo mi rostro. Si no lo miro a los ojos, quizá hoy me deje en paz. Quizá se canse. Quizá se vaya. Ojalá me deje ir.

Instantes después siento su respiración encima de mí, justo en mi coronilla. Yo, curiosa, alzo la cabeza. Mamá le pide que se aleje. Él no deja de sonreír.

Ha visto mi cuaderno y mi estuche. Y sabe que ahora son mi pasatiempo favorito porque mi mirada me delata. Al monstruo no le gusta verme feliz. Suele enfadarse cuando juego o hago cosas que me gustan.

De un tirón me quita el cuaderno. Me levanto de un salto e intento recuperarlo. Es mío. No tiene derecho a quitármelo. No le pertenece. Pero ahora estoy atrapada.

Mamá le pide que me suelte del brazo desde la distancia, no se acerca. El monstruo no le hace caso. Creo que ha sido él quien ha hecho que mamá tenga un moratón en el brazo.

Segundos más tarde no es el cuerpo de mamá el que me preocupa, sino el mío. Apenas lo he sentido, no hasta que el dolor se adueña de mi mejilla y al llevarme la mano a la boca, la veo coloreada de rojo. Mamá corre a por mí, pero él la aparta de un zarpazo.

Me coge en brazos y me mira a los ojos. Quiero llorar, seguro que mis lágrimas hacen que el monstruo de mis pesadillas sienta pena y me suelte, pero no puedo. El miedo ha paralizado mi cuerpo.

—¿Mamá? —Mi voz tiembla. Al monstruo no le gusta que la llame, lo sé porque cada vez que lo hago en busca de ayuda, él entrecierra los ojos y después…

Después no hay después.

Me suelta en el suelo y caigo por mi propio peso sobre el codo. Me duele. Mucho.

Estoy llorando, pero él no se preocupa de saber cómo estoy.

Cuando se acerca, lo hace para sonreírme y susurrar:

—Cariño, ¿te has caído?

5

A VECES, SER UN BICHO RARO NO ES TAN MALO

Natalia

Zack y Dylan chocan sus manos con orgullo. El equipo aplaude y felicitan a los actores por el trabajo realizado. Aron sale corriendo y engancha su mochila. Mete su carpeta y el guion en el interior y la cuelga de su hombro. Llevamos todo el día grabando. El atardecer está a punto de colorear la ciudad y la energía que teníamos a primera hora de la mañana no tiene nada que ver con el cansancio que se adueña de nosotros ahora. Algunos de los compañeros que interpretan a los personajes secundarios tienen aún escenas por grabar, incluida Lily, que protagoniza una pelea. Aron debe permanecer al lado de Agus en todo momento. O eso dice el director, que pega una voz en el instante en que Aron va a salir de manera sigilosa.

—¿A dónde vas?

—He quedado —dice con la boca pequeña.

—Tu jornada de trabajo no ha terminado. —Mira el reloj de su muñeca y lo señala. Aron fija la vista en las manillas—. Podrás irte cuando hayamos terminado de rodar. Esta noche toca exterior.

—Pero… ¡tengo una reserva en un restaurante!

—¡Regresa a tu puesto de trabajo! ¡Tu carrera universitaria depende de mí! —grita, con la cabeza alta. Se llena los pulmones de aire y lo suelta de golpe—. Si sales por esa puerta, alegaré que me has agredido. No solo te suspenderán, sino que nunca podrás dedicarte a esto. Me encargaré personalmente de manchar tu nombre. Nadie te elegirá como director, querido Aron.

—¡Eso es injusto! —exclamo, acercándome a ellos.

Aron parece enfadado, pero no lo demuestra. Agus no se molesta en mirarme. Rápidamente nos rodean decenas de personas. Gia mira la situación desde la barrera, apuntando qué sé yo en su agenda. Se quita las gafas y camina hasta nosotros. Me hace un gesto para que no siga hablando.

—Deja que se vaya —continúo sin hacerle caso—. Es la única persona del equipo que no ha descansado ni un día desde que llegamos. Yo haré su trabajo.

—No es necesario, Natalia —añade Gia—. Me encargo yo.

Agus la mira desafiante, pero ella evita hacerlo y le da la espalda.

—Ve a esa cena, cariño. —Gia le propina un beso en la coronilla a Aron.

Este duda unos segundos, pero finalmente asiente con la cabeza y coloca la correa de la mochila sobre su hombro para desaparecer. Gia se planta enfrente de su marido y replica:

—No te reconozco, en absoluto ¿En qué clase de monstruo te has convertido?

—Las serpientes no cambian, mudan de piel —comenta Dylan, que permanece de brazos cruzados en un lateral del círculo que se ha formado a su alrededor, justo al lado de Zack, que asiente con la cabeza cuando su amigo le pellizca.

Agus comienza a reírse de forma maquiavélica. Parece que va a atacarle, pero cuando menos me lo espero, le da la espalda y se acerca hasta mí. Dylan camina con paso firme hacia nosotros.

—Natalia, ¿has escuchado eso? —comienza a decir Agus.

Dylan pronuncia un «cállate» cargado de odio. Lo miro asustada. Él, al contrario que otras veces, no me devuelve la mirada.

—Serpientes, dice —continúa Agus—. ¿Te ha contado Dylan cuándo fue la última vez que mudó de piel? No fue hace mucho, creo recordar. El mismo día que…

—¡Que te calles! —le ordena Dylan.

Agus esboza una sonrisa cargada de maldad.

—Si os vais a pegar me gustaría conocer los motivos. No quiero pelear con el bando enemigo sin causa ni razón —dice Zack, mientras Agus lo fulmina con la mirada y camina hasta él—. No me das miedo, Agus.

—Zack Wilson —cantusea—. ¿Por qué no te metes en tus asuntos y dejas que los mayores resolvamos los nuestros? Seguro que la amiguita de Natalia está encantada de hacer llamadas calientes contigo. —Zack se queda sin habla y con los ojos muy abiertos. Y yo también. Agus ladea la cabeza para mirarme y finge sorpresa. Hace lo mismo con Lily—. ¡Vaya! ¿No lo sabíais? Una pena que decidieras masturbarte en mi despacho…

Lily se va del set de grabación corriendo. Zack ni se inmuta.

—Este tío es imbécil —masculla Dylan.

—¿Tienes sexo telefónico con Lara? —Mi voz suena muy aguda.

No responde. Arruga el morro con rabia delante de Agus y se marcha haciendo el mismo recorrido que Lily. ¿Mi mejor amiga y Zack están liados? Mi cabeza trabaja muy deprisa. No puedo pensar con claridad. Quiero buscar a Zack y agarrarlo de los pelos hasta que me confiese la verdad. Si tuviera a Lara más cerca me hubiera lanzado sobre ella. ¿Por qué no me lo ha dicho? ¿No confía en mí? Joder… ¡Es genial! Quiero saber cada detalle. Cuándo empezó, cómo y por qué.

Por otra parte, que Lara, además de amante de Zack, sea mi mejor amiga solo va a incrementar el odio sin medida que Lily siente hacia mí.

—¿Quién va a ser el siguiente? —inquiere Gia a voces, muy afectada—. ¡Deja a los chicos en paz! ¡Enfrentarlos no va a calmar tu rabia!

Agus ignora a su mujer y vuelve hasta nosotros. Enfrente de mí, muy cerca de mi cuerpo, mira de reojo a Dylan y dice con una sonrisa:

—Dylan, cuéntanos la vez que te infiltraste en una organización de drogas.

—¿Cómo dices? —interviene Gia—. ¡Me prometiste que no meterías al chico en eso!

—Aquel narcotraficante te dio con ganas…

—Cállate —brama Dylan.

Lo miro, pero él sigue con los ojos fijos en Agus.

—¿Cómo se llamaba? —pregunta Agus, que finge no recordarlo. Chasquea los dedos en repetidas ocasiones. Dylan cada vez parece más enfadado—. ¿Andrew? ¿Ángel? ¡No, no! Ya lo tengo… ¡Axel!

Siento un pinchazo en el corazón.

—Así se llamaba tu padre, ¿no? —Me mira a mí y de nuevo a Dylan—. Qué casualidad.

El ruido que había en el set de grabación se reduce a cenizas. Todos cuchichean. Y una vez más me siento el centro de atención. Advierto cómo sus ojos se clavan en mí, tal como hacían los de los niños en el colegio. No sé si es porque pueden ver los moratones que algún día mancharon mi piel o porque he huido hacia una esquina de la sala y estoy sentada en el suelo abrazándome las piernas. Las lágrimas me caen por las mejillas y el corazón bombea sangre a un ritmo desmesurado. No puedo respirar.

—¡Natalia! —grita Gia.

Al mismo tiempo que mis ojos se cierran y mi cuerpo se desvanece, ella corre hacia mí. Detrás viene Dylan. No sé qué está pasando, me pesan los párpados y no puedo mover el cuerpo. Siento la fuerza de dos manos agarrarme de las piernas y la nuca. De pronto parece que vuelo. ¿Me han cogido en brazos?

—Túmbala ahí, Dylan.

No sé cuánto tiempo permanezco en otro mundo, pero cuando despierto es de noche. Desde la ventana el cielo se ve muy oscuro. Nunca había estado de noche en el set de grabación, todo parece distinto. Y está vacío. ¿Me han dejado sola? Intento incorporarme, pero no lo consigo. Me pesa el cuerpo. Los brazos. Las piernas.

Y tengo la boca seca. Joder, ¡qué sed! Pero… si me levanto para buscar agua me caeré. Todo me da vueltas y el dolor de cabeza se agudiza a medida que enfoco poco a poco la vista.

Consigo ponerme de pie a duras penas y deambulo por lo que deduzco que es el despacho de Gia. No tiene nada en común con el de su marido. Este tiene decoración en tonos pastel, un cuadro de ella y Agus, una foto en la que abraza a Dylan y diferentes pinturas que cuelgan de la pared. Cuando paso por delante del de Agus me fijo en su interior. Está oscuro. Y es frío. Carece de decoración y de sentimientos.

Mi mundo se viene abajo cuando llego a la zona en la que tuvo lugar el episodio de esta tarde, pero no conecto con las emociones que causaron en mi interior las palabras de Agus hasta que me choco con Dylan. Él grita asustado y se lleva la mano al corazón. Yo también.

—¡Podrías haberme matado! ¡Creí que estaba sola!

—Nunca te dejaría sola, Natalia —se limita a decir.

—¿Y ya? —replico, pero él no responde.

Baja la mirada hasta el café que sostiene entre las manos y me lo entrega. No lo cojo. El café abrasaría mi garganta ¡Y tengo mucha sed!

—¿Y bien? ¿No tienes nada más que añadir? —insisto.

—No.

—Conoces al monstruo —digo decepcionada.

—El mundo es muy pequeño.

—Con razón tengo enfrente al único capullo en dos kilómetros a la redonda.

Abandono el set de grabación con dificultad para andar. Dylan me sigue hasta la salida y tira de mi bolso reteniéndome a su lado. Con un gesto brusco logro que me suelte. Me vuelvo para verlo con los ojos llenos de lágrimas.

—¡Confiaba en ti! —grito entonces, desgarrando mi garganta.

Avanzo los pasos que nos separan y golpeo su pecho con los puños. Finalmente, termino apoyando la frente en su pecho.

—¿Por qué, Dylan? ¿Por qué me has mentido?

—Te hubieses ido.

—No lo hubiera hecho —replico, alejándome—. Lo sabía, Dylan. —Froto mi pómulo con énfasis borrando los restos de maquillaje, y, con el morro arrugado, lo señalo—. ¡Este maldito moratón me lo hizo él cuando vino de Nueva York! ¡Y este también! —Levanto mi camiseta y Dylan contiene la respiración—. Pensaba irme de casa sin despedirme de él. Tenía las maletas hechas, incluso mi madre, que le teme con todo su ser, me ayudó a hacerlas. Iba a pasar los días que restaban hasta poder volar a Nueva York en casa de Lara, pero cuando nos enteramos de que lo habían detenido supuse que tendría más tiempo.

—¡Y lo tuviste! Agus me dijo que pasó dos meses en la cárcel.

Frunzo el ceño.

—Lo soltaron al día siguiente, Dylan. Esa misma tarde voló a casa —me lamento.

El gesto de su cara cambia. Su mandíbula se tensa y sus ojos se agrandan. Cierra los puños con fuerza a ambos lados de su cuerpo.

—Llegó borracho gritando que por culpa de un tal Dylan lo habían metido en la cárcel. ¡Dijo que un samaritano agente de policía lo puso en libertad! Que él solo se había defendido…, que estaba trabajando, que de ese negocio vivían muchas familias y que si aceptaba ese proyecto del que hablaban en los periódicos me mataría. No pude escuchar más de lo que dijo, porque mientras él se desahogaba yo soportaba los golpes.

—¿Y por qué estás aquí? —pregunta asustado—. ¡Te matará!

—Porque el diablo no negocia.

Dylan guarda silencio. Niego con la cabeza y me voy, secando las lágrimas que mojan mi piel, pero su voz vuelve a frenar mi recorrido.

—¿Por qué no me lo habías dicho? —inquiere, con la voz rota.

Me vuelvo.

—Quería saber hasta dónde eras capaz de llegar con la mentira.

—¿Y bien?

—Has conseguido lo que temías, Dylan. Adiós.

Y me marcho sin mirar atrás.

Después de dos días sin acudir a las grabaciones nos hemos vuelto a encontrar en casa de Zack para desayunar. Lily no ha venido, está enfadada con Zack. Yo también lo estaría... Y lo estaré si sigue jugando a dos bandas. No le pasaré ni una. Lara todavía no me ha respondido, sospecho que Zack le ha contado lo sucedido. Nunca le ha gustado hablar de su vida privada.

Dylan tampoco ha venido. Aron sí está aquí, sentado al lado de Zack, que se levanta de la mesa cuando suena la tostadora. El rubio lo ha invitado a escondidas de Agus. Nos quedamos a solas y nos volvemos a encontrar. Anoche, yo estaba asomada a la ventana, envuelta en una manta y hecha un mar de lágrimas. Él paseaba de la mano de Marc, el barista del Starbucks. Me vio. Yo me escondí detrás de la cortina, y cuando volví a mirar ya le había soltado la mano.

—¿Cómo fue la cena del otro día? —pregunto, con una sonrisa. Aron duda unos segundos. Se muerde el labio y aparta la mirada—. No tiene por qué saberlo nadie. Será nuestro secreto.

—No me malinterpretes... No quiero esconderlo, es solo que...

—No tienes por qué contarlo. —Me adelanto.

Aron se gira para comprobar que no se acerca nadie.

—Si Agus se entera de que soy gay lo usará en mi contra. Mis padres no lo entienden...

Le pongo la mano en el hombro, haciendo un esfuerzo por romper una vez más la barrera del contacto físico y sonrío.

—Conmigo puedes ser tú, ¿entendido?

Agus aparece en el set de grabación con el ojo morado.

Dylan tiene una herida en el pómulo.

Han sido noches largas. La Luna me veía llorar y pensar. Se lamentaba de verme rota, pero ni su luz conseguía calmar mi caos. Pensé que poner distancia con el monstruo de las pesadillas sería suficiente, que podría iniciar un nuevo capítulo de mi vida sin sufrimiento.

Pero nada está saliendo como esperaba. Está más presente que nunca. En cada cielo. Cada noche. Cada maldita hora de cada madrugada. En el olor a tabaco. En las cervezas de los bares. En el vaso de whisky que Agus tiene siempre sobre la mesa del despacho. En cada grito, insulto y amenaza. Está presente en todos y cada uno de mis miedos e inseguridades. Y temo que me acompañe hasta la muerte, que consiga lo que pretendía, tenerme encerrada en una jaula de cristal. Tan transparente que no se ve. Pero ahí está. Coartando cada paso, cada bocanada de aire fresco y mis ganas de vivir, que se esfuman cada vez que miro a los ojos a la persona que me muero de ganas por besar.

En el plató se respira tensión. Agus actúa como si no hubiera pasado nada. Tiene el mismo mal humor que siempre. Comienza a gritar de forma desmedida y Aron se vuelve un súbdito. Es una persona completamente distinta cuando está bajo sus órdenes. De lejos, lo veo hacer recados, ir de un lado para otro.

—Es el que menos culpa tiene. Por lo menos a mí me pagan por aguantarte —dice Zack cerca de Agus, señalando a Aron.

—Tengamos la fiesta en paz, Zack Wilson —responde Agus.

—¿Y a ese? ¿Lo matarás antes de que te mate a ti? —pregunta, esta vez apuntando a Dylan. Se apoya sobre su hombro y con gesto agrio añade—: No he olvidado lo que pasó el otro día. Por tu culpa Lily me ha dejado.

—¿Mi culpa? Yo no la he engañado —se burla.

—Suficiente tienes con engañar a tu mujer —masculla Dylan, que pasa por su lado en ese momento.

Agus esboza una sonrisa sarcástica.

—Ahora los tres somos unos putos mentirosos, ¿contentos? —Hace una breve pausa—. ¡A vuestro puesto de trabajo!

Zack niega con la cabeza y mira el ojo del director con sonrisa irónica.

—Deberías ir al médico a que te vieran ese ojo. Tiene muy mal aspecto para llevar dos días con el morado. No me gustaría que a mi director favorito le pasara nada.

Después de rodar, me acerco a Gia, que prepara los micrófonos y les asigna carteles con nuestros nombres.

—¿Qué les ha pasado? —pregunto, preocupada.

Gia suspira. Se apoya sobre la mesa y me sonríe.

—¿Me creerías si te digo que han estado jugando al béisbol? —bromea, para restar importancia a la situación.

Yo no gesticulo. Quiero saber la verdad. El motivo por el que se han peleado. Y sigo expectante.

—Hace dos noches Dylan vino llorando a casa, justo después de discutir contigo. No podía dejarlo fuera. Y Agus estaba dentro —confiesa al fin.

—Agus hablaba bien de Dylan hace un tiempo. ¿Qué los ha enemistado?

Gia no responde, pero se relame los labios y aparta la mirada. Puedo leer su mente.

—Yo —asumo, mientras que mis ojos se llenan de lágrimas, pero sin derramar ninguna—. ¿Puedo preguntarte a qué se dedicaba Agus antes de ser director?

—Natalia… ¿Quién te lo ha dicho? ¿Ha sido Dylan?

Niego con la cabeza.

—No me mientas tú también, por favor. Lo sé todo. Zack me llamó de madrugada. Le conté lo que había ocurrido entre Dylan y yo. Quería asegurarme de que estaba bien y le pedí que fuera a buscarle. No estaba en casa, pero ya habían pasado unas cuantas horas desde que nos habíamos separado. Y por fin le cogió el teléfono. Me contó que estaba fuera de sí, que iba a acabar con Agus, que fue él quien había dado la orden para sacar a mi… —siento un nudo en la garganta—, al monstruo de la cárcel. Que por su culpa mi vida corría peligro. Y yo no quiero decir adiós a mi sueño, a mi vida en

86

Vancouver… —Camino hasta ella y murmuro—: Ayúdame, Gia. No quiero morir.

Durante unos segundos permanece inmersa en mis ojos. Ahoga un sollozo y pega mi cuerpo al suyo tirando de mi brazo. Me rodea y hundo la nariz en su cuello. Estoy mojando su piel, pero no se inmuta. Dudo unos instantes. No me siento preparada para abrazarla. ¿O sí? Lo necesito. Y lo hago. Aprieto su torso con todas mis fuerzas, aferrándome a la única posibilidad de salvarme. Echaba de menos sentirme así, en casa. Los brazos de mamá, aunque no lo sean.

Dylan termina de grabar una escena en solitario. No necesita una segunda toma. Es perfecta. El personaje le queda como anillo al dedo. Y eso me aterra, porque es capaz de hacerme sentir lo mismo que el personaje que creé de madrugada en mi habitación. Los técnicos aplauden y Gia grita emocionada, pero Agus se limita a asentir con la cabeza. No lo felicita pese a su gran interpretación. Le ordena que desaparezca de su vista. Podría ser un comportamiento inusual a consecuencia de lo sucedido hace dos días, pero no es así. Agus tiene la misma cara de perro y el jodido mismo vaso de whisky en la mesa.

La puerta de la nave se abre y se cierra provocando un estruendo. Lily llega tarde. Todos la miramos, menos Zack, que evita encontrarse con ella. Está sentado justo a mi lado. Nuestros brazos están entrelazados.

—¿Qué miráis, panda de inútiles?

Cuando pasa por delante de nosotros pone los ojos en blanco.

—Espero que Lara tenga mejor genio —comenta Zack.

—Yo espero que tú no seas igual de capullo con ella.

Zack me mira, pero no contesta.

—Lily tiene motivos para estar enfadada. Y Lara también.

—¿Lo está? —pregunta.

—No lo sé, dímelo tú. Yo huyo del caos de forma física, ella lo hace con sigilo. Desaparece cuando la vida la pilla por sorpresa. No responde mis llamadas, ni mis mensajes.

—Conmigo no hace eso.

—Yo tampoco lo hago con Dylan —digo, al mismo tiempo que lo busco con la mirada. De reojo veo a Zack enarcar una ceja. Esta vez la mentirosa soy yo, pero estoy dispuesta a dejar de serlo—. A la mierda.

Pese a los gritos de incertidumbre con los que me llama Zack, camino con decisión hasta Dylan, que está quitándose el micrófono entre bastidores. Se queda inmóvil. No me esperaba. Y yo tampoco. Porque de repente olvido todo lo que quería decirle. Las palabras se consumen. Las frases se vuelven cenizas. Solo puedo observar su rostro, que se entristece en el momento en el que los papeles se tornan y clavo la vista en su pómulo. Y de pronto siento un pinchazo en el estómago. ¿Esto es lo que se siente? He visto a mamá con moratones, pero nunca había sentido esto. Todavía me pregunto por qué al monstruo no se le remueve nada por dentro cuando ve a mamá así. Cuando ve sufrir a la persona a la que supuestamente quiere. Por qué no siente remordimiento cuando me ve así a mí. A su hija. El ojito derecho del que habla al mundo.

—¿Te duele? —me atrevo a preguntar.

—Un poco.

Me quedo callada, sin saber qué decir.

—Pensé que no querías verme, ni saber nada de mí —comenta. No respondo—. ¿Qué te ha hecho cambiar de opinión?

Suspiro.

—Que tú y yo somos daños colaterales de las acciones de unos adultos que no saben vivir.

—Ahora de una forma menos poética… —pide, divertido.

—No quiero alejarme de ti, Dylan —digo mientras miro su pómulo. No puedo dejar de hacerlo. Estoy cayendo en el error que reprocho a los demás—. Pero no puedo estar cerca de alguien que se toma la venganza por su mano.

—Se lo merecía —masculla—. En el mundo real la gente se enfada, grita, discute y pelea. Eso no te convierte en mala persona. El problema está en que personas como tu… —se interrumpe a sí mismo—. Me refiero a que Axel y Agus usan la violencia como moneda de cambio.

—No me gusta que las personas a las que quiero se conviertan en la versión que el mal quiere hacer de ellas.

Dylan se queda sin palabras. Quizá por el énfasis con el que he pronunciado cada palabra o porque, sin darme cuenta, he dicho «Te quiero».

—¡Natalia! ¿Dónde está Natalia? —grita Agus, que se adueña del momento sin darme la posibilidad y el tiempo para aclarar mis palabras. Desde la distancia vemos cómo tira de la muñeca de Aron con brusquedad—. ¡Búscala y tráela a mi despacho! ¡A Dylan también!

Aron no rechista. Se limita a estirar el brazo y señalarnos. El director hace un gesto para que lo sigamos, y, justo cuando entramos, Gia irrumpe en el despacho y cierra dando un portazo. Baja las persianas y hace desaparecer los papeles que reposan sobre la mesa de un zarpazo.

—¿Qué cojones estás haciendo? —masculla Agus con rabia, parándose en cada palabra.

—De aquí en adelante la dirección será compartida.

Abro los ojos sorprendida. Su marido comienza a reírse a carcajadas, pero deja de hacerlo cuando se da cuenta de que no es una broma. Gia coloca unos papeles sobre la mesa. Encima de ellos pone un boli.

—El dinero que has invertido en este proyecto es de nuestra cuenta de ahorros. Está a nombre de los dos. Firma los papeles si no quieres que destape el mayor caso de corrupción de la policía de Nueva York. —Agus bufa cabreado—. Exijo estar presente en todo momento. Aceptas que solo se tomarán decisiones si ambas partes estamos de acuerdo. Y cedes la titularidad de nuestra casa.

—¿A quién?

—Desde que firmes, te comprometes a abandonar el domicilio en un plazo de cuarenta y ocho horas. No quiero arriesgarme a que me vendas. Soy la próxima —dice mirando a Dylan, y después a mí—. No te lo tomes como algo personal, es solo que desconfío de los matones.

—Si alguna vez la has querido, firma —lo insta Dylan.

Agus echa un vistazo a los papeles por encima. Da un golpe sobre la mesa y agarra el bolígrafo.

—Esto no es el divorcio —masculla.

—Claro que no. No te daré esa alegría —dice ella.

Agus firma y tira los papeles al suelo para que Gia los recoja. Clava la mirada en nosotros, se bebe de un trago el vaso de whisky y lo deja sobre la mesa. El ruido del cristal resuena fuerte en toda la habitación.

—Mañana enviaré a alguien para que desaloje el minibar. Puedes quedarte con lo demás.

—¿Y ya? —pregunta Gia—. ¿No vas a suplicarme que no lo haga?

Agus esboza una sonrisa sarcástica y gira sobre su silla.

—Al contrario que vosotros, yo no tengo nada que perder. —Mira a Dylan con las cejas en alto.

Gia niega con la cabeza. Finge que no le importa, pero se lleva la mano hasta la cara y seca una lágrima con el canto de su dedo. Agus coloca unos papeles en la mesa y añade:

—Hemos programado una sesión de fotos. Habrá besos y, como en pantalla, deben parecer reales. Pero no lo son, así que nada de meter lengua.

Dylan deja escapar una risotada.

—¿De qué coño te ríes? —inquiere Agus.

—No le hables así —interviene Gia—. Lo que «mi socio» quiere decir es que la revista que nos ha pedido las fotografías es una de las más importantes del país. Requiere profesionalidad.

Más tarde, me encuentro con Gia al salir de la sala de maquillaje. La abrazo. Lo hago sin controlar mis fuerzas. Casi la tiro. Y ella se ríe. No digo nada, pero mis gestos lo demuestran: la quiero. Y lo que ha hecho por mí hoy lo recordaré siempre. Tenerla cerca en los rodajes me da la tranquilidad que Agus no me transmite. No creo que el hecho de que haya firmado sin apenas rechistar traiga nada bueno. Pero mientras tanto, solo queda vivir, aunque el miedo haga lo imposible por que no pueda hacerlo con tranquilidad.

Dylan y yo estamos sentados en el suelo, uno enfrente del otro, rodeados de cámaras, focos y técnicos de fotografía e iluminación. Detrás de nosotros hay un fondo blanco. Seguimos las indicaciones de los profesionales, y estamos más cerca que nunca. Porque nuestras bocas se rozan. El aire que sale de su nariz se balancea por el surco de mis labios. Y nuestros ojos se buscan, envueltos de deseo. La tentación me puede y la curiosidad me juega una mala pasada. Observo su pelo. Los tatuajes que cubren su cuerpo ya no son los suyos, sino los del personaje. La primera vez que lo vi caracterizado fue tal la impresión que causó en mí que, de pronto, volví a sentirme esa pequeña adolescente que deseaba ver su obra en librerías y poder dedicar su vida a lo que había salvado la suya: la escritura. Y ahora lo tengo enfrente, para mí, diciendo con la mirada todo eso que no se atreve a decir con palabras.

¿Qué sensación tendrá al tacto? ¿Será suave? ¿Áspero? Quiero hundir la mano en su pelo y descubrirlo. Lo hago. Desafío la línea entre el bien y el mal. Las órdenes del equipo. Dirijo mis ojos a su pelo y alargo el brazo. Con el dedo pulgar e índice en forma de pinza agarro un mechón y tiro de él con delicadeza. Dylan entreabre los labios y echa la cabeza hacia atrás.

—¡Seguid haciendo eso! —grita con euforia el fotógrafo.

Gia aplaude emocionada.

—¿Qué haces? —pregunta Dylan—. Estoy perdido… Primero lejos, ahora cerca… ¿Qué quieres de mí, Natalia?

Su voz es de lo más sensual. Y mis mejillas se encienden. No quiero responder.

Daría lo que fuera por verlo callado. Eso significarían unos minutos en los que mi mundo no estaría patas arriba. Aunque en el fondo me gusta eso que hace cuando me intenta poner contra las cuerdas, tensando todo lo posible para comprobar su aguante, pero no merece la pena reconocerlo. No quiero alimentar su ego, ni ser yo la que le diga que sé, sin apenas conocerlo, solo por la forma que tiene de relacionarse con el mundo, que esa coraza de macarra tan solo oculta un corazón debilitado por el paso del tiempo. Alguien que no le teme al dolor pasa por alto los factores que afectan al resto. Él no. Conoce la ansiedad, por eso no juzgó mi huida. Sabe cómo reprimirla, por eso no me dejó sola cuando me desmayé. Ha aprendido a leer entre líneas. Todo lo que hace tiene un motivo, un porqué, una razón. Quizá yo no pueda engañarle a él, pero él tampoco puede engañarme a mí.

Aparto la mirada de él y me sitúo a su lado, donde la vista no me alcance a verlo. Hago que durante unos milisegundos nuestros brazos se rocen.

—Lo reconozco, en el fondo me ha gustado eso de sentirte cerca. ¿Contento, Dylan?

No parece haberle gustado mi respuesta. Tensa la mandíbula y hace el amago de alargar el brazo para agarrar mi mano. Sigo su recorrido con la mirada disimuladamente, pero al final frena su movimiento a milímetros de rozar la yema de mis dedos. Siento la energía que desprende. Joder. Quiero que me toque. Tocarlo. Entrelazar nuestros dedos y que las palmas de nuestras manos se unan, formando un único punto de energía entre su cuerpo y el mío.

Agus tose con descaro. Eso provoca que Dylan retire la mano y se vuelva a cruzar de brazos, tal como ordenaba la secuencia. Nos mira con detenimiento. Baja la vista hasta el lugar donde nuestras manos han estado a punto de encontrarse y resopla, con frustración, como si no le gustara la escena. Después le dedica una mirada de rabia a Dylan. Él se encoge de hombros, pero pocos son los segundos que tarda en reducir distancias de nuevo.

Hunde su mano en mi pelo y la deja sobre mi cuello, mientras su dedo pulgar acaricia mi piel en pequeños círculos. Su tacto me produce placer, tanto que cierro los ojos y suspiro. Al abrirlos, nuestros labios tientan al vacío. Acerca su frente a la mía y establece una distancia prudente entre nuestras bocas. Hace una clara mueca de disconformidad con los ojos cerrados y la nariz arrugada.

—Dylan… —murmuro.

—Cuanto más lejos, mejor, ¿no? —Finge una media sonrisa—. No creo que lo estemos cumpliendo.

—Puse una norma, nunca dije que tuviéramos que cumplirla.

¿A quién quiero engañar?

El dolor cambia a las personas, pero no su corazón. El mío sigue siendo el mismo… y, en el fondo, solo quiero sentirme con alguien de la misma forma que me sentí cuando leí mi libro favorito por primera vez. Una parte de mí solo quiere reproducir la misma sensación que experimenté cuando escuché *Sign of the Times* por primera vez. La letra de la canción no cuenta una historia bonita, era dura, dolía, pero era arte. El cantante estaba haciendo arte de su dolor, y yo solo quiero convertir el amargo sentimiento que vive una persona cuando le rompen el corazón en todo el amor que estoy dispuesta a dar. No sé si esa persona a la que me refiero es ajena a mí. O solo soy una escritora de pacotilla que habla de sí misma en tercera persona por alguna razón que desconozco. Por miedo a afrontar la realidad quizá.

—Necesito que me hagas un favor —le pido.

Dylan frunce el ceño.

—¿Por qué Agus elegiría dejar libre a un criminal? —pregunto. Él mira a un lado y a otro asegurándose de que nadie nos escucha—. Necesito que vayas a su casa. Al minibar. ¿Por qué de todas sus pertenencias solo le interesa quedarse con su contenido?

—Colecciona botellas de whisky. Van con él allá donde va. Esas estanterías guardan millones de dólares —responde Dylan restándole importancia.

Levanto las cejas.

—¿Existe otro lugar mejor donde guardar lo que nadie debería encontrar?

Dylan se muerde los labios con nerviosismo. No parece convencido.

¿Puedo confiar en él?

—¿Qué esperas que haya allí? —pregunta.

—Respuestas. Papeles, documentos, fotos...

—No me vale, Natalia.

Cojo aire profundamente y lo suelto poco a poco por la nariz.

—No todo termina siendo tan malo como parece. Creo que mi ansiedad me está jugando una mala pasada, pero necesito confirmar que Agus no tiene ningún tipo de relación con el monstruo.

—¿Y qué ocurrirá si resulta tenerla?

—Me iré de Vancouver —respondo.

Dylan permanece en silencio, cierra los ojos y se los frota.

—Si no lo haces tú, lo haré yo —le digo.

🌙🌙🌙🌙

No puedo confiar en él, no por ahora. Por eso me presento en casa de Gia poco después de cenar. Ella abre la puerta, y veo que detrás está Dylan poniéndose la chaqueta. Se queda paralizado, con los cuellos de la chupa de cuero en la mano. Reacciona cuando Gia deja escapar una risa nerviosa. Se cubre la boca con la mano. No sé si parece más sorprendido él o yo.

—Buenas noches, directora —bromea.

Le da un beso en la mejilla. Se para enfrente de mí y sonríe, clavando los dientes en su labio inferior. Me guiña un ojo. ¿Qué significa eso? Toma mi mejilla y me acerca hasta él. Me da un beso en la comisura de los labios.

—Buenas noches, flequillitos.

«Flequillitos».

Mi pecho arde y lo observo desde la ventana mientras Gia va a dejar mi chaqueta en el perchero.

—¿Quieres hablar sobre Dylan? —me pregunta Gia cuando regresa y mientras me invita a pasar y tomar asiento en el sofá.

Se acomoda a mi lado. Aunque la he avisado de que vendría, miro a un lado y a otro. Tengo miedo. Los movimientos rápidos y repetitivos me delatan.

—Agus no está. La mayoría de las noches las pasa con su amante.

Me quedo sin aliento. No debería sentirme culpable, pero así es. Estoy en su casa en busca de algo que confirme que Agus no es la persona que dice ser; sin embargo, la amabilidad y el cariño con el que me recibe Gia hacen que me sienta en paz.

Me sorprende la naturalidad con la que habla de Agus y siento pena. Por ella. Por su corazón. Por todas las personas que viven en una burbuja de mentiras pensando que la persona con la que comparten su vida algún día cambiará. Que las querrá. Mamá pertenece a ese grupo. Ojalá algún día pueda salir de su burbuja. Gia y ella se llevarían muy bien. Y podrían compartir vivencias, lágrimas y comedias románticas. Ambas tienen algo en común: miedo a vivir. Lo sé porque en ellas me veo reflejada. Cuando paso por un espejo evito mirarme. Enfrente no me veo a mí, veo mi futuro. Lo que el monstruo quiere hacer de él. La ruina. Un montón de sueños rotos.

No quiero ser eso. Trozos de un jarrón de cerámica que un día se rompió y del que nadie pudo pegar los trozos. Por el camino se perdieron. Estaban debajo de algún mueble. Y ahora solo quedan los huecos de las consecuencias que tiene vivir así. Solo queda el dolor.

No quiero conformarme con lo que tengo. Quiero más. Quiero que ellas lleguen a esta conclusión. Que rompan su caparazón y se miren en el espejo. Que dejen de vivir una mentira. Que alguien les diga que no es el final, que merecen que alguien las quiera como él no sabe.

Podría ser yo quien se lo dijera a Gia, pero todavía no estoy acostumbrada a que alguien esté dispuesto a quererme. A quererme bien.

—Tengo dudas —admito—. Quiero confiar en él, pero no sé si debo hacerlo.

—Dylan también tiene dudas —responde atropelladamente—. Le cuesta mucho exponer sus sentimientos. En cambio, contigo... —Inspira profundamente y suelta todo el aire—. Lo conozco desde que estaba en la barriga de su madre. Nunca me ha pedido ayuda en el amor. Y hoy... ¡voy a tener que montar un consultorio!

—No sé cómo lo hace, Gia, pero Dylan es capaz de ver el dolor que otros causaron.

Por primera vez hablo con claridad. Me refiero a los moratones. A las marcas. Arañazos. Heridas. O cicatrices. Aunque mis palabras van más allá. Me refiero a lo que hay en mi interior. Lo que nadie ve. De lo que aún no he hablado. Ese gran agujero vacío, lleno de los trozos que se han ido desprendiendo de mi corazón con el paso de los años.

Tendemos a pensar que el vacío es sinónimo de nada. Sin embargo, es al contrario. El vacío es sinónimo de todo. Un pozo no es un pozo si antes no ha habido mano de obra que lo construya. El surco en el suelo después del impacto de un meteorito. El hueco para la construcción de una piscina. El agujero en la arena después de que un niño dedicara parte de la tarde a excavar. En cada uno de los supuestos, el agua tiene cabida. Lo anega todo. Lo llena.

Simplemente, el vacío busca estar completo. Le da igual la manera de conseguirlo. No le importa si es agua, hormigas o flores. Pero tampoco si es odio, rabia, inseguridades o dolor, mientras deje de estar vacío.

Mi vacío no lo está. Está más lleno que nunca. Y no sé cómo deshacerme de todo lo que lo inunda. De los efectos colaterales de un padre que nunca debió serlo. De las miradas de pena. Las personas que no han confiado en mí. Los que alguna vez me juzgaron. Quienes no me ayudaron. Mi vacío está lleno de todo eso.

Pero cuando él está cerca, el agujero se vacía como si fuera un colador. Y no sé cómo lo hace, pero por primera vez se llena de cosas buenas.

—Lo vuelves loco, Natalia. En el buen sentido de la palabra. Dylan dejó de ser el mismo la noche de Año Nuevo en la que su madre lo abandonó. Desde entonces, odia con todas sus fuerzas cada inicio de año. Pero este ha sido diferente. Encontró refugio en tus libros y ahora desea transformar ese refugio en realidad. Aunque tengo que avisarte... —Su rostro se vuelve serio. Me coloca una mano encima de la rodilla y añade—: Tienes que estar muy segura de ti misma si piensas que te va a revelar sus sentimientos. No quiero que te lleves un chasco.

—A veces, ser un bicho raro no es tan malo —agrego, sin venir a cuento—. Te da ventaja en ciertos aspectos de la vida. Es fácil distinguir entre la multitud a las personas que el mundo ha tratado como eso, como bichos raros. Dylan es uno de ellos, quiero pensar. Por eso he notado su incomodidad cuando habla con Agus desde el primer día. El ego que emplea cuando se relaciona con Zack, para evitar malas jugadas. Lo distante que se muestra cuando le preguntan acerca de su vida personal. Conmigo no ha establecido una norma. Todavía no. Hace cuanto siente. Cuanto quiere. O, mejor dicho, cuanto puede. Él no se comporta conmigo como yo me comporto con los demás.

—A lo mejor para él no eres «los demás».

—¿Y qué soy?

—¿No quieres descubrirlo tú misma?

6

EXISTEN CANCIONES CAPACES
DE TENDER PUENTES AL CORAZÓN

Dylan

—¡Corten! —grita Agus.

Se levanta de su silla de director de pacotilla y camina con paso firme hasta nosotros. Mi mano sigue anclada en la mejilla de Natalia y, aunque ya no me está mirando, sigo sintiendo sus ojos en mi boca. El director me pone el guion en la cara y lo golpea con el dedo. Comienza a andar en círculos.

—¡No podéis miraros así! ¡La tensión hay que generarla, no surge por arte de magia! ¡Enfrentamientos, enemistad!

—Tranquilízate —dice Gia.

Yo no le rompería el corazón a la persona que quiero. Eso es lo que nos diferencia a Agus y a mí en el amor. Cierro los ojos tratando de evadirme del barullo, los gritos y el caos. Pero es imposible. Caigo en el error de volver a pensar. Y esta vez debe ser la última. La última mentira.

Anoche… cuando escuché el timbre supe que era ella. Salí de casa de Gia rozando el hombro de Natalia. Mi sonrisa desapareció al instante. Esperé a que entraran y saqué los papeles que guardaba en mi chaqueta. Natalia tenía razón y, aunque no fue difícil despistar a Gia y entrar en el minibar de Agus aprovechando que no estaba en casa, los contratos que encontré demuestran que aparte de pertenecer al cuerpo de policía de Nueva York, recibe dinero por tráfico de drogas, lo que le relaciona directamente con Axel. Los documentos estaban lo suficientemente bien escondidos como para que nadie los hubiera encontrado fácilmente.

Sabía dónde buscar. Y me sorprende que Natalia haya sido tan ágil mentalmente como para saber que ese lugar es de los más importantes para él. Mi padre solía decir que Agus usaría los muebles en los que guarda sus colecciones de botellas de whisky para esconder del mundo el tesoro más preciado de un barco pirata. Agus no negaba la ocurrencia, solo reía. Y yo escuchaba.

—No había nada —le había dicho a Natalia por teléfono, antes de encontrarnos.

No podía saberlo. No podía romperle el corazón. Arrugué los papeles formando una pelota y la encesté en la basura. No quería conocer el contenido de esos documentos al completo. No quiero tener que matarlo.

—¡La dirección compartida arruinará la película! —grita Agus, que consigue sacarme del trance.

Aparta a Gia de un zarpazo y esta se va del decorado llorando. No es la primera vez que la trata así. He perdido la cuenta. Tenso la mandíbula y lo miro desafiante. No la ha tocado, porque si lo hubiera hecho yo estaría encima de él dándole de puñetazos, pero ha sido un gesto lo suficientemente violento como para que Natalia se haya sentido agredida. Ha retrocedido dos pasos. Está temblando.

—Baja los humos, Spielberg. No quiero tener que volver a repetírtelo —le advierto.

Agus bufa. Se encara conmigo.

—¡Estoy harto de tus amenazas!

—Te gustarán menos cuando las ponga en práctica. Si dejaras a un lado tu comportamiento de mierda y pusieras de tu parte para que el ambiente de trabajo fuera mejor, yo no tendría que tomar medidas.

—Dylan Brooks —mascula con rabia—, cuánto te pareces a tu padre. Rick y tú sois dos gotas de agua... Dos hombres con complejo de salvadores del mundo. Una pena que el mundo no quiera vuestra ayuda, ¿verdad?

Me acerco a él todo lo posible y hundo mi boca en su oreja.

—Tú y mi madre debéis de ser el mismo tipo de persona, porque, de lo contrario, no sé qué hubiera visto en ti que le hiciera enamorarse de una persona así. —Hago una breve pausa—. ¿Sabe tu jefa que eres una amenaza? Axel no te protegerá cuando ella te meta entre rejas.

Zack se pone entre nosotros y nos separa, colocando las manos en nuestros pechos, justo antes de que Agus utilice la fuerza para alejarme de él. Veo la rabia en sus ojos.

—Calma. Es la grabación de una película de amor, no la secuela de *Karate Kid*. Ni tú eres Daniel LaRusso —me mira—, ni tú eres Johnny Lawrence —mira a Agus—; dejad de hacer de esto una tortura creada por el mismísimo Satán.

—Pues lo parece —mascullo—. ¡Ni siquiera nos ha dejado tiempo para estudiar el guion en condiciones, Zack! ¡Y todavía nos exige más de lo que él puede darnos como «maestro»!

—Dylan Brooks, ven a mi despacho —dice Agus con autoridad, y mira a Aron por encima del hombro.

—Dylan, ve a su despacho —añade este, obligado.

—¡No tienes que ser tan estúpido como él! —le espeto—. No voy a ir a ningún sitio. —Agus gira sobre sus talones con cara de sorpresa—. ¿Has leído los mismos libros que yo? ¿Los que ha escrito ella? Los protagonistas terminan juntos. ¿Sabes lo que eso significa? ¡Es una jodida película de amor! Si en las primeras escenas los protagonistas no tienen química, ¿qué va a pensar el espectador? O el lector. ¡Porque la mitad del público serán lectores que quieren ver la reproducción en pantalla de las páginas que leyeron! Da igual cuánta enemistad haya entre ellos, esto requiere miradas, gestos, pequeños detalles.

Agus ríe con superioridad. Es insoportable. Acerca la boca hasta mi oreja y murmura:

—¿A qué llamas tú pequeños detalles, Brooks? ¿A mirarle la boca mientras te relames los labios después de que ella encuentre a tu personaje robando en una librería de madrugada y lo amenace con llamar a la policía si no suelta los libros que lleva encima? Limítate a seguir el guion. ¿Entendido?

—Roba los libros para regalárselos, son para la protagonista. No se los puede permitir —respondo, a la vez que evito contestar la primera parte de la pregunta.

—Eso el espectador no lo sabe. ¿Quieres destripar el final en una de las primeras escenas de la película?

—Como le preguntes qué es lo que quiere destripar…, no te va a gustar la respuesta —comenta Zack, con las cejas en alto.

Agus lo fulmina con una mirada y el rubio levanta las manos en son de paz.

—Lo que plantea Agus tampoco es tan descabellado —opina Natalia.

La observo con incredulidad. No puede haber dicho lo que acabo de escuchar. Una sola frase sería suficiente para que quiera terminar con él, confesarle que, en realidad, sí hay pruebas que lo involucran con Axel, pero basta con mirarla a los ojos para entenderlo todo. Está cansada de desconfiar. Solo quiere continuar con su vida, perseguir su sueño. Aprovechar la oportunidad.

—Ha puesto el dinero, pero no tienes por qué darle la razón como a los tontos, aunque lo sea —repongo.

Natalia se acerca hasta nosotros. Permanece más cerca de mí que de Agus.

—Ilumíname —le digo, haciendo aspavientos con las manos.

—Él está enamorado de ella. Y ella de él. Ninguno de los dos conoce los sentimientos del otro. Tenemos que crear un ambiente cargado de enigmas sin resolver, hacer creer al espectador que lo conoce todo, sin conocer nada. Crear falsos enfrentamientos, aunque desde la butaca tenga más que claro que los protagonistas se van a ver involucrados en una trama romántica porque así lo adelanta el póster de la película.

La sonrisa de Agus se amplía. Ha ganado, lo sabe. Tuerzo el morro.

Repetimos la escena tres veces, hasta que se da por satisfecho. Al terminar, sigo a Natalia hasta su camerino. Meto la punta del zapato entre el marco y la puerta, impidiendo que dé un portazo, y se da la vuelta asustada. Cuando me ve, abre la boca para decir algo, pero se limita a guardar silencio. Se sienta en su sillón y comienza a desmaquillarse enfrente del espejo. Me alegra ver que, al quitar los restos de maquillaje, ya no hay marcas del moratón.

Me apoyo en el marco de la puerta. Observo cada detalle de su anatomía.

—Tú también me has mirado la boca —la acuso, con una sonrisa.

—Eso es mentira. Y si lo hubiera hecho, formaría parte de un guion acordado que previamente he escrito.

—No me gustan los finales escritos. Me parecen aburridos. ¿A ti no? —pregunto.

No quiero entablar una conversación con ella. O sea, sí quiero, pero no debo. No puedo. No después de…, joder, no.

—Está bien, de acuerdo, lo tomaré como un no —me respondo a mí mismo.

Cuando me voy a ir, su voz me retiene unos instantes más:

—Me entran ganas de llorar si pienso en el futuro. No me gusta formar parte del caos. Me gusta tenerlo todo bajo control. Lo necesito. No quiero que nada más me sorprenda, por eso necesitaba saber si Agus es… digamos… malo. Normalmente, la vida me ha sorprendido para mal.

—Vivir, sentir y no tener un guion que seguir en el día a día no es sinónimo de destrucción masiva —contesto.

Me acerco hasta ella y le pongo la mano en el hombro. Me observa a través del espejo. No se aparta. Sigue haciendo lo que estaba haciendo antes de que su cuerpo y el mío entraran en contacto.

—Lo entiendo —continúo—. Es la manera de asegurarte que no volverá a suceder otra vez, ¿verdad?

Natalia aparta la mirada. Suelta el algodón sobre la mesa y se pone de pie. Como obviedad, dejamos de estar en contacto. Se acerca hasta mí y me pone la mano en el hombro. Mi cuerpo se tensa inicialmente, pero me relajo al instante.

—Hasta mañana, Dylan.

Se va del camerino y choca su hombro con el mío.

Sonrío.

Natalia

Dylan se acerca hasta mí, pero frena sus pasos cuando niego con la cabeza. Al instante, seco la lágrima que cae por mi mejilla. Recorre mi piel en solitario, como lo hago yo por mi vida. Él me observa con detenimiento mientras muerde su labio inferior. En la noche de Vancouver, nuestros cuerpos se bañan de agua bajo la tormenta.

No sé qué hace aquí, ni quién lo ha avisado. Ni siquiera tengo claro que no me haya seguido hasta el puente, que es mi lugar. No me gustaría compartirlo con él; en realidad, ni con él ni con nadie. Es la única forma que tengo de escapar del mundo real. Los árboles rodean el puente de madera, el agua corre bajo las tablas, y las luces y edificios de la ciudad se pueden ver a lo lejos. Esto es paz, toda cuanta no puedo conseguir cuando las pesadillas se adueñan de mí en la madrugada.

Bajo la cabeza y suspiro. Mis pies no tocan el suelo, estoy sentada sobre la valla de madera con las manos apoyadas a cada lado de mi cuerpo. He salido de casa en pijama. Me he puesto una sudadera ancha, las deportivas y los cascos cubriendo mis oídos y, sin mirar atrás, he corrido hasta aquí. He huido del miedo, del ruido y el barullo del centro. De mi cabeza. De mi interior. Vengo aquí en busca de lo que he perdido. Acudo aquí de madrugada con la esperanza de encontrarme conmigo, no con nada más. No con el amor.

—Deja que me acerque a ti.

Niego con la cabeza.

—Por favor —ruega, con voz ronca.

—No quiero estar con nadie, Dylan.

—No tienes por qué estarlo si no quieres, pero es injusto que les des el placer a los villanos del cuento de verte aquí, sola.

Avanza dos pasos, pero vuelve a frenar cuando elevo la vista para mirarlo. Coloca ambas manos a los lados de la cabeza y se acerca poco a poco. No habla, sus ojos se quedan fijos en mí y su boca no articula palabras. Debería estar hablando. Es su turno, su frase. El guion es claro y conciso. Agus no quiere improvisación, pero nadie corta la escena. Y Gia ordena continuar.

Dylan coge aire profundamente y se acerca hasta mí. Contiene la respiración cuando su cuerpo entra en contacto con el mío y sus ojos me piden, con una sola mirada, que confíe en ellos. No sé si debo hacerlo, si... Esto conlleva una discusión con el equipo de dirección... No tengo claro si sigo siendo aquel personaje de libro, de película. Creo que él ya no es el personaje, ni yo tampoco.

Ocupa el espacio entre mis piernas. Pone sus manos alrededor de mi cintura, en la espalda, con cuidado de sujetarme sin tocar de más para que no me caiga al agua. Su tacto no me incomoda, pero tampoco me hace estar completamente relajada. Tengo cientos de insectos dentro de mi estómago, revoloteando. Tenerlo tan cerca..., joder, tan sumamente cerca... Puedo oler su perfume a la perfección, sentir su aliento e incluso escuchar cómo sus párpados se cierran, resecos del frío, el viento y la tempestad.

Dylan se aclara con discreción la garganta y con voz ronca canta en un murmullo:

—*You can let it go, you can throw a party full of everyone you know...*

—Dylan...

—*And not invite your family, 'cause they never showed you love.*

Le puse *Matilda* en el avión, mostrándole la parte más escondida de mí, no para que lo cante a los cuatro vientos. Con un gesto me invita a terminar la estrofa de la canción.

—*You don't have to be sorry for leaving and growing up.*

—Puedes hacer una fiesta y no invitar a tu familia porque nunca te quisieron, Natalia, pero eso no significa que en el mundo no existan más personas. Hay muchas que te quieren y estarán encantadas de asistir a esa fiesta.

—No quiero organizar ninguna fiesta...

Dylan ríe. No sé si lo hace el personaje o el de verdad.

—Cuando hablo de «fiesta», no hablo de una fiesta real. Hablo de la metáfora entre una fiesta llena de gente que te quiere y la vida, que, pese a las adversidades que van sucediéndose en el tiempo, se hace más llevadera cuando la creas a partir de gente que saca lo mejor de ti. Eso no quiere decir que las personas que hacen daño desaparezcan, pero les estarás dando menos lugar en ti, en tu cabeza... —me toca el pecho con el dedo índice—, en el corazón.

Este último palpita bajo mi piel con fuerza, como pocas veces lo ha hecho, sin necesitar de un factor de riesgo como lo es la ansiedad acechando mi ser. Un escalofrío recorre mi cuerpo de pies a cabeza y me obliga a cerrar los ojos. Disfruto de su aroma, del viento que golpea mi nuca. De su mano en mi piel, que trepa por mi espalda bajo la sudadera. Mi cuerpo se contrae al tacto. La yema de sus dedos está fría, pero no me molesta. No quiero que me suelte. Es agradable. Disfruto de su mejilla, que se funde con la mía cuando su otra mano me atrapa por detrás y pego los pies al suelo, para responder a su abrazo.

Una vez más, no sé si somos los personajes del libro y la película. O si esto tan solo es una simple excusa para sentirnos cerca, muy cerca. Estamos a un solo paso de incumplir la norma y no siento remordimiento, aunque sí miedo. Miedo por él. Por mí. Por nosotros. El monstruo de las pesadillas nunca dejará que sea feliz. Si se entera de que siento algo por él... No quiero que Dylan sufra daños colaterales, aunque con la mirada me diga que está preparado. No lo conoce de verdad. No sabe a qué clase de engendro nos enfrentamos. Solo pudo ver la punta del iceberg, no todo lo que esconde.

Cuando nos alejamos, sus ojos se clavan en mis labios y suspira. Vuelve a mirarme a los ojos y... puedo escuchar en un susurro cómo me pide permiso para hacerlo. Finjo no haberlo escuchado, no puedo contestarle. Quizá sea el frío, el miedo o la sensación de estar viviendo una vida que no es la mía, pero no puedo pronunciar ni media palabra.

Me retira un mechón de pelo de la cara y me lo coloca detrás de la oreja.

—¿Puedo?

Asiento con la cabeza.

Su respiración se acelera. Su pecho sube y baja. Él entreabre los labios y yo los observo con admiración. Tiene una sonrisa tan bonita… quiero tocar su piel una vez más.

—¡CORTEN! —grita Agus.

—¿Qué? ¿Por qué? —inquiere Aron, perplejo, pero levanta los brazos y repite—: ¡Corten!

El recorrido de nuestros ojos, así como el de nuestros labios se frena al instante, y las miradas que hasta hace unos minutos eran de pura complicidad ahora son frías y distantes.

Agus abandona el puesto de dirección y camina con paso firme hasta nosotros.

—¿Qué demonios…?

—Yo paso —masculla Dylan, que se va de la escena chocando el hombro con el director. No es un gesto como el que tenemos entre nosotros: esta vez parece brusco, descarado—. ¡Nos vemos, morena! —exclama, sin girarse para verme.

Agus me pide explicaciones con la mirada, pero no tengo ninguna intención de dárselas. Ni siquiera puedo explicarme a mí misma lo que ha ocurrido.

—Sé que esta mañana te he dado la razón, pero ahora… Si le tienes un mínimo de respeto al amor, deja esta escena en la película.

Me voy de la misma forma en la que se ha ido Dylan, con las manos en los bolsillos. Cuando estoy a punto de montarme en el coche de producción, lo escucho chillar:

—¡Me ningunean, Gia! ¡Soy el director y esta panda de mocosos me ningunea!

EL MONSTRUO DE LAS PESADILLAS
(3)

Ocho años

El monstruo de las pesadillas no deja de mirarme mientras veo los dibujos. Él está sentado en el sillón de una plaza. Sus piernas están abiertas y los brazos reposan sobre los reposabrazos. Tiene un cigarro encendido entre los dedos que se consume sin que se lo lleve a la boca. Permanece inmóvil. Aunque a mamá no le guste que fume dentro de casa, él lo hace. Me encantaría recordárselo, porque odio el olor a tabaco. Su olor.

Su mirada me incomoda y me inquieta. Cuando me mira, el corazón se me acelera. No puedo tragar saliva. Me cuesta respirar.

Me olvido de él. O eso creo. Me fijo en la televisión. No sé cuánto tiempo paso inmersa en un mundo paralelo al que los humanos habitamos. Pero un dolor me hace retorcerme. Grito.

Me cubro con las dos manos. Y emito un chillido. Sin embargo, el monstruo de las pesadillas no se ha movido de su asiento. Tiene el ceño fruncido, parece más enfadado que antes. No ha sido él. No esta vez. Una gota de sangre cae en mi pierna. Llevo la mirada al techo, pero es estúpido. ¿Cómo va a caer sangre del techo?

Entonces lo siento. El dolor. Mi mano. La palma de mi mano. Me duele. Mucho. Muchísimo.

Separo mis diminutos dedos poco a poco y en escala, desde el más grande al más pequeño. Y ahogo un grito. Mis uñas están clavadas en la piel en forma de semilunas. Hay heridas. Sangre. Dolor.

—¿Qué te ha pasado?—pregunta el monstruo de las pesadillas con frialdad.

—Nada. —Escondo las manos detrás de la espalda.

Él me observa con prudencia. Deja el cigarro en el cenicero y se levanta. Camina hasta mí. Me mira desde las alturas. Y me hago pequeñita. No porque él sea muy alto, sino porque el monstruo causa ese efecto en mí. Lo sabe. Y se crece ante la posibilidad de hacerme daño sin que nadie se entere. Sin que mamá lo sepa.

Hace un movimiento rápido y me zarandea del brazo con violencia. Me aferro al respaldo como puedo y él consigue que me ponga de pie. Abre la palma de mi mano y al ver la herida tensa la mandíbula.

—Eres estúpida —espeta.

Y me empuja, con tan mala suerte que caigo hacia atrás y me golpeo la cabeza con el pico de la mesa. Sin querer, comienzo a llorar.

La puerta de la calle se abre. Ese balanceo de las llaves. Es mamá. Quiero gritar. Correr. Pedir ayuda. Que me cure las heridas. Que se enfrente al monstruo para que deje de hacer eso que él hace. Pero es más rápido que yo y se arrodilla frente a mí. Se frota la cara con desesperación y traga grueso. Se acerca hasta mí y me alejo tanto como puedo. La mesa hace de tope. No puedo dejar de llorar.

Sisea para que no haga ruido. Y me llevo la mano que no tiene sangre a la boca para contener los sollozos. Murmura:

—Nadie puede enterarse. Podrían apartar a papá de tu vida. Y no quieres eso, ¿verdad?

Niego con la cabeza.

¿No quiero?

7

UNA PELÍCULA, UN PUÑADO DE MENTIRAS Y LA EFÍMERA ETERNIDAD

Natalia

—¿Crees en los «para siempre»?

—¿Y tú?

—He preguntado primero —dice él.

—No, no creo en ellos.

—¿Por qué?

—Cada vez que he deseado que algo fuera eterno, ha terminado volviéndose el momento más efímero de mi vida.

—Podría romper la norma.

—No nos engañemos, Dylan. Ni tú quieres que yo sea para siempre, ni yo quiero que tú te conviertas en el instante de tiempo más corto de mi existencia.

☽ ☽ ☾ ☾

Mientras me duchaba, he recordado el diálogo de una de las escenas que grabamos ayer. Cada vez me cuesta más distinguir qué es realidad y qué ficción.

Después, frente al espejo, con la toalla enrollada en el pelo, imagino las manos de Dylan rodeando mi torso desnudo, haciendo resbalar las gotas de agua por mi cuerpo. ¿Qué estoy haciendo? Niego con la cabeza y me froto los ojos. Me topo de nuevo con la realidad. Tengo unas ojeras que me llegan al suelo y un arañazo en medio de la barbilla que he tenido que hacerme mientras dormía. Ha sido una noche horrible llena de pesadillas, sudores fríos y largas horas de insomnio, por lo que no sé si a esto se le puede llamar exactamente dormir, mucho menos descansar.

Suspiro y salgo del baño empapada; el flequillo es la única parte de mi cuerpo que no lo está, tras hacer que el calor del secador lo deje liso, recto y brillante, como a mí me gusta. Me pongo una camiseta ancha de color rosa con una de mis frases favoritas WE'LL BE ALRIGHT. Espero que las canciones de Mr. Styles tengan razón y llegue el día en el que nosotros —todos aquellos que escuchamos canciones tristes cuando estamos tristes para martirizarnos más— estemos bien. Cuanto antes mejor.

El dolor comienza a pesar, casi tanto como el vacío que crea.

La única razón por la que no soltamos a la gente que nos hace daño es porque alguna vez nos hicieron bien y tenemos la esperanza de que algún día vuelva a ser así.

Pero yo necesito alejarme del monstruo de las pesadillas, y no es suficiente un océano. Necesito verlo desaparecer de mi mente, de mis recuerdos, de mi corazón. Ansío despertar sin saber que ha perturbado mis sueños, empezar el día con la certeza de que nunca volverá a mí, pero nada ni nadie puede asegurarlo.

Me preparo el desayuno y me siento en la mesa del salón mientras observo cada rincón de mi nuevo apartamento. Me gusta. No es ni grande ni pequeño, pero sí suficiente para vivir sola. Un salón con cocina americana, un dormitorio y un baño. Ah, y una cristalera de escándalo frente a la que cada noche me siento a ver la Luna y las estrellas sobre el cielo de Vancouver, la ciudad de mis sueños, la que soñaba con visitar, donde transcurren mis libros y donde mi nueva vida ha echado raíces.

Me fijo en las paredes de ladrillo blanco, que le dan un toque industrial. El sofá de color negro es muy cómodo y la tele, de sesenta pulgadas, me deja boquiabierta cada vez que la enciendo. Tengo que repetirme constantemente cuánto he luchado por lograr esto, cuánto me lo merezco. No es mi afición favorita, pero necesito ser consciente de cuánto me ha dolido la vida para que hoy pueda estar donde estoy. Cuántas lágrimas vale mi sonrisa.

Agus no me ha hecho pagar ni un solo dólar por el apartamento, ni a mí ni a mis compañeros. Prefiero no insistir, porque si no fuera por el adelanto, con mis ahorros me sería imposible sobrevivir más allá de un mes por mi cuenta. No sé de cuánto dinero dispone para no preocuparse por nuestros gastos y tampoco me incumbe; según Dylan, ronda lo infinito, si es que eso existe como medida financiera.

Tengo que ser fiel a la realidad. Es cuestión de tiempo que esto termine y las pesadillas vuelvan. ¿Estoy preparada para desafiar al destino? Vancouver no es la ciudad que me vio nacer. Mis padres están lejos. Mi mejor amiga no puede pedirle a su agresivo gato que me moleste y Madrid ya no me ve sufrir. Me echan de menos. Y yo me echo de menos a mí. A esa versión que nunca existió y quiero conocer. Lejos. De todos.

—¡Sé que estás ahí! ¡Abre la puerta!

El berrido me pilla de improviso. Casi escupo la leche. Agarro el móvil, marco el número de emergencias y me acerco hasta la mirilla con un jarrón en la mano. Cuando guiño un ojo para mirar a través del agujerito de la puerta, lo veo a él con una peculiar sonrisa. Pongo los ojos en blanco. Abro todavía nerviosa y entra en mi casa como si fuera la suya.

—¿Te has vuelto loco? ¡Me podrías haber matado de un infarto!

—Zack no parece darse por aludido. Sobre la mesa deja un plato repleto de tortitas y un bote de sirope de chocolate—. ¿Y eso? ¿De dónde lo has robado?

No me responde. Se sienta en la silla que ocupaba yo hasta hace unos segundos y le ofrezco café, pero declina mi oferta. Sin necesidad de usar cubiertos, baña su torre de tortitas de sirope de chocolate, enrolla una de ellas y se la mete en la boca. Lo veo tragar sin apenas masticar. Yo contemplo la escena con los ojos muy abiertos mientras uso el cuchillo y el tenedor para trocear la mía. Siento entre miedo y asco.

—¿En California no conocéis los cubiertos?

Enrolla otra tortita y se la mete en la boca. Parece hambriento. Muy hambriento. Tanto que señala mi plato una vez termina el suyo y antes de que pueda cederle mis tortitas ya tiene dos en la boca. Joder. Deseo tener su metabolismo.

—Ya que no tienes intenciones de compartir la comida, vayamos al grano. ¿Qué quieres, Zack?

—Pasaba por aquí y he pensado... ¡Mi amiga necesita compañía! —Se da cuenta de que su respuesta no me convence y suspira—. Me he pasado por el bufet del equipo de grabación, les he robado una torre de tortitas, he comprado sirope de chocolate en el supermercado y he venido a desayunar contigo. De nada.

Su respuesta sigue sin ser convincente, mi ceja arqueada se lo pone de manifiesto. Que no haya probado las tortitas quizá tenga también algo que ver, pero le da igual.

—Anoche me acosté con Lily —confiesa finalmente.

—¡¿QUÉ?!

Creo que me voy a desmayar. Lo quiero matar.

—Lara lo sabe —aclara—. Ella puede hacer lo que quiera. Y yo también.

—Hum... ¿Y lo primero que haces es acostarte con... Lily?

Zack no responde.

—Estoy segura de que Lara no hará lo mismo. La conozco.

—No quiero hablar de ello, pero quería ser sincero contigo. Yo no soy Dylan —recalca, conteniendo una sonrisa.

¿Qué coño ha querido decir con eso? Frunzo el ceño.

—Cómplices desde el primer día. ¿Recuerdas, enana?

Inspiro profundamente y suelto el aire poco a poco.

—Anoche soñé con Dylan —le confieso.

Me siento en deuda después de que él me haya confesado algo que mi cabeza nunca hubiera imaginado. Quiero dejar de pensar en... todo. Zack me mira perspicaz.

—Quita esa cara. No fue nada guarro.

—¿Segura?

—Fue bonito.

Entramos en mi apartamento con dos copas de más, sin parar en ningún momento de reír. Lo que iba a ser una tarde de amigos, dardos, billar y batidos de diferentes sabores, ha terminado siendo un karaoke de chillidos aberrantes, tan insufribles que, para soportarlos, hemos terminado rendidos a la ginebra.

Dylan se deshace de su chaqueta de cuero y la deja caer al suelo. Yo hago lo mismo con la mía, de color rosa. Él se tumba en el sofá con una pierna en alto, sobre el respaldo. Me río al verlo en esa postura tan extraña.

La vida nos da vueltas, literalmente. Deberíamos comer algo, pero a ninguno se nos ocurre proponerlo. Yo me pongo de rodillas al lado de Dylan, justo enfrente de su pecho y apoyo mi oreja en su corazón.

—Tienes un latido muy bonito.

—Mi madre y mi padre me hicieron con amor, ¿qué esperabas?

Nuestras carcajadas se adueñan del apartamento. Estamos muy cerca, más que nunca. Dylan hunde su mano en mi pelo y me acerca hasta su boca, pero no me besa. Roza la punta de su nariz con la mía y sonríe.

—¿Tienes bañera?

—Sí.

No necesitamos hablar más. Con una mirada nos lo decimos todo. Nos levantamos, me tiende la mano y yo me agarro a él. En silencio, caminamos hasta el baño de mi dormitorio. Mientras él abre el grifo, yo dejo caer una bomba de baño en el agua.

Él se desnuda primero y yo observo su cuerpo como quien acude a un museo para ver su obra de arte favorita. Me fijo en todos y cada uno de sus tatuajes. Quiero tocarlos, acariciarlos, pasar mi lengua por los extremos de cada uno. Lamer su piel hasta saciarme de él. Cuando solo le queda el bóxer de color azul marino que cubre sus partes íntimas de una manera muy pero que muy apretada... me doy la vuelta. No quiero que esto resulte embarazoso.

De espaldas a él, escucho cómo el bóxer cae al suelo e introduce el cuerpo en la bañera de agua caliente.

Mientras me desnudo, le pido que cierre los ojos y espere. Él sigue mis indicaciones sin dudarlo. Me aseguro de que no los abra sacándole el dedo en varias ocasiones. Antes de entrar en la ducha, con cuidado de no caerme al suelo de cabeza por los efectos del alcohol, pongo música desde iTunes. Elijo «Wings» de Birdy y echo un último vistazo a su rostro relajado. Luce tan brillante…, tanto que incita a pecar en la oscuridad.

Introduzco una pierna y después la otra. Dylan agarra mis tobillos y los dirige cuando apoyo mi espalda en el respaldo de la bañera. Tengo las piernas de Dylan a ambos lados de mi cuerpo. Las mías permanecen encima de sus muslos. Las palmas de sus manos, sobre los laterales de mis rodillas. El agua cubre mi cuerpo hasta la clavícula.

—Si gastamos toda el agua del mundo, será tu culpa —dice, divertido.

—Asumiré las consecuencias de mis actos.

—¿Harías eso por mí?

—Sí —respondo sin pensar.

Dylan sonríe y yo imito el gesto. Comienza a salpicarme y yo hago lo mismo. Agarra el tarro de gel de ducha que hay en el mueble de la esquina y vierte un chorro sobre sus manos. Las moja con agua y las frota entre sí. Cuando cree que es suficiente, sopla por la ranura que forman sus dedos y de ella comienzan a salir pompas que rompo con la punta del dedo índice.

El baño se llena de espuma, agua y pompas de jabón. Más tarde nos preocuparemos por todo lo que habrá que limpiar, pero ahora solo hay espacio para disfrutar del momento, juntos. Dylan no deja de tocar mi piel, pero yo no alcanzo a tocar su cuerpo. Me incorporo y me acerco hasta él, sentada enfrente de su cuerpo a horcajadas. Él pega la frente a la mía y suspira sobre mis labios. Sonrío mostrando los dientes y él recibe con una sonrisa mi mano sobre su mejilla.

Nuestros cuerpos cada vez se sienten más cerca y, en un descuido, cuando Dylan rodea mi cuello con sus brazos y me pega a su pecho, siento algo de dimensiones preocupantes tocar mi pierna. Me alejo espantada.

—¡Joder! ¿Qué ha sido eso? —*grito, asustada. Dylan se lleva las manos a la entrepierna y abro los ojos, sorprendida*—. ¡No me jodas!

—Follar debería considerarse un arte —determina Zack.

—¡Solo sentí la punta de su pene rozando mi pierna!

—¿Estaba bien armado?

—¡Cállate! —grito avergonzada, con las manos en los oídos.

Después de unos minutos, levanta la cabeza y me pregunta, con rostro serio:

—¿Te gustó?

—¿El qué? ¿El sueño? —Él asiente, con el semblante aún serio—. Supongo que sí.

Zack me espera en silencio mientras me preparo para acudir al set de grabación. Cuando estamos a punto de salir, me mira y suelta:

—Pues ahora solo queda hacer tu sueño realidad.

Este muchacho es una caja de sorpresas. No me arrepiento de haber establecido una relación de amistad con él, tampoco de que sea la primera persona en pisar mi apartamento.

Los restos de las tortitas estaban ricos, así que le perdono su necesidad por entrometerse en cada aspecto de mi vida. He de reconocer que, de algún modo, me gusta tenerlo cerca. Pese a ser un inconsciente y hablar sin pensar la mayoría de las veces, me hace reír. Y su compañía me obliga a no pensar en todo eso que duele más de lo que me gustaría.

Quedan minutos para el atardecer. Hemos estado grabando todo el día, pero no me siento cansada. De hecho, tengo más energía que nunca. Veo a Dylan salir a la calle y voy tras él. Gia me ha advertido: Agus nos quiere lejos el uno del otro. Pero yo… joder, solo quiero estar cerca de él.

Veo que Zack está hablando con Lily cuando voy a salir por la puerta. Me observa con detenimiento. Abre la boca para decir algo, pero la cierra al instante. Lily, que me da la espalda, se vuelve y, al verme, resopla con superioridad. Se aleja del rubio, no sin antes añadir:

—Ve con ella, siempre es así.

¿No se va a cansar de tratarme de esa manera?

Encuentro a Dylan sentado en el suelo, con un cigarro entre los dedos. Tiene una pierna estirada y otra encogida, sobre la que apoya el brazo con pasotismo. Aron, que estaba a su lado, se deshace de su cigarrillo y nos deja a solas. Antes de volver a la nave, me guiña un ojo y detengo su recorrido agarrando su muñeca.

—¿Cómo va la «operación Cupido»? —le pregunto, en un susurro.

—Bien. O eso creo. No le gusta esconderse.

—¿Has probado a explicarle tu situación?

—¿Y arriesgarme a que lo use en mi contra y me rompa el corazón? No, gracias.

—No todo el mundo es malo —le digo.

—Tiene gracia que lo digas tú… —Suspira—. He visto tu cambio de actitud con Agus. Haces caso a todo lo que dice, pero no tienes por qué hacerlo. Él sí es una mala persona.

Asiento sutilmente con la cabeza.

—Si tú estás dispuesto a creer en el amor sin importar el qué dirán, yo puedo intentarlo. Podemos estar juntos en esto —propongo, con las cejas en alto.

Aron ríe, me pone una mano en el hombro y después desaparece.

Me siento en el suelo. Dejo caer la cabeza sobre el hombro de Dylan. No digo ni media palabra. Finjo que el humo del cigarro es soportable, pero cada vez que aspiro tengo que contener una arcada en mi garganta.

—Algún día tendrás que explicarme el motivo por el que decidiste que conmigo sería con quien romperías la barrera del contacto cero —comienza.

—No creo que la explicación sea de interés.

—Tendrás que hacerlo antes de que me haga ilusiones. No quiero pensar que sientes un mínimo de atracción por mí, si luego resulta que no es así.

Despego la cabeza de su hombro y lo observo con cautela. Él no me mira, así que apoyo la cabeza en la pared y cruzo las piernas al estilo indio.

—A no ser que quieras que me haga falsas ilusiones, Natalia. Eso sería muy feo por tu parte.

¡Oh, no! Eso sí que no...

Me doy por vencida. Quiero permanecer a su lado y tiene que saberlo. Vuelvo a acomodar la cabeza sobre su hombro para poder ver el cielo. Hoy permanece nublado, como mis pensamientos. El color de las nubes hace que mi mente lo relacione con mi película favorita.

—¿Has visto la película *Grease*? —le pregunto.

No lo escucho responder, pero sí noto el gesto de su cabeza, que niega.

—¿Y *El diario de Noa*?

Vuelve a negar. Levanto la cabeza y lo juzgo con la mirada.

—¿*Orgullo y prejuicio*? —pruebo de nuevo.

—No, no y... ¿no?

—Ya veo que tus gustos son... peculiares. Porque ¿quién en su sano juicio no conoce la historia de amor entre Noa y Allie? O la de Elizabeth Bennet y Mr. Darcy.

—¿Es con ese con el que comparas al protagonista del libro? O sea que... ¿me comparas con un personaje literario sacado de una película cursi? ¿Dónde ha quedado mi apariencia de macarra neo-yorquino? —Frunce el ceño y parece realmente molesto—. Ade-más, voy a tener que ponerme serio... ¿Quién demonios te ha dicho que yo esté en mi sano juicio?

—Suposiciones mías.

—Supones mal, entonces.

—Tendré que conocerte más a fondo, entonces. —Solo cuando lo digo en voz alta me doy cuenta de lo mal que ha sonado. Dylan sonríe con chulería y se relame los labios—. No quería decir eso. No de esa forma.

—Está bien, Natalia —repone, con tranquilidad.

Su pecho sube y baja muy lentamente. Transmite tanta paz... Joder, es inevitable no copiar el ritmo que sigue su pecho al llenar sus pulmones de aire.

—¿Ves? —me dice—. No es tan difícil respirar, solo tienes que intentarlo.

—¿Cómo has sabido que...?

—Te recuerdo que no juega a tu favor haber escrito tu vida en tres libros. Además, la respiración se te ha acelerado de un momento a otro. Quizá por vergüenza, por temor a haber dicho algo inapropiado o porque mi presencia altera tu frecuencia cardiaca, pero así ha sido. Da igual el motivo. Lo importante es que ahora esto... —presiona mi pecho con un dedo; no me da tiempo a reaccionar— funciona con normalidad, ¿no?

Asiento con la cabeza y Dylan imita mi gesto.

—Dime, Natalia. ¿Has visto tú *Spider-Man*?

Me podría pasar el día entero escuchándolo llamarme así, «Natalia». Nunca mi nombre me había gustado tanto. La forma en la que lo pronuncia. La posición de sus labios. El susurro que sale de su interior cuando lo verbaliza. La mirada que recae sobre mí cuando hace justo eso, decir mi nombre y no apartar los ojos de mis labios.

—Claro —me burlo.

Dylan se encoge de hombros, conforme con mi respuesta, aparta la mirada y le da una calada al cigarro. El momento se acerca y no sé cómo dar el paso. Tras unos minutos, finalmente me lanzo.

—Esto... Dylan, quería pedirte un favor.

—Oh, gracias. La situación estaba empezando a resultar incómoda. No sabía qué más decir para romper este silencio ruidoso de cojones.

Auch.

Siento mi corazón romperse un poquito, solo un poquito.

¿O quizá algo más que un poquito?

Bah.

—Dime, Mary Jane, ¿qué quieres de tu Peter Parker particular?

Intento hacer el esfuerzo de no caer en el error de pensar. Mi mente aprovecha cada momento de debilidad para fastidiarme y no quiero salir corriendo, esta vez no, pero caigo en mi propia trampa y escucho las voces de mi cabeza que me hacen creer que no soy suficiente para quienes me rodean, que tan solo soy un estorbo, que mis palabras aburren y mi compañía molesta. De nuevo, el monstruo de las pesadillas se adueña de una parte de mí. Esta vez le ha tocado el turno a mi garganta. Siento un nudo justo en medio de la tráquea que no me permite tragar saliva.

Es Dylan quien rompe el estado de trance en el que me encuentro posando su mano sobre mi rodilla desnuda. La observo fijamente y con desconfianza; sé que es él, pero necesito asegurarme. Clavo mis ojos en los suyos.

—Está todo bien, Natalia —me tranquiliza—. No me importa repetirlo las veces que sean necesarias. Lo de antes era una forma de hablar. Si me hicieras sentir incómodo, no habría reducido la distancia contigo. Son solo unos centímetros, apenas se aprecian, ni siquiera te hubieras dado cuenta si no te lo hubiera dicho, pero quería hacerlo. Quiero que me sientas cerca, muy cerca.

Sé que habla en términos de amistad, pero siento algo revolotear en mi estómago. Es la primera vez desde lo ocurrido que siento el cosquilleo en la tripa, los nervios en las piernas y el corazón bombear sangre muy deprisa sin estar experimentando un ataque de ansiedad.

Pero en mi cabeza solo se repite un nombre.

Tyler.

Hace años que puse fin a nuestra historia. A una de mis pesadillas. Cada vez que pienso en él siento escalofríos. Pero decírselo a Zack implicaría que Lara también lo supiera, y ella no conoce mi realidad, no todo lo que debería saber. No sabe que soy mártir de mi pasado—. ¿Tienes algo que hacer esta noche?

Dylan levanta las cejas.

—¿Intentas ligar conmigo?

—No —niego rápidamente.

—No me gustan las mentiras —me advierte.

Me quedo sin habla. Arrugo el entrecejo y exhalo. Finalmente, soy presa de un impulso. Meto la mano en el bolso y le tiro a la cara la bola de papel que encontré en la basura. Lo vi arrojarla mientras lo miraba desde la casa de Gia. La atrapa en sus manos como puede y se pone de pie instantes después de hacerlo yo. Trata de hablar, pero me adelanto:

—¡Lo intento, Dylan! Intento confiar en ti, pero me lo pones taaan difícil…

—No quería hacerte sufrir —se limita a decir.

—Y yo no quiero que me protejas del dolor. ¡Me basta con que estés ahí!

No responde. Baja la cabeza y aprieta la bola de papel.

—Agus y el monstruo tienen un contrato, Dylan. ¡Esta película es parte de ese acuerdo! ¿Qué hay de verdad en todo esto?

—No lo sé.

☽☽☾☾

Es la tercera vez que salgo corriendo desde que llegué, y eso que odio correr. Desaparezco del set de grabación sin preocuparme por el bolso que me dejo olvidado en el suelo, tampoco me parece importante no despedirme de mis compañeros. Corro sin mirar atrás por las calles de Vancouver entre lágrimas y me refugio en mi casa. Cuando entro, aplasto mi cara en el primer cojín que encuentro en el sofá y ahogo un grito.

Oculto el rostro en las manos y rompo en llanto. Un llanto que se vuelve desolador, descontrolado. Esto es justo lo que necesito, llorar. Y recuerdo cada día que no lloré, porque desearía haber estado allí con mi yo del pasado y haberle mostrado la parte positiva de llorar, que gritar es justo lo que tengo que hacer, que pedir ayuda no es solo una opción sino un derecho. Vuelvo a caer en la trampa de mi cabeza. Me vuelvo a culpar de todo lo ocurrido.

El sonido del telefonillo me distrae. He perdido la noción del tiempo, ni siquiera sé cuántas horas llevo en la misma postura hecha un mar de lágrimas. Me seco la cara con el canto de la mano y me acerco hasta el aparato. Es Zack. Espero que suba las escaleras y lo recibo cabizbaja. No me siento capaz de mirar a nadie a la cara por miedo a que me juzguen. Cuando entra, dejo que sea él quien cierre la puerta. Yo me siento en el sofá y me abrazo a mi tarrina de helado de chocolate.

Zack se sienta en el otro extremo y deja mi bolso sobre la mesa. Le agradecería el gesto, pero no me salen las palabras. Cuando todo se calme, le haré saber cuánto valoro los pequeños detalles.

—¿Quieres un abrazo? —me pregunta. Yo niego con la cabeza y él asiente, comprensivo—. Dylan no fue el único que vio el golpe que tenías en la mejilla. El día que llegaste a Nueva York el maquillaje no duró tantas horas como pensabas. El moratón parecía reciente, demasiado.

Me quiero inmolar.

—¿Por qué no me dijiste nada entonces?

—Quería evitar tu dolor.

Lo miro incrédula.

—¡Joder! —grito—. ¡Parad ya! No quiero protección, solo quiero personas en las que poder confiar. Haciendo esto no me ayudáis… solo me alejáis. Cada vez más.

—Dylan me ha dicho que esta noche no tiene nada que hacer —musita—. Dice que debes saberlo, que es importante. Pero… si quieres mi opinión, yo no lo veo tan claro, es peligroso salir de noche por esta zona.

Chisto de forma irónica.

—¿Qué pasa? —pregunta.

—Hoy le he preguntado qué hacía esta noche. No sabe para qué quería saberlo. ¿Quién iba a querer pasar la noche conmigo?

Zack se llena los pulmones y se acerca hasta mí. Coloca las manos a ambos lados de mis mejillas y clava los ojos en mis labios. Rápidamente los alza hasta mis ojos.

—Piensas en alto, enana. Quien te haya hecho creer que nadie te va a querer ha escupido sobre ti la inseguridad que seguramente pesa en su espalda para librarse de ella, para olvidar su mierda de vida, porque sabe que jamás podrá alcanzar el corazón que tú tienes.

Necesito abrazarle.

Si Lara estuviera aquí, me mataría porque llevo años sin darle un abrazo. Ahora lo necesito y ella no está; en cambio Zack sí, así que espero que lo pueda entender y que el día que volvamos a vernos sea capaz de abrazar sin miedo a que me rompan.

Me abalanzo sobre el rubio y caigo encima de su cuerpo, mientras lo rodeo con mis brazos. Él me aprieta con fuerza y se ríe a carcajadas sobre mi hombro. Bromea con que voy a espachurrarle los pulmones, pero cuando me separo, por miedo a estar molestando, me vuelve a acercar hacia él para abrazarme de nuevo. Pisoteo un poco la ansiedad, porque tengo un nuevo mejor amigo y no es la soledad. Solo pienso en el momento de llamar a Lara para contárselo, para contarle que he vuelto a abrazar.

Nunca he estado en esta calle de la ciudad. La noche baña Vancouver y antes de seguir con la misión de hoy, una chica me para por la calle y me pide una foto. Me habla de mi libro, de lo que siente al leer cada capítulo de la historia, yo le agradezco sus palabras y le firmo un autógrafo. Mi primer autógrafo. Estoy gritando internamente. Desde que se publicó en redes sociales que *Nosotros nunca* tendría adaptación cinematográfica, el número de mis seguidores en redes, que ya entonces rondaba las seis cifras, ha aumentado notablemente. Siempre me han importado poco los números porque, en sí, nunca se me han dado bien, pero no está de más saber que hay gente que sigue tu trabajo desde cerca, ese trabajo que forma parte de tu sueño.

Sigo mi camino y me paro en el portal número ocho. Miro a un lado y a otro. Debe de ser esta calle. La cafetería, el restaurante italiano… Espero no equivocarme. Marco el teléfono de Dylan y me acerco el móvil a la oreja.

—Hola —digo, con voz dulce, al escuchar su respiración al otro lado de la línea.

—¿Quién eres?

—Asómate al balcón y compruébalo tú mismo.

Me alejo de la puerta y me sitúo en medio de la calzada. No pasan coches y lo agradezco, porque no quiero jugarme la vida por un impulso de mi corazón. En uno de los balcones veo movimiento. Las cortinas se echan a un lado y un chico musculoso y sin camiseta, con el pelo revuelto y mojado, vistiendo unos pantalones vaqueros de color azul, me sonríe.

—¿Qué haces aquí? —grita, para que pueda escucharle.

—Necesito olvidarme del mundo.

—¿Conmigo?

—¿Conoces a alguien mejor?

—Sube, anda.

Corro hacia el portal. La estética del interior es la misma que la de mi edificio, pero todo me parece novedoso. Escaleras de caracol y luz tenue. La puerta de su apartamento es la única de color blanco. Cuando llego está entreabierta, así que empujo y cierro a mi espalda con suavidad, asegurándome de no dar un portazo. Soy muy cuidadosa en casas ajenas. Al volverme, Dylan me recibe con la boca entreabierta. No sé si el motivo es el vestido largo, ajustado y de color negro que marca las curvas de mi cuerpo, el color rosado de mis labios al mordisquearlos a causa de los nervios o mis mejillas, que se encienden cuando sus ojos recorren mi cuerpo de pies a cabeza.

Siento un impulso por acercar nuestros cuerpos, pero lo controlo. Me saluda con un beso en la mejilla, muy cerca de la comisura de mis labios. Nos cuesta alejarnos, porque retengo su muñeca con delicadeza. Él me observa con prudencia y me mira con complicidad.

—Tenemos mucho tiempo, morena —dice, con seguridad—. Por lo que veo, Zack es un chico de palabra. Pensé que no te daría mi recado… y mírate, estás en mi casa.

Me encojo de hombros.

Él se aclara la garganta y traga saliva con dificultad. Agarra mis manos y suspira.

—Lo siento —masculla.

—No necesito tus disculpas, Dylan... solo deja de hacer eso.

—¿El qué?

—Cuidarme como si fuera a romperme en cualquier momento. —Hago una breve pausa y hundo mis ojos en los suyos, tratando de no hacer un repaso de su cuerpo—. ¿Te puedo hacer una pregunta?

—No tengo nada que ver con tu padre —responde atropelladamente. Abro los ojos y la boca. Siento un pinchazo en el corazón—. Toparme con él fue el precio que pagué por conocerte. Y lo volvería a hacer una y mil veces más.

—Eso no suena romántico. —Dejo escapar una risa nerviosa.

—No pretendo serlo, no ahora. Pero quiero que lo sepas. No tengo nada que ver con Axel —rectifica, llamando al monstruo por su nombre, y yo se lo agradezco con una sonrisa—, Agus y compañía... Estoy en tu bando, Natalia. Desde mucho antes de conocerte.

Empieza fuerte.

He tratado de evitarlo, pero es imposible. ¿Quién podría resistirse en mi situación? Deslizo los ojos por su torso aún desnudo. Sus hombros son grandes y musculosos, y en el abdomen llego a visualizar más músculos de los que estudié en el colegio. Eso hace que mis ojos no puedan dejar de mirar su piel. Dylan sabe que le estoy mirando y le gusta; creo que, en cierta manera, es más egocéntrico de lo que pensaba. Le gusta gustarme. O sea, gustar.

Carraspea para llamar mi atención.

—¿Me puedo poner ya la camiseta o te dejo unos minutos más de repaso a mi cuerpo?

—Unos minutitos más, por favor. —Al hablar en voz alta me doy cuenta de lo que acabo de decir.

Abro mucho los ojos y, automáticamente, aparto la mirada. Le tiendo mi chaqueta de cuero para que la cuelgue en el perchero y hablo del clima para cambiar de tema. Él cumple mi petición y no se pone la camiseta hasta pasados unos minutos. Ay, gracias, Dios mío.

—Antes de salir de casa, he visto que Lily ha escrito por el grupo —le informo—. ¿Lo has leído? Ha propuesto salir de fiesta, y Zack iba a buscarla cuando yo venía de camino aquí.

—No me malinterpretes, morena. Pero lo último que me apetece esta noche es salir con ellos de fiesta. Zack le dice «Te quiero» a tu amiga mientras besa a Lily, y ella... ¡Bah! Es algo hipócrita invitarnos a salir para después maldecirnos con la mirada. Acabaríamos tú y yo en una esquina tarareando la canción más absurda del mundo mientras los vemos magrearse. —Se acerca hasta la nevera y me muestra dos refrescos a elegir. Señalo el de cola. Me lo trae mientras yo ocupo un lugar en el sofá—. ¿Tú quieres ir? ¿Te apetece salir de fiesta?

Me encojo de hombros. No se me da muy bien eso de decir que no. A veces me da miedo que la respuesta de la otra persona sea desmesurada. Dylan me mira con las cejas en alto. No sé si desconfía de mí o se ha percatado de que mis ojos se mueven con rapidez.

—Podemos decir que ha sido un día largo. Además, Zack sabía que vendrías.

—No le he dicho nada —le informo.

—¿No?

Yo niego con la cabeza.

—No quería tenerlo pegado como una lapa. Me ha dicho que sería peligroso salir sola de noche.

Dylan frunce el ceño y se queda callado.

—¿Por qué? —le pregunto, después de unos minutos.

Dylan me mira expectante. No sabe qué responder, porque no entiende el motivo de mi pregunta, y es que tampoco se lo he explicado. A veces doy las cosas por hechas y se me olvida que no todo el mundo es Lara. No todo el mundo posee nuestra telepatía.

—¿Por qué elegir pasar la noche conmigo?

—No estás acostumbrada a ser prioridad y yo estoy dispuesto a romper la norma. ¿Para qué voy a ir a esa fiesta de mierda si lo que quiero es estar contigo?

Madre mía. Madre mía. Madre mía.

¿Cómo se respira?

—Te tengo que advertir. No soy tan guay como lo pintan por ahí, tampoco he viajado para tener anécdotas que recordar, nunca he sido de tener muchos amigos y… si me quitas mis libros siento que no tengo nada por contar. No quiero que idealices mi compañía.

Dylan se ríe. ¿Dónde está la gracia? Por más que la busco no doy con ella.

—Siempre hay algo que contar, pero no todo el mundo está dispuesto a escuchar. Hay que encontrar a la persona adecuada, la que quiera escucharte hablar durante horas. —Me guiña un ojo—. Y estás de suerte. Háblame de tus películas favoritas… —propone, mientras observa las tres carátulas que reposan sobre mis piernas, las llevo conmigo a todos lados—. O mejor las vemos. Por lo que dijiste esta mañana, parecían gustarte mucho… Hagámoslo. Hoy te dejo elegir, pero no te acostumbres. Yo me encargo de hacer las palomitas.

No me da tiempo a reaccionar.

—Antes de que te presentaras aquí acababa de pedir una pizza, ve poniendo la película mientras bajo al restaurante italiano de enfrente a recogerla. —Se levanta, coge las llaves y camina hasta la puerta—. Ponte cómoda, como si estuvieras en tu casa. Puedes husmear en mi armario y coger la ropa que sea necesaria.

—Hablas como Mr. Darcy.

—¿Eso mejora mis técnicas para ligar?

—¿Estás ligando conmigo?

—Desde el primer día —confiesa.

Cuando cierra la puerta y desaparece de mi vista, recito en voz alta:

—«He luchado en vano. Ya no quiero hacerlo. Me resulta imposible contener mis sentimientos. Permítame usted que le manifieste cuán ardientemente la admiro y la amo».

Quiere ver mis películas favoritas. Eso significa abrirle una parte de mi corazón, de mi vida. Conlleva aceptar los riesgos que supone que sepa más de mí. Nunca nadie ha querido conocerme de verdad. Todo aquel que se ha topado conmigo ha terminado creando una imagen de mí acorde a lo que he vivido, sufrido y aprendido a lo largo de los años. Algunos se acaban yendo de mi vida, otros se aprovechan de mi vulnerabilidad.

Quedarme sola en casa siempre ha sido sinónimo de tranquilidad, aunque cuando fui creciendo dejó de gustarme. Si bien eso significaba no temer por mi vida, la ansiedad ya vivía conmigo. Ahora, viviendo en un apartamento en solitario, intento llevarlo lo mejor que puedo. Durante el día es soportable, pero cuando cae la noche todo se vuelve más complicado. Pesadillas, insomnio, recuerdos, lágrimas, sudores fríos… Las noches, desde hace años, las he dedicado a escribir. Cuando iba a clase escribía mis libros en la madrugada, por la mañana asistía al instituto y, por la tarde, aprovechando que el monstruo de las pesadillas no solía pasar por casa hasta caer el atardecer, dormía.

La casa de Dylan huele bien. En su ausencia me doy una vuelta por el salón. Si lo ha decorado él, resulta de lo más acogedor. Parece recién salido de una web de interioristas. Voy hasta el baño para mirarme al espejo. Aunque el moratón hace tiempo que desapareció, mi piel sigue sensible y me aseguro de que no ha dejado ninguna marca. Doy gracias por no ver ninguna, porque eso significa tener que maquillarme y no es algo que me haga especial ilusión. De pequeña me encantaba hacerlo, sin embargo, cuando fui creciendo cambió mi visión. Pasó de ser algo divertido a convertirse en una de las consecuencias de los golpes. Me pesa la cara cuando lo hago, como si mi mente diera por hecho que hay marcas que tapar. Repaso mis labios con un pintalabios y sonrío. No me queda tan mal.

Antes de salir del baño me giro y veo la ducha. Me fijo en cada detalle. En los azulejos negros, en la fría luz de los focos, las cristaleras, la columna de hidromasaje, las grandes dimensiones del plato de ducha… Pero no es todo eso lo que me deja con la boca abierta, sino las luces led que alguien acaba de prender.

Espera. Mierda.

Me vuelvo y lo veo a él con un mando de colores en la mano. Me sonríe mientras las luces cambian de color. Azul, verde, amarillo, rojo... Deja fijo este último color y no quiero pensar mal, pero sus ojos me incitan a pecar. Imagino cosas que no debo imaginar. Nos veo a él y a mí. Dentro. Bajo la ducha. Piel con piel. Sintiendo el agua caer sobre nosotros. Sobre nuestros labios, mojados. Nos imagino a los dos rematando lo que empezamos en el sueño. Imagino su cuerpo, su piel... y quiero más. Pero no es el momento, sé que no estoy preparada.

—¿Qué? ¿Imaginando cómo sería follar en la ducha con estas luces? —Con esa forma tan directa de hablar solo conseguirá provocar en mí un amago de infarto. «Follar» dicho por su boca suena hasta bonito, como si fuera arte, tal como diría Zack.

¡Madre mía, Natalia! ¿Te estás escuchando?

Menos mal que las luces son de color rojo, porque siento mis mejillas encenderse más de lo que ya estaban antes.

—¿Ahora es cuando me dices que tú ya lo has hecho y que debería probarlo?

—No —contesta y, a continuación, reduce la distancia entre nuestros cuerpos. Menos mal que ha dicho que no, si hubiera dicho que sí creo que me habría desmayado de la impresión—. Ahora es cuando te propongo hacerlo.

—¿Qué te ha hecho creer que quiero probarlo contigo? —Eso es, Natalia, ponle los huevos de corbata.

Dylan se echa a reír. Da la impresión de que en su cabeza no cabe la posibilidad de que los demás no vean su atractivo. Y lo entiendo, con esa cara yo también me lo tendría creído.

—Te esperaré. Será contigo, cuando tú quieras, con quien inaugure la ducha.

Durante la cena se disculpa una vez más. Me pide que confíe en él, que por favor le dé la oportunidad de demostrarme que no todo el mundo es malo. Tiene gracia..., es justo lo que yo le dije a Aron. Lo que hacen los adultos. Dar consejos sin aplicarlos en su vida. Yo acepto, pero le advierto que entrar en mi vida, sea como amigo, compañero de trabajo o… vete tú a saber qué, no es una tarea sencilla. No es que haga complicado quererme, sino entender mi situación. Porque pretendo que comprendan lo que sucede en mi cabeza, mi vida y mi corazón sin yo explicar nada.

—Quiero conocerte, saber de ti hasta dónde tú me dejes indagar. Pero quiero que te comprometas conmigo, porque yo estoy dispuesto a comprometerme contigo y abrirte las puertas de mi vida de par en par, con lo que eso conlleva —dice él—. Sin mentiras.

—¿Qué conlleva que me abras las puertas de tu vida? —me atrevo a preguntar.

—Decirte dónde duele y darte la libertad de besar mis heridas o romperme el corazón.

—¿Confías en mí? —Por primera vez, en sus ojos veo el miedo. Pero no uno similar al que siento cuando el monstruo de las pesadillas se acerca a mí, se parece más al que experimento cuando temo que vuelvan a hacerme daño—. No puedo prometerte que no saldré corriendo nunca más, porque a veces lo único que necesito es huir.

—Quiero estar contigo cuando decidas huir. Bien sea porque me dejes acompañarte, porque pasado el trago decidas revelar tus sentimientos o porque corras a mis brazos a refugiarte. Tal como lo has hecho hoy y ahora.

—¿Por qué yo y no otra, Dylan?

Es una pregunta de la que no quiero conocer la respuesta si eso solo significa aumentar el cajón de inseguridades, pero él me sonríe, se acerca hasta su librería y sostiene un libro en sus manos que deja reposar sobre mis piernas. Es el mío. Verlo así, en físico. Joder. Todavía me remueve por dentro. ¿En qué momento he dejado de leer libros para escribirlos? ¿Debería agradecerle al dolor todo lo que soy hoy? Bah. Voy a dejar de pensar. ¿Existe algo peor que pensar cuando lo único que quieres es actuar?

—La respuesta está aquí escrita. Cuando miré a los ojos al monstruo pude hacerme una idea de eso que duele tanto dentro de tu pecho. Si una cuarta parte de este libro que cuenta tu historia es realidad, quiero ser yo el protagonista que te acompañe hasta alcanzar el amor propio. Quiero ser yo el que te haga volver a creer en el amor, flequillitos.

Quiero besarle, pero no lo hago. Sé que más tarde me arrepentiré de no haberlo hecho, pero quiero cerciorarme de lo que estoy haciendo. Quiero estar segura de que no es un lobo con piel de cordero. Que él no me hará daño. Que no es el monstruo de mis pesadillas.

—Yo no soy él —dice, como si pudiera leer mi mente.

Dylan

—¿Qué película has elegido? —le pregunto, acercándome al sofá con el bol de palomitas—. Dime que no es una comedia romántica...

—¿Qué tienes en contra de... hum... por ejemplo... *La proposición*?

—Muchas pero que muchas cosas —le advierto.

—Entonces veremos *El diario de Noa*. La primera vez que la vi me pasé tres días llorando.

Siento un pinchazo en el pecho.

Mamá.

Mentía cuando le dije a Natalia que nunca había visto esa película.

Trato de aparentar normalidad, pero ese título de cuatro palabras está causando una completa guerra en mi cabeza entre el presente y los recuerdos. Tenía razón Gia cuando aquella Nochevieja me dijo: «Nunca podrá salir de tu vida, Dylan. Tienes que aprender a vivir sin ella». Aún recuerdo las tardes de domingo en las que no tenía que trabajar. Primero veíamos una película de Marvel, después le tocaba a ella elegir... Esa película era su favorita. Siempre lloraba y yo la abrazaba.

¿Seguirá siendo su película favorita? ¿Se acordará de mí cada vez que la vea?

No, Dylan.

Estoy harto de formular preguntas en mi cabeza que no me llevan a encontrar la respuesta.

Nunca comprendí el porqué de sus lágrimas cuando la protagonista regresaba a los brazos del protagonista masculino, después de mucho tiempo sin saber de él, tras haber rehecho su vida con otro hombre. Con el tiempo fueron encajando las piezas de lo que algún día fue un puzle sin resolver. Jamás se lo perdonaré, aunque mi padre diga: «Siempre es mejor decir adiós y pasar página que ver cómo los ratones devoran el libro poco a poco, sin queso que llevarse a la boca».

A medida que avanza la película, paso el brazo por encima de sus hombros. Está tiritando, intuyo que tiene frío. Alargo la mano y cojo la manta que reposa sobre el brazo del sofá. La extiendo sobre nuestras piernas. Natalia está demasiado concentrada viendo la película, pero, cuando se acurruca sobre mi hombro, me tiende el bol de palomitas y coloca su mano sobre mi abdomen, tomo esos gestos como agradecimiento.

Me paro a disfrutar la situación. Nunca he estado así con nadie. A ninguna chica la he invitado a mi casa a ver películas, nadie ha querido pasar tiempo conmigo de la manera que ella pretende hacerlo. Andrea fue la última chica que se podría considerar mi novia. Ella y Ulises resultaron no ser tan buenas personas como yo creía.

Deslizo el canto de la mano por debajo del ojo con rapidez. No quiero perder la apariencia de chico duro, por ahora no. Es gracioso mantenerla en el tiempo, aunque sea... unos días más. A ella le gusta y a mí me gusta gustar. Todos ganamos.

Al acabar, Natalia sorbe la nariz.

—¿Qué te ha parecido?

—No ha estado mal —me limito a decir.

—Dylan Brooks, estabas llorando.

—No tienes pruebas —le digo, con tranquilidad.

EL MONSTRUO DE LAS PESADILLAS
(4)

Quince años

—*¿Quieres venir a mi casa a ver una película?* —*pregunta Tyler.*
Yo permanezco inmóvil mientras sus padres me miran con una son-
risa. No sé cómo decir que no, pero no quiero pisar su casa de nuevo.
La última vez, pese a decir que no... *¡No quiero!*
—*No me gusta la gente que se hace de rogar* —*insiste, amenazan-*
te—. *No te voy a suplicar, vas a venir.*
—*¡Será genial! Tyler tiene un montón de cintas en su habitación...*
Podéis verla en el salón. Nosotros saldremos —*dice su madre.*
—*Tengo planes* —*miento.*
—*¡Oh! Qué pena...* —*repone su madre.*
Me acaba de conocer, pero siento que la conozco de toda la vida.
Cuando me fijo en su padre, frunzo el ceño. Le conozco, por supuesto
que sí. Ha hablado en alguna ocasión con el monstruo de las pesadillas.
—*Por cierto, ¿cómo están tus padres?* —*pregunta ella, como si me*
leyera la mente.
—*Están de puta madre, gracias por preguntar, mamá* —*responde*
Tyler por mí.
Me agarra del brazo con brusquedad y me arrastra con él detrás de
una furgoneta. Por el retrovisor veo a sus padres marcharse.
—*¿Qué coño te crees que estás haciendo? ¿Con quién has hecho*
planes?

Como buenamente puedo, rasco mi brazo para que su mano me suelte. Finalmente, termino empujándolo. Tyler me mira con los ojos inyectados en sangre. Mientras camino hacia atrás, él se cruje ruidosamente los nudillos.

—Oye…, Tyler… Quería hablar sobre algo.

—Yo no quiero hablar —se limita a decir.

—No creo que esto… —Siento un nudo en la garganta—. No creo que entre nosotros haya algo sano… Creo que nos estamos haciendo daño. Tú te estás haciendo ilusiones y yo… Eh… Ayer te pedí suplicando que no me besaras, que no me tocaras… —Comienzo a llorar—. Me hiciste daño, mucho daño. Y no quiero volver a sentirlo.

La suerte no me acompaña, pues choco con un coche. No puedo seguir caminando hacia atrás. No puedo huir de él.

—¿Cómo dices, princesa?

—Nada —termino por decir.

—Ah, pensaba —ironiza. Me da un beso en la mejilla y me aparto, asqueada—. He cambiado de opinión. No quiero que la gente conozca nuestra relación, lo llevaremos en secreto.

—¿Qué relación? —pregunto, con la voz temblorosa.

—La nuestra.

—No quiero ser tu novia, nunca dije…

No me da tiempo a terminar la frase, cubre mi boca con su mano y frunce el ceño.

—No te he preguntado si querías, princesa. Será mejor que te comportes.

8

MI PADRE NUNCA ME ENSEÑÓ A LIBRAR LAS BATALLAS UNA A UNA

Dylan

Me está besando.

Mi *crush* literario me está besando.

Ha sido un beso en escena. Un beso fugaz, pero ha durado lo suficiente como para saber que no me he saciado de ella. Que quiero volver a saborear sus labios, que no me ha dado tiempo a descubrir a qué saben en realidad. Que son los mejores labios que he besado jamás. Y que estoy totalmente dispuesto a que se conviertan en los últimos.

Daría lo que fuera por meterme en su cabeza, aunque fuera unos minutos. Necesito saber qué le ha parecido, si ha besado otros labios mejores, si ella está dispuesta a que los míos sean los últimos que bese. Son tantas las preguntas por formular que no sé por dónde empezar. Es ella la que rompe el hielo.

—Sabes a Coca-Cola.

Me quedo unos segundos en silencio.

—¡Agus! —chillo, sin responder—. ¡La escena ha salido jodidamente mal! ¡No estoy contento con mi interpretación!

Hago el amago de darle una patada a la primera silla que veo, pero al instante me arrepiento y la dejo donde estaba. El director me mira con una ceja arqueada. Gia, que está a su lado, se quita las gafas y eleva la comisura de sus labios.

—¿Podemos repetir? —pido—. Aún es pronto, queda mucho para el descanso de mediodía.

—No —responde Aron.

—Aron, limítate a hacer tu trabajo —dice Gia.

—Ya has oído a mi asistente —mascula Agus con retintín, mirando de reojo a Gia—. No me hagas repetirlo. Hay que avanzar.

—¿Quién en su sano juicio se conforma con la primera toma? ¡Spielberg y Tarantino temerán que algún día les quites el pódium! —ironizo, entre gritos.

Antes de irme, Gia atrapa mi muñeca.

—Quieres volver a besarla, ¿eh? —Me conoce demasiado—. ¿Por qué no se lo dices? Que te gusta, quiero decir.

—No le metas pájaros en la cabeza al chico, cielo —comenta el idiota de su marido.

La llama «cielo» porque si la llamara por su nombre debería tener cuidado para no confundirse y llamarla por el de mi madre. No ha sido suficiente echarlo de casa, daría lo que fuera por que lo echara de su vida.

—Natalia es una chica difícil —continúa Agus—. Dylan no se anda con complicaciones; además, no se convienen. Ni ella a él. Ni él a ella.

—¿Insinúas algo? —intervengo.

Mi tono de voz resuena con dureza entre las paredes de su despacho, al que lo hemos seguido cuando ha pretendido dar por zanjado el tema. Con un gesto le indica a Gia que cierre la puerta. Aron se sitúa a su lado. ¿Por qué no se mueve?

—¿A qué coño ha venido eso último?

—¡Vamos, Dylan! Te conozco desde que eras un crío, nunca te han gustado los compromisos. No serías capaz de mantenerlo con ella y eso solo provocaría que le rompieras el corazón. Y créeme, esa chica ya ha sufrido suficiente para que ahora vengas tú a poner el broche final.

—¡Y lo dices tú! —bramo—. ¡Soltaste a su padre! ¡Tú mismo confirmaste mis sospechas! Podría haberla matado.

—Esta conversación otra vez no… ¡No quiero más peleas! —interviene Gia.

—¿El padre de Natalia ha estado en la cárcel? —pregunta Aron sorprendido.

Agus se había olvidado de su presencia, abre los ojos, empuja el perenne vaso de whisky al otro lado de la mesa y se levanta de forma repentina. Lo aprisiona contra la pared, poniéndole la mano en el cuello. Aron respira agitadamente.

—Una sola palabra y te mataré —lo amenaza.

Gia y yo corremos a ayudarlo, pero cuando conseguimos alejarlos y nos volvemos, los cristales están repletos de miradas. Natalia observa la escena asustada, con la mano sobre el tirador. Niego con la cabeza indicándole que no entre. Zack le pone una mano en el hombro y la acompaña, lejos del despacho. Lily entra como un torbellino.

—Qué cojones está pasando —masculla.

—¡Llévatelo! —grita Agus.

Lily no rechista. Se acerca hasta Aron con paso firme, lo coge de la capucha de la sudadera y lo arrastra hasta la puerta, pero no dejo que salgan. Ella me mira con el morro arrugado.

Hundo mi boca en su oído.

—Nunca has dejado de trabajar para ellos, ¿verdad?

—Cierra la boca —espeta.

—Espero que uses el dinero para curar a tu madre y no para abastecer su adicción.

—¡Que te calles! —grita, y me empuja con fuerza, estrellándome contra la cristalera.

Gia viene hasta mí para comprobar que estoy bien y da un portazo después de que Lily salga con Aron. Se encara con Agus, pero él hace caso omiso y se dirige a mí:

—No aprendes, Dylan… ¿Tu padre no te ha enseñado a librar las batallas una a una? Tener una gran lista de enemigos dificultará tu vida. —Suspira mientras da un trago al vaso de whisky, chasquea la lengua y me mira—. Me he enterado de que habéis pasado unas cuantas noches juntos.

Natalia y yo llevamos siete días viéndonos sin descanso. Noche tras noche, excusa tras excusa. Noche de películas, series, juegos de mesa… y mucha pero que mucha temperatura, porque cada vez que su mirada se clava en mis labios y mi mano se adueña de su mejilla, juro que le rezo al puto destino para que una ráfaga de viento nos haga chocar y sus labios me besen con pasión.

—¿Qué ocurre, Agus? ¿Te molesta que haya personas en el mundo que sepan querer?

Gia me pide que me calle, pero la ignoro.

—Ya me he enterado de que mi madre se muda a Vancouver. ¿Tanto te quiere para tomarse un descanso del trabajo que no le permitía pasar tiempo conmigo? No me fío —continúo—. ¿Tan ilegal es lo que estáis tramando allí en secreto con Axel para que quieras tenerla lejos?

—Serán vacaciones —se limita a decir—. Viviremos aquí hasta finalizar el rodaje. Podrá dirigir el cuerpo desde aquí, le han dado facilidades.

Gia no puede soportar la situación. Ahoga un sollozo y se va corriendo. Da un portazo de nuevo.

—No te metas en mis asuntos, Dylan —me advierte.

—Ni tú en los míos —replico.

Agus resopla mostrando su enfado y tira con desprecio un bolígrafo sobre la mesa.

—Cierra la boca y responde a mi pregunta: ¿qué hacéis en esas noches?

—¿Dos amigos no pueden quedar para tomar algo?

—¿En una casa? ¿Solos? Es raro, Dylan.

Mientras se acaricia suavemente la barbilla, pienso en lo bien que le quedaría un papel de villano. Daría lo que fuera por ver al héroe hacerlo desaparecer.

—Empiezo a pensar que me has utilizado —comenta.

—¿Perdona? —Mi mandíbula roza el suelo y mi ceja, en lo alto, el cielo. Esto sobrepasa los límites del surrealismo—. ¿Que yo te he utilizado a ti? —Me froto la cara, frustrado—. ¡Casi me mata a puñetazos un maldito narcotraficante! ¡Estás encantado con el proyecto! ¡Lo estabas hasta que nos has visto fuera de cámara!

—Dylan, tengo sustituto para tu papel. No me hinches las pelotas.

—¿Sí? —*No lo hagas, Dylan, no lo hagas*—. ¡Pues que te jodan!

Salgo del despacho dándole la espalda y cierro de un portazo. El barullo que hemos formado llama la atención de mis compañeros, también de los técnicos de producción, imagen y sonido, ya inquietos por la escena previa con Aron que acababan de presenciar. Avanzo por el set de grabación acercándome a la salida e ignorando los gritos de Agus, que me pide que regrese. Veo a Natalia correr detrás de mí, pero no me detengo. Gia me pone una mano en el pecho, justo a dos pasos de la salida.

—Dylan, ¿qué ha pasado? ¿Qué te ha dicho?

—Lo sabes bien —le contesto, con una falsa sonrisa—. ¡Se puede meter el proyecto por el culo, Gia! Pero yo me voy…

Y, de repente, me rompo.

—Cariño…

Gia no quería llorar más, y yo tampoco, pero es justo lo que estoy haciendo. Y no puedo controlar mis lágrimas. Porque me siento aquel niño pequeño que pasó de tenerlo todo a no tener nada. Y me duele el pecho, mucho. Porque discutir con Agus no significa hacerlo con cualquiera, sino con la extensión de mi madre. Sé que esta noche, después de pedirle perdón a Gia y cenar juntos, cuando le diga que se marcha al despacho para avanzar trabajo y acuda a encontrarse con mi madre, le contará lo que ha pasado. Ella creerá saberlo todo sobre mí. Opinará y me juzgará. Le dará consejos sobre cómo tratarme y mañana él hará como si nada. Pero estoy cansado de fingir que no me afecta la verdad de mi vida, y el día menos pensado voy a explotar como dinamita.

—Quédate —me pide, poniendo su mano en mi mejilla—. Si no lo quieres hacer por él, por mí o por ti, hazlo por Natalia. Tú mejor que nadie sabes lo que es que jueguen con tu ilusión, no le hagas esto.

—Necesito tomar el aire. Déjame salir —me limito a decir.

—Prométeme que no dejarás el proyecto.

—¿Y decepcionar a otra persona más? —Niego con la cabeza—. Lo haré lo mejor que pueda. Pero no te aseguro que no vaya a tomar una decisión que lo ponga todo patas arriba.

Le doy un beso en la mejilla y le doy la espalda.

—¡Dylan, espera! —grita Gia, pero su voz no detiene mis pasos.

Natalia

Irrumpo con fuerza en el despacho de Agus. Está sentado en su sillón. Tiene un vaso de whisky en la mano y sus ojos recorren mi cuerpo de pies a cabeza. Su rostro carece por completo de emoción. No le ha removido nada por dentro ver a Dylan así, roto, sea lo que fuera que ha pasado minutos antes.

—¿Qué quieres, Natalia?

—Comunicarte algo.

—No vas a salir antes solo porque sea tu cumpleaños —se adelanta.

Niego con la cabeza. E incluso se dibuja una sonrisa en mi cara.

—Si Dylan se marcha, también lo haré yo.

9

CUANDO CREES QUE VAS UN PASO POR DELANTE DE UN DELINCUENTE, ÉL TE HA ADELANTADO HACE TIEMPO

Dylan

Zack me encuentra en la playa al final de la mañana. Sin decir nada se sienta a mi lado. Saca un lote de seis birras y abre dos de ellas con ayuda de un abridor. Me tiende una y él le da un trago a la suya. Dejo la mía sujeta en la arena. No quiero beber. No quiero convertirme en Agus. No quiero ser él. Y… mucho menos ahogar mis penas en una puta botella de alcohol.

Cuando me meto de lleno en mis pensamientos doy miedo. Soy capaz de lo impensable para que los recuerdos dejen de golpear mi jodida cabeza una vez tras otra. Creo que ese fue el punto de unión con Natalia y su historia. Ella vive por olvidarlos y yo muero por revivirlos.

Ambos compartimos algo: necesitamos que desaparezcan cuanto antes.

Cuando estoy mal acuden a mí para hacerme sentir aún peor. En todos aparece mi madre, siempre es la protagonista. Serena Evans es la primera mujer que me rompió el corazón. Y duele saber que el apodo que tenía para ella es mamá. Duele saber que ha sido capaz de rehacer su vida sin mi padre, sin mí. Que para ella tan solo hemos sido parte del camino hasta alcanzar lo que realmente quería, la cima de su profesión, esa a la que yo mismo aspiraba y a la que renuncié cuando descubrí los entresijos de los altos cargos.

—Natalia se ha quedado preocupada. Me ha costado convencerla de que no viniera conmigo. Aunque no puedo asegurar que no me haya seguido... No sabía cómo ni dónde te encontraría, si llorando, borracho, en una fiesta a veinte kilómetros de aquí o planeando el asesinato de un director de cine. Y he de decir que si lo último aún estuviera en tus pensamientos...

—Estaríamos a un paso de ser los presos más atractivos de Canadá, colega —bromeo, sin sonreír.

—Dylan Brooks Evans —me nombra, haciendo énfasis en mi segundo apellido, el de soltera de mi madre, que aquí nadie usa. Yo lo miro con la ceja arqueada—. Agus me ha pedido que acudiera a su despacho, y después de hablar conmigo me ha obligado a prometerle que no te diría nada, pero nunca he sido un experto guardando secretos. Por eso mi madre me llamó Zack y no «Guardián de los secretos». —Contengo una risotada y él se da por satisfecho al sacarme una sonrisa—. Me ha pedido que organice una fiesta de cumpleaños sorpresa para Natalia. No quiere que tú lo sepas...

Me vuelvo repentinamente y lo zarandeo. Zack abre mucho los ojos.

—¡¿Mañana es su cumpleaños?! ¿Por qué no me has dicho nada?

Lo suelto, pero le sostengo la mirada amenazante.

—¡Yo tampoco lo sabía! —exclama.

Me tranquilizo un poco y, cuando ve que clavo la mirada en el horizonte, añade:

—Además, no es mañana. Es hoy.

Mi padre solía decir que las personas contamos de nosotros lo que queremos que los demás sepan. Ni más ni menos. Me he pasado toda la vida evitando hablar de mi madre, del día de Año Nuevo y de lo que aquel episodio significó para mí. Tal como hace Natalia con su padre. La diferencia es que ella supo canalizar el dolor y convertirlo en arte. Yo sigo buscando la manera de hacer algo bueno con toda esa montaña de mierda que me acompaña allá donde voy.

Apoyo la palma de la mano en la arena para levantarme, pero Zack me retiene.

—¿Crees que será buena idea organizarle una fiesta? —me pregunta.

—Habla con Lara, es su mejor amiga. Es la única que puede ayudarnos —le digo.

—Supongo que sería lo mejor, pero estoy enfadado con ella, o eso le he dicho para que me deje en paz —murmura.

Con la mirada me pide que no me vaya, así que froto mis manos para deshacerme de la arena y me siento de nuevo a su lado. Agarro la birra y le doy un trago. La vida puede esperar.

—No quiere una relación abierta, Dylan. Y yo tampoco…, aunque eso signifique poner punto final a mi historia con Lily. Pero no puedo retener a Lara a mi lado…

¿Por qué?

—¡Le estaría mintiendo! —exclama—. Me gusta mucho, joder. Pero…

—Hay alguien que te gusta más —lo interrumpo—. Y, por lo que intuyo, tampoco es Lily. ¿Quién es entonces? ¿La conozco?

No responde.

—O sea, que es de California. ¿Es eso?

—Déjalo, Dylan. No quiero hablar de ello —se limita a decir.

—No somos robots; no elegimos de quién nos enamoramos.

—¡Yo sí que puedo! —grita alterado.

Lanza el botellín vacío sobre la arena y abre otra cerveza. Se la lleva a los labios y la termina de dos tragos. Después, aprieta los ojos con fuerza y a continuación los abre. Conozco la mirada de los borrachos. Y él lo está. Me ofrece otra, pero declino su oferta. En cambio, él todavía cree que puede beber más y abre una nueva.

—Quizá tengas razón, Brooks. No puedo elegir de quién me enamoro, pero sí a quién olvidar. Y si para querer a una persona tengo que olvidar a otra, acepto los riesgos.

—¿Qué riesgos? No estamos en una película de mafiosos —digo soltando una risotada—. Solo habrá consecuencias y ninguna será buena. Tú serás un infeliz. Le romperás el corazón a una inocente chica. Y Natalia te querrá matar porque esa chica es su mejor amiga.

—Natalia me querrá matar independientemente de que le rompa el corazón a Lara.

Se frota la cara con frustración y clava sus ojos en los míos. Nunca me ha mirado así, como si fuera a abalanzarse sobre mis labios en cualquier momento. Repasa mi boca de un extremo a otro y niega con la cabeza rápidamente.

¿Qué ha sido eso?

—Las dudas, Dylan. La enfermedad no investigada por la ciencia que más hace sufrir al ser humano. —Suspira, dramatizando—. ¿Nunca te has sentido atraído por un amigo?

—Eh… esto… no. —Me limito a decir.

—¡Qué suerte la tuya, compañero! —grita pasándome un brazo por encima de los hombros. Me observa el rostro muy de cerca, con una sonrisa tonta—. Lara merece que la quieran y Natalia también. Pero de eso ya te encargas tú, ¿no?

Frunzo el ceño.

Las pequeñas piedras que antes se clavaron en la palma de mi mano ahora hacen surcos en mi corazón. Dejo de mirarlo a él y hundo la mirada en el mar. Es de color azul, como los ojos de Zack. Y, si observo el paisaje en diagonal, veo el bosque, verde, como los ojos de los hermanos Jones. Odio a Ulises por lo mismo que Eneko me odia a mí. Y no puedo evitar sentirme una mierda. Porque el mismo dolor que siento en mi interior al pensar que cualquier persona que se acerque a mí me va a traicionar tal como hizo Ulises, Eneko lo siente también porque fui yo quien instaló esa inseguridad en él.

—¿Te gusta… Natalia? —me atrevo a preguntar.

Zack abre los ojos y traga saliva con dificultad. Entreabre la boca y comienza a respirar de forma agitada. Se acerca la cerveza a los labios, le da un último trago y la suelta. Más tranquilo, con los ojos entornados y la mandíbula en tensión, me mira.

—No.

—Prométemelo.

Zack no responde. Mira de un lado hacia otro, frunce el morro y, en un abrir y cerrar de ojos, coloca sus manos a ambos lados de mi rostro y acerca su boca a la mía, haciendo que nuestros labios choquen entre sí. Me quedo bloqueado, con los ojos muy abiertos observando los suyos, cerrados. Estoy besando a Zack.

¡Estás besando a Zack!

Se aparta con brusquedad, agachando la cabeza. No tengo capacidad de reacción y lo único que se me ocurre es preguntarle:

—¿Me acabas de besar?

Zack me mira con las cejas en alto. Da la impresión de que él tampoco da crédito a lo que acaba de suceder. Me aparta la mirada y deja escapar una sonrisa tonta.

—Y tú pensando que la que me gustaba era tu futura chica...

No sé qué contestar.

—Siento si te ha molestado... No quería incomodarte.

Tras unos minutos en silencio, agacho la cabeza y murmuro:

—Lo siento.

Zack, que se encuentra tumbado en la arena con las manos sobre el pecho, tira de mi brazo y me hace caer a su lado. Sus largos mechones rubios me acarician la mejilla. Comenzamos a reírnos.

—Me gustaría conocerte, Dylan. Pero no me dejas.

—Yo tampoco sé nada de ti —le digo.

—Ya, pero mi vida no ha sido tan interesante. Tú te has peleado con un narco.

Cojo aire profundamente y lo suelto de golpe.

Está borracho. Mañana no se acordará de nada. Con suerte tampoco recordará el beso.

—Mi madre y Gia eran muy amigas, íntimas; mi padre y Agus también. Los cuatro ingresaron en el cuerpo de policía de Nueva York, ellas patrullando y ellos formando parte de la secreta. Mi madre fue la única que llegó a ser un alto cargo. Gia presentó su dimisión cuando mi madre se fue de casa. No quería compartir ni espacio ni tiempo con ella. Mi padre pidió el traslado de comisaría, pero mi madre no se lo concedió. Por un lado, fue mejor.

»Más tarde se destaparon chanchullos, crímenes sin resolver, mentiras y movimientos extraños de dinero de los que mi madre se quedó fuera porque Agus dio la cara por ella. Ella viene de una familia de policías, el resto no. Supongo que… Bueno, pese a tener las espaldas bien cubiertas, también tenía una reputación que cuidar. Los primeros años sin ella Agus y Gia adoptaron el papel de padres conmigo. En realidad, Gia siempre ha sido una segunda madre para mí desde que la de verdad dejó de ejercer el papel principal. —Hago una pausa para encenderme un cigarro. Le doy una calada y expulso el humo—. Pillé a Agus y a mi madre juntos, por primera vez, una noche volviendo de fiesta. Gia había volado hasta su ciudad natal, Weston, en Florida, porque su madre había fallecido. Perdí las llaves por culpa del alcohol y no tenía forma de entrar en casa. Fui hasta el apartamento de Agus para pedirle el llavero de repuesto, pero cuando llegué a la esquina de su calle vi a mi madre de su mano, besándolo en la puerta.

»A raíz de aquello me volví loco. Creo que por unas semanas llegué a perder la cabeza por completo. Los seguía allá donde fueran. Usé la tecnología de la policía que mi padre aún guardaba por casa para acceder a sus teléfonos. Una vez logré recabar las pruebas suficientes, dejé de usar el dispositivo. Y marqué distancias con él, sin que Agus se diera cuenta, obviamente. No quería hacerles daño, solo descubrir la verdad, esa que ella no había tenido valor de contarme.

—Si alguna vez necesito un agente secreto, ten por seguro que te pediré presupuesto.

—No debería haberte contado todo esto.

—Si te arrepientes, siempre podemos culpar a la cerveza —comenta con tono burlón, mientras levanta su lata y la choca con la mía—. Por nosotros, colega.

—Por nosotros.

Ladeo la cabeza y lo observo con detenimiento. Tiene los ojos clavados en el azul del cielo. Pienso en la última vez que estuve así con Ulises. Con Eneko. Las noches de videojuegos, música y azotea.

Cuando mi padre se dormía subíamos al tejado y mirábamos las estrellas. Eneko siempre se ponía a llorar. Decía que la que más brillaba era su madre, que murió en el parto de ambos. Pese a ser mellizos, Ulises no pensaba igual. Guardaba rencor a su madre. Por darle la vida y perder la suya. Si algo teníamos en común era que la persona que más deberíamos de querer nos había roto el corazón en cientos de pedazos. Ulises transformaba todo eso en colores sobre el lienzo. Eneko en música. Y yo… solo me quedaba el saco de boxeo, ese al que acudía cuando los dos se dormían en la cama supletoria de mi habitación.

—Dylan…, es tarde. Debes dormir —decía mi padre.

—Diez minutos más —respondía yo, embistiendo con fuerza el saco.

Él se acercaba hasta mí en silencio. Y me abrazaba por detrás, provocando que cayéramos al suelo de rodillas. Siempre el mismo gesto, las mismas palabras. El mismo beso en la coronilla.

—Eres más fuerte de lo que crees.

—No quiero ser fuerte. Necesito que vuelva.

—Algún día volverá, hijo, pero ya no estarás ahí para ella.

Ojalá pudiera decir que así es, pero no estoy tan seguro.

—¡Lo olvidaba! Natalia me ha dado un papel para ti —dice Zack de pronto, alejándome de mis pensamientos.

Me incorporo de golpe.

—¿Y me lo dices ahora?

Zack no responde, está muy ocupado buscando en el bolsillo de su pantalón. Cuando por fin lo encuentra, me lo entrega, aunque con una condición:

—No le digas que has llegado tarde a la cita por mi culpa. Y, por favor, no le digas que te he besado.

¡Una citaaa!

Quiero estrangularlo.

Si lo estrangulas llegarás tarde a la cita…

Nos metemos por calles que no conozco porque Zack no recuerda dónde ha dejado el coche. Cuando por fin lo encontramos, lo agarro de la capucha y lo lanzo al interior, justo en los asientos traseros, pero, mientras arranco, Zack se cuela rápidamente en el asiento del copiloto. A la vez que conduzco, leo el papel con cuidado de no apartar del todo la vista de la carretera. De seguido miro la hora y descubro que ya llego media hora tarde. Ahora sí que quiero hacerlo desaparecer. Cuando me encuentre con Natalia le explicaré lo sucedido y lo entenderá, pero ahora solo quiero que Zack deje de cantar. Toqueteo los botones de su coche y me regaña, incluso me pega un manotazo, pero necesito poner música si quiero llegar cuerdo a mi cita.

—Por favor, no se lo digas —me suplica, y subo el volumen de la música para no escucharlo—. ¡Se enfadará conmigo! Y suficiente tengo ya...

—¡Dejas mucho que desear como amigo!

—¡Tampoco le digas que sabes por mí que le gustas! —grita, cuando la canción termina.

Zack se da cuenta de lo que ha dicho e intenta cambiar de tema, pero lo he escuchado perfectamente. Y no puedo dejar de sonreír.

—Joder... Ahora será más complicado olvidarla... —se lamenta y, a continuación, se pone a llorar, pero al instante rectifica—: Olvidarte será complicado si os veo juntos de la forma en la que me gustaría estar a mí.

Lo miro de reojo con el ceño fruncido. No sé qué pensar. Está borracho, no sabe lo que dice. O eso espero.

—No soy bueno guardando secretos... —reconoce.

Dejo a Zack en su calle, pero no lo acompaño hasta su casa. Espero que no se caiga por las escaleras. Lo ayudaría a subir, pero tengo algo más importante que hacer. Llamo a Natalia y pongo el manos libres. A la primera no me lo coge, supongo que se estará haciendo la dura. A la segunda descuelga y no dice nada, solo suspira. Voy a explicarle que ha sido una tarde muy larga y que Zack estaba borracho, que una cosa ha llevado a la otra y...

—Por lo menos te ha dado mi nota. No confiaba en ello.

No parece enfadada.

—En cinco minutos estaré en tu portal. Espérame abajo.

—¿Qué?

Cuelgo. Me gustan los cumpleaños que no me tienen a mí como protagonista y también dar sorpresas, aunque tengo poco margen de improvisación. Paso por delante de una floristería, pero está cerrada. La tienda de regalos, también. Y, si soy sincero, no sé su talla de ropa, así que no me arriesgo. Cuando estoy llegando a su calle suena una canción en la radio. Centro mi atención en la música. Suena igual a la que sonó la otra noche en la radio del bar. Natalia confesó que pertenecía al nuevo disco de su cantante favorito. Es una locura, porque la conozco desde hace relativamente poco... Pero decido hacerlo, igual podría morir mañana y siquiera tendría tiempo para arrepentirme de no haberlo hecho cuando pude.

Aparco el coche a la vuelta de su calle y saco el móvil en un movimiento rápido. Las manos apenas atinan, estoy demasiado nervioso. Respiro profundamente tres veces y me digo a mí mismo que yo puedo. Introduzco el nombre del cantante en el buscador y accedo a la página oficial en la que aparecen sus conciertos. En todos y cada uno de ellos las entradas están agotadas. Maldigo mi vida y, de pronto, la luz viene a mí, literalmente.

Eneko acaba de escribirme un mensaje. Quiere saber qué tal me va, ha visto el anuncio de la película. Se alegra por mí. ¿Ya no está enfadado conmigo? Lo mejor será que lo llame.

—Con contestarme a los mensajes, sobra —dice, con chulería.

—Yo también me alegro de hablar contigo, Eneko —ironizo.

Él suspira. Todavía me guarda rencor.

—¿No me vas a preguntar qué tal estoy? ¿De verdad me vas a pedir un favor sin mostrar un mínimo de amabilidad, Brooks?

—No quiero pedirte... —Decido no continuar la frase cuando él carraspea. Pongo los ojos en blanco y voy al grano—: Necesito que me consigas entradas para un concierto de Harry Styles. Donde sea. Te haré una transferencia a tu cuenta.

—Conque... tu nueva amada tiene buen gusto musical —se limita a decir—. No querrás que tire de contactos, ¿no?

—¿Puedes conseguirlas sí o no?

—Veré qué puedo hacer y si desde la productora me pueden conseguir un par. Me gusta ayudar a las personas a reintegrarse en la sociedad —bromea.

—Gracias —respondo, porque sé que es justo lo que quiere escuchar.

Eneko hace una breve pausa.

—¿Te gusta de verdad?

—Sí.

—¿Es un sí parecido a los de Ulises cuando afirma que ha dejado las drogas? ¿O de los sinceros?

—No me compares con tu hermano.

—Tenéis más en común de lo que vosotros creéis. Al final, el único que no ha traicionado a sus amigos soy yo.

—¡Yo pensaba que lo habíais dejado! Ya te lo he dicho mil veces —grito.

—Lindo patito…, intenta no dar más pena. Te haré el favor, solo si respondes a mi pregunta. ¿Cómo está tu padre?

Silencio. No quiero responder.

—Dylan, contesta —mascula.

—Llevo tres semanas sin hablar con él. Supongo que está bien.

—¿Supones? ¡Cuando ya no lo tengas contigo te arrepentirás!

Y me cuelga.

Apoyo la frente en el volante e inspiro profundamente. Tengo que controlar mi ansiedad. Natalia aparecerá en cualquier momento, y no quiero que me vea así; el día de su cumpleaños no. Suficiente espectáculo ha presenciado hoy durante las grabaciones. Pero no puedo remediarlo y el cosquilleo previo al estallido de emociones acumuladas se apodera de mis talones. Cierro los ojos con fuerza y contengo las lágrimas. ¿Padre? ¿A quién llama padre? ¿Al mismo que me lleva mintiendo toda la vida? Debería de estar allí, con él, a su lado, en uno de los momentos más complicados de la vida, la enfermedad, como él ha hecho siempre conmigo. Pero no puedo. Todavía no. No estoy preparado para despedirme de él y lo que eso significa. Quedarme solo en el mundo. Tal como me quedé aquella Nochevieja bajo el frío cielo estrellado de la Gran Manzana.

Arranco y, al entrar en su calle, veo a Natalia en la puerta de su edificio. Se acerca al coche cuando aparco en doble fila y ocupa el lugar del copiloto. Me saluda con media sonrisa y tengo que contener mis ganas de darle un beso de película como el de estos días en escena. La excusa de que es su cumpleaños es buena, pero no lo suficiente.

—¿A dónde vamos? —pregunta curiosa, mientras le echa un vistazo al coche. Agarra el adorno que cuelga del retrovisor, una tabla de surf—. ¿Es el coche de Zack?

—Sí, aparcar el suyo e ir a por el mío hubiera requerido más tiempo. Y ya llegaba tarde a la cita. —Intuyo no haber acertado con la palabra cuando la veo mirarme con la ceja arqueada—. O sea, a tu invitación de salida como amigos.

Se ríe. Voy por buen camino.

—Respecto a tu pregunta… No tengo un sitio pensado como tal, pero ya que te has puesto muy guapa para la ocasión… —Con algo de chulería, le hago un repaso con la mirada; ella se sonroja. Tengo que disimular mis nervios. Aún no tengo regalo, dependo de Eneko—, podríamos ir a los recreativos.

Parece que el universo me escucha, porque en mi móvil entra un mensaje en forma de archivo. Aprovecho un semáforo en rojo para consultar el chat. Lo abro y sonrío. Le debo una.

—Pero antes tengo que pasar por este centro comercial —digo mientras aparco el coche en doble fila junto a uno cercano—. Tú espérame aquí, solo tardo diez minutos. Si te aburres, he conectado la lista de reproducción con las canciones de ese cantante que te gusta.

Me da pena perderme su cara de ilusión al escuchar en los altavoces las canciones de su artista favorito. Al fin y al cabo, sentir que te escuchan es una de las mejores sensaciones que puede tener el ser humano, y Natalia no da la impresión de ser una persona a la que la gente escuche sin pedir nada a cambio.

Una vez cruzo las puertas del centro comercial, activo el modo «velocidad extrema». Corro tratando de no chocar con nadie y me salto la cola que hay en la copistería. Los gritos de la gente me retumban en el oído y creo escuchar a un señor llamarme cabrón. Lo ignoro, porque no quiero volverme y gritarle de vuelta. El dueño me mira desde detrás del mostrador asombrado y..., siendo sinceros, algo asustado. Levanta los brazos. Pero ¿qué hace?

¡Cree que lo vas a atracar, Brooks!

Con la respiración entrecortada digo:

—Tengo a la chica que me gusta esperando en el coche. Me acabo de enterar de que hoy es su cumpleaños y todavía tengo que comprar una tarta. Necesito que me imprima...

No he acabado cuando el dueño me arrebata el móvil de las manos y se acerca hasta la impresora. En cuestión de minutos veo las entradas del concierto salir en formato de entrada antigua, con un toque *vintage*. Saco la cartera y, sin preguntar cuánto debo pagarle, pongo un billete de diez dólares sobre el mostrador. A la salida me choco con una señora y ahora sí escucho con claridad:

—¡Cabrón!

—¡Perdón! —grito, sin pararme.

Entro al supermercado y cojo la primera tarta de chocolate que veo. Es demasiado grande para nosotros dos, pero espero que tenga hambre. Nunca es suficiente chocolate y, si sobra, querrá invitarme a desayunar mañana bien temprano. Y ahí estaré yo, en su casa, con la mejor de mis sonrisas.

Enfrente del estante de las velas vuelvo a dudar hasta de mi propia existencia. Las hay de todos los colores, formas, estampados e incluso con bengalas. No me quiero arriesgar y prender fuego al salón recreativo. Recuerdo que le gusta el color rosa, así que recurro a lo fácil y simple. Aunque, espera. No sé cuántos cumple. ¿Dieciocho? ¿Diecinueve? ¿Veinte? ¿Cumple veinticinco años, pero aparenta menos?

Llamo a la primera persona que encuentro en mi agenda de contactos. Es el único que tiene información confidencial aparte de Agus.

—¿Cuántos años cumple Natalia? —espeto, sin dar tiempo a que me pueda saludar. Aron duda durante unos segundos—. ¡Vamos, no hay tiempo que perder!

—Diecinueve.

—Adiós. —Y cuelgo.

Bien.

Cuando llego al coche, después de pegarme la carrera de mi vida, arranco entre jadeos. Natalia me mira asustada. Veo que la he sorprendido, no sé si para bien o para mal, pero dicen que la intención es lo que cuenta. Le guiño un ojo y ella pone los ojos en blanco. Bien. He conseguido que desvíe la atención de la bolsa que he dejado en los asientos traseros. Lo sé porque comienza a tararear la canción que suena.

Si mi regalo no es el mejor en lo que lleva de vida, rozará la perfección.

—Gracias por dedicarme tiempo.

No levanto la mirada de la calzada, pero sonrío. Y ella lo ve, me aseguro de que se haya quedado con esta sonrisa grabada en su retina, porque es la que va a ver siempre que la tenga a mi lado.

—*Fine Line*, mi segunda favorita —comenta de pronto.

—Analizaré la letra.

—No responderé a tus preguntas.

—Vale. —Dudo durante unos segundos. Ella me observa e incluso suspira. Empiezo a creer que pienso en voz alta—. ¿Temes que pueda conocer tu mundo como nadie más lo ha hecho?

—No.

—¿Entonces?

—Temo que no llegues a conocerlo.

La miro con descaro y pierdo el control del volante. Ella grita, histérica. Consigo recuperar la dirección al instante.

Desde que hemos llegado a los recreativos no deja de mover la pierna. No sé si está nerviosa o, por el contrario, la ansiedad se está adueñando de su cuerpo. Esta vez decido no actuar, no quiero agobiarla. Ni que salga corriendo. La dejo sola cinco minutos, lo que tardo en acercarme a la barra para pedir un refresco, pero cuando regreso no está. No hay ni rastro de ella. Ni siquiera se ha llevado la bolsa con la tarta para curiosear qué hay en su interior.

Le doy la espalda al camarero mientras me grita el importe que he de pagar. Lo ignoro, estoy entrando en pánico. Es imposible que haya huido, no el día de su cumpleaños. Hago memoria para averiguar si he dicho algo que haya podido molestarla, pero no soy capaz de pensar con claridad. Además, podría haber sido cualquier cosa, a veces actúo como un capullo sin darme cuenta.

Cada vez avanzo más deprisa y mis zancadas son más grandes. Necesito encontrarla cuanto antes y llamarla al móvil no es una opción; si ha huido, no creo que se pare a responder.

Después de media hora de búsqueda exhaustiva la veo a lo lejos. Está sentada en un banco, alejada de todo, en el aparcamiento del centro comercial donde están los recreativos.

La tarde está en su apogeo, aunque las nubes apenas dejan ver el sol. Jamás hubiera buscado aquí si no fuera porque no me quedaban más lugares en los que mirar.

Me acerco a ella por la espalda y le escribo un mensaje avisando de mi llegada. No quiero que se asuste. Natalia se vuelve para asegurarse de que digo la verdad y cuando llego no me mira a los ojos, simplemente espera a que ocupe un lugar a su lado para murmurar:

—Todo es mi culpa. Siempre ha sido así. No hay día que no lo estropee todo.

No puedo dejar pasar ni un solo minuto más sin tocarla. Lo hago con delicadeza. Me siento a horcajadas en el banco, con las piernas abiertas hacia ella, coloco la mano en su brazo y tiro de ella hacia mí. No parece molestarle, pues consigo sacarle una sonrisa cuando hundo un dedo en sus costillas. Apoya la cabeza en mi pecho por voluntad propia y la rodeo con mis brazos. Pego mi nariz en su frente y finalmente le propino un beso cálido. Huele jodidamente bien. Dedico unos segundos a analizar su perfume.

—¿Qué ha pasado ahí dentro? ¿Alguien te ha dicho o hecho algo?

—No siempre es necesario involucrar a terceras personas para que algo en mí vaya mal. Me basta con pensar de más. —Escucho su voz quebrarse—. He intentado controlar lo que estaba sucediendo en mi cabeza, pero de nuevo me ha vencido. No sé si han sido los sonidos de las máquinas tragaperras del bar de enfrente, el olor de la cerveza que tomaban los de la mesa de al lado o que, de pronto, me he visto sola y he imaginado qué pasaría si, de repente, el monstruo decidiera aparecer. —En su mirada descifro el dolor—. Me digo que soy fuerte, pero mis miedos hacen que me sienta débil.

—Ser fuerte no significa que nada te haga daño, sino todo lo contrario.

—Llevo toda la vida soñando con este momento. Toda la jodida vida pensando en el momento de perderlos de vista, Dylan. La primera vez que deseé amanecer en la otra punta del mundo tenía cuatro años. Cuando se lo conté a mi profesor me dijo que llegaría lejos, muy lejos. Y no se equivocaba, pero era complicado creer en una persona cuando después había otra diciéndote lo contrario. Ahora que tengo en mi mano todo lo que siempre he querido, no sé qué hacer con ello. Porque no consigo separarme del dolor.

—Los humanos tendemos a pensar en lo complicado que es enfrentarse al caos, pero nadie habla de la complejidad de la calma después de la tormenta.

Quiero dar tiempo para que ella analice mis palabras y responda, pero me adelanto para añadir:

—Ahora mismo tu cabeza es la zona de la ciudad más devastada por un tornado que se lo ha llevado todo a su paso. Ha dejado muchas casas sin techo, otras las ha hecho desaparecer, los árboles han perdido las hojas, los coches han quedado irreconocibles, los cristales han reventado y el pánico se ha adueñado de la población. Una vez el tornado ha desaparecido, los daños siguen ahí. Y el silencio de la tranquilidad da más miedo que el ruido de la tempestad. Hay mucho por construir, arreglar y asimilar. Con el tiempo tu vida vuelve a ser la de antes, con la gente de siempre y sus costumbres. La calma vuelve a ti, pero nadie te asegura que un nuevo tornado no arrase con todo como ya pasó antes. En ese momento tienes que decidir si merece la pena quedarse ahí y esperar sentada a que el caos más absoluto se repita o buscar una zona en la que los desastres naturales no se lo lleven todo por delante.

—¿Estarías dispuesto a acompañarme? —pregunta, sin dar contexto.

No puedo decirle que sí, que la acompañaría al fin del mundo con tal de verla sonreír. No quiero parecer desesperado y tampoco nervioso, pero noto la boca muy seca y el corazón latiendo muy deprisa.

Ella deja escapar una carcajada.

Eres patético, Dylan Brooks.

—Ni que te acabara de pedir matrimonio, tranquilízate.

Joder, joder, joder, su mano me está tocando la rodilla. Creo que no he sentido tanto placer en mi vida, porque ese gesto significa que entre ella y yo ya no existen los límites. El contacto cero ha desaparecido y yo no sé si voy a poder contener las ganas de besarla mucho tiempo más.

—Solo quería saber si puedo contar contigo. No me gustaría enfrentarme a la calma sin alguien de confianza a mi lado que pueda sostenerme en caso de que todo vaya mal, regañarme cuando esté a punto de tomar una decisión incorrecta y celebrar los logros a medida que vaya avanzando.

—Estaré a tu lado, morena —le digo, convencido—. Aunque… si me quieres pedir matrimonio…, no seré yo el que te lo impida.

—No te flipes —espeta, con chulería.

El silencio se adueña de nosotros. Es el momento. Debería besarla, pues mira mis labios con deseo, pero no me atrevo. Por primera vez, no tengo capacidad de reacción. La parte lógica del cerebro trabaja con mayor velocidad que mis movimientos. Así que aborto la misión. Paso al regalo. Sé que tengo que hacerlo, que le tengo que dar el sobre con las dos entradas para el concierto. Ahora mismo solo deseo que nunca lo haya visto en vivo y en directo, porque necesito ver sus ojos brillar al cumplir uno de sus sueños.

Meto la mano en la bolsa de plástico y la vuelvo a cerrar rápidamente. No puede ver que escondo una tarta de grandes dimensiones, todavía no. Ella me observa con el ceño fruncido, pero descarto que sospeche de mis movimientos. No quiero continuar con la intriga, así que, sin decir palabra, le entrego el sobre.

—¿Qué es? —pregunta, muy confundida.

Lo sostiene entre sus dedos con delicadeza.

—Descúbrelo.

—Como sea una foto guarra...

—¿Qué? ¿Por quién me tomas?

—Quedas advertido —dice amenazante.

Natalia levanta la solapa del sobre y, con la ayuda de la mano que le queda libre, saca las dos entradas con dos dedos en forma de pinza. En el papel impreso se puede ver el nombre del artista, la fecha, el lugar y una foto promocional. No dice nada. Solo mira el papel con la boca entreabierta. Ni siquiera pestañea. Y temo que en cualquier momento caiga al suelo redonda. Pero de repente me mira. Y vuelve a mirar el papel. Y me vuelve a mirar. Y así en bucle. Quiero preguntarle si le ha gustado, pero no soy lo suficientemente valiente como para arriesgarme a escuchar un no como respuesta.

—Dylan...

Es la primera vez que murmura mi nombre de esa forma. Ha dejado correr las letras por sus labios como si fuera agua. Necesito que pronuncie mi nombre una y otra vez más, porque solo así conseguiré olvidarme de todos los malos recuerdos que lo acompañan. Porque solo así conseguiré olvidarme de la persona que me llamó así al nacer.

—Feliz cumpleaños, flequillitos.

—No me lo puedo creer, no puedo, no...

¿Se va a desmayar? No, se levanta del banco de un salto y se abalanza a por mí para darme un gran abrazo. Sus brazos rodean mi cuerpo con fuerza.

—¡Te lo compensaré! ¡Te lo aseguro! ¡Joder, Dylan! ¡Es el mejor regalo que me han hecho nunca! —emite un grito de emoción e impacta sus labios contra los míos. Joder, segundo beso del día. Al apartarse, abre los ojos aún sorprendida por lo que acaba de suceder e intenta salir del paso exclamando—: ¡No te arrepentirás de haber elegido ser mi amigo!

Ja, ja, ja, ja. ¡Qué pringado!

«Amigo».

Porque si existen mil formas de matar a una persona, ella ha elegido la más dolorosa de todas. No puede parecer que me afecta, no ha dicho ninguna mentira. No sé si es consciente de lo que ha ocurrido, creo que sí, porque al instante se separa de mí y se sienta a mi lado de nuevo.

No quiero decir que con esto se acaba de activar el lado más capullo que escondo, pero así es.

—¿Cómo dices que me lo vas a compensar?

Natalia pone los ojos en blanco y vuelve a mirar las entradas. Puedo notar su ilusión desde la distancia. Solo espero que ella no pueda notar mi decepción. No pretendía escuchar algo diferente, un morreo o una reacción fuera de lo común a lo que es ella conmigo, pero supongo que, a veces, simplemente tienes que conformarte con imaginarlo y soñar con ello hasta que parezca verdadero, para luego volver al mundo real y aceptar que la única forma de querer y que me quiera, hoy en día, es siendo eso, amigos.

Ni siquiera me paro a pensar que sus labios han rozado los míos.

—Amigos —susurro, con frustración.

Se limpia una lágrima antes de que corra por la piel de su mejilla y me mira. Ojalá no le brillaran los ojos por esto.

—Ha sido el mejor cumpleaños de mi vida.

—Todavía queda la tarta —le digo, con una sonrisa.

Lo único que podía endulzar el momento es una dosis extrema de bizcocho con diferentes tipos de chocolate en la que hundiría el morro si no tuviera una imagen que guardar.

Le agradezco que haya decidido pasar por alto que Zack se fuera de la lengua. No creo que sobrio lo hubiera largado. Y no se merece que Natalia se enfade con él por esto. Porque Zack haría lo que fuera por ella. Para cuidarla. Por verla feliz. Y eso me aterra y tranquiliza a partes iguales. No porque pueda estar enamorado de mí, sino por la posibilidad que hay de que sienta algo por ella.

—Pide un deseo —digo, tras encender las velas.

Ella duda durante unos segundos, respira profundamente, cierra los ojos, frunce los labios y expulsa todo el aire de sus pulmones. Se aplaude a sí misma y deja de hacerlo cuando me río.

—¿Qué has pedido?

—Si te lo digo, no se cumplirá.

—Si no tuviera miedo a llevarme un guantazo, te besaría.

—Ni siquiera he pedido un beso como deseo.

No puedo reprimir mi gesto de desilusión.

—No sería tan estúpida como para pedir solo uno, teniendo la oportunidad de besarte toda la vida.

EL MONSTRUO DE LAS PESADILLAS
(5)

Seis años

Me despierto y aún con legañas en los ojos corro a consultar la fecha en el calendario. Es 28 de junio, mi cumpleaños. Anoche no me hacía especial ilusión que la mañana llegara, pero ahora no puedo dejar de saltar. Que este día caiga en vacaciones de verano es un hecho muy simple pero que me hace sonreír.

Abro la puerta de mi habitación y salgo al salón gritando. Al llegar, mamá me llena la cara de besos. Tengo besos hasta en los brazos. Y no dejo de reírme, porque sus manos me hacen cosquillas. Sobre la mesa de la cocina alcanzo a ver una tarta, pero mamá no me deja probar un trozo para desayunar y finjo estar molesta, a ver si con suerte consigo convencerla con mis encantos. No funciona. Me prepara la leche en el microondas y cuando tengo la taza delante de mí le echo cuatro cucharadas de ColaCao. El hueco de la taza ocupa toda mi cara, tengo que agarrarla con las dos manos para que no se caiga y derrame todo el contenido.

Mamá me enseña las velas. Son de color rosa. Muy bonitas. Son muy yo. Ha comprado el número seis y una caja de velas con las letras que forman las palabras «Feliz cumpleaños».

Quiero abrir los regalos ya, jugar con mis primos y ver a mi familia, pero todavía queda mucho.

Después de comer, mamá saca una bolsa llena de globos deshinchados de todos los colores y formas. En esta ocasión elijo un popurrí que al hincharlos forman un corazón. Mamá sopla. Yo me ayudo de la bomba de aire.

La música que suena desde hace unas horas y que nos hace bailar y cantar deja de sonar cuando el monstruo de las pesadillas entra por la puerta de la calle, da un portazo y va directo a pulsar el botón de «Pausa» en el altavoz.

Mamá me hace un gesto para que agarre el plato de chuches y lo deje sobre la mesa grande del salón. Cuando lo hago, el monstruo de las pesadillas se acerca a mí y me revuelve el pelo con suavidad.

—Felicidades —dice, y sonrío, porque esta vez no me ha insultado. Me fijo en su ropa. No viste como de costumbre. Parece arreglado. Y huele bien, a perfume. Me gusta. Hoy no huele a alcohol, tampoco tiene la piel roja, ni se cae hacia los lados cuando camina. Me gusta esta versión suya.

La tarde no ha hecho más que empezar cuando llaman al telefonillo. Mientras mis familiares suben por las escaleras, el monstruo de las pesadillas me coge en brazos y mamá saca la cámara de fotos para inmortalizar el momento.

En la mesa tengo al lado a mi abuelo. Es el padre del monstruo, pero no se parece a él. Porque su hijo en ocasiones da miedo, y él no. Su hijo a veces me trata mal, y él no. El monstruo no juega conmigo, y el abuelo sí. Es la madre del monstruo quien le toma el relevo a su hijo y, tras soplar las velas, cuando voy a clavar la cuchara en la tarta para llevarme el segundo trozo a la boca, me dice en un susurro:

—No comas más, estás gorda.

Y, aunque quiero comer la tarta que mamá ha comprado para mí, me excuso en que no tengo hambre cuando mi abuelo me pregunta. Deslizo los ojos hacia mi cuerpo en un par de ocasiones. No siento mis brazos voluminosos. Incluso me levanto la camiseta para ver mi tripa. Mi tía, la hermana del monstruo, me hace cosquillas en las costillas y me río, aunque eso no consigue que olvide lo que acaba de suceder.

Todo el mundo actúa normal, pero mi mente no deja de trabajar. No entiendo por qué me ha dicho eso, pero cuando se lo digo al monstruo en un susurro, con la esperanza de que me anime a disfrutar de mi fiesta y de mi tarta, me contesta:

—No digas tonterías, nadie te ha dicho eso. Estás loca.

Y no sé lo que significa «estar loca», ni si es algo bueno o malo, pero si él dice que lo estoy, lo creo.

El último regalo que abro es el de mamá. El monstruo dice que también es suyo, pero cuando lo abro parece igual o más sorprendido que yo. Aunque su ceño fruncido me hace pensar que no está sorprendido, sino enfadado.

Le pido a mi madre que me abra la caja entre gritos de emoción y saltos de alegría mientras mi familia ríe al verme feliz. Ella se sienta en el sofá y le da sentido al regalo. Monta pieza a pieza con ayuda de mi tío, su hermano, un pie de micro e instala en su cima un micrófono que se enchufa a un altavoz pequeño de color rosa. Mi primo corretea a mi alrededor y me hace rabiar al tirarme de las orejas. Yo hago lo mismo con él.

Me pongo a cantar al dar por hecho que el regalo está completo, pero entonces mamá saca de la caja una guitarra eléctrica.

El monstruo me anima a bailar y cantar mientras la gente permanece en mi casa. Cuando se van, cierra la puerta de la calle y se vuelve para mirarme. Mamá me está haciendo una foto. Sus ojos permanecen inmóviles y avanza hasta mí con paso firme. De una patada tira el pie del micro al suelo y de seguido me quita la guitarra tirando de ella hacia él, haciendo quebrar la correa que pasaba por mi cuerpo, de la que colgaba el instrumento.

Ha tirado tan fuerte que la correa ha quemado mi piel, pero no se lo digo a mamá. Me he encerrado en el baño. Solo puedo llorar si él no me ve. Dice que guarde mis lágrimas, que todavía no sé lo que es tener motivos para llorar. Y yo no sé qué significa, pero me da miedo escucharlo de su boca.

En el espejo acaricio las marcas.

Cuando ya estoy en la cama para irme a dormir le pido a mamá que me vuelva a contar el cuento de las hadas por tercera vez, pero me sonríe y me da un beso en la frente.

—*Buenas noches.*

No quiero que se vaya. No quiero que apague la luz. No quiero quedarme sola. Pero no se lo hago saber, porque el monstruo se apoya en el marco de la puerta. Me mira fijamente desde hace dos minutos y, cuando mamá sale de la habitación, él se acerca y me susurra al oído:

—*¿Has disfrutado de tu día? Quizá sea el último.*

10

RESACA EMOCIONAL, GOLPES BAJOS Y TRAICIONES DAN TÍTULO A MI VIDA

Natalia

Lo primero que hago nada más levantarme es llevarme las manos a la cabeza. Me duele mucho. Creo que nunca me ha dolido así. Me gustaría que fuera porque anoche acabé el día con los chicos del elenco en un bar de copas, pero lo cierto es que salí del rodaje a la hora de la cena y me vine al apartamento. Fue un día duro, tras la discusión de Dylan y Agus por la mañana, mi ataque de pánico cuando quedé con él más tarde y la sorpresa que me dio con su regalo, aún nos quedaba volver al estudio para terminar la grabación que quedó interrumpida por su marcha. Pillé a Zack con las manos en la masa mientras organizaba una fiesta de cumpleaños nocturna, pero le pedí que no lo hiciera. No estaba preparada. No quería celebrarlo. Dylan y Zack se fueron a cenar juntos a nuestro bar favorito, y hasta me enviaron fotos de lo que pidió cada uno para abrirme el apetito y que me dejara convencer por sus súplicas, pero necesitaba estar conmigo.

Lara asegura que en mi interior tengo una batería social que unos días está cargada y que en ocasiones se gasta y solo se puede recargar con soledad. Yo no creo que sea así, porque he comprobado que cuando más llena ha estado, han sido los días que he pasado con Dylan. Juntos. Él y yo. Sin la soledad. No sé cómo ha sido, ni qué tiene él que otras personas no, pero es capaz de hacer que no piense, de invitarme a vivir en el presente y no en el triste pasado, ni en el futuro incierto. Eso significa no escuchar las voces de mi cabeza que me recuerdan todo lo que hago mal, mis defectos e imperfecciones y cada golpe, insulto o abuso que he soportado.

El politono de llamada de mi móvil me hace maldecirlo todo. He estado a punto de derramar la leche. Dejo el brik en la isla de la cocina y corro a por el móvil. Por el camino impacto contra la mesa del salón. ¡Maldito dedo! Doy saltitos de dolor. Cuando alcanzo a ver la pantalla del teléfono, veo una llamada entrante de un número desconocido. La ignoro. Conozco las tácticas que el monstruo de las pesadillas usa para ponerse en contacto conmigo. No quiero caer en su trampa.

¡Joder!

Es la quinta vez que suena la maldita cancioncita. Estoy empezando a odiar el tono de llamada que compré en la tienda de iTunes. A la sexta vez que suena, descuelgo.

—¿Qué? —espeto, con un tono de voz más agudo de lo normal.

Al otro lado de la línea alguien ríe. Es el monstruo de las pesadillas. Un escalofrío recorre mi cuerpo de pies a cabeza y escala por mi espalda hasta llegar a la nuca. Me hace caer de culo sobre el sofá. Y, de repente, no puedo hablar. El dolor del pie ha desaparecido y el de la cabeza pasa desapercibido. No soy capaz de verbalizar mis pensamientos. Y confirmo la peor de mis sospechas: es capaz de adueñarse de mis emociones, mente y cuerpo aun estando a kilómetros de distancia.

—¿Vas a decir algo? O… ¿vas a pasarle el teléfono a ese chico para que te defienda? —Cierro los ojos y cojo aire profundamente. ¿De quién habla? ¿Está hablando de Dylan?—. Deberías avisarlo, Natalia. La próxima vez no tendré compasión. Dile que se mantenga al margen. Y que no vuelva a ponerse en contacto conmigo.

—No sé de qué me hablas —mascullo.

—Ah, ¿no? —ríe sarcástico—. Me ha llamado amenazándome. Cree que estoy allí… y créeme, Natalia, si fuera así, me hubieras sentido.

Me llevo la mano a la cara y me froto los ojos.

Joder, Dylan...

Trago saliva cuando el timbre de mi apartamento suena.

—¿Quién es? Es él, ¿verdad? ¡Ponle al teléfono!

Abro la puerta con un dedo sobre mis labios, indicando silencio. No sé qué hacen aquí tan temprano y sin desayuno que ofrecer, pero eso es lo de menos. Zack y Aron me miran con el ceño fruncido, y el rubio, pese a que parece haberse despertado con ganas de pasarlo bien, deja la mochila de deporte que cuelga sobre su hombro en el suelo y ocupa un lugar enfrente de mí, de pie y con los brazos cruzados. Aron se sienta a mi lado, un poco incómodo. Los dos se miran extrañados, entre sospechas e incertidumbre.

—¡Respóndeme! —grita.

Habla tan alto que Zack y Aron lo escuchan. Es el rubio quien me pide por señas que active el altavoz. Y no quiero hacerlo, porque eso significa contar qué está ocurriendo en mi vida. Pero recuerdo las palabras de aquella jueza que dejó libre a mi agresor por falta de pruebas mientras yo lloraba desconsolada, envuelta en golpes. Zack parece sospechar y usa la grabadora de sonidos del móvil para registrar la conversación.

—¡Que me respondas! —aúlla de nuevo.

—¿Qué?

—¿Quién está contigo?

—Nadie. Ha llamado el cartero —me justifico.

—¿Dónde estás?

—No te lo voy a decir.

—Mi vida, eres un personaje público. Y además tengo tu ubicación. ¿Crees que me sería difícil encontrarte?

El miedo se apodera de todo mi ser. También la ansiedad. Y, en un impulso involuntario, como nunca ha reaccionado mi cuerpo, levanto el brazo y, sin colgar, estampo el teléfono contra la pared de ladrillo. Zack esquiva el terminal con un movimiento rápido y corta la grabación. Aron acerca la mano a mi pierna para consolarme, pero me aparto rápidamente. Siento mi pecho subir y bajar muy deprisa. Y el corazón bombear sangre de forma descontrolada. Mi puño se cierra y mis uñas vuelven a clavarse en mi piel, como de costumbre.

—Cambio de planes, pasaremos primero por el centro comercial a comprar un nuevo móvil —dice Zack, observando el mío hecho añicos—. Tienes fuerza, ¿eh?

—¿Quién era? —inquiere Aron.

Zack le dice algo así como que no es momento de preguntar nada, pero yo lo miro haciéndole entender lo contrario.

Hablar del tema quizá sea el primer paso para pararle los pies a mi ansiedad.

—Era... esto...

No puedo hablar.

—¿Tu padre? —supone.

De un movimiento brusco clavo mis ojos en los suyos. Mi mandíbula se tensa y a él lo veo tragar saliva con dificultad. La nuez de su garganta baja y sube con lentitud.

—No vuelvas a usar jamás esa palabra para referirte a él —le advierto.

—¿Qué quería? —pregunta Aron.

—No lo sé —miento—. Lo único que sé es lo que quiero yo.

—¿Y qué es? —se interesa Zack.

—Alejarme de Dylan.

Dylan

—No puedes ignorarme eternamente —le digo, persiguiéndola por las instalaciones del gimnasio.

He conseguido que se apunte conmigo. Natalia se para en seco y me choco con ella. La gente nos mira.

—Llevas tres días sin dirigirme la palabra. Por favor, ¡dime qué he hecho!

—¡Dijimos que nada de mentiras! —contesta entre dientes.

—No te he mentido.

—¡Llamaste a mi padre! —Se frota la cara con ambas manos—. ¡Al monstruo!

—Yo no he sido —me defiendo.

—Entonces, ¿quién? —pregunta, con los ojos muy abiertos.

En ese mismo momento Zack entra a la sala. Se coloca una toalla en el hombro y camina con sus andares de chulo al lado de Aron, que nos saluda desde la distancia agitando la mano para meterse en una clase. Si Agus se entera de que Aron ahora pertenece a nuestro grupo de amigos, nos matará de uno en uno. Zack llega hasta nosotros sonriendo a cualquier chica que se cruce con él. Natalia lo mira con el ceño fruncido.

—¿Has sido tú?

Zack se queda sin habla.

—¿Has llamado a mi padre diciéndole que eras Dylan?

—Estaba borracho —confiesa atropelladamente.

Tengo que interponerme entre Zack y Natalia para que esta no alcance a agredirlo. Está fuera de sí. Y lo entiendo. Porque yo también quiero pedirle explicaciones, pero no es el momento. No delante de toda esta gente. Los agarro del brazo a los dos y los llevo hasta una esquina. Natalia se deshace de mis dedos haciendo aspavientos.

—¡Maldita sea! ¿En qué estabas pensando?

—No lo sé, no lo sé… ¡Solo quiero ayudar! Y, por lo que veo, no sirve de nada.

Silencio. Ella no habla y yo tampoco.

—Me colé en el despacho de Agus y robé su teléfono de la agenda de contactos. Lily me dijo que Agus y tu padre tenían una relación fluida. Y después de que Lara me contara una serie de episodios que vivió a tu lado en los que él te maltrataba… ¡Joder!

Hija de puta…

Zack le da un golpe a la pared.

Natalia y yo nos miramos alarmados, pero no decimos nada. Él se da cuenta de nuestra mirada, porque pone los ojos en blanco.

—Has tenido tiempo suficiente para decirme la verdad —dice Natalia—. Y no lo has hecho. Has preferido verme hundida al pensar que la persona a la que quiero me había traicionado a aceptar las consecuencias de tus actos.

—Las putas consecuencias, Zack —añado, recordando nuestra conversación en la playa—. ¿A qué esperabas para contarlo? ¡¿A que me mataran?!

Él no responde. Ante su indiferencia nace mi nerviosismo. Me echo el pelo hacia atrás y le apunto con el dedo índice.

—¡Me besaste!

—¿Qué? —interviene Natalia con voz aguda.

—¡Me hiciste creer que era yo la persona que...! —grito—. Por eso no eras capaz de prometérmelo, ¿verdad? —Natalia nos mira estupefacta—. Que te jodan, Zack —mascullo.

Y me voy sacándole el dedo.

Natalia y yo caminamos en el mismo sentido. Ella lo hace cabizbaja y yo con la mirada fija en el saco de boxeo, que afortunadamente está libre. Antes de que se suba en la máquina de correr, le doy un codazo. Me mira. Parece cansada. Triste. Tiene ojeras de no haber dormido en muchos días.

—¿Te apetece darle al saco? Me encanta boxear.

—¿Conseguirá hacerme olvidar?

—No, pero sí descargar emociones. Podemos recuperar todo el tiempo que hemos estado separados.

Natalia asiente y me empuja, divertida, colocando su mano en mi espalda. Cada día me gusta más esa manera tan peculiar que tiene de decirme que le agrada sentirme cerca. Le paso el brazo por encima de los hombros y entrelaza su mano con la mía. Me mira alzando la cabeza y sonríe. Avanzamos hasta la zona de boxeo, no sin antes volver la cabeza para confirmar mis sospechas: Zack nos está mirando con los puños cerrados y la mandíbula en tensión.

Con ella estoy aprendiendo a darle valor a los actos. A olvidarme de esas palabras que no llegan a ningún puerto. Que desaparecen. Que nunca se convierten en promesas cumplidas, sino en todo lo contrario, en un montón de promesas que mueren por el camino y de las que yo he sido víctima y verdugo.

Primero le doy yo al saco. Lo hago durante unos minutos sin descanso. Natalia insiste en sostenerlo, pero le pido que no lo haga. No quiero hacerle daño; cualquier golpe que escape de mi recorrido podría recordarle al monstruo. Y no quiero que algo tan liberador como este deporte la haga sufrir. Ella me mira fijamente.

—¿En qué piensas, morena?

—Lily y tú os conocéis de antes, ¿verdad? Apuesto a que fue aquella vez en la que te mediste en batalla con el monstruo. —Se agacha a coger la botella de agua y le da un trago. Tiene la mirada perdida, pero parece segura de sí misma—. Su comportamiento, los comentarios de Agus, su actitud de matona ante las instrucciones del director, las malas caras a Gia, sus miradas, las tuyas... Lo cierto es que la lectura te da ventaja en el mundo real: aprendes a leer entre líneas.

No respondo. Me quedo estático.

¡Responde, imbécil!

—Entiendo que su odio hacia mí no es porque piense que Zack está coladito por mis huesos, sino porque de alguna manera odia a todo aquel que te quiera a ti. ¿Qué le has hecho, Dylan? ¿Me lo contarás algún día o tendré que averiguarlo yo?

—¿Lily piensa que Zack...?

No termino la pregunta. Natalia me mira con el ceño fruncido, porque para ella eso no es lo importante. No ahora. Finalmente añado:

—¿Cómo lo has sabido?

—No lo sé, Dylan. Gracias por confirmármelo.

Natalia eleva la comisura de los labios con superioridad y me guiña un ojo. Para mi sorpresa no se lo ha tomado mal. Me humedezco los labios y ladeo la cabeza para soltar una carcajada. Esta partida la ha ganado ella.

Tras lo que llamo una demostración de cómo darle al saco, Natalia pone los ojos en blanco y me ayuda a quitarme los guantes para ponérselos ella. Hago el intento de tenderle una mano, pero la aparta. Puede sola. Con ellos puestos, llena los pulmones de aire y suspira. Da saltitos sobre el sitio. No puedo evitar reírme.

—Te ves graciosa —le digo, con una sonrisa que se esfuma al instante cuando Zack aparece detrás de ella. No me mira. Natalia se gira y vuelve a mirarme.

—¿Por dónde íbamos? —me dice.

—No me ignores, enana —le pide, con ternura.

Natalia asiente una sola vez con la cabeza hacia mí indicando que debemos ignorar que el maldito Zack Wilson está taladrándole la oreja.

—¿Me perdonarás? —insiste Zack—. A él lo has perdonado.

—A partir de hoy, para ti tengo nombre. Llámame Brooks —intervengo, agarrando el saco—. Dylan solo me llaman mis amigos, los de verdad.

Él no me mira.

—Zack, deja de arrastrarte —le pide Natalia.

—Respóndeme.

—¿Qué quieres que te diga? ¿Que me lo esperaba de todos menos de ti? ¡Pues así es! —exclama, moviendo enérgicamente las manos. De nuevo, somos el centro de atención—. Dylan me mintió cuando todavía no éramos nada. Tú… eres mi hermano. A ti te abrí mi corazón desde el primer día y has tardado un puto mes en usar lo que me debilita para hacerme daño.

—Solo lo amenacé. No hice nada más.

Natalia ríe sarcástica.

—¿Nada más? Has puesto en peligro a la persona que me hace feliz, con eso basta.

¡Hoy triunfa el amor!

Cállate. Déjame disfrutar de este momento.

—Alguien me enseñó a boxear cuando solo tenía cuatro años —comienza a decir Natalia, cuando Zack se aleja, se coloca los auriculares y se dirige hacia la zona de pesas—. Volvió del trabajo con un saco y unos guantes. Eran de color rojo. Yo me puse supercontenta, era la primera vez que me regalaba algo. Él sonreía y yo no sabía por qué. Decía que quería enseñarme a pelear para que pudiera defenderme. El problema es que era de él de quien tendría que defenderme. Nunca conseguí poner en práctica todo lo que me enseñó.

—¿Estás hablando del monstruo?

Asiente sutilmente.

Perfecciono su postura por la espalda. Pongo las manos en su cintura y ella aprieta el abdomen al sentirme.

—Codos hacia dentro, manos hacia arriba, la izquierda bajo la mejilla y la derecha bajo la barbilla. El mentón siempre hacia abajo, escondido, los pies…

Antes de que termine de explicar los conceptos básicos del boxeo ya ha adoptado la postura requerida. La rodeo y me sitúo al lado del saco. Doy saltitos con la respiración entrecortada, tal como hacía ella antes. Natalia pone los ojos en blanco.

—Tienes que contraer el cuerpo, que tus músculos trabajen… ¡Hay que hacer fuerte a la mente!

—¿Desde cuándo eres Rocky?

Intento mantener la compostura como entrenador, pero es imposible. Río a carcajadas.

—¿Alguna vez has visto las películas? —le pregunto.

—Nunca les he puesto interés.

—¿Y a mí? ¿Has puesto interés al verme boxear?

—Como si viera una mosca revolotear sobre los libros en clase —me dice, con superioridad. Después, baja la mirada hasta mi torso y se relame los labios—. ¿No tienes calor?

—¿Quieres que me quite la camiseta?

—No. La verdad es que no, por eso preguntaba —se burla—. No quiero verte como tu madre te trajo al mundo.

¡Auch! Golpe bajo.

Mi rostro se vuelve serio, aparto la mirada, me quito la camiseta y la tiro al suelo.

—Mi turno —dice con confianza.

El primer golpe es muy suave. La miro con una ceja arqueada como diciendo: «¿Eso es todo lo que sabes hacer?». Agarro el saco con dos manos y lo agito con ímpetu. Los golpes que ahora propina son algo más fuertes, pero no lo suficiente.

—Me gusta esta versión de ti, la que pelea. Dale duro —le digo.

—Al saco se le pega con fuerza, en la cama es donde se da duro, querido Dylan.

No puede evitar sonreír mientras ve que me muerdo los labios.

—Imagina que el saco es él.

—¿Qué? ¿Quién?

—«Él».

Natalia

No muevo ni una sola parte de mi cuerpo. Esta vez no es la ansiedad la que se está apoderando de mí, sino mi autocontrol. No estoy segura de si quiero ceder ante la posibilidad de que Dylan conozca más de mí, pero recuerdo que he sido yo la que le ha pedido que me acompañe en este proceso.

Quizá y solo quizá, limitarme a vivir sin pensar en las consecuencias —porque golpear un saco no me va a hacer sufrir las consecuencias más allá de lo que se conoce como agujetas— sea uno de los pasos hasta aprender a vivir en calma.

Dylan se adelanta. Se aclara la garganta y vuelve a agitar el saco para llamar mi atención. Lo golpea de forma repetida, quiere mantener mi concentración sobre un mismo punto. Doy el primer golpe con la diestra y él muestra un gesto de conformidad. Cuando voy a dar el segundo, freno el movimiento del brazo a mitad de camino.

—Si algo he aprendido estos años es que, cuando crees que vas un paso por delante de un delincuente, él te ha adelantado hace tiempo —digo mientras me desprendo de un guante para acomodarme el flequillo mientras él me observa. Extiendo el brazo para que me ayude a ponérmelo de nuevo—. Tiene mi ubicación, Dylan.

He reventado el móvil, pero teniendo a Agus cerca… es cuestión de tiempo que en mi vida todo vuelva a ser la misma mierda de antes. O peor.

—Peor… —repite, con tristeza en su voz—. ¿Por qué crees eso?

—Porque hasta hace un mes solo tenía que cuidar de mí y ahora saben que la mejor forma de joderme es haciéndome daño a través de ti.

Dylan intenta decir algo. Sus ojos se abren como si en mis palabras hubiera un ápice de esperanza y yo suspiro. Soy consciente de lo que acabo de decir, y no me arrepiento, porque en el fondo quiero que él sepa lo que me hace sentir, pero que no podemos ser. Y también merece saberlo.

—Amigos, Dylan. Tú y yo solo podemos ser amigos.

La frase parece haber sido suficiente, porque él asiente, desvía la mirada, coloca el saco delante de su cuerpo, lo sujeta y vuelve a agitarlo con brusquedad. Con un gesto me pide que regrese al entrenamiento.

—Supongo que ya lo sabes, no me las voy a dar de experto, pero el deporte es un gran aliado para combatir la ansiedad. Usemos este saco como algo simbólico. Pegarle será como ir andando por tu mente destruyendo cada momento malo que la habita.

Adopto la posición y hundo la mirada en el saco.

—¡Pega con fuerza, amiga!

Y no sé si es su charla motivacional, mi intensidad, las ganas por volver a practicar deporte o que me acaba de llamar amiga, pero siento unas ganas horribles de reventar el saco a base de golpes. Y lo hago. Pego con la derecha. Y después con la izquierda. Dylan, entre gritos, me pide que no pare. No puedo evitarlo, imagino que lo dice en otra situación. En una cama. Sobre mi boca. Y de repente me muero de calor.

Cuando cree que he finalizado mi dosis de boxeo, suelta el saco. Ya es demasiado tarde cuando quiero reaccionar, porque mi puño derecho ya ha impactado con fuerza en su cara. Dylan se echa hacia atrás con las manos en la nariz y me mira con los ojos muy abiertos.

—Vaya golpe de diestra —musita, alucinado.

—¡Lo siento! Lo… ¡Ay, mi madre, estás sangrando! —grito, al ver su nariz. Dylan tapona el orificio con la mano y yo le sostengo por los brazos, por miedo a que pueda desmayarse. Sin pensarlo, lo suelto y corro escaleras abajo. Zack nos observa desde las máquinas—. ¡No te muevas! ¡Voy a por papel!

Al llegar a los vestuarios, intento abrir el candado de la taquilla. No puedo. Es imposible. ¡Joder, pues claro! ¡Llevo los guantes aún puestos! Me desabrocho uno primero, y el otro después. Los dejo caer al suelo y abro la taquilla por fin. Con la mochila sobre el hombro, con el corazón a mil por hora y escaleras arriba recuerdo que he olvidado los guantes de Dylan en el vestuario. Regreso, los recojo y al salir por la puerta emito un chillido al chocar de frente con Dylan.

—Qué guapa estás acalorada. —Es lo primero que dice.

—Se te olvida que estoy sudada.

—En el sexo también se suda, ¿sabes? Y no me da asco.

—¿Insinúas algo?

Dylan se señala a sí mismo y niega con la cabeza, con gesto irónico. He entrado en su juego, mierda. Me froto la cara con evidente desesperación y seco las gotas de sudor que caen por mi rostro con ayuda de una toalla. Recuerdo lo ocurrido hace unos minutos.

—¿Tú no estabas sangrando?

—Eran dos gotitas de nada, ni que fuera una hemorragia…

—¡Te he pegado un puñetazo! Soy… soy…

—No eres tu padre, Natalia —me recuerda, y se lo agradezco.

—No estaba pensando eso —miento—. Quería decir que soy un desastre. ¡Y lo siento!

—Hacen falta muchos como ese para acabar conmigo.

Son las tres y media de la tarde. Me pongo los auriculares y salgo del edificio. Andar por las calles de Vancouver es un sueño hecho realidad. No recuerdo la última vez que caminé sola sin miedo a lo que pudiera pasar y aquí puedo hacerlo siempre que quiera; aunque el miedo siga estando dentro de mí, ellos no están cerca. Eso me tranquiliza.

Aprovecho que ha acabado una canción para reproducir *Daydreaming* de Harry Styles. Le escribo a Dylan para decirle que ya voy de camino al set de grabación. Esta tarde grabamos tres escenas juntos. Cuando salgo de la pantalla del chat veo la cuenta atrás que tengo anclada en la pantalla de inicio del móvil y sonrío. Cada vez que lo pienso siento ganas de llorar. No me puedo creer de ningún modo que alguien haya invertido dinero, ilusión y tiempo en mí y me haya hecho el que se ha convertido en el mejor regalo de mi vida. Solo quiero que llegue el día del concierto. Y vivirlo a su lado. Porque, aunque me haya dejado elegir acompañante, en mi mente no existe mejor elección que su compañía. Aunque eso signifique aceptar riesgos y asumir que, quizá, mi canción favorita siempre me recuerde a nosotros.

De camino, llamo a Lara.

—Pensaba que ya me habías cambiado por otra… —comienza diciendo nada más descolgar el teléfono. Suena molesta—. ¿Cuándo pensabas llamarme? ¡Me he enterado por Zack de que Dylan te ha regalado entradas para Mr. Styles! ¡Y que has estampado el móvil! ¡Y que has besado a Dylan enfrente de las cámaras!

—¿Ya no estáis enfadados? —Lara no responde—. Por lo que veo, no te ha contado que es un mal amigo.

—Él solo quería ayudar.

—Tú no estabas ahí para verme la cara de payasa —espeto; hago una breve pausa unos segundos y añado—: Zack para mí lo era todo. Y me ha fallado.

—¿Tú nunca te has equivocado?

Ahora soy yo la que no quiere responder y ella cambia de tema.

—Volviendo a lo importante… ¿Te lo has tirado ya?

—A ti no te lo pregunto, ¿no? Supongo que veros desnudos por videollamada podría contar como tal.

—¡Somos jóvenes! Si no lo hago ahora, ¿cuándo lo iba a hacer?

—Me encantaría que acabarais juntos —reconozco, haciendo un esfuerzo por ignorar la traición de Zack—. Pero te voy a pedir precaución, Lara. No quiero que sufras.

—Soy mayorcita, Natalia.

Silencio. Me quedo embobada viendo a Dylan de lejos.

—Lara, nunca te irás, ¿verdad? —pregunto.

—¿A qué viene esa pregunta? —inquiere, preocupada.

—Me gusta asegurarme.

—Deja de dudar y confía, Natalia.

En la puerta del set, Dylan me espera comiendo chuches. Cuelgo la llamada y guardo el teléfono en el bolso. Hoy no está fumando. Me ofrece regalices y cojo dos: son mis favoritos. Rojos, llenos de picapica.

—¿Dónde te has dejado el tabaco?

—¿Desde cuándo eres fumadora? —evita contestar mi pregunta con otra pregunta—. No quería que estuvieras oliendo el olor del tabaco mientras grabamos. Sé que no te gusta. No me cuesta nada no fumar hoy.

—Podrías dejar de fumar, no solo hoy.

—Se dice «Hola, ¿qué tal, joven y apuesto Dylan?». No hacen falta ataques gratuitos. Además, te he comprado tus chuches favoritas —dice, en plan orgulloso.

—No quiero que mueras.

—Yo también te quiero, morena. —Me guiña un ojo.

—¿Es ironía? —Frunzo el ceño.

—¿No sabes cómo preguntarme si te quiero y tratas de usar excusas de mierda? Si me lo preguntas, te lo diré.

Pongo los ojos en blanco y alargo el brazo para meter la mano en su bolsa de chuches y robarle otros dos regalices. Le doy en la cara con uno de ellos y mancho su mejilla de azúcar. Dylan no da crédito.

¿Qué hago?

Debería limpiar este desastre, ¿no?

No puedo irme corriendo y dejarlo así, ¿verdad?

Sería de muy pero que muy mala amiga, ¿cierto?

Me acerco hasta él y su respiración se paraliza, incluso se le cae al suelo la bolsa de regalices. Saco la lengua y la deslizo por su mejilla de forma sensual. De un lametón elimino cada grano de azúcar. Al instante, le doy un beso en la comisura de los labios que lo pilla de improviso. Más aún que el lametón, si es que eso es posible. Él cierra los ojos esperando recibir uno más, esta vez sobre sus labios, pero lo dejo con las ganas cuando presiono su frente con un dedo hasta hacerle tocar la pared con suavidad.

—No sé cuánto tiempo más podré resistirme —reconoce.

—¿Crees que podrás aguantar sin besarme hasta el sábado?

—¿Qué pasa el sábado?

—Tenemos una cita —digo, y abro la puerta de set, con él a mi espalda. Lo miro por encima del hombro para asegurarme de que me está observando—. Prepara un plan… a la altura de una primera cita.

Pero ¡¿qué estoy haciendo?!

En el interior del estudio me adelanta y ni los gritos que proceden de más al fondo nos distraen de nuestro nuevo tema favorito.

—Los amigos no tienen citas.

—¿Quién ha dicho que tú y yo seamos amigos?

—Hum… ¿Tú? —responde, haciendo burla.

—He cambiado de opinión, Dylan. —Suspiro—. Tú y yo nunca podremos ser amigos.

Me centro en mis síntomas. Por primera vez no hay ni rastro de ansiedad, nervios, temblores en el párpado, corazón acelerado ni respiración entrecortada. Y me siento bien, muy bien. Porque estoy experimentando algo que nunca había sentido antes, y quiero ver hasta dónde puedo llegar.

«He dejado de dudar, Lara», me gustaría decirle a mi amiga ahora mismo.

Dylan me mira con detenimiento. De fondo se siguen escuchando los gritos, pero cuando lo miro, esta vez con la intención de ver más allá en su interior, no oigo nada. Y me siento en paz. Y allí estamos los dos. Yo enfrentándome a la calma y él a mi lado, haciéndome compañía en el proceso, cumpliendo su promesa.

—Dilo —murmura.

—¿Qué?

—Quieres decirlo. Hazlo.

—Me gustas —confieso, en un susurro.

—Lo sé. —Sonríe.

Me aparta un mechón de la cara e imito su gesto, esbozando la mejor de mis sonrisas.

Me siento relajada, liberada. Quizá, ser sincera y justa con los demás tampoco es tan mal plan. Dylan reacciona de la forma que espero, hunde su mano por debajo de mi pelo y me planta un beso en la mejilla.

—Tú también me gustas, morena.

Gia se acerca hasta nosotros y con un gesto tierno se disculpa por interrumpir nuestro momento. Se quita las gafas moradas de pasta y comienza a pasar las páginas del montón de folios que reposa sobre su brazo.

—No hay tiempo que perder, ¡vamos! —exclama con voz aguda.

—No vuelvas a hacer eso, por favor —le pide Dylan—. Me recuerdas a Agus.

🌙🌙🌙🌙

Después de grabar, Gia se acerca a mí. Agus y Dylan han vuelto a discutir y se ha marchado muy enfadado a su camerino. El director se ha encerrado en su despacho dando un portazo y ha bajado las persianas, anunciando que no grabaría más.

—Siempre ha tenido mal genio —comienza diciendo.

—¿Quién de los dos?

Suspira, pero no puede evitarlo y deja escapar una carcajada.

—Se parecen más de lo que ellos creen. Por eso chocan tanto. Lo único que los diferencia es el corazón que tienen. El mal le teme a Agus, pues es superior. Pero también a Dylan, pues es capaz de hacer lo imposible por hacerlo desaparecer. —Me da un codazo y me ofrece un sorbo de su café, pero declino con una sonrisa forzada. Gia se encoge de hombros—. ¿Por qué no aprovechas que Agus está en su guarida y vas a ver a Dylan? Seguro que si buscas en tu interior encuentras alguna excusa para hablarle.

Me quedo en silencio unos instantes.

—¿Y si lo que siento no es correspondido?

—¿Crees que si no fuera correspondido hubiera asumido el riesgo de enamorarse de la hija de la persona que lo quiere ver muerto?

Gia tiene una habilidad especial. Sabe cuándo, dónde y por qué usar las palabras adecuadas. Esas que pondrán tu mundo patas arriba, las que te harán replantearte tu existencia. La forma de querer. Los «te quiero» que nunca has dicho. Los días que no hiciste algo por miedo. Las dudas que invaden tu mente.

Sin pensarlo más y sin despedirme de ella, corro sin mirar atrás. Llego hasta la puerta de su camerino y presiono el pomo de la puerta. La empujo, recorro los tres pasos que nos separan, me paro enfrente de él y suelto todo el aire por la boca. El corazón me va a mil por hora y siento nervios en partes de mi cuerpo que no sabía que tenía. Dylan permanece inmóvil delante de mí, apoyado en el tocador. No sé cuánto tiempo me quedo mirándolo sin decir palabra, pero al escuchar la voz de Agus llamando a Gia, me acerco hasta la puerta, la cierro y me quedo de espaldas a él, con el pomo en la mano.

Cierro los ojos con fuerza y vuelvo a respirar profundamente.

Puedo hacerlo. Y lo hago. Me giro y le veo de pie detrás de mí, bueno, ahora enfrente. A centímetros de mí. Derretirme no es una opción, aunque tenerlo tan cerca hace que mi cuerpo sienta mucho pero que mucho calor. Sus ojos recorren mi rostro y levanta las cejas esperando la razón de mi presencia.

—Quiero besarte —confieso.

—Lo sé.

—¿Tú quieres que te bese?

—Es lo único que quiero.

—Entonces es ahora cuando debería besarte, ¿no?

—¿Podrías dejar de hablar y besarme de una vez?

Alarga el brazo y con ayuda de su mano, apoyada en mi nuca, me atrae hacia él. La mano contraria reposa en mi cadera y su respiración se cuela por el hueco que forman mis labios. Tengo los ojos clavados en su boca, que grita por un beso mío, y me da igual que se haya dado cuenta, porque voy a hacerlo. El momento es perfecto y, hasta para mí, que escribo romance, parece irreal. Su perfume y el mío se funden en un intenso aroma que hago nuestro, casi tanto como mis manos en su piel, que se aferran a su espalda como si el fin del mundo estuviera a la vuelta de la esquina.

Es la primera vez que tengo el impulso de lanzarme a la boca de alguien. Y me encanta la sensación de saber que él será mi primera vez, aunque no mi primer beso, pero quizá sí los últimos labios. Un escalofrío recorre mi cuerpo de pies a cabeza cuando Dylan impulsa mi barbilla hacia arriba con ayuda de sus dedos pulgar e índice y hace que mis ojos se claven en los suyos. Estoy perdida. Porque creo que, aunque me gusta lo que veo de él en su forma física, lo que tiene dentro me gusta aún más.

—Sé tú la que dé el paso, pero hazlo ya —me suplica, dejando caer sus párpados.

—Te mancharé de pintalabios.

—Me quedará bien.

—¿Y si no te gusta?

—Me encantará.

—¿Y si no me gusta a mí?

—No volveremos a besarnos —dice, y ladeo la cara para dejar de mirarlo.

Su mano se aferra a mi mejilla mientras me acaricia. Y algo hace que quiera mirarlo mientras lo hace.

—Aunque querrás repetir, te lo garantizo —afirma con gran seguridad.

Me acerca a su cuerpo provocando que nuestras caderas se rocen y capto la señal. Es el momento. Y no puedo alargarlo más, ni tampoco quiero. Inspiro profundamente e intento no pensar en todas esas voces que me están diciendo que no soy suficiente, que tampoco soy su tipo de chica, que a un chico como él nunca le gustaría alguien como yo…

—Te miente —dice.

—¿Quién?

—Tu cabeza, tu ansiedad. Te están mintiendo. —Abro mucho los ojos y él sonríe. No sé cómo lo sabe y no quiero averiguar cómo lo ha descubierto—. Me gustas, Natalia. Desde mucho antes de conocerte.

Estampo mi boca en la suya y no le doy tiempo de reacción. Nuestros labios entran en juego e intercalan movimientos entre sí mientras nuestras lenguas se deslizan una sobre la otra. Sabe a refresco de cola. Y creo que mi boca aún guarda el sabor del chicle de fresa que he tirado antes de entrar a su camerino. Mi mente va muy deprisa y a la vez muy despacio. Y no sé si esa sensación me gusta o me encanta.

Dylan aferra sus manos a ambos lados de mi rostro y acabo con la espalda pegada a la pared en un intento por llevar la intensidad más allá de nuestros cuerpos. Río sobre sus labios y él me devuelve la sonrisa en forma de gemido. No puedo dejar de tocarlo. Me deslizo por debajo de su camiseta blanca, sintiendo su espalda bajo las palmas de mis manos. Y quema. Tiene una piel muy suave. Y la quiero sentir bajo mis labios. Es entonces cuando vuelve a gemir y caigo en la cuenta de lo que está sucediendo.

Lo estoy besando.

Estoy besando a Dylan Brooks.

Y me siento la protagonista de mi propia historia de romance.

—¿Tienes algo que hacer esta tarde? —me pregunta Lily nada más verme. Me quedo boquiabierta—. No hemos empezado con buen pie y he pensado que…

La corto.

—¿A qué viene esta simpatía tan repentina?

—Solo quiero mejorar el ambiente de trabajo —se excusa.

Al instante caigo en la cuenta. Se acciona algo en mi cabeza. La solución a mis problemas, la respuesta a mis preguntas, la escapatoria de esta cárcel llamada vida custodiada por el monstruo. Ella debe de saberlo todo sobre ellos. Así que fuerzo una sonrisa y añado:

—Me encantaría.

Si tuviera enfrente a Lara o a mi madre estarían riéndose sin parar. Cuando miento se me encienden las mejillas. Se colorean de color rojo cereza y la boca se me seca. No dejo de morderme los labios y en mi rostro se dibuja una falsa sonrisa prieta. Pero, siendo ella, el ego la habrá cegado y pensará que me da miedo, que estoy nerviosa o que no soy lo suficientemente valiente para acercarme a ella sin excusas.

Lily, que entreabre la boca sorprendida por mi respuesta, ladea la cabeza sin decir nada. Sigo sus movimientos. En su campo de visión se encuentra con Agus, que asiente lentamente una sola vez y se mete en el despacho. Dylan observa la escena desde el pasillo de los camerinos.

—Tengo que hacer una llamada. Espérame aquí —dice Lily.

Entonces Dylan se acerca hasta mí con paso firme y los ojos muy abiertos.

—Tienes que estar de broma —masculla—. No podemos jugar eternamente a los policías. Esto no saldrá bien.

—Es mi oportunidad. No quiero saber qué relación os une, Dylan. Me da igual. Pero necesito saber qué se traen entre manos.

—¡La droga! ¡Lo viste en los papeles! —Se frota la cara desesperado—. Tu padre la distribuye, Agus le cubre las espaldas. Y ambos se lucran de personas sin recursos, menores y familias destrozadas por la adicción. ¡Lily pertenece a una de esas familias!

No respondo.

—Voy más allá —me limito a decir—. ¿No te resulta extraño, Dylan? Mi padre, Agus, la película... ¿Qué quieren de mí? Necesito saberlo… Y si para ello tengo que meterme en la boca del lobo, lo haré.

Dylan avanza el paso que nos separa y toma mis manos entre las suyas.

—Prométeme que me llamarás si me necesitas.

—Haré lo que sea conveniente.

Lily carraspea a mi espalda y nuestra conversación se interrumpe de golpe. Antes de mirarla, me cuelo en los ojos de Dylan, que me piden a gritos que no siga adelante. Pero tengo que hacerlo. Por mí. Porque me lo debo. Se lo debo a la niña de cinco años que fui. Luchar. Buscar mi felicidad. Vivir. Valerme por mí misma. Encontrar respuestas a preguntas que ni siquiera se pueden resolver.

—¿Un café en Starbucks? —propone Lily, con una simpatía de lo más sospechosa.

Durante el trayecto guardamos silencio, pero al llegar, y sin preguntar, pide su bebida y la mía. La de siempre. La que todavía no he pedido en Vancouver. La que solo pedía en Madrid. Mi favorita.

Intento controlar mis emociones, pero me resulta complicado, así que opto por reprimir mi ansiedad clavando las uñas en las palmas de mis manos por debajo de la mesa. Cuando llega dice con una sonrisa.

—Este sitio es muy bonito.

—¿Cómo has sabido que querría el Frapuccino de Java Chip?

Frunzo el ceño, porque veo que no responde, solo sonríe.

—He hecho bien en hacer esa llamada antes de venir… No me fiaba de ti. Y he hecho bien porque, al fin y al cabo…, para bien y para mal, papá Axel siempre será papá, ¿no crees?

Sus palabras retumban en mis oídos. El ruido de la cafetería se vuelve ensordecedor y en cuestión de segundos hago estallar el vaso de plástico y lo pongo todo perdido. Lily me observa con superioridad. Un camarero se acerca hasta la mesa y lo limpia todo.

—Te conoce mejor de lo que crees, Natalia. Deberías andarte con más cuidado.

—Ve al grano —mascullo.

—Eres tú la que, por voluntad propia, ha querido acercarse al enemigo.

Le da un sorbo a su té matcha. Se relame el labio superior y me señala, no sin antes seguir con la mirada a la mujer que espera fuera de la cafetería mientras habla por teléfono. *¿Quién es? ¿Se conocen?* Trago saliva con dificultad.

— Dame tu móvil —me pide.

—No.

Sin añadir una sola palabra más, me lo arrebata de las manos, pues lo saco del bolso para tenerlo a mejor recaudo. No me atrevo a quitárselo. Lo pone sobre la mesa. Le quita la funda que lo protege, luego la carcasa y despega un cuadrado de color rojo que había sujeto a la placa.

—¿Quién te ha dado este móvil? —pregunta.

—Lo he comprado —miento.

Lily cierra fuertemente los ojos y suspira, mostrando disconformidad. Vierte unas gotas del contenido de su vaso sobre la pieza. Lo machaca con la esquina del móvil y se levanta hasta la papelera para deshacerse de él.

—A partir de ahora, mentiras conmigo no. Fui yo quien se lo dio a Zack. ¿No te lo ha dicho? No fue a comprarlo porque estaba follando conmigo mientras le decía a tu amiguita las ganas que tenía de verla. Eso es justo lo que hacía Zack mientras tú llorabas la posible traición de Dylan. Te di el móvil que… —Carraspea, como si un nudo se hubiera instalado a vivir en su garganta—. Es el teléfono que usaba cuando trabajaba para tu padre.

Me quiero inmolar.

—Tiene un micrófono.

—¡Eres una…!

—¡Escúchame! —masculla—. Por muy absurdo que te pueda parecer, soy la única persona que puede ayudarte. Yo me quiero salvar y tú no quieres caer. ¿No crees que tenemos más en común de lo que creemos? —Suspira—. Yo necesito dinero y tú ver a tu padre entre rejas. Y conozco a alguien que puede ayudarnos.

—No quiero tu ayuda —le digo, con rabia. Me levanto de la mesa, pero me agarra de la muñeca y me obliga a sentarme de nuevo—. ¿Qué queréis de mí?

Lily inspira profundamente.

—Tu padre te quiere tener controlada, Agus tener controlado a tu padre y...

Ladea la cabeza para mirar por el cristal. La mujer de cabello rubio nos mira a su vez y asiente. ¿Se dirige a la entrada? Siento un pinchazo en el corazón. Me quiero ir.

—Y ella quiere cogerlos por los huevos a los dos.

—¿De qué bando estás, Lily? —pregunto con desprecio.

—Si no puedes con el enemigo, únete a él —se limita a decir—. ¿Para qué elegir pudiendo pertenecer a todos? Por eso, mosquita muerta, presta atención. De ti dependen las vidas de todos nosotros, incluida la de Dylan. Y la de tu madre. Así que actúa con cabeza.

—Esa gente no haría lo mismo por ti —espeto—. Estás perdiendo la oportunidad de estar con un grupo de personas con los que podrías llevar la vida de una chica de tu edad y no la identidad de una mafiosa de treinta años. ¿Y de verdad me tengo que creer el valor que le das a perder la vida?

Lily aparta la mirada, pero yo no dejo de observarla. En mi cabeza las piezas de un puzle sin resolver se van uniendo por arte de magia, como si tuvieran imanes que se atrajeran entre sí. La película parte del control sobre mí, ese que Agus le prometió al monstruo cuando puso sobre la mesa la película. Un proyecto que no le interesaba por mi talento, sino para alejarme de él. Porque si esto es un juego de mafias, dinero y golpes bajos, necesita distraer a su enemigo. Y entonces lo entiendo. Por primera vez comprendo su motivación.

Soy su punto débil, porque cuando estoy cerca se vuelve fuerte, pero cuanto más me alejo, más se debilita. Justo lo contrario que me ocurre a mí, que, pese a los recuerdos y los monstruos de las pesadillas, cuanto más lejos estoy de él, más fuerte soy. O eso, al menos, quiero pensar.

La mujer de cabello rubio que estaba en la acera de la cafetería entra con firmeza en ella. Se acerca hasta la barra, pide su bebida y, mientras espera, la observo. Unos tirabuzones rubios caen por sus hombros. La gabardina de color negro reposa sobre su brazo. Lleva un vestido largo de color marrón y unas botas. Parece una mujer de treinta y muchos años, segura de sí misma. Lily no le quita ojo y, aunque la pillo mirándome de soslayo en alguna ocasión, aprovecho que está distraída para revisar mis manos por debajo de la mesa. Están sangrando. Y los malos recuerdos vienen a mí. Cierro los ojos e intento hacerlos desaparecer, pero no puedo. Los golpes. Los insultos. La niña que atrancaba la puerta. Quiero irme. Correr. Buscar a Dylan. Quiero decirle que tenía razón. Y abrazarlo. Que no me suelte. Y que, por primera vez, alguien me diga que todo va a salir bien. Pero con sinceridad, no como cuando mamá lo decía a sabiendas de que nunca pasaría.

Cuando me quiero dar cuenta, la extraña está caminando en nuestra dirección. Y de forma involuntaria la miro a los ojos. Siento un pinchazo en el corazón. Yo he visto esos ojos antes. Esa mirada. Ese marrón color café. El brillo especial. Las pestañas oscuras y largas. El lunar de la cara. La forma de caminar.

Al llegar hasta mí me tiende la mano.

—Serena Evans, jefa de policía de Nueva York.

—¿Eres la madre de Dylan?

Lily abre los ojos y tensa la mandíbula. Serena la mira en busca de explicaciones.

—Él no sabe nada —dice Lily, nerviosa. Es la primera vez que la veo así, natural, con la guardia baja—. Agus solo sabe que la he traído hasta aquí para verte, pero no el motivo. Nunca lo sabrá, porque no se lo diremos.

No me da tiempo a reaccionar. Intento levantarme, pero Lily me da una patada por debajo de la mesa que hace que me quede sentada. Me duele la espinilla. Serena se sienta a nuestro lado y le da un sorbo a su café.

—¿Cuál es el motivo? —pregunto.

—Los dos tienen que acabar en la cárcel, Natalia —dice Serena, que me mira con rostro neutro—. Tu padre me lleva ganando el pulso desde hace muchos años, y Agus no hace más que dificultar el trabajo de la unidad. Pero... no es el sitio ideal para hablar sobre esto. Me gustaría charlar contigo en un lugar más tranquilo.

Chisto.

—¿No os parece tranquilo el único lugar donde mi mente descansa? ¡Es mi cafetería de confianza! ¡Y la habéis manchado con vuestros juegos!

Serena mira a Lily una vez más.

—He tenido que llamar a su padre —se excusa—. No sabía dónde, ni cómo reuniros. Agus no hacía más que meterme prisa. Quiere ver entre rejas a Axel cuanto antes. Repartir las ganancias entre dos le está haciendo perder dinero. Si Axel cae..., se hará con el control de la banda. Así que cuando ella misma me propuso quedar, pensé en buscar un sitio en el que se sintiera cómoda. Y eso he hecho —dice, con la mirada perdida; noto que la presencia de Serena la pone contra las cuerdas—. A Agus le he dicho que era para tenerla controlada y que no se acercara más a Dylan.

Serena asiente con la cabeza. Busco mi móvil en el bolso para llamar a Dylan, pero Lily me lo muestra. Mierda... Aún lo tiene ella.

—Tu libertad pasa por coartar la de tu padre.

—No lo llames así —le ordeno.

Ella inspira profundamente y suelta el aire de golpe. Saca del bolso una tarjeta que lleva su nombre y su teléfono, y la arrastra sobre la mesa hasta donde me hallo.

—Te llamaré, Natalia. Haz el favor de cogerlo. —Se levanta, se pone la gabardina pese al calor que hace fuera y mete las manos en los bolsillos—. No dejes que mi hijo envenene tus oídos. Cíñete a pensar en ti y en lo que necesitas.

Mira a Lily y le comunica:

—Esta semana te haré la transferencia con el dinero acordado.

Cuando desaparece, Lily me lanza el teléfono con brusquedad. Ha vuelto su peor versión. Yo la fulmino con la mirada y me llevo la mano al lugar del impacto, donde no siento dolor, pero sí cientos de recuerdos que revuelven todo aquello que duele en mi interior y que en algún momento ha marcado mi exterior.

—No vuelvas a hacer lo que has hecho —le advierto.

Ella pone los ojos en blanco.

—¡Ha sido un golpecito de nada!

No respondo, me quedo mirándola, acariciando la zona de mi piel afectada.

—No le cuentes ni una palabra a nadie de lo que ha sucedido —me pide.

—No. Vuelvas. A. Hacer. Lo. Que. Has. Hecho —repito, esta vez con el ceño fruncido y los ojos llenos de lágrimas. Tomo aire y continúo—: Dylan tiene que saber esto. Es su madre.

Lily se frota la cara con desesperación y hace aspavientos con los brazos.

—Pero ¿te estás escuchando? ¿Te has vuelto loca?

Loca.

Loca.

Loca.

Loca.

Dos sílabas son suficientes para que la cabeza me dé vueltas. Salimos de la cafetería y mi cuerpo deja de reaccionar ante mis órdenes. Me apoyo en la pared. Mis piernas fallan y apenas puedo decir palabra. Mientras Lily habla, yo me focalizo en mi respiración. No quiero ser el centro de atención del resto de los viandantes que circulan por la acera, mucho menos acabar en el hospital porque alguien llame a emergencias. Explicar el motivo de mi ataque de ansiedad sería mucho más difícil que intentar controlarlo.

—No me vuelvas a llamar así —consigo decir.

—Vete a la mierda —masculla ella.

11

PARA QUERER TAMBIÉN TIENES QUE ESTAR DISPUESTO A QUE TE QUIERAN

Dylan

Creo que voy a vomitar.

Cierro los ojos y consigo controlar las náuseas.

Anoche me pasé con el alcohol. Intento incorporarme aún con los ojos cerrados, pero vuelvo a tumbarme emitiendo un gemido. Me duele todo. Tengo los hombros cargados y, por el dolor que siento en la espalda, solo espero que al abrir los ojos no vea alfileres en la cama. En las piernas noto presión. Y la jodida cabeza me va a estallar.

Lo primero que veo al abrir los ojos es la lámpara del techo. De ella cuelga una máscara de Spider-Man. Anoche cuando llegué a casa tuve que quitarme la ropa de cualquier manera, sin importarme dónde cayera. Me quedo observando la máscara y recuerdo instantes de la fiesta. Todos íbamos disfrazados. Natalia y yo ganamos el premio a la mejor pareja de disfraces. Ella iba de Spider-Gwen. Me besó delante de todos. Y recuerdo tener mi mano en su culo. Ella se rio y yo me aparté con vergüenza, pero la llevó de regreso a su cuerpo. Y la besé de vuelta.

La botella de whisky que nos dieron como premio la bebimos entre todos a palo seco. Terminamos en una piscina y finalmente vino la policía. Creo que fue la dueña de la casa quien los llamó.

Agus nos había dado un día libre. Puede que tuviera que ver el ultimátum de Natalia, o puede que no. En cualquier caso, apuesto a que mi presencia en su casa a la hora de cenar le incomodó. Gia me había invitado y yo asistí encantado.

Fue una cena de reconciliación, ella sigue estando enamorada de su marido, pese a todo. Agus y yo hablamos, sin llegar a las manos esta vez. Y quizá se me escapara que conozco secretos suyos que a la policía no le harán mucha gracia. Solo quizá. ¿Encubrir un asesinato podría ponerlo contra las cuerdas? ¿Amenazar a un civil y arriesgar su vida a manos de un narcotraficante? ¿Unos papeles que demuestran que tiene relación con una organización criminal?

Gia se alió conmigo y conseguimos hacerlo entrar en razón, lo que provocó su consecuente enfado. No le gusta cuando le llevan la contraria. Antes de que desapareciera de nuestra vista para correr a llorar en los brazos de mi madre, me encaré con él y le advertí. Si le pone una sola mano encima a Gia, lo mataré a puñetazos.

Desde ese día, por lo que sea, Gia parece otra. Sonríe más, si es que eso es posible. Y su poder en el proyecto está provocando que este tenga más calidad.

Me ruge el estómago. No sé si es porque tengo hambre o porque están volviendo las ganas de vomitar. Necesito estar tumbado, pero tengo calor, así que vuelvo a abrir los ojos y, esta vez sí, me incorporo. Me quedo observando mis piernas y pestañeo un par de veces porque no creo lo que estoy viendo. Aún tengo enredado entre mis piernas el traje de Spider-Man. No recuerdo si, de camino a la cama ayer, me caí, pero no tengo marcas en las piernas. Y tampoco me duele la rodilla. A lo mejor, cuando me mire en el espejo me encuentro un chichón en la frente. Me palpo el rostro con la esperanza de no encontrar bultos o heridas. Creo que mi preciosa cara sigue siéndolo.

Me estiro y bostezo.

Escucho que alguien me manda callar y frunzo el ceño. O tengo alucinaciones o… ¡No me jodas! Miro a mi izquierda y encuentro a Zack abrazado a mi almohada, en calzoncillos. ¿Cuándo nos hemos reconciliado? Son horribles, por cierto. Jamás habría pensado que el surfista de pacotilla los llevara de estilo eslip y blancos. No creo que anoche, bajo los efectos del alcohol, lo haya confundido con la chica más guapa del planeta, pero no hay nadie que me lo pueda confirmar, salvo él. Y no parece estar en condiciones aceptables para hacerlo.

Abre los ojos y parpadea de seguido. Supongo que piensa que soy producto de su imaginación. Levanto las cejas para que diga algo. No quiero ser yo quien rompa este silencio incómodo. Baja la vista hasta mis bóxeres de color rojo y sonríe.

—Qué sexy —bromea.

Pongo los ojos en blanco y me vuelvo a estirar. En serio, me duelen hasta las pestañas. Cuando levanto los brazos, Zack clava su dedo índice en mis costillas y emito un aullido de dolor. Como puedo, me giro y le tiro del pelo. Y, una vez más, alguien nos manda callar. Zack abre los ojos y ladea la cabeza. Como al volverme vea a Aron desnudo, me pego un tiro en las pelotas. Lo juro. Aunque… ¿ayer no se fue a casa con uno de los asistentes? Bah… ¿Qué más da? No me acuerdo…

—Buenos días, enana.

No puede ser.

Ladeo la cabeza en un movimiento rápido y la veo. Tan guapa, tan dormida, tan perfecta, tan… ¡desnuda! Está prácticamente desnuda. Natalia está semidesnuda en mi cama. Y yo también. Y Zack. Estamos los tres casi desnudos. Y anoche bebimos. Y no me acuerdo de nada. Me da escalofríos pensar que Zack ha podido estar dentro de mí. O que yo he estado en su interior. O que Zack y Natalia… ¡Joder!

Él no es Ulises.

Ya… claro.

¡Solo es un estúpido surfista con el que ambos estáis enfadados!

Zack alarga el brazo y agita a Natalia. Lo primero que ve cuando abre los ojos es a dos descerebrados en gayumbos mirándola fijamente. Grita. Y muy fuerte, además. Se cae de la cama y nosotros gritamos al verla desaparecer. Se levanta de un salto y, como puede, se tapa con un cojín el cuerpo. Todavía sin decir palabra, Zack y yo nos giramos para que pueda ponerse una camiseta. Cuando termina, me sorprende ver que lleva puesta una mía. La de Nirvana concretamente. Y sonrío. Y ella disimula que también está sonriendo.

—¿Anoche…? —empiezo a preguntar.

Zack se levanta de la cama y comienza a vestirse. Se pone el disfraz de Thor mientras lo miramos atentamente.

—Con saber que este y yo no hemos… me basta —afirmo.

—No me acuerdo —reconoce Natalia.

—Yo tampoco —finalizo—. ¿Te vas a ir a tu casa así vestido?

—No voy a mi casa, voy a por mi móvil a casa de Lily. —Por nuestras caras, deduce que no sabemos de qué habla—. Cuando la policía nos reventó la fiesta, fue Agus el que más tarde nos sacó del calabozo. Nos echó la bronca. Y después prometimos irnos a casa, pero yo me desvié de calle y vosotros me seguisteis. Natalia comenzó a gritarme muy enfadada por un estúpido micrófono o qué sé yo… Y le dije que la culpa la tenía Lily. A ti se te ocurrió que era buena idea devolverle el mal trato que nos da arrojando algo a su balcón. Y elegiste mi teléfono. Ella se asomó, nos sacó el dedo y se quedó el móvil.

—Creo que ya es hora de que comprendáis que nunca, bajo ningún concepto, es buena idea hacer caso a Dylan Brooks si está bajo los efectos del alcohol —comento mientras me levanto y me coloco el paquete. Natalia me observa con interés. Hago como que no me he percatado, pero ya es tarde—. Aunque el sexo conmigo estando borracho es una jodida locura.

—Qué humilde —comenta Natalia—. Tendré que comprobarlo.

—Me voy antes de que empiece a recordar o, peor, que empecéis a follar conmigo delante. No quiero sentir envidia —dice Zack.

¿Has visto eso?

¡Que no es Ulises! ¡Joder!

Le ofrezco unas bermudas de deporte color rosa a Natalia y me pide permiso para anudar la camiseta de Nirvana. Deja ver su ombligo al aire y me quedo observando la parte de piel que queda libre de tela. Creo que no voy a olvidar su silueta desnuda en la vida. Pero no debo recordarla más de la cuenta. En teoría, la he visto sin su permiso. Y quiero que la primera imagen que tenga de su cuerpo sea porque se quite la ropa delante de mí o que me pida que se la arranque yo.

Sin preguntarle antes, preparo el desayuno.

Ella se sienta en un taburete junto a la isla de la cocina. Está pasando las páginas del álbum que hay sobre la encimera. Debí de sacarlo anoche en un momento de debilidad, preso de la melancolía. Deslizo la taza y la dejo enfrente de ella, que me sonríe y la rodea con una mano. Sigue viendo fotos. Dice que de pequeño era adorable. Tengo que contenerme, no quiero proponerle crear un hijo con nuestros genes. Saldría perfecto. Y eso que ser padre nunca ha estado entre mis planes.

De pronto deja los ojos fijos en una fotografía concreta. Y frunce el ceño. Me estiro para alcanzar a ver de cuál se trata y trago saliva. No sé qué ha encontrado en la imagen para que le parezca extraña, pero no quita la vista de la persona que me tiene en brazos.

—¿Quién es? —pregunta por fin.

—Mi madre.

—Tu madre —repite, con los ojos muy abiertos—. ¿Cómo se llama?

—Serena.

Vuelve a bajar la mirada. Y, ahora sí, sonríe.

—Es muy guapa.

No sé qué responder.

Asiento con la cabeza y me doy la vuelta con la excusa de coger mi café con leche de la cafetera. Apoyo las manos sobre la encimera y cierro los ojos lo más fuerte que puedo. Solía hacerlo de pequeño cuando quería olvidar algo, pero ahora no funciona. No puedo dejar de pensar en mi madre. En su pelo rubio, en sus ojos, en la sonrisa que me regalaba cada sábado cuando mi padre compraba entradas para el cine.

—¿Cómo es que tienes ColaCao en casa si bebes café?

Gracias. Su voz me obliga a salir del bucle.

Me vuelvo, ya con el café en la mano y me siento a su lado. Sin contestar a su pregunta, sigo pasando las páginas del álbum. Le digo quién es cada persona que sale en las fotos. Le muestro a Rick, mi padre. Y recuerdo a mis amigos. Y lo gilipollas que fuimos al dejarnos ir. Y recuerdo el daño que le hice a Eneko. Y el daño que Ulises me hizo a mí. El daño que se hizo a él mismo estableciendo una relación tan peligrosa con las drogas. Tengo que disimular de maravilla, porque no se da cuenta de que, en mi cabeza, ya he cogido una tijera y he recortado cada recuerdo de ese puto álbum.

No quiero ver más fotos. Cierro el álbum.

Natalia se termina la taza y cambia su postura para estar de frente a mí.

—¿Por qué? —inquiere, sobre la pregunta sin responder.

—Lo compré por ti. Sabía que algún día despertarías a mi lado.

—Probablemente sea lo tercero más bonito que han hecho alguna vez por mí.

—¿Y lo segundo?

—Aprenderse las canciones de Taylor Swift, Harry Styles y los Jonas Brothers por mí. Para cantarlas conmigo en el coche.

No sé en qué momento he dejado de escuchar rock para escuchar… esto. Pero me gusta. Y, además, mucho. Pero no más que las películas de amor. Ese dato todavía puede esperar. No quiero que conozca mis puntos débiles, al menos no todos. Aunque, sospecho que sabe que ella es mi mayor debilidad.

—¿Y lo primero?

—Un chico dejó el listón altísimo.

—Ah, ¿sí?

Eso es, que no se dé cuenta que te estás muriendo de celos.

—Sí. ¿Puedes creer que se enamoró de mí por las páginas de un libro?

Joder.

Creo que mi corazón ha muerto y resucitado en cuestión de segundos. Y no sé si la sensación de estar muerto en vida me gusta.

Natalia se va al baño. Su teléfono emite el mismo sonido que el mío cuando se está quedando sin batería y me acerco a la puerta del baño para informarla de que lo voy a poner a cargar. No quiero que piense que estoy haciendo cosas extrañas con su móvil. Me lo agradece entre gritos. Y yo me río.

Conecto el teléfono a la corriente y se enciende. Veo que el fondo de la pantalla de bloqueo es una imagen de ella con una chica, abrazadas y sonriendo. Supongo que es su mejor amiga, Lara. Habla tanto de ella que, en ocasiones, creo que la conozco, aun sin haberla visto en persona. Y, de pronto, entra un mensaje. Evito leerlo, pero ya es demasiado tarde, porque he visto el nombre del emisor.

Pongo el móvil boca abajo y salgo de la habitación dando un portazo. Me vuelvo a apoyar en la encimera. Manual de supervivencia activado. Cierro los ojos con fuerza e intento respirar hondo y despacio. Pero no puedo. Cada vez lo hago más deprisa. El aire sale y entra de mis pulmones con velocidad. Y el corazón se me acelera. Tengo que sentarme en el sofá para no caerme. Me llevo las manos a la cabeza y maldigo mi jodida vida. Y la maldigo a ella. Porque siempre tiene que joderlo todo.

Natalia sale del baño unos minutos más tarde con el pelo mojado, pero el flequillo perfectamente seco y liso. En la mochila llevaba su ropa de vestir, no había querido ir por la calle disfrazada de Spider-Gwen y decidió cambiarse en la misma fiesta. Huele muy bien. Se sienta a mi lado para ponerse los zapatos y le ofrezco llevarla a su casa en coche, pero declina mi oferta.

—¿Qué tal fue el otro día con Lily? —pregunto, tratando de retenerla en casa el mayor tiempo posible—. No me contaste nada.

Natalia comienza a toser.

—Fue bien. O sea, normal. Me dijo lo que ya sospechaba.

Finge una sonrisa.

—Ya —me limito a decir.

No puedo dejar de pensar en ese jodido mensaje. Quiero conocer su contenido, pero no quiero preguntar. Necesito saber por qué tiene su teléfono, pero no voy a indagar.

Voy a abrirle la puerta a Natalia. Antes de irse me da un beso en la comisura de los labios. Me quedo con ganas de más. La agarro de la nuca y la atraigo hacia mí. Ella sonríe y me reta, dice que no soy capaz de no besarla. Y quiero demostrarle que puedo, que nadie pone a prueba a Dylan Brooks, pero no pienso desperdiciar ni un solo momento con ella. Estampo mis labios en los suyos y emite un suave gemido que baña mis oídos de placer. Quiero escucharla gemir mi nombre.

—He ganado —dice.

—Me he dejado ganar. Y no sabes lo aterrador que es esto.

—¿El qué?

—Esto. Estás dejando tus miedos atrás porque has visto algo en mí que te está haciendo volver a creer en el amor. Y eso me otorga la responsabilidad de no hacerte daño, nunca.

Ahora es ella la que me besa, aunque se aparta con arrepentimiento, buscando en mis ojos la aprobación y yo asiento con la cabeza. Vuelve a hacerlo, esta vez acercando mi cabeza a la suya, poniendo su mano en mi nuca.

—Nunca me había dejado ganar —le confieso—. ¿Sabes lo que significa eso?

Natalia niega con la cabeza.

—Contigo bajo la guardia, te muestro mis debilidades y dejo que uses tu mejor arma para derrotarme. Te estoy dando la oportunidad de que cojas mi corazón y lo hagas pedazos. Y aquí estás, sanando las heridas que otros abrieron.

—Y yo a ti, macarra.

Una vez más, primeras veces.

Mi primer «te quiero». Su primer «te quiero».

Natalia me concede un último beso y se despide de mí. Pero enlazo mi mano en su muñeca. Ella se vuelve, esperando un beso que no llega.

—Aléjate de ella —digo.

—¿De quién?

—De «ella».

Natalia aparta la mirada y suelta mi mano.

—Serena Evans no es de fiar.

—No conoces el papel que juega en mi vida.

—Creo que prefiero no saberlo —resoplo—. Si no ha sabido tratar bien a su propio hijo, no esperes que lo haga con una desconocida.

—Natalia me mira con preocupación—. Me abandonó. Se acuesta con Agus. Traicionó a su mejor amiga. Y le rompió el corazón a la única persona que la ha sabido querer, mi padre. Ella desapareció, y Agus se quedó en mi vida para asegurarse de que nunca la buscaría.

—¿Qué quieres decir con todo eso?

—No tendrá compasión. Y saldrás perdiendo, pase lo que pase.

Natalia aparta la mirada. Sale corriendo escaleras abajo. Hago como que no sé qué ponía en el mensaje, pero olvidar nunca ha sido uno de mis puntos fuertes y fingir que solo he alcanzado a ver el nombre del contacto a estas alturas es una tontería. Me asomo al balcón para verla marchar y me escondo detrás de la cortina cuando sale del edificio. Mira hacia arriba. Y escoge la calle en dirección contraria a su apartamento.

Me pongo las Vans, unos vaqueros y una camiseta cualquiera, cojo las llaves y salgo de casa. En el mensaje, mi madre le decía que la esperaba en la cafetería del muelle. Voy hasta allí por el camino contrario al que irá ella para no encontrarnos. Y llego antes. Mi madre la espera en la puerta, sin dejar de mirar el reloj. Es asquerosamente puntual y cuando ve aparecer a Natalia, le recrimina los cinco minutos de retraso. Habla lo suficientemente alto como para que pueda escucharla desde donde las observo. Doy gracias a que es sábado y hay mucha gente, pues eso permite que no me vean a través del cristal del establecimiento cuando entran.

Sábado. Me quedo pensativo. Algo pasaba el sábado y no... no lo recuerdo.

¿O sí? Miro el calendario, pero la fecha no me dice nada, hasta que algo se enciende en mi cabeza. Mierda. Esta tarde... joder. Mi primera cita, a la que se puede llamar oficialmente cita. Y no tengo nada pensado, ni organizado.

Mi padre me llama. Automáticamente rechazo la llamada.

En el interior de la cafetería mi madre y Natalia conversan. Mi madre gesticula demasiado, y Natalia demasiado poco. Tan poco que hasta el mínimo movimiento me hace sospechar. Está llorando. No para de llevarse la mano a los ojos. Otra vez. Y otra.

No puedo más. Llevo controlando mis emociones desde hace veinte minutos. Pero no creo ser capaz de dominarlas ni un solo minuto más. Mi madre hace un gesto. El gesto. Justo lo mismo que hacía cuando me regañaba. Y no sé por qué le está regañando, pero tampoco le da ocasión de excusarse, si es que tuviera que hacerlo. Ahora solo parece hablar ella, Natalia permanece callada. Y entonces me fijo en su mano. En su puño cerrado con fuerza bajo la mesa. En el movimiento rápido y automático de su pierna.

Ansiedad.

Me da igual todo. Las consecuencias, mi pasado y que enfrente a mi futura novia esté sentada la mujer que me rompió el corazón y desapareció de mi vida, sin preocuparse del riesgo al que aquel niño se enfrentaba al ver cómo toda esta se resquebrajaba. Entonces no pude hacer nada, pero ahora sí. Y no voy a permitir que le haga sentir el dolor que me causó a mí.

Empujo la puerta y oigo cómo se cierra a mis espaldas. Unas campanitas suenan a medida que entro y dos dependientas me dan la bienvenida. Natalia mira hacia la entrada al oír el sonido y da con mi silueta. Levanta la cabeza hasta que se encuentra con mis ojos, y de repente los suyos se abren como si en mí hubiera encontrado la luz que yo nunca he logrado ver. Mi madre debe de estar preguntándole qué ocurre, pero se responde ella sola cuando se da la vuelta y me ve. Su mandíbula se tensa, tanto o igual que la mía.

No la miro. No puedo hacerlo. No si pretendo mantener encerrado con candado al niño que aún se muere de ganas por correr hacia ella y abrazarla. Y preguntarle por qué lo hizo. Por qué se fue. Qué hice mal.

Mi madre deja de mirarme y regresa a la conversación, pero Natalia no. No me quita la vista de encima. Su pierna se mueve más deprisa, y ahora no es un puño el que cierra con fuerza, sino los dos. Sé que en mí espera encontrar ese punto de tranquilidad que su ansiedad le está robando, pero no lo encuentra. No consigue escapar. Y esta vez no se decide a huir.

Estoy seguro de que la razón por la que mi madre está sentada en esa mesa es profesional. Su trabajo siempre ha estado por encima de cualquier otra cosa. Yo era la única persona por la que hacía el esfuerzo de desconectar de su papel de tipa dura. La Nochevieja de aquel fatídico año dejé de ser el niño de sus ojos. Y ella se ha terminado por creer el papel que la exigencia de su trabajo siempre le ha demandado.

Su presencia tensa mi cuerpo. Por desgracia, también mi corazón. Tengo que frenar de nuevo al niño que llevo dentro. Pero no puedo correr a abrazarla, no debo. Y no voy a hacerlo, sé que me apartaría de un zarpazo.

Camino hacia ellas y me paro enfrente de la mesa que ocupan.

—Lo que te iba diciendo… —Mi madre ignora mi presencia, y Natalia la de mi madre.

—Vámonos —le pido.

Natalia no lo piensa dos veces y se levanta. A la altura de mi boca, me agradece el gesto con un disimulado «gracias».

—Espérame afuera. No tardo —le digo.

—No voy a dejarte solo.

—Te lo estoy pidiendo yo.

—Que sepas que para querer, también tienes que estar dispuesto a que te quieran.

Sus palabras me dejan pensativo. ¿Por qué me da tanto miedo enamorarme?

No soy un tío cobarde y puedo afirmar que lo que siento por ella cada día es más y más fuerte, y me gusta que sea así. Pero también me da miedo. Sé que merezco que me quieran. Que los errores del pasado quedan atrás y que soy el primero que anima a quienes me rodean a querer. Sin embargo, no soy capaz de hacerle entender a mi cabeza que tengo derecho a ser feliz. La mujer que tengo delante es la culpable. Y no puedo concederle el gusto de ver que mi mundo se tambalea.

Natalia me aprieta el dedo meñique esperando una respuesta. Asiento con la cabeza y acepto que cuidar también es querer, y ella quiere cuidar de mí tanto como yo de ella.

—¿Y bien? Ya que no has cumplido tu palabra y has hecho partícipe a Dylan de todo esto... —dice mi madre.

A continuación, le da un último sorbo a su café y se levanta de la silla. A pesar de que estamos a escasos centímetros el uno del otro, trata de que no crucemos miradas. Clava sus ojos en Natalia y esta da un paso hacia atrás. Su presencia intimida.

—Entonces, ¿puedo contar contigo? —le pregunta—. Tu testimonio es de vital importancia para el caso. Tenemos otros, pero el tuyo sería fundamental para tirar del hilo y meterlo entre rejas.

—No la escuches —mascullo.

—No —le responde Natalia, mirándola fijamente.

—Te arrepentirás —le advierte, antes de que nos dirijamos hacia la puerta.

Yo me doy la vuelta y le sostengo la mirada, conteniendo mis emociones.

—No te vuelvas a acercar a ella —le digo, casi escupiendo las palabras.

—No puedes impedírmelo —replica.

—Tú fuiste capaz de abandonar a tu hijo por amor. Te aseguro que eso se queda corto en comparación con lo que yo estoy dispuesto a hacer por ella. —Pretende interrumpirme, pero no le doy tiempo de reacción—. Has estado a punto de joderme la vida. No voy a permitir que le hagas lo mismo.

Salimos de la cafetería unidos por nuestras manos. Finjo normalidad, cuando en realidad quiero saltar y gritar de emoción. Ella me mira de reojo y sonríe. Le he apretado la mano y ella ha hecho lo mismo. No sé qué significa, pero sienta bien. Su piel es muy suave. Y sus dedos encajan a la perfección con los míos. No quiero soltarla. Ni agarrar otra mano que no sea la suya. Las separamos ya en la puerta de entrada de su edificio. Y siento un vacío que inunda mi interior. No quiero que se vaya.

—Gracias por venir.

—No quiero decir que te lo dije, pero te lo dije —mascullo.

Natalia no me sostiene la mirada, sino que baja la cabeza y suspira.

—Siento haberte seguido. No quiero saber de qué habéis hablado, pero, si quieres mi opinión... No te fíes de ella.

—¿Algún día me contarás por qué? —me pregunta, con prudencia.

—¿Y tú? ¿Algún día me contarás por qué le temes tanto a la oscuridad?

—¿Qué?

—Anoche íbamos muy borrachos. Pero he recordado que cuando entramos en la habitación y nos tumbamos los tres en la cama, con la luz apagada, tu pulso se aceleró y tu respiración se descontroló. Solo tuve que encender la luz de la mesilla para tranquilizarte.

Natalia suspira y se muerde los labios. No dice nada, solo me mira. Entiendo que no quiere hablar del tema. No me hace falta ponerme en su lugar, tampoco quiero explicar por qué me dan miedo las frías noches bañadas de nieve en invierno.

—Te recojo a las ocho. Tenemos una cita.

🌙🌙🌑🌑

—Estás guapísima —digo mientras esperamos en la cola de las palomitas en el cine.

Natalia sonríe y da una vuelta sobre su eje. Me gusta verla así, segura de sí misma.

—¿No tendrás una cita con el chico más guapo de toda América? —continúo.

—Y con el más capullo.

—Y humilde.

—Lo que tú digas, macarra.

Al ser sábado hay mucha gente. En la fila de al lado se coloca una familia compuesta por un padre, una madre y su hija. Natalia se queda mirando con detenimiento la escena. Y le cambia la cara. Es increíble el poder de la mente. Cómo algo tan pequeño es capaz de jugar con nuestros recuerdos. El padre coge a la niña en brazos, juegan y ríen. Es una estampa preciosa.

—¿A ti no te pasa? —comienza diciendo, con voz aguda—. Extraño momentos, lugares y personas que nunca han existido. A veces, me digo a mí misma que no haber recibido todo el amor que he necesitado a lo largo de los años no ha sido tan malo. Que me ha enseñado a ser fuerte, a entender que si no me quiero yo nadie lo hará. Hay días, como hoy, que me gustaría no sentir envidia cuando veo a un padre querer a su hija.

—En mi caso, extraño a una persona que no quiero que vuelva. De ella solo queda su aspecto físico, los recuerdos y el dolor que dejó cuando se marchó. En ocasiones me juzgo, limito lo que tengo que sentir. No me parece justo que yo siga estancado en sus abrazos y en los días de tortitas cuando ella, teniéndome a ¿veinte?, ¿treinta centímetros?, no ha sido capaz de mirarme a los ojos y buscar a aquel niño al que algún día quiso, o eso quiero pensar, más que a nada en el mundo.

—Si llamara a tu puerta, ¿le abrirías?

—No lo sé, morena. Quiero decir que no, que… ya es demasiado tarde, que es imposible curar un corazón roto como el mío, lleno de miedos, vacíos y vértices con los que puedes cortarte. Pero, en el fondo, sé que eso nunca pasará. Que, si algún día vuelve a mi vida, será porque la he llamado borracho y le he pedido que regrese.

Natalia se aferra a mi brazo y pega su mejilla a mi bíceps. Cierro los ojos y suspiro. Hace un mes salió corriendo cuando fijé mis ojos en su piel. Hoy es capaz de abrazarme, sentirme y ser ella misma conmigo, sin miedo a que pueda fallar. Me siento afortunado, pese a todo. No cualquiera encuentra a su alma gemela en el momento justo. Y yo la he encontrado. Nos une el amor que sentimos el uno por el otro, que aumenta a medida que pasa el tiempo. Pero lo que nos mantiene realmente unidos es el dolor que guardamos en nuestro interior y que, con un beso, somos capaces de olvidar.

—¿Y tú? ¿Serías capaz de perdonar todo el dolor que te ha causado? —me atrevo a preguntarle.

—El monstruo de las pesadillas no merece mi perdón, pero aun así se lo concedería. No por él, sino por mí. No quiero vivir apegada al odio, lo que tampoco significa que lo quiera cerca. Hace unos años trataba de encontrarle explicación, no entendía por qué me pegaba, por qué pegaba a mamá, qué le llevaba a hacer lo que hacía, a decir lo que salía por su boca… Hoy puedo decir que he asumido los hechos, pero no el dolor. Tengo la sensación de que siempre estará ahí. Y la sombra de sus golpes también.

—Es la primera vez que te escucho hablar así de él.

—No creo que sea la última, Dylan. Contigo todas las versiones que han existido de mí se reducen a una. No tengo que fingir. El monstruo de las pesadillas forma parte de mi vida, es mi verdad y, si quiero conocer la tuya, lo justo es que tú te adentres en la mía.

No sé qué responder. Mis ojos se quedan clavados en las líneas del suelo. Ha dado por sentado muy rápido que yo estoy dispuesto a mostrarle mi verdad, mi historia. Pero no lo tengo tan claro. En mi cabeza no suena demasiado bien la idea de contar mi pasado. Se asustará. Y quizá se irá. No puedo arriesgarme a perderla.

—Dylan, me gustas por lo que eres, no por lo que fuiste.

A su lado, en ocasiones me da la impresión de que pienso en alto. Nos miramos. Sus ojos se estancan en mi boca. Pienso que va a besarme, pero ríe y se coloca enfrente de mí, de espaldas. No tengo ni idea de qué es lo que está pasando. Se echa la melena hacia atrás y la deja caer sobre sus hombros. Los tirantes de su vestido blanco con flores rosas son diminutos y contrastan con su piel, poco bronceada por el sol.

No quiero ser descarado, pero no puedo evitarlo. Fijo mis ojos en su espalda y a continuación sigo el recorrido hacia sus piernas. Hace calor. Y la gente ha desaparecido. Tengo la impresión de que somos ella y yo contra el mundo. Hago lo que mi cuerpo me pide a gritos. La abrazo. Paso mis brazos por encima de sus hombros y la pego a mi pecho. Tengo miedo de que mi gesto no le guste, pero nada más alejado de la realidad. Posa sus manos encima de las mías y ladea la cabeza para mirarme.

Ahora sí, se gira bajo mis brazos. Nuestros pechos quedan unidos. Se pone de puntillas y me besa. Mi mano se aferra a la parte baja de su espalda y ella jadea con suavidad sobre mis labios. Algo revolotea en mi estómago. Es una sensación extraña que nunca he sentido. Y me gusta. Me encanta.

—¡¡Siguiente!? —grita el dependiente detrás de la barra, y me hace un gesto para que acuda a hacer mi pedido. Natalia deja de abrazarme y suelto su mano para sacar la cartera del bolsillo trasero de mi pantalón—. ¿Qué quieren?

Miro a Natalia y le pregunto:

—¿Palomitas dulces o saladas?

—Saladas.

—Menos mal. —Suspiro—. Temía tener que terminar nuestra relación sin haberla empezado.

—Vaya exagerado…

—Ponnos también un refresco de cola grande, por favor. Y dos pajitas —añado, mientras el chico rubio con el rostro repleto de *piercings* sirve las palomitas.

Aproximo la tarjeta al datáfono. Natalia coge el cubo y roba palomitas acercando la lengua. Al verla me río y deja de hacerlo. Le insisto para que no deje de ser ella. Consigo que mis palabras calen hondo, porque vuelve a atacar el cubo de palomitas.

Nos ponemos en la fila para entrar al cine. Al fondo, localizo a la encargada de validar los tíquets. También las escaleras. Y, en la parte de arriba, las salas de cine.

Natalia me da un codazo y yo finjo estar distraído. Estoy seguro de que si le digo lo que tengo pensado hacer, saldrá corriendo. Ella asegura odiar las locuras, pero eso es porque aún no ha conocido lo que es cometerlas de mi mano. Yo no puedo vivir sin ellas.

—¿Qué película vamos a ver? ¿Tienes las entradas? —se interesa.

—¿Quién te ha hecho creer a ti que tengo entradas?

Natalia me observa ojiplática.

Nuestro turno.

—¿Me muestra los tíquets? —La chica me sonríe.

Yo le devuelvo el gesto y le pido un momento. Me meto la mano en el bolsillo trasero del pantalón y la saco, sin entradas. Natalia me mira de reojo con cautela. Vuelvo a visualizar las escaleras. Y la agarro de la mano.

—¡Corre! —grito a la vez que tiro de ella.

La responsable del cine nos pide que regresemos, pero no viene a por nosotros. Así que aquí estamos. Esquivando a la gente entre la multitud. Siento la adrenalina apoderarse de mi cuerpo. Veo palomitas volar. Natalia deja escapar una risa nerviosa, pero en el fondo sé que no le está haciendo gracia. Evitamos subir a la planta de arriba por las escaleras mecánicas, optamos por las normales.

—¡Dylan, se me caen las palomitas!

—¡Agárralas bien fuerte! ¡Me han costado diez dólares! —Cambio de dirección y ella grita nerviosa—. ¿En qué sala quieres entrar?

—¡Y yo qué sé! ¡Eres tú el que se ha colado en el cine!

—Cállate —mascullo, aguantando la risa. Me paro frente a la sala número seis y abro la puerta—. Ahora eres mi cómplice. Seremos la pareja más atractiva de la cárcel.

—¡Nos separarán! A ti te mandarán al módulo de hombres y a mí, al de mujeres.

—Que tu mayor preocupación sea que te separen de mí si algún día acabamos entre rejas dice mucho de ti.

—Ah, ¿sí? ¿Y qué dice? —me reta, con superioridad.

—No puedes vivir sin mí —bromeo.

—Poder, claro que puedo, pero no quiero.

¿Cómo se respira?

Apenas hay gente. He acertado entrando en esta sala. Por las cuatro familias con niños que hay intuyo que no nos hemos metido a ver la última de una saga de terror. Hubiera sido un puntazo tener a Natalia abrazada a mí hora y media. Otro día será, supongo.

Nos sentamos en la penúltima fila, alejados del resto de las personas. Me quito la chaqueta de cuero y la dejo sobre el asiento desocupado de al lado.

Miro a mi derecha y me encuentro a Natalia aferrada al cubo de palomitas. Le gustan mucho. Y huelen bien, casi tanto como su perfume. Los anuncios y tráilers anunciando nuevas películas terminan y las luces de la sala se apagan, incluida la pantalla.

—¿Qué peli vamos a ver?

—Es una sorpresa —miento.

Al mismo tiempo que la película comienza, Natalia abre mucho los ojos. Su boca casi roza el suelo. Y mi futuro aburrimiento tocará el cielo, pero lo disimulo bien, porque empieza a darme golpecitos en el brazo como una niña pequeña. Creo que no tengo a mi lado a la chica de diecinueve años, sino a la niña de siete que no pudo ser en su día.

—¡Nunca me llevaron al cine de pequeña! ¡Es… es…! ¡*La Bella y la Bestia* es mi película favorita de dibujos! ¿Cómo lo sabías?

Ah, ¿tengo que saberlo?

Esto se conoce como la suerte del principiante y mi lado más granuja no va a desperdiciar la ocasión. Paso el brazo por encima de sus hombros y su mano se aferra a la mía. Esto está siendo demasiado perfecto. Y tengo que responder cuanto antes si no quiero que me pille.

—Te he dicho que era una sorpresa.

—Joder, Dylan. ¿De qué manera puedo devolverte todo lo que haces por mí?

—Con los años he aprendido que el amor es incondicional. No quiero nada a cambio, me basta con hacerte feliz. —Intenta decir algo, pero la corto. ¿Ha sonado demasiado a un personaje masculino de Wattpad en pleno 2016?—. Mi propósito a tu lado es hacerte entender que mereces todo lo que desees. A veces, las personas demostramos amor con hechos, o con regalos. Y no por eso la otra persona queda en deuda. Acéptalo y disfruta. —Ella mira la pantalla y sonríe al ver la primera escena del *live action* de la película, pero al momento, vuelve a clavar su mirada en mí—. Aunque... se me ocurre una forma de que me devuelvas el favor...

—¿Sí? A mí también se me ha ocurrido algo. ¿Crees que será lo mismo?

—¿Vas a tardar mucho en besarme? Te vas a perder la película.

Natalia deja escapar una carcajada y se inclina para hacerlo. Es un beso rápido, de esos que te dejan con ganas de más, pero suficiente para saber que lo que siento por ella también lo siente por mí. Que, por primera vez, no quiero ir rápido con una persona. No quiero llevarla a la cama, ni olvidarme de ella después de la primera cita. Quiero ir despacio. Hablar sobre sus libros favoritos, conocer los rincones de su habitación porque ella me los cuente en detalle o descubrir en qué parte del cuerpo tiene cosquillas.

No puedo dejar de pensar en el beso. Y, pese a que la película se encuentra en un momento bastante interesante, uso mi mano para tirar de su barbilla y propinarle un beso cálido. Ella me recibe con un gemido. Siento que mi cuerpo exuda calor. Suspiro y vuelvo a unir nuestros labios; nuestras lenguas juegan entre sí y sus dientes muerden con suavidad mi labio inferior, pidiéndome un poco más.

¿Qué dura más? ¿Lo eterno o lo efímero?

—¿Estás llorando? —pregunta, cuando la película está a punto de terminar. Me seco las lágrimas rápidamente, aunque ella no se esfuerza en disimular, no puede dejar de llorar—. Así que eres un macarra con corazón.

—No estoy llorando.

—No, claro que no —ironiza.

—No.

—Vale —ríe.

—Vale. —Contengo una sonrisa, y me seco la última lágrima que se desliza por mi mejilla—. Quizá sí. Un poco, muy poco. Poquísimo. Y porque se me ha metido algo en el ojo.

—Lo que tú digas —murmura.

—¡Chisss! —sisea un señor que permanece sentado unas filas más adelante.

—Chisss —repito, con burla. Natalia me da un codazo para que no lo vuelva a hacer—. Nos tenemos que ir —la informo, y ella me mira haciendo pucheros—. Hemos entrado sin pagar, ¿te acuerdas? No me gustaría salir a la vez que el resto de las personas y que estuviera la encargada esperándonos. Recuerda que en la cárcel nos separarán.

—Sabes dar donde duele.

—Nunca usaría algo que me hayas dicho que te duele para hacerte daño.

—No era en serio, o sea…

—Lo sé, flequillitos. Era solo una broma.

O que soy muy intenso.

Le tiendo la mano y ella la acepta. Salimos de la sala agarrados.

Al fondo veo a una responsable del cine avanzando hacia nosotros por el pasillo o eso creo, porque la gente sale disparada de otras dos salas. ¿Cómo no he podido caer? ¡Hay más salas! Sé que no nos ha visto porque va mirando la pantalla de su teléfono, pero todo apunta a que va a entrar en la sala donde hemos visto la película. A mi derecha veo el servicio de mujeres. Tiro de Natalia y nos metemos dentro, esquivando a la muchedumbre. Cierro la puerta. A su espalda, la empujo por las caderas y entramos en uno de los baños.

Agudizo mis sentidos y cierro los ojos. Necesito concentrarme para escuchar qué está ocurriendo afuera. Natalia me aprieta la mano, con miedo. Contengo la risa; no puede descubrirme, no cuando mi plan está llegando a su fin.

—¿Escuchas eso? —pregunto.

Hace un esfuerzo por oír. Pero solo hay silencio. Niega con la cabeza y exploto a reír.

—¿Se puede saber de qué te ríes?

—De ti.

—¿De mí? —Se aclara la garganta—. Dylan Brooks, ha sido nuestra primera cita, pero puede que sea la última.

—¡Chisss! —le pido que se calle.

Vuelvo a meterme en el papel. Y así hasta que llegamos al coche, esquivando al personal invisible del cine. Cuando montamos, ladeo la cara para verla y ella me mira expectante.

—Ha sido divertido. —Me apresuro a decir, antes de que me mande a la mierda.

—¡Eres un imbécil! ¡Ya me veía en la cárcel! —Me propina un golpe inocente en el brazo—. ¿Qué pensarían los espectadores? ¡Somos actores!

—Eres una exagerada.

—Y tú un capullo.

—Dime algo que no sepa.

—¿Estás seguro?

—Por supuesto.

—Te... yo... —Le cuesta que le salgan las palabras—. Dylan, me encantaría poder llamarte mi chico —confiesa, por fin, con la boca pequeña.

Inclino la cabeza con los ojos muy abiertos. No me da tiempo a asimilar lo que acaba de decir, pues se estampa contra mi boca, con pasión. Trato de controlar el recorrido de mi lengua, que juega a su antojo con la suya, pero me es imposible. Nuestros besos cada vez son más húmedos y frenéticos. Con mi ayuda, pasa por encima de la palanca de marchas y se sienta a horcajadas sobre mis piernas. Deslizo hacia atrás el asiento para estar más cómodos.

Recorro su cuerpo con las manos. La tela del vestido juega con mi imaginación. Quiero quitárselo. Cada vez hace más calor y nuestras respiraciones hacen que los cristales del coche se empañen. Natalia besa y lame mi cuello. Yo gimo en su oído. Y vuelvo a hacerlo cuando mordisquea mi oreja con sensualidad.

Pongo las manos a ambos lados de su rostro y hago un movimiento con mi pelvis para que sienta el bulto que sobresale de mi entrepierna. Ella jadea y sonríe. Querría estar dentro de ella, gemir sobre su boca, que grite mi nombre. Y confesarle cuánto me gusta su sonrisa para que no deje de sonreír y, en el momento oportuno, hundirme en el centro de su cuerpo. Pero no quiero hacerlo aquí.

Ella no merece que nuestra primera vez sea en un coche cualquiera, en un aparcamiento de poca monta. Este no es el momento y, aunque me muera de ganas por hacerla mía, tengo que relajarme. Pero no podré hacerlo si sigo besándola.

—Tenemos que parar —murmuro.

Natalia traslada los besos a mi cuello. Por inercia, vuelvo a hacer el mismo movimiento con las caderas y aferro mis manos a su culo. Ella se pega a mí cuanto puede y me susurra al oído cuánto le gustaría hacérmelo aquí y ahora.

Mi parte más capulla quiere mandarlo todo a la mierda, ir a los asientos de atrás, quitar la capota del coche y follar con ella, desnudos bajo las estrellas. Tengo que controlarme. No quiero que conozca esa versión de mi yo del pasado. Quiero hacer las cosas bien.

Entre mis planes no está hacerla sentir mal una vez que el momento de calentón pase y volvamos a la realidad. No quiero que se arrepienta de haberse acostado conmigo.

Quiero hacerlo cuando ella se sienta segura. Y sé que aquí no lo está, o así he interpretado sus movimientos cuando, al ir a subir la tela del vestido, automáticamente ha bajado mi mano cuando esta se ha posado en una parte concreta de su costado.

No tengo prisa. Y quiero que lo sepa. Porque no me voy a ir.

—Tenemos todo el tiempo del mundo.

—No te irás, ¿verdad?

—Nunca —le prometo—. Te aseguro que me muero de ganas por hacerlo contigo. Siempre y cuando tú estés preparada.

—Vale —murmura, y a continuación hunde su nariz en mi cuello y me abraza con fuerza—. Siento que tengas que cargar con las piezas de un corazón que tú no rompiste.

No hay palabras suficientes que puedan calmar el dolor que destila esa frase. Me limito a abrazarla y hacerle sentir que todo estará bien, aunque ni yo lo tenga claro.

El camino de vuelta lo pasamos en silencio. La música suena y nosotros cantamos algunas estrofas. Cuando suena *Cinema*, Natalia lo da todo. Solo nos miramos. Y sonreímos.

Aparco enfrente de su apartamento, le propino un beso fugaz y sale del coche.

—¿Quieres subir?

Quiero. Claro que quiero. Pero no me da tiempo a responder, porque mi móvil empieza a sonar. Le doy la vuelta y veo el nombre de Zack en la pantalla. Por nada del mundo se lo voy a coger. Nada más rechazo la llamada, vuelve a sonar.

—Cógelo, puede ser importante —dice Natalia, apoyada sobre la ventanilla del asiento del copiloto.

—Es Zack. Será una tontería.

—Quizá necesite desahogarse con alguien. No me va a contar a mí el intríngulis de su amor con Lily, como comprenderás.

Respiro profundamente y suelto el aire de golpe.

—Resérvame una de estas noches —le pido.

Arranco el coche y, antes de desaparecer, le guiño un ojo. Me estoy marchando. Tengo que luchar con las ganas que tengo de estar con ella. Por el retrovisor la veo sacarme el dedo en la distancia. Y sonrío.

EL MONSTRUO DE LAS PESADILLAS
(6)

Nueve años

Otra noche más. Los gritos se hacen insoportables y los golpes también. No puedo salir, mamá me ha dicho que me quede en la habitación. El monstruo de las pesadillas dice frases muy feas, en una de ellas pronuncia mi nombre y asegura que algún día me hará mucho mucho daño. No sé si un cuerpo tan pequeño como el mío podrá soportarlo mucho tiempo más.

Tengo la oreja pegada a la puerta. Quiero escuchar qué está pasando fuera, quiero asegurarme de que mamá está bien, pero salir sería ponerme en peligro. Y, además, le prometí a mamá que me quedaría leyendo.

Así que me subo a la cama y, desde allí, de pie, alargo el brazo para hacerme con uno de los libros de mi estantería. Consigo leer un capítulo. Y hasta tres. Pero cuando voy a empezar el cuarto vuelven los gritos. No cesan. Y ya cansan. Mañana me levanto temprano para ir a clase. Quiero dormir. Tengo sueño.

Cierro el libro, frustrada, y salgo de la habitación. Cuando el monstruo se vuelve y me ve, le cambia la cara. Parece más enfadado de lo que imaginaba.

—Tengo sueño —informo.

—Ve a dormir, hija —dice mi madre.

—Sueño —repite el monstruo, con una sonrisa.

Está caminando hacia mí. Como un acto reflejo empiezo a retroce-
der sobre mis pasos sin apartar la mirada de él. Perderlo de vista sería
un error.

—¿Te vas a ir a dormir sin darme las buenas noches? —me dice—.
¿Por qué no vienes al salón y hablamos?

Me da miedo. Mucho miedo.

Corro hasta mi habitación y cierro la puerta en sus narices. Escucho
al monstruo maldecirlo todo. Y grita. Aporrea la puerta. Me siento en el
suelo y ejerzo fuerza contra ella para que no pueda abrirla. Siento la
vibración en mi espalda de las patadas que propina. El sonido que pro-
vocan sus uñas al arañar la madera es muy desagradable y me pone
nerviosa. Me llevo las manos a los oídos y tarareo mi canción favorita.

—¡Abre la puerta! —grita.

—¡No!

—¡Que la abras! —Se vuelve más agresivo.

—¡No! ¡Me vas a pegar!

El monstruo guarda silencio. Creo que se ha ido. No tengo reloj,
pero llevo mucho tiempo sin escucharlo. Me aparto de la puerta con
cuidado de no hacer ningún ruido y vuelvo a la cama. Apago la luz y
me abrazo a mi peluche preferido, un oso polar con vestimenta naranja
que me acompaña cada noche. Lo he llamado Dormilón porque solo
duerme.

Vuelvo a la cama y me arropo. Se me ha olvidado bajar la persiana
y entra luz, eso me da seguridad. Podré ver si el monstruo descubre que
ya no estoy detrás de la puerta. Deseo que no sea así, quiero dormir.
Y soñar.

Estoy a punto de quedarme dormida, los párpados me pesan y las
mantas me hacen sentirme protegida. Y la puerta suena. Es el tirador.
Espero que sea mamá y venga a darme un beso de buenas noches. Por si
acaso, me hago la dormida.

Un fuerte golpe me asusta. Se ha chocado con la silla de mi escrito-
rio. La puse a modo de barrera para impedir que los monstruos me lle-
varan con ellos. Sé que se trata de él porque lo tengo delante. Me ha
agarrado de la camiseta y estoy volando. No alcanzo a tocar el suelo.

Me mira con rabia y odio. Y cuando me suelta sobre la cama, ya nada es como lo era hace cinco minutos.

☽ ☽ ☾ ☾

Una nueva mañana comienza. Mamá me despierta. No quiero que me vea la cara. Me tapo con las sábanas y le prometo que me vestiré rápido. Y así lo hago. Corro hasta el baño evitando cruzarme con ella. Y echo el pestillo. Me miro al espejo y suspiro.

Aunque me duele el pómulo, esta vez se ha asegurado de no dejar marca, todo lo contrario que ocurre con mi brazo. Me levanto la manga y contengo las lágrimas. Es solo un moratón, pero ocupa la parte alta del brazo. La camiseta lo cubrirá.

Voy a la cocina y desayuno con mamá a mi lado. El monstruo se cuelga una mochila del hombro y camina hacia mí. A mi altura, se ríe. Me he cubierto la cara con las manos. Mamá me observa con el ceño fruncido y la mirada del monstruo me advierte de que será mejor que deje de actuar de esa manera.

—Ten un buen día —dice, y me propina un beso en la cabeza.

En clase de Educación física, en el gimnasio, me arremango cuando jugamos al baloncesto. Hace calor, y estoy sudando. Le he pasado el balón a un compañero y ha encestado. Todos los de mi equipo gritamos de euforia y me abrazo con Lara. Pero me aparto rápido; me ha apretado el brazo sin querer, y duele. No dejo de correr de un lado a otro en un intento por cansar mi mente. En un acto reflejo bajo la manga del brazo afectado. Lara me está mirando preocupada.

—¿Qué te ha pasado?

Recuerdo las palabras que el monstruo de las pesadillas pronuncia cada vez que ejerce fuerza sobre mí y respondo con indiferencia:

—Me he caído.

12

EL MIEDO A LO DESCONOCIDO DESAPARECE CUANDO APARECEN LAS GANAS DE HUIR DE LO CONOCIDO

Natalia

Llegar a casa después de tu primera cita con la persona que te gusta es de las mejores sensaciones del mundo. No puedo dejar de sonreír. Cada vez que mi sonrisa mengua, recuerdo un momento a su lado y vuelvo a tener cara de tonta mirando al techo. Me he tumbado sobre el sofá de espaldas. Me duele la tripa de reír. Y siento algo en el pecho que nunca he sentido. Por primera vez, sé qué quiero en la vida. Y con quién lo quiero.

Me quito el vestido, me doy una ducha rápida y me pongo ropa cómoda: la camiseta de Nirvana que todavía no he devuelto a Dylan y unas mallas ajustadas de ciclista de color rosa.

Saco una lata de refresco del frigorífico y preparo una tortilla francesa en la sartén. Me siento en el sofá con las piernas cruzadas. Enciendo la tele y veo mi serie favorita mientras ceno. Cuando vivía en Madrid, soñaba con que llegara este día. Solo quería paz, silencio y tiempo a solas para estar conmigo. Ahora puedo hacer todo cuanto quiero y a la hora que me plazca y, aunque extraño momentos vividos allí, no volvería jamás.

Una vez te han obligado a odiar tu ciudad, descubres que el mundo no termina ahí. Más bien al contrario: no ha hecho más que empezar. Siempre hay una ciudad, un pueblo, un país o unos brazos dispuestos a hacerte sentir en casa sin necesidad de encontrarte en el lugar que estipula la sociedad o tu familia.

Vancouver es mi casa. Dylan es mi refugio.

Termino de cenar y llevo el plato al lavavajillas. Aún me sigo riendo del chiste que uno de los protagonistas ha contado. De camino al sofá me fijo en cada rincón del apartamento. La vida, con el paso de los años, me ha enseñado a encontrar la belleza más absoluta en las cosas más simples.

Me siento y abro el ordenador. Ha llegado mi momento favorito de la noche, el de escribir. Tengo dos escenas perfectas para el que ya es mi nuevo libro, pero antes consulto el móvil. Llevo toda la tarde sin prestarle atención, aunque cogerlo ahora tan solo es una excusa para mandarle una selfi a Dylan sacando la lengua, con las gafas de ver puestas. Cuando salgo del chat me encuentro con más de veinte llamadas perdidas de Lara.

La llamo de inmediato. Cuando lo coge, no saluda. Le hago preguntas, no sé qué es lo que está pasando. Me pide que hagamos una videollamada urgentemente, lo que quiere decirme solo puede ser cara a cara y eso es lo más cerca que vamos a estar la una de la otra.

—¿Qué ocurre, Lara? —pregunto, nada más veo su cara aparecer en pantalla; está guapísima—. Estaba en el cine con Dylan, tenía el teléfono en silencio.

—Tengo que decirte algo importante. ¿Te pillo bien? ¿Estás tranquila?

—Lo estaba hasta que me lo has preguntado.

Lara traga saliva con dureza. Parece incómoda, las palabras no le salen solas y eso conmigo no suele ocurrirle. A no ser que estemos hablando de Zack, claro está, con el que vuelve a estar enfadada después de enterarse de que se sigue viendo en secreto con Lily. Pese a tener una relación… ¿abierta?, Lara no está del todo cómoda con la situación. Nuestras conversaciones suelen enlazar temas distintos o sin sentido continuamente. No quiero que se sienta mal, por lo menos si puedo evitarlo, aunque fingir que todo va bien cuando mi mente funciona como una maldita locomotora no es de lo mejor que sé hacer en la vida. Me lleno los pulmones de aire y lo expulso poco a poco con los ojos cerrados. A mí tampoco me salen las palabras. Está pasando justo lo que no quería que ocurriera en ningún momento. Necesito enfrentarme a la realidad, cuanto antes.

—Creo que tu padre no está en Madrid —masculla—. Tengo entendido que ha llegado una orden judicial a tu casa... Tu madre no sabe dónde está, y me ha pedido que te avise, porque parece que lo último que dijo antes de marcharse fue: «Es culpa de esa hija de puta». No sé si se refiere a ti o...

No escucho.

Lara lleva pronunciando mi nombre enfrente de la webcam de su ordenador desde hace ¿cinco minutos? ¿Seis? He perdido la noción del tiempo. No sé cuánto llevo con los ojos como platos mirando la tecla del espacio del teclado del portátil. He olvidado cómo se pestañea.

La primera vez que me disocié de la realidad y de lo que sucedía a mi alrededor estaba escribiendo el libro que ahora se ha convertido en película. Cuando escribía las escenas en las que narraba los hechos ocurridos no era capaz de empatizar con lo que estaba contando, simplemente me limitaba a escribir palabra por palabra esa vivencia, ignorando el sufrimiento que había causado en mí. No era capaz de derramar ni una sola lágrima. Por el contrario, cuando escribía una escena de amor entre los protagonistas, me podía pasar dos días llorando cada vez que la recordaba.

—Natalia, me estás asustando. Di algo —insiste Lara, y de repente reacciono y clavo mis ojos en la imagen de mi amiga que se reproduce a tiempo real en la pantalla—. ¿Has escuchado lo que te he dicho?

—¿Ya tienes pensado qué vas a estudiar el curso que viene? O... ¿quizá quieras trabajar? ¡Podrías venir a verme en vacaciones! ¡Te pagaré el vuelo!

—Evitar hablar de un tema no te hará superarlo antes —musita, con tristeza; mientras guardo silencio, se llena la boca del helado que ahora veo que tiene junto a ella, cuchara tras cuchara—. Te he llamado todo lo rápido que he podido. Incluso he intentado comunicar con Zack, pero tampoco daba señal.

Me quedo en silencio, con la mirada perdida.

—Natalia, escúchame. Vas a llamar a Dylan, a Zack o a quien tú quieras y le vas a pedir que duerma contigo. No quiero que salgas sola a la calle, ni que contestes llamadas de números desconocidos. Si vas a usar el teléfono, que sea para llamar a la policía.

No reacciono, ni tampoco respondo. Lara suspira y me mira con pena.

—No me mires así —digo, por fin.

—Me parece tan injusto…

—Estoy acostumbrada. —Me encojo de hombros.

—No, no lo estás. Conmigo no tienes la necesidad de fingir, no tienes que hacerme creer que todo está bien cuando no es así. Nadie en tu lugar estaría tranquilo, no eres un bicho raro por sentir miedo y reconocerlo te hace humana.

—Lara, cuelga la llamada.

—No.

—Por favor —suplico, con voz gutural—. Yo no puedo colgar, porque sé que cuando eso pase me quedaré a solas con la ansiedad. Hazlo por mí. No quiero que me veas llorar.

Lara no contesta y pone fin a la llamada. Su imagen desaparece y la pantalla se funde a negro. Bajo la tapa del portátil y lo dejo sobre la mesa; después, acerco la cara a uno de los cojines y ahogo un grito que desgarra mi garganta.

Doy gracias a la vida por tener a mi lado, aun en la distancia, a alguien como Lara, capaz de darme lo que necesito a sabiendas de que no será lo mejor. Yo no hubiera tenido el valor de hacerlo, ahora seguiríamos inmersas en un duelo de miradas, silencios y pensamientos catastróficos. En el fondo no quiero quedarme a solas. Ni llorar. Pero ya forma parte de mi ser. La soledad me abraza, aunque no es el abrazo que necesito. Y ese nadie jamás podrá dármelo.

Cierro los ojos e intento refugiarme en los recuerdos, pensar en el abuelo, uno de los pocos refugios de mi infancia. Al recordar su mirada me muero de dolor. Sus ojos. La forma en la que me hacía sentir la niña más especial del mundo. Su sonrisa. La carcajada de alegría cuando corría hacia él para abrazarlo después de dos días sin vernos. Me abrazo las piernas con fuerza. No quiero clavarme las uñas en las palmas de las manos, no quiero llorar; mañana tengo rodaje. La idea de amanecer temprano con la cara hinchada y los ojos rojos no me agrada, pero no puedo controlar mis emociones. Y el miedo, la pena, la rabia y el sufrimiento acaban con mi autocontrol y se apoderan de mi llanto.

He perdido la cuenta de las lágrimas que llevo derramadas. Y también de los años que llevo sin él. He olvidado el número de días en los que le he suplicado al cielo que volviera. Y nunca lo ha traído de vuelta.

Refugio mi dolor en el pensamiento de saber que hay más personas que forman mi familia. Tíos, tías, primos, otros abuelos…, aunque nadie ha sido capaz de llenar su vacío. Nunca nadie ha sabido quererme y eso a veces me ha llevado a pensar que el problema era yo. El abuelo Emilio y mamá siempre me han hecho pensar lo contrario. Quererme es fácil, lo difícil es lidiar con personas que no saben querer bien. De nada sirve querer mucho si a quien quieres no le das la libertad de ser, pensar, crear, hablar o volar.

En realidad, ninguno de ellos, a excepción del abuelo y mamá, se han enfrentado nunca al monstruo de las pesadillas. Siempre he pensado que mi familia es el reflejo de la sociedad ante un caso de violencia machista. Hay quienes nunca creen a la víctima, otros miran hacia el lado contrario, una gran mayoría niega la evidencia, otros, incluso juzgan a quien lo sufre y se ponen del lado del agresor. Quienes de verdad permanecen al lado de la persona que necesita ese apoyo son invisibles a ojos de los demás, pues los que se posicionan del lado del agresor saben que, de alguna manera, han sido cómplices de un maltratador. No entienden cómo esa inocente persona puede tener apoyo, si le está arruinando la vida al verdugo. Prefieren vivir en la ignorancia absoluta a nunca afrontar la realidad, firme en los hechos.

Me gustaría poder decir que he perdonado a quienes me volvieron la cara, me juzgaron, me pusieron en duda, creyeron al monstruo de las pesadillas o, simplemente, no me dieron el abrazo que necesitaba, pero aún no puedo. Pensé que, en Vancouver, conseguiría poner paz en mi mente, arreglar ciertos asuntos que en mi ciudad nunca podría resolver.

Jamás imaginé que las secuelas fueran a doler más que los golpes. El abuelo nunca dudó en plantarle cara al monstruo cada vez que vio el miedo en mis ojos. Y, sin él, hoy no me queda nada. No me reconforta saber que está, aunque no pueda verlo. Necesito escuchar su voz y la recuerdo a duras penas. Prácticamente la he olvidado. Y me quiero morir. Porque no encuentro el sentido de nada en mi cabeza. No entiendo por qué he olvidado lo que me hace feliz y sigo reproduciendo cada noche lo que tanto daño me causa.

Saco una foto de la cartera y la miro detenidamente. Deslizo mi dedo por encima de la niña que murió en mí. Y por la sonrisa de mi abuelo. Los dos reímos en la imagen. La lluvia moja el suelo y un sombrero de paja corona mi cabeza, y otro la suya. Mis diminutas manos se adueñan de mi rostro. Y mi abuelo se agacha a mi altura para pasar la suya por detrás de mi espalda.

Recuerdo aquel día como si fuera ayer. En el pueblo. El olor a mojado, los saltos, las ganas de ser, la libertad que me brindaron mamá y el abuelo cuando dije que quería bailar bajo la lluvia, la música que sonaba de fondo cuando el abuelo puso en marcha los altavoces del coche, las miradas de incomprensión de los vecinos ante mi eterna locura y las voces del monstruo de las pesadillas, las de su madre y sus hermanos, que se colaban en mis oídos coartando lo que algún día sería. Lo que soy hoy.

Me dejo caer de espaldas sobre el colchón. En el reflejo del espejo veo la ciudad a través de la ventana. Es bastante grande. A través de ella veo las luces de los edificios, las farolas y los coches que se cuelan en mi cuarto sin preguntar. Prefiero esto a la oscuridad absoluta, esa en la que mi mente puede imaginar futuros catastróficos sin miedo a nada, ni a mí misma. Mirar la ciudad hace que desconecte.

Me encanta. Lo tiene todo. Un centro digno de Nueva York, pero también mar y naturaleza, mucha naturaleza.

No me gustan los insectos, el tacto del césped o pensar en la inmensidad de un lago, un bosque o una catarata, pero imaginarme en medio de la nada, sola con el mundo y con un cuaderno en el que escribir lo que se me vaya ocurriendo me da paz.

El miedo a lo desconocido se esfuma cuando aparecen las ganas de huir de lo conocido.

Me acurruco en la cama, abrazada a la almohada. No tengo sueño, pero tengo que dormir si no quiero amanecer con las ojeras de un oso panda. No me he planteado llamar a Dylan. No quiero molestar. No quiero que estar en mi vida suponga una carga, sino todo lo contrario.

Cierro los ojos y trazo sueños con la esperanza de que algún día sean realidad. Desde hace unos días Dylan sale en todos y cada uno de ellos. En los sueños no tengo miedos, tampoco inseguridades; soy una chica decidida que quiere vivir, arriesgar y ser feliz. Me gusta la persona que soy mientras duermo. Me gustaría ser esa versión de mí algún día.

Me despierto en mitad de la noche. Tengo la sensación de haber dormido ocho horas. Me incorporo para mirar por la ventana y veo que aún es de noche. Miro la hora, es la una y media de la madrugada, ni siquiera he llegado a dormir media hora, pero sorprendentemente me siento descansada.

En este periodo de tiempo las pesadillas no se han adueñado de mi calma, solo espero que el resto de la noche transcurra de una manera tranquila y pueda volver a pegar ojo, aunque, una vez despierta, empiezo a pensar en todo. Y cuando digo todo, es… todo. No sé por qué me he despertado tan de repente, imagino que habrá sido por un ruido. Un sonido de algún animal, o un coche, alguien gritando en la calle…, no lo sé. Hay tantas posibilidades que mi cabeza no es capaz de aferrarse a ninguna de ellas. También cabe la posibilidad de que se trate del monstruo, aunque, en términos afines a la realidad, es hipotéticamente imposible.

Vuelvo a cerrar los ojos y me aferro a la almohada con fuerza pensando que es mi peluche de la infancia. No funciona, los pensamientos cada vez son más insistentes. Cambio de planes, pensaré en Dylan.

Tampoco funciona, pero consigo calmar los latidos de mi corazón.

Y de pronto un ruido. El ruido. El mismo que me ha despertado. Lo reconozco en cuanto suena. Y vuelve a sonar. No logro descifrar qué lo ocasiona, pero intuyo que procede del salón. No puedo usar la mente, no si quiero mantenerme serena, pero me es imposible controlar los recuerdos que la asaltan. Y vuelvo a tener seis años, nueve, catorce... vuelvo al día anterior al vuelo a Nueva York y contengo un sollozo. Puedo ver, sentir y oler al monstruo de las pesadillas, que me espera tras la puerta. Una lágrima cae por mi mejilla y me pellizco el brazo, obligando a mi cuerpo a despertar. No estoy dormida, eso es lo que más miedo me da.

Vuelve a sonar. Una y otra vez. Y, no sé cómo, ni por qué, pero estoy detrás de la puerta de entrada al apartamento con un jarrón en la mano, a punto de mirar por la mirilla, con los ojos fijos en la cerradura, que se tambalea. No sé cómo he llegado hasta aquí, hace unos minutos estaba en la cama, y no recuerdo haber venido andando. No sé si he hecho ruido o si... joder, no consigo recordar nada.

Avanzo un paso, me seco una de las tantas lágrimas que se deslizan por mi piel y contengo la respiración. Sea quien sea quien está detrás de la puerta no debe escucharme. No puedo darle ventaja, no puedo...

Al mirar por el agujero de cristal lo veo. No me cuesta reconocerlo. Sé que es él. Sus ojos, la forma de su cara..., esa puta sonrisa maquiavélica que aparece en todas y cada una de mis pesadillas.

Se ha caído al suelo. El jarrón está en el suelo. No lo he escuchado. Joder, no es el mejor momento para disociar. Mis piernas se tensan y mis puños se cierran. Las uñas no, por favor. Las siento clavadas en mi piel, pero no puedo liberar mi cuerpo, preso del miedo. Las lágrimas chocan contra el suelo y a centímetros de mí, separados por una tabla, el monstruo de las pesadillas aporrea la puerta. Me exige que la abra y juega con mi mente.

Consigo salir del trance cuando escucho impactar contra la puerta algo de gran calibre. Tiene que estar usando su cuerpo para conseguir tirarla abajo. Y entonces corro hasta mi cuarto. He pisado uno de los cristales del jarrón, pero apenas tengo tiempo de pensar en el dolor que siento en el pie. Tengo que hacer algo.

Me encierro en mi habitación y uso una silla para atrancar la puerta. Me tiro sobre mi cama y alargo el brazo para coger el móvil. Mis manos tiemblan y noto cómo se forman pucheros en mi rostro. No hay tiempo para secar las lágrimas. Apenas veo las teclas del móvil. Ni siquiera funciona el Face ID. Me desespero. Grito, golpeo el colchón y maldigo mi vida. No quiero morir.

No quiero…

Desbloqueo la pantalla del teléfono al tercer intento por introducir el pin y llamo a la policía, pero mi impaciencia me juega una mala pasada y cuelgo antes de que me respondan. La única persona que creo que puede ayudarme, o así me lo ha asegurado, es Serena. La llamo, pero no lo coge. La vuelvo a llamar una segunda vez.

—Vamos, vamos…, por favor… —mascullo, mientras escucho los pitidos en la línea.

Esta vez me cuelga. Joder, me dijo que estaría ahí para meterlos entre rejas. Vuelvo a intentarlo.

—Venga… Maldita sea, cógelo…

—¡No son horas, Natalia! —grita una voz masculina, y cuelga.

Cuatro palabras han sido suficientes para saber que esa voz la conozco. Es Agus.

Vuelvo a golpear el colchón y emito un chillido al escuchar cómo finalmente la puerta se ha abierto. El monstruo avanza con pasos agigantados por mi apartamento. No me queda tiempo ni opciones.

Llamo a la única persona en la que creo que puedo confiar. Y espero, solo espero, que no me falle, que no me abandone. Solo espero que esté ahí tal como ha prometido…

13

NO TE VAYAS, TE NECESITO

Dylan

—¿Qué cojones pretendes hacer? —espeto, con cautela.

Zack permanece a mi lado con los puños metidos en los bolsillos de su chaqueta. Lleva el pelo recogido en un pequeño moño. Hago como que entre nosotros no ha pasado nada, pero no puedo olvidar su traición. Como no hable rápido, le reprocharé otra vez que por su culpa no estoy en casa de la chica que me gusta.

—O hablas, o me voy. ¿Qué hacemos aquí? —inquiero, con dureza. No me esfuerzo en ser simpático.

—Axel está en Vancouver.

¿Qué?

Ahora sí, ¡dale con la silla!

—¿Cómo lo sabes?

—Lara me lo ha dicho. No es cien por cien seguro…, son sospechas.

—Vale.

—Vale —repite.

Saca la mano izquierda del bolsillo de su chaqueta y me tiende un instrumento metálico. Bajo la mirada para descubrir de qué se trata y se lo arrebato en un movimiento rápido antes de que nos vea alguien.

—¿Tengo que explicarte cómo se utiliza? —me pregunta.

—¿Me ves cara de mosquita muerta? —Introduzco los dedos en

el puño americano y guardo la mano en el bolsillo de mi chaqueta de cuero—. ¿Dónde está?

—No lo sé —dice como si nada—. ¡Lo mejor será que patrullemos por la ciudad!

—¡Es una idea de mierda! —mascullo, muy enfadado—. ¿El padre de Natalia está aquí y eso es lo único que se te ocurre? ¡Podría estar en cualquier lado!

—¿Se te ocurre algo mejor?

Zack me da la espalda y, con las manos metidas en los bolsillos de su chaqueta, camina calle arriba. ¿Qué está haciendo? No pensará que vayamos a recorrer la ciudad a pie… ¡Ni de coña! Me doy la vuelta y subo al coche. Freno a su altura. Él no detiene sus pasos.

—Sube —ordeno, con dureza.

—Pero…

—Ni pero ni nada, Zack. ¡Sube al jodido coche y cierra la puta boca!

Pone los ojos en blanco y se monta en el asiento del copiloto sin mirarme.

—Se me ha ocurrido algo —comento, para romper el silencio; el rubio me mira expectante—. Si lo encontramos…, ¿qué te parece si… le dices que fuiste tú el que llamaste para amenazarlo? —De reojo lo veo tragar saliva—. No querrás que me maten por tu culpa, ¿verdad?

—Fue un error.

Río sarcástico.

—Zack, ¿te he dicho alguna vez que no creo en las casualidades? Me parecen estúpidas… y no serás tú el que me haga cambiar de opinión. Así que venga, dime. ¿Pensabas quedarte con la chica una vez muriera el personaje principal?

No responde.

—Natalia no me gusta —pronuncia tajante.

—No, claro que no. Te gusto yo —ironizo—. Y tampoco la quieres, no como deberías, porque si la quisieras mejor de lo que dices hacerlo, priorizarías su felicidad.

Estoy al lado de la persona que pensé que ocuparía el vacío que Eneko y Ulises dejaron. Una vez más me he equivocado. Y de nuevo vuelvo a sentirme más cerca de Natalia que hace unos minutos, porque ahora siento eso que tanto me ha reprochado: las mentiras. Zack ha hecho daño a conciencia, sabía qué tecla tocar para causar dolor. Pero no puedo alejarme de él, no sé si por masoquismo, por la necesidad de llamar amigo a alguien o por el hecho de que Natalia y él son inseparables. Y lo seguirán siendo. Pero a diferencia de Zack, yo sí quiero verla feliz, y sé que él la hace sonreír casi tanto como yo, casi tanto como Lara. Merece poder llamarlo amigo, aunque él todavía no haya comprendido el significado de esa palabra.

—¿A dónde vamos? —pregunta.

—A casa de Natalia. Quiero asegurarme de que está bien —respondo, pero luego añado—: ¿Qué piensas hacer? ¿Conquistar a Natalia y hacerle ver que eres el mejor partido, apostar por el ápice de luz de Lily que solo ves tú o jugar al amor a distancia con Lara?

—Las personas no estamos hechas para querer a una sola persona —se limita a decir.

Mi móvil comienza a sonar. Lo saco de la cazadora y, sin mirar la pantalla, se lo entrego a Zack. Al ver de quién se trata le cambia el gesto de la cara. Le indico que, al descolgar, ponga el altavoz para escucharlo. Cuando lo hace, Natalia no responde. Solo se escucha su respiración alterada. No quiero alterarme yo porque nuestra vida depende de que no descarrile en una curva o choque contra un coche, camión o boca de incendios por exceso de velocidad.

Tengo que parecer tranquilo, no puede notar mi nerviosismo.

—Futuro novio al habla —contesto, para hacer rabiar a Zack, e intento aparentar tranquilidad—. ¿Qué tal, morena?

—Dylan, está aquí.

Nunca tres putas palabras me han causado tal impacto. Sin pensarlo, piso el acelerador y me salto dos semáforos en rojo seguidos. Un viandante me insulta y los coches me pitan. Zack se agarra a la puerta y me pide que me relaje con un gesto.

—¿Quién está ahí? —pregunto.

—El monstruo. Ha venido a por mí —solloza—. Va a entrar en el dormitorio.

—¿Ha entrado al apartamento? —pregunto.

—Sí, sí —Sorbe la nariz—. Por favor, ven… ¡Está entrando! —grita, histérica.

—¡Me cago en la puta! —maldigo mientras acelero aún más—. No tardo ni tres minutos, Natalia. No me cuelgues, por favor. Háblame.

Un grito terrible se cuela en la línea y el móvil choca con algo duro, intuyo que el suelo. Se me va a salir el corazón por la boca. Quiero reventarle la cabeza a ese hijo de la gran puta. Y después abrazarla, y no soltarla nunca.

—Dylan, tenemos que llegar con vida —dice Zack.

—¡Cierra el pico!

Me froto la cara. Natalia no ha colgado el teléfono y sus gritos se escuchan de fondo. Solo pensar que ese cabrón le está haciendo algo… hace que me hierva la sangre. Golpeo el volante con rabia. Hay atasco y no puedo avanzar entre los coches parados.

—¡Te voy a reventar, cabrón! —bramo, con la esperanza de que me escuche.

Cuando por fin llegamos, no hay nadie en la calle. Aparco el coche y le tiro el mando a Zack para que lo cierre. No sé qué es lo que me voy a encontrar cuando suba al apartamento. No puedo pensar en positivo, pero deseo con todas mis fuerzas que esté bien.

Entro al edificio y subo los escalones de dos en dos. Zack viene detrás de mí. Cuando llego al rellano, corro hacia su puerta, que está cerrada. Tenemos que usar todas nuestras fuerzas para vencerla. Entro y esquivo como buenamente puedo los trozos de cristal que hay esparcidos por el suelo.

—¿Dónde está? —murmura Zack—. ¿Sigue aquí?

Todo está a oscuras. Nunca he estado en su casa, no sé dónde se encuentra su dormitorio y, mucho menos, el interruptor de la luz. Enciendo la linterna del móvil y gritamos su nombre, pero no contesta a nuestras llamadas. Zack revisa el baño.

Veo la luz de las farolas de la calle entrar a contraluz por la ventana y su cama vacía, y al mirar hacia un lado descubro que el espejo está hecho añicos en el suelo. El corazón se me va a salir por la boca, apenas puedo respirar. No es momento de bloquearme, no puedo dejarla sola. Hoy no.

Veo su pie asomar detrás de la cama. Hay sangre. Salto la silla que hay tirada en el suelo y me echo al suelo a socorrerla. Tiene los ojos cerrados y no responde ante mi voz.

—¡Está aquí!

Escucho a Zack correr por el pasillo, desde la puerta observa la situación con los ojos muy abiertos.

Le tomo el pulso en la muñeca, acerco la cara a su nariz y respiro algo más tranquilo al comprobar que está viva. Tiene trozos de espejo clavados en el brazo, no quiero sacarlos por si eso empeora la herida. La tomo de la mano para ver si reacciona, pero no lo hace. La cojo en brazos y su cabeza se desplaza hacia atrás, inconsciente. Me da igual su casa, que la puerta se quede abierta o que cualquier persona pueda acceder a ella y desvalijar cada estancia. Lo que llevo entre mis brazos vale más que cualquier oro del mundo.

—¿Natalia? —pregunto, al salir del edificio.

Creo haberla visto moverse, pero tan solo es el tambaleo que produce mi cuerpo al andar. Zack abre el coche rápidamente para ofrecernos ayuda, aún con los ojos como platos. Abre la puerta de los asientos traseros y extiendo su cuerpo sobre estos. Entro por la puerta contraria y Zack monta en el asiento del conductor sin decir palabra. Sabe que nuestra próxima parada es el hospital.

—¿Cómo está? —pregunta.

—¡¿Tú qué crees?! —grito.

—No gritéis —dice Natalia, con un hilo de voz.

Automáticamente bajo la mirada para verla, sus ojos permanecen cerrados. Coloco su cabeza sobre mis piernas y comienza a hacer movimientos extraños con los brazos.

—Dylan… —le cuesta pronunciar mi nombre y se toca el cuello, como si no pudiera respirar—. Dy…

—¿Qué necesitas? Dímelo… —susurro en su oído, y ella vuelve a mover los brazos de la misma forma—. ¿Qué quieres? ¿Qué significa eso?

—Abrazo. Quiero un abrazo.

Me pilla de improviso.

No sé qué es lo correcto en estas situaciones, pero creo que mover a la víctima, teniendo cristales clavados, heridas, contusiones y quizá algo roto, no es muy buena idea. Aun así, le doy lo que necesita. Paso mis manos por debajo de su cuerpo y la coloco sobre mis piernas. Tengo que mantenerme entero, no puedo romperme ahora. Eso solo empeoraría las cosas.

Natalia tantea mi pecho con una mano y la deja apoyada. Al principio me tenso, después suspiro y hundo mi mano entre su pelo.

Nadie me ha tocado como ella. Se abraza tan fuerte a mi cuello que casi cuelga de él. Y mientras Zack conduce, se queda ahí, respirando sobre mi piel, en silencio, escuchando el latir de mi corazón, unidos.

—Estaba ahí…, había entrado… No era una pesadilla.

—Lo sé. —Pego mis labios en su frente y cierro los ojos.

—Lara me había avisado, tendría que haberte llamado… A ti, a Zack, a Aron…, no a tu madre… Ella cogió el teléfono pero… —Emite un quejido y se lleva la mano al brazo donde aún tiene clavados cristales; le doy un toque suave en la barbilla para que me mire, porque ser consciente de lo que ocurre en su cuerpo solo empeorará su estado de nervios—. Agus colgó. Me dijo… me dijo…

En ese preciso momento deja de hablar. Sus ojos se cierran de golpe, sus brazos ya no me abrazan y su cuerpo pesa más que hace unos instantes.

—¡Natalia!

Le doy toquecitos en la cara, pero no reacciona.

—¿Qué ocurre? —pregunta Zack, exaltado.

—¡Conduce más rápido, imbécil! —grito, histérico.

Clavo los ojos en su rostro y aguanto las lágrimas. No puedo creer cómo es posible que alguien sea capaz de hacerle algo así a ella.

—Por favor, no me dejes —le suplico—. No me dejes tú también. No te vayas, te necesito —murmuro mientras las lágrimas inundan mis mejillas.

Cuando me quiero dar cuenta, Zack ya ha aparcado en la puerta de urgencias. La sacamos del coche entre los dos y pedimos ayuda a gritos al cruzar las puertas del hospital. Al entrar nos miran con el ceño fruncido, pero rápidamente acuden dos médicos a socorrerla. Una celadora acerca una camilla y nos la quitan de los brazos enseguida para ocuparse de ella. Empujan la camilla corriendo por el pasillo y según la veo alejarse me siento más y más solo. Voy tras ellos, pero el responsable de seguridad del hospital me pone las manos en el pecho e impide que continúe con el recorrido. Por encima de su hombro compruebo que Natalia desaparece entre la multitud de sanitarios, por el pasillo blanco.

—¿Son familiares? —pregunta una enfermera que se acerca a nosotros con una carpeta y un bolígrafo—. Ay…, ¡qué ojos! —exclama, mirándome.

Y es que no puedo dejar de llorar. Me acaricia el brazo con ternura.

—Se pondrá bien… —trata de tranquilizarme.

Zack y yo no decimos palabra.

—¿Qué ha pasado? —se interesa ella.

—Su padre, ha sido su padre —responde el rubio atropelladamente.

—No ha sido él —mascullo, y la enfermera me mira frunciendo el ceño—. La puerta no estaba forzada. Y la llave estaba puesta. Por cómo estaba en el suelo… —suspiro—, se lo ha podido hacer ella. Quizá se ha caído.

—¿Qué coño estás diciendo? —inquiere Zack.

—¡Yo también he sido preso de la ansiedad! ¡Y también me he hecho daño sin querer!

La recepción del hospital se inunda de un silencio ensordecedor.

—Si la hubiera encontrado… Si él estuviera aquí y la hubiera encontrado, la habría matado. No se hubiera arriesgado a dejarla con vida —añado, convencido.

—Se lo comunicaré a la unidad de psiquiatría —dice la enfermera por fin.

—¿Se lo diremos? Que ha sido su cabeza… —pregunta Zack.

Niego rotundamente.

—¿Qué más da una mentira más? —opina él—. Si algo nos une es que somos dos putos mentirosos.

Salgo del hospital, saco mi cajetilla de cigarros de la chaqueta, coloco uno entre mis labios, lo enciendo y le doy una calada honda. Después, expulso el humo de golpe. Zack sale unos minutos después y se sienta a mi lado, en un banco junto a la entrada. Lily y Aron acuden en cuanto ven el mensaje que he puesto por el grupo informando de lo que ha sucedido.

—¿Cómo está? —pregunta Aron.

—Muerta desde luego que no, si es lo que tu jefe espera escuchar —contesto.

La frase resulta dura de escuchar hasta para mí. Aron abre los ojos y traga saliva con dificultad.

—Avísalo de que no quiero verlo por aquí, o tendrá que atenerse a las consecuencias.

—No vengo como asistente, sino como amigo.

Chisto.

—Tú también, ¿no? —ironizo mirando a Lily—. También vienes como amiga.

—Por mucho que te sorprenda, no me alegro del mal ajeno.

Cierro los ojos y niego con la cabeza.

Lily me saca el dedo corazón y se acerca hasta Zack, que evita mirarla. Ella coloca los brazos sobre sus hombros y busca sus labios, pero el rubio le vuelve la cara. Ella frunce el ceño y, durante unos segundos, lo mira con detenimiento, como si no fuera capaz de procesar que la acaban de rechazar.

—Estás de coña, ¿verdad?

—No lo pongas más difícil —masculla.

¡Dile que no quieres besarla porque la persona que te gusta está en el hospital!

No lo hará.

Déjame soñar...

—Es por ella, ¿no? Por Natalia —deduce Lily.

Zack no responde, pero en ese momento comienza a sonar un móvil. Es el suyo. Lo saca del bolsillo del pantalón y se queda mirando la pantalla. Es Lara. Hunde por fin su mirada en los ojos de Lily, cristalizados por la rabia y dice:

—Si me disculpas...

Y se va.

—¿Qué le ha pasado? —pregunta Lily; yo la miro con la ceja arqueada, incrédulo—. Respóndeme, Dylan. ¿Ha sido Axel?

Hace una breve pausa, y el silencio se adueña de nosotros. No soy capaz de articular palabra.

—¡Ella me prometió que la protegería! —exclama.

«Ella».

Lily me mira con los ojos muy abiertos.

—O sea... —comienza a decir para excusarse, pero la interrumpo emitiendo un gruñido.

—Has sido tú la que la ha llevado hasta mi madre —deduzco.

—Solo intento hacer lo mejor para todos.

No me lo puedo creer.

—¡Te metió en la cárcel! —grito, y pulso su pecho con el dedo índice; ella me aparta de un manotazo—. Nunca has querido hacer lo mejor para todos, solo piensas en ti. ¡Mírate! Ni siquiera eres capaz de preocuparte por tu madre...

Me suelta un guantazo. Y con los ojos llenos de lágrimas replica:

—¿Y me lo dices tú? ¡Has dejado a tu padre muriéndose en Nueva York!

—No tienes ni puta idea —le contesto.

Lily ríe, mientras Aron interviene con frases conciliadoras que no sirven de nada.

—Evitar hablar sobre ello no hará que desaparezca.

—Vete —masculló, cabizbajo, pero Lily no reacciona—. ¡Vete!

Aron le pone la mano en el hombro y esta asiente.

—Avísame con cualquier novedad —le dice, antes de marcharse.

Me dejo resbalar por la pared sobre la que estoy apoyado y me llevo las manos a la cabeza, hundiendo la nariz entre mis rodillas. Aron me imita y me pasa un brazo por encima de los hombros. No dice nada, pero se queda ahí, conmigo. Ya ha hecho más que Zack desde que lo conozco. Y como si su mano sobre mi hombro actuara de forma mágica, las lágrimas brotan de mis ojos otra vez. Me falta el aire. No puedo respirar. Y el resto del mundo se reduce a cenizas. Tanto que, cuando abro los ojos de nuevo, no veo el paisaje que nos rodea, sino mi casa. A mi padre. He vuelto años atrás en el tiempo.

♪ ♪ ☾ ☾

—Cómo has podido… —murmuré, mirando los papeles.

—Dylan, un papel no marca la diferencia —dijo mi padre.

Arrugué los documentos. Los tiré al suelo y me levanté del sofá.

—¡Esto lo cambia todo! ¡Toda mi vida ha sido una mentira!

—No puedes hacerlo, no…, no puedes dejar de quererme por eso —musitó, angustiado.

—Claro que puedo, «papá» —mentí—. ¿O debería empezar a llamarte Rick?

Mi padre se llevó una mano a la boca, conteniendo un sollozo y corrió detrás de mí escaleras arriba. Aceleré el paso y di un portazo. En mi cuarto, hice las maletas. Me paré enfrente del retrato que había sobre mi mesilla. Mamá. Papá. Yo. Todo había sido una mentira. Lo tapé. Al abrir la puerta de mi cuarto estaba esperándome, en silencio. Puse los ojos en blanco y le di la espalda.

—¡Espera, hijo! —gritó, agarrando mi muñeca.

Hijo.

—Si alguna vez tengo hijos me aseguraré de no parecerme a ti, ni a mamá. —Tiré con fuerza del colgante que rodeaba mi cuello y me *quedé mirando la chapa estilo militar. «Agente Brooks». La dejé caer al suelo. Dejando ir así al niño que vivía en mí, su sueño por convertirse en policía, tal como lo era su padre, y las tardes jugando a atrapar ladrones con él.*

Me fui sin despedirme. Y no volví. Tiré de ahorros y me quedé en hostales de la ciudad. Pero no podía dejar de pensar en él. En mí. En el día que me regaló esa chapa, idéntica a la que su padre le regaló cuando empezó en el cuerpo de policía.

🌙🌙🌜🌜

Nunca me imaginé entrando en la habitación de un hospital a las nueve de la mañana, después de haber dormido en las sillas de la sala de espera con Aron y Zack, y Lara en videollamada, con unas ojeras que rozan el suelo y la sonrisa blanquecina de un alma que vendería a mil demonios tan solo para que ella viera luz, entre tanta oscuridad.

Tiene los ojos cerrados y un montón de cables pegados al cuerpo. Su cuello lo rodea un collarín de yeso y vendas en la mayor parte de sus brazos y un pie. Impresiona verla así. Y te dan unas ganas horribles de llorar.

Me siento en el sillón de al lado de la cama en la que permanece tumbada y dejo sobre la mesa el regalo que le he traído. Tengo que hacer un gran esfuerzo por no llorar. Cada vez que pienso en el momento en el que la encontré tirada en el suelo… me quiero morir. Y matarlo a él. Con mis propias manos. Porque no ha sido él, pero sí la voz que se instaló a vivir en su cabeza.

Gia abre la puerta y la cierra a sus espaldas, trae un ramo de flores rosas. Me acerco a recibirla y nos fundimos en un abrazo. Hundo la nariz en su cuello y sollozo. Deja el ramo sobre la mesa y toma asiento en una silla junto al sillón del acompañante. Me tiende una bolsa zip.

—Te he traído el desayuno… Estoy segura de que no has comido nada desde ayer.

—No tengo hambre.

—Dylan, cariño, cómete aunque sea la manzana, o el cruasán o el zumo… Es de naranja natural, acabo de exprimirlas, tal como a ti te gusta, con mucha pulpa y bien de azúcar. Si no quieres hacerlo por mí, hazlo por ella.

—Agus le colgó el teléfono… Si realmente hubiera sido su padre… ¡La podría haber matado!

—Le he pedido el divorcio, Dylan —dice, con la boca pequeña.

Al instante, levanto la cabeza. Gia aparta la mirada y suspira antes de añadir:

—Cuando me llamaste llorando… me quise morir. Hace muchos años que no te veía feliz. Natalia te hace sonreír, consigue sacar la parte de ti que ellos enterraron bajo tierra… Agus apareció por casa a las cuatro de la madrugada, con el cuello lleno de chupetones y carmín en la camisa. Sigue teniendo las llaves, y olvidé cambiar la cerradura. Había discutido con tu madre, que según él lo quería meter en prisión. Natalia la llamó a ella.

Me mantengo en silencio.

—¿Lo sabías? Que Natalia tenía relación con ella.

—Eso ahora es lo de menos —le digo—. ¿Qué pasará con el proyecto?

—No lo sé. Tendremos que llegar a un acuerdo o de lo contrario…

—Ni hablar —mascullo—. Se hará. No creo que su corazón aguante una desilusión más. Y el mío tampoco.

¿Puede un corazón morir de pena? Se ha comprobado que hay especies de animales capaces de establecer un vínculo tan fuerte con su pareja que mueren cuando esta les falta. Pero nunca nadie ha hablado de la posibilidad de matar a un corazón en vida. Y que siga viviendo… sin sentir. La línea es muy fina. Y estoy a punto de sobrepasarla. De convertirme en un caballito de mar. O en una triste sonrisa.

—Déjalo en mis manos —me pide Gia, después de un rato.

Me agarra la mano entre las suyas y me obliga a mirarla a los ojos.

—Prométeme que no harás nada de lo que te puedas arrepentir, Dylan. Y… que no dejarás que Natalia vuelva a Madrid.

Frunzo el ceño.

—Antes de venir a casa, Agus se pasó por el bar. Llegó borracho. Tu madre los quiere meter en la cárcel. A él y a Axel. Y la necesita a ella como testigo para incriminarlos. —Dudo unos segundos mientras la escucho—. Que el odio no te ciegue, Dylan. Puede parecer atractiva la idea…, pero solo habrá una víctima. Y será ella.

Antes de irse de la habitación, mi voz consigue que frene sus pasos.

—Asegúrate de que mi madre esté bien. No me fío de Agus.

—Cariño…

—Por favor —mascullo.

Vuelvo a quedarme solo con Natalia. No puedo dejar de mirarla. De alguna manera temo que, si no lo hago, en cualquier momento podría dejar de respirar, por eso me fijo constantemente en el movimiento de subida y bajada de su pecho. Del gotero cae suero y medicación. Cada vez que elevo la vista a su rostro siento un pinchazo en el pecho.

Me duele mucho.

Apoyo mis codos sobre la rodilla y hundo el rostro en mis manos. Contener el llanto nunca me ha resultado tan difícil.

A mi lado alguien comienza a toser. Me incorporo, muy asustado y me quedo mirando a Natalia. Rápidamente me levanto y abro el tapón de una botella de agua mineral.

—Quiero agua —me pide, con un hilo de voz.

Me acerco hasta ella y la ayudo a incorporarse, colocando una mano en su espalda. No tiene fuerzas para coger la botella y, pese a que lo intenta, termino por quitársela de las manos y darle de beber. Natalia bebe por inercia, no creo que sepa quién soy. Me hace un gesto con la mano para indicarme que no necesita más y la ayudo a tumbarse de nuevo sobre el colchón. Al apoyar la cabeza en la almohada gime de dolor. Ladea la cabeza y sonríe.

—¿Podrías elevar la cama? Creo que si estiro el brazo veré las estrellas...

Sin responder, hago lo que me pide. Le doy al botón y elevo la parte superior de la cama. Ya incorporada, con la espalda a punto de formar un ángulo de noventa grados, estira la mano, aún cogida con una vía y busca la mía. Me siento en el filo de la cama y entrelazo nuestros dedos.

No puedo mirarla a los ojos; si lo hago, lloraré. Y no quiero que me vea así, roto. Natalia me eleva la mandíbula con ayuda de su dedo índice y, aunque el movimiento que realiza es lento, hace una mueca de dolor.

—Será mejor que no hagas esos movimientos, morena... —Por fin me atrevo a buscar su mirada, y ella vuelve a sonreír—. Creí que te había perdido —admito, con los ojos vidriosos.

Ella aprieta mi mano con fuerza y sonrío, o eso intento, pero cuando la veo bajar la mirada y morder sus labios con preocupación vuelvo a llorar. Rápidamente seco las lágrimas que caen por mis mejillas y añado:

—Cuando salgas de aquí, vamos a vivir cada día como si fuera el último.

—Es lo que llevo haciendo toda mi vida, Dylan. No quiero sentir más esa sensación... ¿Qué tal si aprendemos a vivir disfrutando del presente, pero con la certeza de que mañana podrá ser un día mejor?

Asiento rápidamente con la cabeza.

Natalia necesita dejar de pensar, así que lleno mis pulmones de aire, lo suelto de golpe y sonrío, mostrando mis dientes. Ella frunce el ceño y yo le guiño un ojo. Me levanto y camino hasta el armario de la habitación. Le muestro el ramo de flores que Gia le ha traído y tomo el paquete que dejé sobre la mesa. Natalia entrecierra los ojos y curiosea desde la distancia.

—¿Qué tienes ahí?

—Ayer eran las cinco de la mañana. Los chicos y yo no podíamos dormir, ni tampoco queríamos y fuimos a por algo de comer.

Aron se compró un café, Zack se comió una hamburguesa y yo me conformé con beber un poco de agua. Nos dimos una vuelta por el hospital y entramos en la tienda que hay abierta veinticuatro horas. Compré lo que creí más adecuado... Si hubiera sido por Zack te hubiera comprado una guitarra de juguete. Aron pensó que una máquina de escribir sería buena idea...

Natalia sonríe, pero enseguida su gesto se agría.

—La guitarra que tenía la rompió un monstruo muy malo y feo.

Antes de que empiece a darle vueltas al coco, le entrego el paquete. La ayudo a desenvolverlo, con las manos llenas de vías y cables le resulta difícil. Cuando lo ve, levanta las cejas y lo acerca a su pecho para abrazarlo con las pocas fuerzas que tiene.

Era una especie de pato, delfín, dinosaurio o no sé muy bien qué disfrazado de Spider-Man.

—Me gusta Spider-Man —me asegura, sonriente—. Me encantan los peluches, Dylan. Aquí no tengo ninguno, me vendrá bien. Gracias por cuidar cada detalle —murmura—. Anoche cuando desperté, mientras cosían alguna de las heridas, a mi lado había una enfermera intentando tranquilizarme. Me dijo que había dos jóvenes muy guapos que decían ser mis familiares esperándome en la puerta. Al principio entré en pánico al pensar que podría tratarse del monstruo, pero cuando dijeron vuestros nombres y te llamaron así... ¡Guau! Me gustó bastante. Suena muy bien eso de decir «mi novio», ¿no?

Yo asiento con la cabeza y le doy un beso en los labios.

Zack, Aron y Lily entran en la habitación con globos y música de Harry Styles sonando en el altavoz del móvil. Natalia olvida lo que estábamos hablando. No puede parar de sonreír. Y no quiero que deje de hacerlo. Cuando se topa con Lily su expresión cambia. Y la rubia baja la cabeza. Mientras intentan animarla, yo la observo detenidamente.

He estado a punto de perderla. No quiero que vuelva a pasar, no si puedo impedirlo. Si en mí quedaba alguna duda, hoy se han resuelto todas.

Y no hay tiempo que perder, necesito hacerle sentir que toda una vida de sufrimientos ha sido necesaria para que sienta la gloria de la felicidad como nunca nadie la ha sentido. Hacerle olvidar cada golpe. Besar sus cicatrices y, después, si es el momento, besar su boca. Cumplir nuestras metas juntos, de la mano. Hacerle entender al destino que estoy dispuesto a desafiarlo hasta el fin de mis días. Que no voy a permitir que sean personas ajenas a nuestra historia de amar, que no de amor, los que decidan cómo tiene que ser.

—Parece que estés en otro mundo. ¿En qué piensas? —pregunta, con su mano en mi pierna.

Durante unos segundos la observo en silencio.

—En lo bonito que sería estar en la arena, sintiendo el sol broncear nuestra piel, el sonido del mar de fondo, el atardecer en el horizonte... Pienso en lo bonito que sería besarte en una playa.

—¡Oh, no! Que esté debilucha en una cama no te da ningún derecho a ser un cursi, tío... —bromea Zack.

No logro descifrar sus intenciones, pero pongo los ojos en blanco.

—No le hagas caso... Vosotros a lo vuestro —dice Aron, propinándole un golpetazo al rubio.

Lily hunde la mirada en el móvil, en una esquina de la habitación, lejos de Zack.

—¿Necesitas estar en una playa para besarme, Brooks?

Niego con la cabeza.

—Imaginad que estáis en una playa ahora. Y hacedlo —propone Aron.

—Sobredosis de azúcar... —se lamenta Zack.

—¿Quieres? —le pregunto a Natalia.

—Dylan, contigo digo sí a todo.

—¿Incluso si te propongo huir del mundo, de mi mano?

—Incluso si me propones subirme a un cohete —ríe.

—Natalia, lo que Dylan quiere decir es que... —interviene Zack, que calla al sentir mi mirada desafiante recaer sobre él.

—Lo que quiero decir es que cuando salgas de aquí nos vamos a ir lejos, muy lejos. Tú y yo. Bueno, si ellos quieren venir, pueden.

—Me doy la vuelta para mirar al resto—. Y tu amiga Lara. Nos iremos todos.

Natalia deja de sonreír para observarme con cautela. Se muerde el labio y suspira.

—¿Qué está pasando?

—Está pensando en la película —contesta Lily—. Por cierto, Agus no quiere continuar con el proyecto porque Gia le ha pedido el divorcio.

—¡Cállate! —grita Zack.

—¡Tú has estado a punto de soltarlo! —rebate Aron.

—Pero ¡no lo he hecho!

Aron se acerca hasta Natalia y acaricia sus manos.

—Soy su asistente…, algo podré hacer. Intentaré convencerlo. Usaré el dinero…

Lily pone los ojos en blanco y se va de la habitación dando un portazo.

—Se siente culpable, ¿verdad? De llevarme hasta tu madre —dice Natalia.

Miro a los chicos en busca de una respuesta.

—No todo el mundo es bueno.

—Ni todo el mundo tan malo —masculla Zack, que aparta a Aron y ocupa su lugar, sentándose en el filo de la cama.

Se coloca justo enfrente de mí, en el otro lado. Natalia no sabe a quién mirar. Trago saliva con dificultad y Zack continúa:

—Lara está muy preocupada. He estado hablando con ella esta noche. Dice que tu padre…

—Lo han encontrado —respondo atropelladamente. Zack me mira con los ojos muy abiertos—. No tienen pruebas suficientes para incriminarlo, pero lo han enviado de vuelta. Supongo que por antecedentes.

El rubio chista con aires irónicos. Me hace un gesto con la cabeza para que salgamos.

—¿Qué coño haces? —masculla.

—¿Y tú? Quedamos en que no le diríamos nada.

—Su padre está en España. No ha sido él. Tiene que saberlo.

Con el pomo en la mano, maldigo su nombre. Me acerco hasta él y murmuro en su oído:

—Si nos ponemos así…, dile también lo mucho que deseas besarla. Merece saberlo.

Finalmente, nos volvemos a quedar solos. Solo ella y yo.

Por supuesto, Zack no ha sido capaz de decirle nada. Y dudo que lo haga. No porque no quiera, sino porque no tiene la capacidad de enfrentarse a la realidad.

—¿Crees que seríamos buenos padres? —pregunta Natalia, haciéndome salir de mis pensamientos.

—Los mejores —contesto, sin pensar.

—Mi colmo sería tener un hijo con otra persona que no fueras tú y tú con otra persona distinta a mí y que el tiempo, el destino y las vueltas de la vida nos cruzaran siendo los padres de dos adolescentes que se están enamorando. Y no me gustaría tener que advertirle a mi hija e informarle del riesgo que corre al enamorarse de un Brooks.

—¿Y tú sabes qué es enamorarse de un Brooks?

—Cada día que pasa lo descubro un poco más. Y puedo afirmar que son difíciles de olvidar. No me gustaría que mi hija se tirara toda una vida colgada de un Brooks, como su madre. ¿Te imaginas? ¿Tú y yo enrollándonos en la despensa en una cena familiar con cuarenta años?

No puedo parar de reír. Tiene cierto morbo imaginarnos de tal forma.

—¿Te atreves a dar por hecho que tú tendrías una hija y yo un hijo? ¿Y que serán heterosexuales?

—¡Dylan! —Me pellizca—. ¡Es un suponer!

—Y ya que estamos suponiendo… ¿Cuándo supones que seremos pareja?

—No quieras correr tanto, macarra. Dame tiempo a que salga del hospital. Así tendré una cuenta pendiente que saldar cuando esté fuera.

Después de unos instantes en silencio, añade:

—Me gustaría enseñarte lo que escribo. Mi nuevo libro. Pero no puedo. Todas las páginas hablan de ti. Temo que al leerlas puedas sentir miedo. Y te vayas.

EL MONSTRUO DE LAS PESADILLAS
(7)

Diez años

—*El monstruo de las pesadillas dice que nunca nadie me va a querer —susurro.*

El abuelo deja de recoger tomates cherry de la planta, suelta la cesta y camina hacia mí. Lo espero sentada en un banco de piedra. Lava un tomate y me lo ofrece, yo lo acepto con una sonrisa y sin masticar le pregunto:

—*¿Tú me quieres?*

Él deja escapar una carcajada y ocupa un lugar a mi lado. Me pone una mano sobre mi diminuta pierna y suspira. No me mira, tiene los ojos clavados sobre la tierra del huerto. Mi pasatiempo preferido durante las vacaciones de verano es acudir al huerto con él, los dos solos.

—*Tu padre es mi hijo, pero dice muchas tonterías. No escuches nada de lo que te diga. Yo creo que tiene envidia —murmura, con una pequeña sonrisa—. Eres inteligente, guapa, simpática, cantas y bailas de maravilla, el huerto no se te da nada mal..., nadas... que pareces un pez, has aprendido a montar en bici sin ruedines y, además, das unos abrazos... ¡que ya quisiéramos los demás!*

Mis carcajadas suenan sinceras cuando las provoca él.

—*Pero ¡si apenas tengo fuerza!*

—*¡Es como si te abrazara un dragón! —dice, divertido, y me pide que lo abrace—. ¿Ves? ¡Eres más fuerte que yo! —Creo que me está en-*

gañando, el abuelo tiene mucha más fuerza—. *Tu padre tiene envidia porque nunca se parecerá a ti.*

—Yo tampoco quiero parecerme a él. Quiero parecerme a ti. ¡Tú no gritas! —exclamo—. Ni me pegas a mí, ni a mamá, ni... a nadie. No hueles a tabaco, ni a alcohol...

—Ven aquí. —*Me acerca a él para abrazarme de nuevo.*

—¿Algún día el monstruo de las pesadillas dejará de ser así y... me querrá?

—Te quiera o no..., *nunca permitas que alguien te haga sentir igual. No permitas que te quieran así, nunca.*

14

UNA ROSA LLENA DE ESPINAS, UNA CENA ROMÁNTICA Y UNA VECINA AMARGADA

Natalia

Me despierto a las nueve de la mañana con el brazo de Dylan rodeándome la cintura. Estamos recostados de medio lado, él está justo detrás de mí. Su torso está pegado a mi espalda y una de sus piernas, flexionada, reposa en la parte trasera de mi muslo. Su respiración me hace cosquillas en el cuello. Me vuelvo para verlo dormir, pero cuando lo hago veo que ya está despierto. No sé cuánto tiempo lleva con los ojos abiertos. Se aclara la garganta para darme unos buenos días de los más roncos y sonríe. Al hacerlo, sus ojos se entrecierran. Me fijo en sus pestañas, nunca lo había hecho. Son muy oscuras, curvas y alargadas. Ojalá yo las tuviera así.

Dylan no aparta su brazo de mi cuerpo y me acerca a él. ¿Estamos a cuántos centímetros? ¿Cinco? ¿Menos? Su respiración es regular, se cuela entre el hueco que dejan mis labios entreabiertos. El perfume en el que anoche se bañó, justo antes de dormir, es intenso. Y huele de maravilla. Lo quiero como ambientador para mi apartamento.

—¿Cómo has dormido? —me pregunta.

—Ya son quince días sin pesadillas.

—Eso es... ¡genial!

—¿Crees que tiene algo que ver con que lleve nueve días durmiendo a tu lado?

—No sé si eso influirá… —Coloca su mano bajo mi pelo y acaricia el lóbulo de mi oreja, mientras me sonríe—, lo que sí creo es que ha llegado el día en el que pongamos fin a eso de dormir siendo solamente amigos.

—¿Qué propones?

—Tú y yo, una cena romántica, velas, música, vino…

Dylan me roba un beso, cuela sus manos por debajo de mis axilas y me coloca a horcajadas encima de su abdomen. Pongo mis manos en su pecho y esbozo una sonrisa. Nunca imaginé que me sentiría cómoda encima de un chico, piel con piel, con una camiseta suya puesta, en su cama y en ropa interior.

—Siento si sueno cortarollos, pero esta noche es la fiesta del elenco.

—¿Quieres ir? —pregunta por fin.

—Pues… —Deslizo las yemas de mis dedos por su pecho—. Deberíamos, ¿no? Estamos terminando las grabaciones… Aunque no me apetece. Preferiría celebrarlo un día contigo, Zack, Aron… e invitar a Gia. Pero vayamos un rato… simplemente por complacer.

—¡Oh, no, no, no! —exclama él y me tumba sobre la cama.

Me aprisiona contra el colchón, con sus brazos a ambos lados de mi cabeza. Ahora es él quien está encima de mí.

—Si queremos hacer de ti la mujer que siempre has querido ser, lo primero es ser fiel a ti misma y poner límites. ¿No quieres ir? No vayas, sé sincera. Coge el teléfono y dile la verdad a Gia. Si por el contrario te apetece ir, adelante. Buscaremos el mejor modelito y nos lo pasaremos en grande.

Alarga el brazo hasta la mesilla de noche y gira mi móvil en dirección a mi cara para desbloquearlo con ayuda del Face ID. Pongo los ojos en blanco.

—¿Y si se enfada?

—La reacción de la otra persona no es responsabilidad tuya, siempre y cuando tus actos no hagan daño al otro —dice él, con seguridad—. Además, ahora que Agus y ella ya no son nada… entenderá mejor que nadie tus motivos.

Me tiende el móvil ya desbloqueado, en la pantalla aparece el chat de Gia. Me cuesta diez minutos encontrar las palabras adecuadas. No quiero mandar el mensaje, pero debo hacerlo si quiero empezar a establecer límites. Cuando le doy a «Enviar», Dylan me coge en brazos y me coloca sobre su hombro como un saco de patatas. Su mano se aferra a mi trasero.

—¡A desayunar!

—¡Suéltame! ¡Y el culo también! —grito.

Él ríe y recoloca su mano. Ahora reposa unos centímetros por debajo de donde se encontraba antes. Con él todo es sencillo. Me deja caer sobre el sofá. Observo el bulto de su entrepierna.

—¿Qué miras?

—¿No puedo mirar? —le reto.

—¿Tú? Puedes incluso tocar, si quieres —dice, y me guiña un ojo.

—Guarda fuerzas para esta noche...

—Ah, sí, lo de esta noche. La cena romántica —comenta; me acerca una taza y sonrío como agradecimiento—. Lo cierto es que ya tuvimos una primera cita de lo más movida, y, además, tenemos todo el tiempo del mundo para recorrer cada rincón de la ciudad... ¿Te apetece si...?

—Sí —contesto, sin dejar que termine.

—No he terminado —me recuerda.

—Me vas a proponer quedarnos en casa. Y quiero, claro que sí.

—¿Me has puesto un jodido chip en la cabeza?

—Hum, no. Pero ayer cuando me devolviste el portátil dejaste unas pestañas abiertas en el buscador. Que si decoración casera para cena romántica, que si cómo sorprender a una chica en la primera cita, consejos para conquistar a la chica que te gusta...

—Vaya, pues no me lo cuentes... —me advierte, con el ceño fruncido.

Río y desaparezco de su vista para cambiarme de ropa. Antes de cerrar la puerta del dormitorio le saco el dedo con una exagerada sonrisa.

—¡No sé para qué cierras la puerta! ¡He dormido con tu culo pegado a mi entrepierna!

—¡Que te follen! —grito.

—¡Ojalá lo hagas tú!

Maldito imbécil. Qué ganas me entran de besarlo hasta hacerlo desaparecer.

Han pasado quince días desde que me dieron el alta en el hospital. La primera semana acudía cada mañana al ambulatorio para hacerme las curas. A todas he ido acompañada. Si no era Zack, era Dylan y si no Aron, que se escaqueaba del trabajo cuando los otros dos tenían que rodar. Agus se enfadaba, pero Gia nos cubría. Desde que han llevado a cabo los primeros pasos para formalizar el divorcio parece otra persona completamente distinta. Y él también. No creo que nunca se dé cuenta de la mujer que ha perdido, pero finge que sí. Incluso sonríe, algo poco común en él. Aunque no puede engañarnos, en el fondo sigue siendo el mismo capullo de siempre. Una mañana encontramos al que era el ligue de Aron besándose con otro chico. Cuando llegamos al set de grabación Agus comentó:

—¿Qué tal, Aron? ¿Cómo te va en el amor?

Aron no respondió, no podía parar de llorar. Lo agarré del brazo y lo acompañé hasta el camerino, pero Agus nos siguió.

—No podía dejarlo estar... Marc tenía que enterarse de que tienes una vida ajetreada, Aron... ¿Crees que alguien le ha podido contar que llevas una doble vida? Que no eres tan leal como dices ser...

—¡Eso es mentira! —exclamó.

—No le escuches, solo quiere sacarte de quicio —murmuré, haciendo que me mirara a los ojos, aunque él no podía parar de negar con la cabeza.

—¿Cómo estás Natalia? ¿Alguna noticia desde España? —continuó Agus, cambiando de objetivo—. ¿Cómo está tu padre?

—Deberías saberlo tú mejor que yo, ¿no? —mascullé.

—Cierto —repuso, y comenzó a reírse de forma maquiavélica, pero enseguida dejó de hacerlo—. ¡No recordaba que mi pareja y mi empleada quieren meternos en la cárcel!

Se fue dando un portazo del camerino.

La ventana cerrándose por el viento me saca del trance. Mi cuerpo se paraliza, pero no por mucho tiempo, pues consigo hacerle entender a mi cabeza que no hay nadie cerca que quiera hacerme daño.

Los días han pasado rápido, entre curas y sesiones de grabación, pero mi apartamento me da miedo. Dormir sola. La oscuridad. No quiero que la cabeza me juegue una mala pasada pues…, aunque no lo verbalice, lo sé. El monstruo de las pesadillas no estaba de forma física, era casi imposible. Lara me confirmó que no había salido del país. Debía de ser solo una tapadera, parte de un plan. El camino hasta retenerme en una jaula. Y no quiero decírselo a Dylan. Porque mentí, aunque para mí fuera la realidad.

Serena ha intentado ponerse en contacto conmigo en varias ocasiones, pero no he respondido a sus llamadas ni una sola vez. No le perdono no haber estado cuando más lo necesitaba. Me ofreció dinero por testificar en contra de mi padre para destapar la organización criminal a la que pertenece. Y aunque eso signifique también hacer que Agus desaparezca de mi vida… no contemplo la opción.

Me siento una hija de padres separados, pero en vez de tener dos, tengo tres padres y una madre. Ahora le toca el turno de quedarse conmigo a Zack. Dylan me ha dejado en su casa mientras organiza la cena que tendrá lugar en el apartamento. Le he pedido hacerlo juntos, pero no ha cedido en mi propuesta, así que me he traído ropa algo más elegante para cambiarme antes de marcharme.

Zack se levanta a por patatas fritas de bolsa y un refresco. Desde la nevera me lanza una botella pequeña de agua sin mirar y yo la esquivo como puedo. Emito un quejido y él se encoge de hombros, como si se tratara de un niño pequeño. Desenrosca el tapón de la botella cuando llega al sofá.

—¿Me tomáis el pelo? —inquiero.

—¿Qué?

—Tenerme vigilada las veinticuatro horas del día no va a impedir que deje de recordar hechos traumáticos, Zack —me lamento.

Me echo hacia atrás sobre el respaldo del sofá y él me imita. Le da un sorbo al refresco. Yo hago lo mismo con la botella de agua.

—Sé que lo hacéis para mantener ocupada mi mente, por mi bien y con toda la buena intención del mundo. No me malinterpretes, pero ¿no te ha pasado nunca que ha llegado un día en el que solo quieres escuchar el silencio, pasar tiempo contigo, hacer lo que te gusta y matar el tiempo haciendo… nada?

—No.

—Bueno, pero seguro que hay días en los que solo quieres surfear. Y te da igual lo buena amiga que yo sea, las anécdotas amorosas de Aron, los consejos de Dylan y la compañía de Lily… o sea, quiero decir Lara. Solo quieres estar contigo el tiempo que sea necesario.

—Sí, digamos que sí.

—Pues yo no necesito más que eso, tiempo. Soy consciente de que los días, las semanas o los años no curarán lo que llevo dentro, pero quizá sí me ayuden a aceptar lo que he vivido. Para sanar os necesito a vosotros, sí, pero no todo el tiempo, necesito mi espacio. Y vosotros no tenéis por qué estar pendientes de cuidar de una persona veinticuatro horas.

—Enana, no te escucho… ¿Estás hablando? —bromea.

—Nadie es el centro de rehabilitación de nadie.

—Lo hacemos porque te queremos.

—Y yo también a vosotros, por eso…

—¡No te escucho! —grita y se levanta.

Finge no verme y comienza a andar por el salón sin rumbo. Pongo los ojos en blanco. Dejo de escucharlo zumbar como una abeja y sus brazos me rodean por detrás. Me da un beso en la mejilla.

—Hablaré con ellos, te lo prometo.

—¿Con Lara también?

—Sí —contesta, sin pensar; arqueo las cejas y dejo escapar una sonrisita—. Debe saber la verdad.

—¿Qué verdad? —pregunto frunciendo el ceño.

—Que me gusta —dice con rostro serio y, a continuación, aparta la mirada.

—Creía que habías cambiado. —Suspiro—. Te consideraba más sincero, Zack. ¿No piensas decirle que te acuestas con Lily cada vez que te sientes solo?

—No somos nada —masculla.

—Pues… si me dejas decirte algo, Lara nunca habla de nadie. Y de ti se podría pasar hablando todo el día.

Zack intenta esconder el gesto de asombro, pero no lo consigue. Le pongo una mano sobre la rodilla.

—Le gustas —digo.

—Le gusto —repite, como si tuviera que asumirlo.

—Pídele que venga a Vancouver. Le pagaré el billete de avión.

—¡Ni de coña! —exclama.

—¡La idea es que os conozcáis en persona! Además, la echo de menos. Tú eres buen amigo, pero ella… —No sé cómo continuar la frase. «Ella no miente», podría decirle, pero no lo haré. Zack espera que continúe diciendo alguna obviedad para poder contradecirme con una de sus frases, pero, para desgracia suya, suspiro y sonrío—. Si Dylan decide hablar de nuestra primera vez con alguien, será contigo. Y yo me niego a hablarte sobre… ¡Ni de coña! ¡La necesito a ella! ¡Reunión de chicas! ¡Dile ahora mismo que haga las maletas!

—No pienso hacerlo.

—Vale.

—Vale —chista, con superioridad.

—Se lo diré yo.

Escribo el mensaje y le doy a «Enviar». Sonrío a Zack con maldad.

Si tengo que llorar el resto de mi vida, lo haré.
En la vida hemos venido a sentir y yo estoy dispuesta a
vivir al máximo.

Escribo en el bloc de notas del móvil para usar la frase como cierre al capítulo que estoy escribiendo. Dylan conduce a mi lado, va vestido con un pantalón de pinzas negro, zapatos de vestir y una camisa blanca ajustada. Nunca le he visto así de arreglado. Y no me disgusta. Al revés, me encanta. Lo que no me gusta tanto es desabrochar botones. Nunca se me ha dado bien. Espero que tenga más de repuesto y no le importe que la chica con la que está a punto de acostarse le parta la camisa en dos.

¿Y si leo en voz alta una de las tantas frases?

—Te esperé con los brazos abiertos tantísimo tiempo que te abracé antes de que llegaras, aun sin conocerte.

—¿Cómo dices, flequillitos? —pregunta Dylan, con media sonrisa.

—Hace unos días me dijiste que querías leer lo que escribía. Esa era una de las frases.

—¿Cuándo la escribiste? —se interesa.

No sabe lo que conlleva esto. Me encanta hablar sobre mis escritos... y no tengo límite.

—Cuéntame sobre esas páginas que hablan de ti.

—La he escrito ahora —digo, con normalidad; Dylan me mira sin dar crédito—. ¿Qué? Para alguien que ama el arte, cualquier momento es lo suficientemente bonito, triste o inspirador para crear.

Pierdo la noción de lo que está sucediendo en el instante en que siento su mano ejerciendo presión sobre mi cabeza, noto la palanca de marchas clavada en mi hombro y mi cara a escasos centímetros de su entrepierna. El semáforo se ha puesto en rojo para los coches y, de repente, ha estrellado mi cabeza contra el bulto de su pantalón. No sé qué narices está haciendo, pero al mínimo movimiento fuera de lo común, le muerdo un testículo. Sin piedad.

Hago un intento por incorporarme, pero su mano no me deja.

—¿Se puede saber qué es lo que estás haciendo? —mascullo.

—Chisss... —sisea—. Están nuestros amigos caminando por la acera de la derecha. Zack sabe el plan que tenemos para esta noche, pero los demás no. Como nos vean, nos obligarán a ir con ellos y no estoy por la labor de atropellar a nadie. No quiero ir a la cárcel. Para colmo, mi madre se regodearía.

—¿No eras tú el que decía algo así como «hay que poner límites? —me burlo, con voz aguda.

Dylan comienza a reírse y, como venganza, le pellizco el muslo. Él emite un aullido de dolor.

—Pero, bueno, macarra. Qué poca resistencia frente al dolor.

—Y dime, flequillitos —dice, cambiando de tema—. ¿Qué se siente al ser la afortunada?

Espero que no esté llamándome así por estar pegada a su entrepierna.

—Eres jodidamente insufrible, ¿te lo han dicho alguna vez?

—Venga, no te pongas así. No ha sido para tanto.

Por fin deja de ejercer presión sobre mi cabeza y aprovecho para incorporarme de golpe y volver a mi asiento

—¡He tenido mi cabeza pegada a tu…! ¡Agh!

—No será la última vez —me asegura, y yo contengo una sonrisa cargada de picardía, pero me descubre—. Ni la última.

Subimos las escaleras del edificio dándonos besos en cada descansillo. Si no es él el que me aferra contra la pared, soy yo quien se abalanza sobre él. No puedo reprimir las ganas que tengo de besarle. Y lo hago. Lo beso. Y vuelvo a hacerlo. Lo hago como nunca imaginé que lo haría. Mi lengua se desenvuelve con soltura dentro de su boca, buscando su fiel compañera de batalla. Dylan atrapa mi cuerpo entre sus manos y jadeo sobre sus labios. Él suspira sobre los míos y pasa su lengua en sentido vertical por mi cuello. Río por nerviosismo. Mi cuerpo arde.

Y entonces escuchamos la puerta de la vecina de abajo.

—¡A hacer guarradas a vuestra casa! —brama.

Dylan me mira, entrelaza nuestros dedos y murmura en mi oído:

—Sube, morena. Está amargada, como la mayoría de los vecinos del bloque.

Escucho el sonido de las llaves cuando las saca del bolsillo de su pantalón y apoyo mi espalda en la puerta, tapando la cerradura para que no pueda abrirla. Él echa la cabeza hacia atrás mientras se muerde los labios y agita el llavero. Yo niego con la cabeza; no quiero entrar todavía, no sin antes besarlo una vez más. Cuando entremos estaremos inmersos en nuestra última cita como amigos. Quiero despedir la soltería por todo lo alto. ¿Y qué mejor forma de hacerlo que besando a la persona con la que empiezas una nueva etapa vital?

Me lanzo a su boca.

Dylan me recibe con amabilidad, hunde su mano en mi pelo y me aferra a sus labios. No quiero que nuestros cuerpos se alejen. No quiero dejar de tocarlo, sentirlo, acariciarlo, besarlo. La tela del pantalón es suave, lleva el pelo engominado de una manera fugaz y alta dosis de ese perfume que me vuelve loca. Se ha afeitado por completo y su piel se siente como rozar la mismísima suavidad materializada. Quiero saber cómo será su tacto entre mis muslos.

Se lo digo, y él me asegura que ese momento llegará, pero que antes queda mucha noche por delante. Elijo confiar en él, sabe lo que hace.

Antes de abrir la puerta, con las llaves en la cerradura, extiende una tela de color negro que coloca sobre mis ojos y ata en la parte de atrás de mi cabeza. No veo nada. Esa es la idea, supongo. No me gustan las sorpresas, o eso creo, aunque tampoco lo sé, porque nunca me han dado una. Aunque con él todo lleva siendo sorpresa tras sorpresa desde el día en que lo conocí, así que creo que no sé diferenciar cuándo es una de verdad y cuándo no.

A su lado he aprendido que lo simple es lo que más me gusta. Un abrazo, una sonrisa, una mirada, una película, el tacto de su dedo índice rozando el dorso de mi mano mientras paseamos por la ciudad…

Me toma por la cintura y camina justo detrás de mí, indicando hacia dónde dirigir mis pasos. Voy a ciegas. Debería sentir miedo porque todo está oscuro, pero él me hace sentir que no todo en la oscuridad es malo.

Me pide que me quede quieta. Sigo sus órdenes. Él se aleja. Escucho descorchar una botella de champán. El salón huele bien. Es mezcla entre comida china, velas aromáticas y nuestros perfumes, que se diluyen en el ambiente. Espero que no me haga andar con los ojos cerrados por el comedor sin ayuda, los tacones que llevo me los ha prestado Gia y es la tercera vez en mi vida que me subo a una plataforma de tal calibre. Estoy segura de que terminaré de bruces contra el suelo.

No tarda en acercarse hasta mí. Está muy cerca, tanto, que algo tira de mí hacia su cuerpo. Poseemos una especie de imanes superpotentes capaces de atraer nuestros cuerpos incluso en la distancia. Tan opuestos y, a la vez, tan iguales. Pasa su brazo por encima de mis hombros y deshace el nudo de la venda que aún cubre mis ojos. Los abro.

Si hubiera una cámara grabando mi cara en estos momentos, los espectadores se estarían riendo. O llorando de la emoción. Ojalá el resto del mundo pudiera ver lo que estoy viendo.

No puedo cerrar la boca. Apenas puedo pestañear. Desde mi posición, la cocina americana queda detrás de mí y veo el salón al completo. Cada detalle, esquina y lugar más recóndito. El suelo está lleno de pétalos de rosa. Hay velas encendidas que forman un corazón. Incienso sobre la estantería. Una luz tenue. Y el chico más atractivo, caliente y capaz de todo que jamás he visto, con dos copas de champán en cada mano y una perfecta sonrisa que solo me regala a mí.

Esto es precioso.

Me siento en la película de *La Bella y la Bestia*.

Alarga el brazo y me ofrece una copa. Cuando la recojo, pone su mano en mi cintura y me atrae hacia su cuerpo. Me besa con pasión. Al separar nuestros labios hago un barrido con la mirada de lo que nos rodea para procesar la información. Sobre la mesa veo una rosa como la que tengo tatuada en el lateral del antebrazo izquierdo. La cojo por el tallo, no tiene espinas. Acerco la nariz y aspiro el aroma con los ojos cerrados.

—Una rosa eterna —digo, y le muestro el brazo; él sonríe—. Es, literalmente la de *La Bella y la Bestia*. Aunque para mí significa más que eso. Es una metáfora de la vida. Un conjunto de pétalos preciosos sobre un tallo lleno de pinchos que representan mis miedos e inseguridades.

—Los miedos, las inseguridades y las problemáticas interiores siempre permanecen con nosotros. Vienen y van, son como las personas —afirma Dylan—. Algunos se instalan a vivir para siempre y otros aparecen y desaparecen a su antojo. Pero, como con los traumas, entre las personas, siempre, sin excepción, aparece alguien que te abre los ojos y te enseña a vivir la vida de una forma que nunca habías experimentado, aceptando los miedos, inseguridades y… ese saco que cada uno llevamos en la espalda, pero sin mirar atrás. Contigo me he permitido ser feliz, es algo que lo que llevo dentro no me hubiera permitido hacer si no hubiera sido por ti.

—Yo… ¿Yo te he enseñado todo eso?

Ríe.

—Tú me has enseñado muchas cosas, aunque no lo creas.

—¿Como qué?

—Como que da igual el tiempo, las circunstancias y lo que nos rodea, cuando una persona es para ti, el destino se encarga de ponerla en tu camino.

—¿Crees que solo tenemos un amor en la vida? —pregunto.

—Creo que, si tú no eres el amor de esta vida, me habré equivocado de galaxia, pero nunca de persona. Y, si el destino decidiera apartarte de mi camino, yo mismo me encargaría, personalmente, de comprobar si en la Luna nuestra historia ha salido bien y buscar la forma de llevarte allí.

No puedo estar mucho tiempo más sin besarle.

—No quiero esperar más —murmura, sobre mis labios—. No quiero perder más tiempo sin poder llamarte «mi chica».

—Creo que llevo siendo tu chica desde el primer momento en el que te vi.

—La cena se nos va a enfriar, pero esto no nos llevará mucho tiempo. —Suelta su copa en la mesa y toma la mía para dejarla al lado de la suya. Apoya sus manos en mis caderas, acercándome al centro de su cuerpo—. Morena, ¿quieres ser mi chica?

—¿Y tú? ¿Estás dispuesto a ser mi chico? ¿Con lo que eso conlleva?

—¿Películas, citas locas, besos ilimitados, duchas conjuntas, verte pasearte en ropa interior por casa y sexo salvaje dos veces al día? Acepto sin pensarlo. —Ríe, con seguridad, aunque su gesto cambia enseguida y se vuelve algo más neutro—. «Tu» chico, «tu» Dylan —murmura.

—«Mi» macarra —concreto—. Y «tu» chica, «tu» morena.

—Así mejor. —Sonríe.

Saborea al mismo tiempo que yo la delicadeza con la que los apodos que nos hemos ido poniendo en este tiempo salen de nuestras bocas para anunciarnos que el beso que está a punto de tener lugar entre ellas es tan solo el principio de la historia de amor más bonita. O la más triste.

15

UNA VEZ UN SABIO DE CABELLO RUBIO DIJO QUE FOLLAR DEBERÍA CONSIDERARSE UN ARTE

Dylan

Estoy empalmado y tengo muchas ganas de follar.

No sé cuánto tiempo llevo sin tener relaciones con alguien, pero es un dato insignificante en este momento. Mi problema es ella. Su boca, su cuello, su piel, el olor que desprende cuando se acerca para decirme algo… Me vuelve loco cada jodido rincón de su cuerpo.

Entro en el baño y me miro en el espejo. Mis mejillas arden y la maldita camisa me estorba. No puedo quitármela y salir al comedor sin ella, así como si nada, pero estoy a punto de empezar a chorrear sudor. De fondo oigo que Natalia canta la canción que se reproduce en los altavoces. Está borracha, pero no más que yo.

Mi polla está dura. Demasiado. Como una piedra. Y no se me ocurre nada para bajar la erección más que una ducha de agua fría. Me agarro con fuerza el bulto que eleva la tela de mi pantalón y mis mofletes se llenan de aire. Lo expulso de golpe. Tocarme no ha sido buena idea. Creo que hasta me duele. Y no puedo dejar de pensar en Natalia. No consigo borrar la imagen del sueño de la otra noche. Cómo me movía en su interior…

—¿Estás bien? —pregunta, dando golpes en la puerta.

—¡Sí, sí. Ya salgo! —grito.

¿Cuánto tiempo llevo encerrado en el baño para que se haya dado cuenta? Joder, quiero follar, pero no ahora. Quiero que siga hablando de ella. Estaba a punto de contarme el significado de sus tatuajes..., su piel, joder. No puedo más. Abro la puerta de golpe y me topo con ella.

—Tenemos un problema.

—¿Cuál?

No respondo. Señalo mi entrepierna y sus ojos se deslizan por mi cuerpo hasta llegar a mi polla. Los deja muy muy abiertos. No pestañea.

—¿El tamaño de tu... es proporcional al de tus manos?

—¿Qué?

—Nada, nada...

Parece asustada. Yo me miro las manos, son grandes, creo que lo he entendido.

—Bueno, ¿cuál es el problema? Estás empalmado ¿Qué hay de malo?

—Que quiero seguir hablando contigo, pero no puedo dejar de imaginarme cómo sería follarte. Y joder, duele.

La he pillado por sorpresa, porque abre y cierra la boca en un par de ocasiones seguidas intentando encontrar las palabras adecuadas. Vuelve a clavar sus ojos en mi entrepierna.

—Por favor, deja de mirarme así —le pido.

—¿Así cómo? ¿Como si quisiera follarte?

—Sí, justo así —contesto, indignado.

En su rostro se dibuja una sonrisa cargada de maldad.

—Pongamos a prueba tu autocontrol, Dylan —dice.

Se marcha por el pasillo subiéndose el vestido negro ajustado que cubre su cuerpo, dejando ver la parte baja de sus nalgas. Cierro los ojos y me froto el pelo con exasperación.

Va a ser una noche difícil.

La sigo hasta el sofá, dónde me espera sentada sobre su pierna, que permanece semiflexionada. Apoya el codo en el respaldo del sofá y su cabeza sobre la palma de su mano. En la otra mano sostiene la copa. Cuando la alcanzo, se la quito y la dejo sobre la mesa. Se queja, emitiendo un gruñido.

—Suficiente alcohol por hoy —finalizo.

Me siento a su lado imitando su postura, aún con un bulto bastante prominente en mi pantalón. Natalia hace amagos, pero no quiere mirar. Aunque termina clavando sus ojos en «ese» punto.

—Estabas hablándome sobre tus tatuajes. Continúa, ¿qué significado tienen?

—¿Todos?

—¿Tienes algo mejor que hacer? ¿Alguien con quien hayas quedado? ¿Un trabajo de fin de carrera por entregar? ¿Una entrada de cine para la sesión de madrugada?

—Vale, vale. He captado la señal.

Pone los ojos en blanco. Joder, cómo lo vuelva a hacer la voy a besar. Afortunadamente, continúa hablando.

—En las costillas tengo tatuado NOSOTROS NUNCA, en honor al libro. En la clavícula —dice desplazando el tirante de su hombro izquierdo para dejarme ver la tinta que cubre su piel; cada movimiento es más sexy que el anterior—, la constelación de Cáncer, que está relacionada con mi fecha de nacimiento. Mi abuelo siempre decía que era un conjunto de estrellas alborotadas, porque me llenaba de purpurina jugando y brillaba mucho. No me estaba quieta. Aquí, una Luna. —Dobla el brazo para mostrar el lateral de su muñeca—. Me gusta la filosofía que hay detrás de su transformación; desde siempre, cada fase lunar me afecta de una manera y, no sé cómo me las apaño, pero siempre que ha ocurrido algo malo en mi vida, cuando miro al cielo siempre está ahí acompañándome.

—Quiere que alguien le baje la Luna —digo, y hago el movimiento de un boli pintando al aire—. Tomo nota.

Ella ríe.

—En la nuca, llevo el número diecinueve. Es el día que mi abuelo... eh...

Antes de que su voz se quiebre, me acerco a ella y sostengo sus manos entre las mías.

—¿Cómo era?

Mi pregunta no parece sorprenderla, pero le cuesta contestar. No consigo dilucidar si se siente incómoda o no. Tarda unos segundos en decir algo. Son tan solo dos sonidos que vienen del fondo de su garganta, como si las palabras no fueran capaces de salir al mundo.

—No hace falta que hablemos de él si no quieres.

—Era la persona más especial que he conocido nunca.

—¿Qué ocurrió?

—Murió a causa de un ictus cuando yo tenía diez años. A raíz de ahí todo se torció. Él era el único que conseguía mantener a raya al monstruo de las pesadillas. Una vez se hubo ido, nadie se atrevió a pararle los pies. Hasta hoy.

—Eso no es así. Tú lo has hecho.

—Lo mío no es una situación permanente, Dylan. Algún día tendré que volver.

—¿Quieres volver?

—No.

—¿Entonces? ¿Qué hemos hablado de los límites?

—En la vida, hay veces que las personas no viven cuanto merecen. Está bien actuar en función de lo que quieres, pero no siempre se puede. Tú lo sabes mejor que nadie. Si por ti fuera, ¿no hubieras corrido detrás de tu madre el día que se marchó? —No respondo a su pregunta, me limito a bajar la mirada hasta su pierna—. Seguramente querías, como cualquier persona en tu lugar, pero no podías. Pues esto es igual. Llegará un día en que tendré que volver, aunque no quiera, y ese día no podré quedarme donde el corazón me diga.

—¿Me estás diciendo que lo nuestro tiene fecha de caducidad?

—Te estoy diciendo que habrá momentos en los que no parezca ni yo, en los que esté en cuerpo, pero no en alma. Puede que desaparezca y me tire el día dando tumbos por ahí, intentando huir de mí misma, puede que entonces mis ojos no brillen y que lo único que haga que mi mirada se ilumine sean las lágrimas. Volver no significa volver a casa, sino al lugar donde tanto sufrimos. Y ahí entra mi mente. Por mucho que quiera pensar que tu amor es curativo, sé que no estoy en lo cierto. Amar ayuda, pero no basta. Y, desde este momento, te pido perdón. No porque te vaya a tratar mal, ni mucho menos, sino porque has llegado en un momento crítico de mi vida. Y no mereces sufrir viéndome rota.

—Voy a estar contigo.

—¿Pase lo que pase? —pregunta, con los ojos llenos de dudas.

—Sí.

—Aunque… —Las palabras tiemblan en sus labios.

—Sí.

—¿Aunque quiera volver a Madrid? —consigue terminar la frase.

Para mi sorpresa, es una pregunta. Trago saliva y asiento.

—Prométeme que no me dejarás volver.

Recuerdo las palabras de Gia.

—Yo…

—Por favor —murmura.

Sé que no debo hacerlo. Que… es un jodido error. O eso pensarían todas las personas a las que les prometí algo en esta vida. Tengo que avisarla de que soy un desastre cumpliendo promesas. Que, en realidad, no me veo capacitado. Pero no puedo, no porque sienta que en un futuro vaya a fallarle, sino porque no quiero fallar ahora.

—Te lo prometo —pronuncio con firmeza.

Natalia me besa y, por primera vez, no siento sus labios. Mi cabeza funciona más deprisa de lo que mi parte consciente puede asimilar. El miedo a joderlo todo me gana la batalla y me veo en la obligación de separarme. Y la abrazo.

Hundo mi nariz en su cuello y cierro los ojos con la esperanza de que amaine el temporal. Ella acaricia mi pelo en sentido ascendente. Eso me relaja, pero no es suficiente.

—Necesito contarle esto a alguien —digo.

Natalia se aleja y me mira con precaución. No habla, quiere escucharme. Y se lo agradezco, pero no sé cómo empezar.

—Nunca lo he hablado con nadie. Y dudo mucho que lo vaya a volver a hacer. Quizá mañana me arrepienta porque estoy borracho, pero vida solo hay una, ¿no? ¿De qué sirve arrepentirse?

—Dylan, ¿qué ocurre?

—No me llamo Dylan —la corto de cuajo.

—¿Cómo dices? —espeta, algo molesta; su cara es un poema.

—En realidad… ¡Joder! —grito y me pongo en pie—. Prométeme que no te irás.

—No te puedo prometer eso, no después de mentirme en algo tan básico como tu nombre. ¿Por quién me has tomado?

Se está empezando a enfadar. Y lo veo normal. Pero no querrá alejarse de mí cuando sepa la realidad de mi vida, la gran mentira que me lleva acompañando desde aquel fatídico día de enero…

—Soy…

—¿Eres…?

—Soy Spider-Man —digo, con naturalidad—. ¡Joder, ya lo he dicho!

—Eres…

—Spider-Man, te lo acabo de decir.

—¡Imbécil! —grita y me arroja un cojín a la cara.

No puedo frenar mis carcajadas. Me llevo las manos al estómago, me duele de tanto reír.

—Te tendrías que haber visto la cara… ha sido buenísimo.

Se levanta para sacudirme con otro cojín y se lo quito con un movimiento rápido. De fondo suena *Only Angel* de Harry Styles en los altavoces. Las velas se han ido consumiendo y en nuestros vasos ya no queda ni gota de alcohol. Natalia tararea la canción por lo bajo.

—¿La conoces? —bromeo.

—Esta canción me pone muy pero que muy cachonda.

Por pura inercia nuestros cuerpos empiezan a tambalearse al ritmo de la música. Natalia deja caer sus brazos sobre mis hombros y yo poso mis manos en sus caderas.

—Me encanta bailar, pero nunca nadie me ha sacado a hacerlo. De pequeña soñaba con cursar secundaria en un instituto americano y tener baile de graduación. ¿Tú tuviste baile?

—Mi ex y yo fuimos los reyes del baile. Y esa misma noche, minutos antes de la coronación, la pillé follando en los vestuarios con el que por aquel entonces era mi mejor amigo. Su hermano, Eneko, me sacó de allí después de tirarle el cuenco de ponche por encima. Tuve suerte de que fuera el último día de instituto, porque el director tenía bastantes ganas de expulsarme.

—Lo siento mucho... —Frunce el morro, pero al instante se ríe—. Bueno, no del todo. Si no fuera por nuestro pasado, quizá no estaríamos aquí, borrachos, bailando una canción a las tres de la madrugada, ignorando las decenas de llamadas de nuestros amigos y... a punto de tener el mejor sexo de nuestras vidas.

—Ah, ¿sí? Yo pensaba dormir —le digo, con chulería.

—Tu entrepierna no compartía ese pensamiento...

—Mi entrepierna quiere tantas cosas... y todas empiezan y terminan en ti.

Le doy la vuelta y la abrazo por detrás. Nos seguimos moviendo al compás de la música, pero la canción que sonaba hace unos instantes ya ha terminado y la que suena ahora me está incitando a hacer cosas no aptas para cardiacos. Natalia ladea la cabeza y deja su cuello al descubierto. Yo me tomo la libertad de colar un dedo bajo el tirante y deslizarlo por su hombro, ahora desnudo. Pego mis labios en su piel y subo por el cuello hasta morder el lóbulo de su oreja. Ella exhala todo el aire en un suspiro de lo más sensual.

Espero haber pasado la prueba del autocontrol, porque no sé cuánto tiempo más podré aguantar si me lo sigue poniendo así de difícil.

Nuestros cuerpos siguen balanceándose. De izquierda a derecha. Y a la inversa. La música ya parece dueña del momento. La siento como si formara parte de nosotros. Lo agradezco, en mis planes no está alejarme de este cuerpo de escándalo para pausarla.

Mi mano lleva unos minutos pegada a su muslo y el final de su corto vestido cada vez sube más y más, dando vía libre a mi deseo. Huele tan bien... Hundo mi nariz en su cuello y aspiro su aroma con intensidad, con los ojos cerrados.

Una mano se adueña de mi nuca. Su rostro se inclina para mirarme y mis labios quedan sumergidos en un sinfín de besos con lengua que encenderían hasta al más friolero. Me queman los labios. La lengua. La ropa. Estoy harto de la ropa. No quiero llevarla. Y estoy seguro de que ahora, sí que sí, no es el alcohol.

Natalia gira sobre su propio eje y comienza a desabrochar uno a uno los botones de mi camisa con torpeza, pues no deja de besarme. Río sobre su boca al sentir sus manos enredarse con la tela de mi camisa.

—¿No era que las mujeres podíais hacer dos cosas a la vez?

—Sí. Espérate a verlo cuando te demuestre la facilidad que tengo para dar placer y recibirlo al mismo tiempo —dice, con aparente normalidad, como si no me acabara de soltar que quiere ver mi cara hundida entre sus piernas, como si no me acabara de proponer la postura más sensual de todo el jodido Kama Sutra—. ¿Qué me dices, Dylan? ¿Podrás aguantar mi nivel?

—Aguantaría todo el día —respondo, con superioridad.

—Déjate de frases de superhéroes y bésame —masculla, para después estampar su boca en la mía, siempre sedienta de sus besos, húmedos, largos e intensos.

Agarra ambos extremos de mi camisa cuando por fin consigue desabrochar todos los botones y dejo que se deslice por mis brazos hasta caer al suelo. Así, algo más cerca de la desnudez, me siento más cómodo. Pongo mis manos en sus muslos y tiro de ella hacia arriba, cogiéndola en el aire. Caigo en el sofá de espaldas con ella encima de mí, a horcajadas.

—Joder, Dylan. Quiero sentirte dentro de mí...

Río.

—Me gusta muchísimo esta versión tuya tan directa. Por favor, que no desaparezca nunca.

—Ah, ¿sí? —Roza mis labios, tanteando un beso que no se produce—. ¿Qué más te gusta de mí?

—Tu sonrisa, tus ojos marrones, el lunar de tu mejilla, el que reposa encima de tus labios, el de tu clavícula... —Beso esta última—. Me gusta tu pelo liso, la mancha de nacimiento de tu hombro, tus piernas, tus manos... —La palma de su mano se junta con la mía; en comparación, parece diminuta—. Me gusta todo de ti. Incluso lo que todavía no conozco.

Natalia se muerde el labio inferior con picardía. Cruza los brazos por delante y agarra el final de su vestido y se lo quita para hacerlo desaparecer en algún lugar del salón.

Joder.

—Me gustan tus tetas —le confieso.

Clavo los ojos en ellas. Son grandes. Y el sujetador negro que las recoge le hace un escote de escándalo. Quiero llenarlas de besos. Eternamente. Cuanto más lo pienso, más calor tengo. Una oleada de aire caliente recorre mi cuerpo.

—Son solo un par de tetas.

—Ya, pero son «tus» tetas.

Sé que le gusta que le repita una y otra vez todo lo que me gusta de ella. Es como si, con palabras pronunciadas por mi boca, tratara de olvidar tantas otras que la hicieron odiar lo que ve en el espejo.

No podemos dejar de besarnos. En el sofá. Sobre la encimera. Encima de la mesa. Contra la pared. Mientras andamos camino al dormitorio. Al cerrar la puerta.

Me besa con pasión mientras tanteo la hebilla del cinturón para desabrocharlo. Sostengo su cara entre mis manos para retarla y mantener nuestras bocas pegadas al mismo tiempo que ella desabrocha el botón y baja la cremallera de mi pantalón, que cae al suelo por su propio peso.

Natalia se tira de espaldas sobre el colchón. Clavo las rodillas en la cama y se arquea para mí. Palpo su espalda hasta dar con el cierre del sujetador. Lo desabrocho. Tiene la piel más suave que jamás he tocado. No quiero tocar otra piel que no sea la suya. Tengo la sensación de que nunca me saciaré de ella. Siempre querré más y más.

Mis manos cubren la zona que antes tapaba el sujetador. Acaricio y amaso con ganas. Su espalda se contrae cada vez que ejerzo fuerza sobre sus pechos. Al deslizar mi lengua por ellos emite un gemido. Es jodidamente excitante. Quiero escucharla de nuevo.

Vuelvo a pasar mi lengua por su pezón. Hago lo mismo en el otro. Y vuelve a emitir ese sonido procedente del mismísimo cielo.

Gime cuando mis dientes le toman el relevo a mi lengua.

—¿Te gusta? ¿O quieres que pare? Podemos dejarlo aquí y dormir abrazados —hablo con la voz entrecortada.

No soy el único que está a punto de desmayarse por esta mezcla de deseo y placer.

—No quiero que pares, Dylan.

—¿Segura? No quiero hacer nada para lo que no te sientas preparada.

—Nunca he estado tan segura de algo.

Desliza sus manos por mis hombros y mi piel se eriza con su contacto. Siento un impulso por seguir besando su piel, no quiero dejar de hacerlo. Gime cuando, después de trazar un recorrido de besos húmedos desde sus pechos hasta el ombligo, cuelo mis dedos bajo la cuerda floja de su tanga de encaje y tiro de él, deslizándolo por sus piernas hasta caer al suelo para, a continuación, hundir mi lengua entre sus piernas. Una y otra vez. Sin dar tiempo a que pueda contener esos gemidos que bañan mis oídos de placer.

Introduzco mis dedos en su interior. Y vuelve a gemir.

Como siga haciendo esos sonidos voy a terminar, seguro, antes de tiempo.

—No te tapes la cara. Agárrame del pelo —digo, levantando la mirada para verla; su mano izquierda tapa su boca y la otra cubre su rostro—. Quiero verte morir de placer.

Mi lengua se cuela en el interior de su cuerpo. Y mis ojos se alzan por encima de sus caderas para verla gemir. Sus manos tiran de mi pelo a medida que los movimientos de mi boca, así como los de mis dedos, se vuelven más intensos. Su espalda se arquea cuando me muevo en su interior, haciendo el gesto de atracción con los dedos.

Tiembla.

Cada vez siento más presente la necesidad de ser yo el que se hunda dentro de ella, pero es tan gratificante verla rabiar de placer a mi merced que vuelvo a hundirme entre sus piernas y la consigo llevar a su jodido límite, porque tira de mi pelo con fuerza. No quiero que termine, no ahora. Sin embargo, no quiero parar. Y sé que ella tampoco quiere. Y no me sacio de su sabor. Una vez la he probado, quiero más, tanto como pueda. Se lo hago saber, porque mis manos se aferran a su trasero con intensidad.

—Joder… —murmura.

—¿Qué?

—No pares.

Sus palabras son órdenes. Sigo haciendo los mismos movimientos que hace unos minutos. Grita. Y ahoga el segundo grito con su mano, pero no el tercero, porque retengo sus manos a ambos lados de su cabeza mientras la hago llegar al clímax.

Asciendo por su cuerpo hasta llegar a su boca y la beso con pasión. Nuestras lenguas se enzarzan en una lucha de lo más placentera, y mi respiración jadeante deja entrever mis ganas por sentirla, esta vez, debajo de mí.

Tira de la goma de mis calzoncillos hasta hacerlos desaparecer. Retengo mi erección bajo la mano y la deslizo por ella un par de veces. La tengo muy dura. Y después de llevar días y días sin tocarme, esto es lo más cerca que estaré jamás de tocar esa jodida Luna de la que tanto habla Natalia.

Me mira con deseo. Su boca queda entreabierta cuando fija sus ojos en mi entrepierna. Tengo que ahogar una carcajada. No puedo decirle que sé el tamaño que tiene, pero que no tiene por qué asustarse. Mejor me ahorro los chistes y bromas posibles, porque no puedo esperar a estar dentro de ella. Y, por sus gestos, ella tampoco puede esperar mucho más a que me hunda en su interior.

Lo hago. Retengo sus muñecas bajo mis manos a ambos lados de su cabeza y siento sus caderas tentarme con movimientos de lo más sensuales. Contengo el aliento cuando me deslizo entre sus piernas y me hundo poco a poco en su interior, con cuidado para no hacerle daño. Ella gime, no consigue contenerse. Se lo agradezco, porque me gusta escucharla, saber que le gusta, que quiere más. Y así me lo hace saber sobre mis labios, en un susurro:

—Quiero sentirte dentro, más aún.

Continúo. Mientras la beso me hundo más y más en su interior. Muevo mis caderas hacia delante y hacia detrás. Y cambio la velocidad según la intensidad de sus gemidos. Suelto sus manos y sus uñas se clavan en mi espalda. Joder, cómo me gusta sentirla. No solo por el simple hecho de estar experimentando el mejor sexo de mi vida, sino porque creo que he olvidado cómo me llamo, quién soy y de qué color son mis ojos. Siento cómo los pongo en blanco y mi boca se abre expulsando aire entre dientes cuando ella decide que no basta con mis movimientos. Observar cómo se mueve bajo mi cuerpo es la imagen más parecida al puto paraíso. Y solo puedo verla yo.

Nuestros cuerpos chocan. Nuestros ritmos se compenetran y mi boca busca la suya, ansiosa por sus besos, por su sabor. Natalia me pega a su torso. Siento sus pechos rozar mi piel. Su aliento en mi hombro. El tacto de sus dedos en mi pelo, aferrándose a la última oportunidad para gritar cuánto me desea.

Abro mi boca para jadear al compás de sus caderas contra mi cuerpo y aprovecha para entrar en mí con su lengua, que juega con la mía de la forma más húmeda y sensual posible.

No puedo más. Y ella tampoco. Sin embargo, quiero más, mucho más. Embisto con todas mis fuerzas en su interior y ella pide desesperada que siga, también quiere más. Le doy todo lo que me desea y vuelvo a moverme tal como acabo de hacer hace un momento.

—¡Me encanta, Dylan! —grita y yo freno levemente mis movimientos.

No me lo esperaba, para nada. Es la primera vez que, haciéndolo, me llaman por mi nombre a gritos. Y no sé si me gusta o me encanta. Siento la polla más dura que nunca. Y embisto de nuevo en su interior.

Mis movimientos se vuelven rápidos e intensos. No puedo dejar de moverme. Mis manos vuelven a aferrar a las suyas, pero esta vez de la manera más bonita que existe, entrelazando nuestros dedos. Sus manos ejercen fuerza sobre las mías y yo tenso mi espalda para continuar con el vaivén de nuestros cuerpos, que nos hace gemir al mismo tiempo de placer.

—Te quiero —murmuro cuando sus ojos entran en contacto con los míos.

Ella sonríe y busco sus labios para saciarme de ellos una vez más. La beso desesperado, como nunca antes he besado a nadie. El corazón se me va a salir del pecho. El suyo rebota contra mi piel. Su respiración se entrecorta al igual que la mía cuando las embestidas nos hacen acercarnos a la cima del placer. Gruño sobre sus labios.

—Y yo a ti, macarra.

Creo que los próximos serán mis últimos movimientos. O así lo imagino. Y ella sabe que también lo serán los suyos, porque su espalda se contrae y se relaja una y otra vez. Su pecho sube y baja con velocidad y la intensidad de sus gritos aumenta al mismo tiempo que lo hacen mis embestidas. Me pide más y se lo doy. Le pregunto cómo le gusta y no responde, está concentrada en sentir. Y me muero de placer al verla con los ojos cerrados, la boca abierta y mi nombre saliendo de su boca de la forma más guarra que existe.

Ella llega a su límite y la hago gemir de placer por última vez, pero me sigo moviendo en su interior hasta hacerla terminar. Clava sus uñas en mis brazos y echa la cabeza hacia atrás, arqueando su espalda una vez más. Su cuerpo tiembla. El mío tiembla de verla así.

—Quiero que termines donde empezaste, en mis tetas. Córrete para mí, Dylan.

Esto no puede estar pasando de verdad.

Es mucho mejor de lo que imaginaba.

Joder.

Cierro los ojos con fuerza esperando que no sea un sueño y los vuelvo a abrir. Cuando lo hago, ella me mira mordiéndose el labio.

En cualquier momento voy a dejar de respirar.

Me sujeto de sus caderas y embisto en su interior hasta sentir que estoy a punto de llegar. Vuelvo a hacerlo una y otra vez, y gruño de placer. Ella disfruta de verme así con una sonrisa, mientras jadea, aún alterada.

Deslizo mi cuerpo para salir de su interior y atrapo su cuerpo bajo mis piernas. Deslizo con fuerza mi mano por el recorrido de mi polla hasta que me corro en sus tetas. Mi cuerpo se contrae y expulso un gemido final cuando termino. Ella ríe al verme caer a plomo sobre el colchón, agotado. Y nuestras manos se entrelazan de nuevo.

Por primera vez he hecho el amor y puedo decir que es mucho mejor que follar. Pero, qué bendita locura follar con la persona de la que estás enamorado, y poder llamarlo hacer el amor.

Vamos a la ducha agarrados de la mano. Mientras regulo el agua caliente, ella se apoya sobre el lavabo y se mira al espejo con la boca entreabierta. La miro con deseo, con admiración, con orgullo.

Esta diosa es mi novia.

Dejo la alcachofa colgada en la pared de la ducha y me acerco hasta donde ella se encuentra. Los dos estamos desnudos. Me mira a través del espejo. Yo la miro a ella. Nunca nadie me ha mirado de esa forma. Y mis ojos nunca han mirado a ninguna chica como a ella.

La rodeo con mis brazos por detrás y mis manos se pegan a su tripa. Natalia cierra los ojos y expulsa todo el aire. Acaricia mis brazos con suavidad y me da un beso en la mejilla cuando mi cara se hunde en su hombro.

—Nunca me he sentido tan satisfecha.

Besa mi corazón, y mi orgullo. También mi ego.

—Ni tan segura de mí misma.

Y yo jamás me he sentido tan orgulloso de alguien. Ha dejado sus miedos, inseguridades y pasado atrás para disfrutar de su cuerpo, de su sexualidad. Para ser libre.

Con un toque en su barbilla ladeo su cabeza y nos fundimos en un beso.

Después de la ducha, nos ponemos solo la ropa interior. Ella se queda en el baño echándose crema y secándose el flequillo con el secador, y yo me despido hasta que vuelva a la cama con un beso en la coronilla.

Veo el colchón y me lanzo a él. Caigo de espaldas y cierro los ojos. Como no venga rápido, me encontrará dormido y quién sabe si con la baba caída sobre la almohada.

Llega justo a tiempo, se tumba en la cama y estiro el brazo para que se apoye en el espacio entre mi pecho y mi hombro. Cuando lo hace, flexiono el brazo para abrazarla y pegarla a mi cuerpo. Ella pasa su brazo por encima de mi torso y pega su mano a mis costillas.

—Buenas noches, macarra.

Sonrío. Me acomodo sobre la almohada y pego mis labios en su frente.

—Buenas noches, morena.

EL MONSTRUO DE LAS PESADILLAS
(8)

Catorce años

—*Tienes que hacerme un favor* —*dice él.*

—*¿Qué favor?* —*pregunto con precaución, sin levantar la cabeza de mis deberes.*

El monstruo se acerca hasta a mí con paso firme. No me da tiempo a reaccionar. Tira de mi coleta hacia atrás y me obliga a mirarlo. Deja un fardo de color blanco encima de la mesa.

—*Eso es... ¿droga?*

—*Cállate* —*masculla, tirando de mi pelo con fuerza.*

Entrecierro los ojos por el dolor y aprieto los dientes. Él me mira con el morro arrugado.

—*Tengo que trabajar* —*añade*—. *Vas a llevarlo a la dirección que te diga. Te estarán esperando dos hombres.*

—*Esa gente es peligrosa, lo he visto en las películas.*

—*¡Tú sí que te montas películas! Hazlo y punto.*

Me suelta.

Escucho sus pasos cada vez más lejos, pero frena justo debajo del marco de la puerta cuando lo llamo por su nombre. No le gusta cuando hago eso, pero me sale de forma automática. Sus actos no le dan sentido a la palabra «papá». Giro sobre la silla y lo veo de espaldas, con los puños apretados y la cabeza fija en la pared del pasillo. Cierro los ojos y me cubro la cabeza, ya sé lo que viene después.

—Qué —contesta mientras se vuelve y me mira con las cejas en alto—. Ibas a decir algo.

Mi madre, que estaba comprando en el supermercado, aparece detrás de él.

Me sonríe.

—¿Por qué no vienes conmigo? Me da miedo —le digo, ignorando que mi madre está detrás de él.

Frunce el ceño.

—Cierra el pico.

—¿A dónde tienes que ir? —interviene mi madre—. ¿Qué te produce miedo?

El monstruo me mira fijamente y de un movimiento rápido abofetea a mamá. Me vuelve a mirar con los ojos llenos de ira y me señala. Mamá se lleva la mano a la mejilla y sale corriendo. Escucho la puerta del baño cerrarse.

—¿Ves lo que me has obligado a hacer?

—Si yo no he hecho nada —respondo atropelladamente, entre lágrimas.

—¡Desaparece de mi vista! ¡Y haz lo que te he dicho!

16

DYLAN BROOKS ES LA SOLUCIÓN Y TAMBIÉN LOS PROBLEMAS

Natalia

—¿Crees que Zack podrá perdonarnos? —pregunto.

—Sí —responde Dylan con rapidez, y sigue desayunando en silencio.

Pongo los ojos en blanco.

—¡Es Zack! —dice, restando importancia.

—Odio llegar tarde a los sitios, Dylan. Y llegamos tarde, muy tarde.

Solo quiero llegar al aeropuerto y reencontrarme con Lara. Han pasado cinco días desde que le mandé el billete de avión. Al principio pensó que se trataba de una broma, pero más tarde, en una videollamada conmigo y con Zack muy pero que muy sonriente a mi lado, entendió que era verdad. Y en ese mismo instante empezó a hacer las maletas.

Dylan me regala una media sonrisa. Relame sus labios y se encoge de hombros.

—¿Qué? —inquiero, agudizando la voz.

—Nada, es solo que… no te importaba el tiempo cuando estabas encima de la mesa pidiéndome que te lo hiciera más rápido, que lamiera tus pechos y clavara mis uñas en tu espalda. —Abro los ojos, sorprendida—. ¿Ahora también te vas a sonrojar? ¡Hay cosas mucho más íntimas que el sexo!

—¡Lo dudo! —exclamo, al mismo tiempo que doy saltitos por el salón sobre una pierna.

Detesto las zapatillas de tela en forma de bota. ¡Son imposibles! Me siento en el sofá y alzo la vista para mirarlo de nuevo. Lo tengo enfrente. ¡Joder! ¿Por qué es tan sigiloso?

—¡Odio los sustos, Dylan!

Se agacha y se queda en cuclillas entre mis piernas. Su mirada penetra con decisión en mis ojos y su colmillo se clava en su labio inferior con total precisión. Noto mis mejillas encenderse de nuevo. Él no deja de observarme, en silencio, mientras ata mis cordones. Después, me ayuda a ponerme la otra zapatilla.

—¿Ves? No era tan difícil.

Lleno mis pulmones de aire y lo expulso de golpe, con tanta intensidad que incluso llego a mover algún mechón de su pelo.

—¿Te puedo hacer una pregunta?

—Claro —dice Dylan, con las manos sobre mis rodillas.

—¿Por qué necesitas convencerme de que la vida no es tan difícil?

—¿Crees que sería justo con nosotros si te diera una respuesta en este momento? Ahora que vivimos juntos debemos dosificar los temas de conversación… ¿No quieres reservar ninguna pregunta para cuando llegues a los ochenta? ¿De qué hablaremos entonces? No pienso comentar las noticias: guerras, política, economía…, todo eso me deprime.

Esbozo una sonrisa que desaparece cuando Dylan se da la vuelta para entrar al baño y me quedo sola en el salón. De forma automática mi cabeza comienza a reproducir momentos inconexos de mi vida pasada. Esa vida que me tiene a mí de adolescente.

Resulta muy difícil fingir que la vida no es complicada cuando lo único que encuentro por el camino son piedras con las que tropiezo y caigo al suelo. Sonreír como acto involuntario se ha vuelto rutina.

El maltrato no conoce límites y convenciones sociales. No comienza con un puñetazo en el estómago, sino con un gesto, una mirada de odio, una imposición, una frase en contra de tu libertad.

El maltrato no deja marcas si el maltratador no quiere que el resto las vea. Suelen ser personas sibilinas. Saben lo que hacen, no están enfermos. El monstruo de las pesadillas ni siquiera es un demonio. El demonio siente repugnancia cuando lo comparo con él. Porque antes de ser lo que hoy es, era un ángel. Sin embargo, él nunca lo fue. Nunca lo será.

Y mamá siempre me decía que era un angelito.

No sabría identificar el primer día en el que el monstruo de las pesadillas comenzó a hacerme daño. Solo recuerdo que la niña de tres años no jugaba cuando él estaba cerca, sentía miedo cuando se ponía malita de la tripa a las tres de la mañana y tenía que ir a la habitación a despertar a mamá, no pedía ayuda con los deberes por si alguien le hacía sentir de menos y hacer amigos en el parque se convirtió en una auténtica odisea de un día para otro.

El monstruo de las pesadillas siempre ha sabido qué hacer para que mamá callara, y después llegué yo, que no podía parar de hablar. Creo que todo pasa por algo y que el universo me hizo así, habladora, porque sabía que lo iba a necesitar.

Aún recuerdo las amenazas, las escenas de gritos y golpes desde la esquina del pasillo, la mirada del monstruo de las pesadillas cuando me acercaba a alguien de la familia con una marca en el brazo, en el rostro o en el torso. Aún recuerdo como si fuera ayer el verano en que no pude ponerme biquini porque tenía un moratón en el muslo que no desaparecía con el paso de las semanas.

Y cuando me atreví a pedir ayuda y salí corriendo de casa una madrugada, llegó otra serie de miedos. Miedo a que Lara no amaneciera a la mañana siguiente con vida. Miedo a que todos esos familiares que no me creían aparecieran muertos, porque, aunque ellos no quisieran ver lo que ocurría, él seguía siendo el que era.

Me da pánico que vuelva a entrar en mi vida. No por mí, sino por Dylan.

—Dame tiempo, macarra —le digo, agarrando su muñeca.

Estábamos a punto de salir rumbo al aeropuerto. Él frunce el ceño.

—¿Tiempo para qué?

—No preguntes, solo hazlo.

Dylan me mira fijamente. ¿En qué estará pensando? ¿Me juzgará? ¿Desconfiará de mí? Las dudas invaden mi cabeza. Cierro los ojos con fuerza y me repito en bucle que él no es así.

—Di algo —le pido, con un hilo de voz—. No sé cuánto tiempo necesito para empezar a ver el lado bueno de las cosas, pero te aseguro que lo intento cada día que me levanto.

—¿Alguna vez te has parado a ver la Luna?

—¿Qué? ¡No es momento de metáforas!

—Dime, ¿lo has hecho?

—Cada noche —respondo, con el morro torcido.

—Y has podido comprobar que su color no es uniforme, ¿verdad? Tiene cráteres, que, desde la Tierra, a veces vemos con mayor claridad, aunque otros días resulta más complicado. Sin embargo, si tuviéramos un telescopio en la ventana podríamos ver cada desperfecto de esa puta maravilla que flota sobre nuestras cabezas. Esto es igual, Natalia. Si dejas de verte a ti a través de los ojos de las personas que te han hecho daño, comprobarás que hay días que las cicatrices se ven y otros que… simplemente no. Porque no necesitas ver todos los días la herida para saber el dolor que sentiste. Es imposible construir un rascacielos sobre un terreno con relieve. Necesitas suelo plano. Y eso solo lo puedes conseguir tú. Aunque pases por encima con la apisonadora y allanes el terreno, las heridas seguirán ahí. Se mimetizan contigo. Pero tú decides si quieres morir por ellas o vivir para demostrar que en la adversidad te creces. Y aplastas. Y brillas, como la Luna.

—Llegamos tarde, Dylan —susurro, sobre sus labios.

—¿Algún día dejarás de huir cuando alguien diga algo bonito sobre ti?

—Confío en que sí, pero ahora llegamos tarde. —Le doy un beso fugaz en los labios y me dirijo a la puerta.

El camino en coche lo pasamos cantando canciones. Él elige una y yo otra. Me encanta su gusto musical. Cuando llegamos al aeropuerto, estaciona en el aparcamiento de la terminal y guarda mi mano entre las suyas. Baja la cabeza y traga saliva.

—Yo también tengo mis taras. Una de ellas es el bloqueo. Quería abrazarte, decirte que tú no tienes la culpa de sentirse así, que el cabrón de tu padre debería estar entre rejas…, pero de repente no tenía habla. No me salían las palabras. Y he recordado eso que tú siempre haces en tus libros, y en la realidad, cuando quieres hablar de ti, pero no tienes el valor de hacerlo. Formulas preguntas retóricas, usas canciones o metáforas. Lamento si te has sentido extraña con mi comportamiento, no eres la única que tiene que allanar el terreno para poder construir edificios. —Me pasa un mechón de pelo detrás de la oreja y seca la lágrima que cae por mi mejilla—. ¿Crees que si guardo tus lágrimas podría clonarte?

Me río. No sé cómo lo hace, pero siempre me saca una sonrisa. Él me imita el gesto, pero al instante se pone serio.

—Podemos allanar el terreno juntos, ¿te parece? —propone Dylan.

—¿Me estás diciendo que me quieres?

Sus labios se tensan y su mandíbula, asimismo, también se tensa. Sus ojos se vuelven cristal y al mirarme, deja correr dos lágrimas por sus mejillas.

—De aquí a la Luna, morena.

Estoy muy nerviosa. Los latidos de mi corazón retumban con fuerza. La gente viene y va por los pasillos del aeropuerto. A nuestro alrededor, mientras caminamos con las manos entrelazadas, familias se reencuentran, parejas se besan, amigos lloran y niños se abrazan a sus padres, colgando de sus brazos. Auch. Suspiro al ver la estampa de una niña corriendo de la mano de su padre. Dylan se da cuenta y aprieta la mía. Me sonríe. ¿Cuándo dejará de doler? ¿Es compatible echar de menos a una persona que no quieres de vuelta en tu vida? Es todo tan contradictorio…

—Aron no ha podido venir. Tenía que asistir a las grabaciones.

Zack nos esperaba en el centro de la terminal. Va muy bien vestido. Y huele muchísimo a colonia. Nos fundimos en un abrazo y termina con su brazo por encima de mis hombros. A Dylan no lo saluda. Su relación se enfrió cuando tuvo lugar la llamada que puso en peligro a Dylan. Este mete las manos en los bolsillos de la chaqueta de cuero y mira los carteles informativos.

—¿Por dónde tiene que venir? —pregunta.

—Por allí. —Señalo la puerta de desembarque.

Y de repente la veo a ella. Mi pelirroja favorita. Mira de un lado hacia otro y agito la mano en el aire para que sepa dónde acudir. Ladeo la cabeza para ver a Zack y le propino golpecitos en el brazo—. ¿Nervioso?

Zack no me mira. Traga saliva con dificultad.

Dylan lo observa con una sonrisa irónica y con las cejas en alto.

—¿Qué pasa, Zack? ¿Tienes miedo de enfrentarte a la realidad?

Cuando me doy cuenta. Zack ya está lejos. Ha salido corriendo sin despedirse. Dylan me da un beso en los labios y, negando con la cabeza, añade:

—Ve tras él, morena. Yo distraigo a tu amiga.

Corro por la terminal del aeropuerto dejando a la muchedumbre atrás. Esquivo maletas y niños. Salto por encima de las bolsas de deporte que la gente coloca en el suelo y paso por debajo de una valla de seguridad. Un segurata me grita para que detenga el paso y yo lo hago.

—Por aquí no puede pasar. ¿No ha visto la valla? ¿La cinta policial? ¿Los carteles?

Niego con lentitud. El segurata me observa con indiferencia.

—Mi amigo se ha dado a la fuga, necesito hablar con él —digo mientras trato de no perder a Zack entre la gente.

El hombre abre los ojos y agarra el *walkie-talkie* con fuerza, lo acerca a sus labios y dice:

—Seguridad, tenemos a un alborotador.

—¿Qué? —grito, con voz aguda—. ¡No, no, no! —Me froto la cara—. Es una forma de hablar. Mi amigo, Zack Wilson se llama, es una persona legal. Solo que… ¡necesito encontrarlo! Ha venido a visitarlo desde Europa la chica que le gusta…, tiene miedo…

—Hago un puchero—. Déjame pasar, por favor. Será una excepción…, no diré nada.

El segurata enarca una ceja. No parece ceder, pero decido arriesgar. Echo mano en el bolso y saco la cartera. De ella cojo cincuenta dólares. Extiendo el brazo. Al principio lo mira con prudencia. Creo que la he cagado. Y no me gustaría terminar en la cárcel. ¿Qué haría ahí dentro encerrada sin la posibilidad de ver el atardecer? ¿Qué hay de mis dosis de música en vena durante largas horas? ¿Los capítulos de mi serie favorita? A medida que veo cambiar el gesto de su rostro, recojo la mano muy disimuladamente. Antes de que pueda guardar los billetes, me los arrebata y los enrolla en forma de tubo. Se echa a un lado y hace la vista gorda.

—Gracias. —Las gracias más caras que he dado nunca.

Encuentro a Zack afuera, con un cigarro entre los dedos que se acerca a los labios a una velocidad preocupante. Está sentado en un banco. Camino en su dirección, atacada de los nervios. Tiro el bolso de aquella manera a su lado. Ni se molesta en mirarme.

—¡He dejado a la terminator tres mil de mi mejor amiga a solas con mi novio! ¡Se acaban de conocer! ¡Y tú no la conoces. ¡No sabes de lo que es capaz! ¡Esto puede ser muy pero que muy peligroso, Zack! —Me agacho de cuclillas en el suelo y apoyo las manos en sus rodillas—. Lo va a avasallar a preguntas… Y le contará… ¡anécdotas mías! ¡Vergonzosas! ¡Lo va a amenazar para que no me haga daño! ¡Lo va a asustar! —Levanto su cabeza dando un toque en su barbilla—. Más te vale tener una buena excusa para esta silenciosa escapada.

Zack penetra mi mirada con el azul eléctrico de sus ojos. Me estoy mareando.

—¿Alguna vez has querido tanto algo que cuando has entendido que nunca podrías tenerlo te has acabado conformando con algo que se parecía?

No, la verdad es que no sé de qué me está hablando.

—Eso es lo que me ha pasado a mí, enana. —Se echa la melena rubia hacia atrás—. La he cagado y no sé cómo revertir esta situación. Tú..., joder, tú tienes tu vida. Y yo... ¡Joder, Lara es perfecta para mí! Dylan... era mi amigo. ¡Y lo he perdido!

Se frota la cara con gran desesperación. Se levanta y yo me caigo de culo. Me incorporo rápidamente, espero que no me haya visto nadie.

—Ya no sé qué es lo correcto, ni lo que debería hacer, decir o... ¿me sigues, Natalia?

—Sí, claro. —Suena demasiado irónico.

Zack pone los ojos en blanco. Parece nervioso.

—No, no lo haces. Si lo hicieras no estarías ahí mirándome como un pasmarote. Me hubieras dado un guantazo o...

—¿O qué? —me atrevo a preguntar.

Zack se acerca hasta mí. Sus ojos se clavan en mis labios y regresan a mi mirada. ¿Son imaginaciones mías o realmente Zack me acaba de mirar la boca? Ahora sí, creo que me estoy volviendo un poquito, solo un poquito... loca.

—Zack, esto es el miedo. Miedo a lo desconocido, miedo a fracasar de nuevo en el amor...

Él vuelve a poner los ojos en blanco.

—Está bien. Preséntame a la futura mujer de mi vida.

Me da la espalda pasando por mi lado y me deja atrás. No sé qué es lo que acaba de suceder. Supongo que el miedo. Es sabio. Traicionero. Sí. Debe de ser eso, el miedo. Zack me espera para caminar conmigo, me pone la mano en la espalda y entramos en el interior de la terminal. Aún a unos metros de Dylan y Lara, que parecen conversar con calma, lo agarro por la muñeca y él detiene sus pasos.

—Entre tú y yo... ¿va todo bien?

—Entre tú y yo siempre irá todo bien, enana.

Sonreímos. Mis dudas quedan resueltas y respiro aliviada, porque Zack prometió no mentir más. Y decía la verdad. O eso quiero pensar.

Al ver a Lara más cerca que nunca desde hace meses corro a por ella, tras encasquetar el bolso a Zack, que lo recibe como quien compite en las carreras de relevos de los Juegos Olímpicos. Nos abrazamos con fuerza y entre risas nos tiramos al suelo. Ella termina encima de mí. Hemos caído a plomo y no podemos parar de reír, aunque la realidad no sea para risa. Creo que me he roto la mitad de los huesos de mi cuerpo. Mañana no me voy a poder mover, pero lo importante es el presente, el ahora. Y ahora no me duele nada. Bendita emoción.

Le cambio el lugar a Lara y me siento encima de ella a horcajadas. Le lleno las mejillas de besos. Y la vuelvo a abrazar, pero me aparta al instante. Me mira sorprendida, con las manos sobre mis hombros.

—Has vuelto a abrazar. —Sonríe ampliamente.

He vuelto a abrazar. Y me moría de ganas de que lo supiera, de que lo sintiera. Por todas esas veces que no pude hacerlo. Porque, como persona que ha permanecido siempre a mi lado, merece conocer mi parte buena, esa que pocas veces ha podido presenciar.

Dylan me tiende la mano para ayudarme a levantarme, la agarro y me pongo de pie de un salto. A continuación, le ofrece la misma ayuda a Lara, pero esta mira su mano con detenimiento y se incorpora por sí sola. Tan majísima como siempre.

Dylan da una palmada y le pasa el brazo por encima de los hombros a mi amiga. Con el otro brazo, señala a Zack.

—Zack, la mejor amiga de mi novia. Una chica maravillosa, llena de virtudes, sin defectos. Le gusta hacer repostería. Y comer helado. Es una fiera en la fotografía. Y una diosa en la cama.

—¿Te ha obligado a decir eso? —Enarco una ceja.

—¡Lo último no estaba en el guion! —grita Lara, que abraza a Zack algo avergonzada.

Este la aúpa unos centímetros del suelo. Tenían ganas de verse. Y yo me encuentro realmente feliz de verlos así, sonrientes.

Lara se para enfrente de Dylan y, tras hacerle un repaso de pies a cabeza, suspira.

—Has superado la primera prueba: «obediencia a la reina».

—¿Cuántas pruebas hay? Porque Dylan Brooks nació para seducir, no para pensar —comenta Zack.

Dylan le saca el dedo mientras camina por la terminal, dejándonos atrás. Corro tras él y dejo detrás de mí a mis mejores amigos. Suena casi… irreal.

—Venga, Brooks, ¿te has enfadado? —le grita Zack.

—No —masculla él.

—¡Era una broma!

—¡Hasta las pelotas, Zack! —chilla, y nos quedamos ojipláticos.

—Hum… Tan fácil como has pasado la prueba, puedes entrar en la lista negra —dice Lara, con las cejas en alto.

Dylan se da la vuelta y nos mira fijamente.

—¿Y a este qué le pasa? —pregunta mi amiga—. ¿Fuma porros? ¿Consume algún tipo de seta alucinógena?

—¿Qué? ¡No! —exclamo.

Zack y Dylan se encuentran a escasos centímetros el uno del otro. El gesto de Dylan parece más serio que el de Zack, que, para variar, aguanta una carcajada.

—Estás muy gracioso cuando te enfadas.

—Que te den.

Dylan es el primero en subirse al coche. Ocupa el asiento del conductor y Zack se dirige hacia la puerta del copiloto, pero su dueño cierra desde dentro. El rubio le suplica que abra la puerta, pero Dylan se limita a bajar la ventanilla y, con una amplia sonrisa, le dice que no. Deduzco que es mi turno. Al entrar, mientras Zack ayuda a Lara a meter sus cosas en el maletero, encuentro a mi novio aferrado a la palanca de cambios como si estuviera dispuesto a arrancar, acelerar y huir de aquí, conmigo dentro, y dejando a ese par detrás. Pongo mi mano encima de la suya. Me mira.

—¿Qué ocurre?

—Nada.

Suspiro. Él se encoge de hombros.

—Puedes contármelo.

Esta vez soy yo quien cierra el coche. Lara y Zack nos gritan desde fuera. Le aprieto la mano con fuerza, una vez más.

—Venga, dímelo.

Dylan ladea la cabeza para mirarme y se moja los labios con nerviosismo. En sus ojos puedo ver las dudas, el miedo y el amor. Pero, muy a mi pesar, no me mira como quiero. Como necesito. Otra vez esa mirada. No puedo soportarlo. No puedo creer que me mire así, con pena. Me distancio de su mano y cierro los puños a ambos lados de mi cuerpo. Uno lo consigue tapar el bolso; el otro, mis piernas.

—Me cuesta mucho ocultar la parte de mí que arde en llamas por dentro. ¿Por qué quieres ocultarlo? —pregunta por fin—. Anoche te busqué entre las sábanas, pero no estabas. He de reconocer que eres bastante silenciosa cuando quieres, pero no lo suficiente. Supuse que estarías bebiendo agua. O en el baño. Pero la melodía de una de esas canciones a las que recurres cuando todo se desmorona me puso en alerta, creo que era *Matilda*. Abrí la puerta de la habitación y te vi en el suelo, frente al balcón, cantando en susurros la letra de la canción, hecha una bola mientras agarrabas con fuerza tus piernas. Te vi llorar y el mundo se me vino abajo. Pensé en ir contigo, hacerte compañía, hacerte entender que no estás sola. Era justo lo que quería y quizá lo que necesitabas, pero no lo hice. Cerré la puerta y me deslicé por ella hasta el suelo. Y no pude evitar echarme a llorar yo también.

Dylan alarga el brazo, pero me aparto y lo recoge. Con un movimiento rápido seco la lágrima que cae por mi mejilla. No lo miro. Agacho la cabeza.

—Anoche… —Suspiro, para contener el sollozo—. Había estrellas fugaces. En verano, siempre las veía con mi abuelo hasta que… —Dylan coloca entonces su mano sobre mi pierna y no me esfuerzo por secar mis lágrimas; incluso ignoro que nuestros amigos siguen esperando afuera—. Me instaba a pedir tres deseos, como si fuera el genio de la lámpara. Una vez me dijo que mientras hubiera estrellas en el cielo, nunca me sentiría sola.

—Lo siento mucho, Natalia. Y siento también esto que voy a hacer. —Le miro con temor, él me mantiene la mirada—. Dime la verdad.

Por unos segundos dudo, pero entiendo que ya es demasiado tarde para echarme atrás. Que ya está todo dicho. Y que los ojos nunca mienten.

—Tuve una pesadilla —confieso, cabizbaja.

—¿Otra más? —Frunce el ceño.

—Sí.

—Imagino que…

—Sí, el monstruo de las pesadillas era el mismo de siempre.

Dylan aprieta con fuerza mi pierna, mostrándome apoyo.

—¿Deberían haberse terminado ya?, ¿no? —dice.

—¿Qué?

—Es que… no lo entiendo. Las pesadillas tendrían que haber desaparecido. Tienes la vida que quieres. Estás lejos de los monstruos. Has encontrado el amor. Y una nueva familia en tus amigos. Vives en una ciudad espectacular. Y tu sueño, por el que tanto has luchado, te da dinero.

—Ya, pero no es suficiente.

No quería que sonara borde, pero es así justo como ha sonado. Dylan me aparta la mano y también la mirada. No me disculpo, ni siquiera sé si debo hacerlo o no. No sé si hay motivos suficientes para unas disculpas, solo sé que esa frase le ha roto el corazón en mil pedazos, porque abre el coche y deja que Zack y Lara pasen al interior. Enciende el reproductor y busca, a conciencia, la canción que escucho cuando me duele el corazón. *Fine Line* suena a un volumen preocupante y durante el trayecto no me dirige la palabra.

Quiero decirle que yo tampoco lo entiendo. Que no entiendo por qué, después de todo, cuando más lejos estoy de ellos, más duelen los golpes, los desprecios, las lágrimas, las heridas, los insultos, las miradas de pena, los nulos arrepentimientos, el miedo, la desesperación, la rabia. No entiendo por qué me duele el pecho cuando cierro los ojos y hago balance de mi vida. ¡Es tan frustrante! Tengo todo lo que tantas personas querrían tener y aun así no es suficiente. Y no porque quienes forman parte de mis días no estén a la altura, tampoco porque desmerezca mi trabajo, mi esfuerzo o mis ganas…, sino porque, al final del día, cuando la noche vive y los demás duermen, las únicas que quedamos somos yo y mi reflejo en el espejo. Y cuando eso duele es muy difícil que lo demás llene. Aunque lo haga por momentos, por días, por minutos. Aunque así parezca ser suficiente. Pero solo dura hasta que cierras los ojos y te encuentras con el monstruo del armario, ese que dice llamarse como tú, pero que apenas reconoces. El monstruo que otros, quienes dañan, quieren hacer de ti.

Y no puedo permitirlo. Me da miedo estar perdiéndome las cosas más alucinantes de mi vida por estar triste, pero no puedo hacer más que confiar en el proceso, en mí, buscar la ayuda que necesito, como más de una vez me ha aconsejado Gia, que incluso me ha recomendado un par de psicólogos de prestigio en la ciudad. Encontraré la manera de explicarle a Dylan lo que ocurre en mi interior, lo sé. O eso espero. Antes de que sea demasiado tarde y se marche.

Aparca el coche enfrente de mi apartamento, al que no he vuelto desde el incidente, y al bajar no se fija en mí. Se apoya en la carrocería con aires chulescos y saca un cigarro de su cajetilla de tabaco. Zack le da fuego y Dylan da una profunda calada.

Meto la mano en el bolso y saco un manojo de llaves.

—He pensado que podría ser tu casa el tiempo que te quedes aquí.

—También puedes dormir en mi piso —se apresura a decir Zack, y Dylan chista con ironía.

¿Qué les pasa a estos dos? Lara me quita las llaves de las manos y suspira.

—¿Eso es un «no»? —pregunta Zack.

—No soy el tipo de chicas con el que sueles estar —lo avisa.

Zack mira a Dylan por encima del hombro y le propina un puñetazo.

—¿Qué? ¡No he abierto la boca! —se queja.

—Esa es la típica frase que diría el tipo de chica con la que suelo estar —añade por fin Zack, y Lara enarca una ceja—. Pero que conste, no te estoy diciendo que seas una chica como otra cualquiera. Es solo que… después de semanas diciéndome todo lo que me harías cuando me tuvieras delante, no le encuentro el sentido a que te hagas la dura.

—¿Por qué yo desconocía esa faceta tuya, Lara? —me intereso, quitando hierro al asunto, con una sonrisa pícara.

—Porque a ti no te quería arrancar la ropa con los dientes —comenta Dylan.

—¿Me quieres arrancar la ropa con los dientes? —susurra Zack en el oído de mi mejor amiga.

Ella lo aparta de un empujón. No soporta los susurros en el cuello, ni en los oídos. Se vuelve una fiera. Y no en el sentido sensual de la palabra, sino en el más terrible.

—Entonces, ¿qué? —insiste él.

—Entonces, querido Zack… —Lara pronuncia su nombre con énfasis—, te vas a ir por donde has venido y esta noche la vas a pasar solo, dando vueltas al simple hecho de cómo conquistar a una chica. Con suerte, a eso de las cuatro de la madrugada llegarás a la conclusión de que la mejor forma no es echando a correr en dirección contraria nada más la ves aparecer por primera vez en un aeropuerto. Ni tampoco enviándole un mensaje minutos antes de que coja un avión para decirle que llevas dos días sin besar a otra.

Lara acentúa su sonrisa con los ojos entrecerrados y agarra las asas de su maleta con decisión, apartando las manos de Zack. Yo acerco hasta el portal la otra maleta de ruedas y mi mejor amiga mete la llave en la cerradura. Se vuelve para mirarme y me encuentra tirando del pelo a Zack, por cretino.

—¿Subes? Tenemos que ponernos al día… —me dice.

Trago saliva con dificultad. Desde que salí del hospital no he vuelto a mi apartamento, fue Dylan quien se acercó a recoger mis cosas. Me da miedo encontrarme con esa parte de mí que, según Dylan, debería haber desaparecido. Me da miedo toparme de bruces con el monstruo de las pesadillas, las dudas y la incertidumbre de no saber si lo que está ocurriendo es tan solo una pesadilla o es mi realidad de cada día. Me da miedo encontrarme con el jarrón que se hizo mil pedazos cuando impactó con el suelo.

—Llevo sin subir desde aquel día —confieso, esperando no tener que entrar en detalles.

—No tienes que hacerlo si no quieres. —Se adelanta Dylan.

—Para nosotros también es complicado estar aquí, Natalia —dice Zack—. La última vez pensamos que sería el final. Y todavía nos quedaba mucho por vivir juntos.

—Nos queda —le corrige Lara, con mala cara—. ¡Tenéis que dejar de ser pesimistas! Las cosas malas, al igual que las buenas, suceden porque tienen que pasar. Si viviéramos pensando que somos los protagonistas de un libro escrito por una persona que necesita llegar al final viva, no estaríamos así.

—La autora de mi historia se droga —digo.

—Sí, la verdad que muy normal no tiene que ser. Pero… ¿y la satisfacción que le quedará al lector cuando lea que, después de todo, vences al miedo para vivir?

—¿Cómo de segura estás de eso?

—La única que no lo tiene claro eres tú, morena —dice Dylan.

Lara lo mira con ternura. Lo observa como el que mira un pétalo seco que aún guarda su aroma, un prado verde o un jardín florido. Los tres comparten algo. Los tres consiguen provocar emociones que desconocía. Lara no lo mira con amor, ni con cariño, ni siquiera con curiosidad. Su rostro está relajado, como si, en el fondo, al mirarlo solo sintiera tranquilidad. La misma que me hace sentir a mí. La que ella ha descubierto que siento cuando sus brazos me aprietan sobre su pecho y me repite, susurrando mientras las canciones de Harry Styles suenan de fondo, lo poderosa que soy, lo afortunado que se siente por tenerme en su vida.

Empuja la puerta con el pie y me invita a pasar.

—No será el mismo lugar, Natalia. Ahora estaré yo aquí. Y no habrá espacio para la tristeza, te lo aseguro. A no ser que lo necesites…, entonces no me quedará más remedio que arrebatarte esta noche de los brazos de tu amado, mandar a nuestros mayordomos a por helado y hacer sesión nocturna de comedias románticas con Ryan Gosling, Ryan Reynolds y Chris Evans.

Me vuelvo y busco a Dylan con la mirada. Parece leerme la mente, porque avanza hacia mí, tira de mi mano para pegarme a su cuerpo y nos alejamos unos metros de Zack y Lara, que conversan entre ellos. Dylan baja la mirada al suelo y suspira. Guarda mis manos entre las suyas y acaricia el dorso. El tacto de la yema de su pulgar es suave.

—No necesitas mi aprobación ni la de nadie, si es lo que estás buscando —dice, cuando sus ojos se cruzan con los míos—. Tienes que dejar de tomar decisiones dependiendo de las opiniones de los demás. Da igual cómo de egoísta suene, solo importa lo que tú quieras. Nadie, absolutamente nadie, piensa en los demás antes que en sí mismo, Natalia. Tampoco yo. —Se frota la cara—. ¿Por qué crees que me he enfadado en el coche?

—No quería que pensaras que no eres suficiente, Dylan. Lo siento. Sé lo que se siente cuando alguien te lo hace creer y... no, joder. No ha sido la palabra adecuada.

—Vale.

☽ ☽ ☾ ☾

—¿Estás segura de que este sitio es el indicado para organizar una cena? —pregunta Lara.

Ella lleva los platos y yo los vasos hasta la mesa. Nos hemos encargado de organizarlo todo entre las dos. Reacciono después de unos segundos asintiendo con la cabeza.

Me quedo mirándola. Lara es preciosa, siempre lo ha sido. Todavía no asimilo que esté aquí, conmigo. A mi lado. Están siendo los mejores días después de mucho tiempo, haciendo lo que tantas veces planeamos: escapar. Ese vestido de color negro le queda genial. Yo... bajo la mirada para observar el mío, rojo. Nunca me he puesto este vestido, estaba aún en el armario del apartamento. No me queda mal, es solo que... el rojo, joder, es un color demasiado intenso. Nunca he sentido que me represente. Me recuerda al color de la sangre, las heridas y las magulladuras. Al enfado. A la rabia.

También me recuerda a mamá y su pelo. A los mechones más oscuros del cabello de Lara.

—Me gusta esa versión que eres cuando estás con Dylan —dice, sin venir a cuento; yo la escucho con atención—. Me recuerda a la niña alocada que hacía tonterías, bailaba cada canción que sonara y hablaba sin parar.

—Sigo siendo esa niña —me limito a decir.

—¿Crees que podrás perdonarte? —Su pregunta me deja sin habla.

Siento un pinchazo en el pecho. Lara se da cuenta, porque abre la boca y camina hasta mí con paso firme.

—Eres demasiado cruel contigo… Este apartamento no tiene la culpa de lo que ocurriera esa noche, ni tú de que tu padre…, o sea, Axel, sea como es. Ni tampoco…

—No puedo perdonarme, Lara.

—Hiciste lo que podías con las herramientas que tenías.

—¿Y ahora? Tengo ya diecinueve años. ¡Sigo siendo la misma inútil que antaño! —bramo, llevándome las manos a la cara.

Lara me abraza con fuerza y hundo mi nariz en su cuello. Estoy mojando su piel. Ahora solo reinan las lágrimas.

—Lo intento…, pero no puedo. Y me da miedo, porque cuanto más lejos estoy de perdonarme, más cerca me siento del monstruo.

Me alejo, secando las lágrimas con el canto de mis manos.

—Desde hace un tiempo hablas de él como si el día menos pensado fuera a cambiar.

—Eso no va a pasar —escupo.

—¿Lo dices o también lo piensas?

Lara clava su mirada en mis brazos. Permanecen a ambos lados de mi cuerpo terminados en puños cerrados. Siento las uñas en mi piel, devorando las células vivas de mi anatomía. Puedo apreciar el escozor de las heridas que me estoy infligiendo, pero no dejo de apretar. Cada vez ejerzo más presión. Quiero llorar, pero no lo hago. Otra vez no. Ella no merece verme así. No hace ni dos días que está en la ciudad. ¿Para esto he hecho que cruce un océano? ¿Para verme así? ¿Rota? ¿Destruida?

Necesito huir. Y creo que pienso en alto, porque antes de que salga por la puerta añade:

—No estás rota, Natalia. Todavía puedes pegar los trozos.

Levanto la cabeza del suelo y la miro, con los ojos vidriosos. Aparto la mirada enseguida, agarro la chaqueta de cuero del perchero que permanece detrás de la puerta y bajo el tirador.

—Voy a tomar el aire.

—Conmigo no tienes que poner excusas. Puedes huir cuantas veces quieras, yo siempre estaré aquí, esperándote.

—Gracias —susurro.

Bajo las escaleras al trote, me ayudo agarrando la barandilla con una mano para bajar mucho más rápido. Descarto la idea de meterme en el ascensor. Lo último que necesito es encerrarme entre cuatro paredes. La mente tiene vida propia y no quiero que comience a maquinar.

Una vez fuera, cruzo la calle sin mirar si pasan coches por la carretera y me siento en las escaleras del edificio de enfrente. Clavo los codos en mis rodillas y cubro mi rostro. No puedo dejar de llorar. Pero ¿qué me está pasando?

No quiero que mi mayor preocupación sea el maquillaje, pero así es. Voy a parecer un cuadro pintado por un niño. Disimulo cuando dos mujeres cargadas con decenas de bolsas de tiendas de ropa pasan por delante de mí cuchicheando y mirándome con descaro. Ahogo un sollozo. ¿Cuándo va a parar esto? Las miradas de pena. La culpa. Los recuerdos. ¿Cuándo se acabarán los malos días?

Todo el mundo dice que terminan, que tienen la misma duración que los días buenos, pero apuesto a que quienes se enfrentan a su día malo no piensan cuánto durará, sino cuándo acabará. Me hace sentir triste pensar en la posibilidad de que mi vida sea un conjunto de días malos y que los buenos sean la excepción. Podría contarlos con los dedos de las manos. Desde que llegué a esta ciudad, conseguí revertir esa situación. Mi vida se convirtió en un conjunto de días buenos y los malos pasaron a ser la excepción; sin embargo, no puedo evitarlo y cada vez que caigo o me tropiezo con la misma piedra de siempre, me pongo en guardia, por si volviera a hacer de los días malos rutina. Para que no me pille con el alma al descubierto.

No sé cuánto tiempo llevan ahí mirándome como pasmarotes, pero Dylan, Zack y Aron permanecen en la acera de enfrente, justo al lado del edificio de mi apartamento. El primero en acercarse es Dylan, que me da un beso tierno en la mejilla. Se pone en cuclillas y me agarra la mano. La vuelve y durante unos segundos deja la mirada fija sobre las marcas en forma de semiluna que cubren la palma de la mano.

—¿Me vas a dejar curarte las heridas?

Sin mirarlo, avergonzada, asiento con la cabeza.

—No pasa nada, ¿me oyes? Todo estará bien —me asegura; yo me encojo de hombros y él se levanta—. Me quedo contigo —dice Dylan cuando ve que Zack y Aron se acercan.

—No, puedo quedarme yo —responde Zack, pero Dylan chista.

—¡Natalia no os necesita a ninguno de los dos! ¡Parecéis niños discutiendo en un patio de colegio! Marchaos a ayudar a Lara con la cena, yo me quedaré con ella —dice Aron.

—¡Soy su novio! —mascula Dylan.

—¡Y yo su mejor amigo! —interviene Zack.

—¡Dejad de pelearos por mí! —Alzo la voz—. ¡No quiero que os quedéis ninguno!

De nuevo, rompo a llorar.

—Necesito estar sola, por favor —ruego, con un hilo de voz que sale de lo más profundo de mi garganta.

Los tres me miran estupefactos, con los ojos bien abiertos.

—No quiero contarle a nadie qué me ocurre y tampoco escuchar lecciones de vida, ni suposiciones acerca de lo que pienso, siento o vivo por dentro. Así que, por favor, idos todos.

Aron le da un golpecito en el brazo a Zack. Sabe que ha llegado el momento, pero Zack juega a mantenerme la mirada, aunque no logra su objetivo. Hace una mueca de disconformidad, incluso me arriesgo a decir que refleja pena y preocupación, pero niego con la cabeza y él se da por vencido, no sin antes acercarse hasta mí, bañar mi olfato de su perfume y darme un pañuelo que saca del bolsillo de su chaqueta. Me da la espalda y, antes de dirigirse con Zack hacia el edificio, le da un toque a Dylan por detrás, justo en el hombro.

Solo quedamos él y yo. Dylan no me mira, pero yo a él sí. No dejo de hacerlo. Quiero que sienta incomodidad y se marche, pero esta vez soy yo la que no logra su objetivo. Levanta la mirada sin alzar la cabeza y con las manos en los bolsillos, con los dientes ejerciendo presión sobre su labio inferior, cierra los ojos con fuerza y dice:

—Te dejaré sola, lo prometo.

—Por favor —le ruego, antes de que continúe.

—La cena será divertida. Lo pasaremos bien, pero no pasa nada si hoy no puede ser. Hay muchos días, muchas noches y mucha vida. Decir que no quieres hacer algo en lugar de decir que sí, no te hace mala persona.

—Y decir que sí, en lugar de decir que no, tampoco. Quiero cenar con vosotros, Dylan. Solo necesito cinco minutos aquí, sola.

Dylan se llena los pulmones de aire, me mira de arriba abajo, contiene una sonrisa tierna y asiente con la cabeza.

—Estaré arriba si me necesitas, morena.

«Necesitar».

Qué palabra tan irónica. Una lucha de egos entre el quiero y el puedo hacerlo. Una lucha entre la voz de mi cabeza que desmerece cada palabra que digo y ese angelito que me susurra cosas bonitas en el oído. Sin embargo, no puede solo. Nunca ha podido. El demonio siempre ha podido con él. Y no me refiero al monstruo de las pesadillas, sino a ese que vive conmigo. El que otros crearon, pero que yo hice mío.

Quiero deshacerme de él. Sé que Lara tiene razón.

Pero no sé cómo hacerlo. No encuentro la manera de perdonarme. Y, por algún motivo que solo consigue hacerme daño, sigo resistiéndome a la idea de pedir ayuda y llamar a los teléfonos de los profesionales que Gia me recomendó.

Los cinco minutos se han convertido en quince. Al entrar en el apartamento cierro la puerta a mis espaldas. Se hace el silencio. Lo que escuchaba por las escaleras mientras subía eran risas, ahora solo hay miradas. Aunque no las veo con claridad, las lágrimas no me dejan ver más allá, pero sé que me están mirando. Lo siento, lo noto. Tengo la chaqueta cogida por el cuello y roza el suelo. Mi cabeza apunta a mis pies. No me esfuerzo en ocultar mi rostro mojado.

Nadie se atreve a decir ni media palabra.

Nunca me ha gustado ser yo quien rompa el silencio, pero en este momento lo necesito. Quiero. Puedo.

Me aclaro la garganta y trago saliva con dificultad.

El demonio de mi derecha me dice que nada irá bien.

El angelito de mi izquierda confía en mí, tiene una voz familiar. Parece la de mamá.

—¿Me das un abrazo? —consigo preguntar, por fin.

Levanto la cabeza y clavo la mirada en todos, pero en ninguno en particular. Al final, le regalo mi primer vistazo a Dylan, que sonríe. Camina hasta mí y a escasos centímetros de mi cuerpo, a punto de hundirme en su pecho, me aparta un mechón de la cara y contiene la respiración.

—Os necesito —confieso.

Echo la mirada más allá de su hombro. Él se vuelve para ver a los demás, que permanecen inmóviles, incluida Lara, que abre la boca con asombro. Dylan asiente con la cabeza una sola vez, un simple gesto que, a ojos de mi angelito, reconforta. Mi demonio lo odia con todas sus fuerzas, pero supongo que eso es bueno. Él me hace bien, me hace querer estar bien, aunque en algunos momentos parezca casi imposible.

Todos están acostumbrados a verme huir, pero no a que vuelva. No saben cómo actuar. No los juzgo. Yo actuaría igual o parecido si estuviera en su situación. Quiero que sepan que son mi familia, esa en la que te refugias cuando todo va mal.

Dylan, sin necesidad de estar formado por cuatro paredes, es mi hogar. Y en él me gustaría quedarme toda la eternidad.

El primero en acercarse es Aron, emocionado. Delante de Agus se vuelve de hierro, pero últimamente ha demostrado que el hierro con fuego se funde, adopta formas impensables, se moldea.

Le sigue Lara, corriendo. Se une a nosotros y se mete entre un hueco que queda entre el cuerpo de Dylan y el mío. Empezamos a reírnos. Siento el pecho de Dylan impactar con mi mejilla. Sube y baja con rapidez, su risa es preciosa. No puede parar. Dos corpulentos chicos nos aplastan.

—He… he roto la barrera del contacto —digo, emocionada.

—¡Que le jodan a la barrera del contacto! —grita Dylan, entre risas.

Falta él, Zack. Falta mi cómplice en la batalla, desde el principio de esta aventura. No soy la única que se da cuenta, porque nos vamos alejando todos poco a poco, hasta que, ya separados, lo observamos de espaldas a nosotros, mirando por la cristalera, con las piernas ligeramente abiertas y los brazos cruzados.

Lara se acerca hasta donde está y le pone una mano en el hombro. Él apenas la mira.

—¿Qué te ocurre? —pregunta—. ¿Tan cursi crees que es un abrazo grupal para no participar en él? Podemos dártelo de uno en uno, si lo prefieres.

—No quiero quedarme con ese sabor amargo de boca.

—Gracias, ¿eh? —mascula Aron.

Zack ríe con sarcasmo y se vuelve para mirarnos.

—¿Creéis que esto va a ser para siempre? Nosotros, el grupo, Vancouver, el buen rollo, las fiestas, las noches de juegos de mesa y risas, los desayunos llenos de absurdas discusiones, el odio generalizado hacia Agus…

—Ten por seguro que lo último, sí —dice Dylan; Aron le da un codazo y este se encoge de hombros—. ¡Admítelo! Lo odias y eso no cambiará.

Aron pone los ojos en blanco.

—¿Por qué se iba a acabar? —pregunto.

—Todo acaba, Natalia. Todo. Es ley de vida. Para dar la bienvenida a un nuevo camino, hay que decir adiós a otro. A lo largo de la historia siempre ha sido así, no creo que nosotros vayamos a cambiar eso.

—Tienes razón —reconozco—, pero en tu mano está conformarte con vivir la historia que ha predispuesto para ti el destino o trazar el camino que tú quieras recorrer, acompañado de las personas que quieras tener a tu lado.

Zack expulsa todo el aire por la nariz. Sonríe con aire sarcástico.

—Dime, Natalia, ¿crees que haremos historia por ser el grupo de amigos que resistió a la tempestad, o porque nuestro final sea tan trágico que a los libros de historia no les quede más remedio que recoger nuestra vida en cuatro páginas para que las futuras generaciones no cometan nuestros errores?

—De una forma u otra, estaré orgullosa de haber compartido mi tiempo contigo, Zack, aunque a veces seas un poco mentiroso... Si mañana Vancouver dejara de existir, tú seguirías existiendo. Y Dylan. También Aron, Lara e incluso Lily. En mí seguirá viviendo Gia, mi familia, los compañeros de clase de primaria, mis antiguos profesores y el monstruo de las pesadillas.

Camino hasta Zack y Lara se aparta a un lado mientras él clava el azul del mar en mis ojos, con intensidad, pero también cargado de oscuridad.

—Todas las personas que pasan por nuestra vida construyen nuestra historia —continúo—, pero cada uno es el encargado de escribirla.

Guarda silencio durante unos segundos, como si estuviera pensando qué contestar. Baja la mirada al suelo y relame sus labios antes de mirar a Lara, que lo observa con una sonrisa, para después regresar a mis ojos. Asiente con la cabeza rápidamente y con un gesto me pide que me acerque.

—El final que tengo pensado para mi protagonista no es el que mis lectores quieren leer.

Sigue mirándome en silencio.

—Somos tus amigos, Zack. Si tú eres feliz, nosotros también.

—Ese es justo el problema —murmura.

Aparta la mirada de mí y la deja fija en Dylan, que permanece en silencio detrás de nosotros. Me doy la vuelta para verlo. Tiene la mandíbula en tensión. Y miro de nuevo a Zack, que tiene el mismo gesto. ¿Es Dylan el problema?

—La felicidad de unos tiene como consecuencia la tristeza de otros —afirma Zack.

17

UNA CENA ENVENENADA
DE MENTIRAS, LA VISITA DE
LA MUERTE Y UNA RECETA DE MAMÁ

Zack

—¿Por qué yo no tengo mote? —pregunta Lara.

Me ha seguido hasta el dormitorio del apartamento y me observa mientras cuelgo la chaqueta de Natalia en el perchero de la pared. Hemos dejado a los demás poniendo la mesa para cenar. Dylan se acababa de hacer dueño de los altavoces para poner algo de Bon Jovi. Natalia se quejaba porque quería escuchar a Harry Styles y Aron seguía en su salsa sin el amargado de Agus a su lado. Estaba aferrado a la botella de vino y tarareaba la canción.

Lara mueve la mano de un lado a otro por delante de mi cara. Me he quedado atontado.

¿Qué respondo?

—Las parejas de los libros crean dialectos propios. ¿Por qué a mí no me llamas... así?

—Así ¿cómo?

—Como si fuera única.

Porque no... no sé si lo eres. Pero está claro que no puedo decirle eso.

—Entonces... ¿oficialmente somos novios? —pregunto, obviando su pregunta.

Abre y cierra la boca, perpleja.

Tengo que decir algo antes de que me mande a la mierda.

—Hacemos planes de pareja, a nuestros amigos les hemos dicho que estamos juntos y…, por norma general, cuando se acepta empezar una relación con alguien, ambos se convierten en «eso», pero… ¿es necesario? ¿Tú quieres?

Lara no responde. Tiene los ojos muy abiertos.

—No tenemos que seguir los patrones que marque la sociedad —finalizo.

Ella niega con la cabeza y ríe sarcástica.

—¿Quién sería infeliz si tú alcanzas la felicidad, Zack? —pregunta, con dureza.

Ah… vale. Creo que ya lo entiendo… ¿Está celosa?

—Porque he podido comprobar que en esta casa no soy la única que se hace esta pregunta. Y espero estar equivocada…, pero tu huida en el aeropuerto, las miradas, ese «enana» que dices con la boca pequeña cada vez que hablas con ella, el carácter desafiante que sacas a relucir cuando su novio está cerca…

—Para —le pido, con voz grave.

—¿Qué te traes con Natalia?

Me parece que no estoy capacitado para dar respuesta a sus preguntas. No puedo. No debo. No me gustaría hacerle daño…, pero tampoco puedo dejar que se vaya así. El salón se convertiría en un campo de batalla. Lara pone los ojos en blanco y camina hacia la puerta, pero antes de que pueda atrapar el pomo la sujeto por la muñeca y la atraigo hacia mí. Sus manos quedan pegadas a mi pecho y me mira fijamente. Nunca la he tenido tan cerca. Así, como si fuera posible escuchar mi corazón. Imagino que es capaz de sentirlo. Está muerto de miedo, porque nadie me ha querido como lo hace ella, siempre lo han hecho como yo lo estoy haciendo ahora.

¿Qué es lo correcto?

No lo pienso más.

Hundo la mano bajo su pelo y la dejo pegada a su nuca. Ella resopla sobre mis labios y yo cierro los ojos. Esto no está bien, pero… quiero besarla. Y olvidarme del mundo. Del caos. De las olas del mar inundando mi mente. Del pasado. Solo quiero vivir el presente. Disfrutar las mentiras y desafiar las verdades. Nuestros labios entran en contacto y hundo la lengua en su boca. Me recibe con deseo.

Al alejar el rostro, Lara eleva la vista hasta mis ojos.

—¿Este beso te vale como respuesta?

Lara resopla.

—Los ojos bonitos mienten mejor —se limita a decir.

—Nunca he creído que mis ojos fueran bonitos. Están llenos de tristeza.

—No me has dejado terminar —dice, con seriedad—. Estaría dispuesta a caer en tus mentiras.

—¿Por qué dices eso?

—Porque en caso de hacerme daño, tendré un motivo para dejar de quererte. Conocerás la forma de romperme el corazón, y en tu mano estará usar esa arma.

Lara

—Dime, Dylan, ¿qué ocurre en la página cincuenta y seis del segundo libro que escribió Natalia? —pregunto, como primera cuestión del examen técnico de novio.

¿Lo superará? Yo creo que sí... o eso espero. Dylan frunce el ceño y Natalia se tapa la cara con las dos manos, avergonzada. Apoyo los codos sobre la mesa. Los demás comen, yo trabajo.

—¿No lo sabes? Vaya novio...

—Lara —interviene Natalia con dureza, a modo de advertencia.

—Imagina que estáis en un safari. ¿Qué harías si tres manadas de leones fueran tras ella? Opción A: sales corriendo tras ellos; opción B: miras hacia otro lado y lloras su pérdida, y opción C: no hay opción C. ¡Tendrías que haberme interrumpido en la primera opción, Dylan Brooks! ¡¿Cómo ibas a dejar a mi amiga sola en un safari?! ¡Habría muerto!

—¿Qué coño dice? —masculla Dylan, mirando a Natalia—. ¿Se droga?

—¡Nunca he probado la droga! —grito, alterada.

—El alcohol es una droga —dice Aron, con una copa en la mano—. Y el amor, por desgracia también.

Nos quedamos mirando con los ojos muy abiertos a Aron, que se encoge de hombros y continúa comiendo como si nada. Durante unos minutos se forma un silencio que baña el salón. Tengo enfrente de mí a Natalia, que corta y pincha los trozos de costilla a la barbacoa como si fuera una niña pequeña. Siempre me ha hecho mucha gracia verla comer. Su forma de masticar es extremadamente graciosa, pero si se lo recuerdo, estoy segura de que terminaré en urgencias con un tenedor clavado en el medio de la frente.

A mi lado tengo a Zack, que permanece cabizbajo. Con mi presencia aquí… parece otra persona; por videollamada no era así. Es completamente distinto a todo lo que Natalia me ha dicho sobre él. ¿Dónde quedan las bromas? ¿Su eterna sonrisa? ¿El buen rollo? ¿Sus arrebatos de locura en los que se levanta de la mesa y carga a alguien sobre su hombro para dar vueltas en el sitio de los que hablaban? No entiendo nada… ¿Soy yo el problema?

Me fijo en Natalia, que de un momento a otro esconde su puño bajo la mesa.

¿Otra vez? ¿En serio?

Tengo que impedir que clave las uñas en sus manos…, nos ha costado curar las heridas de antes. Ella no se estaba quieta, Zack había entrado en pánico y a Dylan se le ha ido la mano con el líquido desinfectante. Aron ha tenido que dejar de mirar, porque casi se desmaya.

Le propino a Natalia una patada por debajo de la mesa y automáticamente sube el puño. Deja el brazo sobre la mesa y Dylan se recoloca en su silla. No quiero pensar que estaban haciendo guarradas con todos nosotros delante, pero lo confirmo cuando el novio de la que es mi mejor amiga ríe por lo bajo.

—Te iba a preguntar en qué estabas pensando, pero no quiero escuchar la descripción del pene de tu novio.

—¡Lara! —grita.

—¿Qué? ¿Tengo que fingir que no sé que estabais metiéndoos mano?

—¡Yo por lo menos no hago sexo telefónico! —exclama, muy digna ella.

—¿Y qué tiene de malo? —Enarco una ceja.

—Eso, ¿qué tiene de malo? —me sigue Zack.

—¡Nada! ¡Tengamos la cena en paz! —exclama Aron.

Natalia

—¿Alguna vez os habéis enamorado de vuestra mejor amiga? ¿O amigo?

Mi pregunta resuena con fuerza en la estancia. Rebota en cada pared del salón. Zack empieza a toser de forma exagerada. Dylan lo fulmina de una mirada, pero él no se repone, y Lara le tiene que acercar el vaso de agua para que dé un trago. ¿Qué he dicho?

—Que tú sepas, no —bromea Lara, y yo le guiño el ojo.

—Nunca me he sentido atraído por Ulises y Eneko —comenta Dylan.

—Sí —responde Aron.

Zack niega rápidamente con la cabeza y se frota la cara.

—¿A qué viene eso? ¿No tienes algo más importante o interesante que preguntar?

—Podrá preguntar lo que ella quiera, ¿no? —inquiere Lara, con el ceño fruncido.

Zack asiente con la cabeza sin dejar de mirarme. Espera mi respuesta.

—Curiosidad —me limito a decir.

Lo que queda de cena transcurre con normalidad, siempre y cuando formen parte de la normalidad los silencios incómodos, las pullas, las miradas fulminantes y que Aron haya abandonado la cena en taxi porque se ha pasado con el alcohol…

Antes de llegar al postre, Lara saca unas deliciosas patatas asadas del horno.

—La especialidad de mi madre. Es su receta.

—¿Me pasas la salsa? —Nada más formular la pregunta me doy cuenta de que no está en la mesa, aun así, Lara la busca con la mirada y se encoge de hombros—. Voy a por ella.

—Te acompaño, quiero mostaza —informa Zack, a la vez que se levanta de la silla.

—¡Tráete el kétchup! —grita Lara.

Zack sigue mis pasos y me paro en la nevera. Abro la puerta con una mano y cojo la salsa. Él alarga el brazo por encima de mi hombro y, rozando mi oreja, alcanza las otras dos salsas. Cojo unos boles del armario y vierto un poco de cada una para llevar a la mesa.

—¿A qué ha venido la pregunta de antes? —dice—. ¿Esperas que me crea que ha surgido de forma fortuita? Estáis todos muy raros…

Se frota la cara con exasperación. Mientras tanto, lo observo de reojo, y, cuando termino de colocar las salsas, veo que está mirándome fijamente.

—Sobre la conversación de antes…, la del aeropuerto… Finge que no ha ocurrido, volvamos a ser los amigos que éramos hasta hace… ¿doce horas? —Clava sus ojos en mis labios—. Puede que en algún momento haya confundido sentimientos…, que, quizá haya deseado algún beso que otro… Y que me haya llegado a imaginar cosas que no puedo verbalizar…, pero ¡olvídalo! En realidad, nunca nos he visto más allá de lo que somos ahora.

Enarco una ceja, boquiabierta. Zack traga saliva con dificultad.

—La pregunta no iba para mí, ¿verdad? —deduce él solito.

Niego con la cabeza y estallo a reír.

—Siempre con tus ocurrencias, Zack… ¡Ay! ¡Qué bien me lo paso contigo! ¿Qué haría yo sin ti?

Pellizco su mejilla con ternura y le doy un beso, pero al girarme para regresar a la mesa, mi sonrisa desaparece y la incertidumbre se instala a vivir en mí. Vuelvo con las salsas y Lara me mira relamiéndose los labios. Zack rodea la mesa y se sienta, serio. Moja unas patatas en la mostaza, se la lleva a la boca y me aparta la mirada. Yo hago lo mismo. Con la boca llena añado:

—He pensado en hacer un libro del tipo *friends to lovers*.

—Prefiero la garra y desesperación de los libros rollo *enemies to lovers* —dice Lara.

—¿Nosotros qué somos? —se interesa Dylan.

—Novios —respondo con soltura.

—Empalagosos *to lovers* —se burla Zack.

Dylan lo fulmina con la mirada, otra vez.

—Dime, Lara, ¿del uno al diez cuántas neuronas le quedan vivas a mi amigo?

—Dylan Brooks, lo que tengas con Zack lo resuelves en privado. Mi amiga me ha contado muchas cosas sobre ti, no querrás que terminemos la noche en el calabozo, ¿no? —responde ella.

Dylan esboza una sonrisa pícara.

—Conque… ¿te ha hablado mucho de mí…? —Saborea las palabras mientras que yo pongo los ojos en blanco—. ¿Y qué te ha dicho sobre mí?

—Que dejas mucho que desear en la cama —miente.

—Ah, ¿sí? ¿Te ha dicho eso?

Coloca su mano en mi pierna por debajo de la mesa. Trato de aparentar normalidad, pero no sé cuáles son sus intenciones. Trago saliva con dificultad y dejo escapar un suspiro cuando ejerce fuerza sobre mi piel. Un solo movimiento es capaz de hacer que me estremezca. Y me suelta, sonriente.

—¿Postre? —masculla Zack.

Dylan

La tarta de chocolate casera que Aron trajo como postre está para chuparse los dedos, pero no puedo más. Estoy lleno. Con el rabillo del ojo veo a Natalia mirar los platos de los demás, con su segundo trozo de tarta cada uno. Ella no ha llegado a tiempo para repetir a la par de los demás, come con demasiada lentitud. Quito la cuchara de mi plato y lo deslizo por la mesa. Lo dejo enfrente de ella y lo mira con detenimiento.

—¿No quieres más? —pregunta, ilusionada.

—Para ti.

—Pero es tu trozo…

—He dicho que es para ti. Acepta mi regalo.

Me agarra la cara con las dos manos y me planta un beso en los labios. Y otro. Y otro más. Llena mi cara de besos en forma de agradecimiento y río sobre su boca.

—Te… —murmura, pero no es capaz de continuar.

—Lo sé —le digo.

Sé que me quiere.

—Quiero que lo escuches de mi boca.

—No me corre prisa. Ahora cómete la tarta antes de que cambie de opinión.

Natalia hace un gesto militar y clava la cucharilla con decisión en el chocolate. Con la boca llena, los labios manchados y los ojos vidriosos me mira para que sepa que está disfrutando del regalo. Y para mí esto es más que eso, más que ese «te quiero» que todavía no puede pronunciar.

Al poco, cometo un error en el que suelo caer constantemente: fijo mi mirada en sus labios. Me incitan al pecado. En silencio me llaman a gritos y yo no puedo negar sus súplicas. Necesito besarla y lo hago. Ladeo su cabeza hacia mí colocando una mano en su mejilla y estampo mis labios en los suyos. Ella suspira sobre mi boca y sonríe; sabe a chocolate. Al apartarnos no dice nada, pero su mirada lo revela todo. Tiene las mejillas de color rojo cereza y la respiración algo agitada. Espero ser el único que se haya dado cuenta de que está excitada, pero creo que no es así, porque Zack nos está mirando con detenimiento.

—¿Algo que comentar? —inquiero, mirándolo.

—No.

Zack se levanta de la mesa y entra en el baño dando un portazo. Lara le pide a Natalia con la mirada que vaya a comprobar cómo se encuentra, así que ella deja la cucharilla sobre el plato y desaparece.

—Hoy está especialmente raro. —Es Lara quien se encarga de romper el silencio.

—Sí —respondo, como si no llevara ya tiempo comportándose como un crío.

—¿Qué día es hoy? —pregunta Lara de pronto, con el ceño fruncido.

Enciende la pantalla del móvil y se lleva las manos a la cabeza.

—Mierda… Es el aniversario de la muerte de su hermano.

—¡¿Qué?!

18

NACÍ PARA JODER A DYLAN BROOKS

Dylan

Dicen que las despedidas son nuevos comienzos, que sin ellas la vida no podría abrirse paso, que no avanzaríamos, que, de no existir, podríamos quedarnos estancados toda una eternidad en el mismo lugar. Así, le decimos adiós a la etapa escolar para empezar secundaria, decimos adiós a la adolescencia para iniciar el recorrido en la edad adulta, o, cuando muere una persona, nace un bebé en otra parte del mundo.

Y, según esa idea, cuando dejamos algo atrás es porque damos pasos hacia delante.

No seré yo el que ponga en duda el conocimiento de quienes creen que es así.

Pero a mí nunca me han gustado las despedidas. No quiero caer en el error de volver a culpar a mi madre de ello, pero no puedo evitar hacerlo. Creo que sentir el abandono en tus propias carnes siendo un niño hace que vivas con el sentimiento constante de que algún día las personas que más quieres se irán. A mis veinte años, todavía me sorprende despertar de madrugada y ver a Natalia acurrucada sobre mi pecho, abrazada a mi torso. Ella no lo sabe o, si lo sabe, hace como que no, pero no es la única que despierta entre sudores fríos, pesadillas y calambres musculares.

Cada puto día recuerdo aquella Nochevieja. Temo que llegue el invierno, la sensación de frío, las noches de tormenta, las nubes y las luces de Navidad. Esto último podría llegar a darme igual siempre y cuando no tuviera enfrente de mí a Agus, con cara de ser un amargado elfo de Santa Claus, con la nariz roja cual reno y un cartel invisible pero muy luminoso sobre su cabeza que reza: NACÍ PARA JODER A DYLAN BROOKS.

Agus permanece de brazos cruzados en una esquina de la nave, mientras observa con detenimiento nuestros movimientos. Hemos tenido unas semanas para asimilar que todo llega a su fin, pero todavía parece mentira que, hace unos días, este lugar vacío, frío y gris, lleno de cajas, cables y cartón fuera el punto de encuentro entre la ficción y la realidad. Aquí hoy acaba la ilusión, la literatura hecha vida y lo que dijeron nuestros personajes, adueñándose de nuestra voz. Lily permanece a su lado, parece darle conversación, pero él no responde. Ni siquiera gesticula. Hemos entrado en la sala sin saludar y no nos hemos acercado.

Gia me saca del trance chasqueando los dedos enfrente de mí. Nos está ayudando a empaquetar nuestras cosas. El decorado ha desaparecido. Y parece mentira que en cuestión de unos meses hayamos podido sacar a flote el proyecto. Me muestra una chaqueta de cuero gris y asiento con la cabeza. Si dependiera de mí no estaría aquí, y ella parece que se da cuenta, porque me mira fijamente y suspira.

—Podrías poner de tu parte —sugiere.

—No quiero estar aquí. Cada vez que lo veo me entran arcadas.

—Pues deja de mirarlo —dice con autoridad, arqueando la ceja—. Sé que para ti esto no es fácil, Dylan, pero tienes que hacerlo. Aquí hay cosas tuyas. Si yo he conseguido retener el vómito…, tú también.

—En ocasiones lo material es solo eso: un conjunto de cosas. —Echo un vistazo al interior del camerino y contengo la respiración; los ojos se me llenan de lágrimas, pero no llegan a mojar mi rostro—. El espejo en el que nos hicimos la primera foto de grupo, el sillón que volcamos en plena guerra de espaguetis, el lugar donde Natalia y yo nos besamos…

Gia suelta la caja de cartón en el suelo y me pone la mano en el hombro.

—Será mejor que te deje a solas con ese conjunto de cosas, cariño. Creo que es ahora cuando te estás dando cuenta de que lo material también guarda recuerdos.

No soy capaz de articular palabra.

Gia sale del camerino y me vuelvo para verla marchar. Quiero pedirle que no se vaya, que se quede a mi lado, que me abrace, pero no puedo hacerlo. Una fuerza superior se apodera de mi garganta y me veo obligado a cerrar la puerta con fuerza, para después dejarme caer sobre ella con las manos en la cara, hasta besar el suelo con mi trasero.

¿Es esto un paralelismo con la realidad? ¿La puerta es la barrera que establezco con la gente que me quiere? ¿El portazo es sinónimo del grito que emití cuando vi el coche de mi madre alejarse entre la niebla?

Después de un rato a solas, embalo las últimas cosas que quedan y coloco la caja junto a otras en una esquina del camerino. Abro y cierro la puerta a mi espalda por última vez, emitiendo un suspiro definitivo.

Lo que empezó siendo una jodida locura ahora es mi perdición.

Mis ojos se clavan en los andares de la morena que camina hacia mí con paso firme y sin mirar atrás. Ella, tan luz al final del camino como siempre. A mi altura, se muerde el labio inferior y sin preguntar baja el tirador. Coloca las palmas de sus manos en mi pecho y me empuja al interior del camerino. Dentro no hay luz. He robado hasta la bombilla.

La oscuridad pasa a un segundo plano cuando tienes a la putísima estrella que más brilla con las manos aferradas a tu nuca, hundiendo la lengua en tu boca y lamiendo cada tramo de tu cuello.

Me quedo sin aliento.

¿Qué clase de beso ha sido ese? Necesito más.

Natalia me deja contra la pared y se da la vuelta, dejando la parte baja de su espalda pegada a mi entrepierna. Mi cuerpo se inunda de calor, y espero que el suyo también. El centro de mi anatomía maldice sus curvas. Se contrae. Ella lo nota, me nota. Gime entre susurros cuando muerdo el lóbulo de su oreja. Quiero escucharla una vez más. Lo vuelvo a hacer. Y ella vuelve a gemir. Sabe que me encanta.

La unión entre nuestros cuerpos es tal que perdemos la noción del tiempo.

Y explotamos de amor.

Al salir del camerino, Aron nos recibe con aplausos. Agus le insiste para que continúe aplaudiendo. Yo evito seguirle el juego y acompaño a Natalia hasta su montón de cajas, pero me alejo un par de pasos para hablar con Gia. Al lado de las cajas está Lily. Fuera de cámara no hemos vuelto a coincidir, pero ahora la observo, y veo que baja la cabeza cuando Natalia se agacha hasta el suelo a coger una de las cajas y deja caer lo que parece una fotografía al suelo. A continuación, imita a Natalia, y se agacha para quedar a su misma altura.

—Se le cayó a tu padre mientras forcejeaba con tu novio —dice, mostrándole lo que ahora sí veo que es una foto.

Natalia deja la caja en el suelo y se cae de culo. Gia y yo corremos hasta ella, pero, cuando vamos a ayudarla, Natalia nos aparta con un gesto. Me fijo en la foto. Salen padre e hija juntos. Él la sostiene en brazos. Y mini-Natalia lo mira con orgullo, tal como lo haría cualquiera frente a su héroe. Lily murmura:

—Olvídate de la puta película y hazlo por ella. Acaba con tu padre.

Natalia bufa y respira cada vez más deprisa. Frunce el ceño, se pone en cuclillas de nuevo, le arrebata la foto de las manos sin apenas mirarla y la empuja, provocando que caiga de espaldas. Rompe la foto a cachitos y los tira al suelo emitiendo un gruñido.

Lily sonríe.

—En el fondo, te pareces a tu padre más de lo que crees.

Antes de que la situación se vaya de las manos, agarro a Natalia de la muñeca y la atraigo hacia mí. Un fuerte estruendo nos asusta.

Es la puerta del despacho de Agus. Y enfrente de ella están Zack y Lara despeinados, con la ropa mal puesta y el pintalabios de ella corrido.

—¡Maldito desgraciado! —grita Agus, caminando hacia él con paso firme—. ¡Ni el último día me darás un respiro!

—Aléjate —le advierto con un grito.

Él detiene sus pasos, pero no responde. Ni siquiera se vuelve. Mira fijamente a Zack, mientras Lara corre a abrazar a Natalia. Cuando pasa por delante de Lily gruñe algo inaudible. Esta se levanta del suelo y viene hacia mí.

—Sabes que en el fondo no soy tan mala, Brooks. Así que haznos un favor a todos y convence a la mosquita muerta de tu novia para que colabore con la policía.

—¿A qué viene tanto interés?

Su mirada se oscurece y aprieta la boca. Mira hacia atrás, supongo que esperando no encontrar a nadie lo suficientemente cerca de nosotros y dice:

—Han mandado matar a mi madre. Al final no han sido las drogas las causantes de su muerte.

Y se va corriendo.

No se lleva sus cajas, y constato una vez más que lo que somos no se forja con cosas materiales. Siento un pinchazo agudo en el corazón, pero tengo que fingir normalidad. Aunque no lo consigo, porque en cuestión de segundos caigo al suelo desplomado. Según Gia, despierto a los pocos minutos. Natalia tiene mi cabeza apoyada sobre ella y Lara me abanica. Zack se ocupa de levantar mis piernas y Gia me da palmadas en la cara. Me cuesta abrir los ojos, pero veo lo suficiente para saber que Agus no se ha preocupado por conocer mi estado de salud.

—Menos mal… —murmura Natalia, sonriendo—. Estás bien.

—¡Está vivo! —grita Lara, haciéndome reír.

Zack no dice nada, pero me mira con gesto preocupado. Después de un rato, deja mis piernas en el suelo y me tiende una mano para ayudarme a levantarme.

—¿Seguro que estás bien? Podemos hacer de enfermeros unos minutos más... —dice Gia, mientras me da besos por toda la cara—. Podemos llamar a un médico. Una bajada de tensión tan repentina...

—Estoy bien —respondo con firmeza.

—Claro que está bien. ¡No hay más que verlo! —exclama Agus, que se acerca hasta mí.

Nos separan unos escasos centímetros. Me mira de arriba abajo y finalmente hunde su fría mirada en mis ojos, cargados de odio.

—Te lo ha dicho, ¿verdad?

Quiero matarlo.

¡No lo hagas!

—Has sido tú —afirmo, antes de que continúe; Agus sonríe y se pasa la lengua por los labios—. Tú nunca cambiarás. Primero fue mi padre, después yo, luego Gia, Aron, Natalia... y ahora una pobre drogadicta. ¿No te cansas de hacer sufrir a personas inocentes?

—Inocentes. —Ríe sarcástico—. Ha intentado mandarme a la cárcel.

Chisto, con una sonrisa irónica, pero cambio el gesto al ver el suyo. Va en serio.

—Tu madre ha intentado meterme en la cárcel, Dylan —masculla—. ¡El amor de mi vida me ha traicionado! Y al final... alguien ha tenido que pagar mi rabia. Teniendo en cuenta que Lily ha jugado en ambos bandos... le ha tocado. Era ella. O tu madre.

—Si la tocas...

—¿Qué? ¿Me matarás? —se mofa.

Niego rápidamente con la cabeza.

—Yo no soy como tú, Agus —digo entre dientes. Acerco la boca a su oído y murmuro—: ¿O debería llamarte «papá»?

Voy por las calles de Vancouver como si fuera un impostor, como si mi verdadera identidad fuera la de un alienígena que tiene que pasar desapercibido en un mundo repleto de seres ajenos a su especie. Intento ahogar mis pensamientos buscando otro tema en el que cavilar. Ha sido la primera vez que lo llamo así. «Papá». Llevo queriendo hacerlo desde que obtuve las pruebas de ADN hace unos años.

Tengo su mirada clavada en la retina desde ayer y, aunque sé mejor que nadie de lo que es capaz, aún no me creo que después de aquello nos echara a todos de la nave sin posibilidad de recuperar nuestras cosas. Me llamó, borracho, de madrugada para amenazarme. Salí del dormitorio y me senté en el sofá. No pegué ojo pensando en Lily, en su madre... y también en la mía. En el riesgo que corre estando al lado de un criminal. Tampoco podía dejar de pensar en Natalia, que dormía ajena a todo.

Me froto la cara, desesperado. Creo que la gente me mira, aunque no lo hagan. Me siento juzgado, inseguro. Como si todos pudieran ver lo roto que estoy por dentro.

Le doy una patada a la primera lata vacía de refresco que veo y la estrello contra la pared.

Esta maldita ciudad se ha convertido en mi hogar, pero no puedo dejar de pensar que mi lugar no está aquí, sino en Nueva York. Que allí se quedó una parte importante de mí, una parte que necesito recuperar para volver a sentirme en paz, si es que alguna vez lo logro. Creo que necesito unir mi parte más oscura y la que se ilumina a medida que las heridas se vuelven cicatrices para dar la mejor versión de mí, pero no sé cómo decírselo a Natalia sin que piense que quiero poner distancia entre nosotros.

Me encantaría que papá o..., bueno, Rick, el que ha dicho ser mi padre todos estos años de vida, la conociera. Pienso en él y siento que no estoy a la altura, que realmente no puedo reprocharle nada, y soy consciente de que he huido de mi casa en el peor momento de su vida.

Ladeo la cabeza y suspiro. Zack me ha pedido un favor. Y, aunque nuestra relación no es la mejor, lo haré por Lara. Y porque eso significará ver feliz también a Natalia. Entro en la farmacia y el sonido de una campana anuncia mi llegada. La farmacéutica sale de detrás del mostrador y se coloca las gafas.

—Quiero una caja de condones.

—Preservativos —me corrige.

—Es lo que he dicho.

Se da la vuelta y alza el brazo para coger una caja de la estantería, pero antes gira para mirarme esperando unas palabras por mi parte que no consigo descifrar.

—¿Talla?

—La más grande que tenga.

La farmacéutica enarca una ceja. Pone los ojos en blanco y agarra una caja. Vuelve al mostrador y sin decir palabra pasa el código de barras por el lector. Con la mirada fija, me pide el billete. Lo pongo en el mostrador.

—No son para mí —aclaro.

—No me importa para quién sean —responde, y, antes de guardar el dinero en la caja, levanta la mirada y suspira—. ¿Necesita lubricante?

—Eh… ¿no?

—Me ha pedido la talla más grande de preservativos, mi función es aconsejar su uso de la forma correcta. Podría causar daños en las paredes del cuerpo.

—Basta —le digo atropelladamente.

No quiero imaginarme a Zack en pleno acto. Agarro la caja y me voy gritando:

—¡Quédese con el cambio!

—¿Qué hacemos aquí? —pregunta Natalia, mirando el agua.

—Si la calma no viene a nosotros, nosotros iremos a buscarla.

—¿Te gustaba el mar cuando eras pequeño?

La pregunta me pilla de sopetón. Natalia no me mira, juega con la arena. Se llena las manos de ella y deja que caiga poco a poco en el hueco que forman sus dedos. Después allana el terreno, y vuelve a empezar.

—El día de mi cumpleaños Zack me contó que te había encontrado en la playa. Ese día habías discutido con Agus. Después de lo de ayer… estamos aquí. No me hagas creer que es una casualidad.

—No creo en las casualidades, ¿nunca te lo había dicho?

—Me gusta que me respondan con una pregunta —replica con espontaneidad—. De pequeña vi pocas veces el mar, en mi casa no había dinero suficiente para irnos de vacaciones todos los años a la playa. El monstruo de las pesadillas disfrutaba de la vida, pero no dejaba que lo hiciéramos los demás. En septiembre, cuando volvíamos a clase y todos mis amigos hablaban de los sitios a los que habían viajado, tenía que contener las lágrimas. Y no porque quisiera tener sus vidas, sino porque en sus anécdotas no había golpes ni insultos.

—Los niños decoramos la realidad, tú lo sabes bien. Puede que las vidas de algunos de ellos fueran de ensueño, pero puede ser también que las de otros tantos se asemejara a la tuya. Y no porque hubiera golpes, sino porque no fueran felices o… simplemente ese viaje a la playa lo hubieran hecho de forma imaginaria. —Comienzo a imitar movimiento que ella estaba haciendo hasta hace unos minutos, llenando mis puños de arena y dejándola escapar a continuación—. De crío solía decir que mis padres y yo hacíamos mil planes juntos…, me llegué a inventar tantas cosas… Ahora, con la perspectiva de los años, me da ternura pensarlo, pero durante un tiempo me daba vergüenza ajena recordarlo. Mis padres no solían parar mucho por casa. Y casi que prefiero que fuera así, porque hubiera acabado conmigo ver a mis padres como lo que eran: dos personas que nunca se quisieron realmente.

—¿No crees que tu madre quisiera a tu padre ni un poquito?

—Creo que… —La miro y me quedo pensativo.

Ella me está mirando a su vez, con una sonrisa en los labios, y no sé cuánto tiempo lleva haciéndolo. ¿Se lo digo? ¿Le confieso que en realidad mi padre no es el que creía? Que… Bah, supongo que es mejor no decírselo.

—Mi madre se quedó con la persona que más le interesaba.

—Todo podría haber sido peor, macarra. Imagina tener a Agus de padre...

Sus palabras caen sobre mí como una jarra de agua helada. Aparto la mirada rápidamente y dejo la vista fija en un punto concreto del horizonte, justo al lado contrario del que ella está situada. Espero que no se haya dado cuenta, pero tengo la mandíbula en tensión, el puño lleno de arena que se clava en la palma de mi mano formando surcos y los ojos inundados de mentiras.

—No me lo puedo imaginar —respondo por fin.

A lo lejos se escuchan gritos, es lo que consigue que Natalia deje de tener la atención centralizada en mí. Se gira para ver lo que está ocurriendo y masculla un «no me lo puedo creer» por lo bajo. Aprovecho el momento para secar las pocas lágrimas que se me escapan.

De repente, alguien se abalanza sobre mí. Actúo en defensa propia y en un movimiento rápido, lo agarro por la camiseta y le doy la vuelta, obligándolo a hacer un mortal por encima de mi cabeza. Al aterrizar, descubro de quién se trata.

Los tres que faltaban...

—Creo que voy a vomitar —dice Zack.

—Si lo llego a saber, hundo tu cabeza bajo la arena.

—Eso significaría no ver mi cara.

—Razón número uno por la que tomaría esa decisión.

—Y no me podrías escuchar nunca más —añade, realmente indignado.

Deja caer todo su peso sobre un codo y yo me encojo de hombros, para, a continuación, abrazar mis piernas con los brazos. Zack se acerca más a mí si es que eso es posible y me susurra:

—¿Tienes los condones?

—Sí.

Meto la mano en la mochila de Natalia y se los entrego. Antes de que pueda decir algo, Lara nos quita la caja de las manos.

—¡Conque eras tú el que tenía los condones! —grita, agitando la caja.

317

Temo que me dé con ella en la cabeza. La veo capaz.

—¿Condones? —pregunta Natalia.

Yo le hago un gesto para que no siga preguntando.

—¿No usas protección? —inquiere Lara, con los ojos muy abiertos—. ¡Es muy peligroso!

—¡Sí usamos! —replica—. Es solo que imaginaros a Zack y a ti... —Revuelve su cuerpo, experimentando un escalofrío—. Qué repelús...

Guarda silencio unos segundos, pensativa y añade con los ojos muy abiertos:

—¡¿Lo habéis hecho sin protección?!

—¡Somos pareja! —se defiende Lara.

Zack la mira con la ceja arqueada sin decir nada.

—Vaya panda de tarados. ¿Qué más dará? —masculla Aron—. ¡Deberíais usar protección los cuatro!

—¡Tú cállate! —gritamos al unísono.

Lara se queda mirando la caja de condones con las cejas en alto y contiene una risotada. Lo que hasta hace segundos era un rostro serio, ahora es de lo más divertido. Zack la observa con el ceño fruncido y yo, que conozco el motivo por el cual ahoga su risa, me meto un par de regalices rojos en la boca y me dedico a mirar el mar, muy disimuladamente.

Después de unos instantes de mucha pero que mucha tensión, Lara estalla en carcajadas y le lanza la caja a Zack.

—¿Talla XXL?

—Yo juro que te mato —anuncia Zack, con los ojos inyectados en sangre.

Hace el amago de levantarse y venir hacia mí para, literalmente, matarme, pero hunde el pie en un hoyo y cae de bruces. Aron se ríe con ganas y Natalia permanece inmóvil, ajena a la situación. Antes de que pueda agarrar uno de mis tobillos, lanzo la bolsa de regalices a los pies de Natalia y me dispongo a incorporarme, pero a la que voy a levantarme siento el cuerpo de Zack sobre mi espalda y comenzamos a rodar playa abajo. Él me tira de las orejas y yo agarro su pelo con maldad. Él grita y yo también. Como mi cuerpo toque el agua, juro que morirá ahogado. Los demás corren detrás de nosotros en nuestra búsqueda. Desde la orilla, con la ropa llena de arena veo cómo Lara se tropieza y arrastra a Natalia con ella. Aron les ayuda a levantarse.

—¡Cómo se te ocurre! ¡Veinte dólares tirados a la basura! —grita Zack, justo encima de mí.

No suelta mis orejas, así que pellizco uno de sus pezones. Él emite un chillido agudo.

—¡Te recuerdo que me has mandado comprar condones porque tú te habías gastado el dinero en pasteles! ¡Si el problema es el dinero te lo devolveré, pero suéltame!

Deja caer mi cabeza sobre la arena, soltando mis orejas, pero se resbala y termina aplastándome, quedando a centímetros el uno del otro.

—¡Zack Wilson, estás forrado! —interviene Natalia, asustándonos, pues quedamos inmersos en los ojos del otro—. ¿No pensaste en sacar dinero del banco? ¿En usar la tarjeta? ¡Tienes suficiente para comprar todas las palmeras de chocolate y cajas de condones de la ciudad!

El rubio la observa boquiabierto y se encoge de hombros.

—Te has llevado al más listo —ironiza Aron.

—¡Cállate! —chista Zack, muy ofendido.

—¡Dejad de mandadme callar! —se defiende.

—¿Por qué no has sido sincero conmigo? —pregunta Lara.

Su voz impone un alto el fuego en nuestra guerra particular y nos quedamos con la postura congelada, agarrándonos y mirándola ojipláticos. A su lado, Aron inmortaliza el momento con una foto. Natalia la mira expectante.

—Pensaba que... —continúa Lara—. Bueno, que no querías acostarte conmigo porque no te gustaba.

Zack me fulmina con la mirada, pero antes de que pueda acusarme de levantar sospechas sobre la veracidad de sus sentimientos, Natalia grita:

—¡Una mínima sospecha de que puedas hacerle daño será suficiente para acabar contigo!

Zack me deja libre por fin y respiro tranquilo, pero en un intento por aprovechar su distracción para volver a tirarlo al suelo me empuja e impacto con una ola que rompe en ese mismo momento.

—¡Ay, mi madre, Dylan! —exclama Natalia, que corre a socorrerme.

Nado un pequeño recorrido hasta la orilla de vuelta y me echo el pelo hacia atrás. Miro hacia abajo y maldigo al estúpido del surfista de pacotilla. Estoy empapado. Natalia me mira con la mano en la boca para que no vea la sonrisita que le asoma. Volvemos juntos a donde se encuentra el grupo y antes de llegar veo que el rubio camina hasta Lara y guarda sus manos entre las suyas.

—Me gustas mucho, Lara, de verdad.

—¿De verdad de la buena?

—¡Idos a un hotel! —grito.

Pero no me da tiempo a decir más, porque Natalia me pega un toque en la coronilla para que me calle.

—¿Te he dicho alguna vez lo bien que te quedaría esa camiseta empapada? —bromeo, subiendo y bajando las cejas.

—Usemos toda la caja de condones —le dice Zack a Lara, en un intento muy suyo por ser un romántico.

Ella se queda ojiplática y antes de que pueda decir algo, Zack le da un beso en los labios.

—Qué cutre... —murmuro. Zack se gira con el ceño fruncido—. Nuestro beso fue mucho más apasionado, querido Zack.

—¡¿Cómo?! —grita Aron, muy sorprendido—. ¿Los dos machitos del grupo se han besado?

Zack pone los ojos en blanco.

Él ha terminado de jugar, pero yo me he quedado con ganas de ganarle. Aun me duelen las orejas, así que no lo pienso. Me dirijo hacia él dando tumbos, le doy en la espalda para que me mire, pongo las manos a ambos lados de su rostro y le beso con los labios fruncidos.

Natalia masculla algo inaudible y al alejarme veo a Aron, sujetando una vela invisible. Lara parece muy impactada, pero rápidamente cambia de tema para añadir:

—¿Quieres usar toda la caja de condones conmigo?

—Di que sí, joder. ¡Qué no muera el romanticismo! —grito. *¡Larga vida a las mentiras!*

¿Qué? Mi voz interior no deja de sorprenderme.

O sea... ¡larga vida al amor!

Natalia tira de mi brazo hacia ella y después me besa.

—¿Te has puesto celosa? —me burlo.

Coloco mi húmeda mano en su mejilla y sonríe.

—En verano no solía meterme en la piscina. El agua borraba el maquillaje —me confiesa.

—Hoy no hay maquillaje, ni moratones. Hay mucha agua, amor, personas que se quieren, risas y complicidad. Quizá... Haya algún pez por aquí cerca, pero nada de lo que debamos preocuparnos.

—¿Me vas a decir ya por qué me has traído aquí?

—Quería contarte algo —admito—, aunque me he dado cuenta de que no es el momento. Creía estar preparado, pero no lo estoy. Espero que lo entiendas.

Natalia asiente y la llevo de la mano hasta el agua y tiro de ella salpicándola.

Una vez dentro, ella se lanza sobre mí y mete mi cabeza bajo el agua. Los instantes que paso sumergido son agonizantes, pero reconfortantes. Mi mente me juega una mala pasada y me hace creer que moriré devorado por un tiburón, pero la calma se adueña rápidamente de mí y, con los ojos cerrados, siento los reflejos de la luz del sol bañar con sutileza mis párpados bajo el agua.

Salgo del agua chorreando con Natalia a mi lado, que no para de reír. Me quito la camiseta empapada y hago con ella una bola que le lanzo a Zack a la cara. De vuelta a las toallas, descarto volver a pegar mi trasero en la arena si no quiero terminar siendo una maldita croqueta. Aunque... sería la croqueta más rica que Natalia jamás habría probado.

Agudizo la vista y me fijo en que alguien se dirige hacia nosotros.

—Creo que vienen dos chicos en nuestra dirección. Por su forma de correr, parecen actores de *Los vigilantes de la playa*.

Todos se vuelven para verlos.

—Aron, no te gires —advierte Natalia.

¡Un nuevo enemigo! ¡La cosa se pone interesante!

—Mierda —masculla Aron, y disimula mirando el móvil.

—¿Cuántos minutos más vamos a fingir que no lo conoces? —pregunto en un murmullo.

—Los que sean necesarios, Brooks. Así que hazme un favor y cállate.

Qué humos.

—Hola, Aron. No sabía que estarías aquí —dice uno de los chicos, con gesto agrio.

Aron asiente con la cabeza, se cuelga su mochila al hombro y se pone de pie. No puede dejar de mirar al chico que va de su mano.

—Es mi nuevo novio —le dice el otro.

—Valiente cabrón… —masculla Natalia.

—¿Os conocéis? —pregunta Zack.

—Soy Marc, su…

—¡Mi amigo! —grita de forma repentina Aron, que fulmina con la mirada a Marc—. Marc es un gran amigo del que me distancié a causa de las vueltas de la vida.

Y se marcha llorando.

Natalia

—Veo, veo… —canturrea Zack.

—Cállate, por favor —le pide Dylan.

—Zack, llevamos jugando una hora —añado, caminando de espaldas.

Él le suelta la mano a Lara y se cruza de brazos. Dylan me sonríe, pero al instante su gesto cambia y deja de mirarme. Tiene la mandíbula en tensión, los labios fruncidos y el ceño arrugado. La parejita abre mucho los ojos. ¿Qué está ocurriendo detrás de mí? Me doy la vuelta para comprobarlo y me llevo la mano a la boca, impactada. Me choco con los pies de Serena, que se queja. Sigo el recorrido de su brazo y veo cómo su mano se entrelaza con la de Agus, que me observa con detenimiento.

—Tú —digo, incapaz de decir nada más.

—¿Dando una vuelta, pareja? —pregunta Zack, con ironía.

Agus le fulmina con la mirada.

—¿Ahora es cuando dices que ha sido casualidad? —añade.

—No existen —se limita a decir Dylan.

—No respondes mis llamadas —dice Serena, cuando los demás se callan—. Necesito hablar contigo.

—¿No te esfuerzas en disimular? —le pregunto, mirando a Agus—. Hace nada querías meterlo en la cárcel.

—Todos nos equivocamos, Natalia —comenta Agus.

—Algunos más que otros —replica Lara, mientras Zack masculla algo inaudible, supongo que para que no se meta en la conversación, pero ella protesta disconforme—. ¿Por qué tú puedes y yo no? ¡Es la persona más pesada del planeta!

—Natalia, vámonos. —La voz de Dylan resuena con firmeza.

Al contrario que Agus, su madre no lo mira.

—¿Qué ha cambiado? ¿Por qué solo quieres encarcelar a…?

No puedo terminar la frase. Cierro los ojos y respiro profundamente, controlando la ansiedad. Antes de que ella pueda contestar, añado:

—Déjalo. No quiero saber nada de vosotros. Dylan tenía razón, no debí confiar en ti.

—No dejes que el odio te consuma y llámame, es importante.

—No lo hará —se adelanta Dylan, que entrelaza su mano con la mía y me atrae a su cuerpo para que nos vayamos.

—Por favor, Natalia —me pide, por última vez.

El miedo se hace un hueco en mis sentidos. Necesito huir. Otra vez. Correr. Perderlos de vista a todos. Estar a salvo. Dejar de pensar.

Y lo hago. Suelto a Dylan y echo a correr. Él grita, pero no me sigue. La que sí lo hace es Lara, que me alcanza pasada la avenida contigua a la playa, cuando mis fuerzas disminuyen y la respiración se vuelve entrecortada. Con un gesto, negando con la cabeza, le pido que no se acerque.

—Esa mujer es un bicho. Y Agus también.

—Para, por favor —le ruego.

—No los escuches, Natalia. No puedes creer nada de lo que te digan.

—Para —repito.

—¡No hacen más que mentir!

Chisto.

—¡¿No te has parado a pensar que, a lo mejor, me compensa creer esas mentiras?! —grito, muy alterada.

La gente a nuestro alrededor nos mira alarmada, como si estuviéramos a punto de pegarnos. Lara abre la boca y la cierra, guardando silencio. Yo continúo, ya más calmada:

—La noche que Dylan me encontró tirada en el suelo me aferré a la única esperanza que tenía: llamarla. No obtuve la respuesta que esperaba, pero hasta ese día, desde el momento en el que me prometió protección, una de las voces de mi cabeza, hasta entonces presa del miedo, se calló. ¿Sabes cuánto tiempo llevaba hablando sin parar? —Hago una breve pausa, evitando mirarla; no quiero volver a llorar—. Serena Evans probablemente sea una de mis condenas, pero también es mi salvación. Es la única persona que me ha asegurado que quiere ver a mi padre entre rejas, y que puede conseguirlo. ¡Si no me he puesto en contacto con ella es por Dylan! No merece que le haga esto…, pero luego estoy yo… y mamá…

Lara seca rápidamente una lágrima que cae por su mejilla con el canto de la mano y camina hasta mí. Baja la mirada al suelo y suspira.

—La realidad no es esa, Natalia.

—Ya lo sé… —respondo, con voz llorosa.

—Pero es la que quieres vivir —finaliza.

Paso la noche con Lara comiendo helado de chocolate y llorando con películas de amor. Por la mañana temprano, nos reunimos con Aron en una cafetería para desayunar. Desde que ayer se fuera corriendo, no hemos parado de pensar en él. Ha sido la excusa perfecta para dejar de lado mis problemas.

—Lara es de fiar. Lo que hablemos no saldrá de aquí… —le aseguro; él asiente y le sonríe a Lara—. ¿Cómo estás?

—Todavía lo quiero —dice, con los ojos llorosos.

Levanta la vista de la mesa y nos mira. Primero a mí. Después a ella. Así en repetidas ocasiones.

—¿Y si no vuelvo a enamorarme de nadie más?

Lara ríe, pero se pone seria al instante.

—No quería reírme de ti… Es solo que esa afirmación es estúpida.

—No ayudas —murmuro, para que Aron no me escuche.

Lara me ignora. Agarra las manos de Aron y las retiene entre las suyas. Lo obliga a mantenerle la mirada con un toque en su barbilla.

—Ahí donde ves a mi amiga, llegué a pensar que nunca volvería a sonreír.

Auch.

Aron me mira con ternura por poco tiempo, porque Lara vuelve a hacer que mantenga su atención en ella.

—Volverás a enamorarte. Las ganas por pasar tiempo con otra persona regresarán, aunque no será igual que la vez anterior. El tiempo habrá hecho de ti otra persona. Y podrás aprovechar la oportunidad de volver a querer, de intentarlo.

—¿Cómo estás tan segura? —pregunta.

—No lo está. Nunca lo está. —Suspiro—. Pero pocas veces se equivoca.

19

DISOCIÁNDOME DE LA REALIDAD

Dylan

Han pasado cuatro días desde que vimos a mi madre y a Agus en la playa. No me saco de la cabeza el desprecio con el que su vista recorrió mi cuerpo. Como si se avergonzara de ser mi madre. Como si nunca se hubiera sentido orgullosa de la persona que fui, o que soy. Llegado a este punto, fina es la línea que separa la verdad de la mentira. Ya no sé qué hay de cierto en los momentos que pasé a su lado, si las sonrisas que me regalaba cuando le entregaba un dibujo del colegio eran reales o un simple fruto de mi imaginación. Lo único que tengo claro es que lo que sucedió esa tarde fue real. He intentado ignorarlo durante muchos años, pero ya no es posible.

Lo único que puedo hacer es aprender a convivir con su ausencia.

El intenso perfume de Natalia me obliga a despegar la mirada del televisor.

—¿Cuánto tiempo lleva la tele apagada? —le pregunto.

Ni siquiera sé si ha estado encendida en algún momento. Natalia se encoge de hombros y se levanta del taburete que hay junto a la isla de la cocina. Pasa por delante de mí con el ordenador portátil en las manos, con el pelo mojado y las gafas puestas. Toma asiento en la mesa del comedor y se coloca los auriculares.

—¿Nueva novela? —me intereso.

No parece escucharme, porque no me devuelve la mirada y cuando lo hace es para decir:

—Menos mal que has hablado. Pensaba que le habías vendido tu voz al diablo.

—¿A cambio de qué?

—No lo sé, Dylan. Dímelo tú.

Suena irónica, así que me humedezco los labios y esbozo una sonrisa forzada.

—De ver feliz a la gente que quiero, por ejemplo —contesto, con frialdad—. ¿Y tú? ¿A cambio de qué le venderías tu voz al diablo, Natalia?

—A cambio de verme feliz.

—Qué altruista —ironizo.

Natalia hace una mueca de enfado, pone los ojos en blanco y se hunde en el sonido de sus auriculares. La observo durante unos segundos y suspiro. No estoy siendo justo con ella. Llevo cuatro días, con sus cuatro noches, viviendo en un mundo paralelo que solo existe en mi imaginación. Al cerrar los ojos mi madre todavía no me ha abandonado, mi padre sigue siendo mi padre y Agus no es más que el amigo con dinero que trae juguetes cuando viene a vernos. Voy a salir del salón, pero su voz me paraliza. Al volverme, la encuentro detrás, con las manos en los bolsillos de una sudadera ancha de color rosa, mirándome con detenimiento. Hace un puchero y se le arruga la barbilla. De sus ojos brotan las primeras lágrimas.

—No confías en mí, ¿verdad? —Su voz suena… rota.

—No es eso —me limito a decir.

—Llevas cuatro días en absoluto silencio. —No respondo—. Ni siquiera te molestas en encender la tele, Dylan. No te he visto comer, ni beber, aunque supongo que lo haces, no sé cuándo duermes porque me acuesto sola y me levanto sola. Te has hecho un nuevo tatuaje y no se te ha ocurrido enseñármelo.

—Se me ha olvidado. ¿Quieres verlo?

Ella niega con la cabeza y se seca las lágrimas. Quiero abrazarla, pero no lo hago.

—Zack me dijo que te vio el otro día en el estudio de tatuajes. Me preguntó por ti, le preocupas —afirma, y yo chisto irónico; si ella supiera...—. Me contó que un día le confesaste que tenías un tatuaje por cada dificultad por la que atravesabas.

—Hijo de puta —murmuro.

—Si no me quieres decir qué te ocurre o cómo puedo ayudarte, lo entiendo. Pero no merezco que me trates así, ni yo, ni nadie. Has sido tú el que me lo ha recordado cada día desde que nos conocemos, ¿te acuerdas?

Coge una bolsa de deporte de una silla y se la coloca al hombro. Frunzo el ceño. ¿Se va?

—No te lo tomes a mal, ni a lo personal, pero tengo la extraña manía de no querer estar donde estorbo —me dice con el rostro serio.

Comienza a andar hasta la puerta y dejo a un lado mi apatía para salir tras ella. Antes de abrir la puerta, se vuelve para mirarme, como si supiera que estoy a punto de tirarme al suelo de rodillas y pedirle que no se vaya, aunque no lo vaya a hacer.

—Yo no soy un lugar, Natalia. No te vayas.

—Ese es el problema. Te esfuerzas cada día en curar mis heridas, en conocer más de mi vida y en que hable de lo que nunca he hablado con nadie, pero de nada sirve si no es mutuo. Yo también quiero conocerte, Dylan. Y si todavía no estás preparado para que lo haga del todo, me basta con que aceptes un abrazo cuando no quieras decir que no estás bien.

—No es tan sencillo.

—Estás hablando con una persona que sigue huyendo en círculos cuando todo se complica. —Suspira—. Quizá sea el momento de aceptar que la ayuda que necesitamos no podemos brindárnosla y nuestro papel en la vida del otro es acompañarnos para hacer de nuestra existencia algo llevadero.

—Estás cometiendo un error —digo lo primero que se me pasa por la cabeza.

Natalia inspira profundamente y suelta todo el aire de golpe. Baja el tirador y abre la puerta.

—Puede que sí, puede que no.

No espera al ascensor, camina hasta las escaleras del rellano mientras yo apoyo el brazo sobre el marco de la puerta y dejo caer el peso de mi cuerpo sobre él.

—Pasaré la noche en mi antiguo apartamento, Lara estará con Zack.

—Si te marchas, ¿por qué me dices dónde vas a estar?

—Porque no es lo mismo abandonar a una persona que darle el espacio que necesita para ver las cosas desde otra perspectiva. Buenas noches, Dylan.

La veo bajar las escaleras. Ella mira hacia atrás y me ve ahí, esperando que suba de vuelta a casa y me pregunte una vez más qué es lo que me ocurre, sin tener lo suficientemente claro si respondería o, por el contrario, guardaría silencio durante dos horas más.

Entro en casa y no me molesto en cerrar la puerta. Es la corriente quien se encarga de hacerlo. Me sirvo un vaso de agua y me lo bebo sin respirar. Hago lo mismo con cuatro vasos más, hasta que mi estómago me ordena que pare. La idea de ahogar las penas no parece tan buena cuando la pones en práctica.

Me siento en el sofá y, siguiendo la costumbre de estos días, no enciendo la tele. Clavo la mirada en un punto fijo y las horas transcurren a mi alrededor. El teléfono suena. Lo oigo, pero no lo escucho. Afuera llueve. Lo sé, pero no lo compruebo. Es de noche. Lo intuyo, pero no me acuesto. Lloro. Las lágrimas mojan mi piel, el suelo y mis manos. Las siento, pero no las seco. No puedo hacer nada. Mi respiración se vuelve agitada y el corazón bombea sangre de manera insistente. La ansiedad se adueña de mí. Lo noto, pero no puedo controlarlo.

Busco salidas. Una ventana. El balcón. Necesito aire. Respirar.

Con los ojos llorosos y una mano en el corazón, trato de encontrar la manera de abrir el cerrojo del balcón. No atino. Estoy demasiado nervioso y me tiemblan las manos. Joder. Cuando lo consigo, el viento provoca que la lluvia impacte contra mi rostro.

Me resbalo agarrado a la baranda del balcón hasta el suelo y abrazo mis rodillas.

El frío. La lluvia. La noche.

Todo se resume en esa noche. Ese año. Esa madrugada.

—*Volverá, ¿verdad, papá?*

—*¿Quién?*

—*Mamá. Sé que va a volver, me lo prometió.*

—*Dylan, mamá te mintió.*

—*¡Mamá nunca miente!*

Mintió. Mamá mintió, siempre lo hizo. Nunca dijo la verdad. Y él tampoco.

Mintió. Papá también mintió, siempre lo hizo. Nunca dijo la verdad.

Saco el teléfono de mi bolsillo, pulso su contacto y me lo pongo en la oreja.

—¿Qué quieres, Dylan? —Echaba de menos su voz.

—¿Por qué, mamá? —espeto, con rabia.

—¿Estás borracho?

—Natalia tiene razón, nadie merece que te hagan sentir así.

—¿Eso es todo? —inquiere, con indiferencia.

—¡Vete a la mierda!

—¡Cuelga! —grita Agus, a su lado.

Ha vuelto a elegirlo a él.

No eres el problema.

Lo soy. Siempre lo he sido.

EL MONSTRUO DE LAS PESADILLAS
(9)

Dieciséis años

—¿Por qué sigues con él? Con... bueno, ya sabes, el monstruo de las pesadillas.

—*Tu padre* —me corrige.

—*Sí* —reconozco, muy a mi pesar.

Me cuesta escuchar esa palabra. No merece que lo llamen así.

—¿Por qué sigues al lado de una persona que te hace daño? ¿Qué te impide divorciarte? Si es por mí..., casi que lo prefiero a... convivir con una persona que no sabe querernos.

—¿Por qué vuelves tú a sus brazos cuando te han causado dolor, hija? —me rebate, sin mirarme a los ojos.

Estamos solas en casa, en silencio, sin que nadie nos moleste. Sin nadie que nos pueda hacer daño.

—*Se llama dependencia emocional* —me dice.

—Y sin ella no existe el maltrato —agrego—. Lo sé mejor que nadie, mamá. Pero... quizá haya llegado el momento de poner punto final a toda esta historia, ¿no crees? Podemos irnos lejos, muy lejos. Tan lejos que hasta volver nos resulte complicado. A la otra punta del país, al norte, al sur. ¡A otro país! ¡O a otro continente! ¡Aprenderemos otro idioma, conoceremos culturas nuevas!

—¿Por qué tenemos que huir nosotras si es él quien maltrata?

El silencio pesa sobre mí.

—Sé que no es justo, mamá. Yo también lo siento así, pero a veces el miedo nos hace escapar en la dirección equivocada. Y nosotras nos equivocamos una y otra vez. Regresamos continuamente a él. Y esto tiene que acabar.

Mamá suspira y me agarra las manos. Las acaricia y las sostiene entre las suyas. Son suaves al tacto. Siento el frescor de sus anillos. Me llama por mi nombre para que alce la mirada, y lo hago. Sus ojos me sonríen, pero la curvatura de sus labios no lo hace.

—A veces Cupido se equivoca. Eres demasiado joven para entenderlo, pero la experiencia en la vida te lo dirá… A veces, sus flechas son tan puntiagudas y afiladas que se enganchan con cualquier cosa. El día que yo me crucé con tu padre, la flecha que me lanzó llevaba un trozo de tela, que se convirtió en una venda para mis ojos. Imposible de destruir.

—Lo quieres, ¿verdad?

Mamá no responde.

—Prométeme que, si alguna vez tienes la oportunidad de escapar, lo harás —me pide.

—No. No me iré sin ti.

—Lo harás, Natalia. Tienes que prometerlo.

—¡No! —Me resulta inconcebible hacerlo.

—No grites —musita, haciendo una mueca de disconformidad—. Promételo, por favor.

—¿Qué pasará contigo? ¿Cómo me aseguraré de que estarás bien? ¿Y cómo sabré que el monstruo de las pesadillas no me buscará para hacerme daño? —Me froto la cara, frustrada y comienzo a andar de un lado hacia otro del salón; mamá me sigue con la mirada—. ¡No puedo prometerte semejante barbaridad, mamá!

—Si me quieres, te quieres a ti misma… y si quieres a tu abuelo, allá donde esté, lo harás. El día que eso ocurra me enfadaré, incluso puede que te grite, que no esté de acuerdo con lo que hayas decidido. Puede que, durante un tiempo, no podamos hablar. Que nuestros caminos se separen. Pase lo que pase, debes tener muy presente que siempre estaré a tu lado. ¿Lo entiendes?

—Sí, creo que sí.

—Yo no puedo escapar, todavía no. ¿Me prometes que lo harás tú?

—Lo haré —murmuro, con tristeza en los ojos—. Pero quiero que sepas algo.

—¿Qué?

—Tú no tienes la culpa. Tampoco yo, aunque a veces me culpe de todo lo que está pasando.

—Lo sé, mi vida. —Me acerca a su pecho y escucho su corazón.

Desliza la yema de sus dedos por mis cejas. Sus latidos me relajan. Mis párpados se cierran a la par que una lágrima cae por mi mejilla.

—Lo sé —repite.

Y, de repente, todo se vuelve negro.

20

MAMÁ SIEMPRE ESTÁ AHÍ

Natalia

Una vez mi psicóloga me dijo que mis miedos se hacían grandes porque yo les daba el poder de crecer. Tenía que engañarles, hacerles creer que no podían conmigo, aunque la realidad en ese momento fuera completamente distinta. Tenía que hacerlo, no había otra forma de sobrevivir. Y lo hice. Durante un tiempo me enfrenté a todos y cada uno de mis miedos. Me lo tomé tan a pecho que, por unos meses, llegué a enfrentarme al monstruo de las pesadillas.

Nadie, salvo el que está expuesto a algo así, sabe lo que es temer a la muerte de forma no metafórica, sino literal. Porque en mi caso tiene forma física. El monstruo de las pesadillas conoce la parte más vulnerable de mí, pero es ahora cuando se está topando también con la más fuerte, aunque por dentro siga reconstruyendo los trozos de ese jarrón roto que forma mi corazón.

Dylan vino al apartamento a eso de las doce de la noche y entre besos, abrazos y profundas pero necesarias conversaciones nos dieron las tres de la madrugada.

Llegó a hincarse de rodillas en el suelo para suplicarme entre sollozos, hipo y lágrimas que no me fuera nunca de su lado. Después, levantó la mirada y me preguntó:

—*¿Crees que pasaremos juntos la noche de Fin de Año?*

—*¿Qué? —dije, bajando a su altura.*

Sequé sus lágrimas, haciendo un acto de contención para retener las mías por verlo así y pegué su cabeza a mi pecho. Él se recogió y me abrazó con intensidad, como si una fuerza mayor pudiera separarme de él en cualquier momento.

—Me abandonó una Nochevieja. Su partida malogró dos años: el que dejaba atrás, ese que siempre recordaría como el último, y el que acababa de empezar, que anunciaba el fin de una historia. Esa noche tuvieron que ingresarme por hipotermia. Salí corriendo detrás de su coche y, cuando lo perdí de vista, ya era demasiado tarde para volver a casa. No recordaba el camino de vuelta. Gia me encontró muerto de frío en la calle, en una esquina, mientras la nieve iba engullendo mi cuerpo poco a poco. Tenía las manos, la cara y los labios morados, apenas los sentía. Me tiré semana y media en el hospital. Cuando salí, creía que mi madre estaría en casa, que ver la vida de su hijo peligrar la habría hecho entrar en razón…, pero no fue así. Cuando mi padre y yo llegamos solo encontramos silencio. Corrí escaleras arriba para buscarla, pero cuando, después de mucho buscar, abrí el armario, ya no quedaba ni rastro de la que había sido la mujer de mi vida. Se acababa de convertir en la primera mujer que me rompió el corazón.

»Me gustaría que estas Navidades fueran diferentes. Que esta Nochevieja pudiera ser la primera que pase sonriendo. Pero no de esas sonrisas que ambos fingimos para hacer creer al resto del mundo que estamos bien, sino de las que guardan sabor a verdad. Aquel día, cuando la vi junto a ti…, sentí mil demonios apoderarse de mis extremidades. Tú, tan luz como siempre, aferrada a mi mano. Y ella, tan oscura como aquella madrugada en la que se marchó. Sigue sin tener el coraje suficiente para mirarme a los ojos. No sé si es por pena, odio, rencor o culpa…, pero no lo hace. Y sé que nunca lo hará.

—Estaremos juntos, Dylan. Te lo prometo.

Nos tumbamos en la cama y se quedó dormido abrazado a mi cuerpo, con la cabeza sobre mi tripa, apretando con fuerza mi piel, mientras me volvía a pedir que nunca me fuera de su lado y, aunque a mí me costó más, finalmente me dormí acariciándole el pelo.

Debíamos de llevar durmiendo un par de horas a lo sumo cuando un ruido nos despertó, poniéndonos en alerta. Me asusté mucho. Muchísimo. Esa habitación. La cama. El apartamento. Todo me recordó a aquella noche. Podía sentir al monstruo respirándome en la nuca. Su voz. Su perfume. Su risa ronca. Tenía los pelos de punta.

Dylan se acercó hasta el salón para comprobar que todo estuviera bien. También se asomó por la mirilla para asegurarse de que no hubiera nadie afuera. Hasta miró por todas las ventanas. Ni rastro de nada, ni de nadie. De regreso a la cama me vio temblando y me regaló una media sonrisa que no le pude devolver.

—Todo está bien, morena —me aseguró.

—Tú también lo has escuchado.

—Sí, pero ya has visto que no hay nadie.

—Vale.

—Vale.

Le creí. O, mejor dicho, lo intenté, porque desde ese momento no pude descansar. Al cabo de un rato me despertó un nuevo ruido. Esta vez, Dylan no se despertó. El perturbador sonido no venía de fuera del cuarto, sino de dentro. A mi lado. En mi mesilla. Me incorporé y ladeé la cabeza para comprobar de qué se trataba. El móvil estaba encendido. En la pantalla había una llamada entrante.

Agarré el teléfono para colgarlo y entonces lo vi. El nombre. Ese jodido nombre.

«Papá».

Como si el aire doliera, sentí un pinchazo en el pecho.

No me atrevía a colgar. Me paralicé por completo, como si tuviera las manos esposadas a la espalda. Dylan hizo un ruidito y colocó su cuerpo sobre las sábanas. No podía verlo. Ni saberlo. Aunque eso significara hacer lo mismo que ha estado haciendo él estos días. Me levanté de la cama, cogí la primera sudadera que pillé del armario y salí deprisa de la habitación, cerrando la puerta a mi espalda. Tiré el teléfono contra el sofá, hinqué las rodillas en el suelo y me tapé los oídos con las

dos manos, como si no pudiera verlo. Como si la pantalla no se hubiera
quedado encendida más de cuarenta minutos. Una llamada tras otra.
Un miedo tras otro. Un golpe tras otro. Revivir palabras. Moratones.
Insultos. Desprecios. Su voz en mi cabeza retumbando como nunca lo
había hecho. Su olor. El olor a tabaco. A alcohol. El perfume tapando
vicios. La sonrisa, la maldad.

Todavía es de noche, quedan más de dos horas para que amanezca y
no habré dormido ni tres horas, pero apenas tengo sueño. Espero a
que amanezca y con los primeros rayos de luz de la mañana, mientras preparo el segundo café del día, apoyo los codos sobre la isla de
la cocina y busco en internet qué hora es en Madrid. Acto seguido
me pongo el móvil en la oreja.

—Hola, mamá.

—No sabes lo feliz que me hace tu llamada. Te echo mucho de
menos.

—Y yo a ti, mamá.

—¿Qué tal todo, Natalia? Ese chico… ¿te trata bien?

—Me encantaría que pudieras conocerlo.

—Algún día.

—¿Algún día qué, mamá? ¿Algún día podremos llevar una vida
normal? ¿Cuánto tiempo llevas convenciéndote de que algún día
cambiará? —No responde—. Eso nunca va a pasar. No va a cambiar
por ti. Ni por mí. Ni por nadie.

Cierro los ojos y me froto la cara. Puedo verla maldecir el momento en el que conoció al monstruo de las pesadillas y suspirar.

—Lo siento —murmuro—, no quería que sonara así, como si
te estuviera juzgando.

—Está al venir, hija. Sé que no te arriesgarías a llamarme sabiendo que podría llegar en cualquier momento. ¿Qué ocurre?

Dudo unos segundos. No sé si es buena idea contárselo, aunque
necesito hacerlo. No quiero preocuparla, pero es la única persona
que puede calmarme. Finalmente no puedo evitarlo y comienzo a
llorar. Disimulo, pero al sorber mi nariz ella resopla.

—¿Otra vez?

—No para. Llama sin parar. Es la tercera consecutiva. Y no puedo más. Durante el día, le pido al maldito universo que no me suene el teléfono. Me da miedo responder llamadas, aunque no sean suyas, siento que... que en algún momento caeré. Responderé. Me da miedo volver a sentirme en sus manos, mamá.

—Yo me encargo —se limita a decir.

—¿Qué? ¡No! —replico—. No hagas ni digas nada. Por favor. No quiero que... —Se me corta la voz—. No quiero que te pase nada.

—Confía en mí, ¿de acuerdo?

De fondo escucho el sonido de una puerta abrirse y cerrarse. El sonido de sus llaves.

—Vale —murmuro.

Lo va a hacer, sé que lo va a hacer. Mamá es así. Siempre ha antepuesto mi felicidad a la suya, no soporta verme sufrir. Va a hacer todo lo que esté en su mano para que sea feliz. Lo que todavía ella no ha comprendido es que, desde bien pequeña, mi felicidad depende de la suya y nunca podré disfrutar de la vida con plenitud mientras ella siga en la sombra del monstruo de las pesadillas.

¿Soy egoísta?

Es una pregunta que da vueltas en mi cabeza cada vez que tomo una decisión que prioriza mi paz mental a la de los demás. Supongo que es fruto de la inseguridad, de la baja autoestima que intento camuflar con sonrisas, personajes literarios seguros de sí mismos y diferentes bromas a lo largo del día. Sé que pensar en mí no me hace egoísta, pero todavía no he encontrado la manera de silenciar las diferentes voces que me dicen lo contrario. Sin embargo, con ella me ocurre al contrario.

La puerta del dormitorio se abre.

—He preparado café —le digo a Dylan, según lo veo caminar hacia mí.

Está bostezando. Estira los brazos hacia arriba y a continuación me quita la taza de las manos. La deja sobre la isla de la cocina y me rodea con sus brazos, apretándome contra su pecho. Hundo la nariz en su cuello y coloco mis manos en su espalda desnuda. El abrazo se vuelve más intenso con el paso de los segundos.

—Solo es un café… He tardado dos minutos en hacerlo y, en teoría, solo he puesto la taza. Del resto se ha encargado la cafetera.

—Con eso me vale.

—Y en realidad era para mí…, pero has llegado justo a tiempo —le confieso, entre carcajadas.

Él ríe en mi oreja. Desliza la mano por el largo de mi pelo y me despego de su piel para mirarlo. Baja la cabeza y fija sus ojos en los míos.

—¿Te he dicho alguna vez que envidio la perfección de tus pestañas? —le digo.

Dylan asiente con lentitud mientras sonríe.

—Eso lo dices porque estás enamorada.

—No te vengas arriba —le contesto, con chulería—. Además, me gustan las personas humildes. Y tú… —Pongo los ojos en blanco y él enarca una ceja—. ¿Por qué pones esa cara? ¡Mírate! Solo te he dicho que tus pestañas son bonitas y tienes esa expresión de… —Lo miro con adoración y lo imito con voz grave, burlándome—: «Soy perfecto, nena».

Dylan deja de acariciarme los brazos y frunce el ceño. Me levanta la barbilla de un toque y entreabre la boca para decir algo que no se atreve a pronunciar, hasta que suspiro y, después de presionar sus labios entre sí, dice:

—¿Va todo bien?

—Claro.

—No me convences —repone, con seriedad.

—¿Por qué?

—Porque vuelves a hacer eso.

—¿A qué te refieres con «eso»?

—Esa mirada. Siempre es señal de que algo no va bien.

No quiero responder, así que salgo del paso dándole un beso fugaz en los labios.

A veces preferiría que no me conociera tan bien. Otras, lo agradezco. Es una forma de lo más sencilla de no tener que explicar las mismas cosas treinta veces. Con una palabra, gesto, mueca o mirada basta. Nunca me había pasado. Y dudo que vuelva a suceder en la vida. Quizá lleguen personas con las que pueda compartir momentos, risas, lágrimas y el amor en todas sus vertientes, pero jamás de esta forma. Jamás igual. Es algo que sabes, lo sientes. Y, aunque al amor no le basta con esto, él desafía los límites y me lo demuestra.

Me visto para salir y, antes de hacerlo, ya con el bolso sobre el hombro, paso por la cocina; Dylan me mira de arriba abajo mientras friega los platos.

—¿Te importa si te dejo las llaves del apartamento y cierras tú? He quedado con Lara para desayunar. También me gustaría pulir algunos detalles del nuevo manuscrito. Música, café, momentánea soledad… —Río, con nerviosismo; Dylan se seca las manos en el trapo de al lado del grifo y asiente, y yo le devuelvo la sonrisa—. Algún día lo leerás, te lo aseguro.

—No lo dudo, pero con tanto misterio me estás poniendo las expectativas muy pero que muy altas.

—No me gustan las expectativas, suelen jugar malas pasadas. Cuando esperas algo, si no se cumple eso que esperas, te decepcionas. Al fin y al cabo, somos seres complejos llenos de sentimientos aún más complejos. No venimos con manual de instrucciones, pero las expectativas lo requieren.

—¿Seguimos hablando del libro?

—Cierra cuando te vayas, por favor —le pido.

—¿Quieres que te acompañe hasta donde hayas quedado? No tengo nada que hacer.

No respondo, pero mi silencio es suficiente. Dylan asiente conforme. Le doy un beso fugaz en los labios y acto seguido me dirijo hacia la puerta.

—No te olvides de lo que pasa esta semana. ¿Estás preparada?

—¿Esta semana? ¿Qué…?

—¡El concierto!

Mierda, lo había olvidado por completo.

Camino por la ciudad pensando en él. Aunque me gustaría preguntarle qué es lo que el niño que aún vive en él siempre soñó con ser de mayor, me da miedo. Miedo a la realidad. Ese pequeño temor que se instala a vivir en tu interior cuando comprendes que las personas que elegimos para que nos acompañen en nuestro proceso vital vienen y van. Como las olas del mar, los atardeceres, las estaciones del año, las hojas que caen en otoño y brotan en primavera o los días de la semana que, una vez terminan, vuelven a empezar.

Todo es un proceso cíclico, hasta los sueños. Y no quiero que los suyos se vean condicionados por mí. Todavía es pronto para que lo comprenda, pero lo hará. Estoy segura. Aunque eso signifique reencontrarse con su yo interior, el del pasado, ese que todavía no tenía a su lado a la chica que hoy duerme abrazada a él cada noche.

Al entrar en la cafetería pongo los ojos en blanco al ver a Marc, que permanece detrás del mostrador atendiendo a una clienta. Hago un barrido del local con la mirada y ocupo la mesa de siempre. Saco el ordenador portátil y me coloco los auriculares. Mis dedos comienzan a teclear a la velocidad de la luz, y mi mente se rinde ante el drama de los protagonistas de las novelas que estoy a punto de terminar. Estoy tan involucrada en la trama que olvido pedir mi bebida.

Marc aprovecha un despiste de su encargado para acercarse hasta mí. En ese mismo momento, Lara entra y, tras buscarme con la mirada, sonríe y viene dando saltitos. Qué energía desde por la mañana… ¡Quién la tuviera! No la saludo, pues el verdugo de Aron está enfrente de mí. En silencio. Mirándome. Se frota las manos con nerviosismo.

—Eres amiga de Aron —dice, azorado—. ¿Cómo se encuentra?

—Mal —respondo atropelladamente.

—Ayer me llamó. Me hizo partícipe de lo ocurrido. Que… está sometido a las órdenes de un psicópata, que su familia nunca aceptaría su condición sexual y que nunca se había enamorado así de una persona.

—¿Había bebido? —pregunta Lara, involucrándose en la conversación.

Marc asiente rápidamente con la cabeza.

—¿Y qué le dijiste? —continúa mi amiga—. No me gustaría tener que asesinarte...

La miro con los ojos muy abiertos. Ella se encoge de hombros.

—No supe qué contestar. Le colgué.

Se rasca la cabeza con inquietud. Se agacha un poco y se apoya en la mesa.

—No pensé... Solo quería devolverle todo el daño que me hizo. Había llegado a imaginarme una vida con él. Y de la noche a la mañana descubrí que me había engañado. O eso decían las malas lenguas... Yo... solo quiero volver a intentarlo.

—¿Nos estás pidiendo ayuda? —me intereso.

Lara y yo nos miramos con el ceño fruncido.

—Sé que habéis terminado el rodaje. ¿Podríais decirle que vaya a la playa esta noche?

—¿Y tu novio? El del otro día —pregunto.

—No era mi novio..., era el novio de una amiga. Cuando vi a Aron le pedí que me acompañara; quería darle celos.

—¡Vaya cabrón! —exclama Lara.

Yo suspiro y ella me observa con los brazos abiertos, esperando una reacción distinta por mi parte.

—En la vida también hay que aprender a querer —finalizo.

Guardo el papel que Marc coloca sobre la mesa con la hora y ubicación de la cita. Cuando regresa con las bebidas, Lara me roba un poco de café sorbiendo con su pajita mientras me mira fijamente. ¿Es su venganza por llevarle la contraria?

—Aron todavía lo quiere —le digo—. Se han hecho daño sin querer. ¿No merecen una oportunidad? Esa de la que le hablaste a Aron...

—Odio que uses mis frases de manera literal.

Río, poniendo los ojos en blanco. Mientras hago como que escribo, Lara curiosea su móvil. No puedo dejar de mirarla. Cuando mi abuelo dijo adiós por última vez comprendí que, en realidad, no sabes lo que tienes hasta que lo ves marchar. No me parece justo el sentido que le estoy dando a la vida. Las dudas. Los miedos. Las noches sin dormir. Las risas que no suenan. Las lágrimas de alegría que retengo. Quiero sentir. Pero cuanto más lo intento, menos capacitada me siento para hacerlo. Porque cada día escondo más secretos. Historias de las que nunca he hablado, golpes que olvidé y de pronto revivo.

—Creo que quiero volver a Madrid —comento sin venir a cuento; Lara abre mucho los ojos.

No responde.

—Y, por si te lo preguntas, no he hablado con Serena. —Después, me llevo las manos a la cara.

—Joder, ha estado llamándome toda la noche, Lara.

Con ella nunca he necesitado mencionar al monstruo para que sepa que hablo de él.

—Te lo estás planteando, ¿verdad? —dice, con seriedad—. Testificar.

—Puede —respondo—. Solo quiero acabar con el sufrimiento.

—¿Y si sale mal? ¿Y si testificas en su contra y ella no cumple su promesa? ¿Y si sale de la cárcel y te busca?

—¿Y si acaba conmigo antes? ¿O con mi madre? —rebato, con los ojos llorosos.

Le doy un sorbo a mi café y bajo la pantalla de mi portátil. A continuación, saco un pendrive del bolso y se lo entrego.

—Quiero que lo tengas, que lo guardes. Son dos manuscritos acabados. Me gustaría que… bueno, si me pasara algo…

Lara intenta hablar, pero un gesto mío es suficiente para que no lo haga.

—Quédatelo, Lara. Puedes leerlos si quieres.

—Hacía mucho que no te escuchaba hablar así, como si esto fuera una despedida.

Hago una breve pausa y reúno el valor necesario para ser sincera, al menos con mi mejor amiga. Sin miedos. Sin dudas ni inseguridades.

—Me planteo volver cuando termine el verano.

—Volveremos juntas —me corrige, y sonríe—. Puedes quedarte en mi casa. Y, aunque no esté de acuerdo, en caso de testificar, iré contigo si tú me lo permites.

Mira el pendrive con detenimiento, lo levanta y entrecierra los ojos. La conozco lo suficiente como para saber qué es lo que está pensando.

—Entonces, ¿lo vas a publicar? —me pregunta.

—No sé si quiero seguir dedicándome a la escritura —le confieso.

—No le des más fuerza de la que tiene, Natalia. Eso es justo lo que quiere el monstruo. Que dejes de luchar por tus sueños. Que te alejes de las personas que te hacen bien. Que no le des a nadie la oportunidad de quererte. Que te veas sola, aunque no lo estés.

—¿Y qué hago para dejar de sentirme así?

Lara se encoge de hombros.

—Vivir es suficiente, ¿no crees? Han sido muchos años sobreviviendo.

Asiento con la cabeza y desayunamos en silencio. Disfrutando del silencio, de la música ambiente del bar, de nuestra compañía. Incluso de la gente de fondo hablando, del sonido de las cafeteras, del olor a café y a chocolate caliente o a brownie. Y de repente me fijo en la puerta. Se ha abierto y en la entrada hay una mujer mirándome. Lara se vuelve para ver qué ocurre y yo me pongo las gafas. Gia nos saluda agitando la mano.

—El día menos pensado moriré de un infarto —bromea Lara, con la mano en el pecho.

Gia camina hasta nosotras y sin preguntar, tras abrazarnos, ocupa un asiento y pide un café a uno de los camareros.

—Qué simpática eres —comenta la espontánea de mi amiga—. No sé cómo una mujer como tú ha estado con un hombre como él.

—Lara —susurro, con los ojos muy abiertos.

Ella hace una mueca de vacile y Gia se echa a reír.

—Déjala, Natalia. Si tiene razón… Es justo lo que tú tantas veces me has dicho, ¿no?

Lara entrecierra los ojos y me señala con chulería.

—¿Ves cómo mis frases no son tan absurdas? ¡Puuunto para mí!

Pongo los ojos en blanco.

—Iba a llamarte, pero me he cruzado con Dylan de camino al estudio de tatuajes y me ha dicho que te encontraría aquí.

—¿Dylan se va a hacer un nuevo tatuaje? —inquiero, extrañada.

Gia asiente con la cabeza.

—Falta de comunicación en la pareja. Tomo nota —dice Lara.

—¿Otro? —vuelvo a preguntar, preocupada.

—Dylan y su extraña relación con la tinta... —murmura Gia—. La culpa la tuvo ese amigo suyo, Ulises. Era pintor. Le metió en la cabeza que la forma de desprenderse del dolor era convertirlo en arte. En colores sobre el lienzo. Él se lo tomó de forma literal..., su piel, ya sabes.

—Yo siempre lo digo... —Lara sube las cejas—. No hay que tomarse las frases de forma literal... Es peligroso.

A veces es insufrible.

—¿Para qué me buscabas? —Voy al grano, y ella resopla.

—Justamente quería hablar sobre Dylan, cariño.

¿Qué?

El miedo invade mi cuerpo.

Trago saliva con dificultad y sostengo el café con fuerza.

No quiero clavar las uñas en la palma de mi mano, aún me duelen de anoche. Gia vuelve a sorber de la pajita. Me estoy empezando a poner muy nerviosa. No sé si es por la cafeína o porque mi ansiedad está empezando a hacer de las suyas.

—Si queréis me voy... —comenta Lara, pero no respondo.

No puedo articular palabra. Gia le sonríe y le pide que nos deje a solas. Lara rodea la mesa, me da un beso en la coronilla y dice:

—Intenta sobrevivir sin mí.

Le sonrío y, cuando veo que se marcha, miro a Gia.

—Te habrás dado cuenta de que Dylan no abre su corazón con facilidad.

—Ve al grano, Gia, por favor.

—¿Conoces a Rick?

—¿A su padre? —pregunto, y ella asiente con la cabeza—. No he tenido el gusto.

—Se está muriendo —dice, atropelladamente.

Después, clava la mirada en la mesa y se queda en silencio. Por unos segundos dejo de respirar y mi pulso se vuelve arrítmico. El nombre de Dylan, su risa y las lágrimas de anoche rebotan de un lado hacia otro en mi mente. La cabeza me da vueltas como una noria. No puede ser verdad. Gia me toma la mano y acaricia el dorso, mientras me regala una sonrisa llena de pena.

—Cariño, Dylan lo sabe.

—¿Qué? ¿Y por qué no me ha dicho nada? Solo quisiera poder ayudarle como él me ayuda a mí, pero… —Mi voz se quiebra.

—Tenía dieciocho años cuando se enteró de que Rick era portador de un gen que le hacía propenso a sufrir cáncer. La enfermedad está avanzando a velocidad de escándalo y no está funcionando ningún tratamiento.

—¿Qué pasó? Con Dylan quiero decir. ¿Qué ocurrió cuando supo que…? Joder…

—Imagínate, un niño no está preparado para ver enfermar a su padre… Y es justo donde quiero llegar. Dylan se asustó tanto que quiso saber si era portador de ese gen que también le haría propenso a sufrir la enfermedad. Serena ya había desaparecido de su vida y su padre no estaba en condiciones de encargarse de él…, así que lo ayudé con los trámites del seguro y lo acompañé al hospital para que se sometiera a un análisis y, después, a una prueba de ADN.

—¿Dylan está enfermo?

Gia frunce el ceño y niega rápidamente con la cabeza.

—No, no, cariño. Lo que quiero decirte, que no he terminado, es que esos análisis, pese a que nos aclararon que él no era portador del gen y que su salud no corría ningún riesgo, propició la mayor brecha que existe en la relación entre Rick y Dylan. La prueba de ADN reveló que no comparten genes, por lo que Rick no es el padre de Dylan.

Gia deja escapar una risa nerviosa mientras se frota las manos con inquietud, y clava la mirada en la mesa.

—Siempre lo había sospechado, pero había preferido mirar a otro lado… —Suspira—. Rick accedió a hacerse una segunda prueba de ADN para confirmar los resultados de la primera.

No la dejo terminar.

—¿Quién es el padre de Dylan, Gia?

No responde, continúa con la mirada fija en la mesa y asiente con la cabeza. Por fin me devuelve la mirada y la veo. La respuesta.

No puede ser.

Yo muevo la cabeza de un lado hacia otro.

No. No. No.

Es imposible.

Gia vuelve a atrapar mis manos entre las suyas.

—Es muy importante que Dylan no descubra que lo sabes, Natalia.

—Pero…

—Si te he contado esto es porque te necesito a su lado. Rick ha empeorado, está muy mal. Ha sufrido un bajón en las últimas semanas. Serena no tiene relación con él, pero se ha enterado de la noticia y, supongo que por el deseo de hacer algo bien en la vida, quiere que Dylan esté al lado de su padre en sus últimos momentos.

—¿Serena se ha puesto en contacto contigo?

Gia contiene el aliento.

—No seré yo su mayor defensora, pero ¿qué otra opción tenía?

—Con llamar a Dylan hubiera bastado. —Me froto la cara con desesperación—. Él habría respondido su llamada.

—Cariño, seguimos hablando de Serena, ¿recuerdas?

Como siempre, Gia me mantiene con los pies en la Tierra. Firme a la realidad. A todo ese conjunto de cosas que no se pueden cambiar.

—Dylan no quiere volver a Nueva York. O eso creo —le digo.

—Ni Rick quiere que Dylan lo vea así, no después de todo. En el fondo se siente culpable por haberle mentido durante tantos años.

Pero por otra parte, quiere verlo, hablar con él, cerrar cuentas pendientes. Aunque no lo diga. Rick desea que él sepa cuánto lo quiere sin necesidad de hacerlo a través de una carta. Pese a todo, Dylan siempre será su hijo. Digan lo que digan los papeles, quien ha ejercido de padre ha sido él. Su hijo lo sabe, pero ya sabes que a veces se cierra en banda y no hay quien lo saque de ahí. Tiene que volver a casa, Natalia. Cuanto antes.

—¿Y si no consigo convencerlo? No sé si podré guardar el secreto…, es algo muy duro.

—No será tarea fácil, pero eres la única que puede lograrlo. Mientras tanto… actúa normal. Dylan no me perdonaría haberme ido de la lengua.

No sé qué contestar. No me veo capaz.

—Y te advierto, Natalia: ponte a salvo; usa barca, remos y chubasquero. Esto que se acerca es un tsunami, pero será Dylan quien arrase la ciudad costera, y solo tú podrás controlar las olas.

—No sé si estaré a la altura, Gia. A veces, me cuesta controlar las olas de mi propia vida.

—Natalia, creo que no me estás entendiendo —dice, con dureza.

—¿Qué?

—Cuando todo se inunde, abrázate a él y no lo sueltes, aunque te lo ruegue.

☽☽☾☾

Son las tres de la madrugada cuando suena el telefonillo. Dylan se levanta de la cama alarmado y me pide que me quede en el dormitorio. Me abrazo a las sábanas como puedo y trato de calmar el miedo que invade mi cuerpo. ¿Otra noche más? No sé cuánto tiempo podré sobrevivir así…

—Es Lara —se limita a decir—. Está subiendo por las escaleras. Dice que te necesita.

Dylan la recibe en la puerta y se marcha a dormir. Sin decir palabra, ella se sienta en el sofá y le tiendo una tarrina de helado. Sus ojos delatan que ha llorado. Durante unos minutos permanecemos en silencio mirando la nada.

—¿Crees que a Aron le habrá ido bien con Marc?

La pregunta me pilla de improviso. Frunzo el ceño y me quedo con la palabra en la boca, porque veo que finge una sonrisa y evita mirarme. Vale. He captado la señal. Por ahora no quiere hablar de ella.

—No lo sé, supongo que podemos llamarlo mañana y preguntarle.

No se me ocurre nada más que decirle, así que me quedo en silencio.

—Zack y yo hemos discutido —dice por fin—. Últimamente me hago tantas preguntas… Quiero estar con él y él dice querer estar conmigo, pero cuando estamos juntos todo se vuelve tan complicado que… ¡Hemos discutido porque él quería una pizza y yo otra!

—¿Y no hubiera sido más fácil que cada uno comiera una?

—Pero somos una pareja. Si no nos ponemos de acuerdo en esto…, cuando vengan tiempos difíciles, ¿qué será de nosotros? No aguantaremos la tempestad, Natalia…

—O sea, que tienes dudas —deduzco.

—No las tendría si él no las alimentara —murmura.

No sé qué contestar. Le paso una mano por encima de los hombros y la atraigo hacia mí, pero termina por tumbarse en el sofá. Su cabeza está sobre mis piernas, así que aprovecho para acariciarle el pelo.

—Creo que no sé querer —confiesa.

—¿Cómo dices?

—¿Tú sientes que te quiero? Que te quiero bien.

Se incorpora.

—Eres la persona que me ha enseñado a creer en el amor incondicional, Lara. Has permanecido a mi lado desde el principio. En los días más tristes, en los más felices, para hacer trastadas, copiar en algún examen que otro, dejarnos los deberes, charlar hasta las tantas…

Asiente, pero no parece muy convencida.

—Y... ¿en una relación? ¿Es fácil querer? —Suspira—. Quizá como amiga soy perfecta, pero como novia...

—Los libros dicen que sí, pero las comedias románticas dicen lo contrario, por lo menos al principio. De hecho, me arriesgo a afirmar que es igual de difícil querer que dejar que te quieran. Eso no quiere decir que estés queriendo mal, sino que date cuenta de que de entre millones y millones de personas, por arte de magia, dos han coincidido. Ya es difícil eso, imagínate que encima salga bien. Conectar, sentir, pensar... Tú tienes una visión del amor, la otra persona tiene otra. Es un proceso, ¿no crees?

—Lo que creo es que, habiendo millones y millones de personas en el mundo, ¿cómo sabes que la persona con la que estás es la indicada?

—Eso lo sabes, ¿no? Lo sientes.

De forma instintiva ladeo la cabeza para mirar a Dylan, que ha salido del dormitorio para cotillear y se está haciendo un ColaCao de los que me gustan a mí. Está de brazos cruzados apoyado en la encimera, mirándome. La camiseta de color verde militar presiona sus brazos en la zona del bíceps y sus tatuajes resaltan su piel clara. Me sonríe.

—Yo no siento nada, Natalia —dice Lara, que se atraganta con el nudo de su garganta—. Y si lo siento, lo reprimo. Me da miedo querer porque no estoy acostumbrada a hacerlo y, cuando lo hago, es sin medida.

—Creo que a Zack le gustas, Lara. Le gustas mucho —le digo, sin poder afirmarlo del todo.

—¿Sí? —Se le ilumina la cara.

Asiento con la cabeza.

—Además —le propino un codazo—, si sale mal se convertirá en una anécdota. Podrás contarles a tus futuros e hipotéticos hijos que, en un arrebato de locura, cruzaste el océano en busca del que podría haber sido su padre, pero que no pudo ser.

Lara suspira.

—En algún momento he llegado a pensar que tú y Zack…, ya sabes, que le gustabas.

Dylan comienza a toser de forma exagerada. Lo miramos de manera fulminante y traga saliva con dificultad.

—¿No te han dicho que meterse en conversaciones ajenas es de mala educación? —pregunta Lara, muy irónica ella, con una ceja en alto.

Dylan pone los ojos en blanco, se acerca hasta nosotras con la taza entre las manos y se sienta en el suelo.

—Pero no le gusta, ¿no? —le pregunta a Lara, con los ojos muy abiertos.

—¡Pues claro que no! —grita Lara.

No. No. No. No. No.

Me repito a mí misma.

21

UNA FIESTA DE DISFRACES NUNCA PUEDE SALIR BIEN

Dylan

Agarro el móvil en un arrebato y marco el número de teléfono de mi padre. Me lo acerco a la oreja y escucho el pitido que conecta nuestras líneas. El silencio se hace eco de mi oído. Nadie dice nada, pero lo escucho respirar.

—Feliz cumpleaños, papá.

—Gracias, Dylan. Creí que…

—Que no tendría el valor para llamar, lo sé.

—No. Creí que seguirías molesto, que no querrías hablar conmigo.

—Lo estoy, papá. O sea… —Me froto la cara con exasperación—. Sí, joder. Eres mi padre. Nada va a cambiar las cosas, pero necesito un respiro. No he procesado la información hasta ahora, que es cuando hago balance de lo bueno y lo malo.

Hace una pausa, dando paso al silencio.

—Entiendo… ¿Cómo estás?

—Bien.

—¿Cuándo la conoceré? A tu chica.

—No lo sé, no quiero volver a Nueva York —miento.

—Ya…

—Papá, no mereces que te amargue el día. Disfrútalo.

—Hijo… —Hace una pausa—. No te alejes de Gia. Por favor.

—Siento no ser el hijo que esperas, hasta luego.

Cuelgo antes de que pueda responder.

Gran parte de la población de este planeta justifica su mala conducta como padres con la excusa de que, al crear vida, el universo no les mandó un manual de cómo hacerlo sin errores. Sería más honesto por su parte si, en un arranque de sinceridad, se limitaran a decir que lo hacen lo mejor que pueden y que, aunque fallan, continúan intentándolo. Pero no. El orgullo de los adultos prevalece ante la inocencia de los niños.

¿Quién habla de esa persona de manos diminutas, voz aguda, sonrisa traviesa e ideas alocadas? Podría ser mi descripción si le añadimos que… bueno, mi padre tenía obsesión con engominarme el pelo y ponerlo de punta. A mi madre no le gustaba, decía que parecía un demonio. ¿Se veía reflejada en mis pupilas? ¿Acaso tenía miedo de que pudiera parecerme a ella?

Nunca nadie me dio un manual para ser buen hijo. Y quizá he fallado en el proceso. Lo sé, aunque mi padre lo niegue. No puedo dejar de pensar que ella se fue por algo que yo hice… No sé el qué, ni cuándo, ni por qué…, solo sé que es más sencillo echarme la culpa a mí que pasarme los días de mi vida odiando a una persona que ignora mi presencia en el mundo.

Al nacer me hubiera gustado saber que no era necesario tener contento a todo el mundo. Papá quería que practicara un deporte…, mamá quería lo contrario y, en el fondo, lo único que disfrutaba eran los entrenamientos caseros con mi padre. Cada vez que mi abuelo, el padre de mi madre, nos veía boxear, decía que si no me convertía en policía y continuaba con el legado familiar…, algún día llegaría a pelear dentro de un ring, aunque yo nunca me he visto capaz de ello. Me bloqueo. Justo antes de cruzar la meta hasta mis sueños, mi cuerpo se paraliza. Algo así como le ocurre a Natalia con el miedo… El problema es que ella ha sabido avanzar y yo me he quedado ahí, quieto, en el centro del mundo, en el momento justo en el que mi padre colgó los guantes de boxeo por última vez en el perchero de la sala de abajo, subió las escaleras hasta el salón y me dejó ahí, peleando, solo. Contra mis miedos, inseguridades y sueños. Enfrente del espejo, con unos guantes que habían pasado de ser más grandes que mi cabeza a tener un tamaño que podría aplastar con la suela de mis zapatos sin esfuerzo.

Había crecido. Era grande por fuera, pero pequeño por dentro.

$$\smile\smile\smile\smile$$

Son las nueve de la noche, mañana nos espera un largo viaje en coche hasta llegar al lugar del concierto y tengo a Zack en mi sofá sentado, con los ojos muy abiertos y con una lata de refresco en la mano argumentando las razones por las que tenemos que ir a una fiesta de disfraces abierta a todos los públicos en una casa de pijos. Lara, disfrazada de una especie de duende maquiavélico, finge escucharlo con los ojos cerrados, haciendo muecas. Natalia permanece ojiplática, sentada en el suelo con las piernas cruzadas.

—¿Tengo que recordarte lo que ocurrió en la última fiesta de disfraces?

—No quiero terminar en un calabozo —dice Lara.

—Admítelo, Zack. Nuestro grupo no está preparado para fiestas de disfraces. No estoy dispuesto a terminar la noche durmiendo los cuatro en una misma cama, sin ropa y haciendo vete tú a saber qué.

Mucho menos ahoraaa... ¡No es de fiar!

Cállate.

—Bien, tendrás que decirle a Eneko que no quieres ir porque todavía no has superado el pasado —dice Zack, cuando me levanto del sofá para ir hasta la cocina.

Freno mis pasos en seco y me giro, con el morro fruncido. ¿Se ha propuesto hincharme las pelotas?

—La fiesta es en una casa que ha alquilado. Pasa por aquí porque da un concierto en los próximos días. Me ha escrito por redes sociales para invitarnos, dice que no le respondías, que ha husmeado en el elenco de la película y me ha encontrado... No querrás que... Bueno, que vayamos Lara y yo solos, ¿no? Estaría feo...

—¿Quién es Eneko? —pregunta Lara.

—Era uno de mis mejores amigos —respondo.

—Iremos.

—No tenemos disfraz —rebate Natalia a su amiga.

—Olivia Newton John y John Travolta en *Grease* —piensa Lara en voz alta.

Natalia pone los ojos en blanco. Al ver que no respondemos, su amiga se pone de pie y va directa a nuestra habitación.

—¡Chaquetas de cuero negras!

La sigo, me meto en el armario y saco dos. Una para mí, otra para Natalia.

—¡Zack, saca el pintalabios rojo de mi bolso! —grita.

Lara hunde la cabeza en el cajón de Natalia y saca unos pantalones de cuero negros.

—No me pienso poner eso —dice Natalia—. ¡Son de hace dos años! ¡No voy a entrar!

Mientras me visto, su amiga se da la vuelta echa una furia y lanza a Natalia contra la cama. Natalia se empieza a reír a carcajadas e intenta escapar, pero no lo consigue, pues con un movimiento rápido la retengo por el tobillo. Lara me guiña un ojo.

—Nos empezamos a entender, cerebro de mosquito.

—¿Puedes dejar de insultarme?

—No. Piensa que... estos insultos son equivalentes a un favor en tu vida. En otro momento necesitarás mi ayuda y no me quedará más remedio que ayudarte. Al fin y al cabo, mi mejor amiga te ha elegido como novio, ¿no?

—¡Soltadme! —chilla Natalia, riendo y dando patadas al aire.

Tras ceder a nuestra insistencia, Natalia está vestida de una forma muy pero que muy sexy y de brazos cruzados en el sofá. Lara se sienta a su lado y le da un codazo. Zack, mientras tanto, se sirve un chupito de la primera botella de alcohol que pilla.

—Esa botella estaba aquí cuando entré a vivir. No sé cuántos años tendrá...

—El alcohol añejo sabe mejor.

—Con suerte, morirás envenenado —le digo, fingiendo una sonrisa.

—Tu novia llorará mi muerte —responde, con superioridad.

—Y por fin dejarás de dar por culo.

Cuando se va a servir el tercer chupito, le quito la botella y vierto su contenido en el fregadero. El rubio, vestido de ángel, se lleva las manos a la cabeza.

—La fiesta todavía no ha empezado. No te voy a llevar a rastras hasta la casa.

—Yo controlo —asegura, balbuceando.

—No estás acostumbrado a beber, Zack. No controlas. ¡Mírate! —mascullo, en voz baja, para que no me escuchen nuestras novias—. ¡Ya estás borracho!

—El desamor se cura así, Brooks.

¡Bailaremos sobre su tumba!

Nadie va a morir.

Yaaa, claaaro…

—No estás sufriendo por desamor, deja de decir tonterías —le digo, chocando su hombro con el mío.

Me acerco hasta las chicas y agito las llaves. Ellas se ponen de pie y, sin decir nada, Zack sale del apartamento dando un portazo. Lara frunce el ceño, desconcertada.

—¿Qué le pasa?

—Ha discutido con sus padres por teléfono —miento.

—¿Y ya?

—¿Qué quieres saber?

—Nada —concluye.

El camino en coche es tranquilo. Pongo música bajita y Zack se da golpecitos en su pierna siguiendo el ritmo. En la parte trasera van Lara y Natalia, que hablan entre ellas. Sitúo la mirada al frente y pienso en la ínfima posibilidad, pero nunca nula, que existe de que las personas que estamos en este coche no seamos quienes de verdad decimos ser. Echo un vistazo rápido al rubio y a las dos chicas por el espejo retrovisor. Suspiro.

—¿Si fuerais una persona diferente a la que decís ser lo diríais?

—Si es parte de un plan de Estado o fuera una asesina, no —contesta Lara con soltura.

—¿A qué viene esa pregunta, Brooks? ¿Te has despertado inspirado? —inquiere Zack.

—¿Y tú, Wilson? ¿A qué viene tu comportamiento de niñato? No has aprendido nada…

—¿Se puede saber qué coño os pasa? —pregunta Natalia.

—Nada —respondemos a la vez.

—Esto no es una competición —le advierto, sin mirarlo.

Espero que las chicas no me hayan escuchado. Estoy seguro de que él sabe perfectamente lo que he dicho. Con el rabillo del ojo lo veo esbozar una sonrisa. Asiente con la cabeza.

—Si quieres que tu relación sea mejor, trata como novia a la que lo es. Ella sospecha, imbécil —le suelto.

Al bajar del coche, Lara y Natalia se agarran del brazo y entran a la fiesta pisando fuerte. Zack saca dos cigarros de la cajetilla y me tiende uno. Lo acepto y lo prendo. Mientras fumamos en silencio, él carraspea.

—Sea lo que sea lo que quieres decir, dilo ya —lo insto.

—No me saco a Natalia de la cabeza —masculla.

—Cállate… —Me tapo los oídos—. Estás borracho.

—Dylan, mírame —me pide, con dureza; yo lo hago, al mismo tiempo que expulso el humo de un soplido—. Voy a hacer que Lara sea la mujer que quiero en mi vida.

—Eso es justo lo que diría un cretino. —Me froto la cara con las manos, mientras Zack me mira ojiplático sin decir nada—. ¿Quién eres? ¿Qué quieres? ¿A quién quieres? ¡No me queda nada claro! Un día lo quieres todo, al otro no quieres nada… Un día, tan amigos, al otro, enemigos… Estoy harto de tus idas y venidas, Zack. Y Lara también. Comienzo a pensar que incluso Natalia está empezando a cansarse…

No responde. Tiro el cigarro al suelo por la mitad y camino hasta la puerta de la casa. Con el pomo en la mano, me giro y añado:

—Espero que puedas encontrar respuesta a tus preguntas antes de que le rompas el corazón a Lara.

Natalia lleva toda la noche saltando y bailando con su amiga. Les he dejado espacio, lo necesitaban. Me gusta verla así, siendo completamente libre y alocada. Uno de los taburetes que hay distribuidos por el salón es mi lugar desde que hemos llegado. De vez en cuando me levanto y bailo y canto con ellas, pero la cabeza me impide dar todo cuanto me gustaría. De lejos veo aparecer a Eneko, que clava la mirada en mí. Me hace un gesto para que lo siga hasta la barra.

Me acerco hasta ellas y les informo de que voy a por una copa. Natalia me da un beso en los labios y Lara me guiña un ojo, divertida. Ambas llevan un par de copas y están de lo más graciosas. Yo no puedo beber, soy el encargado de llevarlos a casa de vuelta. Sanos y salvos. Por otro lado... Aprovecho el camino hasta la barra para buscar a Zack, que no da señales de vida.

Eneko me espera de espaldas a la barra. Lleva una camiseta de tirantes blanca, un pañuelo de color negro atado a la muñeca y su característico colgante en forma de púa. Conserva los mismos tirabuzones de cuando era pequeño, pero ahora lleva el pelo más corto. Supuestamente va disfrazado de estrella del rock, justo lo que es. Uno de los guitarristas más conocidos del momento. Sus ojos verdes me saludan.

—Pensé que no vendrías —comienza a decir.

—Por nada del mundo me perdería una fiesta —miento.

Eneko se da cuenta, porque pone los ojos en blanco. Chasquea los dedos y el camarero nos pone dos copas.

—La mía sin alcohol, por favor —pido.

Eneko alza las cejas.

—También la mía, gracias —avisa al camarero, y luego se vuelve hacia mí—. No bebo.

—¿Por lo de tu hermano? —No responde, así que asumo que sí; las adicciones de Ulises—. ¿Cómo se encuentra?

—No tenemos relación —se limita a decir.

Asiento con la cabeza y le doy un sorbo a la copa. Eneko no añade nada más. Y a mí no se me ocurre qué decir. Me doy la vuelta para regresar con las chicas, pero me detengo al escuchar su voz.

—Estoy viviendo en tu casa, en Nueva York. Quería que lo supieras antes de que te enteraras por tu padre. No puedo volver a la mía. Me enrollé con la hija de la mujer de mi padre. Y se ha enamorado de mí. Y yo de ella.

No puedo cerrar la boca del asombro.

—¿Cuándo pensabas decírmelo?

—Lo intenté. Aquel día cuando hablamos… quería decírtelo. Por eso os he invitado…

Niego rápidamente con la cabeza y le doy la espalda, pero retrocedo al instante. Me planto enfrente de él con el morro arrugado y hundo mi mirada en la suya.

—¿Cómo está mi padre?

—Bien.

—Ahora dime la verdad.

Eneko traga saliva con dificultad.

—Tienes que volver a casa, Dylan. Cuanto antes.

Me alejo de él, huyendo de mis pensamientos. Dejo la copa en la primera mesa que veo y voy al baño. Meto la cabeza debajo del agua y me mojo el pelo, la nuca y el rostro. Me miro al espejo y contengo un sollozo. Alguien intenta abrir desde fuera, pero vuelvo a cerrar la puerta propinando una patada.

—Joder… Dylan, mírate —me digo, sin quitarme ojo—. Estás roto.

Afuera no hay ni rastro de las chicas. Al principio intento mantener la calma, pero a medida que avanza el tiempo comienzo a perder la paciencia. No responden mis mensajes, ni mis llamadas. He recorrido la sala en dos ocasiones y no están. En el jardín no hay más que gente fumando y Zack… ¡Joder!

—¡Que alguien lo baje de ahí! —grito, al verlo subido encima de la barra.

No me paro a hacerlo yo, necesito encontrarlas a ellas cuanto antes. Quiero asegurarme de que están bien, no me gustaría llevar a tres personas a rastras. Eneko camina deprisa hacia mí al verme histérico y me pone una mano en el hombro.

—¿Has visto a una chica morena con flequillo? —Él niega con la cabeza—. ¿Y a una pelirroja?

Antes de que pueda contestar, Lara aparece tras abrirse una puerta. Al verme abre los ojos y camina hacia mí con paso ligero. Miro a un lado y después al otro. Falta una. Eran dos.

—¿Y Natalia?

—No la encuentro.

No respondo, me quedo sin habla. Estoy a punto de sufrir un paro cardiaco.

—¿Cómo que no la encuentras? —se extraña Eneko.

—¡He desaparecido solo cinco minutos! —grito.

—¡Y yo también! Tenía que mear… Ella no quería acompañarme al baño, decía que estaba muy oscuro. Le he insistido un par de ocasiones. En el momento no entendía por qué le temía a la oscuridad… —Se frota la cara—. ¡Es culpa del puto alcohol!

Lara le entrega el vaso de combinado a la primera persona que pasa por nuestro lado.

—He dejado a Natalia a cargo de Zack y… creo que ha sido un error.

—¿Crees? —ironizo, con voz aguda—. ¡Tu novio estaba haciendo el mono! ¡No se habrá dado ni cuenta de que Natalia estaba ahí!

Durante unos segundos, las luces led de distintos colores se intensifican, la gente empieza a chillar y la música de las diferentes bandas de rock que van sonando parece más alta de lo que estaba antes. Los asistentes bailan, cantan y saltan. Se mueven por la casa como si no hubiera desaparecido nadie, como si sus mundos no estuvieran viendo peligrar las paredes de este. Como si… como si solo me doliera el corazón a mí.

No puedo respirar. Me quito la chaqueta de cuero y la dejo caer al suelo. Lara la recoge, coloca una mano sobre mi pecho y me empuja contra un sofá en el que me dejo caer. Lara amenaza de forma muy violenta a las personas que hay sentadas a mi alrededor para que se vayan, si no quieren ver sus vidas peligrar. Eneko corre hasta la barra y vuelve con dos vasos de agua. El primero se lo echa a Zack por encima de la cabeza siguiendo órdenes de Lara. El surfista grita eufórico ajeno a lo que está pasando. El segundo se lo pasa a Lara, que me lo tira a la cara.

—¡Dylan, reacciona! —grita, dándome tortas en la cara.

Cuando abro los ojos, tengo su rostro demasiado cerca y me asusto.

—Tenemos que buscar a Natalia, reacciona.

—Natalia —consigo decir.

—Te ha dado un ataque de ansiedad, cerebro de mosquito. Si tan inteligente crees ser, la inteligencia tú debes usar. ¡Vamos a buscarla!

—¡Deja de hablar como lo haría el señor Miyagi!

—¿Quién? —inquiere Lara, con una ceja arqueada.

—Qué poca cultura cinematográfica —murmura Eneko.

—¿Poca cultura yo? ¡Mi amiga sale en una película!

—Y está desaparecida —respondo, con dureza.

Vamos deambulando de un lado hacia otro por toda la casa preguntando a los asistentes. Hasta les enseñamos fotos. Pero nadie la ha visto.

—Estuvo hablando conmigo cuando el loco aquel se subió a la barra y comenzó a desnudarse —contesta un chico disfrazado de Superman que porta una cámara en la mano; Lara y yo nos miramos—. Parecía desorientada. No hacía más que mirar el móvil. Casi se cae de bruces al suelo cuando le he dicho mi nombre.

—¿Cómo te llamas? —pregunto.

—¿No me conoces?

Lara camina hasta él y lo sostiene por el cuello. Yo tiro de sus caderas hacia mí, separándolos. El chico se ajusta el cuello del disfraz y respira de forma entrecortada. Eneko le pide que lo suelte. No quiere escándalos. Su carrera musical se podría ver afectada.

—¡Me da igual quién seas! ¡Solo quiero saber dónde está mi amiga!

—Axel, me llamo Axel. ¡Soy *youtuber*!

—No me jodas —decimos a la vez, con la boca abierta.

Después de despedirnos de Eneko, abandonamos a Zack. Lara y yo comenzamos nuestra búsqueda hace tres horas, pero al fin la hemos encontrado y puedo respirar tranquilo.

No sé cómo no hemos buscado antes en este lugar. Natalia me ha hablado tantas veces de este puente que he perdido la cuenta. Lions Gate Bridge es uno de sus lugares favoritos, en los libros y en la realidad. Alguna vez me ha enviado fotos de sus vistas. Según ella, aquí siente la paz, el aire golpear su nuca, refrescar sus mejillas. El agua bajo sus pies. El entorno. Vancouver es una ciudad que todo ser humano debería visitar. Se siente algo así como vivir en un otoño constante, sin estar en otoño. No hablo del clima, sino de la energía de este lugar. Ahora entiendo por qué es tan importante en la trilogía que escribió.

Aquí se respira paz. Con ella delante, siento la calma.

Natalia se encuentra cerca de la baranda del puente, parece ajena a la preocupación que nos envuelve desde hace horas. Actualmente este sitio se encuentra cerrado al tráfico por un proyecto de mejoras que emprendió el Gobierno a principios de mes. Es imposible que un coche nos lleve por delante, pero tenemos que irnos. Cuanto antes. Lo último que quisiera es acabar en comisaría. Y es cuestión de tiempo que la policía haga su aparición, las cámaras nos delatarán, todo dependerá del agente de turno que cubra este puente. Estamos en manos de la suerte.

Lara me hace un gesto con la mano para que la siga. También me indica silencio. De no estar ella aquí, hubiera salido corriendo hacia ella y la hubiera abrazado. Porque supongo que necesita un abrazo, ¿no? Lara parece no pensar lo mismo, pues ha detenido mi recorrido poniendo una mano en mi pecho.

—¿A dónde te crees que vas? —inquiere.

—A por ella. A abrazarla e irnos a casa.

—¿Te has vuelto loco?

—Soy yo el que lleva con ella todo este tiempo, la conozco.

—Yo la conozco desde que tenía tres años, Dylan. He vivido con ella más que tú en este tiempo, es cuestión de aplicar la lógica —murmura.

Lara suspira y relame sus labios, parece estar armándose de paciencia.

—No lo entiendes. Y es normal. Nunca has vivido esto con ella.

—¿A qué te refieres?

—Déjalo —dice, y se aleja de mí.

Corro tras ella y le pongo una mano sobre el hombro, provocando que gire sobre sus talones y me plante cara.

—No quiere un puto abrazo, Dylan. ¡No lo quiere! Tiene la suficiente confianza contigo para pedirte un abrazo si lo necesita y ha venido a la otra punta de la ciudad para estar sola. ¿Lo entiendes?

—La que no lo entiendes eres tú.

—Ah, ¿sí? —ironiza, con una falsa sonrisa.

—Sí. Natalia rompió la barrera del contacto físico conmigo. Antes de que eso sucediera, cuando alguien le iba a dar un abrazo, saltaba asustada. Gritaba si Agus le ponía la mano en el hombro sin avisar. Entraba en tensión si Aron se acercaba más de la cuenta para hablar con ella. Huía del lugar en el que estábamos si Zack decidía abrazarla por detrás. ¡Y conmigo nada fue así! ¿Por qué? ¡No lo sé! Pero sé que debo darle ese abrazo. Y lo voy a hacer. No eres nadie para impedírmelo.

—Te estás equivocando, Dylan —me advierte, pero lo ignoro.

Emprendo mi camino. Me dirijo hacia ella sin importarme nada ni nadie. Solo quiero abrazarla, asegurarle que todo estará bien y volver a casa. Juntos. Y, solo si ella lo necesita, hablar sobre lo ocurrido, recordarle que su cabeza le ha jugado una mala pasada. Y es normal. Que no sienta que la estamos juzgando. Preguntarle por qué ha vuelto a huir, dejándonos al resto con cientos de preguntas, dudas y futuros posibles a nuestro alcance. Joder. ¿Por qué lo ha hecho? Cada vez ando más deprisa. Siento mis pies moverse con facilidad, pero mi mente pesa cada vez más. No entiendo el motivo, pero algo me hace pararme en seco poco antes de llegar hasta ella.

Lara grita para que Natalia se vuelva. Natalia lo hace con prudencia. Al verle la cara me derrumbo por completo. Algo en mí se rompe. Sus mejillas, mojadas. Sus ojos, arrasados por el llanto. Su vida, en llamas.

Bajo la luna, esa que alumbra Vancouver, hasta la que aseguré quererla.

—No des ni un solo paso más —dice atropelladamente.

Me giro, quiero asegurarme si le habla a alguien que esté detrás de mí, a Lara, pero a mi espalda no hay nadie, echo un vistazo al otro lado y veo a Lara, que evita mirarme, cabizbaja, desde la distancia. Vuelvo a mirar a Natalia y doy dos pasos más para acercarme a ella. Un gruñido me frena.

—¡Aléjate!

—Natalia, mi amor. Soy yo, Dylan.

Ella niega rápidamente con la cabeza. Retrocede los pasos que yo he adelantado. Y decido dejar de moverme. ¿No quiere tenerme cerca? Así será, por ahora.

Por un acto reflejo, quiero pensar, al chocar de espaldas con la baranda del puente grita asustada y da unos pasos hacia delante para, al poco, volver a andar hacia atrás. Lara le dice una frase reconfortante para intentar calmarla; ni siquiera me miran, ni la una, ni la otra. Pero su intento no parece funcionar. Nunca la he visto así.

—Natalia, cariño, deja de andar de espaldas. Es peligroso —la avisa.

Ella sigue negando con la cabeza, hace el mismo movimiento de forma repetitiva, como si no pudiera controlarlo.

Lara permanece inmóvil, pero su amiga sigue retrocediendo hasta buscar el tope de la valla. Y, como ha dicho, es peligroso, muy peligroso. Natalia echa la vista hacia atrás para medir las distancias, esas que en su estado no puede controlar y yo aprovecho el trance momentáneo que atraviesa para acercarme a ella y guardar su cuerpo entre mis brazos, pero en mi intento por que no le ocurra nada malo, choca con la baranda del puente y grita histérica, al mismo tiempo que mi cuerpo lucha con el suyo.

—¡Suéltame! —chilla.

Y lo hago, la suelto al instante. Dejo las manos en alto.

—Natalia, soy yo.

—¡Aléjate!

Retrocedo dos pasos.

—¡Más!

Me quedo inmóvil. Ella rompe a llorar. No emplea fuerza al secarse las lágrimas, clava las rodillas en el pavimento y su rostro se convierte en cientos de pucheros, rotos, que alimentan el dolor de su corazón.

—Soy yo, mi amor —le digo, con un hilo de voz.

Natalia me observa con detenimiento. De pies a cabeza. Parece no verme, no a mí. Parece no reconocer mis zapatillas, mis eternas Vans. Tampoco los pantalones negros. Ni la camiseta blanca. Ni la chaqueta de cuero. Ni el tupé que ella misma me hizo antes de salir de casa imitando el de John Travolta en la película *Grease*. Tampoco mi piel. Ni mi boca. No reconoce mis lunares, ni mis marcas. No sabe quién soy.

Frente a mí tengo a mi chica.

Sin embargo, ella solo tiene al chico que ha intentado retenerla entre sus brazos.

Frunce el ceño y deja de mirarme para fijar sus ojos en Lara, a quien tampoco parece reconocer de momento.

—Natalia, ¿puedo acercarme? —le pido.

De reojo, veo a Lara poner los ojos en blanco.

—Dylan, colega. Deja de intentarlo, no te está viendo a ti.

—¿Y a quién está viendo?

Lara se acerca hasta mí y me pone la mano en el brazo. La miro con prudencia. Y después elevo la vista hasta sus ojos, para segundos más tarde mirar a Natalia, que llora desconsoladamente en el suelo.

—Deja que me acerque hasta ella, Lara —murmuro—. No está bien.

—No se lo tengas en cuenta.

—Vas a hacerme lo mismo que él, ¿verdad? —inquiere Natalia con la voz rota.

Lara y yo la miramos de forma automática.

—¿Quién? ¿Yo? —Me señalo.

—Natalia, vámonos a casa —dice Lara, caminando hacia ella.

Ella la fulmina con la mirada, no quiere que se acerque, pero su amiga no retrocede y continúa acercándose poco a poco. Cuando consigue retenerla, Natalia comienza a gritar aterrorizada.

—Entendido. No te sujetaré, ¿vale? Pero vámonos de aquí, por favor. Ha sido una noche larga. Tú estás cansada y nosotros también. Podemos hablar en casa, comiendo helado. ¿Quieres? No me parece tan mala idea ver el amanecer dentro de dos horas mientras hablamos de la vida. ¿Y a ti?

Natalia la observa con desconfianza y a continuación fija sus ojos en mí.

—Vas a romperme el corazón, ¿no es así? Te vas a ir —sentencia mientras me mira fijamente—. Lo sé desde el día en que te vi por primera vez. No lo harás como él, será en silencio. Has descubierto la debilidad de mis silencios. Y lo usarás para hacerme trizas el puto corazón.

—¡Yo no te haría eso!

—No estabas, Dylan. —Se lleva la mano al corazón e intenta agarrarlo, como si quisiera arrancar el dolor de su pecho—. Cuando ese chico me estaba tocando el hombro no estabas. —Deja la mirada fija sobre mí para después mirar a Lara—. Y tú tampoco. Ni Zack. ¡No estabais ninguno!

—Natalia, ese chico solo quería charlar contigo —interviene Lara—. Estábamos en una fiesta, la gente borracha quiere mantener conversaciones de personas borrachas. Quizá estuviera ligando contigo. Tú no lo entendiste así. Y está bien. Nadie te juzga.

—No estoy loca —dice, con pena.

—Claro que no estás loca, cariño. ¿Quién te ha dicho eso?

—Vaya pregunta—. Solo tienes pendientes de curar algunas heridas que siguen sangrando.

Lara se pone en cuclillas y la abraza. Al principio, Natalia se resiste e intenta deshacerse de ella.

—Agus me ha escrito —consigue decir.

Frunzo el ceño y Lara me mira preocupada. ¿Era eso a lo que se refería el chico? Decía que miraba el móvil preocupada.

—Dice que he perdido los derechos…, que firmé un contrato otorgándole todos los derechos de la obra. Y ahora la película no verá la luz porque mi padre ha roto toda relación con él…

Se lleva las manos a la cara y llora desconsoladamente. Lara la mira boquiabierta. Yo ni siquiera puedo pestañear.

—Natalia, en términos legales eso es imposible —le digo, pero no me escucha.

—No me ha dicho más… —continúa—. No sé qué ha pasado entre ellos. Dice que me mantenga lejos… o me pasará lo mismo que a la madre de Lily. Que… todo ha sido un error. —Mira a Lara—. ¿Qué le ha pasado a la madre de Lily?

Lara se encoge de hombros, le retira el pelo de la cara y traga saliva.

—Agus solo sabe decir tonterías, Natalia —le dice, mientras me observa—. Estoy segura de que habrá sido un malentendido. Mañana lo llamaremos y hablaremos con él, ¿vale? No puede hacer eso…

Los tres nos quedamos en silencio, pero entonces Lara rompe el silencio:

—¿Firmaste un contrato en el que le dabas todos tus derechos?

No responde.

—¿No lo leíste? ¿Ni consultaste con un abogado? —añado, preocupado.

Natalia por fin me mira.

—Necesitaba huir del infierno. Cuanto antes.

Mierda.

Lara consigue que se relaje. Ha dejado de patalear y de mover los brazos hace rato, pero las lágrimas no paran de correr por sus mejillas. Su amiga le da besos en la coronilla y la coloca de forma que la oreja de Natalia recaiga sobre su pecho. Deja su cabeza pegada a su corazón. De manera instantánea, la respiración de Natalia se vuelve normal. Cierra los ojos y su rostro parece tranquilo.

—¿Cómo has hecho «eso»? —inquiero, boquiabierto.

No puedo dejar de mirarla.

—Su madre está al tanto de todo, Dylan. Me he encargado de contarle cada paso que ha dado desde que se marchó de su casa. Natalia no puede hacerlo, teme que su padre esté al lado, escuchando su conversación. Yo me he asegurado de que, al ponerla al día, él estuviera lejos. Muy lejos —me cuenta mientras acaricia a Natalia con más intensidad—. Cuando le conté que me había comprado un billete de avión e iría a visitarla me dio un manual de instrucciones para estos casos...

—Parece el corazón de mamá —murmura Natalia, con media sonrisa.

Lara y yo nos miramos, sin saber qué contestar. Al cabo de un rato, me dice en voz baja:

—Desde pequeña, cada vez que se produce un episodio de malos tratos, coloca la cabeza en su pecho. El sonido de los latidos de su corazón es lo único que consigue calmarla.

—Por eso busca mi pecho y se tumba sobre él de madrugada —deduzco, en un susurro.

—Te queda mucho por conocer, Dylan.

Siento una punzada en mi interior, porque dejo de mirar a Lara para dirigir mis ojos hacia Natalia. Aunque no consigo verla a ella, a la chica de diecinueve años; veo a la niña de dos, cinco u ocho años, la que sonríe en las fotos. No puedo imaginar cómo un padre puede hacerle daño a alguien tan pequeño, tan diminuto, al que solo debes proteger del mundo, de lo malo, lo ajeno. Pienso en mi madre. Y me duele horrores. Ella también ha sido capaz de romperme el corazón, sin remordimientos.

Lara separa la cabeza de Natalia de su pecho y esta abre los ojos. Su amiga le coge la cara entre sus manos y la obliga a mantener la mirada.

—Yo no puedo contigo, Natalia. ¿Te importa si le pido a Dylan que te coja en brazos? Porque sabes que él es bueno, ¿no? Él... —Me mira, con prudencia— no es tu padre, Natalia. Lo sabes, ¿verdad?

Asiente levemente con la cabeza. Lara me hace un gesto para que me acerque hasta ella. Me agacho hasta el suelo y le acaricio los brazos, como primera toma de contacto. Apenas me aguanta la mirada, pero pone de su parte todo lo que puede, aunque las piernas no la sostienen. Se agarra de mi cuello rodeándome con los brazos y hace fuerza para levantarse. La cojo en brazos.

—Ya está, morena. Puedes dejar de hacer fuerza, te tengo.

—Lo siento —murmura débilmente.

—No es momento de pedir perdón.

—Dylan —dice, y bajo la cabeza, sin dejar de caminar.

—¿Qué?

Solo basta una mirada para comprender. Cojo aire profundamente y lo expulso de golpe.

—No necesito que me des las gracias. Duerme.

Al llegar al apartamento, la ayudo a desnudarse y le pongo una camiseta ancha. Apenas se tiene en pie. No tiene fuerza en las piernas. Se tumba. La arropo con las sábanas y ella se abraza a la almohada. Le doy un beso en la frente.

—¿Necesitas algo? —Ella niega con la cabeza—. Ahora vengo.

—Gracias —murmura.

En el salón, Lara está sentada en el sofá. Dejo caer una manta que he traído del armario y me siento a su lado. Lara ojea su teléfono en silencio. Cuando me siento a su lado bloquea la pantalla y me observa con detenimiento.

—¿Cómo era antes de todo esto? —pregunto.

Lara inspira profundamente y aparta la mirada.

—Creo que no lo terminas de comprender, Dylan. —Me pone la mano en la rodilla—. No existe la palabra «antes». No conoce otra vida más allá de la que ha sufrido. Por eso le está costando tanto la adaptación, entender que está lejos de las personas que le hicieron daño, que las personas nuevas que aparecen en su vida no lo hacen con el fin de romperla, sino… quizá para quererla mejor de lo que ella piensa que puede llegar a hacerlo nadie.

No quiero hablar más del tema.

—Quédate a dormir, es tarde.

—Puedo irme, si lo prefieres.

—Zack seguirá dando tumbos por la ciudad. Y todo está oscuro, las calles vacías. No voy a dejar a Natalia sola, pero a ti tampoco. Además, ella te necesita para ser feliz. Y yo la necesito a ella.

EL MONSTRUO DE LAS PESADILLAS
(10)

Diecisiete años

Los párpados me pesan. No puedo abrir los ojos y cuando lo hago, el techo no me resulta familiar. No es el de mi habitación. Vuelvo a cerrarlos, tengo que estar soñando. Una mano se posa en mi brazo y me agita con suavidad. Creo que es mi madre. Huele a su perfume.

—¿Cómo estás? —pregunta, con voz dulce.

—Bien —consigo pronunciar, aunque no sé si me ha escuchado o si me ha entendido, porque no responde—. Estoy bien.

Abro los ojos de nuevo. Al hacerlo, descubro que a mi lado está mi madre, que al otro lado de la cama hay un hombre con bata blanca, que en las sábanas que me arropan está escrito el nombre de un hospital y que esto ni de coña es mi cuarto. Levanto la cabeza de la almohada con dificultad y alcanzo a ver mis brazos. Tengo vías en ambos.

—Tengo mucha sed —informo.

Mi madre me acerca la botella de agua, me incorpora y me ayuda a beber. Debo de llevar tanto sin hacerlo que apenas puedo tragar. El médico me observa y escribe en su carpeta.

—¿Qué hago aquí?

—Has tenido un intento autolítico.

—¿Qué? —murmuro, pero no me atrevo a indagar.

Mamá y el médico salen de la habitación. A través del cristal los veo hablar. Unos minutos después, mamá vuelve con una sonrisa amarga.

—Qué susto nos has dado… No puedes volver a hacer esto.

—Hablas de ello como si no hubiera sido consciente de lo que he hecho.

—¡Has intentado quitarte la vida!

Parece muy afectada, a punto de llorar. En cambio, mi cuerpo no es capaz de mostrar emociones. Quiero llorar, pero no puedo. Ladeo la cabeza para leer el medicamento que cae poco a poco por el gotero conectado a mis venas y suspiro. Ese maldito medicamento, otra vez.

—Es por tu bien —me dice, siguiendo mi mirada.

—Aumenta el riesgo de suicidio. ¿Has leído el prospecto?

Mi madre no responde, solo me mira, y eso me pone nerviosa. No recuerdo bien qué hice, aunque tampoco sé si quiero saberlo.

—¿Por qué lo has hecho? —se atreve a preguntar—. ¡Tienes que pedir ayuda!

—He pedido ayuda a gritos, mamá. Desde que tengo uso de razón y conciencia de lo que sucede en mi vida. —Suspiro—. Las señales están ahí. Entiendo que tú finjas y hagas como que no existen, pero ¿y los demás? No es normal tener ataques de ansiedad cada día, no poder dormir porque las pesadillas atormentan mi subconsciente con momentos de la realidad, no confiar en nadie, tener miedo a opinar libremente, llorar hasta quedarme dormida, no poder concentrarme en los estudios y, aun así, aparentar que todo está bien, asustarme cuando alguien levanta la mano cerca, taparme los oídos cuando las personas gritan o huir del mundo cuando me preguntan acerca de mi estado de ánimo.

Apenas he parado para respirar. Tenía mucho dentro, mucho callado que trataba de ocultar para aparentar normalidad.

—Si no hablas, no podemos ayudarte.

—¿Podéis? ¿Quiénes? —Me ofendo—. ¿Tú y quién más? ¿El monstruo de las pesadillas? ¿Los profesores? ¿La familia? —Me froto la cara con desesperación—. ¡Se han tapado los oídos cuando he gritado!

—Es momento de denunciar, Natalia.

Me quedo callada. No tengo palabras para responder a su propuesta. Al cabo de unos minutos, rompe el silencio.

—¿Por qué lo has hecho? —me repite.

Tengo la sensación de que lo que desea es escuchar una respuesta diferente a la que antes he dado. Como si quisiera conocer otra realidad, la de verdad.

—Si no lo hacía yo, lo haría él. —Mi voz se quiebra—. Cada día me asegura que acabará conmigo.

—Eso no va a pasar.

—¿Quién me asegura que no mientes? ¿Que no lo dices por regalarme los oídos, por tranquilizarme?

—No estás sola, hija.

Mi madre me agarra la mano. Una lágrima recorre mi mejilla hasta fundirse con mis labios, dejándolos húmedos.

—Estoy aquí, siempre estaré aquí.

—¿Y si no le parece suficiente acabar conmigo? ¿Y si se propone terminar contigo? —Mi madre ahoga un sollozo y suspira—. No soy la única que tiene que pedir ayuda, mamá.

22

TE ELEGIRÍA
UNA Y MIL VECES MÁS

Natalia

Dylan me vigila las veinticuatro horas del día. En sus ojos veo el pánico. Pánico por perderme. Me quise morir la otra noche cuando, tras unos días después de lo sucedido en aquella fiesta, lo vi clavar las rodillas en el suelo y abrazarme el cuerpo, con su cabeza en mis piernas, suplicando que le confesara el secreto para verme feliz.

No creo que exista, no como tal. Habría que remontarse años atrás, cuando todo se torció. Realmente, no sé qué día las cosas empezaron a ir mal. No recuerdo la fecha. El mes. Ni siquiera el año. Solo sé que, hasta que no me he visto reflejada en el espejo del baño, afeitando a Dylan, lo más cerca que había estado de la felicidad plena era cuando sumergía la mirada en los libros.

Ojalá hablar de nosotros mismos fuera tarea fácil. Así Dylan podría ser consciente de lo feliz que es capaz de hacer a una persona que está rota por dentro. El bien que me hace tener a alguien como él junto a mí y que, aunque llore, patalee, recuerde y maldiga cada día, golpe y momento que he vivido con el monstruo de las pesadillas, a su lado, se vuelve sencillo olvidar. Aunque solo sea por unos minutos.

Con eso me basta.

Ojalá nunca sea demasiado tarde y, cuando consiga hacérselo saber, no se haya cansado de mí.

—¿Te puedo hacer una pregunta?

Dylan eleva la mirada del cómic y lo cierra. Lo deja sobre su pecho y coloca las manos en la nuca. Yo le observo desde el suelo, con el portátil sobre mis piernas y las gafas en la cabeza.

—¿Qué tal si te pregunto yo a ti por qué no te pones las gafas mientras escribes?

—He pedido el turno primero —le recuerdo.

Hace un gesto para que continúe hablando.

—Adelante —insiste cuando ve que sigo callada.

—¿Te das cuenta de que si nunca hubiera dado el paso de empezar a escribir mis libros, tú y yo nunca nos hubiéramos cruzado?

Enarca una ceja.

—¿Crees que de habernos cruzado por la calle nunca me hubiera fijado en ti?

—Sigue siendo mi turno.

No parece importarle, porque se incorpora y me mantiene la mirada. No me apetece escuchar ningún sermón, si es lo que pretende, pero… quizá sí necesite conocer la respuesta a su pregunta.

—¿Te habrías fijado en mí? —le pregunto.

—Ciega tendría que ser la persona que no se fijara en una chica como tú.

—Como yo —repito, con incredulidad—. ¿Qué me hace tan especial?

—Tu boca, tus andares, tu…

—¿Podrías dejar a un lado el personaje literario al que le has robado la personalidad y decir sin rodeos que, de habernos cruzado por la calle, me hubieras mirado el culo?

Dylan agacha la cabeza mientras se ríe. Apoya los brazos sobre el sofá y se sienta en el suelo, a mi lado.

—Sería hipócrita afirmar que me habría fijado en ti un lunes cualquiera mientras paseo por la calle a las seis y media de la tarde, en pleno mes de… ¿julio?, ¿diciembre?, ¿enero? —Se frota la cara—. Tú no te hubieras fijado en mí. O sí. Nunca lo sabremos. Porque la vida ha venido… ¿así?, ¿de repente? Lo que sí sé es que te elegiría una y mil veces más.

—¿Aunque esté rota por dentro? —Mi voz se quiebra.

—Aunque todavía queden partes de ti por arreglar.

23

YO NUNCA

Dylan

—¿Cómo va todo con Lara?

Zack pone los ojos en blanco y se acerca el botellín a los labios. Sé poco de amor, pero lo suficiente para conocer esa mirada. El gesto de su cara. Esos labios mordisqueados. Las uñas mordidas. El ego tocado. Y el significado del silencio incómodo. Quiero hacer como que no sé que en su cabeza hay un nombre revoloteando que no debería estar ahí, pero una vez más caigo en el error.

—Hay lectores que afirman que el final de un libro es lo que decide si es bueno o es malo, pero nadie habla de los comienzos. Sin ellos no habría historia. No es fácil construir una historia que no existe, y Lara y tú sois dos personas completamente distintas que han decidido empezar un nuevo camino, esta vez juntos.

—No me gusta complicarme la vida, tío.

Río sarcástico.

—Haberlo pensado antes de liarte con la mejor amiga de la chica que te gusta.

Zack no responde, incluso aparta la mirada, le da un último sorbo al botellín y le pide otro al camarero. Yo niego con la cabeza y pongo un billete sobre la barra.

—¿Ya te has cansado de mí?

—Es tarde, he quedado con Natalia para ver una película en casa.

—¡Oh, venga! La ves todos los días…

—Zack, le he dado mi palabra. A diferencia de ti, yo sí tengo claro a quién quiero.

—¿Y si te lo pido por favor?

—No —mascullo, sin mirar.

De reojo, veo que Zack hace pucheros. Es insoportable. No debería… Me está haciendo daño, y no me fío de él, pero es el único… amigo que tengo ahora… Saco el teléfono y le mando un mensaje a Natalia para decirle que la noche de películas se pospone, que… de verdad lo siento mucho. Ella me responde con un emoticono feliz y me pide que disfrute. También que tengamos cuidado. Zack observa todo el proceso con una sonrisa. Ya fuera del bar, da una palmada y se frota las manos.

—¿Y bien? —digo, tratando de sonar animado—. ¿Qué quieres hacer? Finjamos por una noche que no eres un impostor.

—Quiero hacer una locura. —Lo piensa bien mientras se rasca la mandíbula antes de continuar—. ¿Fiesta?

—¿Fiesta? —repito, haciendo burla—. Eso es para ti… ¿locura? Locura es…, no sé, colarnos en un parque de atracciones, bañarnos desnudos en un mar lleno de tiburones…

—Eso no es una locura, es peligroso.

—¡Propón algo! —grito—. ¡Eres tú el que quería hacer un plan de locura!

—Mmm… Conozco un cine abandonado. Podemos comprar alcohol y ver una película a lo grande.

—¿Qué tiene eso de locura? Creo que no terminas de pillar el concepto. ¡Vayamos, pero al menos juguemos a algo, maldito surfista de pacotilla! ¡Pongámonos al límite! —Doy una vuelta sobre mis talones mientras caminamos hacia el cine abandonado; es mi oportunidad—. Juguemos al «yo nunca». Pero… de forma extrema. Preguntas que nos pongan contra las cuerdas, esas que pueden poner en peligro una amistad.

—Puede salir muy mal.

—Será divertido —respondo, no muy convencido.

En el interior del cine, después de haber comprado alcohol, descubrimos que ya hay varias salas ocupadas por jóvenes de fiesta. No es complicado entrar sin ser visto y, para ser honestos, creo que si alguien nos viera… le daría igual. Como hijo de policías, me parece que prefieren tenernos controlados en un lugar cerrado que preocuparse de unos jóvenes locos, sin miedo y con ganas de disfrutar de la madrugada por toda la ciudad.

Entramos en una sala en la que hay gente, pero nos ponemos en la otra punta. Zack quiere venir y acoplarse, pero se lo prohíbo. Esos chicos tienen pinta de estar en el mismísimo limbo. El olor a marihuana se aprecia desde aquí y, si estuviéramos un poco más cerca, podría tocar la nube que sobrevuela las butacas con la mano. Con suerte, no nos hará mucho efecto.

—Yo nunca he hecho un trío —dice, y le da un trago a la botella.

Yo levanto las manos y Zack comienza a reírse a carcajadas.

—¿En serio? ¿Dylan Brooks nunca ha hecho un trío? ¿No te ves capaz?

—Nunca ha surgido la oportunidad —me limito a decir, y le quito la botella—. Yo nunca… me he enamorado de otra persona que no es mi pareja.

No bebo, guardo las distancias con la situación y trato de observar lo que ocurre desde fuera. Zack me quita la botella por inercia y le da un trago. Con la cabeza hacia arriba, mientras el alcohol quema su garganta, abre los ojos.

—Mierda —se queja.

—Mi turno —miento, con descaro; le quito la botella de las manos y añado—: Yo nunca he sentido el impulso de arrancarle la cabeza a un amigo.

Acerco la botella a mis labios y le doy tres tragos.

—¿Tú no? —me mofo.

—Solo fue una vez, Dylan. Un día. Dudé, ¿vale? ¡Soy humano!

—¡Es mi novia! —grito—. ¡Y tú eres mi amigo!

Zack frunce el ceño y, tras quedarse pensativo unos segundos, dice:

—Natalia me gusta, pero tú eres mi amigo… ¡Y no te has apartado de mi lado aun habiéndote traicionado! Eso dice mucho de ti… No te merezco.

—Zack, no estoy para tácticas de manipulación —le advierto.

—Nunca podremos ser realmente amigos, ¿verdad?

—Los amigos no se traicionan.

Después de decir eso, dejo de beber. No me apetece estar borracho, no lo necesito, pero Zack continúa pese a que le pido que no siga. Se acerca hasta los chicos del fondo de la sala y fuma la hierba que le ofrecen. Parecen majos, pero no los conozco de nada. Él tampoco. Podrían ser asesinos o, peor, psicópatas.

Zack me indica que me acerque y me una a ellos, pero rechazo la invitación. Aun así, dejo que disfrute, que se desfogue. Me vendrá bien estar unos minutos a solas. Solos el humo, la noche y yo. Me reclino en una butaca y pongo los pies sobre el reposacabezas que tengo delante. Enciendo el móvil, me meto en la aplicación de fotos y comienzo a bajar hasta años atrás.

Voy deslizando el dedo por la pantalla recordando viejos momentos. En una de las imágenes estamos Eneko y yo en mi habitación. Su padre se acababa de mudar y no tenía dónde ensayar. Mi padre le dejó que se quedara una semana en nuestra casa. Montamos su estudio de grabación en el gimnasio. Fue una puta fantasía entrenar con mi amigo a la batería, guitarra y voz cantando Nirvana.

Termino llevándome a Zack a cuestas por las calles de Vancouver. Llegamos al apartamento de Lara y llamo al timbre directamente. Aún guardo las llaves que me dio Natalia la última vez que nos quedamos aquí. No puedo dejarlo en su casa, es un peligro para la humanidad.

—¿Quién es?

—¡El pizzero! —balbucea Zack, a gritos.

Le doy un pescozón en la nuca. A este paso y con este jaleo, van a salir los vecinos y nos van a matar.

Lara nos abre y Zack se tira a por ella para abrazarla, pero se cae de bruces contra el suelo. Ni Lara ni yo nos esforzamos por levantarlo. No necesita nuestra ayuda, o eso se repite en bucle él solito. Como buenamente puede, camina hasta el dormitorio chocando con cada mueble que se cruza por el camino.

—¿Quieres una tila? —me pregunta Lara, desde la isla de la cocina.

—¿Tienes pizza?

—¿Te valen unos macarrones con tomate?

Asiento rápidamente con la cabeza.

Para haber llegado en estas condiciones tan deplorables, Lara no se lo ha tomado tan mal como pensaba. Pese a tener un instinto sobreprotector de *rottweiler* con Natalia, parece ser tan buena amiga y simpática como ella la describe. Me sonríe desde la cocina y, mientras el plato de pasta se calienta en el microondas, me sirve un vaso de agua y lo deja sobre la mesa del salón. No puede evitar romper a carcajadas cuando me ve tirado en el sofá de aquella manera, con cara de estar pidiéndole al universo que me dé las fuerzas suficientes para no vomitar en el sofá. Todo me da vueltas. O… eso le hago creer a ella.

—¿Por qué no vas al baño a echarte agua?

—¿Tan mal me ves?

—Hombre…, no sé qué habrás estado haciendo, pero tienes un pene dibujado en la mejilla.

¿Qué? ¡Este tío es imbécil!

Corro hasta el baño con la esperanza de no tropezar y caerme al suelo como Zack. Conozco a los nuevos vecinos de abajo, son unos cascarrabias. Llamarían a la policía y…, como colmo de la noche, acabaría en el calabozo suplicándole a mi madre de rodillas que me dejara salir para pasar la noche con Natalia.

Me miro en el espejo y no tengo nada dibujado. Será cabrona… Aun así, aprovecho para lavarme la cara y mojarme el pelo.

—¿Te importaría dejar de fingir que vas borracho, Dylan? Es un poco molesto tener enfrente a alguien mintiéndome en la cara y hacer como si nada estuviera pasando.

Lara me pilla por sorpresa y, pese a haber tratado de engañarla, me ofrece el plato de macarrones. Agarro el tenedor y comienzo a pinchar uno tras otro, a gran velocidad. Con la boca llena le aseguro que están buenísimos.

—Desde que estoy aquí, esta es la cuarta vez que Zack se emborracha —me comenta—. No tengo nada en contra del hecho en sí, es joven, tiene derecho a pasarlo bien. El caso es que… hablo con él desde que Natalia lo conoció, sé que esto no es común para él. ¿Qué está pasando, cerebro de mosquito?

Aceptar que la persona a la que quieres no te ama es difícil, pero nadie habla del papel que juega la persona del medio, esa que se encarga de hacérselo saber a quien no es correspondido.

—Tiene dudas —digo, cambiando un poco la verdad.

—¿Dudas?

—Sí.

—Especifica o mueres, colega —me advierte, amenazante.

—Le gustas, Lara. Le gustas mucho.

—Pero, por lo visto, no lo suficiente como para empezar a quererme —deduce.

—No creo que sea eso. Hay personas que llegan a tu vida con un fin concreto. Cumplen su misión y se van, para siempre. Otras lo hacen de una forma más sutil, de manera escalonada, dosificando las lecciones a lo largo de la vida. Pertenecer a uno u otro tipo no te hace mejor o peor, simplemente, hay personas que están ahí para ti. Y otras que no.

—Y lo que me quieres decir es que Zack pertenece al primer bloque, ¿no?

—Lo que te quiero decir es que…

—¡Es que nada, Dylan! Yo no quiero a mi lado a alguien que esté sin estar. Lo tengo claro: o estás conmigo o no estás. No quiero mareos, idas y venidas ni lecciones sacadas de un libro de romance adolescente, *Orgullo y prejuicio* o la típica comedia romántica como *La proposición*.

—¿Has probado a hablar con él?

—Eso ha sonado a «Tiene excusas muy buenas, Lara. ¿Estás dispuesta a escucharlas?». Y por si no ha quedado claro… no, no estoy dispuesta. Zack va a perderme, antes aún de haberme tenido. Cuando eso pase, llorará y suplicará que vuelva, y yo ya no estaré ahí para escuchar sus ruegos y llantos.

No puedo callar por mucho tiempo más. Tengo que decírselo. Tiro el tenedor sobre el plato, me limpio el tomate de los labios con el primer papel que veo y le tomo la mano a Lara. Esta me mira asqueada, con una ceja arqueada.

—No me voy a acostar contigo, ni lo sueñes. Eres el novio de mi amiga, cerdo.

—¿Qué? ¡No, joder! —Sacudo la cabeza y le suelto la mano—. ¿Quieres saber qué es lo que le ocurre a Zack?

—¡Es lo que llevo preguntándome desde hace veinte minutos, imbécil!

—Quiere fugarse contigo. Él y tú, los dos solos. Sabe que quieres viajar por el mundo, que antes de asentarte en un lugar, te gustaría conocer distintos países, otras culturas… A él le gusta la idea, lleva pensándolo desde el mismo día en que se lo dijiste.

—Dylan… eso se lo dije el primer día que hablamos. Justo el día siguiente al que Natalia le conociera… —asegura, emocionada y le tiembla la voz—. ¿Y por qué no me lo ha dicho?

Porque no pensaba decírtelo. Era el único plan que se le ocurría para olvidar a Natalia, acaba de confesármelo esta noche. ¡Chisss!

—Porque teme que le digas que no, que lo vuestro se rompa y tenga que cumplir ese sueño solo, sin ti.

Vale, lo reconozco. Esta frase no la ha dicho él, pero… ¿a que ha quedado bien?

24

EL FIN DE UNA ETAPA

Natalia

Las caras de desilusión llegan hasta el suelo.

Zack, Dylan, Gia y yo nos hemos reunido en el despacho de una abogada de prestigio de la ciudad para tomar medidas respecto al mensaje de Agus que recibí la otra noche. Aron nos aguardaba en la puerta de las oficinas cuando llegamos. No esperábamos verlo allí. Creíamos que el miedo a lo que pudiera hacer Agus, ahora que él y Marc vuelven a intentarlo como pareja, le superaría. Pero allí estaba, apoyándonos.

—Te debía una —me dice.

—¿Por qué?

—Por ser la única que ha permanecido a mi lado desde el principio. Y gracias a ti, Marc y yo tenemos una nueva oportunidad.

Me sonríe.

Pero cuando salimos, los ánimos están por los suelos. La abogada ha sido clara: la película no verá la luz. Los medios se han hecho eco de la noticia y nuestras redes sociales están plagadas de mensajes. Lectores frustrados, periodistas haciendo su trabajo y cotillas sin medida. Todos comentan la estafa de la que hemos sido víctimas a manos de Agus.

Aron ha sido el encargado de mantenernos a salvo de paparazis. Zack propuso que nos conformáramos con el dinero del adelanto, pero si algo he aprendido en la vida es que hay cosas que el dinero no puede comprar. Me da igual lo que nos ofrezca. No quiero perder la confianza, la ilusión, el buen recuerdo de los ensayos, incluso de los tensos desayunos, los repasos de guion y las largas horas grabando de madrugada bajo las tormentas eléctricas de verano, las improvisaciones y las tomas falsas.

Y quiero recuperar mi obra y los derechos que me corresponden como autora.

Necesito tener de vuelta mi historia, mi vida. Y no estoy dispuesta a que el monstruo me la arrebate.

—Tiene que haber una solución —masculla Dylan.

—Eso es —añade Gia—. También soy directora de ese proyecto. ¿No hay nada que pueda hacer?

La abogada agrupa los papeles que le hemos entregado. Forman un taco de gran altura. Los desplaza para devolvérnoslos después de haberse tomado tres largos días para revisarlos y buscar posibles medidas legales que aplicar en nuestra situación.

—Firmasteis un contrato con sus correspondientes cláusulas. Natalia no ha sido la única en hacerlo sin leer la letra pequeña. Lo aceptasteis todo, sin rechistar. Creo haber leído en el punto sesenta y uno que, la productora, en situación de quiebra, tiene derecho a prescindir de sus trabajadores, así como de la filmación o distribución del proyecto.

—No estamos en quiebra —dice Gia.

—Es lo que la empresa ha declarado.

—¿Y eso qué quiere decir? —pregunta Zack.

—Le hemos dado vía libre para despedirnos —responde Dylan, con rostro serio.

—En pocas palabras, sí. Así es.

—¿Y la película? —inquiere Gia—. Está filmada.

—En caso de quiebra, no habría ninguna posibilidad de financiar la posproducción.

—¿Y ahora qué? ¿He perdido los derechos de mi obra?

Mi pregunta resuena con fuerza en la sala. Todos me observan, menos Dylan, que pone su mano sobre mi pierna como muestra de apoyo. Al instante, siento otra mano sobre mi otra pierna: la de Zack. Cuando Dylan se da cuenta, lo mira fijamente. No tiene pinta de querer apartar la mirada, es Zack quien regresa la suya hasta la abogada. Y, sin pensarlo, aparto el brazo de Zack, que parece indiferente ante mi gesto. La situación me está superando.

—Durante dos años, sí. No en su totalidad, pues posees aún el cincuenta por ciento, pero para hacer uso y disfrute de ello por cuenta propia, tendrías que pagar a la productora.

—Pagaré cuanto sea necesario.

Gia niega rotundamente con la cabeza y Zack comienza a toser a propósito.

—¿Hablas en serio?

—No voy a dejar que ese cabrón se salga con la suya a costa de mi dolor. ¡Nos ha mandado a la mierda por…! —No soy capaz de pronunciar el nombre del monstruo, así que solo gruño y hundo la cara entre mis manos—. ¡Es injusto!

—Frente a un juez, tiene motivos para ganar —informa la abogada—. Además, es policía, según tengo entendido. Conocerá los puntos débiles de las leyes. Y ha actuado según los requerimientos que el contrato le imponía. Ha declarado la productora en bancarrota. ¿Qué tienes tú por aportar a una posible vista? Al jurado, al juez y a los fiscales no les valdrá solo con tu dolor.

—A nadie nunca le ha bastado con mi dolor —sentencio, con frialdad.

Me hundo en el asiento y me ayudo de la mesa para hacer fuerza y arrastrar la silla hacia atrás.

Un buen rato después, tras dejar a los demás concretar los puntos del acuerdo con la abogada para presentarlos a la parte contraria, todos me observan estupefactos, la abogada se ha quitado las gafas y por la expresión de su rostro, no da crédito a lo que está viendo. Bajo la mirada hasta toparme con mis manos y trago saliva con dificultad. En cada una tengo un trozo de lo que sería el supuesto acuerdo, ese por el que llevamos dos horas encerrados en este despacho. Lo he roto. Lo he partido en dos.

No sé por qué lo he hecho, pero no puedo retroceder en el tiempo. Doy un paso hacia delante y lo dejo sobre la mesa, justo enfrente de Dylan, que se echa el pelo hacia atrás y aparta la mirada. No parece haberle agradado mi actitud. Zack tiene los mofletes hinchados, llenos de aire. Se está aguantando una carcajada y tengo que hacer un esfuerzo inhumano por no reírme, pese a que la situación no sea para nada graciosa.

—Natalia —me llama Gia—. ¿Qué haces, cariño?

—Lo... lo siento.

Agarro el bolso, salgo de la sala sin decir adiós y, a mi espalda, escucho unos pasos que me persiguen cada vez con más firmeza y rapidez. No le da tiempo a llamarme, porque antes me giro yo para toparme con él. Ha desaparecido la sonrisa de su cara.

—Te prometo que no sé por qué lo he hecho, Zack —digo, con nerviosismo.

Se me entrecorta la voz y rompo a llorar. Él avanza hasta mí y me rodea con los brazos. Me da un beso en la coronilla y me pega a su pecho. Eso me tranquiliza.

—En cada frase salía mi nombre... —le explico—. No puedo evitar sentirme culpable de todo lo que ha ocurrido. Y aunque sé que no lo soy, el miedo interno a perderos me hace creer lo contrario. Me encantaría acabar con él..., que pague por lo que ha hecho, por jugar con nuestra ilusión..., y me lo repito una y otra vez, me intento convencer de que sería capaz de hacerlo, pero no estoy siendo sincera conmigo, ni con vosotros. No quiero juicios, ni visitas a abogados. No quiero volver a sentirme juzgada en una sala llena de personas con túnicas y caras de pocos amigos. No quiero verme rodeada de policías, fiscales, jurado y testigos. No quiero volver a ser esa niña que acudía al juzgado llena de moratones, con la esperanza de que la apartaran de los brazos de su padre.

—Ya está, enana... —murmura en mi oído.

Me acaricia el pelo una vez más y pongo las manos en su pecho para alejarme de él. Seco las lágrimas con el canto de la mano y él sonríe. Lo miro con incredulidad.

—Qué fea estás cuando lloras.

—Gracias por cumplir tu palabra desde el primer día, cuando tuve la necesidad de huir en medio de la firma del contrato.

—«Cúbreme las espaldas y te cubriré» fue lo que dijiste, ¿no?

—Y tú respondiste: «Así será, enana». Y aquí estamos.

Los demás siguen dentro con la abogada. Lara debería estar en esta sala de espera donde estoy ahora con Zack tomando un café aguado de la máquina, pero no hay ni rastro de ella. He probado a llamarla, pero no parece tener cobertura. Zack prueba suerte escribiéndole, pero no le llegan los mensajes.

—¿Dónde aprendiste a trucar máquinas?

Zack se hace el loco y señala la cámara. Se lleva la mano a los labios y me manda callar. Por un momento caigo en su trampa y me callo, incluso comienzo a temblar un poco, asustada, pero no tardo en darme cuenta de que se está quedando conmigo y le propino un manotazo en el brazo.

—Antes de conoceros a vosotros tenía una vida, ¿sabes? California es ese lugar donde puedes soñar, pero también ser arrastrado por la ola más grande que puedas imaginar. —Respira profundamente y le da un sorbo a su café—. Yo me salvé y por eso estoy aquí, pero hay mucha gente que se quedó por el camino.

—Eso no responde a mi pregunta. ¿Quién te enseñó a trucar máquinas? Dudo que lo hicieran tus padres…

—Por nada del mundo me hubieran enseñado, aunque supieran hacerlo. Su reputación podría estar en peligro y ese par de estirados no serían capaces de hacer algo así. Me enseñó una chica que conocí en la playa. Me había escapado de casa, era menor de edad y mi cara estaba en todos los postes de la luz, comisarías y muros de la ciudad. Gamberradas de un crío que quiere llamar la atención, supongo. La playa era el único lugar donde la gente no buscaría a un chico de diecisiete años desaparecido. De noche dormía en una cabina de teléfono cerca del muelle. Tenía puerta y cristales, no pasaba frío. Cada dos días hacía la compra. O sea, robaba en un supermercado diferente al que no podía volver porque ya se habrían quedado con mi cara. Una tarde se me acabaron las opciones y me puse a darle patadas a una de las máquinas del muelle. Una chica que surfeaba —al decirlo, hace una breve pausa y niega con la cabeza— me acogió en su casa durante un tiempo. Nos hicimos buenos amigos y me enseñó muchas de las cosas que sé sobre la vida y la... —suspira— y la amistad.

—Eso es... terrible...

—Gracias, ¿eh? —ironiza.

—No, joder. Quiero decir que es terrible que un adolescente tenga que huir de su vida tal como la conoce para llamar la atención de sus padres... Nadie debería sentirse así, nunca.

—¿Me lo dices tú, enana? —pregunta con ternura, sin esperar respuesta—. En la vida, pocas cosas pasan porque sí. Todo tiene una explicación, pero perderíamos el tiempo parándonos a intentar entender todas y cada una de ellas. A veces es mejor asumir que lo vivido no va a volver, que lo sufrido, sufrido está y que todavía queda mucho por sentir.

—Tienes razón —convengo.

—¡No, hombre! ¡No le des la razón! ¡Se va a acabar creyendo que la tiene! —grita una voz aguda que proviene del pasillo.

Lara corre a encontrarse con Zack y le planta un beso en los labios. A mí me pellizca la mejilla y pego un salto de dolor. Sonrío al verlos así, sin discutir. Felices.

—¡Eres un quejica! —le dice mientras mira alrededor y frunce el ceño—. ¿Dónde están los demás?

—Dentro —dice Zack.

—Ya, eso lo puedo llegar a intuir, mi vida. Pero ¿qué hacéis vosotros aquí fuera?

—Tu amiga ha tenido un colapso mental.

—¿Qué has hecho? —inquiere, con orgullo—. ¿Sobre quién te has abalanzado? ¿A quién le has mordido una oreja? ¿Te has subido a una mesa y has escupido agua como un aspersor?

—Ha roto el acuerdo al que finalmente habíamos llegado con la abogada.

Lara abre mucho los ojos y le suelta la mano a Zack. Yo le echo una mirada intimidante a mi amigo, que me ha vendido a la primera de cambio.

—¡Esa es mi chica! —grita, para segundos después auparme unos centímetros por encima del suelo.

—Estáis chaladas —opina Zack.

—Ve acostumbrándote —respondo.

Lara lo distrae y, en cuanto se despista, agarra mi muñeca y tira hacia el pasillo. Comenzamos a correr. Yo la sigo como puedo, sin rumbo. Bajamos los cuatro pisos del edificio a trote por las escaleras. Gritarle para que pare no sirve de nada, me ignora. Mi móvil comienza a sonar, pero como lo saque del bolso a la velocidad que vamos, caeré de bruces contra el suelo. Estoy teniendo un flashback del primer día que fui al cine con Dylan. Joder. No hay tiempo para pensar. Lara me pide que no deje de correr. ¡Y no lo hago! Pero ¡no puedo ir más deprisa! Ella tiene las piernas mucho más largas que yo. Dos pasos suyos son cuatro zancadas mías. ¡No estamos en igualdad de condiciones!

Al llegar abajo, justo en la puerta del bufete de abogados, frena en seco, con tan mala suerte que no me da tiempo a parar y me choco con ella. Estampo mi nariz contra su cabeza y gime de dolor. Se vuelve alterada.

—¡Mira por dónde vas!

—¡Has sido tú la que ha pegado el frenazo! —exclamo.

—¡Mierda! —se queja, mirando detrás de mí.

Al darme la vuelta, veo a Zack hecho una furia caminando con paso firme hacia nosotras. Pero, de pronto, lo veo desaparecer entre la gente. ¡No quiero seguir corriendo! Pero lo hago, sigo a Lara y doblamos la esquina para subir calle arriba por una avenida. No puedo más. Me siento en un banco con la respiración agitada. Lara continúa andando, pero no me molesto en pegarle una voz.

—¡Corre, joder! —me pide, cuando ve que me he detenido.

La vida parece diferente cuando te rodeas de personas que están dispuestas a vivirla a tope, a pesar de los riesgos y consecuencias que eso conlleva. Lara siempre ha sido así, nunca le ha gustado ver la vida desde la posición de espectador. No le ha temido nunca a nada ni a nadie, salvo al suspenso en clase de Arte. Ahí… se hacía chiquitita y lloraba. Yo la abrazaba cuanto podía o hasta que ella se cansaba de los mimos, secaba sus lágrimas y volvía a estar como nueva. En el fondo sé que fingía.

Tampoco era feliz, pero resultaba más fácil continuar viviendo como si no existiera el mañana que confesar que la vida le había puesto una piedra en el camino y al caerse se había hecho daño. Ella aprende de mí y yo de ella. Siempre ha admirado mi capacidad de aguante frente al dolor, y yo su persistencia en la búsqueda de la felicidad. Y esa sonrisa que mataría a mil demonios.

Me pega un tirón del brazo y la sigo a regañadientes, hasta que entramos en la primera tienda que vemos. Al levantar la cabeza abrimos los ojos y guardamos silencio. Lara me pellizca para que reaccione, pero no soy capaz de articular palabra.

—Natalia… esto es una tienda de novias…

—La encargada viene hacia nosotras… —susurro.

—Habrá que improvisar, ¿no?

De reojo veo cómo Lara inspira profundamente, se arma de valor, da un paso al frente y besa la mano de la dependienta. La encargada se queda ojiplática, pero rápidamente sonríe.

—Somos dos novias a punto de contraer matrimonio. No tenemos vestidos… y contamos con mucho dinero.

—¿Cuánto es mucho?

—Mucho, millones —intervengo; Lara me mira sorprendida—. ¿Tendría algún vestido a nuestra altura? Nos da igual el precio, como comprenderá.

La dependienta asiente rápidamente con la cabeza y nos pide que la acompañemos.

—¿Millones? —Lara se echa a reír.

—Cállate.

Pasamos al interior del gran probador de vestidos. Allí todo es de color blanco, rosa palo y brillante. No quiero pestañear y perder de vista esta maravilla, aunque solo sea por unos segundos. Deslizo la mano a lo largo de los vestidos, todos cubiertos por un plástico y la dependienta me observa sonriente. Me quedo mirando uno en concreto. Tiene los hombros descubiertos y es completamente liso. Es igual que el que llevó mamá en el día de su boda.

Lara, que ha visto esas fotos tantísimas veces como yo presidiendo el salón, me pone una mano en el hombro. Lleno mis pulmones de aire y lo expulso de golpe. Mamá no quiere que me case, que siga sus pasos…, y yo solo quiero vivir todo cuanto me deje el destino. No sé si casarme estará algún día entre mis planes, pero… ¿Qué hay de malo en una celebración con las personas que te quieren, todos juntos celebrando el amor?

Al fin y al cabo, supongo que ella nunca celebró el amor.

Con los vestidos elegidos, la encargada de la tienda asoma la cabeza por un hueco de la cortina.

—Perdonad que interrumpa este momento tan íntimo entre dos amigas que están a punto de contraer matrimonio… —Se rasca la oreja con nerviosismo y echa la vista hacia atrás.

¿Qué ocurre? Lara y yo miramos tras la cortina. Yo pongo los ojos en blanco, y estoy segura de que ella me imita el gesto. ¿Qué demonios hacen aquí Zack y Dylan?

—¿Son vuestros futuros maridos?

—Algo así —respondo, conteniendo la respiración.

Lara me choca el brazo y se esconde detrás de la cortina. Me recojo el bajo del vestido y corro tras ella.

—¿Los has llamado tú?

—Pensé que podríamos hacer algo juntos. Les mandé la ubicación en tiempo real hace un momento; han sido extremadamente rápidos, no me lo explico.

Esta tía no es mi amiga. ¡Lara no haría eso! ¿A quién se le ocurre?

Me fijo en ella. Gira sobre sus talones y me da la espalda. Se echa el pelo hacia un lado y lo deja caer sobre un hombro. Me hace un gesto a través del espejo para que la ayude a bajar la cremallera del vestido.

—¿No quieres que Zack te vea vestida de novia?

—¿Tú quieres que Dylan te vea?

Me encojo de hombros.

—Me gustaría ver su reacción, solo eso —digo.

—Ya... Supongo que a mí también me gustaría, pero no será así. Zack no merece sufrir, no de esta forma. No me parece justo que grabe en su retina una imagen que posiblemente nunca podrá vivir.

¿Acaba de decir lo que yo acabo de escuchar?

—¿Harías cualquier cosa por amor, Natalia? —me pregunta, con la voz temblorosa.

—¿Qué te ha pedido Zack?

—Oh, no... Es solo que... —Se frota la cara con exasperación—. Sigo creyendo que no sé querer como debo.

—No existe una forma concreta de amar.

—Pero sí que hay una condición, y es querer bien. Creo que no quiero a Zack de la mejor manera. Él... Bueno, me avisó de su situación. ¡Lo hizo! Joder... Antes de que yo le gustara... le gustaba otra chica. Y a mí me dio igual. Le exigí que me quisiera, a sabiendas de que... es complicado. —Hace una pausa para coger aire y guarda mis manos bajo las suyas. No entiendo nada—. Me ha propuesto algo, pero el motivo... No sé qué hacer o decir, tampoco es que tenga que darle una respuesta hoy... Creo que es algo así como una prueba de amor que, de superar, nos mantendría siempre juntos. ¿No crees?

—Lara, ¿te estás escuchando?

Ella se encoge de hombros.

—Nadie merece sentir que tiene que superar una prueba de amor para ser digno de merecerlo. Tú eres suficiente para el amor con o sin Zack. Tu vida no acaba si lo vuestro por lo que sea se termina. Quizá, si eso ocurre, quiere decir que no es la persona. O el momento.

No responde.

—Hagas lo que hagas, piensa en ti, siempre —le aconsejo.

—¿Tú lo haces? ¿Piensas en ti cuando estás con Dylan?

La pregunta me pilla de sopetón.

¿Lo hago? ¿Pienso en mí?

EL MONSTRUO DE LAS PESADILLAS
(11)

Doce años

—*Mi profesora dice que debería ir al psicólogo.*

Mamá tose sin control y el monstruo de las pesadillas deja caer sobre el plato de comida el tenedor. Me mira fijamente con los ojos entrecerrados y la mandíbula en tensión.

—*Al loquero van los locos.*

—*Pero… no ha dicho ese nombre. Ha dicho el psicólogo. Dice que me ayudaría a…*

—*¡Me da igual lo que diga! —grita.*

Brinco del susto.

Agarra el cuchillo por el mango y me apunta con él. Trago saliva y veo que mamá me hace un gesto para que no hable.

—*Además, ¿quién dice que estés loca? —me dice, ya sin gritar.*

—*Tú.*

El monstruo arruga el morro y sonríe con aire sarcástico. No entiendo por qué se empeña en seguir negando todo lo que él mismo dice o hace…

—*¿Dónde dices que guardas tus libros?*

—*¡No! ¡Los libros no! —chillo, histérica.*

El monstruo de las pesadillas se dirige hacia mi habitación y corro tras él. Mamá me engancha de la camiseta y me lo impide. Escucho un estruendo en mi cuarto.

—¡Noooooo!

—Todo irá bien —me asegura mamá, pero la miro con el ceño fruncido.

—¿Por qué tú también mientes?

25

NO MEREZCO VIVIR A MERCED DEL MONSTRUO DE LAS PESADILLAS TODA LA PUTA VIDA

Natalia

Ashley, mi psicóloga, la que Gia me recomendó, habla, yo la escucho. En su consulta me siento segura. No me juzga, no pone en duda mis testimonios y no me obliga a hablar de temas que no quiero abordar en esa sesión. Cuando empecé, tenía miedo, no lo voy a negar. Sentía pánico porque los sesenta minutos que duran nuestros encuentros transcurrieran de la misma manera que lo han hecho en otras ocasiones, con otros profesionales.

A veces hay que mirar fuera. Ver mundo. Salir de tu realidad y comprender que hay otras realidades posibles. Que no todo se basa en lo que tú ves o interpretas. Que no eres lo que tu cabeza te intenta hacer creer, que nunca lo has sido. Y, sobre todo, que eres quien eres hoy debido a quien fuiste tiempo atrás. Hay que saber que cada persona es un mundo, y cada mundo guarda sus problemas. Que a veces es necesario llorar para después reír con más fuerza. Que no todo lo puede la razón, y que, en ocasiones, los sentimientos pueden ganar la batalla. Que sanar empieza por conocerse. Y, con todo eso, darme cuenta de que yo no sé quién soy más allá del dolor.

—Para entender qué está ocurriendo en tu presente, primero tienes que comprender qué te ha llevado hasta él. Qué hechos y personas concretas marcaron tu pasado. Tienes que conectar con ese niño interior que todos llevamos dentro, con la persona que fuimos y que, por mucho que pasen los años, seguimos siendo. Hoy, seguramente la recuerdes con cierto rencor, quizá la juzgues, incluso puede que odies esa versión tuya pasada, pero no siempre tiene por qué ser así. ¿Acaso esa niña tenía culpa de lo que ocurría en casa? Ya te lo digo yo: no, tú no tuviste la culpa, Natalia.

Cada vez que escucho esa frase me dan ganas de llorar. Esta vez contengo las lágrimas, pero en otro momento, quizá en solitario, hubiera explotado a llorar.

—No creo que mi versión de niña y la de adulta puedan considerarse la misma persona. Nos han marcado situaciones… complicadas. Nunca vuelves a ser la misma después de un nuevo golpe, ni siquiera miras igual.

—¿A qué te refieres con que no miras igual?

—Cada mirada guarda recuerdos, por eso nunca habrá una mirada igual a otra. Los míos son prácticamente malos en su totalidad. Alguien que ha sufrido lo que yo…, joder, es imposible que mire igual que un niño de tres años. —Me quedo pensativa—. Supongo que de ahí la inocencia, vulnerabilidad e idealización de la persona que te hace daño.

—Eso es lo que tú me estás diciendo. Y es totalmente válido y normal, quiero que lo sepas. Pero quiero escuchar lo que dice tu cabeza. Quiero saber qué te dice la voz que te hace creer que tu mirada no tiene ni rastro de belleza, de momentos bonitos, de recuerdos que aprecies… —Le da un sorbo a su taza de té—. De nada me sirve que me hables de lo vivido si no me hablas de lo que sentiste. De cómo te sientes ahora.

—Esa voz suele decirme frases que ya he escuchado antes —me limito a decir.

Ella asiente y apunta algo en su libreta. Después me sonríe.

—Tiene sentido. Nunca, repito, nunca habrías pensado que esas frases hablaban sobre ti si no hubiera existido una persona que hiciera que esa idea cobrara sentido. ¿Quién fue?

—Debería hacer una lista, si quiero ser honesta con la realidad. No solo baso mi dolor en el monstruo de las pesadillas o en Tyler. Los niños en el colegio llegan a ser muy crueles, ven la oportunidad de hacer daño y la aprovechan. Unos se alejaban de mí por temor a que les hicieran lo mismo que me hacían a mí, otros usaban mi dolor para imponerse. Se reían, cuchicheaban o me insultaban de la misma forma que lo hacía él. Y había una voz en mi cabeza que me decía: «Si mi propio padre puede hacerme esto…, ¿por qué no van a poder otras personas?». Pensaba que me lo merecía, que… ¡Agh! Llegaron incluso a pegarme… No recuerdo el número exacto de veces, pero sí sus caras, sus nombres, hasta la ropa que llevaban.

—¿Cuándo empezó el acoso escolar?

—De bien pequeña. No sé con exactitud la edad, creo que en preescolar. Se alargó hasta la secundaria, cuando Tyler puso fin a esa era de abusos para dar comienzo a una nueva. Fue culpa del colegio, de los profesores, de las madres de esos niños. Corrieron la voz. Se hablaba de ello, pero nadie hacía nada. Nadie nunca me creyó, pese a especular con lo que podría estar ocurriendo en mi vida. Las mismas personas que hablaban de mí y de lo que sucedía en mi casa sonreían al monstruo de las pesadillas y aseguraban que era una de las mejores personas que conocían. He vivido en una constante contradicción, que nunca logré entender.

—Antes hemos hablado de la culpa, dime: ¿te sigues culpando hoy en día?

—A la gente que quiero le digo que no.

—¿Y cuál es la verdad?

—Que lo hago. Cada día de mi vida.

—¿De qué te culpas?

—De cada decisión, de cada paso que di o no di, de no huir, de no buscar ayuda, de quedarme a su lado cuando era él quien me hacía daño, de normalizar episodios de abuso, de… Me culpo de cada golpe; a veces, creo que hasta me lo merecía. Que él no era tan malo, que…, en realidad, había un motivo detrás. Me siento culpable de no haber podido hablar de todo esto durante mucho tiempo.

—Ni esa personita que tanto sufrió tuvo la culpa, ni tampoco la chica de diecinueve años que tengo sentada enfrente de mí.

No aguanto más y comienzo a llorar. Me ofrece pañuelos y acepto uno. Corto el recorrido de unas lágrimas y salen otras en su encuentro.

—Es injusto, pero también normal que cargues con ese sentimiento —me explica—. Dentro del proceso, de tu situación, no es raro. No cuando has tenido la figura de la persona que debía protegerte empujándote por la espalda hacia el caos, cuando eran él y todas esas personas que actuaron como cómplices quienes causaban ese caos, aunque luego a ti te hicieran creer lo contrario.

La sesión se ha desarrollado con fluidez, incluso se me ha hecho corta y, cuando concluye, termino sonriendo. No sé qué es lo último que hemos hablado, ni por qué me ha hecho sentirme bien, pero noto en mi interior una liberación que pocas veces he experimentado, como cuando te ensucias las manos de tinta de bolígrafo y las metes rápido bajo el grifo del agua caliente, que hace que las manchas desaparezcan diluidas por el desagüe.

En la puerta del edificio en el que está la consulta, Dylan me espera con el coche en marcha. Pita con el claxon y yo lo saludo agitando la mano. Agarro mi bolso y corro hasta él. Abro la puerta y ocupo el asiento del copiloto con rapidez. Detrás de nosotros hay una larga hilera de coches que esperan que arranque para seguir con su recorrido.

Con el cinturón de seguridad abrochado, aprovecho el primer semáforo en rojo para darle un beso.

—¿Tienes las entradas?

—Sí —responde, sonriente.

—¿Mi maleta?

—Sí.

—¿La tuya?

—Morena, ¿puedes dejar de hacer tantas preguntas y disfrutar?

—Nunca lo he hecho.

—¿El qué?

—Eso. Disfrutar sin preocupaciones.

—¿Te sientes preparada para hacerlo por primera vez?

—¿Tú me ves preparada? —le pregunto, insegura.

—¿Mi respuesta conseguirá que te lo creas, aunque sea un poquito más?

Yo asiento con la cabeza.

—Entonces sí, morena. Te veo preparada —ironiza, sacando la lengua.

Le tiro un regaliz del paquete que acabo de sacar del bolso y lo coge al vuelo. Comienza a masticar y con la boca llena añade:

—¿Alguna vez te has parado a pensar en lo pequeños que somos? Cada vez que iba en coche con mis padres de vacaciones, me ponía los auriculares y me sumergía en un mundo de ilusiones y paralelismos. Los seres humanos nos creemos el puto centro del universo, pensamos que lo tenemos todo controlado, que con una palabra conseguiremos arreglar un corazón roto, el cambio climático o un suspenso en un examen. Pero la vida no funciona así. Y cuando te das cuenta de que el mundo avanza por sí mismo, de cómo cambia la naturaleza, empiezas a plantearte si, en vez de ser la especie más inteligente, somos la más ilusa.

Mientras Dylan reflexiona en voz alta, yo lo escucho atentamente.

De fondo suenan los discos de Harry en bucle y yo tarareo en voz baja, para no opacar el ronco sonido de su voz. No desconecto del mundo en el que sus palabras consiguen hacerme sumergir hasta que mi móvil comienza a vibrar de forma insistente en el bolsillo de mi pantalón.

Lo saco y lo desbloqueo de inmediato. Tengo unos cuantos mensajes multimedia.

Al abrirlos, mi corazón se paraliza. Me aferro con fuerza al asiento del coche para así no clavar las uñas en las palmas de mis manos;

mi respiración se vuelve entrecortada, rápida y dolorosa, y las lágrimas brotan de mis ojos, pero las hago desaparecer rápidamente pasando el canto de mi mano por la parte inferior del lagrimal.

Después de leer el mensaje de texto que acompaña las fotos, ladeo la cabeza para mirar por la ventanilla y apago el móvil.

—¿Pasa algo?

—No —me limito a decir.

Cierro los ojos con fuerza como si eso fuera suficiente para hacer que esas fotos desaparezcan de mi cabeza, pero no puedo. Es imposible. De un momento a otro siento la piel áspera, rugosa. Si deslizo los dedos por mis mejillas estoy segura de que tendré sangre, aunque para el resto del mundo solo haya un rostro limpio. Vuelvo a cerrar los ojos otra vez. No quiero llorar. No puedo hacerlo, no si no quiero contarle a Dylan el motivo de mis lágrimas.

Él no merece tener a Serena como madre.

Serena no merece tener a Dylan como hijo.

Y yo no merezco vivir a merced del monstruo de las pesadillas toda la puta vida.

¿Cómo ha conseguido las fotos del archivo judicial? No puedo permitir que las fotos de mis agresiones den la vuelta al mundo. Está en juego mi carrera profesional, mi sueño. Mis libros. Mi familia. Mi madre. Mi cuerpo. La parte de mí más vulnerable que existe. ¿Cómo caminaré por el centro de la ciudad más grande del mundo si esas fotos ven la luz? Él seguirá su vida como si nada. El monstruo de las pesadillas disfrutará de su vida como siempre, porque nadie conocerá su nombre. Serán el cuerpo, el nombre y la cara de su víctima los que recorrerán internet, y él saldrá ileso de nuevo.

¿Cómo se atreve a amenazar con revelar mi cara más amarga al mundo si no declaro en contra de mi padre? ¿Será tan solo un órdago? ¿Una táctica de manipulación?

Ladeo la cabeza para observar a Dylan mientras conduce y suelto un suspiro.

¿Debería decírselo?

Lo mejor será que guarde silencio.

26

¿ALGUNA VEZ HAS FOLLADO MIRANDO LAS ESTRELLAS?

Dylan

—*Love of my Life* siempre será nuestra canción. Ojalá nunca tengamos que referirnos a ella en pasado.

Es lo primero que me dijo Natalia una vez el cantante desapareció del escenario.

Desde que hemos salido del concierto, está desatada. Tiene los sentimientos a flor de piel. Nunca la he visto así, tan feliz. Y me gusta, me encanta. Verla siendo ella en su totalidad es de las mejores sensaciones que he experimentado, pero no sé si llevo a la espalda un koala, una adolescente hormonada o a la mujer de mi vida. Las tres opciones me parecen posibles.

No puede dejar de gritar. Y no seré yo el que le impida hacerlo. Mucho menos, ahora que vamos andando por una urbanización de pijos. Que se jodan los niñitos de papá y mamá.

No puedo dejar de reír, pero lo cierto es que me parece que lo hago para no echarme a llorar. Mi ego está en peligro. Ese cantante podría robarme a mi chica si se lo propusiera. Creo que bastaría con que le cantara una de esas tantas canciones que se sabe al dedillo para que, tal como ocurre con los cantos de sirenas, esos que atraen marineros, Natalia siguiera su voz y se olvidara de cuánto la quiero.

Se baja de mi espalda cuando finjo sentir un dolor infernal. Al tocar el suelo, me mira preocupada, y yo comienzo a reírme a carcajadas. Ella gruñe enfadada y me propina un manotazo, comienza a andar a paso ligero y me deja atrás enseguida. Corro tras ella y la abrazo por la cintura.

—¿A dónde te crees que vas?

—Me largo —espeta, divertida—. Sin ti.

—¿Pensabas irte sin mí? ¿Y perderte la noche de sexo desenfrenado que tenemos por delante? —Al escucharme, se vuelve para mirarme con los ojos entrecerrados y una sonrisa cargada de picardía.

Yo alzo las cejas, expectante. Me muero por saber qué se le está pasando por la cabeza. Quiero saber qué me haría aquí y ahora.

—¿Alguna vez has follado mirando las estrellas? —le pregunto.

Como si hubiera dicho una frase de otro mundo, hubiera cometido un delito o… tuviera un dragón que echa fuego a mis espaldas, Natalia se queda ojiplática.

—Me lo tomaré como un no.

—¿Tú sí? —su voz tiembla.

—Esta noche podría ser nuestra primera vez. Siempre y cuando tú quisieras, claro.

—¿Qué? ¿Dónde? —Antes de que pueda responder, continúa hablando—: Ni se te ocurra proponer como lugar la playa, odio cuando la arena se te mete en lugares prohibidos.

—Lugares prohibidos —me mofo—, vaya forma de hablar de…

—¡Cállate! —grita, alarmada—. No seas obsceno.

—No dices lo mismo cuando estamos en la cama y cuelo mi lengua entre tus piernas. Justo entonces me pides más y más. Y te lo doy. Tampoco te veo muy preocupada cuando te subes encima de mi polla y te mueves de esa manera que… —Bufo y ella se ríe—. ¿No crees que hace mucho calor?

—Se llama excitación. ¿La sientes?

—¿Quieres sentirla tú? —pregunto, con segundas intenciones.

Me muerdo la lengua por dentro de la boca y ella observa mis labios con curiosidad. De pronto clava sus ojos en mi entrepierna, y sonrío.

—¿Te apetece un baño? —le propongo.

—¿Estás loco?

Ha captado mis intenciones rápidamente. Que me haya quedado mirando fijamente la piscina privada de uno de los casoplones de la zona puede que me haya delatado.

—¡Iremos a la cárcel si nos pillan!

—Tranquila, nena, mi padre tiene contactos en la policía. Nos harían el favor de ponernos en la misma celda, si es lo que tanto te sigue preocupando.

—¿Nena? —pregunta, muy pero que muy extrañada.

Yo me encojo de hombros. Me ha salido solo llamarla así. Aprovecho el momento de confusión para entrelazar nuestras manos y tirar de ella hasta la casa. No le doy tiempo para replicar. La ayudo a subirse al muro y la impulso colocando las manos en su culo, lo justo para que pueda cruzarlo sin problema, pero tratando de evitar que se caiga de cabeza. Cuando llega al suelo, me aseguro de que está bien y llevo a cabo el mismo proceso.

Ya en el interior, vuelvo a tomarla de la mano. Recorremos el jardín hasta llegar a la piscina, pero la bordeamos y la guío hasta la zona que comunica con una playa privada y, una vez allí, comienzo a quitarme la ropa.

—¡Vamos! ¿A qué esperas? ¡Desnúdate!

—¿Y si hay alguien dentro de la casa? —pregunta con cautela.

No deja de mirar a todos lados. Tiene miedo. Decido destapar mi plan. Saco unas llaves del bolsillo del pantalón y las agito. Ella frunce el ceño.

—¿En serio me ves capaz de colarme en una propiedad privada? —Ella enarca una ceja—. Bueno, sí, soy capaz, pero no es lo que acabamos de hacer. En el pasado, con mi grupo de amigos… quizá…, puede que alguna vez que otra, pero hoy no. —Ella pone cara de no dar crédito—. Son las llaves de la casa de verano de Zack, lo tengo todo controlado. Su familia es rica, tienen propiedades incluso en Canadá. Esta la heredó de su abuelo, le pertenece. ¿No sabías que es un pijo? El único que me cae bien… —miento—. Cuando le dije dónde era el concierto, me propuso que nos quedáramos aquí a pasar la noche para no gastarnos el dinero en un hotel.

Recorro los pasos que nos separan y coloco mis manos en su cintura. Ella me mira con ternura, aliviada diría yo…

—¿De verdad me veías capaz de hacerte pasar ese mal trago? Estaba todo pensado. Por eso aparqué el coche en la urbanización de al lado. Ahora… ¿te desnudas para mí? O… ¿me vas a hacer suplicarte de rodillas?

Ella no responde o, si lo hace, es con un sutil gesto. Muerde su labio inferior al mismo tiempo que sus ojos se clavan en los míos. No aparto mis manos de su cuerpo, las hago bajar lentamente. Ahoga un suspiro cuando se aferran a su trasero con garra. Me gustan mucho los pantalones que lleva, pero ahora solo puedo pensar en arrancarlos. Tiene que poseer el poder de leer mi mente, porque desabrocha el botón y baja la cremallera. Mis manos se cuelan en las hebillas en las que debería ir el cinturón y tiro del pantalón hasta que toca el césped.

Sería gracioso que los padres de Zack tuvieran cámaras instaladas y fueran testigos de la mejor escena de porno de la historia.

—Dylan, no me mires así —me pide, al tiempo que deslizo su ropa interior hasta deshacerme de ella.

Coloca la palma de su mano justo entre sus piernas en el momento en que decido emprender el camino a su interior, prohibiéndome el paso. Se deshace de su camiseta, también del sujetador y besa la comisura de mis labios de una manera fugaz.

—Estoy llena de cicatrices —musita—. No se pueden ver, pero están ahí. Antes de que nuestra historia se convierta en inolvidable, primero tienes que descubrir quién soy en realidad.

Agacha la cabeza y yo la imito. No me atrevo a hablar. Toma mi mano y la estira hasta dejarla abierta. Me agarra un poco más abajo, de la muñeca. El punto de partida comienza en su rostro. La primera parada es su cuello.

—Aquí hay una —murmura.

La segunda parada es su clavícula. La tercera sus costillas…

—Aquí también.

La cuarta es su estómago; cuando mis dedos rozan su piel, contrae la respiración. La quinta es su corazón, pero aprovecha la ocasión y deja mi mano sujeta a su pecho. Yo abro y cierro la boca, intento buscar las palabras adecuadas, pero no creo que existan.

—Besa mis heridas, Dylan. Más tarde mis labios. Nunca a la inversa, por favor.

Hago como me pide. La tumbo sobre el césped y me deshago de mi camiseta. La lanzo lejos. Me coloco a su lado, de perfil. Dejo la cabeza apoyada sobre mi mano, que a su vez usa mi codo como punto de sujeción. Deslizo las yemas de los dedos por los lugares que ya conozco. Ella, en lugar de contemplar la inmensidad del cielo, las estrellas y la luna, me mira a mí. Y yo a ella. Paso al siguiente nivel, los besos. Me coloco entre sus piernas y dejo un rastro de besos en cada cicatriz. Cuando termino, escalo hasta sus labios, que tientan los míos con suaves movimientos, roces y suspiros.

—Dylan —susurra.

—¿Sí?

Mi mirada está fija en sus ojos.

—Haz que esta noche me sienta tuya.

Pase el tiempo que pase, siempre recordaré este momento y los días que siguieron. Necesitábamos justo esto, pasar tiempo juntos. A solas. Sin adultos disfuncionales. Sin amigos que interrumpan nuestros momentos románticos. Ella y yo. El mar. El atardecer. Y una playa vacía. Para los dos.

Tener un amigo pijo, con casa vacacional a pie de playa, es todo un lujo. Zack no dudó en prestárnosla cuando le dije dónde tendría lugar el concierto. Y enseguida se me ocurrió aprovechar la ocasión para pasar unos días a solas con Natalia, alejados del ajetreo de la ciudad. Aunque ella venga de Madrid y yo de Nueva York y estemos acostumbrados al caos de gente, comercios y hostelería, al ruido y al tráfico y, pese a contar con playa en Vancouver, esto es diferente, es una escapada solo para nosotros, juntos ella y yo, alejados de todo lo demás.

La rodeo con los brazos por detrás. Se ha sentado entre mis piernas. Su espalda se encuentra pegada a mi abdomen y sus piernas reposan sobre la arena. La marea, que comienza a ganar terreno, moja los dedos de nuestros pies.

Cierro los ojos. Me gusta el olor a mar, me recuerda a mi infancia, a las vacaciones en familia. Si me esfuerzo, puedo recordar con exactitud el aroma de la crema solar que mi madre extendía por mi cuerpo para proteger mi piel del sol.

Siempre he pensado que es un lugar adecuado para pensar. Me hubiera gustado crecer con la playa cerca. Haber podido sentarme en la orilla del mar siempre que lo necesitara.

Ojalá el día que ella se marchó me hubiera pillado en la otra punta del mundo. Ojalá hubiera ocurrido en verano y hubiera podido acudir al mar para refugiarme del dolor de su ausencia.

Me estoy poniendo sentimental. Tengo que parar. Mi mirada se cubre de una capa borrosa y líquida. Apenas distingo el horizonte de la continuidad del mar.

Natalia atrapa mis manos con las suyas. Le doy un beso en la coronilla.

—¿En qué piensas? —pregunto.

—En que si la Tierra de pronto nos engullera, si el fin del mundo se desencadenase, si la ola más grande del planeta nos tragara o el mismísimo tiempo se parase, esto es lo único que necesitaría. —Ladea la cabeza y la deja apoyada sobre mi antebrazo, sonriéndome—. Al otro lado del mundo, en este preciso momento hay guerras, niños muriendo de hambre; por estadística, debe de haber una pareja que acaba de poner fin a su relación, un adolescente que ha suspendido un examen de Matemáticas y en el hospital más cercano habrá fallecido alguien que ha dejado desolado a sus familiares... y, sin embargo, yo tengo la suerte de estar contigo aquí, frente al mar. —Pierde su mirada en el mar—. Me encantaría pasar el resto de mis días contigo. Y siento si no consigo demostrártelo lo suficiente, o si en ocasiones se vuelve complicado convivir conmigo, con mi pasado, mi ansiedad, mi dolor... Perdóname... No querría ser tan intensa.

—Nunca me pidas perdón. Al menos por eso no. No por sentir. Coloco la palma de mi mano en su mejilla y dirijo su cara hacia la mía. Su melena cae por mi cuerpo, acariciándolo con pequeñas cosquillas. Y acerco mis labios a los suyos. Le doy un beso cálido, corto y sincero. Sus ojos me miran en busca de aprobación y elevo la comisura de los labios. Sabe que no la necesita. Conmigo no. Abro la boca y su lengua busca la mía. Juegan. Se acarician. Nuestra saliva se vuelve una. Hundo mis labios en los suyos.

Es un beso lento, pasional. De esos que te dejan con ganas de más. De los que te secan la boca, te aceleran el corazón y provocan cosquilleos en el pecho. De los que te ponen a mil por hora.

Separamos nuestras bocas y sonreímos. A la vez. Como si algo nos conectara desde hace tiempo, desde siempre. Amplío mi sonrisa y ella frunce el ceño. Me conoce demasiado bien. Es consciente de que, en mi diccionario, nunca hay «después». Solo existe el «ahora».

—Tienes que empezar a vivir.

—Ya lo hago. —Agarra mi mano por la muñeca y la coloca sobre su pecho.

Siento su corazón. Los latidos de esa cosa que bombea sangre.

—¿Ves? Estoy viva.

—Creo que no lo entiendes. No es solo vivir, es sentirse vivo.

—No sé cómo hacer eso.

—Yo te puedo enseñar.

—¿Cuántas cosas me has enseñado ya? Estaré en deuda…

Baja la mirada, pero yo le doy un toque en la barbilla y me mira.

—No puedo evitarlo —confiesa—. Lo intento, pero me resulta muy complicado no escuchar esa vocecita interior que me dice que nunca estaré a la altura.

—No es una competición.

—Algún día te darás cuenta, Dylan.

—Natalia —murmuro, con autoridad.

—No es fácil estar con alguien como yo.

—Natalia…

No me escucha, aparta la mirada y suspira. Cuando va a hablar de nuevo, pongo mi dedo índice sobre sus labios.

—Tú me has enseñado a querer —le digo.

Sus ojos escalan por mi cuello con inseguridad. Frenan el recorrido en mis labios. Y por fin se atreven a subir hasta mis ojos.

—¿Yo te he enseñado eso?

—Deberías escuchar las voces más allá de tu cabeza. Entenderías lo importante que eres para el mundo, para quienes te queremos. Has aparecido en nuestras vidas para darnos una lección de amor, amistad, valentía y superación. No todos los corazones rotos están dispuestos a salvarse. Y tú llevas pidiendo ayuda a gritos, o en silencio, mucho tiempo. Es de valientes esto que estás haciendo ahora. Abrir las puertas al miedo y pedir ayuda, de verdad.

Natalia traga saliva con dificultad.

—¿Creías que no me daría cuenta? —continúo—. Aunque tú no lo creas, dicen más tus silencios que tus palabras, pero cuando hablas… Son frases concretas, en instantes concretos, pero siempre dichas en el momento idóneo. Algún día serás capaz de verbalizar tus necesidades, tienes que confiar en el proceso. Mientras tanto, me conformo con esto… con sacarte de tu zona de confort, tenderte la mano para que te agarres de ella si necesitas un apoyo, escucharte hablar sobre lo que quieras contarme cuando necesites hacerlo, besarte las cicatrices que todavía no han sanado y admirar la fortaleza que hizo desaparecer las que creíste que serían eternas…

Sonríe.

—Creo que me apetece darme un baño —dice por fin.

—A mí también, morena.

Me incorporo de un salto y le tiendo la mano para ayudarla a levantarse. Pero antes de que pueda echar a correr hacia el mar, la tomo en mis brazos y la cuelgo sobre mi hombro como un saco. Se queda boca abajo y empieza a gritar cuando comienzo a correr descontrolado.

—¡Me siento más viva que nunca!

—¡Se llama mareo! —respondo, entre carcajadas.

El móvil no deja de vibrar sobre la mesilla de Natalia. Me apoyo sobre el codo y estiro el brazo por encima de su cuerpo con cuidado. No quiero despertarla. Miro la pantalla y me tapo la cara, completamente exasperado.

—¿Qué quieres? —mascullo.

—Eh, tú, un respeto, maldito ser mononeuronal. ¿Sabes con quién estás hablando? —replica Lara.

—Son las cinco de la mañana.

—¿Y a mí qué? Ponme con mi amiga, es su teléfono.

—Está dormida, no la voy a despertar.

—¡Hazlo! —grita, y ante mi reiterada negativa, resopla—. Ya hablaremos tú y yo. Vas a tener que entender que somos un pack, colega. Dile de mi parte: «Código 170811».

—Pero ¿qué cojones sois vosotras? ¿Agentes del FBI? —susurro.

—¡No preguntes! ¡Díselo!

—¿No había un número más largo? —ironizo.

—D-Í-S-E-L-O.

—¡Se me va a olvidar!

—¡Dale uso a la única neurona que te queda, inútil!

Me cuelga.

Pero no voy a despertarla. No puedo. Le ha costado mucho dormirse, entre la emoción de haber visto por primera vez a su ídolo y el ataque de adrenalina un tanto curioso que ha sufrido en plena madrugada… Tras volver de la playa se ha tirado a la piscina de unas diez formas diferentes y, si no teníamos suficiente con eso, mi mano ha acabado pegada a su culo, una cosa ha llevado a la otra y… lo siento, Zack, hemos follado en tu piscina.

Me muero de curiosidad por descubrir de qué va ese código, pero es que… maldita sea, está preciosa mientras duerme. Su cuerpo reposa en la cama, tiene el brazo bajo la almohada y la sábana tapa la parte baja de su espalda. Tiene los pechos al descubierto. Y no me puedo contener. Su piel me llama. Trago saliva. Levanto el brazo y deslizo la yema de los dedos a lo largo de su columna. Ella sonríe. No sé si lo hace en sueños o si una parte de su cabeza todavía sigue despierta. Repito el movimiento.

—No dejes nunca de acariciarme así —murmura, con los ojos cerrados.

Me tumbo a su lado, cerca, muy cerca. Natalia aprovecha para poner su cabeza en mi pecho y abrazarme. Se ha convertido en nuestra postura favorita a la hora de dormir. Más aún si es desnudos. Piel con piel.

—Hueles tan bien…

—¿Sabes una cosa?

Clavo la mirada en el techo antes de seguir y me armo de valor. Quizá no es el momento idóneo, pero qué sabrán los momentos de sentimientos.

—Eres la primera persona con la que me atrevo a imaginar un futuro.

Natalia deja de acariciar mi abdomen. Su mano se queda estática y levanta la cabeza. Apoya la barbilla en mi pecho y me mira. Eleva la comisura de sus labios.

—Y, por último, una cosa más… Ha llamado Lara.

Hace un sonidito extraño, sorprendida. Dudo si decirle la verdad. ¿Recuerdo el número que me dijo con exactitud? Como su amistad se base en códigos y le diga uno que no tiene nada que ver con el que me ha dicho, Lara me matará con sus propias manos.

—Me ha dicho cuando ha llamado que te diga: ¿Código 170811?

Natalia se incorpora repentinamente. Me asusto, no me lo esperaba. Se cubre el pecho con la sábana. Abre los ojos como platos y grita:

—¿¡Lara está embarazada!?

¿Nos hemos vuelto locos?

27

AL FINAL, LOS OJOS BONITOS
MIENTEN MEJOR

Natalia

He vuelto a ceder.

He vuelto a mentir.

No sé dónde habrá pensado Dylan que voy cuando me ha visto salir de casa sin decir adiós, pero voy de camino a reunirme con Serena. He caído en sus redes, en sus mentiras, en sus amenazas. Necesito que esto pare, y si para conseguirlo tengo que darle lo que pide, lo haré. Y le haré sentir que ha ganado, que conmigo ya ha acabado su papel de tipa mala. Porque quiero vivir tranquila, y si no le doy lo que necesita, nunca podré.

Hoy cuando me he despertado y me he mirado en el espejo, me ha costado no derramar ninguna lágrima. Me ha dado auténtico pánico observar mi reflejo para comprobar si los golpes, marcas y cicatrices eran tan solo fruto de las pesadillas. Casi grito de emoción al comprobar que tan solo eran imaginaciones.

He resbalado por la puerta del baño hasta el suelo y he permanecido abrazada a mis rodillas treinta y tres minutos y veinte segundos. La música se reproducía en bucle. Siempre *Fine Line*, continuamente. Hacía mucho tiempo que no me sentía esa equilibrista que no tiene sentido del equilibrio, pero hoy vuelvo a enfrentarme a la cuerda floja. Y, esta vez, abajo no hay agua, como decía Dylan. Hoy hay piedras, y, si caigo, estaré jodida. No habrá nadie que pueda socorrerme.

Dylan no podrá abrazarme.

Mamá no podrá curar mis heridas.

El abuelo ni siquiera está aquí para plantar cara a mis temores.

Estamos solos el miedo y yo. Y hacía mucho tiempo que no nos veíamos las caras.

Estos últimos meses no he tenido instantes de soledad o, si los he tenido, han sido más bien pocos. Al principio, si no estaba con Zack desayunando en su casa, estaba con Dylan, y si no, estábamos grabando... Tenía videollamadas con Lara, charlas en el set con el resto del equipo sobre los personajes, los consejos de Gia y más adelante las historias de Aron y su romance, las de Lara y Zack desde que ella llegó a visitarme, y las mías con Dylan desde que compartimos apartamento y aventuras... Una vorágine de situaciones que apenas me han dejado tiempo para estar conmigo, para refugiarme en la soledad que a veces necesito como una medicina para mi alma, pero que otras me vuelven frágil cuando mis miedos aparecen y tengo que enfrentarme a ellos sola.

El momento tenía que llegar. Más pronto que tarde, pero era necesario.

Y esta vez puedo decir que le he ganado la batalla, porque he conseguido mirarme en el espejo sin ropa y no derramar ninguna lágrima. Y, pese a que ha sido difícil no imaginar las cicatrices que dejaba el monstruo de las pesadillas a su paso por mi vida, he resistido. Quizá no sea un logro que celebrar, pero después de mucho tiempo puedo decir que estoy orgullosa de mí, porque, aunque vencer al miedo hoy solo signifique autoconvencerme de que enfrentarme a Serena y ceder ante sus exigencias no es un paso atrás en mi camino hasta la felicidad, sino una alternativa para llegar a la meta, de una forma u otra, pero sobreviviendo.

Es la cuarta llamada que tengo de Dylan. ¿Qué quiere? ¿Sospechará algo? Su madre podría aparecer en cualquier momento, y no quiero que piense que él lo sabe.

Me muerdo el labio con indecisión, hasta que consigo hacerme sangre y tengo que contener un aullido de dolor en plena vía pública.

A la mierda.

—Hola, mi amor —digo nada más descolgar.

—Ven al aeropuerto.

—¿Qué? ¿Por qué?

—Lara se marcha.

—Eso no es posible.

Dylan no responde, coge aire y lo suelta. No sé si está fumando o es que le cuesta respirar.

—Natalia, ven —masculla.

Y cuelga.

El mundo entero se derrumba bajo mis pies.

Los seres vivos no estamos hechos para el cambio. Algunos dicen que es algo que se entrena con el paso de los años, pero yo soy fiel creyente de que nunca nadie está preparado para decir adiós por última vez.

Jamás he llevado bien alejarme de la gente a la que considero mi hogar.

Lara fue una de las primeras personas que me ayudó a ocultar mis moratones, sin necesidad de usar cosméticos, porque con estar a su lado me bastaba y me sobraba. Con ella todo han sido siempre risas, anécdotas y adrenalina. Mucho chocolate, pero también muchas carreras por la vida, esquivando las piedras que el destino nos ha ido poniendo en el camino.

Que le den a Serena. No cumplió su palabra cuando la necesité.

Tengo que ver a mi mejor amiga, ella siempre ha estado ahí para mí, dándome la mano en los momentos más difíciles de mi vida.

Paro el primer taxi que pasa por la calle y le indico que me lleve hasta el aeropuerto,

Si ella se va, también lo hace un trozo de mí.

—¿Te vas a ir así? —grito, provocando que Lara frene su recorrido.

Dylan me mira sorprendido, pero se hace a un lado para dejarme pasar. Creo que lo último que Lara esperaba era encontrarme allí, porque deja de arrastrar la maleta, echa la cabeza hacia atrás y se vuelve para mirarme. Cuando lo hace, ya estoy enfrente de ella.

—Responde.

Lara inspira profundamente y suelta todo el aire de golpe antes de contestar:

—¿Así cómo, Natalia?

—Como si pedir ayuda no fuera una opción y quisieras superarlo todo tú sola. No sé qué es lo que ha pasado, Lara, pero no tienes por qué irte, puedes contarme qué es lo que ha ocurrido. Juntas buscaremos una solución.

—Me voy Natalia. Así, de esta forma tan espantosa. Tal como tú has hecho tantas y tantas veces a lo largo de tu vida —masculla, con rencor.

Aparta la mirada y continúa andando, pero no dejo que se vaya así como así. La persigo.

—¡Déjame en paz! ¡Dylan, llévatela! —grita, mirando hacia atrás, buscando a Dylan.

Al girarse una vez más, por fin clava sus ojos en los míos.

—No sé cómo he podido ser tan tonta de caer en sus redes… ¿Cómo no he podido darme cuenta antes? ¡Mi cabeza estaba en lo cierto! Tú y Zack… Zack y tú…

—Yo y Zack ¿qué?

Chista.

—Ese es el problema, Natalia. No te vas a dar cuenta nunca. ¡Aunque haya un cartel fluorescente que ponga en grande que está enamorado de ti!

Abro los ojos, incrédula.

—Eso es imposible —murmuro, autoconvenciéndome.

Lara mira a Dylan y niega con la cabeza.

—Por eso querías que hiciéramos ese viaje, ¿no? Preferías tenerlo lejos. Conmigo. No querías que estuviera cerca de tu novia, podría suponer un peligro, ¿verdad, Brooks?

Dylan no responde.

—Dime una cosa. ¿Antes de que Zack me lo propusiera se lo propusiste tú?

—No como tal. Él me contó que te gustaba viajar… yo tan solo le animé.

—¡Genial! —exclama, haciendo aspavientos con las manos.

En los ojos de Lara solo veo miedo. Miedo a lo desconocido. A lo que está por venir. Veo incertidumbre, dudas, pero también ira, rabia, rencor y ganas de huir.

Tiene los ojos vidriosos, a punto de romper a llorar. Hinchados, de tantas lágrimas como han derramado. Rojos, irritados del llanto.

Sé que sabe que me he dado cuenta, porque tengo que hacer un esfuerzo por no llorar yo también.

—Lara, respóndeme una sola pregunta —le pido, con dificultad para hablar—. ¿Estás embarazada?

Al principio, abre los ojos sorprendida. Después frunce el ceño y esboza una sonrisa sarcástica. Hace una breve pausa para mirar la pantalla de embarque y regresa a mis ojos.

—Ni estoy embarazada, ni el problema por el que huyo de esta ciudad te incumbe, por muy amiga mía que seas —dice, con frialdad.

Dylan me pone la mano en el hombro y lo estruja como muestra de cariño.

Antes de irse, Lara añade:

—Si quieres ayudarme, asegúrate de que Zack no vuelva a ponerse en contacto conmigo en su vida. Que no me busque, que no me escriba, que no me llame. Por favor.

—¿Qué ha pasado, Lara? —musito, como última opción.

Ella contiene las lágrimas y cuando una está a punto de caer por su rostro, desliza el brazo por encima de los ojos y sonríe.

Dylan niega con la cabeza.

¿Por qué nadie dice la verdad?

—El viaje que iba a hacer con Zack no era más que para olvidarte, perderte de vista y usarme como el clavo que saca el ya oxidado. Cuando me he despertado hoy no estaba en el apartamento, ni en el suyo. No responde mis mensajes, ni mis llamadas… —Hace una pausa—. Te ha elegido a ti, «enana».

Bajo la mirada hasta el móvil al sentir su vibración. Tengo un mensaje de Serena.

> **Serena**
> No me gusta la gente impuntual.

Entro en su chat y tras pensarlo un instante, bloqueo su contacto. Cuando levanto la cabeza, Lara se ha marchado. Dylan tira de mí para acercarme a su pecho.

—¿Tú lo sabías? —pregunto.

—Tenías que ser tú la que se diera cuenta.

—¿Ahora qué? ¿Qué debo hacer? He perdido a Lara…, no quiero perder a Zack…, pero le ha roto el corazón a mi amiga y no me apetece verlo… —Hundo la nariz en su cuello—. Vuelvo a estar sola.

—Me tienes a mí —se limita a decir.

—Por ahora.

☽☽☾☾

De vuelta a casa, la vida pesa un poco más que de costumbre. Me había hecho a la idea de volver a tener a mi mejor amiga a diez minutos de mi casa. ¿Qué voy a hacer sin ella ahora que no está? Nunca he visualizado un futuro tan incierto. Tengo mil preguntas en la cabeza y ninguna respuesta.

A veces, la soledad ayuda a aclarar la mente. Le pedí a Dylan que se marchara sin mí y que no me esperara despierto. Desde que le he dicho adiós a Lara en el aeropuerto, mi mente trabaja más deprisa que de costumbre. ¿Volveré a verla? ¿Estará bien?

Me mata la idea de pensar que no soy tan buena amiga como pensaba. Su mirada…, esa mirada… ¿Qué demonios me decían sus ojos? No recuerdo nada… Es todo tan extraño, tan repentino, tan poco común en ella…

Entro en casa con una bolsa de plástico llena de tarrinas de helado de chocolate, chuches y decenas de emociones que no caben en mi cuerpo. Siempre he pensado que, en la vida, como en los libros, las personas vienen y van, pero nunca imaginé que esta regla se fuera a aplicar también a ella. ¿Dónde quedan nuestras promesas? ¿Nuestros planes futuros? ¿Las locuras que pospusimos y aún no hicimos? ¿El viaje que nunca realizamos? ¿Las cosas que no pudimos decirnos? ¿Los consejos que no nos vamos a poder dar?

Dylan me recibe con los brazos abiertos. Yo abrazo su torso con fuerza y hundo mi rostro en su cuello. Me queda lejos, pero consigo llegar. Aun así, él hace fuerza hacia arriba y me sostiene en el aire. Mis piernas se aferran a su cintura y él se deshace de mis botas. Las deja caer al suelo y toma asiento en el sofá. Yo caigo justo encima de él, sentada a horcajadas sobre su cuerpo.

No quiero mirarlo a los ojos. Una vez lo haga no habrá vuelta atrás. Dylan me retirará un mechón de pelo de la cara, sonreirá y besará mis labios de forma fugaz. Después vendrá un abrazo. Otro. Y alguno que otro más. Me quedaré pegada a su cuerpo y dirá algo así como «Todo irá bien», a sabiendas de que nada está bien. Y no quiero que se repita el mismo círculo vicioso.

Los hechos transcurren tal como imaginaba, pero en lugar de recurrir a la única frase que puede calmar mi ansiedad aun siendo consciente de la mentira que conlleva, me dice:

—Lara se ha fugado con Aron.

Libero mi rostro de su cuello y lo miro con una ceja arqueada.

Tiene que estar de coña.

—¿Con Aron? —me aseguro.

—Ha sido él quien me ha avisado de que Lara se iba. Ha dicho que no la podía dejar sola. Que… te dijera que hablaras con Marc. Que le pidieras tiempo de su parte, que volvería si él lo espera.

—Esto es una broma, ¿verdad?

Dylan niega con la cabeza. Corro a por el móvil, pulso su contacto y me lo pongo en la oreja. Descuelga al instante, pero no responde. Lo escucho suspirar.

—¿Esperas que sea yo quien le diga a tu novio que vuestra relación ha terminado? —Es lo primero que se me ocurre.

—¡Calma!

—Te has ido con Lara —le digo, perpleja.

—Me necesita.

Silencio.

—Aron, ¿Lara está embarazada? —le pregunto—. Es lo último que sé de ella.

—Dile a Marc que le quiero.

El pitido al colgar la llamada se cuela en mi tímpano y me alejo rápidamente el teléfono de la oreja. Dylan me mira expectante, y yo me llevo las manos a la cabeza, literalmente. Recojo mi pelo en una coleta alta y me levanto como si no hubiera pasado nada, pero en cuestión de segundos mis ojos se llenan de lágrimas.

—¿Y bien? —pregunta Dylan.

—Zack no solo le ha roto el corazón a Lara, también me lo ha roto a mí.

Su mirada se oscurece y su mandíbula se tensa.

—Y duele mucho. Porque una vez más me siento culpable.

28

ENTRE SUS BRAZOS LAS HERIDAS ESCUECEN UN POCO MENOS

Dylan

Natalia está rota, aunque intente aparentar lo contrario.

Han pasado dos semanas desde que Lara se fue.

Ha pasado una semana desde que no sabemos nada de Zack.

Era cuestión de tiempo que pasara. No ha habido manera de evitarlo. Le ha roto el corazón a Lara, y con ella a Natalia. La bronca monumental que tuvo lugar entre ella y Zack después de que Lara se montara en el avión terminó con Natalia destrozada, huyendo de la persona que hasta ahora había sido su lugar seguro. Fui tras ella, pero no me permitió acompañarla, pues necesitaba espacio. Me hubiera gustado estar a su lado, pero entendía lo que sus ojos, llenos de lágrimas, querían decirme. En menos de dos horas había perdido al que consideraba su mejor amigo y, con él, a su mejor amiga de la infancia. La soledad la abrumaba y un abrazo mío no era suficiente para calmar el dolor que estaba sintiendo.

Llegó mi turno de enfrentarme a él. Volví a entrar en su apartamento y cerré la puerta, aun escuchando en la escalera el eco del llanto de la persona que quería. Con la mirada fija en uno de los mandos de la consola que había sobre la mesa del salón, me repetía a mí mismo que no podía dejar que la rabia se apoderara de mí. No debía sacar la oscuridad que habitaba en mi interior y que creía haber abandonado en Nueva York. Pero debía darle su merecido.

Y llegó el momento de enfrentarme a él. Por el bien de todos, o de los que aún resistíamos esto, no podía seguir así. Se lo había advertido. Todo le dio igual.

La semana pasó y, con ella, las lágrimas, pero no la esperanza porque todo volviera a ser como antes, que vivía en el interior de Natalia. Cada vez que sonaba su móvil, ella lo desbloqueaba con la ilusión de que fuera Lara.

—No es ella, ¿verdad? —le digo, después de quedarse sin capacidad de reacción, con la mirada hundida en la pantalla del teléfono.

Hacía dos días que no sonaba. Creí que todo había terminado.

Ella negó con la cabeza.

—Dale tiempo. Aún es pronto, Natalia.

—Yo no he tenido la culpa —se lamenta, sorbiéndose la nariz—. ¡Incluso me duele más que Zack le haya hecho daño a ella que lo que me haya hecho a mí!

Me acerco a ella, que está sentada en el sofá, y pongo las manos sobre sus hombros. Los masajeo. Sus músculos están en tensión, pero a medida que hago fuerza sobre su piel con los pulgares noto como las contracturas se deshacen.

—Deberías ir a un masajista.

Echa la cabeza hacia atrás con los ojos cerrados y de pronto los abre, apoyando la cabeza sobre el respaldo del sofá.

—No quiero que otra persona toque mi cuerpo, Dylan. No me hace sentir cómoda.

Asiento, respetando su decisión.

Libero sus hombros y me agacho, abrazándola por detrás. Hundo la nariz en su cuello y le doy un beso cálido. Ella acaricia mi pelo, entrelazando sus dedos entre mis mechones.

—No soy capaz de localizar a Zack —comenta.

Y, como si las palabras fueran esa aguja que pincha un globo, me deshincho, dejando caer mi peso sobre su cuerpo. Natalia ladea su postura y retiene mi rostro entre sus manos mientras me mira con ternura. Pongo los ojos en blanco. No puede ser que me esté poniendo los ojitos aguados del Gato con botas para darme pena.

—Hemos hecho por él más de lo que se merece —me limito a decir—. Le hemos buscado trabajo para que rehaga su vida, no vamos a hacer de terapeuta de la persona que ha hecho daño a las personas que decía querer.

—Pero nosotros somos buenos —argumenta, con las cejas en alto.

Me incorporo, alejándome de ella.

—Por favor, Dylan. Vayamos a su apartamento —me pide, para después añadir—: Lleva dos días sin ir al bar a trabajar.

Accedo, pues no quiero problemas con Gia. Fue la persona que me recomendó ese bar para mandar un currículum. Va siempre a merendar. No quiero que por cabeza loca ella se enfade conmigo, después de darle mi palabra sobre si Zack era de fiar o no.

Vamos hasta su apartamento en coche. El camino lo pasamos en silencio, pero en contacto, porque su mano se aferra a la mía cada vez que toco la palanca de marchas. Le sonrío, apartando la vista de la carretera, aunque mi gesto cambia cuando quita *Always* de Bon Jovi para poner *Style* de Taylor Swift.

—Si algún día me rompes el corazón, te mandaré una canción de su discografía para decirte lo que me has hecho sentir.

—Prefiero que me escribas un libro.

No responde, pero de reojo la veo sonreír de vuelta.

Al llegar, llamamos al telefonillo del edificio por cortesía, aunque tenemos las llaves en nuestro poder, esas que Lara se dejó en el antiguo apartamento de Natalia. Al final, tenemos que recurrir a ella. No responde.

Al entrar, la casa nos recibe con un fuerte olor que nos da un bofetón y me obliga a cerrar la puerta.

—No voy a entrar —le advierto a Natalia.

—Dylan… —murmura, poniéndose la mano a la nariz.

—Me debes una pizza.

—Vale.

—Tamaño grande —le digo, mientras giro la llave y empujo la puerta para entrar.

El sitio huele a maldita mierda. Hay platos sin fregar. Bolsas de patatas y snacks por el suelo. Y muchas botellas de alcohol vacías tiradas por cada estancia de la casa.

Al abrir la puerta del dormitorio, una chica comienza a gritar. Cierro de golpe y apoyo la espalda sobre la madera. Natalia me mira con el ceño fruncido mientras abre las ventanas y recoge un poco el salón, aunque sea para conseguir que no parezca que vive un hombre de las cavernas en este maldito lugar.

—¿Quién hay ahí dentro? ¿Está Zack? —pregunta, muy interesada.

Yo pongo los ojos en blanco y antes de que pueda contestar, la chica sale disparada de la habitación y Zack detrás de ella como su madre lo trajo al mundo.

—¡Joder, tápate, maldito animal! —le increpo.

—¿Qué hacéis aquí? ¿Venís a restregarme vuestro amor? —masculla, con los brazos abiertos.

Natalia le lanza un cojín y él se lo lanza de vuelta, pero ella consigue esquivarlo.

—¡Puedo estar desnudo si quiero! ¡Es mi casa! —replica.

—Ah, ¿sí? No sabía que vivías en un contenedor de ochenta metros cuadrados —ironizo, apoyado en el marco de la puerta.

Le abro la puerta de su habitación y con la mirada le pido amablemente que tape sus pelotas de una vez. Él camina tranquilamente sin inmutarse y ni siquiera cierra mientras se pone algo de ropa. Sale en eslips y arrugo el gesto.

—Tienes que seguir adelante, Zack, avanzar —dice Natalia mientras continúa recogiendo.

Dejo la chaqueta de cuero en la percha, con cuidado de no tocar absolutamente nada, y la ayudo. Este sitio da pena, mucha pena.

—Tienes que ir a trabajar, hacer tu vida como la conocías antes de que Lara se marchara, y pasar página. ¡Se ha ido, Zack! ¡Lo has querido así! ¡No va a volver! Está genial que te tires a una tía al día, si eso es lo que quieres, pero… me temo que no es así. Además, ¡tú solo te lo has buscado! Ahora sé consecuente con tus actos.

Natalia mira a su alrededor con tristeza.

—Zack, ¿qué quieres? ¿A qué aspiras? —espeto. Él ríe sarcástico y se muerde los labios. Le da un sorbo al zumo de naranja que acaba de sacar de la nevera. Natalia me mira atentamente y yo continúo—: ¡Responde! No tengo todo el día…

—¿Y qué haces aquí entonces?

—Lo hago por ella —mascullo, apuntando a Natalia.

—Está bien, Brooks. Lo reconozco. Tiene mérito que presiones con preguntas cuyas respuestas te aseguro que no quieres saber. No será de tu agrado.

Arrugo el morro con rabia y salgo del apartamento sin decir adiós. Natalia grita y sale corriendo detrás de mí. Cuando la veo aparecer en el rellano, pongo mis brazos en jarra y echo la cabeza hacia delante, esperando que sea ella quien rompa este ruidoso silencio. En nuestra ausencia, Zack aprovecha para poner en los altavoces la banda sonora de *La Sirenita*.

—¿Esa canción es…? —pregunta, sorprendida.

—¡No puedo más! —exclamo, muy nervioso—. Me voy, Natalia. No quiero que me saque de mis casillas.

Ella se acerca hasta mí y agacha la cabeza.

—Por favor, quédate.

No respondo.

—Contigo todo es más fácil —continúa—. No quiero quedarme a solas con él. Al menos ahora, que estamos en su casa. Es su territorio… Su lugar seguro.

Cierro los ojos y echo la cabeza hacia atrás. Agarro sus manos entre las mías.

—No puedo perdonarle —me confiesa.

Eleva la mirada hasta mis ojos y tuerce la boca, conteniendo las lágrimas. Soy demasiado débil. No puedo dejarla sola, no después de que lo han hecho dos de las personas que ella creía que estarían a su lado para siempre.

—Haremos las cosas al estilo Brooks —le digo, con seriedad.

Ella se cuadra como un militar, divertida.

Sé que lo hace para restar importancia, aunque por dentro solo tenga ganas de llorar y lo último que le apetezca sea hacer bromas.

Lo primero que hago al entrar en casa es apagar la música del reproductor. Señalo a Zack y camino hasta él con paso firme.

—¿Un besito, guapo? —se mofa.

—No me toques las pelotas, Zack.

Se encoge de hombros.

—Vas a darte una ducha. Nosotros llamaremos a una empresa para que desinfecte esta pocilga. Esta noche tendrás que dormir en un hotel.

—No puedo pagarlo.

—¡¿Te has gastado todo tu dinero en una semana?! —grita Natalia, con la voz muy aguda.

—No. El otro día perdí la tarjeta de crédito en una fiesta. Hasta dentro de unos días no recibo la nueva.

—¡Genial! —ironizo, dándole la espalda.

—Puede quedarse en el sofá —dice Natalia, a quien miro alzando una ceja—. ¿Qué? No se va a quedar en la calle. Y mucho menos en mi apartamento, ¿no?… No quiero que lo llene de gente desconocida.

—Eh, ¡que sigo aquí! —grita Zack.

—¡Cállate! —decimos a la vez.

Natalia y yo esperamos en el salón mientras se ducha. No tarda mucho, pero, a los pocos segundos de dejar de escuchar el grifo, le escuchamos vomitar.

—¿Estás bien? —grita Natalia, acercándose a la puerta del baño, sin entrar.

—¡No! —responde con voz agonizante.

Natalia regresa y se para enfrente de mí.

—No puede ir así al trabajo. Le despedirán —dice.

—Si no se presenta, también.

—Quizá… —murmura, con ojos tiernos.

Niego con la cabeza, como si pudiera leerle la mente.

—No le voy a sustituir —mascullo.

—Por favor, Dylan. Si pierde ese trabajo… —Suelta todo el aire de golpe—. Será un ancla y nosotros el barco. Conseguirá que nos estanquemos. No nos dejará en paz.

Volvemos a escucharle vomitar. Natalia pone cara de asco.

—¿Porfi? —pregunta, con voz aguda.

—Está consiguiendo justo lo que quiere, Natalia. Quedarse a solas contigo.

—En tu apartamento, estaremos claramente en mi territorio.
—Se convence.

—Ahora vuelve a decirlo hasta que te lo creas.

El día transcurre muy lento. Le he cubierto en el bar y estoy doblando turno, pues he llegado antes del descanso. Mientras almuerzo en una esquina del local, pienso en la conversación que tuve con Lara antes de que Natalia apareciera en el aeropuerto.

—No puedes irte. No le hagas esto a Natalia —le dije, reteniéndola. La agarraba del brazo. Bajó la mirada hasta mi mano y la solté, disculpándome con un gesto amable—. Habla con ella. Explícale qué ha ocurrido, pero no te vayas así…

—Tengo que hacerlo, Dylan.

—¿Está pasando algo que no me hayas contado? —me atreví a preguntar.

Ella secó una lágrima que caía por su mejilla.

—Te hablaré desde mi nuevo número de teléfono cuando llegue. No quiero permanecer ajena a la vida de mi amiga, así que, por favor, infórmame de cualquier novedad.

Intenté hablar, pero me interrumpió haciendo un sonido con la boca.

—Es más complicado de lo que piensas, Dylan. No puedo quedarme a su lado. —Rompió a llorar, negando el abrazo que le ofrecí—. No dejes que Natalia se olvide de mí, por favor. Cuida de ella, te necesita. Y por nada del mundo vuelvas a confiar en Zack Wilson.

El sonido de un servilletero de madera cayendo al suelo me saca del trance. Le doy un mordisco al bocadillo y vuelvo a mi mundo, recordando el *pendrive* que Lara me dio instantes más tarde. Lo saco del bolsillo y lo observo con detenimiento. Recuerdo las palabras que me dijo:

—Son manuscritos terminados. Me ha dado permiso para leerlos, pero no he encontrado el momento.

—¿Te lo ha dado ella? —pregunté, y ella asintió—. ¿Qué quieres que haga con ellos?

—Lo que consideres que tengas que hacer, Dylan. Pero, si te sirve de ayuda… hay una editorial en España que trabaja mano a mano con Canadá. Quizá…, bueno, ya sabes. Si no lo haces tú, ella no lo hará nunca.

—¿No se enfadará?

—En caso de que eso ocurriera, échame las culpas a mí.

Lo vuelvo a guardar en el bolsillo, termino de comer y regreso al puesto de trabajo. La tarde es de lo más tranquila. No hace un buen día y, por lo que veo, la gente ha preferido quedarse en casa que salir a tomar algo con su gente. Son entre pocas y ninguna las personas que entran en un tramo de tres horas. Y el aburrimiento comienza a llamar a mi puerta. Otra empleada ha ocupado su puesto de trabajo hace un buen rato, justo después del descanso, pero no parece muy amable, pues no me ha dirigido la palabra en todo el rato que lleva aquí, así que descarto entablar una conversación con ella.

Cuando el mundo se calla, la mente habla. Y la mía no deja de incitarme a coger el *pendrive*, enchufarlo al portátil que hay al lado de la caja registradora y leer parte de esos manuscritos que nunca me ha enseñado en su totalidad.

Marc se interpone entre mis pensamientos y yo cuando irrumpe en el bar, dando un golpe en la barra para pedirme un tequila. La última vez que lo vi fue en la playa. No sé si me recuerda.

—Son doce dólares.

—¿No hay descuentos para los que tenemos el corazón roto?

—El negocio estaría en quiebra —respondo, con las cejas en alto.

Él ríe y acerca la tarjeta al datáfono. Mientras guarda su cartera añade:

—¿Trabajas aquí?

Veo que sí me recuerda, así que contesto sin más:

—Estoy cubriendo a Zack. El rubio de pelo largo.

—Sé quién es.

—¿Esperabas encontrarle?

—Esperaba que pudiera llevarme hasta Natalia. Es la única que puede responder a mis dudas.

Me quedo pensativo unos segundos.

—Es sobre Aron —se apresura a decir—. Se ha ido sin despedirse de mí.

—Lo siento. —Es lo único que se me ocurre decir—. Sé que no nos conocemos, pero…, si necesitas hablar, estaré aquí hasta las nueve de la noche.

Marc sonríe.

—Con que le des un recado para que pueda decírselo, basta —comenta antes de beberse el tequila de un trago—. Que le haga saber que, si las vueltas de la vida nos obligan a coincidir, cerraré los ojos para no verlo.

Me pide otro tequila, vuelve a pagar y se sienta en la esquina de la barra, alejado de mí.

Zack Wilson suma dos corazones rotos a su lista de víctimas.

Finalmente, tras esperar a que Marc se vaya y el local se vuelva a quedar vacío, enciendo el portátil y conecto el *pendrive* sin dar tiempo a mi cabeza para pensar en las consecuencias y en si, leyendo los manuscritos de Natalia sin su permiso, estoy traicionándola.

Frente al documento, deslizo el cursor del ratón a lo largo de las páginas y me paro en una cualquiera.

La única forma que tenemos de leer esta historia es haciéndolo juntos. No contemplo la idea de compartir el libro con un desconocido. Sería capaz de romperlo, mancharlo, arrugar sus páginas, estropear el lomo… No podría soportarlo. Pero ¿estoy preparada para compartir mi vida, mi pasión y mi sueño con un desconocido? Desde que hemos entrado en esta cafetería, Nick no deja de mirarme. ¿Debería hablarle? ¡No! Esto no es

un libro. Los flechazos no existen y, como diría un viejo amor, las casua-
lidades tampoco. No creo en ellas.

No puedo continuar leyendo.

Bajo la pantalla del ordenador y apoyo las manos sobre el mostra-dor. Tengo el corazón a mil por hora. Lo que estoy haciendo no está bien, pero el límite que separa el querer del deber es tan fino que vuelvo a levantar la pantalla sucumbiendo a la situación. Aunque no recuerdo el número de la página en la que se encontraba el párrafo. ¿Por qué hablaría de mí en pasado? ¿Tan importante soy para ella para que me mencione en un libro? ¿Es cierto eso de que el arte le debe la vida al amor y al desamor porque de ellos se nutre su catálogo?

La otra camarera me habla por primera vez en lo que va de día y me informa que será ella quien eche el cierre al negocio. Así que me pongo la chaqueta y salgo. Está chispeando.

Al llegar a mi edificio, veo a un chico sentado en los escalones que se levanta nada más me ve aparecer.

¿Qué hace aquí?

—Dylan Brooks, cuánto tiempo.

—¿Qué haces tú aquí? —le imploro—. ¿Cómo me has encon-trado?

—Tienes que volver a Nueva York —dice sin responder a nin-guna de mis preguntas.

—¿Quién te ha dicho dónde podrías encontrarme?

—Tu padre, Dylan. Está muy grave —me dice. Niego con la cabeza, sonriendo de manera irónica. Entonces sigue hablando—: Ha sido Agus. Me ha pedido que te convenciera. Me ha contado que habéis tenido una relación difícil este último tiempo… No es la mejor persona, así como tampoco lo soy yo. Ni tú. ¿O tengo que recordarte lo que pasó con Eneko? Lo único que sé es que parecía muy afectado…

Chisto.

—¿Afectado? ¿Por mí? ¿Por mi padre? Ese cabrón me está jo-diendo.

—Ese cabrón es tu padre biológico —recrimina con dureza.

—Ulises, después de todo, ¿esperas que me crea que has volado de Nueva York a Vancouver para hacer una obra de caridad? ¿Piensas también que sigo creyendo en Santa Claus?

Él pone los ojos en blanco y mira hacia arriba.

—¿No me vas a invitar a subir? —pregunta.

—No.

Se llena los pulmones de aire y exhala.

—Mira, Dylan, estás hablando con alguien que perdió a su madre antes de conocerla. ¿Vas a anteponer el orgullo a despedirte de tu padre? ¡Se muere, tío! —exclama—. ¿Qué más da si he volado de un lugar a otro? ¿O si tú y yo en el pasado nos hemos peleado?

Yo permanezco tranquilo en apariencia, aunque el caos se ha apoderado de mi interior.

—Si te soy sincero —continúa Ulises—, creo que la mayor muestra de arrepentimiento que puedo darte, lo mejor que puedo hacer para arreglar lo que se rompió entre nosotros, es hacer que no vivas eternamente con la culpa de no haberle dicho «te quiero» por última vez.

Extiendo el brazo y apunto con el dedo el final de la calle.

—Vete —le pido.

—Dylan…

—Yo no me meto en tu vida, Ulises. No te metas tú en la mía. Agradezco tu visita y valoro la intención, pero le puedes decir a Agus que se meta su repentina amabilidad por el culo.

¿Soy un mal hijo?

Me repito el mismo pensamiento una y otra vez mientras camino hacia la playa. No quiero volver a casa. Necesito respirar aire fresco, estar solo en un lugar en el que solo se escuche la naturaleza. Ulises se fue por la calle paralela sin decir adiós, pues bastante duras han sido mis palabras como para añadir algo más.

Cuando veo el mar, siento libertad.

Tiro la chaqueta de cuero a la arena, cerca de la orilla, dejo caer el móvil sobre ella y me quito las zapatillas. Remango la parte baja de mis vaqueros y camino junto al mar. Con la primera ola que entra en la arena, el agua moja mis pies. Está fría, pero no lo suficiente como para tener que alejarme. Hace algo de daño, pero me gusta. Voy y vengo por el filo del mar, dando patadas a la arena. Cada patada que doy es una persona, un momento, un recuerdo doloroso y unas cuantas vivencias tristes del pasado. La primera se suelta sola. La segunda también. Pero, a partir de la séptima patada, la pierna comienza a pesar, el agua a quemar y la arena a marcar mi piel.

¿A quién demonios pretendes engañar?

¡Tres patadas mal dadas al aire no conseguirán hacerte olvidar!

Grito de rabia y me quito la camiseta y el pantalón. Apenas me preocupo de que no se manchen o se mojen. Sin pensarlo dos veces, y pese a que mi móvil suena de fondo con el tono de llamada de mi padre, me adentro en el mar con ímpetu.

Elevo los brazos por encima de mi cabeza en forma de flecha y me tiro de cabeza al agua, hundiendo primero las yemas de mis dedos. No me gusta el mar ni la sensación de vacío que da cuando me sumerjo, pero sí el sonido de las olas, las estrellas sobre el cielo y la soledad que me acompaña. Me tumbo boca arriba con los brazos extendidos en forma de cruz y dejo que las olas del mar mezan mi cuerpo.

De pronto no soy Dylan Brooks, soy Diddy, el ojito derecho de mamá y papá. Tengo cuatro años y estoy en la bañera de casa. Mamá la ha llenado hasta arriba y ha dejado caer una bomba de color azul que se deshace con el agua. Dice que, si cierro los ojos, podré sentir que estoy en medio del mar. Lo hago, mientras ella ríe. En la mano tengo un pato de goma con gafas de sol, se lo he quitado al todoterreno de papá. Papá me saca fotos desde la puerta del baño. Entreabro un ojo y los veo a ellos, abrazados. Papá rodea por detrás a mamá y ella besa su mano. Han salido antes del trabajo para pasar una noche de viernes conmigo.

Y pienso: «Ojalá nosotros siempre».

Al fin y al cabo, cuando los libros de Natalia llegaron a mi vida, pese a no ser una casualidad, se adentraron en mi rutina porque poseían todo cuanto yo había perdido. El «nunca» del primer título, todo aquello que había desaparecido a mi alrededor y ya no volverá. El «siempre» del segundo título, lo que siempre permanecerá en mí, pese a no estar conmigo. El «quizá» del tercero, ese ápice de luz dentro de la oscuridad. Esa ínfima posibilidad de ser feliz, al margen de los recuerdos. Al margen del pasado. Del puto mar. Mamá. Papá. La bañera. El pato de goma. El color azul. Nueva York. Mi vida.

Al abrir los ojos ahora, la cruda realidad baña mi rostro y una ola engulle mi cuerpo hasta el fondo y hace con él lo que le viene en gana. Mis pulmones se quedan poco a poco sin aire, pero recuerdo las palabras de mamá: «No respires, Dylan. Trata de mantenerte a salvo, pero nunca luches a contracorriente. El oleaje siempre te llevará hasta la orilla».

Se le olvidó decirme que, a veces, luchar a contracorriente es la única opción para sobrevivir, y que por nada del mundo debes fiarte del oleaje. También puede llevarte mar adentro, provocar que te pierdas o…, peor, que te ahogues; pero no en el océano precisamente, sino en tus recuerdos. Porque una vez abras los ojos y no veas nada a tu alrededor, ni las paredes de la bañera, ni la espuma del jabón, ni a mamá y papá en la puerta del baño, todo se complicará.

Llego hasta la orilla con dificultad nadando a contracorriente y en diagonal. Al llegar a la arena, el aire enfría mi cuerpo. Camino hasta donde están mis cosas y, sin secar mi piel, me pongo la ropa. De camino a casa, consulto el teléfono. Tengo dos llamadas perdidas de mi padre.

El miedo invade mi cuerpo y siento que tengo que hacer algo que debería haber hecho mucho antes.

Lo llamo al instante.

—Papá, ¿estás bien? —inquiero, con la voz agitada, nada más descuelga.

—Claro, Dylan. ¿Qué tal estás tú?

Su voz resuena en mis oídos como la jodida melodía de un puto ángel de la guarda, pero no me siento capaz de responder.

—He estado pensándolo… Vuelvo a Nueva York, papá.

Guarda silencio durante unos segundos.

—Dylan, ¿estás seguro?

—Jamás he estado tan seguro de algo —le digo, con una sonrisa de oreja a oreja, mientras las lágrimas caen por mis mejillas hasta mojar la arena.

—Gracias, hijo —murmura.

—¿Crees que podrás dar algunos golpes al saco con el impresentable de tu hijo? —Río.

—No digas eso, Dylan… —Me regaña con autoridad—. Pero sí, creo que sí. Y, si no tengo fuerzas, las sacaré de donde haga falta.

Esta vez soy yo el que guarda silencio. Tapo el micrófono para que no me escuche llorar.

—Papá… —empiezo.

—Dime.

—Te quiero.

)))((

Tras comentar mi decisión con Gia, quien gritaba eufórica de alegría al otro lado de la línea, entiendo que ha llegado el momento de contarle mi verdad a ella. A la chica que odia las mentiras.

Al entrar al apartamento, lo primero que veo es a Zack tumbado en el sofá. Está acurrucado en una esquina, con los brazos bajo su cabeza a modo de almohada. Esbozo una pequeña sonrisa al contemplar la situación y lo arropo con una manta. Camino hasta la habitación.

Natalia está en una esquina del dormitorio, sentada en el suelo, con el ordenador sobre sus piernas y los auriculares puestos. Al verme llegar, me hace un repaso de pies a cabeza y, después de observar mi ropa empapada, sonríe y palmea el suelo a su lado para que la acompañe. Le doy un beso en los labios y me siento junto a ella. No me molesto en mirar lo que está haciendo. Se quita los auriculares y la canción que suena invade la habitación.

—Hay algo que quiero decirte —comienzo a hablar—, pero no encuentro las palabras exactas para hacerlo.

Natalia guarda silencio. Nunca un silencio había dolido tanto. Y entonces habla.

—Lo sé, Dylan —confiesa, con la voz rota—. Gia me contó el parentesco que te une con Agus, pero le prometí no decirte que me lo había contado. He hablado con ella hace poco, me ha avisado de que estabas pensando en decírmelo.

Y, como si volviera al mar, me siento en libertad de nuevo.

—Ahora que has decidido compartirlo conmigo, creo que debería decirte lo que pienso. Dylan, tu verdadero padre es el que te ha criado, el que te quiere. Es él quien de verdad te considera un hijo. Y…

—Se va a morir —le digo, con los ojos llenos de lágrimas.

Natalia abre la boca un par de veces tratando de decir algo, pero no consigue articular palabra.

—Me fui de casa sabiendo que su estado había empeorado.

Ella deja el ordenador sin mirar a dónde cae y me abraza con fuerza contra su pecho. Yo pego las manos a su cuerpo y lloro sobre su cuello. Ella acaricia mi pelo con ternura. Nos quedamos así un rato, inamovibles.

La vida no deja de doler, pero entre sus brazos las heridas escuecen un poco menos.

—¿Por qué no vuelves a Nueva York, Dylan?

—¿Por qué no vuelves tú a Madrid, morena? —Le devuelvo la pregunta; Natalia guarda silencio durante unos segundos—. Siento si te ha molestado…

—Allí hay gente que te quiere.

—Solo hay una persona.

—Y esa persona cuenta por mil, Dylan. Igual que mi madre. Ambos hemos sufrido, pero estoy segura de que daríamos la vida por que ellos no lo hubieran hecho.

—Me da miedo.

—A mí también, pero hay que seguir viviendo.

—¿Aunque duela? —le pregunto, con la voz rota.

—Aunque duela. Hasta el final.

EL MONSTRUO DE LAS PESADILLAS
(12)

Quince años

—Hoy he visto a Tyler, iba con sus padres. Son viejos amigos míos —dice, como si me importara—. Me ha comentado que tú y él sois novios, ¿es eso verdad?

Mi pulso golpea en el interior de mi garganta. Todo lo que escucho se resume en los latidos de mi corazón. Cada vez suenan más y más.

—No —me atrevo a responder.

—Él me ha dicho que sí.

—Y yo te estoy diciendo que no —le corrijo.

Al monstruo de las pesadillas no le gusta no tener la razón. Me mira con odio y vuelve a clavar los ojos en la maleta. No deja de meter ropa. Me quiero ir del dormitorio. El marco que sostiene una foto de los tres, mi madre, el monstruo de las pesadillas y yo, me produce náuseas. Tan solo de pensar en ese viaje a la playa me dan ganas de llorar.

Aún recuerdo como si fuera ayer el tacto áspero de su mano en mi mejilla, mientras juraba una y otra vez que él no me había dado una patada en el estómago. Los gritos en el restaurante del hotel cuando pedía helado. Las amenazas con ahogarme en el mar que sufría la niña con cinco años.

Un escalofrío recorre todo mi cuerpo. Tengo los ojos llenos de lágrimas. Rápidamente las seco. No puede verme así. No puedo mostrar debilidad.

—*Tyler es un buen chico* —*afirma.*

—*Si lo conocieras, no pensarías lo mismo.*

El pantalón que sostiene entre sus manos se le escapa y cae al suelo. Yo lo miro con temor. Su puño se ha cerrado tal como lo hace el mío cuando tengo ansiedad. Intento tragar saliva, pero se ha formado un nudo en mi garganta que me impide ejecutar movimientos.

—*¿Qué insinúas?*

—*No me trata bien* —*digo por fin.*

—*Explícate* —*masculla, con rabia.*

—*No quiero hablar de ello.*

Antes de que pueda salir por la puerta, su mano atrapa con fuerza mi muñeca. Siento su aliento cerca, tan cerca que siento repugnancia. Y miedo, mucho miedo. Mamá no está en casa y eso me lleva a pensar en todas las veces que se ha aprovechado del momento para desfogar su rabia interior en golpes. No sé por qué he pensado que podría ayudarme. No se le ha removido nada en su interior. Todavía espero que bajo esa máscara haya alguien con corazón que decida quererme de una vez.

No puedo huir, porque dentro de casa vive el monstruo de las pesadillas, pero afuera me espera su sombra.

29

PERSONAS COMPLICADAS

Natalia

Zack aparece en el aeropuerto por sorpresa. Corre hacia nosotros dando tumbos mientras arrastra la maleta. Va esquivando a la gente como puede. Grita histérico, y Dylan y yo nos miramos extrañados. ¿Qué hace aquí? Cuando llega, no puede ni respirar. Está ahogado.

—Voy con vosotros —dice, con la respiración agitada.

—Ni de coña —masculla Dylan.

Zack suelta la maleta y esta cae al suelo. El golpe retumba en la terminal y me llevo las manos a los oídos. Somos el centro de atención, todo el mundo nos mira.

—No quiero numeritos, Zack —le advierte Dylan.

—Te he fallado en un sinfín de ocasiones. Lo voy a arreglar.

—No.

—Quiero demostrarte que puedes confiar en mí, Dylan. Deja que lo intente.

Dylan se llena los pulmones de aire y lo suelta de golpe. No dice nada, pero Zack interpreta el silencio como una respuesta positiva, aunque por el gesto del rostro de Dylan, parece lo contrario. Agarra la maleta de nuevo y camina a nuestro lado. Intenta entablar conversación conmigo, pero no lo consigue. En el fondo, siento que estando cerca de él traiciono a Lara. Cada vez que pienso en ella me entran ganas de llorar. No responde mis llamadas, ni mis mensajes. Aron se limita a decirme que está bien, pero no dónde está, ni si me guarda rencor… Me gustaría saber si me extraña tanto como yo a ella.

En el avión, Zack y Dylan se pelean. Ha durado mucho su buena intención. Ambos quieren subir mi equipaje de mano y ninguno de los dos suelta el asa. Yo estoy en medio de los dos y tengo que hacer un esfuerzo inhumano por no abofetearlos a la vez.

—¿Podéis comportaros como adultos? —les pido.

—¡Ha empezado él! —murmuran a la vez.

Enfadado, Dylan suelta el asa y se dirige a su asiento. Miro a Zack de manera desafiante.

—Me lo estás poniendo muy difícil —le digo.

—Lo siento.

Niego con la cabeza, con una sonrisa irónica.

—Estoy harta de tus «lo siento», Zack. Prométeme que te irás de mi vida —le pido, sin consultar con el corazón la decisión que acabo de tomar con la cabeza; él abre la boca, sorprendido—. He intentado olvidarlo, Zack, pero no puedo. ¡Me mentiste! Durante ¿cuánto? ¿Tres meses?

Intento no alzar la voz. El avión está lleno de pasajeros y no quiero molestar ni que se enteren de nuestra conversación. Miro hacia atrás para comprobar que Dylan no nos está escuchando y suspiro.

—Prométeme que desaparecerás de nuestras vidas cuando nos vayamos de Nueva York.

—¡No elegimos de quién nos enamoramos! —protesta, frustrado—. He perdido a la persona que estaba dispuesta a ser el amor de mi vida, no quiero perder también a mi mejor amiga.

—Ya es tarde, Zack.

—¿Y ya está? ¿Fingiremos que nuestra amistad no ha sido preciosa? ¿Haremos como si nada?

Río sarcástica.

—Hubiera sido más sencillo decir la verdad desde el principio. Sabías que Lara era mi vida entera, y te ha dado igual, porque tan solo eres un pijo egocéntrico y egoísta que rompe todo lo que toca.

—Limpio una lágrima que cae por mi mejilla—. Créeme si te digo que decirte adiós me duele más a mí que a ti, porque llegué a creer que no serías como los demás. Pensé que tú nunca me fallarías.

Zack intenta decir algo, pero hago una mueca que lo obliga a guardar silencio.

—Te odio, Zack Wilson.

Le doy la espalda y llego a mi asiento entre lágrimas. Dylan no se percata de lo que está sucediendo, pero sí de mi compañía, porque coloca su mano sobre mi pierna. Limpio mis lágrimas rápidamente, me pongo los cascos e inundo mi mente de música que durante el viaje consigue hacerme olvidar todo cuanto duele en mi corazón.

Dylan está inquieto. Miro hacia atrás para comprobar que Zack sigue ahí, al final del avión. Ha sido un milagro que hubiera un asiento libre. Tiene la mirada clavada en la pantalla del móvil. Me vuelvo a centrar en Dylan.

Ojalá pudiera saber, aunque fuera por unos minutos, qué es lo que se siente cuando estás a punto de encontrarte con tu padre. Con esa persona que te lo ha dado todo sin pedir nada a cambio. Ojalá pudiera volver a ser una niña inocente ajena a todo, incluso a los golpes que recibía, y que esperaba a su padre en la puerta de casa con una sonrisa de oreja a oreja con la esperanza de que ese día fuera el definitivo en el que dejara de ser el monstruo de las pesadillas y se convirtiera en lo que la niña necesitaba: un padre.

Tras dos días en Nueva York, Dylan no parece el mismo.

Habla distinto, actúa distinto e incluso su forma de relacionarse con el mundo es completamente distinta. No creo que sea algo malo, sino que al igual que la Luna provoca las mareas, nuestras ciudades natales saben hacernos despertar, en todos los sentidos de la palabra, porque en el tema de las pesadillas… Dylan me ha tomado el relevo. Anoche de madrugada terminamos subidos a la azotea, abrazados y cubiertos por una manta, bebiendo chocolate caliente y mirando las estrellas. Allí nos encontramos con Eneko, que sin vacilar se sentó a mi lado y comenzó a recordar anécdotas graciosas de cuando eran pequeños. Logró que Dylan no pensara en los malos recuerdos.

Se había despertado con el corazón acelerado a mitad de la noche preguntando por su madre. Al principio, cegada por el sueño, no conseguía entender nada, pero cuando lo vi mirarme con los ojos rojos, la mandíbula tensa y el pecho subiendo y bajando con rapidez supe lo que estaba ocurriendo.

☽ ☽ ☾ ☾

—Buenos días —murmuro, al llegar al salón.

Eneko coge la chaqueta, se cuelga la guitarra y sale de la casa con prisa.

Gia me ha pedido que no le pregunte a Rick sobre su estado de salud. Mientras Dylan esté en casa no quiere hablar del tema, así que, por mucho que me cueste, guardo silencio.

—¡Hola, Natalia! ¿Cómo has dormido? —se interesa Rick.

Tiene muchas ojeras y el rostro pálido. Sale de la cocina y con el delantal puesto viene a saludarme, para después darme un abrazo. Yo rodeo su cuerpo con mis brazos y cierro los ojos. Los da igual de fuertes que Dylan. Y no porque sus brazos sean puro músculo, sino porque los da de verdad, de esos que trazan un punto sobre una herida abierta.

—Dylan me ha contado que te gusta un tipo de cacao llamado ColaCao, así que he comprado el más parecido que había en la tienda.

—No hacía falta… Muchas gracias, señor Brooks.

—Puedes llamarme Rick —dice, mientras me guiña un ojo, tal como lo hizo su hijo en su día; yo dejo escapar una carcajada—. ¿Te resulta familiar esta técnica? Se la enseñé yo…

Sonrío, y, no sé cómo lo ha hecho, pero, de repente, mi niña interior se siente a salvo.

Rick pone dos platos sobre la isla de la cocina. Uno contiene tortitas; otro, tostadas.

—Para ti las tortitas. Tienes que probar mi especialidad —comenta, sonriente.

Se sienta a mi lado y comienza a comer.

—¿Eneko vive aquí? Pensé que él y Dylan… Bueno, ya sabes, que no se llevaban bien.

—Los dos son igual de tercos. Cuando se enfadaron y pusieron fin a su amistad, les advertí que no durarían mucho tiempo el uno sin el otro. Y es que cuando la vida te pone en tu camino a tu alma gemela en forma de amistad, se sabe.

—Parece buen chico —me limito a decir, dado que apenas lo conozco.

Las palabras de Rick han hecho que el nombre de Lara y también el de Zack circulen de un lado hacia otro de mi mente, rebotando en las paredes de mi cabeza.

—Ha sido un alivio tenerlo estos meses en casa. Me ha hecho compañía…

No sé qué responder. Siento un nudo en la garganta, así que le doy un trago al zumo de naranja.

—¿Puedo hablarte sobre Dylan?

Nada más lo escucho, asiento rápidamente con la cabeza.

—Está cegado por el dolor. Le cuesta ver más allá de lo que ha sufrido. No todo es malo… En esta casa ha pasado los mejores años de su vida y también los peores, pero una cosa no anula la otra. De los cientos de momentos preciosos que ha vivido aquí… las Navidades, los entrenamientos conmigo, las noches de fiestas de pijamas y videojuegos con sus amigos… ¡Agh! ¡Una vez incluso llegué a disfrazarme de Spider-Man en su cumpleaños porque no encontrábamos a quién contratar! Él estaba tan feliz…, pero no hacía más que buscarme a mí. Siempre hemos tenido una relación muy bonita, ¿sabes? Y me duele tanto por él…, porque ha decidido quedarse con lo malo y eliminar lo bueno de un zarpazo.

—Creo que Dylan se acuerda más de los momentos bonitos de lo que reconoce. A veces, necesitamos aferrarnos al dolor para poder olvidar. Cuando quieres tanto a alguien, justificas lo que siempre dijiste que nunca tolerarías. Te rindes a ese algo... a esa persona... hasta que te pierdes, porque la línea entre el querer, el amor propio y los principios de cada uno se difuminan hasta desaparecer. Entonces ahí solo queda una vía de escape que tomar y es la del rencor.

Rick me observa con ternura y me anima a que siga comiendo, pero yo siento la necesidad de seguir hablándole de su hijo:

—Dylan me reprocha justo eso, ese acto inconsciente en el que das más importancia a lo malo que a todo lo bueno que está ocurriendo en tu vida. Es inevitable, supongo. Una lucha constante entre lo que quieres, lo que debes y lo que necesitas hacer. No sé si debería decir esto, pero creo que Dylan y yo estamos tan unidos porque nuestro punto en común es que estamos igual de rotos.

Rick me frota la espalda con la mano abierta.

—Eso no es malo —se limita a decir.

—Pero tampoco es bueno. En el otro hemos visto nuestra parte más vulnerable y la hemos abrazado. Hacemos el uno por el otro lo que nos hubiera gustado que hicieran por nosotros cuando nos rompieron.

—Llegará el día que ese hecho deje de ser tan obvio y seáis solo eso, dos personas completas que quieren complementarse. —Parece saber de lo que habla.

—¿Y si ese momento no llega?

—Entonces, uno, el otro o los dos deberéis tomar una decisión. Auch.

—¿Estás diciendo que deberíamos dejarlo?

—Estoy diciendo que Dylan y tú tenéis algo tan bonito y fuerte que sería una pena que se viera afectado por el daño que otras personas os han causado.

La conversación termina cuando Dylan aparece por arte de magia, lleno de sudor y rojo como un tomate. Me roba una tortita que enrolla y se mete en la boca de un bocado, pero vuelve a desaparecer sin decir nada y Rick lo ve marchar con los ojos vidriosos.

—Lo supe desde el mismo momento en el que nació —dice Rick—. A Serena le costó tantísimo pronunciar «Es igualito a ti...», que pude ver la verdad en su mirada. La pena. El niño no se parecía en nada a mí.

Realmente, por dentro son dos gotas de agua. Creo que es una de las cosas más bonitas que tiene Dylan.

—¿Por qué te hiciste cargo de un niño que no era tuyo?

—Porque para mí lo era. Yo había visto a ese garbancito crecer en el vientre de la mujer a la que quería. Ese niño no tenía la culpa de haber nacido en una relación en la que sus padres no se querían como debían. Merecía lo mejor y yo se lo iba a dar, porque sabía que el verdadero padre no lo haría nunca, aunque eso significara trazar una vida de mentiras.

—Dylan tiene mucha suerte de tenerte como padre.

Mi voz se quiebra al pronunciar la última palabra. No sé cómo, ni por qué, aunque puedo intuir las respuestas…, comienzo a llorar. Rick me abraza.

—Gracias —musito débilmente.

—¿Por qué?

—Porque desde que murió mi abuelo, no me habían vuelto a abrazar de esta forma.

—¿Lo echas de menos?

—¿A quién? ¿A mi abuelo? —asiento rápidamente.

—A tu padre —concreta.

Clavo la mirada en el mármol y expulso todo el aire que queda en mis pulmones. Muy a mi pesar, niego sutilmente con la cabeza, mientras la última lágrima cae por mi mejilla, rajando mi piel.

No se puede echar de menos algo que nunca has tenido.

Dylan

Bajo las escaleras frotando mi pelo mojado con una toalla pequeña. Abajo solo existe el silencio. Son las nueve de la mañana de un nuevo día, pero mi padre no parece estar tarareando una de sus canciones favoritas mientras hace el desayuno.

Bajo el último escalón al mismo tiempo que termino de sacudirme la humedad del pelo, que queda completamente despeinado. Al instante, veo a Natalia de rodillas en el suelo, con los ojos muy abiertos y la mano en la boca. Miro a Zack, que lleva puesta la misma ropa de ayer. Debe de haber llegado a casa hace poco, anoche salió de fiesta, pero nosotros nos quedamos en casa. Se acerca hasta mí y sin venir a cuento me abraza. Eneko está en la puerta con los ojos rojos, las mejillas empapadas de lágrimas y el móvil en la oreja.

—Necesitamos una ambulancia. —Es lo único que consigo escuchar.

¿Qué coño está pasando?

Aparto a Zack de un zarpazo y camino hasta Natalia en silencio. A medida que me acerco a ella, veo la silueta de un cuerpo estirada sobre el sofá. Son los zapatos de mi padre. Con dos pasos más que avanzo, reconozco lo que parecen ser sus pantalones. Y cuando llego hasta ella, justo detrás de donde está de rodillas en el suelo, lo veo a él. Tumbado. Con los ojos cerrados y el brazo colgando del sofá. Sus dedos rozan el suelo. Y su alma el cielo.

—No respira, Dylan —dice Natalia, rota en llanto.

—Lo siento —murmura Zack.

—La ambulancia viene de camino —añade Eneko tras sorber su nariz.

Abro los ojos cuanto puedo y al instante dejo de ver con claridad. Mi visión se vuelve borrosa y me cuesta respirar. Oigo el grito de alerta que emite Zack al verme caer a plomo contra el suelo. Me he dado un golpe en la cabeza y me duele la nuca. Siento frío en la parte superior. Y todo se funde a negro.

Al abrir los ojos, mi cuerpo lo rodean dos personas vestidas de un color llamativo. Me incorporo como puedo y alcanzo a ver cables a mi alrededor. Al fondo del salón, mi madre.

Me levanto automáticamente y con los ojos llenos de lágrimas, me acerco al que creo que es un médico y le digo:

—¿Y mi padre?

—Dylan… —murmura Eneko, agarrándome del brazo.

—¡¿Dónde está mi padre?!

—¡Cálmate! —grita mi madre, desde la distancia.

—¿Cómo dices? —Las aletas de mi nariz se abren y se cierran.

Ella permanece estática. No tiene los ojos rojos. Las lágrimas no inundan su rostro. La pena no vive en su interior.

—Vete de aquí.

—No. Necesitas un adulto que…

—¡Vete! ¡Ahora yo soy el adulto! —bramo, sin parar de llorar.

Natalia me mira con la mano en la boca, ahogando la tristeza.

—No intentes ejercer de adulto ahora, ya es tarde. Me dejaste solo cuando más te necesitaba. Ya no me haces falta, mamá.

30

TE QUIERO, PAPÁ.
NUNCA HE DEJADO DE HACERLO

Dylan

Mi padre ha muerto.

Y con él, el último resquicio de nuestra familia.

Me duele el corazón.

—La vida te enseña quién sí y quién no, pero la muerte te enseña quién estará siempre. Creo que puedo hablar por todos nosotros si digo que Rick, ya no el padre, sino el policía, amigo, hijo, hermano, tío y esposo —hago una brevísima pausa y miro a mi madre disimuladamente—, ha dejado el listón muy alto a las siguientes generaciones. ¿Estaré a la altura? ¿Seré tan buen padre como lo ha sido él? ¿He sido el hijo que merecía? —Vuelvo a mirar a mi madre, pero esta vez me topo con la mirada de Agus—. Creí que volver a Nueva York me haría reencontrarme con esa parte que tanto necesitaba de mí pero que había dejado escapar. Sin embargo, no esperaba hacerlo de esta manera. No estaba en mis planes darme de bruces con la realidad. Entender que padre es el que está, no el que pone en el papel. Que el amor que siembras se recoge y él se ha ido con el corazón lleno. Que la vida, igual que viene se va, pero lo que dices, haces y sientes prevalece en los libros del recuerdo. Porque, si algún día alguien escribiera una historia sobre él… —Arrugo el papel que sostengo entre las manos y lo tiro al suelo; las lágrimas lo habían empapado y no podía leer nada—. Papá, no sé si me estás escuchando…, o si, por el contrario, cuando el corazón deja de latir el alma se desvanece hasta desaparecer. Pero si lo estás haciendo, si estás aquí... lo siento. Siento tantísimo no haber sido el hijo que esperabas. Siento no haber podido arreglar nuestra familia, papá. Espero que donde estés ahora puedas empezar de cero con gente que de verdad te quiera, aunque aquí dejes el legado de tu nombre, tu corazón y tus valores.

Las lágrimas inundan el césped. A mi alrededor se forman charcos de dolor. Deslizo la mirada en busca de los ojos cómplices de Natalia, que asiente con la cabeza, la nariz y los ojos rojos, un pañuelo en la mano y la luz más poderosa de este lugar.

—Solo quiero que sepas que te quiero, papá. Nunca he dejado de hacerlo.

Me bajo de la tarima y corro a refugiarme entre los brazos de Natalia, que me aprieta contra su pecho como si nada ni nadie en este mundo pudiera separarnos. Zack me pasa una mano por el pelo y entrelaza su brazo con el mío. Eneko asiente una vez con la cabeza. No puede dejar de llorar. Enfrente, separados por el ataúd que aún guarda el cuerpo de mi padre, veo a mi madre y a Agus mirar fijamente la madera. Mi madre lleva puestas unas gafas de sol. Va vestida de traje, pero no se ha molestado ni en quitarse la chapa que tiene cosida a la solapa de la chaqueta que usa cuando lleva a cabo una detención. Niego con la cabeza a la vez que aparto la mirada y echo un vistazo alrededor. Está repleto de gente. No sé si parece el funeral de mi padre o el de una estrella del rock. ¿Quiénes son todas estas personas? No pintan nada aquí.

Eneko se aleja cuando su familia se acerca a nosotros.

—Os espero en el coche —se limita a comentar.

Ulises no mira a su hermano. Su padre tampoco. La única que lo hace es su hermanastra, que suspira al verlo marchar. La causa de que Eneko viva en mi casa. Avanzo los pasos que nos separan y la abrazo.

—Lo siento, Dylan —dice ella.

—La vida es muy corta para vivir la que otros esperan de nosotros. Eneko está viviendo en mi casa, puedes pasar cuando quieras a verlo. Te quiere.

Ella no dice nada. Abre la boca y, a continuación, la cierra, confusa. Su madre me abraza y el padre de los mellizos me da la mano. Ulises me hace un gesto apretando los labios. No se acerca a mí. Cuando se alejan murmuro:

—Quiero que se vayan.

—¿Qué?

—La gente. La mitad de ellos hablaron mal de nuestra familia a nuestras espaldas cuando mi madre nos abandonó. No quiero que estén aquí.

—Vale —dice Natalia.

—¿Vale?

—No quieres que estén, ¿no? Los despediremos —dice con seguridad—. La única persona que tiene poder de palabra hoy eres tú, macarra. Ni tu madre, ni tu familia, ni la gente…, solo tú. A tu padre le gustaría que estuvieras bien y si eso conlleva que toda esta gente se vaya pues…

No le da tiempo a terminar cuando Zack avanza dos pasos y grita:

—¡Si alguna vez habéis querido a este buen hombre, marchaos!

Eneko pasa de estar de brazos cruzados apoyado sobre el coche a abrir los brazos con extrañeza al ver a Zack generar barullo. La gente murmura. Viene hacia nosotros cuando su familia se aleja y comienzan a charlar con unos conocidos. Agus le dice algo a mi madre al oído y caminan hacia nosotros.

—¿Qué ocurre? —pregunta Eneko, pero nadie le responde—. ¿Estamos haciendo las cosas al estilo Brooks? Eso significa sacar mi parte gamberra…

—Despide a los asistentes, por favor —le pide Natalia.

Él asiente y camina con paso firme.

Mi madre se para enfrente de mí con las manos en los bolsillos de su gabardina negra.

—Dylan, soy su exmujer, merezco estar aquí.

No me puedo creer que esté diciendo esto.

—Ah, ¿sí? ¿Es ahora cuando pretendes demostrar amor? ¿Cuando ya no está? ¿Cuando no puede verlo? —Avanzo un paso hasta ella.

Agus se interpone entre nosotros, pero mi madre le hace un gesto para que se eche a un lado.

—No te has quitado ni la puta placa. Llevas gafas de sol porque fingir las lágrimas era demasiado patético hasta para ti y no has tenido el valor suficiente de acercarte y preguntarme qué tal estoy.

—¿Cómo estás?

—¡Vete al infierno! —grito, dándoles la espalda.

Natalia se queda unos pasos atrás, justo al lado de mi madre.

—Serena, no le hagas esto. Es bastante complicado aceptar que tu padre ha muerto como para, además, recordar que tu madre nunca ha estado.

—Tenemos una conversación pendiente —se limita a decir.

¿Una conversación pendiente?

Los seres humanos nacemos con un alto grado de dependencia, un bebé es incapaz de salir adelante por sí mismo. A medida que crecemos, nos volvemos más independientes a nivel orgánico, pero, a la vez, la vida nos enseña otro tipo de dependencia. El tiempo, las costumbres y los que nos rodean nos provocan apegos a las cosas materiales, a las personas, a los momentos.

Nos vuelve adictos.

Adictos a la risa de tu pareja, al olor a la comida de tu abuela, a escuchar a tu padre contar anécdotas cada vez que vuelve del trabajo, a las compras interminables con tu madre, a las tardes de inocencia y primeros amores con tus amigos en el parque...

Adictos a lo que ya no está, pero aún perdura.

Dependientes del amor y sus variantes.

Por eso hemos venido aquí, al restaurante de tortitas favorito de mi padre, al que nos traía a Eneko, a Ulises y a mí una vez al mes después del colegio. Entro de la mano de Natalia, cabizbajo y con los ojos hinchados. Me duele el corazón, pero algo dentro de mí renace cuando me siento en el lugar que ocupaba mi padre.

Zack pide una hamburguesa, Eneko su mítico batido de chocolate y yo comparto batido y tortitas con Natalia. Apenas tengo hambre, pero picoteo alguna que otra. Solo quiero verlas ahí, en el plato, junto al batido. Como si todo siguiera como antes, como si él no hubiera muerto.

—¿Creéis que mi madre se ha ido del cementerio después de lo que le has dicho porque me quiere?

Rápidamente levanto la vista de la mesa y los observo. Eneko baja la cabeza y se lleva la pajita a la boca. Zack y Natalia se miran entre ellos sin saber muy bien qué decir. Y lo entiendo. No sé cómo he podido pensar que ellos tendrían la respuesta.

—No necesito que me mintáis —les advierto.

—¿Por qué necesitas saberlo, Dylan? —pregunta Natalia.

La miro con incredulidad. *¿Lo está diciendo en serio?*

—Anclarte en eso es una de las peores formas de tortura que existen... —me dice—. Cada vez estarás más atado a lo que podría haber sido y no a la realidad.

—Ahora dime tú. —Miro a Zack—. ¿Crees que me quiere?

Se encoge de hombros.

—Quien te quiere no hace que te odies, Dylan —concluye Eneko.

☽ ☽ ☾ ☾

Nuestra vuelta a Vancouver estaba prevista desde hace una semana, pero el mismo día del vuelo la aerolínea canceló los billetes por fuertes tormentas. Decidimos quedarnos en Nueva York unos días más. Lo que tan solo iban a ser tres días ha terminado siendo una semana y un día.

No sé si estar aquí me gusta o me aterroriza. Sea cual sea el sentimiento, lo necesitaba. Añoraba esto, caminar por las calles de mi ciudad, ir a comprar el pan a la panadería de siempre, salir a tomar el aire al jardín, cenar viendo las estrellas sobre el tejado...

El día de hoy lo hemos dedicado a hacer turismo por la ciudad. He llevado a Natalia al centro y le he mostrado algunos de los lugares más importantes. Con la noche bañando mi vecindario, Zack se resguarda del frío en casa y nosotros salimos a cenar. Lo iba a invitar a salir con nosotros, pero Natalia me ha pedido que no. Eneko se ha quedado tocando la guitarra en el cuarto de invitados.

Desde que llegamos, Zack parece otro. Y Natalia también. No hablan. No se miran. No tienen esas ganas locas por vivir la vida juntos. Parecen serios, cabizbajos. Una parte de mi cabeza, la más insegura, esa que todavía cree en la posibilidad de que alguien nunca llegue a quererme tanto para elegirme a mí por encima de cualquier otra persona, teme que Zack haga lo mismo que Ulises en su día y me rompa el corazón. Que Natalia lo elija a él. La otra parte de mi mente, la que confía ciegamente en Natalia, la que quiere verla feliz, llora de pena al ver marchitarse una amistad como la que ellos han tenido. Al final, pese a todo, Natalia era feliz con Zack a su lado.

Llevo a Natalia a caballito fingiendo ser dos Vengadores que tienen como misión salvar la ciudad de Nueva York, como en *La Era de Ultron*. Ella se aferra a mi cuello y ríe de emoción a medida que subimos y bajamos por las calles de la ciudad.

No recordaba este lugar así.

Unos meses han sido suficientes no solo para enamorarme, sino para que para mí cambie un sitio que creía familiar. Lo siento lejano, más que nunca. El frío no se siente igual, la noche tampoco. Mi casa no huele como la última vez que estuve en ella. Mi habitación es, incluso, menos acogedora que de costumbre. El zumo de naranja sabe diferente y el agua de la ducha moja mi cuerpo, pero no lo limpia, porque el peso de lo que algún día llegó a ser esta ciudad para mí permanece conmigo desde primera hora de la mañana hasta el último instante del día, ese ápice de luz que se cuela entre los párpados instantes antes de cerrarlos por completo y quedarte dormido.

Con Natalia todo es diferente.

Aunque me gustaría poder. No sé si mejor o peor, pero me siento afortunado de poder llevarme otra imagen de mi ciudad, siendo lo que es, un conjunto de personas, elementos arquitectónicos, casas, seres vivos y cientos de emociones distintas entre sí y no la ciudad que vio marchar a mi madre.

—Gracias por venir conmigo —le digo, cuando sus pies tocan el suelo.

Solo estamos ella y yo, las estrellas y la Luna llena. Natalia eleva la vista hasta el cielo y sonríe. Hundo mis manos en su pelo y acerco su rostro hasta el mío. Mis labios se funden con los suyos, sedientos de su calor.

—No sé cómo te lo podré compensar.

—Dylan… El amor debe ser recíproco.

—Lo sé, pero nunca nadie había hecho algo así por mí.

—Algo así ¿como qué?

—Quererme, Natalia. Nunca nadie antes me había querido de esta forma. Eres la primera persona que me dice lo que está bien y lo que no. La que me ha enseñado a ver la realidad de los libros y la fantasía del mundo en el que vivimos. Eres tú por quien empecé a creer en el amor. Y míranos… —Clavo la mirada en el cielo, con la boca entreabierta—, siempre tú y yo y la Luna. Es como si no quisiera perder detalle de nuestra historia.

—¿Crees que terminará bien?

—No lo sé, pero espero que, si nuestros protagonistas no acaban juntos, la Luna sea consciente de que ha sido testigo de la historia, quizá no más bonita, pero sí más real que jamás haya existido.

Permanecemos unos instantes fundidos en un abrazo.

Por esta calle nunca suelen pasar coches, así que cierro los ojos y busco refugio en su cuello, aspirando su perfume, bañando mis mejillas con los suaves mechones de su pelo, alimentándome de la fuerza que nos une hasta saciarme de ella. Al separarnos, las yemas de mis dedos se deslizan por su brazo hasta rozar su mano. Clavo la mirada en el asfalto.

—Necesito espacio.

—¿Estás rompiendo conmigo?

Al instante levanto la cabeza y niego rápidamente. Sus ojos se llenan de miedos. Coloco las manos a ambos lados de su rostro y dejo escapar una sonrisa nerviosa. No imita mi gesto, parece muy inquieta.

—Solo necesito un ratito a solas. Tiempo para mí. Recorrer la ciudad escuchando música en solitario, tal como hacía cuando era un crío. —Antes de que pueda decir algo, cierro los ojos y añado—: Desde que hemos llegado no me he separado de ti. Y me encanta, me encantas. Pero... la última vez que estuve aquí mi padre estaba vivo, ahora... Tengo una charla conmigo pendiente.

No responde.

—Una de esas como la que tienes tú con mi madre —agrego, con dureza; ella abre los ojos y traga saliva—. Ahora más que nunca sabe dónde puede encontrarte, Natalia. Es consciente de que estoy en mi momento más débil. Se va a aprovechar. No dejes que...

—No lo haré —murmura.

—¿Me das tu palabra?

Natalia duda unos segundos.

—Sí.

EL MONSTRUO DE LAS PESADILLAS (13)

Nueve años

Hoy las estrellas brillan de una forma diferente. Me encanta admirarlas durante horas. En la ciudad no puedo hacerlo, hay mucha luz, por eso aprovecho cada noche durante las vacaciones en el pueblo. El abuelo se escaquea de fregar los platos después de cenar y, mientras su hijo, el monstruo de las pesadillas, y mamá discuten, la abuela grita y el resto no colabora en la convivencia, nosotros salimos de casa con un helado en la mano y nos aislamos de la luz. A su lado, la oscuridad no me da miedo. Empiezo a sospechar, tras nueve años de vida, que me asusto cuando el monstruo de las pesadillas está cerca. Todavía no lo sé a ciencia cierta y no me quiero arriesgar. Si el monstruo de las pesadillas se entera…, podría enfadarse.

Nos tumbamos en el suelo y el abuelo cubre mi camiseta con un pañuelo de papel que saca del bolsillo para evitar que el helado me manche. Sonrío.

Alargo el brazo y mi dedo índice apunta alto.

—¿Qué ocurre con esa estrella? —me pregunta.

—No hay. Hay un hueco.

El abuelo observa con detenimiento el cielo. Y suspira.

—¿Sabes de qué están hechas las estrellas?

Niego con la cabeza.

—¿No te lo han enseñado en el colegio? —se extraña, y me coloca sobre sus piernas.

Le doy un lametón al helado y mancho su pantalón. Me llevo una mano a la boca y, al instante, me cubro la cabeza. El abuelo frunce el ceño y me aparta la mano. No me grita. Rompe un trozo del pañuelo de papel y lo limpia. No hay ni rastro de la mancha. No me regaña. No me insulta. Y no me pega. Me sonríe.

—Verás... A ver cómo te lo explico para que lo entiendas. Las personas buenas brillan, tú brillas. —Abro mucho los ojos—. Cuando una persona deja de brillar en la Tierra, lo hace en el cielo. Esa energía no desaparece, se transforma. Ese hueco que hay en el cielo está esperando a una persona que está a punto de dejar de brillar aquí abajo.

—¡Yo también quiero brillar en el cielo!

El abuelo no puede aguantar la risa. Niega con la cabeza.

—Tú no puedes brillar allí arriba, todavía no.

—¿Por qué?

—Porque eso significaría no verte más. No comer más helado, ni bañarte en la piscina, ni acariciar los pollitos de la granja, tampoco podrías coger manzanas, ni jugar con tus muñecas, ni dibujar...

—Me llevaré una maleta —digo, convencida.

—No es tan fácil como suena...

El abuelo mira al cielo. Lo imito. Me fijo en el espacio entre dos estrellas. Es perfecto. Cabe una más. Creo que lo he entendido, así que bajo la cabeza y lo miro.

—¿Qué te pasa? —me pregunta.

—Creo que ya no quiero ser una estrella... Me apetece seguir comiendo helado contigo, nadar y bucear siendo yo el pececito y tú el tiburón, acariciar el pelito de los pollitos...

El abuelo suspira, esta vez con profundidad.

Se ha borrado la sonrisa de su rostro. No entiendo por qué. ¿Está triste? Quiero preguntar, pero no lo hago. Solo lo abrazo. Y él me abraza a mí.

De repente, mi madre da un aplauso delante de mi cara. Enfoco la vista y visualizo la taza de ColaCao que hay enfrente de mí. Hago un barrido con la mirada, no hay ni rastro de... nadie en casa, todos han salido. He sido la única que no ha podido despedirse del abuelo. Estamos solas. Nunca me había quedado a solas con ella en la casa del pueblo, en cualquier momento del día estaba él.

La noche de ayer fue bonita. Solo quiero que llegue la de hoy, por eso dedico el día a no hacer nada. No voy a la piscina. No acaricio pollitos. No cojo manzanas. Tampoco como helado. Cuando la oscuridad baña el pueblo, mientras los demás terminan de cenar en absoluto silencio, salgo a la calle sin pedir permiso. Ignoro los gritos del monstruo de las pesadillas. No pienso en las consecuencias. Corro. Cada vez más deprisa. Hasta llegar al mismo lugar en el que me encontraba ayer. Me tumbo en el suelo. Me detengo a mirar el cielo. Alargo el brazo y extiendo el dedo índice. Señalo lo que ayer, 18 de agosto, era un hueco. Hoy, 19, está lleno. Y el abuelo ya no está.

Una perfecta estrella ocupa el espacio. Y me observa. Brilla más que ninguna otra.

Suspiro.

—Te quiero.

31

DESPUÉS DE LA OLA,
LA RESACA DEL MAR

Natalia

Un día más, Dylan está disfrutando del tiempo a solas y yo también. Lo necesitaba. He salido a dar una vuelta sin decirle nada, me apetecía ver el atardecer, pero justo en la puerta me he topado con Eneko y se ha chivado. Dylan me ha llamado preocupado. Decía que no conozco la ciudad, que podría perderme… ¡Diantres! ¡No es mi primera vez aquí! Así que lo he tranquilizado y le he pedido muy amablemente que disfrutara de la noche.

Hace bastante tiempo que no camino sola de noche, bajo la luz de la Luna y las estrellas, las mismas que imagino que siguen encima de mí, en el cielo, porque aquí no las veo. Hay mucha luz. Demasiada para mi gusto. Nadie conoce esta faceta, pero amo y odio la oscuridad a partes iguales. Amo escribir en el ordenador a las tres de la mañana cuando todo está oscuro. Andar ante la atenta mirada de la Luna y los murciélagos que sobrevuelan la ciudad. Reír contemplando el firmamento. Bailar *Daydreaming* de Harry Styles abrazada a mi peluche favorito, mientras suena solo para mí, en mis auriculares. Tambalearme de un lugar a otro sintiendo la música sin miedo a nada. Sin miedo a sentir.

En medio de la noche, en la oscuridad más absoluta no existen heridas, los moratones no se ven y las marcas o relieves de la piel a causa de las cicatrices no se aprecian. El ojo humano se adapta a la luz que hay en el ambiente, pero no está preparado para ver más allá de lo que hay a simple vista. Como dicen, ojos que no ven, corazón que no siente.

En la oscuridad me miro en el espejo y sonrío. Por eso, el problema nunca han sido las noches, sino los días. Porque a plena luz del día las heridas son visibles y los reflejos, dolorosos. El problema llega cuando cierras los ojos y te encuentras con la oscuridad no deseada. Ahí solo quieres que haya luz. Y cuando la hay, vuelta a empezar.

No hay quien entienda al ser humano.

A lo lejos veo a un chico rubio despeinado, con una sudadera azul eléctrico y unas bermudas vaqueras que distan de ajustarse a su cuerpo. Zack siempre lleva la ropa una talla o dos más grande.

—¿Qué haces aquí? —pregunto, sin saludar.

—Estaba dando una vuelta.

—¿Te ha llamado Dylan?

—Por lo que puedo comprobar, tú no tenías intención de hacerlo.

Pongo los ojos en blanco y sigo caminando, sin rumbo. A Zack parece darle igual no saber dónde vamos. Perdernos juntos es lo último que quiero en este momento.

—Si fuera un hombre no tendría este problema. ¡Es injusto! —grito, con la voz aguda—. Esto no debería ser así. Yo debería poder salir de noche sola, sin necesidad de que un chico me acompañe o... avisar a alguien para que se asegure de que he llegado sana y salva a casa. Aunque en mi caso... Bueno... —Me atraganto con mi propia saliva—, no creo que el peligro estuviera en las calles.

—La vida en sí es injusta, Natalia. No te esfuerces en entenderla —comenta, sin ser irónico.

Lo miro incrédula. ¿En serio él está diciendo eso?

—Ojalá todo fuera diferente y no hubiera personas comportándose como verdaderas bestias con las mujeres, pero tú sabes mejor que nadie que en esta sociedad todavía queda mucho camino por recorrer.

—Sigo sin entenderlo —me limito a decir—. Sigo sin entenderos, a vosotros. A Dylan y a ti. —Zack se ofende, porque alza una ceja y frena en seco sus pasos.

Me vuelvo para mirarlo y me encojo de hombros. Espera que diga algo en referencia al tema.

—¿Qué? —replico—. Aquí no me siento indefensa.

—Define ese «aquí».

—Aquí, en Nueva York. Nadie me conoce más allá de ser escritora o un intento de actriz fracasada porque un director de pacotilla la tomó por tonta y jugó con sus sueños. He caminado sola, ¿cuánto? ¿Quince minutos? Y no me ha pasado nada. No me he encontrado con nadie. Me he sentido en paz. Aquí, lejos de Madrid, todo es diferente, no existe el monstruo de las pesadillas. Las personas se dividen en buenas y malas. Tengo las mismas posibilidades de sufrir que el resto de la población.

Zack abre la boca y la cierra. Lo observo. Se rasca la nuca y no me mantiene la mirada.

—No me apetece volver a casa tan temprano, vayamos a tomar algo —concluyo.

Él me sonríe y me pasa el brazo por los hombros con aire chulesco.

—Mantén las distancias, Zack. No he olvidado nuestra conversación en el avión.

—Cuidaré de ti, enana. Aunque tú no quieras.

A veces, las personas que por circunstancias de la vida nos hemos acostumbrado a pensar más en el resto que en nosotros mismos tenemos el superpoder de medir nuestras palabras. En ocasiones está bien. No todo el mundo filtra lo que dice. Hay gente que habla y después piensa. La mayoría de los enfados en relaciones, amistades y familia empiezan por eso. Personas que se meten en temas que no deberían, que ofrecen opiniones innecesarias y verdades que, sea por la circunstancia que sea, no queremos escuchar. Gente que tiene la facilidad de, entre cientos de miles de palabras, elegir las más hirientes. O así lo sentimos nosotros... ¿Quizá todo es cuestión de perspectiva? No lo sé.

Zack es la única persona del planeta Tierra con la que no mido mis palabras. Tan solo de pensarlo, sonrío, aunque recordar que ya nada será así me produzca ganas de llorar. No es que con el resto de las personas tenga una relación o confianza diferente, es simplemente que él, Zack Wilson, ve la vida de una forma distinta a la de los demás. Para bien y para mal.

Lo que con Dylan sería abrir mis sentimientos y quizá llorar hasta deshidratarme entre sus brazos, mientras empapo su camiseta de lágrimas y me ahogo con mi propio llanto sobre su pecho, con Zack se resume en una mirada amiga y vuelta a lo que estábamos haciendo.

Lo que con Lara sería enlazar un tema con otro y acabar boca abajo en el sofá comiendo helado hasta ver el amanecer mientras se reproduce música triste, o ver películas de desamor y ponernos una sobre el hombro de la otra, con Zack es una media sonrisa, un plan absurdo y risas aseguradas.

Me quema por dentro saber que la unión entre ellos se ha roto, y que él haya sido el causante.

El camarero nos sirve un cóctel sin alcohol a cada uno. El suyo es de arándanos. El mío, de limón. Antes de que él mismo pueda degustar el sabor que ha pedido, meto mi pajita en su copa y absorbo. Zack me tira del pelo, divertido. Y yo me río. Lo quiero lejos, pero lo necesito cerca. Suspiro con disgusto. Está asqueroso. Arrugo el morro y experimento un escalofrío. Él me rechaza la propuesta cuando le ofrezco probar el mío.

Lo miro con atención, con los codos sobre la barra y la cabeza ladeada hacia él.

—Cuéntame de ti —digo.

Él no espera mis palabras, se queda sin habla durante unos segundos.

—Dije que pondríamos fin a nuestra mistad cuando regresáramos, pero aún seguimos aquí, ¿no?

Él asiente rápidamente.

—¿Qué quieres saber?

—Todo cuanto quieras que sepa.

Zack duda por unos segundos. Le da un sorbo a su cóctel de sabor repugnante, se relame y suspira. Tengo comprobado que cuando hace esto último, es porque va a decir algo profundo. Siempre lo hace.

—¿Te acuerdas del día que nos reunimos en tu apartamento para cenar todos juntos? —pregunta y asiento, con obviedad. Él ríe—. Durante un rato desaparecí. Ninguno se dio cuenta o si lo hicieron, no lo dijeron, menos tú. Lo supe porque, sin decir nada, me buscaste, me agarraste el dedo meñique y me lanzaste una mueca con sabor a «¿Todo bien?». Yo asentí con la cabeza y te revolví el pelo. No volvimos a hablar de lo sucedido, pero lo cierto es que sí que lo comenté con Lara. Creo que, siendo honesto, ha sido lo único que he sido capaz de contarle sobre mí. Era un día complicado para mí... Se me removieron cosas por dentro, me reencontré con sentimientos que daba por extinguidos. Y tuve la tentación de agarrarte de la mano y llevarte hasta la playa y, mar adentro, explicarte entre lágrimas cuánto dolor me producía hablar sobre la muerte. Entonces te entendí, me puse en tu lugar. Todas esas veces que has huido te decía que sí, que lo entendía, pero lo cierto es que no, solo quería estar contigo. A tu lado. Que, por un casual pudieras verme de la forma en que yo te veo. No lo entendí hasta que lo viví en mis propias carnes. Entonces ahí cambió todo. Mi relación contigo, conmigo, con la muerte, con mi hermano.

—¿De qué murió? —me atrevo a preguntar.

Zack vuelve a sorber por su pajita, esta vez con menos ganas.

—Una ola, la resaca del mar, la inocencia de unos mellizos que solo querían surfear porque sus padres no les dejaban. Mis padres asociaban el surf con ideas hippies. Para ellos el mar era el lugar perfecto en el que hacerse fotos en familia y así tener tema del que hablar durante todo el año con los compañeros del bufete de abogados. Mis dos hermanos mayores, también mellizos, seguirían sus pasos, pero nosotros... Joder, si cuando nacimos teníamos un remolino en el pelo con forma de ola. Para nosotros el mar era una jodida maravilla. Ellos no lo entendían, y nunca lo entenderán. Siempre me culparán de la muerte de mi hermano.

»Aquel día nos escapamos para surfear. Había bandera roja, pero no entendíamos de colores y reglamentos, solo teníamos nueve años. No recuerdo mucho. Había mucha agua y tragué tal cantidad que lo poco que comí esa semana me sabía a pura sal. Escuché gritos. Habíamos cogido la ola de puta madre. Él me vio ponerme de pie encima de la tabla y yo lo vi a él. Y, de repente, todo fundido a negro. La tabla me golpeó varias veces en la cabeza y no conseguía salir. Apenas podía nadar y cuanto más lo hacía, más ganas ponía y más fuerza empleaba en llegar hasta mi hermano, que se hundía a mayor velocidad que yo, más lejos nos arrastraba el mar.

Seco la lágrima que cae por mi mejilla.

—Es horrible, Zack. Lo siento.

Zack ríe con ironía.

—Tiene gracia que cuando cuento esto, la gente me diga las dos mismas palabras que yo me pasé diciendo a mis padres y mis hermanos durante años cada puta mañana y cada puta noche: «Lo siento».

—No fue tu culpa.

—Lo sé —dice, mientras asiente con la cabeza—. Pero ellos nunca lo van a entender. Por una parte, lo comprendo, nadie está preparado para enterrar a un hijo. Por ley de vida, desde niños se nos enseña que los padres, los abuelos y, en sí, los adultos siempre morirán primero. No debería ser así, ¿sabes? En el mundo muere gente todos los días por mil causas. Nadie queda al margen del dolor, tú lo sabes. —Me mira con tristeza—. Y mucho menos de la muerte.

Sin previo aviso me abalanzo sobre él y lo abrazo. No debo, pero necesito hacerlo. Lo hago con tanta fuerza que me pide, por favor, que le dé un respiro. Pocas son las veces que he abrazado así, sin medida, sin miedo a que la barrera del contacto físico se vea alterada. Zack me rodea con sus brazos y al separarnos me da un beso en la mejilla, demasiado cerca de la comisura de los labios. No llega a rozarla, pero ha cruzado la línea.

Me aparto de golpe. Noto la boca seca y sus ojos posados sobre mis labios.

¿Por qué el corazón me va más lento de lo normal?

¿Qué acaba de suceder?

—Lo siento, no he medido distancias. Pensé que tu mejilla estaba más cerca, que tu boca quedaba lejos… —Se frota la cara nervioso y se levanta del taburete, sin darme tiempo a decir palabra—. Voy al baño un momento, no tardo.

Mentira. Sí tarda. Ya lleva ocho minutos dentro y, teniendo en cuenta que es un hombre y solo tiene que bajar la cremallera de su pantalón y acercarse al urinario, que el baño de hombres, como el de mujeres, está vacío y que me ha asegurado que no tardaría, una de dos: o lo ha abducido una nave nodriza, o se acaba de rayar igual que yo lo estaba hace unos minutos.

Solo puedo pensar en Lara. Su pobre corazón.

Me distraigo jugando con la pajita de mi cóctel, viendo cómo sube el contenido de la copa por su interior. Es curioso en realidad. Nunca me había parado a verlo con detenimiento, por lo menos no después de cumplir seis años.

Mi móvil comienza a vibrar sobre la barra. Lo miro con la esperanza de que sea Dylan, que se haya aburrido de estar a solas y se reúna con nosotros para aliviar tensiones, pero para mi sorpresa es un número de teléfono desconocido. Y el prefijo es de España. En lo que dudo entre si cogerlo o no, los pros y los contras y el noventa por ciento de posibilidades que existen de que sea el monstruo de las pesadillas, cuelgan.

—Mierda —mascullo.

—¿Todo bien? Si necesitas llamar a alguien puedes usar el teléfono del bar —dice el camarero, con una sonrisa.

Parece amable, pero no suelo fiarme de la gente que lo parece.

—De verdad, puedes usarlo. Sin compromiso. Aquí todo el mundo lo utiliza, la factura corre a cuenta de un ricachón que vive dos casas más adelante, tiene tanto dinero que ni se molesta en consultar las facturas. Mi compañero incluso le robó la línea.

Me vuelve a sonreír y le imito el gesto.

Eso es justo lo que diría un asesino en serie. Como Zack no esté de regreso en treinta segundos, entraré en ese baño y lo traeré de vuelta hasta la barra para que se beba su asqueroso cóctel de arándanos hasta que el cerebro se le vuelva un cubito de hielo de lo frío que está. Como venganza.

Mi teléfono vuelve a vibrar, esta vez en mi mano. No es una llamada, sino un mail. A estas horas. De madrugada. Qué raro. Y qué miedo. Mi cuerpo se tensa y mi mente comienza a elaborar futuros hipotéticos. ¿Para qué querría el monstruo de las pesadillas mandarme un correo? Y… ¿si no es él y se trata de Tyler? Lo tengo bloqueado de cualquier red social existente, también sus llamadas, pero… ¡Joder! ¿Cómo no se me había ocurrido antes? Mi mail de trabajo. A él tiene acceso todo aquel que quiera ponerse en contacto conmigo. ¿Cómo he podido ser tan estúpida?

Los dedos me funcional mal, muy mal. Me siento una adulta disfuncional que odia las tecnologías, internet y el nuevo mundo. No encuentro la aplicación para abrir el correo. Me estoy poniendo muy nerviosa. Echo la cabeza hacia atrás. ¿Dónde demonios se ha metido Zack? Hace dieciséis minutos que se ha marchado.

Pulso en el mail, sin leer el emisor.

¡Hola!

Soy Samantha, te escribo desde la editorial en la que formo parte del equipo de editoras. ¡Enhorabuena, antes de nada! Recibimos tu manuscrito *La magia de dos corazones rotos* hace un tiempo y queríamos comunicarte nuestro interés por la publicación y distribución a nivel internacional de la historia que has creado. Hemos seguido tu recorrido en el mundo literario de cerca y ahora queremos hacerlo a tu lado.

Me gustaría hablar contigo y explicarte ciertos aspectos del posible acuerdo. Tengo entendido que actualmente resides en Canadá, por lo que la reunión podría darse por vía telemática o, si lo prefirieres, presencial. La editorial pondría a tu disposición los gastos de desplazamiento. Por mi parte, estaría encantada de recibirte en Madrid, conocernos en persona y charlar de una manera más cercana.

Siento las horas en las que te he llamado, no he tenido en cuenta la diferencia horaria.

Perdona las molestias. Espero tu respuesta.

¡Un abrazo!

La mandíbula se me cae al suelo. No puedo cerrar la boca. Tengo ganas de llorar. Gritar. Saltar. Tengo ganas de morirme, sí. Siento una extraña necesidad de que la tierra me engulla en este mismo momento. Y desaparecer. ¿De qué manuscrito hablan? ¿Cuándo he enviado nada?

—¿Qué ocurre? —Es la voz de Zack. Por fin.

Quiero tirarle del pelo, pero no me siento con fuerzas físicas ni tampoco mentales. Lo miro con los ojos muy abiertos. No, no tengo fuerzas. Lo confirmo. Le pongo el móvil en la cara, incluso acaricio la punta de su nariz con la pantalla. Zack frunce el ceño y me quita el teléfono. En su rostro se dibuja una sonrisa a medida que avanza leyendo el contenido del correo. Y me mira, feliz. Muy feliz. Suelta el móvil sobre la barra del bar y me alza unos centímetros del suelo. Después me abraza. Yo... yo no tengo capacidad de reacción.

—¡Esto es genial!

—¿Qué? ¿Has leído el mismo mensaje que yo? ¡Es horrible!

Zack enarca una ceja.

—¡No es un buen libro! —grito, alterada.

Zack pone los ojos en blanco y vuelve a ocupar el taburete. Le da un sorbo a su todavía asqueroso cóctel.

—¿Has sido tú quien lo ha enviado? ¡Es un documento privado, podría denunciarte!

—Eh, eh, eh, baja esos humos, enana. Yo no he enviado nada.

—¿Y quién si no?

Lara. Lara. Lara. Lara. Lara. Lara.

—Salgamos de dudas. —Zack agarra mi móvil con decisión y comienza a teclear. Quiero preguntar qué se supone que está haciendo, pero no es necesario. Si lo hiciera, quizá pensaría dos veces el contenido del mail que está a punto de enviar y entendiera que es una mala decisión. Y necesito respuestas.

—Enviado.

—Vale.

—Vale —repite mientras vuelve a darle un sorbo a su cóctel y señala el mío—. Bebe, se te va a enfriar —bromea.

—¿Ahora qué se supone que es lo que tenemos que hacer?

—Esperar.

—Vale —digo otra vez.

El tiempo es relativo. Transcurre muy deprisa cuando quieres que pase lento y los minutos se vuelven interminables cuando necesitas que pasen rápido. Entre Zack y yo se forma un silencio absoluto. No he olvidado que se ha tirado más tiempo de lo normal dentro del baño, pero justo eso, ahora, ha pasado a un segundo plano. Se ha terminado su bebida hace unos minutos, pero yo sigo en la misma posición que adopté cuando, después de que él enviara el mensaje, introduje la pajita en mi boca y comencé a aspirar su contenido. Siento el cerebro más frío de lo normal, pero no le daré mucha importancia. Con suerte, conseguiré enfriar de paso la parte de mi mente más impaciente y así disfrutar del ácido sabor del limón que baja con suavidad por mi garganta.

El móvil suena y vibra sobre la barra.

El corazón deja de bombear sangre. Y comienzo a toser. Me atraganto.

Zack y yo nos miramos y, como si pudiéramos leernos la mente, alargamos el brazo a la vez para coger el móvil antes que el otro. Zack me gana la jugada, aunque yo no me rindo. Forcejeo con él, pero consigue alejarme, poniéndome la mano en la cara y estirando el brazo. Sería tan sencillo como rodearlo y arrebatarle mi teléfono, pero no lo hago. En el fondo, no quiero ser yo la primera en leer la respuesta.

—¿Y bien? ¿Puedes decirme ya qué es lo que ha escrito?

Zack se gira hacia mí con los ojos muy abiertos. No dice nada, me tiende el móvil y leo en voz alta:

—«El nombre de su representante es Dylan Brooks, ¿verdad?».

Joder, Lara. Solo tenías que guardar ese *pendrive* hasta los restos… ¿Qué has hecho?

32

LA PRIMERA MUJER QUE ME ROMPIÓ EL CORAZÓN TIENE EL PODER DE ROMPÉRMELO OTRA VEZ

Dylan

Me gustaría decir que no lo he echado de menos, pero mentiría. Y es por eso que las risas se vuelven heridas en el momento en el que Ulises saca una bolsa de cocaína en el baño del bar en el que llevamos dos horas, desde que acudí a encontrarme con él pese a que quería estar solo y en principio ni siquiera contesté sus llamadas. Sin embargo, su insistencia me convenció y aquí estoy, viendo cómo arma una raya de polvos blancos sobre el lavabo. Se agacha y a la que va a esnifar me mira, sonríe y por cortesía pregunta:

—¿Quieres probar, Brooks?

Tres palabras son suficientes para recordar las noches que viví con él siendo espectador. Las bolsas llenas de pastillas. Los polvos blancos. La marihuana. Los litros y litros infinitos de alcohol. El miedo. La rabia. El dolor. La pena.

Enfrente de mí tengo al que algún día fue mi amigo, pero no lo reconozco. Me quema el pecho. Tengo los oídos taponados. Ni siquiera escucho la música del garito. Y todo se vuelve negro. El ambiente me envuelve y la cabeza me va a explotar. No puedo presenciar esto. No quiero ser cómplice de la muerte en vida de la persona que quise.

De un zarpazo tiro al suelo la raya de cocaína que hay sobre el lavabo. Había.

Rápidamente meto las manos en el grifo y salgo del baño ignorando los gritos de ese orangután. Me voy del bar sin pagar mi última copa. Los camareros gritan. En la calle, justo en la entrada, siento cómo alguien tira del cuello de mi camiseta y me estampa contra la pared de ladrillo del edificio. En cuestión de segundos una mano aprieta mi cuello con fuerza.

—Pero ¿qué…? —Enfoco la vista y veo a Ulises bufando enfrente de mí, hecho una furia—. ¡Pégame! ¡Vamos, pégame! ¡Lo estás deseando!

—¡Pues sí! ¡Te mataría, Brooks! —grita.

Pero me suelta, después de permanecer unos segundos en el aire.

—¿Sabes lo que has hecho? ¡Era lo último! ¡No tengo nada más! ¡Joder!

—¿Te estás escuchando? Me quieres matar por una puta raya de cocaína, Ulises —mascullo. Me froto la cara y me echo el pelo hacia atrás—, necesitas ayuda.

—Estoy perfectamente.

Se acerca hasta mí y repite la misma respiración profunda hasta en tres ocasiones. Como si necesitara calmarse. Como si estuviera reprimiendo sus emociones, esas que le dicen que debe pegarme, acabar conmigo. Algo así como lo que está haciendo la droga con él.

—Esto no se va a acabar aquí. Me debes una.

—¿Estás de coña?

—No.

Cierro los ojos y ahora es mi turno de intentar calmarme. Expulso todo el aire por la nariz.

—¿A quién le debes dinero?

Ulises abre los ojos y traga saliva.

—Promete que no te enfadarás.

Tiene que estar de broma.

—¡Hace dos minutos estabas a punto de pegarme! ¡Di lo que sea que tengas que decir de una puta vez y déjate de tonterías!

—Al padre de tu novia. Bueno, no sé si a él. En realidad, Agus me lleva proporcionando droga desde hace años. Durante un tiempo se quedó sin mercancía... y hace un tiempo volvió a mí. Dijo que me podría conseguir toda la droga que quisiera, había conseguido acceder a una banda que Serena investigaba desde hacía tiempo, pero nunca les pagué.

Se saca un papel del bolsillo y me lo tiende. No me salen las palabras. En el papel, hay dos frases amenazantes hechas con recortes de revista, como si esto fuera una jodida película de ciencia ficción. De la presión dejo escapar una carcajada.

—No tiene ni puta gracia, Dylan.

Me gustaría afirmar que me da igual, pero duele. Casi tanto como la primera vez que me falló. Casi tanto como todas las veces que he decidido volver a confiar en él. Incluida esta.

Me esfuerzo. Lo miro fijamente. Joder. No sé quién es. Ahora entiendo el motivo por el que Eneko no quiere saber nada de él. Y no sé qué me produce más miedo, si que él no sea la misma persona o que yo ya no sea el niño bueno que por no estar solo estaba por cualquiera.

Ahora río con sarcasmo. No le hace la misma gracia que a mí.

—Por esto querías que viniera, ¿no? Agus no te pagó el avión ¿verdad? Simplemente, te comprometiste a traerme de vuelta a Nueva York. ¡Sabías que mi padre sería la única razón por la que volvería! No os importo yo, nunca os he importado. ¡Tonto de mí que hayan tenido que pasar tantos años para darme cuenta del tipo de escoria que estáis hechos!

Me paso la mano por la cara, no puedo dejar de hacerlo. Se ha convertido en un acto reflejo de mi ansiedad.

—¡Podías habérmelo dicho antes! ¡Tú hubieras ganado tiempo y yo no lo hubiera perdido!

—Aquel día en Vancouver, ¿me hubieras dado cincuenta mil dólares? —pregunta sorprendido, casi agradecido.

Viene a darme un abrazo, pero me aparto. Abro los ojos, no pestañeo.

—Bueno, tampoco es para que pongas esa cara...

—¿Te has vuelto loco?

—Seguro que tu novia puede hacer algo. Es su padre.

En un movimiento rápido lo cojo por la mandíbula y ejerzo fuerza. Sus mejillas se deforman.

—No te vuelvas a referir a él de esa forma —mascullo.

Lo suelto y se acaricia la cara con gesto de dolor. No me voy a disculpar, no se lo merece.

—¡Estuvo a punto de matarme! —exclamo—. ¡Ha matado a la madre de una compañera! De querer mataros... ¡ya lo habría hecho! No se esforzaría en amenazaros...

Me llevo las manos a la cara y por fin algo hace clic en mi cabeza. Los chanchullos de Agus con Axel. La visita de Ulises a Vancouver. La conversación pendiente de mi madre con Natalia. Tal como pensé, quieren aprovechar el momento de debilidad a causa de la muerte de mi padre.

—Todo esto es cosa de Agus —replico.

Ulises no responde, pero su silencio es suficiente.

—No sé qué quiere de mí, pero llévame hasta él.

—Dylan... —masculla Ulises.

—¿Qué? ¿Ahora te vas a echar atrás? —grito.

Lo cojo por la camisa y gruño fuera de mí. Cuando lo suelto baja la cabeza. Me ha tomado por tonto. Él. Agus. Y también mi madre.

—Te ha perdonado la deuda, ¿no es así?

Asiente rápidamente.

—Bien. ¿Quiere guerra? Pues la tendrá.

Le quito las llaves y montamos en su coche. No puede conducir bajo los efectos de la droga. Bajo la ventanilla del asiento del copiloto, ocupado por Ulises, y este pone música en la radio. Comienza a sonar una canción de rock. Es la banda de Eneko. Nos pasamos el trayecto en coche en silencio, para lo único que hablamos, y solo lo hace él, es con el fin de atajar carreteras y caminos para llegar lo antes posible al lugar en el que ha quedado con Agus. Cuanto antes lleguemos, antes nos iremos y antes estaré con ella, abrazándola en la misma cama en la que tantas noches he llorado a la primera mujer que me rompió el corazón.

Cada edificio de esta ciudad me recuerda a mi madre. Me pregunto si a ella le pasará lo mismo, si, cuando está en la ciudad se acuerda de mí, de su hijo, de lo que vivimos juntos. Al pasar por delante de la comisaría de policía me quedo mirando la entrada, pierdo la noción del espacio y el tiempo y doy un frenazo. Ulises grita alarmado.

Todavía puedo vernos, como si fuera real, como si fuera ayer. A mi padre. A mí. En esas mañanas en las que lo acompañaba a su trabajo, mañanas en las que me sentía policía por un día, en las que soñaba con hacer todo eso que él hacía, fuera lo que fuese. Me arrepiento tanto. Tendría que haberle dicho lo orgulloso que estaba de él cuando pude. Cuando todavía no había ni rastro del rencor que sentí por haberme ocultado que no compartíamos el mismo ADN. Es ahora, que de él solo me quedan los recuerdos, cuando entiendo que «te quiero» son las dos únicas palabras que únicamente tienen sentido en vida, nunca después de la muerte.

De nuevo, arranco el coche y conduzco en silencio.

—Es por allí —indica Ulises, señalando el desvío a mano izquierda; giro el volante—. ¿No piensas decir nada?

—No.

—Eso es algo —dice, y lo fulmino con la mirada.

🌙🌙🌜🌜

—Aléjate de ella, Dylan —es lo primero que dice Agus.

La frase ataca mi vulnerabilidad y mis brazos caen a ambos lados de mi cuerpo por su propio peso. Ulises me mira con el ceño visiblemente fruncido y se acerca para asegurarse de que estoy bien. Agus no se inmuta.

—Siempre ha sido así, ¿verdad? Desde el principio. Siempre has sido un puto impostor. En cada ámbito de tu vida. —Me echo el pelo hacia atrás y dejo las dos manos sobre mi cabeza—. ¿Con quién estoy hablando? ¿Con el amante de mi madre? ¿Con mi padre biológico? ¿Con el director de cine que jugó con nuestra ilusión? ¿Con el policía o con el cómplice de un criminal? —No responde—. ¡Fue un puto regalo caído del cielo que el protagonista de esos libros se llamara como yo! ¡Una casualidad convertida en bendición!

—Baja la voz, es tarde. La gente duerme —masculla.

—Tiene que ser una mierda vivir toda la vida a la sombra de los logros de mi madre, ¿no? ¿Qué buscas conseguir con esto? ¿Dinero? ¿Reconocimiento? ¡Mírate! ¡Sigues al lado de la persona que ha intentado encarcelarte! —Hago una breve pausa y río sarcástico—. ¿Por qué no terminas de creerte el papel de villano y matas a Axel? Estás deseándolo. Te la ha jugado, si no me equivoco. —Me acerco a él, caminando lentamente—. ¡Todo un antihéroe! El Robin Hood de las injusticias. Piénsalo. Tu nombre en todas las televisiones del país… Una pobre víctima de maltrato a la que liberar de las cadenas, un policía que rompió el molde porque las leyes no eran lo suficientemente estrictas…, un maldito niño huérfano riendo a carcajadas en la puerta del juzgado, después de entregar a su padre biológico a la policía.

En un movimiento rápido mete la mano en su bolsillo y hunde lo que parece una pistola en mi estómago. Miro hacia abajo, aterrorizado, y subo lentamente la mirada. No es capaz de disparar, ¿a que no?

A lo lejos se escucha la puerta de un coche cerrarse, pero Agus no se inmuta. Alguien corre hacia nosotros. Solo le pido al cielo que no sea Natalia. Ni Eneko. Cuando me quiero dar cuenta, mi madre está a unos pasos de nosotros, con una pistola en la mano y gritando para que Agus se aleje de mí, pero él no lo hace.

¿Mamá nos está defendiendo?

De repente la voz de mi cabeza no conserva mi voz actual. Es la del niño de seis años.

—Suelta el arma, cielo —le dice, por cuarta vez consecutiva.

Agus tiene la mirada fija en mí. Da miedo. Sus ojos parecen inyectados en sangre, recién sacados de una película de terror.

—No es a él a quien queremos, ¿tengo que recordártelo? ¡Suéltalo!

Lo hace, no sin antes darme un golpe en la ceja con el culo de la pistola. Grito de dolor y presiono la herida, esperando que el dolor desaparezca. Mi madre le retiene por detrás, agarrándolo de las manos y él intenta escapar, pero ella le pega una voz para que se comporte.

—He hecho la vista gorda una vez, no habrá una segunda —le dice.

Agus se tranquiliza y ella le suelta. Con un gesto, Agus le pide a Ulises que se marche. Su trabajo ha terminado. Y su lugar en mi vida se ha esfumado de nuevo. Por primera vez me quedo con ellos a solas. Con mamá. Con papá. Los verdaderos. Los biológicos. Las dos personas que más daño me han hecho. Juntas. Unidas. Mi madre se acerca hasta mí y me pone una mano en el hombro, pero la aparto de un movimiento brusco. Asiente una sola vez.

—¿Por qué no está en la cárcel?

Ella frunce los labios, no tiene intención de contestar.

—¡Responde!

—Las personas cometen errores, Dylan. No voy a sacar de mi vida a la única persona que me ha hecho feliz.

¡Tápate los oídos!

Porque, si había mil formas de acabar conmigo, ella ha elegido la más dolorosa.

—Ahora dime la verdad —le pido, en el intento por evadir la realidad—. Si los dos hacen lo mismo, ¿por qué uno tiene más derecho que otro a disfrutar del libertinaje?

—Lo mío con Axel ya es personal. Nadie ningunea a Serena Evans.

—Fue él quien lo liberó —masculló, señalando a Agus—. ¿A cambio de qué? ¿Dinero?

Él ríe con ironía. Mi madre frunce el ceño y arruga la nariz, como si estuviera conteniéndose.

—¡¿Sabes qué hizo con ese dinero, Dylan?! —grita.

—Serena, juraste guardar silencio —le advierte Agus.

Ella lo mira con gesto amenazante y, finalmente, accede.

—Tu padre, o sea… Rick —comienza diciendo—, no tenía liquidez suficiente para afrontar los gastos de su tratamiento. Gastó sus ahorros en terminar de pagar la casa para que tuvieras un recuerdo de tu infancia cuando él no estuviera. Gia intentó sacar el dinero suficiente, pero el banco no se lo permitió, los gastos de la película eran excesivos, empezábamos a estar en números rojos y Axel llevaba unos meses sin cumplir su parte del acuerdo. Por más favores que le hacía consiguiéndole ricachones deseosos de droga, el dinero no llegaba, Dylan, por eso le quería entre rejas… ¡Era la única forma de hacerme con el poder de la banda! ¡Dentro conseguiría a algún recluso al que pagar con libertad a cambio de ver caer su cabeza!

—Gia nos concedería el divorcio si costeábamos los gastos del tratamiento.

—Para —le exijo, cerrando los ojos con fuerza.

—Axel pagó su libertad.

Siento una presión en la cabeza que jamás he sentido. No sé si es por la excesiva cantidad de información o el golpe que previamente me ha propinado Agus, pero todo a mi alrededor da vueltas. Veo borroso. Y mi cuerpo se vence, cayendo al suelo.

Cuando despierto, horas más tarde, estoy tumbado en el sofá de una casa que no es la mía. Abro los ojos con dificultad y me llevo la mano a la ceja. ¡Ay! Toco lo que parece una tirita. Lo primero que veo es a mi madre. Tiene un vaso de agua entre las manos.

—Ten, lo necesitas —dice, con gesto neutro.

Me incorporo y la miro desafiante, mientras ella se fija en mi herida, ahora cubierta. ¿Lo ha hecho ella? ¿Mamá me ha curado?

Reviso mis espaldas. No hay ni rastro de Agus.

—¿Por qué no me lo dijo? —pregunto justo cuando mi madre se empieza a dirigir hacia la cocina. Se para en seco y retrocede. Se sienta en el sofá de enfrente—. Eh, dime. ¿Por qué?

—De haberlo hecho, ¿qué hubiera cambiado?

—Natalia estuvo a punto de morir.

—Pero no está muerta. La necesita. Es su última oportunidad para salvarse, el testimonio de su inocente hija como padre ejemplar que se ha desvivido por sacar a su familia adelante haciendo lo impensable —dice, sin venir a cuento—. Tienes que dejar que regrese a Madrid. La fulmino con la mirada.

—No lo voy a hacer.

—Hasta que él no esté bajo condena, ella no saldrá de la suya. Lo sabes. Ganaré reconocimiento. Agus, dinero, y tú... —Me mira de arriba abajo con desprecio—. ¿Dónde está el niño que un día soñaba con ser policía? Has terminado detrás de una escritora de poca monta, coladito por sus huesos en un intento por conquistarla bajo la apariencia de un personaje inventado.

—Mucho te estaba durando el papel de poli bueno... —Río irónico—. ¡Tú mataste a ese niño y acabaste con sus sueños, mamá!

¿Mamá? Dylan...

Ella me vuelve la cara y yo niego con la cabeza.

—Si vuestro plan A era separarme de la chica a la que quiero, os invito a recurrir al B.

Le doy la espalda y camino hasta la puerta para irme. Pero la voz de mi madre me obliga a frenar.

—¿Qué dices? —pregunto.

Ella camina hasta mí y, por primera vez tras mucho tiempo, clava sus ojos en los míos, sin excusas. Sin rabia. Sin rencor. Sin gafas. Una mirada directa.

—Puedo hacer que te conviertas en el policía que siempre quisiste ser.

EL MONSTRUO DE LAS PESADILLAS (14)

Cinco años

El monstruo de las pesadillas duerme en el sofá con la ropa de calle puesta y los zapatos sobre la tela que cubre los asientos. El reposabrazos está lleno de barro y su chaqueta está tirada en el suelo, también manchada.

Anoche desapareció después de la cena de Nochebuena y parece ser que el amanecer o bien el espíritu de la Navidad lo ha devuelto a casa, aunque no en buenas condiciones. No tiene el mejor aspecto. Luce rasguños en el codo, también en la barbilla y en distintos lugares del rostro.

Mamá me pone una mano en el hombro y de golpe recuerdo qué día es. Ha sido tal el impacto que he olvidado que Papá Noel ha venido esta noche y me ha dejado regalos... O eso quiero pensar. Creo que me he portado lo suficientemente bien. Desde el punto de vista del monstruo de las pesadillas estoy más que segura de que, si por él fuera, no tendría ningún regalo. Pero como no depende de él...

Me giro y abro muchísimo los ojos al instante. No puedo ni pestañear. Y mi boca roza el suelo. Noto la lengua seca, y siento la necesidad instantánea de beber una botella entera de agua.

No hay un regalo. Ni dos. Ni tres. Hay cuatro. Y yo solo pedí uno. También hay uno para mamá. Y... frunzo el ceño al ver que hay otro para el monstruo de las pesadillas. No entiendo qué hace ahí, ni por qué Santa ha empleado su magia para crear un regalo para una persona como él que ni siquiera cree en la Navidad.

Chillo. El monstruo de las pesadillas sisea malhumorado, pero no me importa. Hoy es un día bonito, feliz. Mamá me graba con una cámara de vídeo, inmortalizando el momento y mi cara de asombro. Ríe a carcajadas cuando señalo los calcetines en forma de bota que rodean el árbol de Navidad; están llenos de golosinas y caramelos y finjo desmayarme por la intensidad de la sorpresa, para darle más dramatismo a la mañana.

Corro hacia los paquetes e hinco las rodillas en el suelo sin miedo a sentir dolor. Hoy nada puede doler. Todo es demasiado bonito. O, bueno, así era hasta que el monstruo de las pesadillas se ha despertado. Al principio he ignorado que se ha tapado la oreja con un cojín mientras cerraba los ojos porque mi voz le molestaba, o eso dijo, pero ahora no lo ubico. Y no me siento segura estando de espaldas al salón. A él. Opto por apoyar mi cuerpo contra la pared y abrir las piernas para dejar hueco a los regalos.

—¿A qué estás esperando? ¡Vamos! ¡Ábrelos, hija! —exclama mi madre.

Yo asiento obediente y rasgo el brillante envoltorio de papel con las uñas. Es lo que quería. La muñeca que quería. Miro a mi madre sonriente y le enseño el juguete.

—¡Lo que tú querías! —me dice, feliz.

—¡Lo que yo quería! —repito, con voz aguda.

—¿Nadie va a preguntar qué es lo que quiero yo?

El monstruo de las pesadillas irrumpe de malas formas y me clava la mirada. Me mira desafiante, como si, en su interior, hubiera duendes tramando la próxima travesura. Yo le sonrío. Y le muestro mi regalo. Incluso me acerco hasta donde él se encuentra para que pueda verlo de cerca.

—Es horrible —masculla.

—¡No lo es! ¡No tienes ni idea! —Me cruzo de brazos y mis morros se pronuncian.

—Cállate, niñata.

Mamá se aclara la garganta. No sé cuándo ha dejado de grabar, pero ya no tiene la cámara de vídeo en la mano. Me sonríe y señala los regalos que faltan por abrir.

Hago caso y sigo abriéndolos. Cuando llego al último, la intriga se apodera de mí. Mamá me pide que lo abra con cuidado, dice que su intuición le dice que es algo frágil... muy frágil. Y, de repente, me imagino a mí, envuelta en papel. ¿Seré tan frágil como mamá dice que es lo que hay debajo del papel? O ¿seré resistente como el acero?

—¡Abre el regalo de una puta vez! —brama el monstruo de las pesadillas.

Evito mirarlo porque no quiero que el día de Navidad sea el peor del año. En cambio miro a mamá, que asiente con la cabeza y doy por hecho que es momento de romper el papel. Lo hago, lo rompo. Y, pese a que el monstruo de las pesadillas se ha levantado de mal humor, chillo.

—¡Que te calles! —grita.

—¡La rosa de La Bella y la Bestia! ¡Y el libro! ¡Y la muñeca!

Creo que estoy llorando de felicidad. No puedo dejar de saltar en el sitio mientras mamá abre la caja y va soltando de los alambres cada elemento. Llega el turno de coger con cuidado la cúpula de cristal en cuyo interior reposa la más conocida por rosa eterna. Mis ojos se abren. Tengo tantas lágrimas acumuladas que me cuesta ver con claridad.

—¡Es taaaaaan bonita!

Mamá deja escapar una carcajada.

—¿A ver?

Cuando me quiero dar cuenta, el monstruo de las pesadillas tiene la cúpula entre sus manos

—Dásela a la niña. No le hagas esto. Hoy no, por favor —le ruega mi madre, con dureza en el semblante.

El monstruo de las pesadillas ríe mientras alza en alto la cúpula con una mano y con la otra me retiene ejerciendo fuerza a un metro escaso de ella, para que no pueda alcanzarla.

—¡Está llorando! Dale su regalo.

—Estamos jugando —asegura él.

—¡No me gusta este juego! —No puedo dejar de llorar—. ¡La vas a romper!

—¿La quieres, Natalia?

Asiento rápidamente y salto con fuerza con los brazos en alto para intentar recuperarla.

—Cógela —se limita a decir.

Y, en milésimas de segundo la cúpula de cristal se hace añicos contra el suelo. Yo grito y me tiro al suelo. Intento juntar las esquirlas de cristal para recomponer la estructura, pero mi madre me agarra del brazo y me levanta para evitar que me corte. El monstruo de las pesadillas sonríe al verme llorar. Yo me abrazo a la pierna de mamá, mientras busco la rosa. No está. Si la encuentro, podré meterla en una cúpula nueva.

—¿Buscas esto?

Mi corazón se encoge al ver dónde se encuentra. Al lado de su zapato, justo pegada a la suela. Me pide que lo mire a los ojos y le pida perdón, pero no lo hago. No sé por qué me tengo que disculpar. Ni siquiera sé qué he hecho mal, de haber sido así… Santa no me hubiera dejado regalos. A la tercera vez que me pide que clave mis ojos marrones en los suyos, llenos de oscuridad, su voz resuena en el salón con dureza. A la cuarta, grita, acompañando mi nombre de un insulto. Y lo miro, pero no porque deba hacerlo, sino porque he visto lo que ha hecho con la cúpula. Entonces entiendo que mi envoltorio ni siquiera parece resistente y que mi interior está hecho trizas.

El monstruo de las pesadillas levanta la suela del zapato por la parte de la puntera y con fuerza, al mismo tiempo que sus ojos me miran con delirios de grandeza, odio y maldad, aplasta la rosa hasta hacer que se funda con el suelo.

33

NOSOTROS NUNCA

Natalia

Serena me ha llamado desde un número oculto. Es la tercera vez que lo hace. Anoche me quedé dormida en el sofá esperando a que Dylan regresara. Eneko, Zack y yo estuvimos jugando a las cartas hasta las tantas.

He amanecido abrazada a Dylan en su cama. Con un pijama suyo puesto. Debió de llevarme arriba cuando llegó. Me visto rápidamente y me cuelo en la habitación de Eneko, pero no está dentro. Al cerrar la puerta me choco de bruces con él, pero antes de que chille me coloca una mano en la boca y sisea:

—¿Me buscabas?

Me llevo la mano al pecho. Se me va a salir el corazón. Eneko me hace un gesto para que lo acompañe. Pasamos por el salón, donde duerme Zack, y llegamos a la cocina.

—Si quieres desayunar, tendrás que preparártelo tú. No querrás que estas preciosas manos se lesionen. Mis niñas me necesitan.

Nadie en su sano juicio se referiría a sus guitarras como «mis niñas». Me muestra las manos con superioridad y yo pongo los ojos en blanco mientras me siento en un taburete. Lo observo mientras se sirve el café.

—¿Qué esperabas encontrar en mi cuarto?

—A ti —respondo atropelladamente, y, antes de que él pueda decir nada, añado—: He quedado con Gia en casa de Serena dentro de veinte minutos, pero no sé cómo llegar hasta allí. La última vez que estuve en Nueva York fue una odisea moverme en transporte público.

—Dylan me ha pedido que no deje que Serena se acerque a ti. Estaría feo fallar a su palabra ahora que volvemos a ser amigos.

Pongo los ojos en blanco.

—Hace unas semanas, Serena me mandó unas fotos comprometidas mías. Son agresiones. Multimedia de un archivo policial. Me está amenazando con hacerlas públicas, Eneko. No quiero que Dylan me vea así, rota. Y no quiero que cometa una locura.

Eneko me mira ojiplático y sin decir nada. *¿Este chico es siempre así de enigmático?* Deja la cuchara sobre la encimera, camina con decisión hacia la puerta, descuelga su chaqueta, me lanza la chupa de cuero de Dylan y agarra el pomo.

—Vámonos.

—¿A dónde? —Corro hacia él.

—A evitar que Dylan acabe en la cárcel por asesinato.

No puedo por menos que sonreír.

Durante el trayecto, Eneko me habla de música. Me confiesa que fue él quien le consiguió las entradas a Dylan para el concierto de Harry Styles. Había decidido escribirle para felicitarlo por la película, y Dylan lo llamó para pedirle el favor de las entradas. De fondo suena Bon Jovi. Me gusta, pero no más que...

—Hemos llegado —anuncia, con rostro serio.

En la puerta de la casa veo a Gia, que me saluda agitando la mano cuando nos localiza. Eneko ladea la cabeza y aprieta los labios.

—Ten cuidado ahí dentro. Deja que Gia...

—Puedo sola —me limito a decir.

—No te conozco lo suficiente para darte la razón y tampoco lo dudo, pero nunca está de más tener un hombro cerca sobre el que apoyarte. Me quedaré aquí con el coche en marcha. No tardes. Si Dylan se despierta... —Mordisquea su labio con nerviosismo—. No quiero que piense que tú y yo..., ya sabes. La mente es poderosa.

No me gustaría que pensara que me estoy vengando de lo que ocurrió entre nosotros en el pasado.

—Descuida.

Salgo del coche colgando el bolso sobre mi hombro. Gia me recibe con los brazos abiertos y me pega a su cuerpo. Me estruja con fuerza. Me echaba de menos. Y yo a ella. Durante el funeral de Rick no pude hablarle, no encontré el momento... Verla me hace recordar los días de rodaje. Y siento un pinchazo en el pecho. ¿Cómo pude ser tan estúpida de otorgar los derechos de mi obra a semejante ser?

No tengo claro lo que estoy haciendo, pero teniéndola a ella a mi lado me siento más segura. Aunque sea un poco. Los últimos meses Gia ha sido como una madre para mí. Y hoy lo vuelve a ser. Cuando llama al timbre, rápidamente tapa la mirilla. Me pide que me coloque un paso por detrás de ella. Hablará por mí. Me protegerá. Me hubiera gustado tener a alguien así a mi lado cuando el monstruo de las pesadillas estaba cerca, y mamá y el abuelo no podían enfrentarse a él.

Serena abre la puerta y resopla enfadada.

Sin decir nada, hace un repaso a Gia de pies a cabeza con desprecio y nos invita a pasar. Le pedí que Agus no estuviera presente en nuestra cita, y veo que ha cumplido su palabra, porque no se escucha nada y no hay ni rastro de él.

En la entrada, hago un barrido rápido a la decoración. Me fijo en el mueble del recibidor. Está lleno de fotos. Cuando nos acercamos, siento un pinchazo en el estómago.

Son fotos de Dylan desde pequeño hasta ahora. Las hay muy recientes.

Serena se acerca a mí y me tiende un té que rechazo sin preocuparme por ser amable.

—A diferencia de lo que Dylan cree, nunca perdí el contacto con Rick. Siempre me mantuvo informada de todo lo que ocurría en su vida. —Me da la espalda y camino tras ella hasta llegar al salón, donde Gia nos espera sentada; ella también ha rechazado el té—. Desaparecí de su vida porque era lo mejor para él. No merecía a una madre que nunca supo serlo.

—No hemos venido aquí para aguantar tus sucias manipulaciones emocionales, querida —la interrumpe Gia.

Saca unos papeles del bolso y los pone sobre la mesa. Son las fotos que Serena me envió. Las mismas que le reenvié a ella hace unos días, cuando decidí pedir ayuda a la única persona que podría sacarme de esta.

—Tú mejor que nadie sabes que lo que estás a punto de hacer es un delito. Estás coaccionando a la víctima.

Serena le aparta la mirada y se centra en mí.

—Del uno al diez, ¿cuánto te gustaría ver a Dylan feliz?

—No la escuches, ni respondas —me advierte Gia.

—Lo conozco más de lo que él cree, Natalia. Volverá a mis brazos si tú le rompes el corazón. Soy lo único que le queda. ¿Qué tal si te marchas a Madrid una temporada? —pregunta, con el rostro muy serio.

Clava los codos sobre sus rodillas y reposa la mandíbula en las palmas de sus manos antes de continuar:

—Testificas, esperas a la resolución del auto impuesto por la jueza y regresas. Axel acabaría entre rejas, Dylan volvería a sentir los brazos de mamá, y tú podrías volver cuando quisieras. —Carraspea—. Me puedo encargar personalmente de que recuperes los derechos de tu obra.

Gia niega con rotundidad.

—¿Qué hay de Agus? —pregunto—. También lo querías a él en la cárcel.

—En la guerra y en el amor todo vale, dijo una vez un sabio. En ese momento era de las personas que más daño te estaban haciendo. Tuve que usar todas las balas que me quedaban en la recámara.

—Qué bien se te ha dado mentir siempre, querida —dice Gia.

Durante unos segundos lo pienso. Las dudas invaden mi cabeza. Finalmente, y tras unos minutos en silencio mientras Gia y Serena discuten, me cuelgo el bolso y me levanto del sofá sin decir nada.

Gia se da cuenta y me sigue. La decisión está tomada. Madrid no me necesita. Mi lugar está aquí, con él, con Dylan.

—Natalia —me llama Serena, con voz dura.

Suelto el pomo de la puerta y me vuelvo.

—Ayer tu madre presentó una denuncia en la comisaría de tu ciudad. Tu padre la había agredido.

Abro los ojos y contengo las lágrimas.

—Vamos —dice Gia, tirando de mi brazo.

—He comprado dos billetes de avión para Madrid. Son para mañana.

No son los mejores buenos días que se pueden dar, pero son los más afines a la realidad. Zack se atraganta con la tostada y tose. Bebe café para suavizar la garganta, mira hacia un lado y otro para asegurarse de que Dylan no está cerca. Eneko está sentado en el sofá. Mierda. Me había olvidado de él. Me observa ojiplático, tal como lo hacía ayer. Antes de que diga nada, añado:

—Como le digas algo a Dylan, acabaré contigo, Eneko.

—¿Dylan no lo sabe? —se extraña Zack.

—Todavía no se lo he dicho, no he encontrado el momento —añado.

Eneko contiene una risotada en sus mofletes.

—¿Todavía no has encontrado el momento para decirle a tu novio que mañana estarás volando a la ciudad que hasta hace unos días odiabas? —el tono de Zack suena a burla y tuerzo la boca, él le da un mordisco gigante a la tostada—. Sé que todo está sucediendo demasiado deprisa, enana, pero ¿estás segura de estar haciendo lo correcto?

¿Qué sucede tan…? ¡Mierda! Sí. La propuesta de publicación.

¡Mi salvación!

Es la única forma de decirle a Dylan que vuelvo a Madrid sin provocar que su corazón se resquebraje.

—¿Las veces que te has equivocado, tú sabías que te estabas equivocando? No, ¿verdad? Pues… yo tampoco. Pero siento que es lo que tengo que hacer.

—Hay una gran diferencia entre tener que y querer hacer.

Es irónico que lo diga él. Pongo los ojos en blanco y antes de que pueda decir nada más, Dylan baja las escaleras al trote. Nos da los buenos días y mientras abre la nevera, miro a Zack, que espera con calma una respuesta convincente, así que añado:

—Quiero hacerlo.

—Yo mejor me voy. Hoy tocamos en una sala de la ciudad y necesito ensayar.

Dylan se acerca hasta mí, me propina un beso en la coronilla, acaricia con intensidad la parte baja de mi espalda y se lleva la botella de zumo de naranja a la boca. Al beber, se le queda marca en la zona del bigote y deslizo el dedo pulgar por su piel. Él me mira con los labios entreabiertos y sonríe.

—¿Qué quieres hacer, morena? Pide por esa boquita, te daré cuanto quieras.

Zack arroja el tenedor sobre la encimera y se levanta del taburete sin mirarnos.

—Me voy a dar una ducha. Lo mejor será que os deje solos.

Dylan se sienta en el taburete que antes ocupaba Zack con un bol de *corn flakes* que acaba de prepararse y yo me siento justo a su lado. Espero que se tome bien la noticia.

—Quería hablarte de algo.

—Dime —contesta con la boca llena de cereales.

—Anoche intenté decírtelo, pero creo que era un mal momento.

Me acurruqué sobre su pecho, pasé la mano por encima de su abdomen y suspiré. Las yemas de sus dedos acariciaban mi pelo y mis ojos se cerraban. La decisión ya estaba tomada. Tenía que hacérselo saber. Tras unos minutos exponiendo los motivos por los que tenía que volver a Madrid, los reales, finalicé diciendo:

—*Quiero volver a Madrid.*

No recibí respuesta. Al instante me di cuenta de que sus dedos habían dejado de acariciarme. Me incorporé y lo vi a él con los ojos cerrados. Dormido. Su pecho subía y bajaba con lentitud. Se acomodó sobre la cama al notar que me había movido y dijo:

—Mañana hablamos, morena. Ahora ven y abrázame.

—Ah, sí, lo de viajar a Madrid. Te escuché, pero estaba tan cansado que debí de quedarme dormido antes de contestar —me dice.

Al instante suelta una carcajada, sin dejar de mirarme. Como si nada, le da un mordisco a la manzana. Yo frunzo el ceño.

—No ibas en serio, ¿verdad? —me pregunta—. Yo también quería proponerte algo. Me gustaría pasar una temporada aquí. En Nueva York.

Mierda.

Me quedo callada unos segundos. No me salen las palabras, ni siquiera sé qué quiero decir. Lo he olvidado. Ya no recuerdo con exactitud la diferencia entre... ¿«tener» y «querer» era? Quiero que venga conmigo, pero no tiene por qué venir. Tengo que decírselo, pero no sé si quiero hacerlo. Quiero volver a Madrid, pero no tengo por qué volver con el monstruo de las pesadillas.

—Natalia, no estabas diciéndolo en serio, ¿no?

Su gesto ha cambiado por completo. La sonrisa de su rostro ha desaparecido y me observa perplejo, con los labios entreabiertos. Su pecho sube y baja con normalidad, pero no sé por cuánto tiempo será así. Yo lo miro con gesto triste y hago una mueca.

—Tienes que estar de coña —espeta.

—Deja que te explique...

—¡A Madrid! —exclama, llevándose las manos a la cabeza.

Zack, que parece haber decidido no ducharse, baja las escaleras echando hostias. Y Dylan se vuelve para mirarlo.

—Tú lo sabías, ¿no es así? Sabías que quiere volver a Madrid. ¡Y no le has sacado esa maldita idea de la cabeza! ¡¿Qué clase de amigo eres?! —Desesperado, se frota la cara y añade—: Ah, sí, ya lo recuerdo. ¡Uno que quiere conquistar su corazón a toda costa!

—Uno que escucha antes de hablar —le reprocha—. ¡Por el amor de Dios, Dylan! ¡Escúchala! ¡No es una puta lucha de egos para ver quién la tiene más grande! ¡Mira más allá de tu propio culo por una vez en tu vida!

—¿Qué coño me estás queriendo decir?

—No sé, ¿qué es lo que entiendes tú? —Zack se encara con él.

Les pido que paren, que se separen, pero me temo que ya es demasiado tarde. Veo cómo Dylan frunce el morro, aprieta la mandíbula y cierra el puño. Zack ha tirado la primera piedra y Dylan está dispuesto a tirarle todo el saco. No puedo permitirlo.

—¡Callaos los dos! —grito.

De fondo, se escucha el solo de guitarra de Eneko. Qué oportuno. Me acerco hasta Dylan y tiro de su mano, haciendo que me siga para quedarnos a unos metros de Zack. Sé que solo quiere ayudar, pero la situación únicamente puede ir a peor.

—Dylan, escúchame.

—No, escúchame tú a mí... —Pone sus manos en mis mejillas y baja la mirada al suelo, su nariz roza la punta de la mía y siento el aire que exhala sobre mis labios—. Me hiciste prometer que no te dejaría volver. No puedo fallarte. Yo no.

—Quiero volver, Dylan. Todo tiene una explicación...

—¿Cuál es el motivo, Natalia? ¡Allí vive la persona que más daño te ha hecho! Tú misma lo has dicho siempre, volver sería el mayor error —se le quiebra la voz—. No quiero que te ocurra nada. No quiero perderte.

—Dylan... —Contengo las lágrimas—. No me va a pasar nada.

—Me engaño—. Está decidido, tengo los billetes. Hoy de madrugada sale el vuelo, bueno, mañana. Yo..., joder, es la oportunidad de mi vida. Deja que te lo explique y...

—¿La decisión está tomada?

—¿Qué?

—¿Has esperado a decírmelo con la decisión ya tomada y los vuelos comprados?

—No entiendo qué me quieres decir...

—¿Dónde cojones queda la confianza que dices tener conmigo? ¡La comunicación! ¿Dónde queda eso de «juntos somos un equipo» cuando uno de los dos comienza a jugar por separado?

—¿Por qué estás hablando de ti y de mí como si ya no existiera un nosotros? —me atrevo a preguntar.

—Nosotros —repite, con incredulidad.

—¿Sí?

—Nosotros nunca, Natalia.

Siento mi corazón reducirse a escombros.

Me quedo callada, no encuentro las palabras exactas para darle una respuesta que lo haga entrar en razón. Dylan asiente con la cabeza, se seca las lágrimas antes de que caigan por su rostro y desaparece de mi vista, pasando por mi lado y chocando su hombro con el mío. Se acerca a la puerta de la calle y, justo antes de pulsar el tirador para abrirla, se vuelve con la cabeza baja y sin mirarme murmura:

—Solo espero que el día que te arrepientas de haber vuelto a los brazos que te rompieron en pedazos y de los que huiste no sea demasiado tarde.

—¿Demasiado tarde para qué? —me atrevo a preguntar.

Dylan aprieta los labios y ahora sí me mira. No sé si quiero saberlo, pero necesito escucharlo. Quizá sea lo único que pueda hacerme entrar en razón.

—Dime, ¿tarde para qué?

—El diablo no negocia, Natalia —dice, usando en mi contra la frase que un día dije.

—¿Qué?

—Te romperá el corazón. Y solo espero que no haga que deje de latir.

34

LAS DECISIONES CORRECTAS NO POR EL SIMPLE HECHO DE SERLO DEJAN DE DOLER

Natalia

—Nos empeñamos en trazar nuevos comienzos de la mano de una persona a la que queremos, dando por hecho que es lo que quiere, pero la posibilidad de que dos personas conecten en alma, dolor, forma de pensar, proyectos de vida y futuro es tan remota que no deberíamos dar por hecho nunca nada —dice Eneko, mientras se pone la chaqueta para salir a buscar a Dylan antes del concierto que tiene hoy. Ha venido del ensayo para cambiarse de ropa. Cuando ha llegado, él ya se había marchado. Él le ha prometido que iría, pero esta ilocalizable—. Lo que tú necesitas hoy, a lo mejor él lo necesita mañana. Y para llegar al punto de equilibrio entre lo que queréis, cuándo lo queréis y cómo lo queréis con la otra persona, primero tienes que construir tu mundo para saber cómo cimentar un mundo sano con alguien.

No respondo, me quedo en silencio pensando en las palabras que me acaba de decir.

El tiempo juega en nuestra contra. Son las cuatro de la madrugada de un frío martes de octubre y estamos en mitad de Nueva York buscando a Dylan. Zack se ha quitado la sudadera para que me la pusiera y, aunque sé que se está helando de frío yendo en manga corta, insiste en que me la quede.

En cuestión de horas estaré de camino al aeropuerto. La noche no ha trascurrido como imaginaba, ni mucho menos. Con Dylan o sin él acompañándome a Madrid, esperaba que, como poco, esta noche —la última hasta a saber cuándo— fuera si no la más especial, una de ellas. Besos, abrazos, caricias, una película, risas, quizá lágrimas, recuerdos... Sin embargo, él ha decidido que no sea así y, aunque respeto su decisión, eso debería hacer que él también respetara la mía. Pese a que eso suponga que nuestras vidas, tal como las conocíamos, cambien por completo hasta quedar irreconocibles.

—¿Es aquí? —pregunta Zack, que se guía por el localizador de la ubicación que nos ha dado Eneko.

El concierto ha terminado y la fiesta ha comenzado. Nos ha dicho que Dylan está dentro, pero hemos tardado una hora en venir andando porque a estas horas no encontrábamos taxi. Frente a nosotros se encuentra un local con luces neón. La música que suena en el interior se escucha con claridad afuera. Debe de superar los niveles permitidos, han tenido suerte de que ningún vecino haya dado parte a la policía.

—¿Estás segura de que quieres entrar? Puedo sacarle yo... no hace falta que... —se ofrece Zack—. ¿Y si ves algo que no te gusta?

Lo miro con las cejas en alto.

—Ojos que no ven, corazón que no siente —murmura.

—Confío en Dylan.

Aunque no parece conforme, Zack asiente y abre la puerta. Se echa a un lado para dejarme paso y el humo del interior nos da una bofetada en la cara. Me cubro la boca con la mano. Entrecierro los ojos y, a duras penas y con la nula visión que la humareda provoca, avanzo y, sin pensarlo, extiendo la mano hacia atrás para no perder a Zack, que se agarra rápidamente a ella. Avanzamos entre la multitud.

La música está demasiado alta. Hay gente dormida en sillones, otras tantas parejas enrollándose, personas que bailan de forma arrítmica, unos cuantos apoyados sobre la barra y, todos, sin excepción, con más alcohol que sangre en el cuerpo.

Y, de repente, entre la gente, localizo a Dylan. Tiene un vaso en la mano que se acerca a la boca y se bebe de un trago, se aproxima a la barra, lo deja ahí y da un golpe para que el camarero, que lo desafía con la mirada, le sirva otro igual. Zack masculla a mis espaldas algo que resulta inaudible por el ruido en exceso, pero intuyo que es un insulto.

—Deberíamos disimular, ¿no crees? —propone Zack.

—Hemos venido a buscar a Dylan —le recuerdo.

Él se encoge de hombros y tira de mi brazo, pegándome a su cuerpo. No me da tiempo a reaccionar. Coloco mis manos en su pecho y me veo en la obligación de seguir el tambaleo que Zack ejerce sobre mí al ritmo de la música.

—¿Qué estás haciendo?

—Intentarlo una vez más. La última.

—Zack, tú y yo nunca… —Suspiro, pues sisea y me hace callar, pero tengo que decirlo—. Te recordaré siempre, aunque no hayas sido el amigo que pensé que eras.

—Dylan está mirando hacia aquí —informa. Abro los ojos al máximo, aterrorizada—. ¿Seguimos algún plan? ¿Has pensado qué le vas a decir?

Niego con la cabeza.

—Entonces, sigue bailando. No dejes de hacerlo. —Sus ojos se clavan en el fondo de la sala y regresan a mí; mi cuerpo se mueve solo al ritmo de la música—. Bésame.

—¿Qué? Ni loca.

—¿Confías en mí?

—Zack, ¿en serio tengo que responder? —pregunto con un tono molesto.

—Bien. Cambio mi pregunta: Dylan confía en ti, ¿verdad?

No respondo.

—Aquí hay mucha gente. Necesitamos algo de tiempo hasta que te decidas… En caso de ver a un chico rubio y a una chica con flequillo besándose, nunca pensará que tú y que yo… ya sabes. De mí puede dudar, pero ¿de ti?

—No puedo besarte. No quiero.

—Bien. Lo haré yo.

Su dedo pulgar toca mis labios y, al instante, sus labios me besan. Le agradezco que haya tenido el detalle de hacer que nuestros labios no entren en contacto, pero tener a Zack tan cerca, de esta manera, es una sensación que nunca he sentido. Y no me disgusta, pero tampoco es lo que quiero.

Quizá el momento se pase antes si pienso que enfrente tengo a Dylan. Eso hago. Cierro los ojos e imagino su boca, su perfume. Pongo mis manos a ambos lados de su cintura. Nuestras cabezas se mueven de lado a lado, imitando el movimiento de un beso. Zack me atrae hacia él y mis manos terminan de nuevo pegadas a su pecho. Cuando abro los ojos, desliza el pulgar por mis labios y estos quedan entreabiertos. Siento el aire entrar y salir. El corazón me palpita en la garganta.

Nunca unos ojos azules me han mirado así, con tanto deseo. Son eléctricos, como el mar. Y yo soy la Luna, pero no quiero generar mareas. Detengo mi mirada en sus labios, que pronuncian mi nombre en un murmullo. Él no puede dejar de mirar mi boca. Y lo odio. Necesito que deje de hacerlo, porque no puedo dejar de pensar en Lara. ¿Cómo ha podido hacerle esto? Coloca su mano sobre mi nuca y aparta el pelo que me cae por el hombro, dejando mi cuello libre, y acerca su boca a mi oído. Susurra algo inaudible. Y entonces siento cómo saca su lengua para trazar un recorrido en mi cuello. Antes de que lo aparte, Eneko se aclara la garganta a nuestro lado.

—¿Interrumpo algo?

Me alejo repentinamente de Zack y me paso la mano por el cuello, nerviosa. Él se rasca la nuca distraído y elige no contestar. Eneko nos hace un gesto para que lo sigamos.

Cuando llegamos al lugar donde nos lleva, Dylan ya no está junto a la barra. La ha saltado y está detrás, bebiendo whisky a palo seco de la botella. Como si tuviera un duende en su hombro informando de lo que está ocurriendo, ladea la cabeza en mi dirección y cierra los ojos con desesperación. Pone una mano sobre la barra y se impulsa para saltarla de nuevo. Cuando aterriza, apenas puede mantenerse en pie. Viene andando hacia mí y se para a escasos centímetros de mi cuerpo. Me alejo un paso.

—Natalia… —Parece afectado, sus sentimientos no le están jugando una buena pasada—. Yo… Joder… —Se pasa la mano por el pelo, distraído.

—¿Qué?

—¿Una copa? —pregunta, mientras se encoge de hombros.

—¿Eso es todo lo que tienes que decir?

—Sí. ¿Ginebra o whisky? Tendremos que tomarnos una última copa juntos.

No respondo.

—Di, ¿de qué quieres la copa? ¡Invita la casa!

—Aquí nada es gratis —masculla uno de los camareros.

—Haz que no existe, hoy está a todas luces amargado. Te la pondré de ginebra.

Cierro los puños con rabia y ahogo un gruñido con los labios fruncidos. Reduzco la distancia entre nuestros cuerpos. Me paro enfrente de él, con los ojos clavados en los suyos. Apenas puede mantenerme la mirada.

—Puede que mañana me arrepienta de esto que te voy a decir —digo.

—Pues no lo digas —chista y, a continuación, le da un trago a otra botella de alcohol, que, por arte de magia o del karma se le escurre entre las manos y estalla contra el suelo—. Pero… ¡¿qué?!

—¡Te la apunto en la cuenta, Brooks! —grita el camarero, enfadado.

—¿Y bien? —se limita a decir.

—Has sido la forma más clara que ha tenido el destino de decirme que no se puede tener todo en esta vida, Dylan. Ojalá algún día lo entiendas.

Si una grabadora de voz estuviera dispuesta a recoger el sonido de mi corazón, sonaría igual que lo hace un jarrón de cristal al entrar en contacto con el suelo. Algo se ha roto en mí, pero no sé lo que es. Sé que enfrente tengo a Dylan, mi Dylan, pero no encuentro ni rastro de él. No está el chico que resuelve los problemas con comunicación, conversaciones incómodas y comprensión.

No hay nada de él, de nosotros.

—¡Zack, engancha a tu colega! ¡Nos vamos ya! —Eneko alza la voz.

Zack consigue sacar a Dylan del local y fuera, una vez fuera, Eneko abre la puerta del copiloto de su coche. Antes de cerrarla, mira a Dylan fijamente y le grita:

—¡Monta de una puta vez o nos vamos sin ti!

No sé en qué momento he acabado en la parte trasera de un coche con un borracho a mi lado. Apesta a alcohol. Dylan tiene apoyada su cabeza en mi hombro.

Miro la hora en la pantalla de mi móvil para asegurarme de que no he perdido el vuelo. Tan solo queda una hora. En sesenta minutos estaré en un avión lejos de mi sueño, de Vancouver, mi familia actual y… de él, de Dylan.

De repente, el borracho que dice ser mi novio me besa el hombro.

—Quiero vomitar.

—¡Dylan Brooks, como vomites en el coche será lo último que hagas en la vida! —exclama Eneko.

—¡Es bromaaa! —Empieza a reírse.

—Es gilipollas —mascula Zack.

—Natalia, ¿qué has visto en Dylan? —pregunta Eneko de forma irónica.

—Si te pasas conmigo…, me chivaré a tu padre —responde Dylan.

—Y yo al tuyo.

El coche se queda en silencio. Por el espejo retrovisor veo la mirada de Eneko. Está completamente perdido, arrepentido. Tiene los ojos muy abiertos. No tenía que haber dicho eso.

—Está muerto —comenta Dylan; se empieza a reír y, al instante, se echa a llorar—. Era un buen tipo, el mejor. Siempre se ha portado conmigo de maravilla…, como si fuera mi padre…, y yo…
—Solloza—. ¡Joder! ¡Se ha ido sin tener una razón por la que sentirse orgulloso de su hijo!

—Tu padre está orgulloso de ti. Desde donde esté —digo.

—¿Sí? —pregunta con voz aguda mientras se seca las lágrimas y me mira con esperanza—. ¿Tú lo crees, Natalia?

Eneko carraspea.

—Natalia, no estás hablando con tu novio. Estás hablando con el niño al que abandonaron.

Lo miro. Sus ojos. El brillo de sus ojos. El dolor. El miedo. La tristeza.

Cojo aire profundamente y entrelazo nuestros dedos. Dylan esboza una media sonrisa al sentir mi piel.

—Es suave… —comenta, acariciando el dorso de mi mano con la mano contraria.

—¿Sabes por qué sé que tu padre se fue estando orgulloso de ti? —le pregunto; no responde, pero sé que me ha escuchado porque deja de acariciar mi piel—. Lo sé porque yo lo estoy, Dylan. Estoy orgullosa de la persona en la que te has convertido. Y del corazón que tienes.

Zack nos mira por el espejo retrovisor y pone los ojos en blanco. Cuando nuestros ojos se cruzan, aparta la mirada.

Aunque con Dylan todo haya seguido como era antes del fallecimiento de Rick, sé que en él nada es igual. Es casi imposible que todo siga igual después de una pérdida así.

Durante el trayecto hasta su casa, lo abrazo. Aunque la parte más superviviente que habita en mí me haga creer lo contrario, y esté asimilando que no volveré a pasar una noche más a su lado, quiero abrazarlo, sentirlo, tocarlo, saciarme de él hasta quedarme dormida. Siento cada estímulo. El tacto de su camiseta, su pelo rozando mi cuello, su perfume, los latidos de su corazón, las respiraciones nerviosas, el modo en que tiembla su pierna, la humedad de sus ojos sobre mi piel, su aliento sobre mi boca… El último beso, el último susurro. Siento su cuerpo pegado a mí y no me quiero ir, pero sé que hacerlo es lo correcto.

—Las decisiones correctas no por el simple hecho de serlo dejan de doler —dice Zack, poniéndome una mano en el hombro.

Parece que ha escuchado mi pensamiento. Dylan come cereales en la cocina al lado de Eneko.

—Tienes que hablar con él, de tú a tú. Con sinceridad acerca de vosotros —me dice—. Si no lo haces, te arrepentirás y no podrás avanzar. Merecéis un bonito final.

EL MONSTRUO DE LAS PESADILLAS (15)

Dieciocho años

—*¡Un libro! ¡Un puto libro! ¿Desde cuándo esa mocosa es escritora?*
—*Escucho gritar al monstruo de las pesadillas y cierro los ojos.*

Incluso con la puerta de mi cuarto cerrada, parece que me está gritando justo en el oído. Al abrir los ojos, lo encuentro a mi lado, con mi libro en la mano.

—*¿Qué cojones es esto? ¿Me lo puedes explicar?*
—*Es un libro* —*me atrevo a decir.*

Su reacción es desmedida, pero no me pilla por sorpresa, ya no. Agarra los cordones que sobresalen de la capucha de mi sudadera y tira de ellos en dirección contraria a mí, ajustándolos a mi cuello. Intento deshacerme de la sensación de ahogo tirando de la sudadera, pero tiene más fuerza que yo. Cuando ya no puedo más, me suelta y caigo con la espalda sobre el colchón.

—*¡Hablas de mí como si fuera un monstruo!*

Lo eres.

—*¿Qué pensará nuestra familia? ¿La gente?*

¿Qué sentirá tu hija?

—*¡Te has vuelto loca! ¡Quieres acabar conmigo!*

Eso es justo lo que quieres hacer tú conmigo.

—*¡Responde!* —*grita, con mayor intensidad*—. *¿O tienes miedo, zorra?*

—Es ficción —respondo por fin, cuando recupero el aliento.

Abre el libro por una página cualquiera y busca algo que leer.

—«Sus ojos se clavan en los míos. Tengo una mano en el cuello que me impide respirar. No puedo luchar. No me quedan fuerzas. El monstruo de las pesadillas ha silenciado mi voz. Ni siquiera puedo gritar en el interior de mi mente. Su puño impacta con fuerza en mi estómago de forma repetitiva. Mi cuerpo se mece prácticamente en el aire. Intuyo que cada golpe duele más que el anterior, pero menos que el siguiente. He dejado de sentirlos. De mis ojos caen lágrimas, los suyos se bañan en sangre. Alzo la mirada para mirarlo. Antes veía un monstruo, ahora lo veo a él. Siempre ha sido él, el monstruo, el miedo, las ganas de desaparecer. Papá».

Cierra el libro fuera de sí y vuelve a mirarme. Bufa como un toro. Su pecho sube y baja muy deprisa. Sé que la rabia está brotando de él, pero tiene que contenerse. Han llamado al timbre. Es Lara. Y mi madre le ha dicho que estoy en mi cuarto. Si me deja marca, no podrá justificar delante de mi amiga su «preocupación como padre» a la hora de que su hija se salga de lo que establece la sociedad y se dedique a un oficio sacrificado, a la vez que gratificante, pero poco valorado.

—¿Desde cuándo escribes estas mierdas?

—Desde la primera vez que me pusiste la mano encima —contesto, con miedo.

El monstruo no aparta la mirada de mí, asiente y, sin tener que emplear mucha fuerza, rompe por la mitad el ejemplar de Nosotros nunca. Siento cómo mi corazón se resquebraja, pero no puedo llorarle al papel, a los cientos de palabras grabadas con tinta, eso solo empeoraría la situación.

—Miento… —Mi voz se quiebra y tengo que aclararme la garganta para ahogar el llanto y continuar—: lo hago desde la primera vez que me obligaste a dejar de verte como lo que eras para mí, un héroe, y tuve que empezar a verte como lo que eres, el monstruo de mis pesadillas.

—Cállate —mascula, por miedo a que Lara y su madre, que están en el salón, puedan escucharnos.

Soy consciente de que mis palabras tendrán sus consecuencias, que mañana tendré que usar maquillaje para tapar los moratones, pero elijo hablar.

—Te convertiste en el monstruo de mis pesadillas porque me arrebataste la valentía para llamarte por tu verdadero nombre: el monstruo de mi realidad.

35

LA ÚLTIMA VEZ

Dylan

Salgo de la ducha y me miro al espejo. En el lavabo reposa ahora la chapa militar que aquel día, hace ya tanto tiempo, me quité. Sin pensarlo, la cuelgo de mi cuello. Quizá haya llegado el momento de cumplir mi palabra. De hacer que se sienta orgulloso de mí de una vez por todas, aunque ya no pueda verlo.

Agente Brooks, suena bien.

Bajo las escaleras con una toalla enrollada en la cintura que cubre mis piernas, el pelo mojado y ligeramente despeinado y gotas de agua que resbalan por mi piel. Me ha sentado de maravilla. Lo necesitaba. La ropa apestaba a alcohol, la he tirado en el cubo de la ropa sucia sin revisar los bolsillos, ya lo haré en otro momento. Me he puesto desodorante y me he bañado en perfume, ese que tanto le gusta a Natalia. No me quiero imaginar lo que ha tenido que significar para ella verme así. Oler el alcohol en mí. Relacionar mis actos con el monstruo de las pesadillas. Aunque no lo diga en alto, sé que lo piensa.

En el salón encuentro a Natalia sentada en el sofá, inclinada ligeramente hacia delante con las manos sobre la cara. No se molesta en mirarme cuando me escucha bajar las escaleras. Zack pone los ojos en blanco y se acerca a la puerta de la calle. Me fijo en las maletas que reposan al lado del marco.

—No puedes irte a Madrid —le digo a Natalia, que me mira con incredulidad.

—Claro que puedo.

Inspiro profundamente y suelto el aire de golpe. Zack se acerca hasta mí. Sé que debería decir lo que vi, lo que descubrí, que el golpe que tengo en la ceja es de la culata de la pistola de Agus y no de dos borrachos que paseaban por la calle de madrugada en busca de pelea. Sé que debería ser sincero con ella, conmigo. Que, quizá, si fuera consciente de la realidad no volvería a ese lugar. Allí donde la debilidad crece, el miedo se aprovecha. Me da miedo que pueda volver a existir la posibilidad de que en un momento de debilidad regresara a los brazos de ese malnacido. No puedo, no encuentro las palabras para explicárselo. Ni siquiera sé si es eso lo que ella quiere, quedarse aquí, conmigo. ¿Y si lo único que quiere es huir? No podría atarla. No puedo. No… ¡Joder!

—¿Sabes algo que tengamos que saber los demás? —pregunta el rubio, como si tuviera telepatía.

—No.

—Dylan… —me insta a hablar.

Si ni siquiera yo me creo lo que estoy diciendo, ¿cómo se lo va a creer él?

—He dicho que no —sentencio.

Zack asiente con la cabeza, pero no parece conforme con la respuesta.

—¿Podemos hablar? —le digo en voz baja.

Él se encoge de hombros y echa a andar. Yo lo sigo y nos alejamos de Natalia.

—Está muy enfadada, ¿verdad?

—Somos adultos, Dylan. ¿No te han enseñado que los problemas, en lugar de evitarlos, es mejor hablarlos?

Guardo silencio durante unos segundos y contengo las ganas de contestarle de mala manera. La miro de reojo. Natalia no nos mira.

—Cuídala —le digo.

Zack frunce el ceño. Señalo su maleta. Inspiro profundamente y suelto todo el aire de golpe para continuar:

—Somos adultos, Zack —imito su voz—. ¿Vamos a negar lo evidente? Te vas con ella. Y tiene gracia, porque desde el primer día supe que en algún momento ocuparías mi lugar.

Zack no responde.

—No te ha pedido que vayas con ella, ¿verdad? —pregunto, y él niega con la cabeza; le pongo la mano en el hombro—. Sé que lo harás, Zack, que la cuidarás como se cuidan las cosas importantes, pero quiero asegurarme.

—Deberías ser tú el que ocupara el asiento en el avión.

Chisto irónico. Tiene gracia que sea él quien me esté intentando convencer para que vuele con ella.

—No puedo.

—No puedes, ¿o no quieres?

—¿Me vas a venir con esas? ¿Tú?

—Lo que estás haciendo es digno de un cobarde —replica.

Esto tiene que ser una broma.

No lo es. ¿Quieres afrontar la situación con madurez?

—Habló Zack —ironizo—. Vas a seguir a tu amiga allá donde vaya, cruzando el océano si es necesario con la excusa de no dejarla sola cuando en realidad lo único que quieres es huir de ti mismo. Lara no merecía que la trataras así. ¡La dejaste tirada! —Zack abre los ojos y me mira, yo me froto la cara con desesperación—. Natalia ha perdido a su mejor amiga, también le va a decir adiós a su novio, y no me gustaría que volviera a Madrid sin alguien a su lado.

—Natalia no merece que le hagas esto —se limita a decir él, sin responder a lo demás—. La quiero, pero nunca lo haré de la forma que ella te quiere a ti, de la que tú la quieres a ella. —Presiona mi pecho con el dedo índice—. Te estás equivocando, Dylan. El único cobarde aquí eres tú.

Expulso todo el aire por la nariz.

—Entonces somos los dos unos putos cobardes —sentencio.

Zack enciende el teléfono y revisa la hora en la pantalla.

—Cuídate, Dylan. Lo necesitas. —Me choca el hombro y camina hasta el salón; se para a unos metros de Natalia, que sigue en la misma postura—. Natalia, vamos a perder el avión.

No es hasta que Zack lo verbaliza cuando me doy cuenta de la realidad. No la puedo perder. A ella no. No puedo dejar que se vaya así. Con ese sabor de boca. No puedo permitir que me recuerde de esta manera, como la persona que le rompió el corazón.

—¡No te vayas! —grito.

Mi voz resuena con fuerza. Zack me fulmina con la mirada y Natalia, por primera vez desde que hemos llegado, separa las palmas de las manos de su rostro y me mira. Sus mejillas están rojas, color cereza. Tiene los ojos ligeramente hinchados. Brillan. Muchísimo. Y no precisamente porque tenga enfrente la luz, sino porque ella es todo eso que forma las estrellas, aunque todavía no lo sepa. Recorro los pasos que nos separan y me pongo en cuclillas en el suelo. Guardo sus manos en las mías y trago saliva con dificultad.

—Dame un día. A ti. A mí. A los dos. Un último día.

—¿Qué cojones estás diciendo? —espeta Zack.

No lo sé.

¡AAAH! ¿Hay posibilidad de que triunfe el amor?

Cállate.

—Solo uno, te lo prometo.

—No hagas promesas que no vayas a cumplir —me pide ella.

—Sacaré un billete para el último vuelo del día, lo pagaré yo. Y te llevaré al aeropuerto.

Natalia guarda silencio. Lo está pensando, no deja de darle vueltas. La conozco. Una frase más será suficiente para que acepte.

—Me encantaría darnos el final que merecemos —le digo.

—No creo que ningún final quede a la altura de lo que merecemos, Dylan.

—Natalia, el vuelo —le recuerda Zack, con autoridad.

Ella no le responde. Queda atrapada por mis ojos. Primero observa con detenimiento uno y luego el otro. Por inercia recorre mis labios y muerde los suyos, indecisa. Al final coge aire profundamente, se levanta y me da la espalda.

—¡Por fin! —exclama Zack, que camina en solitario hasta la puerta de la calle.

Sin embargo, Natalia no lo sigue. Se vuelve para buscarla, pero ella le hace una mueca.

—Espero que sea una broma.

Natalia se acerca hasta él y lo abraza. Murmura en su oído un suave «gracias» acompañando a un «lo siento» lo suficientemente alto como para que yo haya llegado a oírlo.

—Necesito hacer esto, Zack.

—Espero que tu decisión no dependa de él.

—No tienes por qué venir conmigo.

Zack cuela la mano por debajo de su pelo y la deja sobre su nuca. La acerca a él y le propina un beso tierno en la coronilla. Masculla algo inentendible. Creo que le ha dicho «Te quiero».

—Perderás el dinero de tu billete, pero no el del mío. Nos vemos en Madrid, enana.

Agarra su maleta y me mira. Se acerca los dedos a la frente y se despide de mí con un gesto militar. Yo asiento con la cabeza. Nuestro orgullo nos impide acercarnos y darnos un abrazo.

Finalmente nos despedimos de él desde la entrada de casa y vemos cómo monta en el taxi. No mira hacia atrás. Me lo tomo como un símil de la realidad. Natalia suspira y la miro por encima del hombro sin que se dé cuenta.

Los colores del amanecer se intensifican enfrente de nosotros y los sentimientos siguen su cauce. Al cabo de un rato, estamos tumbados en la cama, Natalia llora sobre mi hombro mientras la abrazo, con la toalla con la que salí de la ducha aún enrollada a mi cintura.

Me mata verla así. Sentirla. Escuchar su corazón romperse poco a poco.

—Deberías dormir algo —le digo.

—No quiero —replica, a la defensiva.

Me abraza con fuerza y entiendo que necesita relajarse. Comienzo a acariciar su pelo. Mis dedos se deslizan con suavidad a lo largo de su cabeza. Es cuestión de tiempo. Minutos. Segundos. En algún momento sus emociones brotarán en forma de palabras. Confío en que ocurra.

—Tú también deberías dormir, creo que aún sigues borracho.

No puedo evitar soltar una carcajada. Natalia apoya la mandíbula sobre mi pecho y sonríe.

—Solo un poco —contesto.

—Solo alguien que está muy borracho es capaz de aferrarse a algo que ya no es.

Auch.

Ha dado donde duele, ¿eh?

Un balazo en el pecho hubiera dolido menos.

—Me quedaré una temporada en Nueva York. Sin ti, me sobrarán horas en el día para pensar. Me apetece estar aquí, en mi cuarto, en mi casa. Y es que, sin vosotros, sin la vida que hemos vivido estos meses... lo único que me quedaría sería mi padre. Y tampoco está. Aunque creo que aún lo siento presente.

—Eneko está a tu lado, Dylan.

—Aun no me creo que vuelva a formar parte de mi vida.

Natalia se queda callada; tiene la mirada perdida.

—¿Crees que Lara volverá? Así como la amistad entre Eneko y tú... —dice, afectada.

—Lara y tú sois indestructibles, morena. Confío en que podáis reencontraros y hablar.

—¿Me perdonarás? —pregunta, con la voz temblorosa.

Pongo mi mano en su mejilla y acaricio su piel con el pulgar.

—No tengo que perdonarte nada. Ni ahora, ni los cientos de veces que me has pedido perdón desde el día que nos conocimos. Tienes que aprender que las personas tomamos decisiones, elegimos caminos y trazamos sueños que no siempre agradan a quienes nos rodean. Y no podemos hacer nada más que seguir adelante y confiar en que quienes nos quieren de una forma sana van a permanecer a nuestro lado, aunque piensen que nos estemos equivocando.

—¿Crees que me estoy equivocando?

—Creo que el miedo te está haciendo huir en una dirección equivocada.

Alargo el brazo para coger el móvil y le muestro en la pantalla el correo electrónico que me llegó en copia desde la editorial como respuesta al envío del manuscrito. El mismo que le llegó a ella.

—Lara me dijo que le echara las culpas en caso de que te enfadaras... Si no lo hacíamos nosotros, tú nunca lo harías. El mundo quiere seguir leyéndote. Sea por lo que sea que vuelves a Madrid, a sabiendas de que no me contarás la verdad al completo, prométeme que publicarás esos libros.

No dice nada.

—Fui yo el que les proporcioné tu mail de contacto, cuando la editorial me escribió el correo pensando que era tu representante. —Su cara es un poema. Tiene la boca entreabierta y los ojos desorbitados. Espero que siga respirando—. No te exigen presencialidad, Natalia. Te dan la opción de reunirse contigo a distancia, de hacer el proceso de edición y publicación de una manera telemática. Ahora dime: ¿por qué quieres volver al lugar del que te escapaste?

Lo sé desde el mismo momento en el que tú te enteraste. Por eso me enfadé. No porque decidieras ir a Madrid, que también, sino porque me estabas mintiendo, aún a sabiendas de que tus ojos siempre dicen la verdad. —Su cara es un poema en este momento; tiene la boca entreabierta y los ojos desorbitados, solo espero que siga respirando.

—No voy a volver a mi casa —aclara—. Ni a mi ciudad.

—No mereces esconderte.

—No lo voy a hacer.

—Sí, sí lo vas a hacer. No has dudado en posponer el viaje un día. Apenas lo has pensado, Natalia. Has aceptado y estás tumbada en mi cuarto un sábado a las siete de la mañana, sobre mi cuerpo, aferrada a algo que ya no es, como tú misma has dicho, y despreocupada por lo que pueda pasar al terminar el día. Hasta ahora no me has preguntado si he comprado el billete de avión o cuándo pienso hacerlo.

Duda unos segundos.

—¿Lo has comprado?

Inspiro profundamente y niego con la cabeza.

—Lo compraré —añado atropelladamente.

Hace una mueca de conformidad. Me incorporo y me levanto de la cama. Abro el armario y saco unos calzoncillos estilo bóxer y unos pantalones vaqueros. Remuevo el contenido de los cajones en busca de una camiseta concreta de Nirvana, pero no la encuentro. Cojo la primera que veo. Una sin mangas, ancha. De color blanco y rosa.

Voy al cuarto de baño para ponerme los pantalones. No quiero hacerlo delante suya. No quiero que, después de lo vivido y lo sufrido, esto se vuelva un momento incómodo. Cuando vuelvo, Natalia me pregunta:

—¿Crees que somos etapas?

—Sí —respondo, ahogado, mientras meto la cabeza por el cuello de la camiseta.

—¿La nuestra ha terminado?

Asiento con la cabeza.

—Pero eso no quiere decir que en un futuro… ya sabes, nos volvamos a encontrar —digo con una sonrisa que desaparece al instante.

Natalia contiene el aliento, pero rápidamente cambia de tema.

—Te sienta bien el color rosa. Deberías comprarte más camisetas de colores, la mayoría son negras.

—Aparte de que el color negro me ha identificado durante muchos años de mi vida, no podía llevarme todo el armario a Vancouver, como comprenderás.

Ignora esto último, porque frunce el ceño y añade:

—¿Te identificas con la oscuridad?

—Pasado, Natalia. Estaba hablando de mí en pasado —hago una breve pausa—. En todo caso, me identificaría con la ausencia de luz.

—Para mí eres luz en los días más oscuros —me confiesa.

Me siento a su lado, en el borde de la cama. Ella se coloca encima de mí a horcajadas. Me dejo caer hacia atrás sobre la cama. Pongo mis manos en sus caderas y observo cómo se quita mi camiseta de Nirvana. Ahora soy yo el que quiere memorizar cada parte de su cuerpo.

—Es tuya —me dice mientras la deja a un lado.

—Quédatela. Esa y las tres o cuatro que tienes mías.

—¿Con qué te quedarás tú?

La pregunta me pilla de sopetón.

—¿Tu cámara de fotos sigue teniendo carrete?

—Mmm… ¿Sí?

Sonrío.

La aparto y la dejo caer sobre la cama. Bajo corriendo las escaleras y ella me sigue tan rápido como puede, mientras grita palabras que no me paro a escuchar. Me tiro de rodillas al suelo según veo su maleta. Abro la cremallera y ella grita, mosqueada:

—¡Me ha costado la vida hacerla, Dylan Brooks!

—¡Quiero la cámara! Solo serán unos minutos.

Natalia se abalanza sobre mi espalda y me aparta. Cierra rápidamente la maleta y se acerca hasta su mochila. Antes de que pueda volver a abrirla, me lanza lo que parece la funda de la cámara instantánea. La cojo al vuelo y ella suspira aliviada.

—Queda una foto —informo.

—¿Qué quieres inmortalizar?

—A ti —respondo mientras me pongo de pie y la engancho del brazo.

Tiro de ella y le pido que se quede quieta frente a la pared blanca del pasillo.

—No pestañees, por favor.

—Lo intento —responde, divertida.

Al toparse con la seriedad de mi rostro, me imita el gesto y acto seguido añade:

—Saca la foto ya, macarra, que tengo hambre. Y ya que hemos decidido no dormir…, me gustaría comer algo. Al menos aprovechemos el día juntos.

Asiento y me acerco la cámara a la cara. Guiño el ojo contrario y enfoco el objetivo. Aprieto el botón y el flash ilumina su cara. La foto comienza a salir por la ranura y Natalia la agarra de una esquina. Comienza a agitarla. Mientras la imagen se revela, guardo la cámara en su funda y la meto en su mochila para que no se la deje olvidada. Al volverme veo a Natalia mirar la foto con gesto contrariado.

—No había más que un intento —me recuerda, aún con el ceño fruncido.

—¿Y bien?

—¡Solo me has sacado los ojos! —Me la enseña y yo sonrío.

—Perfecto —digo mientras se la arrebato y la meto en el bolsillo trasero del pantalón.

—¿Para qué quieres una foto de mis ojos?

—¿Por qué no querría una foto de tus ojos?

—Dylan… —arrastra las palabras, como si pudiera escuchar mis pensamientos.

Acerco el dedo índice a mis labios y siseo. Natalia pone los ojos en blanco y se muerde el labio con inquietud.

—¿A qué hora sale el vuelo?

Mierda.

El vuelo. Joder.

—El que más tarde sale lo hace a las cuatro de la tarde —le digo tras comprobarlo en el móvil.

Natalia guarda silencio, aparta la mirada y me da la espalda. Saca su teléfono del bolsillo y contempla la pantalla. Voy tras ella, pero antes de que pueda alcanzarla se vuelve con decisión, sin saber que me encuentro a escasos centímetros de su cuerpo.

—No quedan plazas para el de las cuatro. El próximo y único vuelo del día sale dentro de dos horas. Y tardamos una hora en llegar al aeropuerto. Deberíamos salir ya de casa… Me temo que…

—Puedes irte mañana —me apresuro a decir.

—Dylan…, me lo has prometido. Solo un día.

—Un día no es suficiente. ¡Unas horas no son suficientes!

—Pero debo marcharme—musita, con tristeza—. De no hacerlo ahora, nunca lo haré.

Apoyo los brazos sobre la encimera de la cocina y me llevo las manos a la cabeza. Necesito pensar. Es imposible que no se me ocurra nada. Jodidamente imposible. No me quiero separar de ella. Ni dejarla ir. No quiero enfrentarme a la despedida. Ni escucharla pronunciar adiós por última vez. Maldita sea. No puedo perderla.

Cierro los ojos con fuerza cuando siento su cuerpo pegado a mi espalda. Sus manos se abrazan a mi torso y me aprietan con fuerza. Nos quedamos callados. Ella no sabe qué decir. Y yo tampoco. Me rompe. Me rompo. Y lloro. Las lágrimas se deslizan por mi rostro arañando mi piel. Mi cuerpo me juega una mala pasada, la noche pasa factura y las emociones siguen su cauce. Las piernas me fallan y clavo las rodillas en el suelo. Natalia emite un pequeño grito y cae conmigo. Y no me suelta.

—Por favor, no lo hagas nunca —le suplico, y me vuelvo, pero no soy capaz de mirarla—. No me sueltes.

—No lo voy a hacer, Dylan. —Me coge la cara entre sus manos—. Estoy aquí, contigo.

—Pero te irás.

—Y seguiré estando.

Tras decirlo, apoya mi cabeza en su pecho y me rodea con seguridad. Hunde las manos en mi pelo y hace esos movimientos con las yemas de los dedos que tanto me relajan. Mis pulsaciones se ralentizan, y su respiración lenta y calmada me ayuda a controlar el aire que entra y sale de mis pulmones.

—Nos hemos centrado tanto en salvar al otro que hemos olvidado que nosotros también necesitábamos ser salvados —me dice, pesarosa—. Al final, volvemos al punto de partida. Dos corazones rotos que buscan unos brazos que les hagan sentir que todo irá bien.

—No puedo asegurarte que todo vaya a ir bien —me lamento.

—Yo tampoco.

—¿Podemos quedarnos así unos minutos más?

—Sí, mi amor.

Levanto ligeramente la mirada y sus ojos se encuentran con los míos.

—Es la primera vez que me llamas así.

—No será la última. —Sonríe, y el corazón me duele un poco menos.

El trayecto en coche hasta el aeropuerto lo pasamos en silencio. Natalia tiene la mirada clavada en la ventanilla y de vez en cuando sorbe su nariz y desliza el canto de la mano por la zona inferior del ojo. No quiere que la vea llorar, y lo entiendo. Yo también llevo un buen rato conteniendo las lágrimas.

Cuando llegamos, salimos del coche y nos dirigimos a la terminal de la que sale su vuelo.

—Lo siento —me dice cuando ya casi estamos en la zona de los controles de acceso.

A continuación, se para y me abraza. Y yo aprovecho para enterrar la nariz en su cuello y aspirar su perfume una última vez.

—No te disculpes por vivir —murmuro en su oreja.

Natalia solloza en mi pecho, y yo no puedo más, necesito terminar con esta tortura.

—Vete antes de que me tire al suelo de rodillas y te suplique entre lágrimas que te quedes conmigo.

—Si lo hicieras…. —Suspira.

—No voy a hacerlo —le advierto.

Siento su cuerpo alejarse del mío con cautela. Entonces son sus ojos los que se encuentran con los míos, que piden a gritos una oportunidad. Natalia hace una mueca y coloca su mano en mi mejilla. Acerca su rostro al mío.

—No lo hagas más difícil —le imploro.

—Un último beso, por favor —me pide.

Las puntas de nuestras narices se acarician. Tenerla tan cerca de mí acelera mis sentidos. El tiempo transcurre tan deprisa cuando su aliento choca con el mío… No quiero que este momento termine nunca. No quiero, no puedo, no debo besarla. Pero no puedo luchar con la fuerza de atracción que reduce la distancia entre nuestros labios cada segundo que pasa.

Su boca impacta en la comisura de mis labios y susurra:

—Deja que guarde en mí el sabor de tu boca.

Aferro mis manos a sus mejillas y muerdo mis labios.

No podemos hacerlo.

—Por favor... —Su voz suena rota. Casi tanto como su corazón. Casi tanto como el mío.

A la mierda.

No lo pienso más. Estampo mi boca contra la suya. Nuestros labios se entreabren y su interior me pide más. Mucho más. Y se lo doy. Quiero dárselo. Puedo. Nos lo debo. En mi estómago siento cosquillas. Un escalofrío recorre mi cuerpo de pies a cabeza y una fuerza descomunal llena de pasión se apodera de mí. Es imposible que nadie más me haga sentir así. En el cielo. Flotando. En el puto paraíso. Eso es su boca: el paraíso con el que soñamos. El paraíso del que nos hablan los libros de amor. Ella es eso. Un libro lleno de historias que contar. Y nuestra historia, que está a punto de terminar, quién sabe si con un punto seguido o final, es tan solo uno de los tantos capítulos que lo forman, hasta alcanzar la felicidad, la paz y la plenitud de la protagonista.

Nuestras lenguas giran entre sí, se acarician y se sienten por última vez. Me aferro a sus labios, los muerdo, lamo y beso. Me aferro a nuestro último momento. La última ocasión de nuestros cuerpos de ser uno. Es un beso lento, suave, real. Casi tanto como lo que todavía existe entre nosotros.

Nos cuesta alejarnos. No podemos dejar de besar la boca del otro y, como excepción, abro los ojos al sentir que sus labios se deslizan por los míos, deshaciendo el nudo que nos une. Guardo el momento en mi retina. Y ella me sonríe. A mí. La persona más bonita del mundo me sonríe a mí. A nadie más.

Agarra la maleta y echa a andar. Yo meto las manos en los bolsillos del pantalón y me quedo inmóvil observándola. Entonces entiendo que no era una sonrisa cualquiera, sino el adiós que ella no es capaz de pronunciar. Frente a la puerta de embarque, antes de entrar, se vuelve para mirarme, me lanza una bola de papel arrugada y grita:

—El día que te conocí comenzó a sonar la canción más bonita del mundo. Escuchar nuestras canciones hará que me sientas cerca. —Se coloca los auriculares—. ¡Yo ya lo estoy haciendo!

Desenvuelvo la pelota de papel y la extiendo. Leo lo que hay escrito, los títulos de cada una de las canciones y la frase de sus letras que los acompañan. Las dos últimas palabras distan de ser música, pero resuenan en mi cabeza como tal.

«Nosotros siempre, macarra».

Con ella me despido de las formas de decir «Te quiero» sin decirlo.

El niño al que un día le rompieron el corazón ahora se ha convertido en un adulto que ve marchar al amor de su vida. Porque eso se sabe. Se siente. Es ella. Será ella aquí. O en la Luna. Y, si no lo es, entonces me habré equivocado de libro, pero nunca de amor. Ni de persona.

Somos nosotros, lo sé.

Aunque nosotros nunca.

AGRADECIMIENTOS

Siempre he sido fiel creyente de que el arte se abastece del amor, pero también del dolor. Este libro es la prueba de ello. Tras muchos años en silencio, empecé a sanar cuando decidí contar mi historia en un montón de páginas a finales de 2020; así, *Nosotros Nunca* se ha convertido en terapia para mí. Cada versión ha ido contando con menos tiritas que la anterior y, de manera inconsciente, he podido transformar las heridas en palabras, esas de las que nunca podría haber hablado de no haber tomado la decisión de ser libre.

Por eso quiero empezar agradeciéndome a mí misma, por nunca darme por vencida. Creí que no llegaría a hacerlo; que, como la protagonista de esta historia, los miedos y la cruel realidad podrían conmigo. Pero no ha sido así. Y, muy en el fondo, la niña que escribía cuentos en las clases de Matemáticas sabía que lo iba a conseguir. Porque no podía fallarla. Se lo dedico a ella, porque la vida empieza aquí.

A Emilio, mi abuelo. La persona más bella que he conocido. Él, que se fue al cielo a sabiendas de que siempre estaría a mi lado. Porque nunca dudó de mí y me abrazó cuando nadie más lo hizo. Por todas esas noches de verano viendo las estrellas, en las que me escuchaba hablar, cantar y bailar durante horas.

A Marisa, mamá. Eres mi ejemplo a seguir. Gracias por estar siempre a mi lado y protegerme del monstruo. Decías «mi hija es una artista». Hoy hago honor a tus palabras. Te quiero.

A Miguel, mi hermano. Perdóname por hacer a mi protagonista hija única. Siempre serás mi enano, aunque seas más alto que yo.

Espero que cuando decidas leer el libro no digas nada y solo me abraces.

A Alex. La persona que me hizo volver a creer en el amor y que, en parte, da vida a Dylan. Por escucharme y seguirme en cada locura. Por darme libertad y dejar que parte de nuestra historia, motes y anécdotas decoren las páginas. Por las noches en la playa creyéndonos los protagonistas de la historia, creando escenas para ser contadas, fantaseando con la ínfima posibilidad de ver mi libro en las librerías.

A Lorena, mi pilar desde que tengo tres años, que da vida a Lara. A Ariadna, porque las risas en clase de Literatura nos unieron y hoy no sé qué haría sin ella. A Adriana, porque solo una artista podría darme consejos de artista; gracias por estar ahí. A Ann, por demostrarme tanto en tan poco, por ser mi cómplice y mi diario personal. A Andrea, por dar sentido a la palabra «amistad». A Luna, que, aunque no es amiga, sino prima, me seguiría al fin del mundo; y yo a ella.

A mis queridos lectores, que comenzaron a leerme cuando decidí publicar los capítulos de mis libros en la plataforma en la que empecé a leer romance. Porque sin ellos no hubiera sido posible hacer de mi sueño mi trabajo y, aunque a veces los hago sufrir con las decisiones que toman mis personajes sin consultarles a ellos, permanecen a mi lado sin pedir nada a cambio. En especial, al grupo de chicas a quienes unió este libro. Ellas me han impulsado a escribir las historias que quería leer y que todavía nadie había escrito.

Y, por último, pero no menos importante, a todo el equipo de Penguin Random House Grupo Editorial y Wattpad Webtoon Studios, por confiar en mí y darme la oportunidad de mi vida. Me habéis dejado ser y con eso basta. A mi editora, por cuidarme con cada detalle dentro y fuera de la historia. Y a todas las personas que han hecho posible que mis personajes vuelen y dejen de tener un hogar fijo para pertenecer a todo aquel que quiera abrazarlos.

Gracias a todos los que habéis creído en mí.

Este libro se terminó de imprimir
en el mes de junio de 2024.

«Para viajar lejos no hay mejor nave que un libro».

<small>EMILY DICKINSON</small>

Gracias por tu lectura de este libro.

En **penguinlibros.club** encontrarás las mejores
recomendaciones de lectura.

Únete a nuestra comunidad y viaja con nosotros.

penguinlibros.club

Penguin
Random House
Grupo Editorial